10
18
12, AVENUE D'ITALIE. PARIS XIIIe

Sur l'auteur

Anne Perry, née en 1938 à Londres, est aujourd'hui célébrée dans de nombreux pays comme la « reine » du polar victorien grâce au succès de deux séries : les enquêtes de Charlotte et Thomas Pitt (dont elle a publié le vingt-cinquième titre, *Buckingham Palace Gardens*, en 2008), puis celles de William Monk, qui comptent aujourd'hui seize titres. Anne Perry s'est depuis intéressée à d'autres périodes historiques avec notamment *À l'ombre de la guillotine*, qui a pour cadre le Paris de la Révolution française. Elle a aussi publié une ambitieuse série de cinq volumes dans laquelle elle brosse le portrait d'une famille anglaise pendant la Première Guerre mondiale. Anne Perry vit au nord d'Inverness, en Écosse.

ANNE PERRY

VOCATION FATALE

Traduit de l'anglais
par Élisabeth KERN

INÉDIT

10/18

« Grands Détectives »

dirigé par Jean-Claude Zylberstein

Titre original :
A Sudden, Fearful Death

ISBN 978-2-264-03303-1

CHAPITRE PREMIER

Lorsqu'il la vit entrer, Monk crut d'abord qu'elle allait lui soumettre une nouvelle affaire de vol domestique ou une enquête sur la moralité et les perspectives d'avenir d'un prétendant. Quelle que fût sa requête, de toute façon, il ne lui refuserait pas ses services : il ne pouvait s'offrir ce luxe. Lady Callandra Daviot, sa bienfaitrice, lui fournissait certes de quoi payer son loyer et prendre au moins deux repas par jour, mais le sens de l'honneur et l'amour-propre exigeaient de Monk qu'il saisît la moindre occasion de subvenir lui-même à ses besoins.

Cette nouvelle cliente était vêtue avec recherche. Elle portait un joli petit chapeau et sa large jupe à crinoline accentuait la minceur de son buste et l'étroitesse de ses épaules, lui donnant des allures de jeune fille fragile alors qu'elle devait approcher la trentaine. Bien sûr, elle répondait par là aux exigences de la mode, mais chez cette femme-ci, l'illusion était parfaite et devait inspirer à la plupart des hommes un désir de protection et un certain sentiment, fort valorisant, de galanterie obligée.

— Mr. Monk? commença-t-elle d'une voix hésitante. Mr. William Monk?

Il était coutumier de cette tension nerveuse caractéristique du premier contact. Solliciter les services d'un détective privé représentait une démarche plutôt pénible. Les affaires qui amenaient les clients à franchir le seuil d'un tel bureau revêtaient, par leur nature même, un caractère personnel souvent gênant.

Monk se leva et s'efforça d'afficher une amabilité dénuée de familiarité. Cela exigeait un gros effort de sa part : ni son physique, ni sa personnalité ne se prêtaient à une telle affectation.

— Oui, madame. Je vous en prie, asseyez-vous.

Il indiqua l'un des deux fauteuils, apport à la décoration suggéré par Hester Latterly. Tantôt amie, tantôt antagoniste, celle-ci se révélait parfois une collaboratrice précieuse, même s'il répugnait à exploiter ses capacités. Il devait reconnaître que cette idée-là avait été excellente.

Sans cesser d'agripper le châle qui lui couvrait les épaules, la femme prit place sur l'extrême bord du siège et se tint très raide. Son visage fin reflétait une anxiété extrême. Ses magnifiques yeux noisette ne quittaient pas Monk.

— Que puis-je faire pour vous?

Il s'assit en face d'elle, s'adossa à son fauteuil et croisa les jambes confortablement. Il avait appartenu à la police londonienne jusqu'au jour où une violente divergence de vues avec son supérieur l'avait acculé à la démission. Brillant, caustique, parfois impitoyable, Monk n'avait pas pour habitude de mettre les gens à l'aise ni de soigner une clientèle. C'était là un art qu'il devait assimiler, mais qui lui coûtait.

La visiteuse se mordit la lèvre et prit une profonde inspiration avant de se lancer.

— Je m'appelle Julia Penrose, ou plutôt, devrais-je dire, Mrs. Audley Penrose. J'habite avec mon époux et ma jeune sœur du côté d'Euston Road...

Elle s'interrompit, comme si cette dernière précision revêtait une extrême importance et qu'elle voulait s'assurer que son interlocuteur connaissait l'endroit.

— C'est un quartier très agréable, précisa-t-elle.

Il hocha la tête. La jeune femme devait posséder une maison de taille moyenne avec jardin et employer deux ou trois domestiques. Sans doute venait-elle l'entretenir d'un vol commis chez elle, ou encore d'un prétendant qui courtisait sa sœur mais ne lui inspirait pas confiance.

Elle baissa les yeux sur ses mains, que l'on devinait petites et fortes sous les gants impeccables. Plusieurs secondes durant, elle chercha ses mots.

Monk perdit patience.

— Quel est votre problème, Mrs. Penrose ? Si vous ne me le dites pas, je ne pourrai rien faire pour vous.

— Oui, oui, je sais, répondit-elle d'une voix très basse. Mais ce n'est pas très facile pour moi, Mr. Monk. Je me rends compte que je vous fais perdre votre temps et je m'en excuse...

— Mais non, pas du tout, assura-t-il sans conviction.

Elle releva les yeux. Elle était pâle, mais une flamme ironique animait son regard. Elle parut faire un immense effort pour parler.

— Ma sœur a été... molestée, Mr. Monk, déclara-t-elle Je souhaiterais connaître le responsable.

Ainsi, il s'était trompé : l'affaire n'avait rien d'insignifiant.

— Je suis désolé, fit-il avec douceur.

Il était inutile de demander à la visiteuse pourquoi elle n'avait pas fait appel à la police. La seule idée de voir une telle infamie rendue publique avait de quoi affoler n'importe quelle femme. Le jugement que la société portait sur les victimes d'agressions sexuelles allait de la curiosité malsaine à la conviction profonde que, d'une manière ou d'une autre, elles l'avaient cherché. Et, indépendamment des circonstances, les victimes elles-mêmes éprouvaient souvent, de manière confuse, le sentiment d'avoir quelque chose à se reprocher. Sans doute était-ce là pour les femmes une façon de se rassurer. Dès lors que la victime était peu ou prou responsable de ce qui lui arrivait, il devenait possible d'éviter la catastrophe en adoptant une attitude saine et prudente. Une parade des plus simples...

— J'aimerais que vous retrouviez le coupable, Mr Monk, reprit la visiteuse en fixant le détective de son regard franc.

— Et si j'y parviens, Mrs. Penrose ? Avez-vous songé à ce que vous ferez ensuite ? Sachant que vous ne vous êtes pas adressée à la police, j'imagine que vous ne comptez pas intenter une action en justice ?

La visiteuse pâlit encore.

— Non, bien sûr que non, répondit-elle d'une voix voilée. Vous imaginez sans doute ce que serait une telle affaire portée devant les tribunaux ! J'ai bien peur que l'épreuve ne se révèle pire encore que l'événement en lui-même... aussi terrible qu'il ait pu être. Non, ajouta-t-elle en secouant la tête. En aucun cas je ne ferai cela ! Avez-vous la moindre idée de ce que les gens peuvent...

— Oui, l'interrompit-il. Et je sais aussi que les chances de voir l'auteur de cet acte reconnu coupable sont assez faibles, à moins que la victime n'ait subi des blessures conséquentes. Votre sœur a-t-elle été blessée, Mrs. Penrose ?

Elle baissa la tête et rosit légèrement.

— Non, non, pas du tout... disons... pas d'une façon qui pourrait être prouvée... Vous... Vous me comprenez, n'est-ce pas ? ajouta-t-elle à mi-voix. Je préfère ne pas... ne pas en parler. Ce serait indélicat...

— Je comprends.

Ce n'était pas un vain mot. Monk n'était pas certain que la jeune femme en question eût bel et bien été agressée. Peut-être avait-elle présenté les choses ainsi pour expliquer à sa sœur un écart de conduite qui ne s'inscrivait pas dans ses critères de moralité. Toutefois, le détective ressentait une réelle sympathie envers la femme qui lui faisait face. Quelle que fût la vérité, celle-ci vivait à présent une évidente tragédie.

Elle le considérait à présent d'un regard où un espoir se mêlait à l'incertitude.

— Pourrez-vous nous aider, Mr. Monk ? Au moins... au moins tant que mes moyens le permettront ? J'ai réalisé quelques économies sur mon budget vestimentaire et je pourrai vous verser jusqu'à vingt livres au total.

A l'évidencc, elle ne voulait ni le vexer, ni se mettre elle-même dans l'embarras et elle ne savait comment éviter l'un ou l'autre.

Contre toute attente, Monk se sentit saisi de pitié, un sentiment qui ne lui était pas familier. Il avait vu tant de souffrances plus violentes et plus concrètes que celle de Julia Penrose en cet instant qu'il avait depuis longtemps épuisé son réservoir d'émotions. Il s'était alors forgé une carapace de colère propre à préserver sa santé mentale. C'était cette colère qui le poussait à l'action. Le soir venu, il pouvait l'exorciser, quitte à en sortir vidé de toute substance, afin de sombrer dans un sommeil qui lui eût été refusé autrement.

— Oui, répondit-il, ce sera amplement suffisant. Je devrais pouvoir soit découvrir l'identité du coupable, soit vous dire si une telle découverte se révèle impossible. J'imagine que vous avez interrogé votre sœur et qu'elle n'a pas pu vous éclairer elle-même ?

— Oui, bien sûr. Et naturellement, elle éprouve des difficultés à se remémorer l'événement. Il semble que la nature nous aide à effacer de notre esprit les choses trop difficilement supportables.

— Je sais.

Il y avait derrière ces deux mots un humour amer que la visiteuse ne pouvait saisir. Cela faisait tout juste un an, au sortir de la guerre de Crimée, à l'été 1856, qu'il avait été victime d'un accident de fiacre. Il s'était réveillé dans un étroit lit d'hôpital, transi de terreur à l'idée qu'il pouvait s'agir d'un hospice et incapable de se rappeler qui il était. Même son nom lui était inconnu. Le choc reçu à la tête était sans doute pour beaucoup dans cette perte de mémoire. Toutefois, à mesure que les fragments de souvenirs resurgissaient, il prenait conscience qu'un phénomène plus profond tendait à le préserver d'une période dramatique de sa vie qu'il redoutait désormais de voir réapparaître. Morceau par morceau, il était parvenu à reconstituer quelque chose de lui-même. Cependant, la majeure partie de sa personnalité demeurait encore dans l'ombre. Il en devinait certains fragments parfois, sans qu'il s'agît de véritables souvenirs. La plupart du temps, ces prises de conscience le faisaient souffrir. L'homme qu'il avait vu ainsi émerger n'était pas facile à aimer et il continuait de ressentir une sombre terreur en songeant à ce qu'il pourrait encore mettre au jour : actions accomplies par un individu extrêmement brillant, mais impitoyable, ambitieux et dénué de miséricorde. Oui, il en savait long sur le besoin d'oublier ce que l'esprit ou le cœur trouvaient intolérable.

Il s'aperçut que la jeune femme le considérait avec une expression d'étonnement mêlé d'inquiétude. Il se reprit aussitôt.

— Oui, bien sûr, Mrs. Penrose. Il est tout à fait naturel que votre sœur ait banni de sa mémoire un épisode aussi pénible. Lui avez-vous fait part de votre intention de venir me trouver ?

— Oh oui, répondit-elle très vite. Il serait ridicule de vouloir le faire à son insu, pour ainsi dire. Elle n'était pas contente, mais elle a compris que c'était de loin le meilleur moyen. Pour être franche, Mr. Monk, ajouta-t-elle sur le ton de la confidence, j'ai l'impression qu'elle était si soulagée de voir que je n'appelais pas la police qu'elle a accepté sans élever la moindre objection.

Ces paroles n'étaient pas franchement flatteuses, mais Monk avait compris depuis longtemps la nécessité de laisser son amour-propre au vestiaire.

— Dans ce cas, lança-t-il, elle ne refusera pas de me parler ?

— Oh non ! Quoique... je vous demande de faire preuve du plus grand tact avec elle.

Elle rougit un peu et le fixa de nouveau droit dans les yeux. Elle avait le menton fin, mais d'une fermeté étonnante. Toute sa physionomie révélait une extrême féminité, mais une absence totale de faiblesse.

— Voyez-vous, Mr. Monk, reprit-elle, c'est là la

grande différence entre quelqu'un comme vous et la police. Vous pardonnerez mon incivilité, mais la police est un service public et c'est la loi qui fixe sa façon de mener une enquête. Vous, en revanche, vous êtes rémunéré par moi, et je puis donc vous demander d'interrompre vos recherches si je considère que la moralité l'exige, ou qu'aller plus loin risquerait de causer de la souffrance. J'espère que vous ne serez pas fâché de m'entendre souligner cette distinction ?

— Pas le moins du monde.

Au contraire, Monk souriait même intérieurement. Pour la première fois, il ressentit un profond respect pour Julia Penrose.

— Je prends cela très bien, madame, ajouta-t-il en se levant. J'ai le devoir à la fois moral et légal de faire connaître à la police l'existence d'un crime si je détiens la preuve qu'il a eu lieu, mais dans le cas d'un viol... pardonnez-moi de devoir employer un terme aussi terrible, mais je suppose que c'est bien de viol dont il est question ?

— Oui, articula-t-elle d'une voix à peine audible, visiblement très mal à l'aise.

— Pour ce type de délit, il est nécessaire que la victime porte plainte et fasse une déposition. L'affaire repose entièrement entre les mains de votre sœur. Je lui soumettrai donc le fruit de mes recherches.

— Parfait.

La jeune femme se leva à son tour et, aussitôt, les pans de sa large jupe reprirent leur place, lui rendant sa fragilité initiale.

— Je suppose que vous allez commencer immédiatement ?

— Cet après-midi, à condition que cela convienne à votre sœur. Au fait, vous ne m'avez pas dit son nom.

— Marianne... Marianne Gillespie. Oui, c'est d'accord pour cet après-midi.

— Vous m'avez dit avoir économisé sur votre budget vestimentaire une somme qui me paraît considérable. Cela fait-il longtemps que l'événement a eu lieu ?

— Dix jours. Mon mari me verse une certaine somme tous les trois mois. Il se trouve que j'ai été économe la fois dernière. Je n'ai presque rien dépensé.

— Merci de votre franchise. Mais vous n'avez pas de comptes à me rendre, Mrs. Penrose. Je ne vous posais cette question que pour savoir quand le drame avait eu lieu.

— Je sais bien que je n'ai pas de comptes à vous rendre. Seulement je tiens à ce que vous sachiez que je vous dis l'absolue vérité, Mr. Monk. Sinon, je ne pourrais pas vous demander de m'aider. Je vous fais confiance, et j'ai besoin que cette confiance soit réciproque.

Monk eut un brusque sourire qui éclaira son visage d'un charme inattendu chez un homme si austère d'ordinaire. Il s'aperçut que Julia Penrose lui plaisait bien plus qu'il ne l'avait pensé de prime abord, lorsqu'il avait vu entrer cette femme à l'allure si conventionnelle, avec ces énormes jupons qui rendaient les déplacements malaisés, l'un de ces petits chapeaux qu'il exécrait, ces gants blancs et cette attitude réservée. Il s'en voulait à présent de l'avoir jugée trop vite : il avait toujours méprisé les gens qui se fiaient ainsi aux apparences.

— Votre adresse ? demanda-t-il.

— Numéro quatorze, Hastings Street.

— Encore une question, madame. Sachant que c'est vous qui avez pris l'initiative de venir me voir, dois-je en déduire que votre époux n'est pas au courant ?

Elle se mordit la lèvre et ses joues se colorèrent.

— Tout à fait. C'est pourquoi je vous serais obligée de faire preuve de la plus grande discrétion.

— Mais comment expliquerai-je ma présence s'il m'interroge ?

Elle parut déconcertée.

— Oh... Ne serait-il pas possible que vous veniez en son absence ? Il part travailler tous les jours de la semaine à neuf heures et ne revient jamais avant quatre heures et demie. Il est architecte. Il lui arrive même parfois de rentrer extrêmement tard.

— Je peux tout à fait venir pendant ses heures de travail, mais je préfère tout de même avoir une explication prête pour le cas où il me verrait. Nous devons au moins nous mettre d'accord sur ce que nous dirons.

Elle ferma un instant les yeux.

— A vous entendre, Mr. Monk, j'ai l'impression de... d'être en faute. Je n'ai aucune intention de mentir à Mr. Penrose, vous savez. Seulement, toute cette affaire est si pénible qu'il serait préférable pour Marianne qu'il n'en sache rien. Elle va devoir continuer à vivre sous son toit, vous comprenez? Elle a déjà beaucoup souffert de l'agression, ajouta-t-elle en relevant soudain les yeux pour fixer Monk avec intensité. Pour avoir une chance de recouvrer son équilibre, d'être en paix avec son esprit et de caresser l'espoir de connaître le bonheur un jour, elle doit parvenir à oublier. Comment cela sera-t-il possible si, chaque fois qu'elle prend place à table, elle sait que l'homme assis en face d'elle connaît la honte qui l'accable? Cela lui serait intolérable!

— Mais vous, vous êtes au courant, Mrs. Penrose, fit-il remarquer tout en sachant, au moment même où il prononçait ces mots, que cela était tout à fait différent.

Un sourire flotta sur les lèvres de son interlocutrice.

— Je suis une femme, Mr. Monk. Est-il besoin de vous expliquer que cela nous rapproche toutes les deux d'une façon dont vous n'avez pas idée? Peu importe à Marianne que je sache. Avec Audley, en revanche, ce serait différent, aussi attentionné soit-il. C'est un homme et l'on ne pourra pas changer cela.

Elle avait raison. Rien ne servait d'épiloguer sur ce point.

— Alors que voulez-vous lui dire pour expliquer ma présence? interrogea le détective.

— Je... je ne sais pas, répondit-elle, déstabilisée.

Elle parut cependant rassembler ses esprits et jaugea son interlocuteur du regard : le long visage glabre, les yeux pénétrants et la large bouche, la silhouette distinguée et les vêtements élégants, achetés alors qu'il était un tout jeune inspecteur de la police métropolitaine, sans personne à charge. Bien avant la dernière et terrible querelle qui l'avait opposé à Runcorn.

Il attendit, amusé. La jeune femme semblait approuver l'image qu'il renvoyait.

— Vous pourriez dire que nous avons un ami commun et que vous êtes venu nous présenter vos respects, suggéra-t-elle enfin d'un ton assuré.

— Et cet ami ? interrogea Monk. Nous devons nous mettre d'accord sur son identité.

— Mon cousin Albert Finnister. Il est petit et bien en chair et il vit à Halifax, où il possède une manufacture lainière. Mon mari ne le connaît pas et n'est pas près de le rencontrer. Même si vous ne connaissez pas le Yorkshire, cela n'a pas d'importance. Vous avez pu rencontrer mon cousin dans un lieu de votre choix, sauf à Londres. Audley se demanderait pourquoi il n'est pas venu nous rendre visite.

— Je connais un peu le Yorkshire, répondit Monk en réprimant un sourire. Halifax ira très bien. Je viendrai vous voir cet après-midi, Mrs. Penrose.

— Merci. Au revoir, Mr. Monk.

Avec une brève inflexion de la tête, elle attendit qu'il vînt lui ouvrir la porte, puis sortit, très droite, le menton haut, sur Fitzroy Street.

Monk referma la porte et retourna dans son bureau. Il avait quitté depuis peu l'appartement qu'il occupait à l'angle de Grafton Street. Il n'avait pas aimé la façon dont Hester, avec les manières autoritaires qui la caractérisaient, avait suggéré ce déménagement, mais, lorsqu'elle lui avait exposé ses arguments, il n'avait pu qu'approuver. A Grafton Street, son logement se situait au fond d'une cour, en haut d'un escalier assez raide. Sa propriétaire était une brave femme qui mettait un point d'honneur à le materner, mais qui n'avait pu se faire à l'idée qu'il exerçait désormais à son compte. C'était à contrecœur qu'elle ouvrait aux clients et qu'elle les faisait monter. Ceux-ci devaient en outre passer devant les portes d'autres résidents et croisaient parfois un locataire sur le palier ou en bas. L'arrangement qu'ils venaient de trouver, en revanche, présentait une série d'avantages. C'était désormais une servante qui ouvrait la porte d'entrée : sans chercher à mener sa petite enquête sur les affaires qui amenaient les clients, elle introduisait ceux-ci dans l'agréable salle de séjour du détective, située au rez-de-chaussée. Monk fut bien obligé de convenir, avec réticence tout d'abord, qu'il s'agissait là d'un progrès indéniable.

Il fallait à présent préparer l'enquête sur le viol de Miss Marianne Gillespie, une affaire délicate et ardue, bien plus digne de son savoir-faire que celles qu'il traitait au quotidien.

Le temps était magnifique lorsqu'il se mit en route. Un haut soleil d'été dardait ses rayons sur la ville, incitant les passants à rechercher l'ombre bienfaisante des grands arbres des squares, tandis qu'au loin les cheminées d'usines crachaient vers le ciel leur fumée noirâtre. De temps à autre, une voiture lancée à vive allure passait sur la chaussée dans un cliquetis de harnais : c'étaient des gens du monde qui allaient prendre le frais ou rendre des visites. Cochers et valets de pied arboraient des livrées impeccables, les cuivres étincelaient. Une âcre odeur de crottin imprégnait l'air chaud et un balayeur d'une douzaine d'années traversait la rue en s'épongeant le front sous sa casquette souple.

Monk résolut de se rendre à Hastings Street à pied. Il n'y avait guère plus d'un mile à parcourir et ce temps de trajet lui donnerait l'occasion de réfléchir encore un peu. Il était heureux de se voir enfin confier une enquête plus difficile que d'ordinaire qui lui permettrait d'exploiter ses compétences. Depuis le procès d'Alexandra Carlyon, il n'avait eu à traiter que des affaires triviales qu'il eût déléguées au plus novice de ses subordonnés s'il avait encore occupé son poste dans la police londonienne.

Bien sûr, l'affaire Carlyon avait été différente. Elle avait représenté pour lui une considérable mise à l'épreuve. A ce souvenir, toutc une série de sentiments complexes affluèrent, à la fois jubilatoires et pénibles, accompagnés de l'image d'Hermione. Inconsciemment, il accéléra l'allure, les lèvres serrées en une ligne dure. Il avait eu peur la première fois que le visage féminin avait surgi dans son esprit : tout un pan de son passé était revenu le hanter, incertain, avec de vagues échos d'amour et de tendresse assortis d'une terrible anxiété. Il avait aimé cette femme, il le savait tout en ignorant quand et dans quelles circonstances. Cette passion avait-elle été réciproque ? Hermione l'avait-elle aimé, elle aussi ? Que s'était-il passé entre eux pour qu'il n'en subsiste aucune lettre, aucune image, pour qu'il ne retrouve pas la moindre référence à elle dans ce qu'il possédait ?

Indépendamment de sa mémoire, toutefois, son savoir-faire, lui, ne l'avait pas déserté. Monk avait conservé toute sa ténacité, son intransigeance. Il avait retrouvé cette femme. Fragment après fragment, il avait reconstitué le puzzle pour pouvoir frapper enfin à sa porte et la voir en chair et en os, avec son visage doux, presque enfantin, ses yeux noisette, le halo de ses cheveux. Alors, tout était revenu.

Monk prit une profonde inspiration. Pourquoi se faisait-il mal ainsi ? La désillusion continuait de le consumer avec violence, comme si tout cela avait eu lieu la veille, comme s'il ressentait encore la douleur qui l'avait étreint lorsqu'il s'était aperçu que cette femme préférait le confort d'un succédané d'amour, d'émotions qui n'ébranlent rien... Elle était prête à concéder un investissement du corps et de l'esprit, mais non du cœur. Bref, elle manifestait une réserve perpétuelle qui la mettait à l'abri des risques de réelle souffrance.

C'était d'un souci de compromis que lui venait sa douceur, non d'une quelconque compassion. Dénuée de courage, elle buvait la vie par petites gorgées. Jamais elle ne viderait sa coupe.

Monk était si profondément plongé dans ses pensées qu'il heurta de plein fouet un vieux monsieur en redingote. Il marmonna des excuses sans conviction sous l'œil irrité de l'homme qui le considérait, les favoris frémissant d'indignation. Monk détourna la tête et passa son chemin.

Il avait résolu de ne pas fouiller davantage son passé sentimental. Il en savait déjà bien plus qu'il n'eût souhaité sur Hermione et avait compris ou découvert assez de détails sur l'homme qui avait été son bienfaiteur et son mentor. Celui-ci s'apprêtait à l'introduire dans le monde des affaires lorsqu'il avait lui-même tout perdu à la suite d'une tromperie — un sort auquel Monk avait tenté par tous les moyens, mais sans succès, de le dérober. Révolté par tant d'injustice, le jeune homme qu'il était avait renoncé au commerce pour s'engager dans la police dans l'espoir de combattre les impostures de ce genre. Aussi loin qu'il s'en souvînt, toutefois, il n'était jamais parvenu à élucider cette fraude-là. Il se contentait d'espérer qu'au moins il avait essayé. Car il ne se rappelait rien et la seule idée de fouiller sa mémoire dans ce sens le mettait à l'agonie : il craignait de voir une nouvelle découverte éclairer d'un jour plus noir encore l'homme qu'il avait été.

Un homme pourtant brillant, aucun doute ne paraissait jamais devoir venir ébranler cette certitude. Ne fût-ce que depuis l'accident, il avait élucidé les affaires Grey, Moidore, puis Carlyon. Son pire ennemi lui-même — et à cette heure, il semblait bien que ce fût Runcorn, même s'il pouvait à tout moment s'en découvrir un autre — n'avait jamais pu affirmer qu'il manquait de courage et d'honnêteté, ou de la volonté de se dévouer corps et âme à la recherche de la vérité, d'y œuvrer sans se soucier du prix à payer, que ce fût par lui ou par d'autres.

Et puis, il y avait John Evan. Le jeune policier lui portait une certaine affection. Bien sûr, ce dernier ne l'avait rencontré qu'après l'accident, mais il lui avait témoigné son attachement en toutes circonstances. Et il avait même tenu à ne pas couper les ponts lorsque Monk avait quitté la police. C'était là l'une des meilleures choses qui lui fût arrivée. L'idée qu'il possédait un ami fidèle lui apportait un vrai réconfort. Il tenait à valoriser cette amitié et à la préserver des effets de son caractère soupe-au-lait et de sa tendance à toujours dire les choses en face.

Il en allait tout autrement avec Hester Latterly. Celle-ci avait été infirmière en Crimée et vivait désormais dans une Angleterre qui n'avait que faire de jeunes femmes — quoique Hester ne fût plus si jeune — dotées d'une intelligence supérieure à la moyenne et d'un tempérament bien trempé.

Assurément, Hester avait dépassé la trentaine : elle ne pouvait plus être considérée comme un bon parti et devait désormais choisir entre travailler pour subvenir à ses besoins ou dépendre en permanence de la charité de son frère. Une solution à laquelle, sans nul doute, elle répugnerait.

Au début, elle avait occupé un emploi dans un hôpital londonien, mais, en très peu de temps, cette habitude qu'elle avait de toujours donner son avis aux médecins et, finalement, la totale insubordination qu'elle avait manifestée en administrant elle-même un remède à un patient lui avaient valu le renvoi. Certes, elle avait bel et bien sauvé la vie du malade, mais cette réalité avait sans doute ajouté à l'offense. Car une infirmière était là pour faire le ménage, vider les eaux sales et, en règle générale, obéir aux ordres. La pratique de la médecine, bien entendu, était réservée aux docteurs.

Ainsi Hester s'était-elle trouvée contrainte de proposer ses services à des particuliers. Dieu seul savait où elle travaillait en ce moment. Monk, en tout cas, l'ignorait.

Il s'aperçut qu'il avait atteint Hastings Street. Le numéro quatorze ne se trouvait qu'à quelques mètres, sur l'autre trottoir. C'était une maison élégante, de style néo-georgien, qui respirait la respectabilité. Il traversa la rue, grimpa les marches du perron et sonna.

La porte s'ouvrit au bout de quelques instants. Une femme de chambre vêtue d'une robe de laine bleue assortie d'une coiffe et d'un petit tablier blancs se tenait dans l'embrasure.

— Oui, monsieur ? s'enquit-elle.

— Bonjour, fit Monk, son chapeau à la main. Je m'appelle William Monk et je suis un ami de Mr. Albert Finnister, d'Halifax. Je crois que c'est un cousin de Mrs. Penrose et Miss Gillespie. Comme je me trouvais dans le quartier, l'idée m'est venue de leur rendre une petite visite de courtoisie.

En prononçant ces paroles, il avait sorti une carte de visite ne portant que son nom et son adresse. Il la tendit à la jeune fille.

— Mr. Finnister, avez-vous dit, monsieur ?

— Tout à fait. D'Halifax, dans le Yorkshire.

— Si vous voulez bien patienter dans le petit salon, Mr. Monk, je vais aller voir si Mrs. Penrose est là.

La pièce où il dut attendre était confortablement meublée, mais avec un soin qui témoignait d'une savante gestion du budget domestique. On n'avait consenti aucune dépense inutile. La décoration se résumait à une broderie modestement encadrée, une gravure de paysage romantique et un magnifique miroir. Les dossiers des fauteuils étaient recouverts d'appuie-tête amidonnés, tandis que les accoudoirs portaient la trace des centaines de mains qui s'y étaient posées. Sur le tapis, on discernait une légère usure entre la porte et la cheminée et l'une des poignées de la bibliothèque différait des autres. Un joli bouquet de marguerites trônait dans un vase posé sur la table basse centrale, apportant au décor une agréable touche féminine. L'ensemble dégageait une atmosphère hospitalière, davantage étudiée pour le confort que pour faire impression.

La porte s'ouvrit et la femme de chambre informa Monk que Mrs. Penrose et Miss Gillespie se feraient un plaisir de le recevoir s'il se donnait la peine de passer au salon.

Il la suivit et fut introduit dans une pièce plus spacieuse que la première. Cette fois cependant, il n'eut pas le loisir d'étudier le mobilier. Julia Penrose se tenait près de la fenêtre, vêtue d'une robe rose, et une jeune fille de dix-huit ou dix-neuf ans qui devait être Marianne était assise sur un sofa. Cette dernière était pâle, en dépit d'une carnation plutôt mate. Elle avait les cheveux très noirs et le front haut. Sur la pommette gauche, un petit grain de beauté mettait en valeur son regard d'un bleu profond.

Julia s'avança vers lui, souriante.

— Enchantée, Mr. Monk. Comme c'est charmant à vous d'être venu nous voir ! déclara-t-elle pour donner le change devant la femme de chambre. Pouvons-nous vous offrir un rafraîchissement ? S'il vous plaît, Janet, apportez-nous du thé et des gâteaux. Vous prendrez bien quelques gâteaux, Mr. Monk ?

Il accepta poliment. Dès que la bonne se fut retirée, toutefois, le ton changea. Julia présenta Monk à Marianne et invita le détective à commencer. Elle-même demeura debout derrière sa sœur, les mains posées sur les épaules de la jeune fille comme pour lui communiquer sa force et sa détermination.

De toute sa carrière, Monk n'avait traité qu'une seule affaire d'agression de ce genre. Rares étaient les plaintes enregistrées pour viol, étant donné la honte et le scandale qu'elles engendraient. Aussi avait-il longuement réfléchi à la façon dont il convenait de débuter. Pourtant, il était encore loin de se sentir sûr de lui lorsqu'il posa la première question.

— Tout d'abord, Miss Gillespie, pourriez-vous me dire tout ce dont vous vous souvenez ? interrogea-t-il doucement.

Il se demanda s il devait sourire. La jeune fille risquait d'y voir une légèreté de sa part, une absence de compassion. Et cependant, il n'ignorait pas que son visage avait quelque chose de sévère, voire de menaçant lorsque aucun sourire ne l'éclairait.

Elle hésita, se racla la gorge, attendit encore. Les doigts de Julia se crispèrent sur ses épaules.

— C'est que je... je ne me rappelle vraiment pas grand-chose, Mr. Monk, répondit-elle enfin d'un ton contrit.

C'était très... très désagréable. Au début, j'ai tenté d'oublier. Cela vous semblera peut-être étrange et mon attitude est sans doute à blâmer, mais... je ne me suis pas bien rendu compte...

Elle baissa la tête, laissant la phrase en suspens.

— C'est parfaitement naturel, répondit Monk avec une spontanéité qu'elle ne pouvait comprendre. On s'efforce toujours d'oublier ce qui fait souffrir. C'est parfois la seule manière de continuer à vivre.

Il vit les yeux de la jeune fille s'élargir de surprise et le rouge lui monter aux joues.

— Vous êtes quelqu'un de très sensible, murmura-t-elle.

Son visage exprimait une profonde gratitude, mais la tension qui l'habitait ne s'était pas relâchée.

— Que pouvez-vous me dire de l'événement, Miss Gillespie ? demanda-t-il à nouveau.

Julia fut sur le point de parler, mais se ravisa. Monk prit conscience qu'elle devait avoir dix ou douze ans de plus que sa sœur et qu'elle était animée d'un sentiment protecteur, presque maternel.

Marianne baissa les yeux sur ses petites mains carrées, qu'elle tenait serrées sur sa jupe colossale.

— Je ne sais pas qui c'était, déclara-t-elle à mi-voix.

— Nous savons cela, ma chérie, intervint Julia en se penchant vers elle. C'est précisément ce que Mr. Monk doit découvrir. Contente-toi de lui dire ce que tu sais. Ce que tu m'as dit.

— Il ne pourra pas trouver ! protesta Marianne. Comment le pourrait-il si, moi-même, je ne sais pas ? Et puis, même s'il le découvre, cela ne changera rien à ce qui s'est passé. A quoi cela pourrait-il servir ? Je ne vais pas porter plainte, de toute façon.

— Bien sûr que non ! concéda Julia. Cela ne pourrait te faire que du tort. C'est absolument hors de question. Mais il existe d'autres façons de réagir. Et surtout, je ferai en sorte que cet homme ne s'approche plus de toi, ni d'autres jeunes filles de bonne famille. S'il te plaît, ma chérie, réponds simplement aux questions de Mr. Monk. Tu as subi une offense tout à fait inacceptable. Ce ne serait pas bien de notre part de continuer à vivre comme si cela n'avait pas d'importance.

— Où vous trouviez-vous lorsque cela s'est produit, Miss Gillespie ? interrogea Monk.

Il avait jugé bon d'interrompre la conversation, qui menaçait de dériver sur les mesures à prendre s'il démasquait le coupable. Cette décision ne le concernait pas. Les deux sœurs connaissaient bien mieux que lui les conséquences d'une telle affaire.

— Dans le pavillon d'été, répondit Marianne.

Par réflexe, Monk jeta un coup d'œil par la fenêtre, mais il ne vit que le soleil qui jouait à cache-cache entre les feuilles d'un saule pleureur et le rose vif d'un rosier, juste derrière.

— Là ? demanda-t-il. Dans votre propre jardin ?

— Oui. J'y vais très souvent. Pour peindre.

— Très souvent ? Ainsi toute personne qui connaît vos habitudes pouvait s'attendre à vous trouver là ?

Elle rougit légèrement.

— Je... J'imagine que oui. Mais je suis sûre que cela n'a aucun rapport.

— Quelle heure était-il ?

— Je ne sais pas très bien. C'était l'après-midi, vers trois heures et demie. Ou peut-être un peu plus tard. Peut-être quatre heures. Ou même, ajouta-t-elle avec un léger haussement d'épaules, quatre heures et demie.

— Était-ce avant ou après le thé ?

— Oh... Ah oui, je vois... C'était après le thé. Alors il devait être quatre heures et demie.

— Avez-vous un jardinier ?

— Ce n'était pas lui ! s'exclama-t-elle avec violence en se redressant.

— Oh non, bien sûr, assura-t-il, apaisant. Vous l'auriez reconnu. Je me demandais seulement s'il n'avait pas vu quelqu'un. Et s'il se trouvait au jardin, cela peut nous aider à comprendre par où l'homme est arrivé et dans quelle direction il est reparti, peut-être même à préciser l'heure.

— Ah oui... C'est vrai.

— Nous avons un jardinier, déclara Julia avec vivacité, tandis qu'une certaine admiration pour Monk éclairait son regard. Il s'appelle Rodwell. Il travaille chez nous trois fois par semaine, l'après-midi. Il était présent le jour où c'est arrivé. Il sera là demain, vous pourrez l'interroger.

— Je n'y manquerai pas, promit Monk avant de s'adresser de nouveau à Marianne. Miss Gillespie, avez-vous un souvenir, quel qu'il soit, de l'homme ? Par exemple, s'empressa-t-il d'ajouter en voyant qu'elle commençait déjà à secouer négativement la tête, vous rappelez-vous la façon dont il était habillé ?

— Je... je ne vois pas ce que vous voulez dire.

Elle le regardait droit dans les yeux, mais sans parvenir à dissimuler une nervosité croissante.

— Portait-il une veste sombre d'homme d'affaires, par exemple, ou bien une blouse de jardinier ? Ou encore une chemise blanche, comme un oisif ?

— Ah ! fit-elle à mi-voix, comme soulagée. Oui, je comprends... Je crois me souvenir vaguement de... d'une couleur claire... Oui, reprit-elle en hochant la tête avec plus d'assurance. Oui, une veste claire, comme en portent parfois les gentlemen en été.

— Avait-il une barbe ou était-il rasé ?

Elle ne réfléchit qu'un instant.

— Il était rasé.

— Vous souvenez-vous d'autre chose concernant son apparence ? Était-il brun ou blond, grand ou petit ?

— Je... je ne sais pas. Je... je pense que j'ai dû fermer les yeux. J'étais...

— Allons, ma chérie, ça suffit, intervint Julia en resserrant son étreinte sur les épaules de sa sœur. Mr. Monk, je pense qu'elle ne pourra pas vous en dire davantage. C'est une expérience extrêmement choquante, vous savez, et je m'estime heureuse qu'elle ne lui ait pas fait perdre l'esprit. Cela s'est déjà vu.

Monk abdiqua aussitôt. Il ne pouvait guère qu'imaginer l'intensité de la terreur et de la répulsion éprouvées par Marianne. Une telle expérience lui resterait à jamais étrangère.

— Êtes-vous sûre de vouloir continuer? interrogea-t-il en dévisageant la jeune fille avec toute la douceur dont il était capable.

Comme précédemment, ce fut Julia qui répondit.

— Nous n'avons pas le choix, déclara-t-elle d'un ton résolu. Indépendamment du problème de justice, ma sœur doit être préservée de toute nouvelle rencontre avec cet individu. Nous devons persévérer, Mr. Monk. Que pouvons-nous vous dire de plus pour vous aider dans votre enquête?

— Peut-être pourriez-vous me montrer le pavillon d'été? suggéra-t-il en se levant.

— Bien sûr, acquiesça Julia. Vous devez le voir. Sinon, comment pourriez-vous juger? Veux-tu venir avec nous, ma chérie, demanda-t-elle à Marianne, ou préfères-tu rester là? Vous comprenez, ajouta-t-elle à l'intention de Monk, elle n'y est pas retournée depuis que c'est arrivé.

— Non, cela ira très bien, Julia, répondit la jeune fille d'une voix étonnamment ferme. Je vais emmener moi-même Mr. Monk pour lui montrer l'endroit. Toi, reste là. Le thé va sans doute arriver pendant que nous serons dehors. Nous serons bientôt de retour pour le prendre.

Sans attendre de réponse, elle quitta la pièce et gagna le hall, puis se dirigea vers une petite porte.

Après un bref coup d'œil à Julia, Monk lui emboîta le pas et se retrouva à l'air libre, dans une cour pavée, petite, mais très agréable, agrémentée par les branches mouvantes d'un genêt et l'ombre d'un bouleau. Face à eux s'étendait un long ruban de pelouse qui menait à une construction de bois distante d'une quinzaine de mètres.

Il suivit Marianne sous les arbres, puis au soleil. Le pavillon d'été était une minuscule maison percée de deux fenêtres et meublée d'un unique fauteuil. Monk n'y vit pas de chevalet, mais imagina sans peine l'endroit où la jeune fille devait se tenir pour peindre.

— C'est là ! lança simplement Marianne.

Il étudia l'endroit avec soin, s'imprégnant des moindres détails. A l'arrière et de chaque côté, environ six mètres de pelouse séparaient la maisonnette du mur d'enceinte du jardin. La jeune fille devait être extrêmement concentrée sur sa peinture pour n'avoir pas vu l'homme approcher. Quant au jardinier, il se trouvait sans doute à l'avant de la maison, ou dans le petit potager situé sur le côté est.

— Vous n'avez pas crié ? interrogea-t-il en se tournant vers elle.

Il vit son visage se contracter.

— Je... je ne crois pas. Je ne me souviens pas.

Un violent frisson la parcourut, puis elle leva les yeux sur son interlocuteur.

— Peut-être, reprit-elle à mi-voix. Tout est si...

Elle n'acheva pas, mais continua à fixer Monk de son regard droit.

— Cela ne fait rien, dit-il, peu désireux d'accroître encore le trouble de la jeune fille. Où était-il la première fois que vous l'avez vu ?

— Je ne comprends pas.

— L'avez-vous vu traverser la pelouse ?

Elle le considéra, comme en proie à la plus totale confusion.

— Vous avez oublié ? ajouta-t-il dans un suprême effort sur lui-même pour ne pas la brusquer.

— Oui. Oui... je suis désolée.

Il esquissa un geste de la main pour clore le sujet, puis sortit du pavillon d'été et gagna le vieux mur de pierre qui délimitait le jardin à l'est. Sa hauteur ne devait guère excéder un mètre vingt. Par endroits, une épaisse mousse sombre recouvrait les pierres. Monk n'y décela aucune marque, aucune trace qui eût pu trahir le passage d'un intrus. De même, la végétation plantée au bas du mur ne semblait pas endommagée, mais il eût été possible de l'éviter en passant par l'un des rares endroits où rien ne poussait. Quant aux traces de pas, Monk ne pouvait compter en découvrir : l'agression avait eu lieu dix jours auparavant et il avait plu à plusieurs reprises depuis. Sans parler du jardinier, qui avait très bien pu ratisser entretemps.

Il entendit soudain le léger frottement d'une jupe sur la pelouse et se retourna. Marianne se tenait juste derrière lui.

— Que faites-vous ? interrogea-t-elle, les sourcils froncés.

— Je cherche d'éventuelles traces de passage... Quelqu'un a pu escalader ce mur, expliqua-t-il.

— Ah...

Elle prit une inspiration comme si elle s'apprêtait à ajouter quelque chose, mais se ravisa.

Il eût donné cher pour savoir ce qu'elle allait dire et quelle pensée l'avait arrêtée. Il ne pouvait s'empêcher d'éprouver le désagréable sentiment qu'en vérité la jeune fille connaissait son attaquant, ni de se demander s'il s'était bel et bien agi d'une agression. N'avait-elle pas plutôt succombé au charme de cet homme, qui avait ensuite abusé d'elle ? Il comprenait sans peine comment une jeune femme qui venait de perdre son atout le plus précieux, sa vertu aux yeux d'autrui, et qui se trouvait par là même perdue pour le mariage, préférait se poser en victime d'une agression plutôt que d'assumer la moindre responsabilité, quelle qu'ait pu être la tentation. Non que le fait d'avoir subi un viol fût plus acceptable : il s'agissait seulement de ne pas perdre la face devant le petit cercle de ses proches, qui feraient ensuite en sorte que le reste du monde ne sût rien.

Il longea le mur jusqu'à l'extrémité du jardin, là où commençait la propriété voisine. Les pierres étaient éboulées en deux endroits, si bien qu'un homme agile aurait pu escalader l'enceinte sans laisser de traces. Marianne se trouvait toujours près de lui, semblant lire ses pensées, mais se gardant bien d'exprimer des commentaires. En silence, il gagna le dernier mur, à l'ouest du jardin.

— Il a dû enjamber le mur du fond, déclara Marianne à mi-voix, les yeux rivés au sol. Personne n'a pu passer par le potager, puisque Rodwell s'y trouvait. Et de l'autre côté, la porte qui donne sur la cour est fermée à clé.

Elle faisait allusion à la partie pavée située du côté est, où l'on entreposait les ordures ménagères et où se situait l'entrée de service donnant dans la cuisine et l'arrière-cuisine.

— Vous a-t-il fait mal, mademoiselle ?

Il avait demandé cela sur un ton très respectueux, mais la question lui sembla malgré tout importune, voire suspicieuse.

Marianne évita son regard. Deux taches rouge vif coloraient ses joues.

— C'était très douloureux, souffla-t-elle. Vraiment très douloureux.

Il y avait dans sa voix une sorte de surprise qu'elle ne cherchait pas à masquer, comme si cette constatation l'étonnait elle-même.

Il déglutit avec peine.

— Je voulais dire... Vous a-t-il blessée ? A-t-il laissé des marques sur vos bras ou votre buste ? Fait preuve de violence pour vous maintenir ?

— Ah... Oui. J'ai des marques sur les poignets et sur les bras, mais elles commencent à s'estomper maintenant.

Avec soin, elle releva ses manches longues pour découvrir de vilains hématomes gris-jaune sur la peau blanche de ses poignets et de ses avant-bras. Cette fois, elle leva les yeux vers lui.

— Je suis désolé.

C'était de la compassion qu'il exprimait là, non des excuses.

Un brusque sourire éclaira le visage de la jeune fille et, l'espace d'un instant, Monk devina la personne qu'elle avait été avant l'événement qui l'avait privée de son assurance, de sa joie de vivre et de son insouciance. Alors, il se sentit saisi d'une violente colère contre le responsable de ce gâchis, que cela eût débuté par une tentative de séduction ou qu'il se fût d'emblée agi d'un viol.

— Merci, dit-elle.

De nouveau, son corps tout entier parut se crisper.

— Y a-t-il autre chose que vous souhaiteriez voir ici ? reprit-elle.

— Non, merci.

— Qu'allez-vous faire à présent ?

— Pour cette affaire ? Parler à votre jardinier, puis aux domestiques de vos voisins pour savoir s'ils n'ont rien remarqué d'inhabituel, s'ils n'ont pas aperçu un étranger dans le quartier.

— Ah... Très bien.

Elle se détourna. Un lourd parfum de fleurs leur montait aux narines et Monk percevait un bourdonnement d'abeilles tout proche.

— Mais je dois d'abord aller prendre congé de votre sœur, déclara-t-il.

Elle se tourna vers lui.

— A propos de Julia, Mr. Monk...

— Oui ?

— Vous devez l'excuser si elle a un peu tendance à... à me surprotéger, murmura-t-elle d'une voix hésitante avant d'esquisser un sourire fugace. Vous comprenez, notre mère est morte quelques jours après ma naissance. Julia avait onze ans. Elle aurait pu me haïr, car c'est ma naissance qui a provoqué la mort de Maman. Au contraire, elle s'est tout de suite occupée de moi. Elle a toujours été là pour m'entourer de sa tendresse et de sa patience quand j'étais petite, et plus tard pour jouer avec moi. Lorsque j'ai grandi, elle a pris en charge mon éducation et partagé toutes mes expériences. On n'aurait pas pu me témoigner plus de gentillesse et de générosité.

Elle leva vers lui un regard franc. Elle semblait attendre davantage que de la confiance : elle lui demandait de comprendre.

— Parfois, reprit-elle, j'ai peur qu'elle ne m'ait fait don d'une dévotion qu'elle aurait pu consacrer à un enfant bien à elle, si elle en avait eu un. J'espère seulement ne pas avoir été trop exigeante, ne pas lui avoir trop coûté en temps et en affection.

— Vous êtes parfaitement capable de vous prendre en charge, répondit-il, et vous devez l'être depuis longtemps déjà. Elle ne se consacrerait sans doute pas autant à vous si elle n'en avait pas envie.

— Peut-être, concéda-t-elle sans cesser de le fixer de ses yeux innocents. Mais jamais je ne pourrai lui rendre tout ce qu'elle a fait pour moi. Vous devez comprendre cela, Mr. Monk, pour avoir une meilleure idée de la situation, et ne pas juger ma sœur.

— Je ne juge jamais personne, Miss Gillespie.

Il mentait. Sa tendance naturelle l'incitait à juger les gens, le plus souvent sans indulgence. Dans cette affaire-ci cependant, il ne voyait aucun tort dans l'attention dont Julia entourait sa sœur.

Ils avaient atteint la porte de la maison lorsqu'ils aperçurent un homme d'environ trente-cinq ans qui venait à leur rencontre. De taille moyenne, celui-ci était mince et doté de traits assez quelconques, mais son expression trahissait une sorte de vulnérabilité à fleur de peau, signe d'un caractère lunatique et d'une certaine aptitude à endurer les frustrations.

Marianne se rapprocha imperceptiblement de Monk, qui sentit soudain la chaleur du corps féminin tandis que les larges jupons lui frôlaient les chevilles.

— Bonjour, Audley ! lança la jeune fille d'une voix légèrement rauque, comme si elle avait parlé malgré elle. Vous rentrez tôt aujourd'hui. Avez-vous passé une bonne journée ?

Le regard de l'homme passa de Marianne à Monk, puis se posa à nouveau sur la jeune fille.

— Très banale, merci. A qui ai-je l'honneur ?

— Oh... C'est Mr. Monk, expliqua-t-elle avec naturel. C'est un ami du cousin Albert... Vous savez, celui d'Halifax !

— Enchanté, monsieur, déclara Audley Penrose d'un ton courtois, mais dénué de plaisir. Comment va notre cousin Albert ?

— Il était en pleine forme la dernière fois que je l'ai

vu, répondit Monk sans hésiter. Mais je dois avouer que cela fait assez longtemps. Je passais près d'ici et il m'avait dit tant de bien de vous que j'ai pris la liberté de vous rendre visite.

— J'imagine que mon épouse vous a invité pour le thé ? J'ai vu qu'il était servi au salon.

— Oui, merci.

Monk ne pouvait qu'accepter. Il eût été extrêmement compliqué de justifier un refus. En outre, un long moment passé dans l'ambiance familiale lui fournirait un bon aperçu de l'atmosphère qui régnait dans la maison et des liens qui en unissaient les trois habitants.

Lorsqu'il repartit, toutefois, un peu moins d'une heure plus tard, il n'avait pas modifié son impression initiale... ni apaisé ses appréhensions.

— Qu'est-ce qui vous trouble ?

Callandra Daviot reposa ses couverts et s'adossa à son siège pour considérer Monk d'un regard interrogateur. Elle avait largement dépassé la quarantaine et même son amie la plus chère n'aurait pu qualifier de joli son visage plein de personnalité : elle possédait un grand nez et une chevelure que sa femme de chambre avait le plus grand mal à domestiquer, mais son regard clair dénotait une remarquable intelligence. Le tissu de sa robe était d'un beau vert sombre, mais la coupe avait quelque chose de saugrenu, comme s'il s'agissait d'un modèle démodé qu'une couturière malhabile avait tenté sans succès de mettre au goût du jour.

Monk posa sur elle un regard affectueux. C'était une femme franche, courageuse et curieuse, dotée d'opinions bien arrêtées dans le bon sens du terme et d'un humour à toute épreuve. En somme, elle réunissait toutes les qualités que Monk appréciait chez un ami. Sa générosité naturelle l'avait poussée à prendre l'ancien policier comme « associé », subvenant à ses besoins à l'époque où les enquêtes étaient trop rares et trop insignifiantes pour procurer des revenus suffisants. En échange, elle lui demandait de la tenir informée de la progression de chaque affaire. C'était précisément ce qu'il faisait ce soir-là dans la spacieuse salle à manger de Callandra, tout en dégustant un excellent dîner composé d'anguilles aux condiments et de légumes frais. Il savait, parce qu'elle le lui avait dit, qu'un bon fromage de Stilton l'attendait, suivi d'une tarte aux prunes accompagnée de crème.

— L'agression est parfaitement impossible à prouver, répondit-il. Il n'y a rien, si ce n'est la parole de Marianne, qui indique qu'elle ait bel et bien eu lieu. Et rien ne dit que les choses se soient vraiment déroulées comme elle l'a raconté.

— Vous mettez sa parole en doute ? interrogea-t-elle, surprise.

Il réfléchit un long moment, ne sachant plus, face à une telle question, quelle était son intime conviction. Elle ne brisa pas le silence, reprenant la dégustation de son poisson.

— Une partie de ce qu'elle dit est vrai, déclara enfin Monk. Mais je pense aussi qu'elle cache quelque chose d'important.

— Par exemple, qu'elle était consentante ?

— Non. Non, je ne crois pas.

— Quoi, alors ?

— Je ne sais pas.

— Et que comptent faire ces deux femmes si vous découvrez le coupable ? demanda-t-elle encore sans le quitter des yeux. Après tout, qui cela pourrait-il être ? Un parfait étranger n'irait pas escalader le mur d'un petit jardin de banlieue dans l'espoir de trouver dans le pavillon d'été une jeune fille seule qu'il pourrait violer avec assez de discrétion pour ne pas alerter le jardinier ou les domestiques, et repartir ensuite par le même chemin et disparaître à tout jamais !

— A vous entendre, cela paraît absurde, en effet ! répliqua-t-il sèchement tout en se resservant de l'anguille.

— Il faut dire que l'absurde est une donnée de l'existence, répondit-elle en lui tendant la sauce. Mais cela semble tout de même improbable, vous ne trouvez pas ?

— Si.

Il plongea la petite louche dans la saucière et arrosa copieusement son poisson.

— Ce qui me paraît le plus improbable, en effet, c'est que l'agresseur ait été quelqu'un qu'elle n'avait jamais vu. S'il s'agit d'une connaissance qui est passée par la maison et s'est assurée qu'il n'y avait personne à portée de voix, et dont la présence ne l'a pas alarmée comme l'aurait fait l'arrivée d'un étranger, alors tout devient plus compréhensible.

— Ce qui m'inquiète bien plus, reprit Callandra, pensive, c'est ce qu'elles vont faire lorsque vous leur aurez dit de qui il s'agissait... à supposer que vous le découvriez.

Cette interrogation le troublait lui aussi. Callandra émit un petit grognement désapprobateur.

— Je crains que nous n'assistions dans ce cas à une vengeance personnelle, reprit-elle. A mon avis, vous devrez bien réfléchir à ce que vous allez leur révéler. Et, William...

— Oui ?

— Vous devrez être absolument certain de ne pas vous tromper.

Monk soupira. Plus il y pensait, plus cette affaire sentait le roussi. Rien ne serait simple.

— Quelle impression vous ont faite la sœur et le beau-frère ? s'enquit encore Callandra.

— Eux ? Oh, ils sont très gentils avec elle. Je suis convaincu qu'elle n'a rien à craindre de leur part, même s'il s'avère qu'elle n'a pas résisté avec autant d'acharnement qu'elle aurait pu.

Callandra ne dit plus rien. Ils terminèrent leur plat dans un silence reposant, puis le fromage et la tarte aux prunes leur furent apportés et servis. Cette dernière était si délicieuse qu'ils la dégustèrent sans rien dire pendant quelques minutes. Enfin, Callandra reposa sa cuillère.

— Avez-vous vu Hester récemment ?

— Non

Elle eut un sourire amusé. Agacé, il éprouva le besoin de poursuivre.

— Non, je ne l'ai pas vue, déclara-t-il. Et je m'en porte très bien. La dernière fois, nous nous sommes séparés sur des propos qui étaient loin d'être aimables. C'est la femme la plus acerbe et la plus imbue de ses opinions que j'aie jamais rencontrée ! Elle est dogmatique et ne juge pas utile d'écouter les autres. Et elle est si contente d'elle-même que cela la rend insupportable.

— Ce sont là des qualités que vous n'appréciez pas ? interrogea-t-elle innocemment.

— Grands dieux, non ! explosa-t-il. Quelle question !

— Vous considérez qu'il est déplaisant pour une femme d'avoir des opinions bien ancrées et de les défendre avec fougue ?

— Oui ! rétorqua-t-il avec véhémence en reposant un instant sa cuillère. C'est malséant, irritant au plus haut point et cela rend impossible toute conversation intelligente et ouverte. Mais de toute façon, ajouta-t-il avec un sourire mauvais, je ne connais pas beaucoup d'hommes qui auraient envie d'avoir une conversation intelligente avec une femme de son âge.

— Surtout si ses opinions sont mal fondées, renchérit Callandra, les yeux brillant d'amusement.

— En effet, concéda-t-il, persuadé à présent qu'elle se moquait.

— Elle était ici il y a trois semaines environ et je dois dire que l'opinion qu'elle a de vous n'est guère flatteuse non plus. Elle avait trouvé une place d'infirmière à domicile chez un monsieur qui s'est cassé la jambe, mais, à l'époque, son malade était presque guéri et je ne crois pas qu'elle se soit vu proposer un autre emploi depuis.

— Peut-être que si elle réfléchissait un peu plus avant de parler et faisait un effort pour être plus aimable... et plus discrète...

— Je suis sûre que vous avez raison, acquiesça Callandra avec un sourire. Voudriez-vous un peu plus de crème avec votre tarte ?

Sans attendre sa réponse, elle poussa le pot vers lui. Il se servit généreusement.

— J'imagine que vous n'avez pas eu de nouvelles d'Oliver Rathbone ces derniers temps ?

— J'ai travaillé pour lui sur un dossier il y a dix jours, répondit-il. Il semblait en excellente forme...

Rathbone était un avocat célèbre avec lequel il avait collaboré sur des affaires importantes. Ses indéniables compétences professionnelles inspiraient à Monk une profonde admiration, mais l'homme lui-même agaçait le détective. Rathbone possédait une suavité et une inébranlable assurance qui mettaient ses nerfs à vif. Les deux hommes étaient trop semblables sur certains aspects, trop différents sur d'autres.

— Et vous, ajouta l'ancien policier, comment allez-vous ? Nous avons parlé de tout, sauf de vous...

Elle contempla un instant son assiette, puis releva les yeux vers lui.

— Je vais très bien, merci. Je n'en ai pas l'air ?

— Si. Je vous trouve même dans une forme exceptionnelle, répondit-il avec sincérité, bien qu'il vînt tout juste de le remarquer. Vous avez trouvé un nouveau centre d'intérêt, n'est-ce pas ?

— Comme vous êtes perspicace !

— Je suis détective.

Elle lui jeta un regard amusé. Une amitié franche et partagée les unissait.

— De quoi s'agit-il ?

— Je suis entrée au conseil d'administration du Royal Free Hospital.

— J'en suis ravi pour vous.

Il savait que feu l'époux de son amie avait été chirurgien des armées. Cette nouvelle occupation permettrait à Callandra d'exploiter admirablement son expérience, ses talents et ses inclinations naturelles.

— Depuis quand ?

— Un mois à peine, mais j'ai déjà l'impression d'avoir rendu quelques services, expliqua-t-elle. Il y a beaucoup à faire, vous savez. Je connais un peu les nouvelles méthodes médicales, les convictions de Miss Nightingale sur l'aération des salles et l'hygiène. Cela exigera du temps, bien sûr, mais nous pouvons accomplir des choses qui prendront des allures de miracles si nous travaillons bien. Il y a tant de médecins tournés vers le progrès, désormais ! Et avec les anesthésiques dont nous disposons maintenant, quelle différence ! Vous n'avez pas idée de l'évolution des pratiques en dix ou douze ans !

D'une main distraite, elle repoussa le sucrier, les yeux intensément fixés sur Monk.

— Savez-vous que l'on peut rendre une personne totalement insensible à la douleur et la réveiller ensuite sans dommage ? Cela signifie que l'on peut pratiquer n'importe quelle opération chirurgicale sans avoir besoin que tout soit terminé en une minute ou deux. La vitesse ne représente plus la considération première : on peut prendre son temps et opérer avec soin. Je n'aurais jamais imaginé voir cela de mon vivant ! C'est absolument merveilleux.

Son visage se rembrunit soudain et elle s'adossa de nouveau à son siège.

— Évidemment, reprit-elle, les infections postopératoires continuent tout de même à emporter une bonne moitié des patients. Dans ce domaine, il reste beaucoup à faire. Mais je suis sûre que tout est possible... Nous disposons de professionnels brillants et dévoués. Je pense vraiment que cela peut faire la différence.

Tout à coup, sa véhémence retomba et elle adressa à Monk un sourire bon enfant.

— Allez, déclara-t-elle avec bonne humeur. Finissez votre tarte et reprenez-en une part.

Il se mit à rire, heureux de l'enthousiasme qu'elle manifestait.

— Merci, répondit-il en s'exécutant. Votre cuisinière fait des merveilles.

CHAPITRE II

Le lendemain matin vers dix heures, Monk gagna Hastings Street et sonna au numéro quatorze. Julia le reçut dans un état d'agitation extrême.

— Bonjour, Mr. Monk, dit-elle en le précédant dans la pièce et en refermant la porte derrière elle.

Elle portait une robe d'étoffe assez ordinaire, mais dont la couleur bleu-gris rehaussait la délicatesse de son teint.

— Vous allez être prudent, n'est-ce pas? interrogea-t-elle d'une voix altérée par l'anxiété. A vrai dire, je me demande comment vous pourrez mener votre enquête sans donner d'explications aux gens. Vous allez éveiller les soupçons, c'est sûr. Voyez-vous, il serait désastreux que la vérité se sache, ou même que les gens aillent seulement l'imaginer!

Elle s'interrompit, mais seulement pour reprendre son souffle.

— Vous savez, poursuivit-elle, un ton plus bas, Audley s'est étonné de votre visite d'hier. Il ne connaît pas le cousin Albert et il ne s'imaginait pas que j'étais en rapport avec lui. Il n'avait pas tort, d'ailleurs : je ne le suis pas. C'est simplement le premier nom qui m'est venu à l'esprit...

— Vous n'avez pas à vous inquiéter, Mrs. Penrose, la rassura-t-il gravement. Je serai discret. J'ai prévu de raconter à vos voisins que votre jardin a été endommagé. Des plantes piétinées et, si vous en avez, quelques cloches brisées. Je demanderai aux jardiniers et aux domestiques s'ils n'ont pas vu des enfants passer dans votre jardin par jeu et causer des dégâts. Cela ne pourra donner lieu à un scandale, ni même à des spéculations inconvenantes.

L'explication parut surprendre Julia, qui poussa un léger soupir de soulagement.

— Oh, quelle excellente idée, Mr. Monk ! s'exclama-t-elle. Je n'y aurais jamais songé moi-même ! Cela paraît si simple, en effet, si banal ! Merci, Mr. Monk. Ainsi, j'aurai l'esprit plus tranquille.

Il sourit malgré lui.

— Je suis heureux de vous savoir satisfaite. Cependant, ce sera un peu moins facile avec votre jardinier à vous.

— Ah bon ? Pourquoi donc ?

— Parce qu'il sait très bien que personne n'a brisé vos cloches, expliqua-t-il. A lui, je dirai qu'il s'agit d'un jardin voisin, en espérant qu'il n'ira pas bavarder ensuite avec les autres jardiniers de la rue.

— Oh !

Elle eut un petit rire. Cette éventualité, à vrai dire, ne semblait guère la troubler.

— Voulez-vous voir Rodwell ? Exceptionnellement, il est venu ce matin. Il se trouve au jardin en ce moment.

— Oui, merci. Cela me semble être l'occasion idéale.

Elle le conduisit à la petite porte qui menait à la tonnelle et le laissa aller seul à la rencontre du jardinier. Celui-ci était agenouillé en bordure des plates-bandes, occupé à arracher les mauvaises herbes.

— Bonjour, Rodwell ! lança Monk d'un ton amène en s'immobilisant près de lui.

— Bonjour, monsieur, répondit le jardinier sans lever les yeux.

— Mrs. Penrose m'a autorisé à vous interroger au sujet de certaines détériorations qui ont été perpétrées dans le voisinage. J'aimerais savoir si vous n'avez pas remarqué des individus suspects dans le quartier ces derniers temps.

— Des individus suspects? répéta Rodwell en se redressant et en couvrant Monk d'un regard curieux. Et ils ont abîmé quoi?

— Des cloches, des plantes, ce genre de choses...

Rodwell se mordit la lèvre, pensif.

— Non, je crois pas que j'ai vu des inconnus dans le secteur. A mon avis, c'est des gosses qui ont fait ça... En jouant au ballon, ou au cricket, enfin, en s'amusant, quoi. Ils ont pas fait ça exprès, ils sont pas méchants, vous savez.

— Sans doute, répondit Monk en hochant pensivement la tête. Il est vrai qu'il n'est pas très agréable de songer qu'il y a peut-être des rôdeurs qui prennent un malin plaisir à détériorer les jardins, même si cela ne va pas très loin.

— En tout cas, Mrs. Penrose ne m'a jamais parlé de ça, reprit Rodwell, les sourcils froncés et le regard soupçonneux.

— Elle n'avait aucune raison de le faire, expliqua Monk en secouant la tête. Il n'y a pas eu de dégâts dans son jardin.

— Non, rien du tout... Non, à part quelques fleurs écrasées, là, près du mur de droite. Mais ça peut être n'importe quoi...

— Et vous n'avez pas vu de têtes nouvelles dans les parages au cours des deux dernières semaines? Vous en êtes certain?

— Non, personne, déclara le jardinier, sûr de son fait. Je les aurais chassés vite fait si j'avais vu des gars louches. J'aime pas voir rôder des étrangers près des jardins. Après, ça fait des dégâts, comme vous dites.

— Eh bien, je vous remercie, Rodwell.

— Y a pas de quoi, m'sieur.

Sur ces mots, le jardinier rajusta sa casquette et se remit à l'ouvrage sans se préoccuper davantage du visiteur.

Monk alla ensuite sonner au numéro seize, où il expliqua l'objet de sa visite et demanda à rencontrer la maîtresse de maison. La femme de chambre revint dix minutes plus tard et introduisit Monk dans un bureau petit, mais fort agréable, où une très vieille dame portant d'innombrables rangées de perles autour du cou était assise à un secrétaire en bois de rose. Elle tourna la tête vers le visiteur et l'examina avec un intérêt considérable. Elle devait avoir au moins quatre-vingt-dix ans.

— Bien, déclara-t-elle avec satisfaction. Vous êtes un jeune homme plutôt étrange pour enquêter sur des morceaux de verre brisé dans les jardins.

Elle continua à le considérer de la tête aux pieds, s'attardant sur les bottines cirées, le pantalon au pli impeccable et l'élégant veston, puis détailla une fois de plus le visage mince au regard pénétrant et à la bouche moqueuse.

— A mon avis, reprit-elle, vous ne sauriez pas distinguer une bêche d'une binette. Et il est évident que ce n'est pas avec vos mains que vous gagnez votre vie.

Ces paroles piquèrent l'intérêt de Monk. La dame avait un visage aimable et plein d'humour et de curiosité. Quant à ses remarques, elles n'avaient rien de désobligeant.

— Mais mieux vaut que vous vous expliquiez vous-même, conclut-elle.

Sur ces mots, elle se détourna complètement du secrétaire, comme si le nouveau venu l'intéressait bien plus que le courrier qu'elle était en train d'écrire. Monk sourit.

— En effet, madame. Cette histoire de verre brisé ne me préoccupe pas vraiment. Les cloches seront remplacées sans problème. Cependant, Mrs. Penrose est un peu inquiète à l'idée que des étrangers rôdent dans les parages. Miss Gillespie, sa sœur, passe beaucoup de temps dans le pavillon d'été et il n'est pas très agréable de penser que l'on est épié sans le savoir. Peut-être ces inquiétudes ne sont-elles pas fondées, mais elles existent bel et bien.

— Un voyeur ! Comme c'est déplaisant ! répondit la vieille dame. Oui, je comprends qu'elle ait envie d'en avoir le cœur net. C'est une femme qui a la tête sur les épaules, cette Mrs. Penrose, mais elle est aussi, je crois, de constitution fragile. C'est souvent le cas des femmes à peau claire. Cela doit être très difficile à vivre pour eux.

Monk la considéra sans comprendre.

— Difficile à vivre pour eux ? répéta-t-il.

— L'absence d'enfants, expliqua-t-elle en penchant la tête de côté. Ne me dites pas que vous ne vous en êtes pas rendu compte, jeune homme !

— Oh si, bien sûr. Mais je n'avais pas songé à établir un lien avec son état de santé.

— Oh, mon cher... Ce sont bien les hommes, ça ! Bien sûr qu'il existe un lien ! Cette femme est mariée depuis huit ou neuf ans déjà. Quelle autre explication voyez-vous ? Le pauvre Mr. Penrose prend la chose du bon côté, mais cela ne change rien à ce qu'il doit ressentir au fond de lui. Une autre croix à porter pour elle, la malheureuse ! Les problèmes de santé comptent parmi les pires calamités qui soient.

Elle poussa un soupir et dévisagea son interlocuteur.

— Mais à vous regarder, enchaîna-t-elle, j'imagine que vous n'en avez pas conscience. Enfin... Toujours est-il que, pour ma part, je n'ai pas remarqué de voyeur. Il faut dire que je ne vois guère plus loin que les fleurs de mon jardin. A mon âge, vous savez, la vue baisse. Cela non plus, vous ne devez pas en avoir conscience. Cela m'étonnerait que vous ayez dépassé les quarante-cinq ans...

Monk tressaillit, mais réprima l'envie de se récrier. Il préféra se convaincre en son for intérieur qu'il était très loin de ressembler à un homme de quarante-cinq ans : le moment était mal choisi pour manifester de la vanité, surtout face à une femme comme celle-ci.

— Bon, poursuivit-elle, vous feriez bien d'aller interroger les domestiques qui travaillent à l'extérieur. En fait, il n'y a que le jardinier, et peut-être la fille de cuisine, qui sort prendre le frais dès que la cuisinière a le dos tourné. Et tenez-moi au courant s'ils vous racontent des choses intéressantes. Il s'en passe si peu, ici...

Quelques minutes plus tard, il s'entretenait avec le jardinier. Toutefois, ni ce dernier ni la fille de cuisine ne lui furent d'un grand secours. Ils n'avaient remarqué aucun étranger. Pour passer dans le jardin des Penrose, il eût fallu escalader le muret : or, les plates-bandes qui longeaient celui-ci n'avaient subi aucune dégradation. Le « voyeur » en question, à supposer qu'il eût réellement existé, avait dû arriver d'un autre côté.

L'occupant du numéro douze ne fit pas plus progresser l'enquête. C'était un homme d'un certain âge au front dégarni qui portait de petites lunettes cerclées d'or. Non, il n'avait vu personne qui ne fût pas connu de lui et de réputation irréprochable. Non, son jardin n'avait subi aucune dégradation. Il le regrettait vivement, mais il ne pouvait être d'aucune utilité, et comme il était fort occupé, il priait Mr. Monk d'avoir l'extrême amabilité de l'excuser.

Les habitants de la maison dont le jardin longeait le mur du fond des Penrose se révélèrent nettement plus coopérants. Monk ne compta pas moins de sept enfants, dont trois garçons, et abandonna donc la version des bris de cloches pour se rabattre sur celle du voyeur.

— Oh, mon Dieu ! s'exclama Mrs. Hylton. C'est incroyable ! Encore des gens qui n'ont rien à faire de leurs journées, pour sûr ! Moi, je dis que tout le monde devrait travailler.

Elle remit en place une mèche échappée de son chignon et arrangea ses jupons.

— Cela éviterait les problèmes, enchaîna-t-elle. Miss Gillespie, avez-vous dit ? Quelle honte ! Une jeune dame si mignonne ! Tout comme sa sœur, d'ailleurs. Très attachées l'une à l'autre, ah ça oui ! Ça fait plaisir à voir, vous ne trouvez pas ?

Elle entraîna Monk près de la fenêtre, d'où l'on jouissait d'une bonne vue sur le mur de séparation et le jardin des Penrose, mais ne lui laissa pas le temps de répondre à la question.

— Et Mr. Penrose, quant à lui, doit être un monsieur très sympathique, j'en suis persuadée, ajouta-t-elle.

— Avez-vous un jardinier, Mrs. Hylton?

— Un jardinier? s'exclama-t-elle, visiblement surprise. Mon Dieu, non! Notre jardin est un peu laissé à l'abandon, je le reconnais... Quoique mon mari tonde le gazon de temps en temps! C'est à cause des enfants, vous comprenez, ajouta-t-elle avec un sourire heureux. Je dois avouer qu'au début, j'ai eu peur que vous veniez me dire qu'ils avaient cassé quelque chose avec leur balle de cricket. Vous ne pouvez pas savoir comme je suis soulagée!

— L'idée d'un voyeur dans le quartier ne vous effraie pas, madame?

— Ma foi, non! répondit-elle avant d'examiner de plus près le détective. D'ailleurs, je me demande même s'il y en a réellement eu un. Miss Gillespie est très jeune, voyez-vous, et les jeunes filles ont tendance à s'inventer des histoires. Les nerfs, vous comprenez... C'est sans doute parce qu'elles restent toute la journée à ne rien faire, à attendre de rencontrer un jeune homme convenable et à espérer qu'il n'ira pas leur en préférer une autre...

Elle arrangea encore les pans de sa jupe et prit une profonde inspiration.

— Bien sûr, poursuivit-elle, Miss Gillespie est ravissante et cela augmentera ses chances, mais, en attendant, elle est dépendante de son beau-frère pour vivre. Et, d'après ce que j'ai compris, elle n'a pas de dot. A votre place, Mr. Monk, je ne me ferais pas trop de soucis. Elle a dû entendre un chat dans les buissons, ou quelque chose comme ça.

— Sans doute, répondit pensivement Monk.

Ce n'était pas au type d'animal incriminé qu'il songeait, ni à la richesse de l'imagination de Marianne, mais à cette idée de dépendance financière.

— Vous devez avoir raison, ajouta-t-il. Merci, Mrs. Hylton. Je crois que je vais suivre vos conseils et abandonner mes recherches. Au revoir, madame.

Il déjeuna dans un petit restaurant d'Euston Road, puis se promena un long moment pour réfléchir. Plus il considérait l'affaire, plus les conclusions qui s'imposaient lui déplaisaient. Il n'avait jamais vraiment cru à l'intrusion d'un étranger par le mur du jardin, mais à présent, une telle hypothèse était devenue si improbable qu'il pouvait bel et bien y renoncer. Celui qui avait agressé Marianne était passé par la maison et, soit la jeune fille soit sa sœur le connaissait. Peut-être même les deux.

Sachant qu'elles ne voulaient pas porter plainte, pourquoi avaient-elles fait appel à Monk ? Pourquoi avaient-elles même soulevé le problème ?

La réponse paraissait claire : Julia ne savait pas. Marianne avait été contrainte de fournir une explication concernant les ecchymoses qui lui marquaient les poignets et son soudain état de détresse. Peut-être même ses vêtements avaient-ils été déchirés ou tachés de terre, voire de sang. Pour des raisons qui lui étaient propres, toutefois, elle n'avait pas souhaité révéler à Julia la vérité sur son agresseur. Peut-être avait-elle encouragé l'homme au départ, puis s'était-elle effrayée. Ensuite, la honte l'avait poussée à prétendre qu'il s'agissait d'un inconnu, seule réponse moralement acceptable. Personne n'irait croire que la jeune fille s'était donnée à un parfait étranger, ni même qu'elle lui avait manifesté le moindre signe d'encouragement.

Il était plus de trois heures lorsqu'il retourna chez les Penrose et demanda à être reçu. Il trouva Julia dans le salon en compagnie de Marianne et d'Audley, rentré de bonne heure une fois de plus.

— Mr. Monk ? s'exclama ce dernier sans chercher à masquer son étonnement. Je ne pensais vraiment pas que le cousin Albert avait dit tant de bien de nous !

— Audley ! s'indigna Julia en se levant d'un bond, rouge de honte. Entrez, je vous en prie, Mr. Monk. Je suis sûre que mon mari ne voulait pas vous donner à penser que vous n'étiez pas le bienvenu dans notre maison.

Elle scruta le nouveau venu avec une anxiété manifeste.

— Il est un peu trop tôt pour le thé, reprit-elle, mais puis-je vous proposer de la citronnade bien fraîche ? Il fait une chaleur torride aujourd'hui.

— Avec plaisir, merci. C'est très gentil à vous.

Il prit place dans le fauteuil qu'elle lui désignait. Il avait accepté d'une part parce qu'il avait soif, d'autre part pour pouvoir observer d'un peu plus près ces trois personnes, en particulier les deux femmes. Existait-il entre elles une confiance absolue ? Julia avait-elle vraiment été dupe ? Ou soupçonnait-elle au contraire sa sœur de badinage amoureux ? Après tout, cette enquête n'était peut-être qu'une mascarade destinée à protéger Marianne du courroux d'Audley, au cas où celui-ci viendrait à penser que la jeune fille n'était pas, du début à la fin, une simple victime.

Julia sonna, puis envoya la bonne chercher les rafraîchissements. Songeant qu'il lui devait une explication vis-à-vis d'Audley, Monk chercha un mensonge acceptable. Raconter qu'il avait oublié quelque chose la veille ne serait pas crédible. Audley se montrerait aussitôt suspicieux, comme le serait Monk à sa place. Et s'il évoquait une commission ? Julia possédait-elle la vivacité d'esprit nécessaire pour saisir la perche tendue ?

La jeune femme se révéla plus rapide que lui.

— Je suis désolée, lança-t-elle, mais je n'ai pas encore eu le temps de le préparer !

— De préparer quoi ? interrogea Audley, les sourcils froncés.

Elle se tourna vers son époux avec un sourire candide.

— Mr. Monk m'a dit qu'il aurait la gentillesse de transmettre un petit paquet au cousin Albert de ma part, mais je me suis montrée négligente et ce n'est pas encore prêt.

— Mais qu'envoyez-vous à Albert ? s'étonna Audley, mécontent. Vraiment, j'ignorais que vous affectionniez tant ce cousin. Vous ne m'aviez jamais donné cette impression.

— Non, je ne peux pas dire que je l'affectionne vraiment, répondit-elle, mais il me semble que c'est une relation que je ne dois pas négliger. Après tout, c'est un parent très proche.

Elle s'efforça de sourire après ces paroles prononcées d'un ton badin. Monk remarqua toutefois ses mains crispées, qui trahissaient son état de tension extrême.

— Je pensais, poursuivit-elle, qu'un petit présent pourrait être un bon début. Et surtout, Albert détient des souvenirs familiaux que j'aimerais beaucoup qu'il nous fasse partager.

— Vous ne m'en aviez jamais parlé auparavant, insista Audley. Quels souvenirs ?

— De nos grands-parents, intervint Marianne. Ce sont également les siens, et comme il est plus âgé que nous, il a dû garder d'eux des souvenirs bien plus nets que les nôtres. J'ai très envie d'en savoir davantage sur eux. Après tout, je n'ai pas connu ma mère. Julia a eu la gentillesse de me suggérer de faire appel au cousin Albert pour cela.

Audley parut sur le point de répondre, mais se ravisa. Pour une jeune fille totalement dépendante de lui, Marianne avait des manières directes et ne semblait guère le redouter. Ou peut-être était-elle suffisamment dévouée à sa sœur pour prendre aveuglément sa défense, ne songeant qu'après coup au risque encouru.

— C'est très naturel, en effet, déclara Audley.

Puis il s'adressa à Monk.

— Êtes-vous également originaire d'Halifax ?

— Non, du Northumberland. Mais je traverserai la ville sur le chemin du retour.

Décidément, il s'enfonçait dans le mensonge. Il lui faudrait poster le paquet et espérer que le cousin Albert se donnerait la peine de répondre. Sans doute, si ce dernier omettait de le faire, les deux sœurs expliqueraient ce silence comme la conséquence d'un cœur trop endurci par la solitude.

— Très bien.

L'affaire n'intéressait visiblement plus Audley. Ils se virent épargner la nécessité d'entretenir la conversation par l'entrée de la femme de chambre, venue annoncer l'arrivée de Mrs. Hylton. Celle-ci souhaitait voir Mrs. Penrose.

La visiteuse semblait dans tous ses états lorsqu'elle fit irruption dans la pièce. Monk et Audley se levèrent pour l'accueillir, mais elle ne leur laissa pas le temps de prononcer un mot, déversant sans attendre un flot de paroles.

— Oh, Mr. Monk ! s'exclama-t-elle. Je suis si contente que vous soyez encore ici ! Ma chère Mrs. Penrose, comme il est agréable de vous voir ! Miss Gillespie, j'ai été désolée d'apprendre l'expérience déplaisante que vous avez subie, mais je suis convaincue que ce n'était rien d'autre qu'un chat errant ou quelque chose comme cela. Et vous, Mr. Penrose, comment allez-vous ?

— Je vais bien, merci, Mrs. Hylton, répondit froidement ce dernier avant de se tourner vers sa belle-sœur, l'air courroucé. De quelle expérience s'agit-il ? Je ne suis pas au courant.

Il était très pâle. Seules, deux taches roses coloraient ses joues. Au bout de ses bras ballants, il tenait ses poings si serrés que les jointures des doigts étaient blanches.

— Oh, mon Dieu ! reprit à la hâte Mrs. Hylton. Je n'aurais peut-être pas dû en parler. Je suis confuse. Moi qui ai horreur de l'indiscrétion, voilà que je m'en rends moi-même coupable !

— De quelle expérience parle-t-on ? insista Audley d'une voix rauque. Julia ?

— Oh...

Julia semblait effondrée. À l'évidence, elle n'osait regarder Monk, de crainte qu'Audley ne comprît qu'elle s'était confiée à lui, à supposer que celui-ci ne l'eût pas déjà deviné.

— C'était seulement quelque chose dans les buissons du jardin, intervint Monk. Miss Gillespie a craint qu'un vagabond ne fût venu l'observer. Mais je suis persuadé que Mrs. Hylton a raison et qu'il s'agissait tout simplement d'un chat. Cela peut causer une petite frayeur, mais rien de plus. Je suis certain qu'il n'y a aucun danger, Miss Gillespie.

— Non, répondit Marianne d'une voix tremblante. Non, bien sûr. Je crains d'avoir été un peu bête. Je... je n'ai pas réfléchi.

— Si vous avez envoyé Mr. Monk à la recherche d'un vagabond dans le jardin, on peut dire en effet que vous avez été bête ! s'exclama Audley. C'est à moi que vous auriez dû en parler ! Il était inutile et déplacé d'ennuyer un invité avec cela !

— Miss Gillespie ne m'a rien demandé, expliqua Monk. Je me trouvais avec elle dans le jardin lorsque nous avons entendu du bruit. Cela m'a semblé la réaction la plus naturelle du monde que d'aller vérifier s'il n'y avait pas un intrus.

Audley garda le silence, mais, de toute évidence, il se sentait très mal à l'aise.

— A vrai dire, j'ai eu peur que ce ne soit un de mes enfants qui ait lancé une balle dans votre jardin et soit allé la récupérer, reprit Mrs. Hylton, comme pour s'excuser, tout en considérant d'un regard plein d'excitation les personnes présentes. C'est tout à fait inconsidéré, je le sais, mais les enfants sont comme ça. Je suis sûre que vous en ferez l'expérience vous-mêmes lorsque vous en aurez...

Livide, les yeux brillants, Audley dirigea son regard dur sur les arbres du jardin. Julia devint écarlate, mais ne dit rien.

Ce fut Marianne qui prit la parole, la voix tremblante de douleur et d'indignation.

— C'est possible, Mrs. Hylton, mais tout le monde n'est pas obligé de suivre les mêmes voies dans l'existence. Certains d'entre nous font des choix différents. Je suis sûre que vous avez suffisamment de sensibilité pour comprendre cela.

A ces mots, Mrs. Hylton parut s'apercevoir qu'elle avait commis une terrible bévue. Elle rougit violemment.

— Oui, répondit-elle en toute hâte. Bien sûr que je comprends. Naturellement. Bon, eh bien, je suis sûre que vous avez fait ce qu'il fallait, Mr. Monk. Je... je voulais juste... enfin... Allez, au revoir.

Elle tourna les talons et quitta la pièce dans un état de total désarroi.

Monk en avait vu plus qu'il ne lui en fallait pour confirmer ses craintes. Il devrait désormais parler à Marianne en tête à tête, mais il ne le ferait pas avec Audley dans la maison. Il résolut de revenir le lendemain matin, à une heure où il était certain de trouver les femmes seules.

— Je ne veux pas m'imposer plus longtemps, déclara-t-il à l'intention de Julia. Si vous le permettez, madame, je reviendrai très bientôt prendre votre cadeau pour Mr. Finnister.

— Oh, merci, acquiesça aussitôt la maîtresse de maison. Ce serait très gentil à vous.

Audley ne dit rien. Monk ajouta quelques mots pour prendre congé, puis sortit.

Le lendemain matin, il retrouva Marianne dans le pavillon d'été. On entendait chanter des oiseaux dissimulés dans le lilas, à quelques mètres à peine, et une brise légère faisait danser quelques feuilles mortes sur la pelouse. Rodwell était absent.

— Je crois que j'ai mené toutes les recherches possibles, commença Monk.

— Je ne puis vous blâmer si vous ne parvenez pas à découvrir grand-chose, répondit Marianne avec un minuscule sourire.

Elle se tenait près de la fenêtre, entourée des plis de mousseline de sa robe qui flottait dans la brise. Elle paraissait très juvénile, mais moins vulnérable, bizarrement, que sa sœur aînée. Monk avait néanmoins conscience de la peur qui habitait la jeune fille.

— J'ai découvert plusieurs choses, poursuivit-il en l'étudiant avec attention. Par exemple, que personne n'a franchi le muret pour pénétrer dans le jardin.

— Ah bon ?

Elle n'avait pas cillé et semblait presque retenir son souffle. Elle ne regardait pas Monk, mais le gazon par la fenêtre.

— Et vous êtes certaine qu'il ne s'agissait pas de Rodwell ?

La jeune fille se tourna brusquement vers lui. Son visage marquait une totale incrédulité.

— Rodwell ? Vous voulez dire... le jardinier ? Bien sûr que non ! Croyez-vous que je ne reconnaîtrais pas notre propre jardinier ? Oh... Oh non ! Vous ne pouvez tout de même pas croire que...

Elle s'interrompit. Elle était écarlate.

— Non, pas du tout, répondit aussitôt Monk. Il fallait seulement que j'en aie le cœur net. Non, je ne crois pas qu'il s'agisse de Rodwell, Miss Gillespie. Mais je suis convaincu, en revanche, que vous savez qui c'était.

Le visage de Marianne avait pris un aspect crayeux que venaient colorer deux taches roses en haut des joues. La jeune fille posa sur son interlocuteur un regard furibond.

— Vous pensez que j'étais consentante ? Oh, mon Dieu, comment est-ce possible ? Comment pouvez-vous croire une chose pareille ?

Elle se détourna. Le ton de sa voix traduisait une telle révolte que Monk chassa les derniers doutes qui subsistaient en lui.

— Non, pas du tout, affirma-t-il avec la sensation que ses propres mots sonnaient creux. Mais je pense que vous avez peur que les gens ne le croient. Alors vous essayez de vous protéger.

Il avait évité le mot *mentir*.

— Vous vous trompez, répondit-elle, sans toutefois se retourner vers lui.

— Comment est-il entré ? interrogea doucement Monk. Un étranger n'aurait pas pu traverser la maison.

— Il a dû passer par le potager.

— Devant Rodwell ? Il m'a dit qu'il n'avait vu personne.

— Il était sans doute ailleurs, répliqua-t-elle d'une voix monocorde. Peut-être est-il allé quelques minutes dans la cuisine. Peut-être a-t-il eu envie d'un verre d'eau, ou d'un morceau de gâteau ou de quelque chose, mais n'a pas voulu l'avouer.

— Et cet individu en aurait profité pour s'introduire dans le jardin ? interrogea Monk sans chercher à masquer l'incrédulité de sa voix.

— Oui.

— Mais pourquoi ? Il n'y a rien à voler dans un jardin. Et quel risque ! Il ne pouvait savoir que Rodwell allait repartir. Il aurait pu rester bloqué ici pendant des heures !

— Je ne sais pas, moi !

La voix de Marianne était devenue suraiguë.

— A moins qu'il n'ait su que vous étiez ici ?

Elle se tourna brutalement vers lui, les yeux brillants.

— Je ne sais pas ! hurla-t-elle. Je ne sais pas ce qu'il pouvait penser ! Pourquoi ne voulez-vous pas reconnaître que vous ne pourrez pas le trouver et repartir ? J'ai toujours su que vous n'y parviendriez pas, de toute façon. C'est Julia qui voulait, parce qu'elle est furieuse de ce qui s'est passé. Moi, je vous ai dit que vous ne pouviez pas trouver ! C'était ridicule. Il n'y a aucun moyen de savoir. C'est trop difficile. Si vous ne voulez pas le lui expliquer, je veux bien le faire à votre place.

— Et l'honneur sera sauf ?

— Si vous voulez.

— Est-ce que vous l'aimez ? demanda-t-il à mi-voix.

La colère déserta le visage de Marianne, remplacée par un total bouleversement.

— Comment ?

— Est-ce que vous l'aimez ? répéta-t-il.

— Qui ? Mais de quoi parlez-vous ? Est-ce que j'aime qui ?

— Audley.

Elle le dévisagea, comme paralysée. Dans ses yeux sombres se reflétaient la douleur ainsi qu'une autre émotion, profonde, qu'il assimila à un sentiment d'horreur.

— Vous a-t-il forcée ? insista-t-il.

— Non ! souffla-t-elle. Vous faites fausse route. Ce n'est pas Audley. C'est affreux, ce que vous dites... Comment osez-vous ? C'est l'époux de ma sœur !

Il n'y avait aucune conviction dans sa voix tremblante.

— C'est précisément parce qu'il s'agit de l'époux de votre sœur que je ne peux pas croire que vous étiez consentante, poursuivit-il.

Une pitié profonde pour la jeune fille l'avait étreint, affectant le son même de sa voix. Il vit les yeux de Marianne s'emplir de larmes.

— Ce n'est pas Audley, répéta-t-elle, dans un murmure, sans colère ni conviction.

— Si.

— Je nierai.

Il n'en doutait pas.

— Je vous en prie, Mr. Monk, insista-t-elle, implorante. Il ne le reconnaîtrait pas et je passerais pour une femme mauvaise, sans moralité. Audley m'a donné un toit et il a pris soin de moi depuis qu'il a épousé Julia. Personne ne me croirait et l'on penserait que je suis une ingrate...

Elle éprouvait une réelle terreur à présent, bien plus forte que la peur physique ou que la répugnance suscitée par l'agression. Si l'on apprenait qu'elle avait formulé une telle accusation, elle se trouverait non seulement à la rue, mais sans la moindre perspective de mariage. Aucun homme respectable n'épouserait une femme soupçonnée d'avoir pris un amant, puis d'avoir émis une accusation aussi terrible contre ce beau-frère qui s'était montré si généreux à son égard.

— Que voulez-vous que je dise à votre sœur ? demanda-t-il.

— Rien ! Dites-lui que vous ne pouvez rien découvrir. Qu'il s'agissait d'un étranger qui est arrivé d'une manière ou d'une autre et qui a disparu depuis belle lurette.

Elle tendit la main et lui agrippa le bras.

— Je vous en prie, Mr. Monk, reprit-elle avec une réelle angoisse dans la voix. Pensez à ce que Julia aurait à endurer ! Ce serait pire que tout. Je ne pourrais pas le supporter. Je préférerais encore qu'Audley dise que je suis une dépravée, qu'il me jette à la rue et me laisse me débrouiller toute seule.

Sans doute n'avait-elle aucune idée de ce qu'impliquait cette dernière éventualité : les nuits dans les maisons de tolérance ou les asiles, la faim, les mauvais traitements, la maladie et la peur. Sans métier, elle ne pouvait même pas gagner honnêtement sa vie en travaillant huit heures par jour dans un atelier clandestin, à supposer que sa constitution et ses nerfs fussent assez solides. Pourtant, il croyait sans peine qu'elle était prête à en passer par là plutôt que d'avouer la vérité à Julia.

— Je ne lui dirai pas que c'était Audley, promit-il. Vous n'avez rien à craindre.

A ces mots, les larmes jaillirent et roulèrent sur les joues de la jeune fille. Elle s'abandonna aux sanglots.

— Merci. Merci, Mr. Monk.

Elle tira de sa poche un fin mouchoir en dentelle qui ne lui fut d'aucun secours. Monk lui tendit le sien, qu'elle prit en silence. Elle s'essuya les yeux, hésita, puis se moucha également. Elle parut ensuite confuse, ne sachant si elle devait le lui rendre.

Monk sourit malgré lui.

— Gardez-le, dit-il.

— Merci.

— A présent, je ferais bien d'aller livrer à votre sœur mon compte rendu de l'affaire.

Elle hocha la tête et renifla de nouveau.

— Elle va être déçue, mais ne la laissez pas vous convaincre. Même si elle est contrariée, la vérité la ferait souffrir mille fois plus.

— Vous devriez rester ici.

— D'accord. Et... merci, Mr. Monk.

Il trouva Julia dans le petit bureau, occupée à rédiger du courrier. Dès qu'elle l'entendit entrer, elle leva vers lui un visage interrogateur. L'idée de devoir mentir répugnait à Monk, d'autant qu'il lui faudrait faire une entaille à son amour-propre.

— Je suis navré, Mrs. Penrose, mais je pense avoir mené cette enquête aussi loin que possible. La poursuivre encore reviendrait à vous faire jeter votre argent par les fenêtres...

— Cela, Mr. Monk, c'est mon affaire, trancha-t-elle en reposant sa plume. Et je ne considère pas que l'on puisse qualifier une telle quête de gaspillage.

— Ce que je tente de vous dire, c'est que je ne pourrai rien apprendre de plus, articula-t-il avec peine.

— Vous n'en savez rien, fit-elle remarquer, butée. A moins que vous ne soyez en train d'insinuer qu'en fait Marianne n'a pas été agressée ?

— Non, je n'ai pas dit cela. Il est indéniable qu'elle l'a été, mais celui qui l'a attaquée était un inconnu et nous n'avons aucun moyen de le retrouver aujourd'hui, puisque vos voisins n'ont rien vu et que nous ne détenons aucun indice qui pourrait nous aider à l'identifier.

— Quelqu'un a bien dû le voir ! protesta-t-elle. Un homme n'apparaît pas comme cela, tout d'un coup, sans venir de quelque part. Peut-être n'était-ce pas un vagabond, mais une personne invitée par un voisin. Avez-vous pensé à cela ?

Il y avait à présent un petit air de défi dans son regard.

— Et cette personne aurait escaladé le mur du jardin dans l'espoir qu'il y aurait là un mauvais coup à faire ? questionna-t-il en s'efforçant de bannir le sarcasme de sa voix.

— Ne soyez pas ridicule. Il a dû passer par le potager à un moment où Rodwell ne s'y trouvait pas. Peut-être s'est-il trompé de maison.

— Il aurait alors trouvé Miss Gillespie dans le pavillon d'été et l'aurait agressée sans crier gare ?

— Peut-être, oui. Enfin, j'imagine qu'il lui a d'abord parlé, mais qu'elle ne s'en souvient pas parce que toute cette histoire était si terrible qu'elle l'a entièrement gommée de son esprit. Cela arrive, vous savez.

— Je sais.

— Dans ce cas, s'il vous plaît, poursuivez votre enquête, Mr. Monk.

Elle le défia du regard, trop submergée par ses propres émotions pour percevoir celles de son interlocuteur.

— Mais si vous ne vous en sentez pas capable, reprit-elle, ou si vous n'en avez plus envie, peut-être pourriez-vous m'indiquer le nom d'un autre détective susceptible de prendre la relève ?

— Je pense que vous n'avez aucune chance de succès, Mrs. Penrose, répondit-il d'un ton sec. Il serait malhonnête de ma part de ne pas vous le dire.

— Je vous félicite pour votre intégrité, Mr. Monk, rétorqua-t-elle, mais maintenant que vous me l'avez dit et que je vous ai écouté, je vous prie de continuer tout de même.

— Mais vous n'apprendrez rien !

La jeune femme se leva et s'approcha de lui.

— Mr. Monk, déclara-t-elle, avez-vous la moindre idée du crime effroyable que commet un homme en prenant une femme de force ? Peut-être vous imaginez-vous qu'il s'agit d'une simple atteinte à la pudeur, d'un acte qui inspire une vague répugnance, et rien de plus ? A moins que vous ne soyez de ceux qui estiment que lorsqu'une femme dit *non*, elle pense *oui* ?

Il ouvrit la bouche pour protester, mais elle ne lui en laissa pas le loisir.

— Comme il est aisé pour les hommes de se justifier ainsi d'un acte de brutalité qui restera à jamais inexcusable ! Ma sœur est très jeune, elle n'est pas mariée. Elle vient de subir une violation de la pire nature qui soit. Cet homme lui a fait connaître le... la bestialité... au lieu de... de...

Elle s'interrompit, rougissante, mais n'évita pas le regard de Monk.

— Au lieu de lui faire entrevoir une relation sacrée que... qu'elle... Oh, et puis non ! s'exclama-t-elle, perdant patience. En tout cas, personne n'a le droit de se conduire d'une telle façon vis-à-vis d'un être humain et si vous avez une nature trop insensible pour comprendre cela, je ne vois pas comment je pourrais vous l'expliquer !

Monk choisit sa formulation avec soin.

— Je suis tout à fait d'accord avec vous, Mrs. Penrose, dit-il. Il s'agit là d'une offense ignoble. Croyez bien que mes réticences à continuer ne sont pas liées à la gravité du crime, mais à l'impossibilité de retrouver le coupable aujourd'hui.

— Il est vrai que j'aurais dû venir vous chercher plus tôt, concéda-t-elle. C'est bien cela que vous me dites, n'est-ce pas ? Toutefois, Marianne ne m'a avoué la véritable nature de l'événement qu'après plusieurs jours. Ensuite, il m'a fallu quelque temps pour réfléchir à ce qu'il convenait de faire. Puis j'ai mis trois jours à vous localiser et à me renseigner sur votre réputation... qui est excellente. Je suis surprise de vous voir abandonner si vite. Cela ne correspond pas à l'image que l'on m'avait donnée de vous.

Il sentit la colère monter en lui. Seule, la souffrance de Marianne le retint de se défendre.

— Je reviendrai vous voir demain et nous en reparlerons ! lança-t-il. Je ne veux pas continuer à prendre votre argent pour une mission que j'estime irréalisable.

— Je vous serais reconnaissante de bien vouloir venir le matin, répondit-elle. Comme vous l'avez observé, mon époux ne sait rien de la situation et il devient de plus en plus difficile de trouver des explications à lui fournir.

— Peut-être devriez-vous me confier une lettre pour votre cousin, Mr. Finnister, suggéra-t-il. Je la lui enverrai par la poste, afin qu'il n'y ait pas de répercussions indésirables pour vous par la suite.

— Merci. C'est très attentionné de votre part. Je vais la préparer.

Peu après, Monk quittait la maison, furieux, troublé et confus, et repartait d'un pas rapide vers son appartement de Fitzroy Street.

Il eut beau réfléchir tout le jour durant, il ne parvint à aucune conclusion satisfaisante. Le soir venu, à bout de nerfs, il résolut de se rendre chez Callandra Daviot. Sa mauvaise humeur monta encore d'un cran lorsqu'il découvrit Hester Latterly. La dernière fois qu'il avait vu la jeune femme, ils avaient eu une violente altercation et s'étaient séparés en très mauvais termes. Monk ne se souvenait pas du thème de la dispute, mais il se rappelait la hargne d'Hester, qui n'avait même pas daigné l'écouter et encore moins prendre son point de vue en considération. A présent, cette harpie occupait le fauteuil le plus confortable de Callandra, celui qu'il affectionnait entre tous, et elle semblait épuisée. Il se surprit à la comparer à la très féminine Julia Penrose : les deux femmes n'avaient rien en commun. Hester avait soigneusement tiré en arrière son épaisse chevelure sans chercher à l'agrémenter de la moindre bouclette. Cette coiffure sévère dégageait son visage et faisait ressortir son ossature fine, nette, et ses traits passionnés où dominait une intelligence trop omniprésente pour séduire. La jeune femme portait une robe bleu clair dont la jupe sans cerceaux était froissée.

Monk fit mine de ne pas la voir et sourit à Callandra pour tenter de masquer son abattement.

— Bonsoir, Lady Callandra.

— Bonsoir, William, répondit Callandra avec un sourire presque imperceptible.

— Bonsoir, Miss Latterly, reprit Monk d'un ton sec en se tournant vers Hester.

— Bonsoir, Mr. Monk, répliqua celle-ci sans se lever. Vous me semblez de bien méchante humeur. Seriez-vous sur une affaire désagréable ?

— Les affaires criminelles sont toujours désagréables, rétorqua-t-il. Tout comme les maladies, d'ailleurs.

— Les unes et les autres existent néanmoins, fit observer Hester. Et elles touchent souvent des personnes que nous aimons et pouvons aider. Cela est infiniment agréable, du moins pour moi. Si ça ne l'est pas pour vous, vous devriez peut-être envisager de changer de métier.

Monk se laissa tomber dans un fauteuil. Il ne parvenait pas à s'expliquer un tel état de fatigue : après tout, il n'avait rien fait.

— Je me suis débattu toute la journée au cœur d'une

tragédie, Hester, et je ne suis vraiment pas d'humeur à me lancer dans un débat de sophistique triviale.

— Il ne s'agit pas de sophistique ! protesta-t-elle. Vous êtes en train de vous apitoyer sur votre travail, dont j'ai simplement souligné l'un des bons côtés.

— Mais je ne m'apitoie pas du tout, enfin ! Croyez bien que je plains tout le monde dans cette affaire, sauf moi-même ! Alors j'aimerais que vous vous absteniez de vos jugements hâtifs quand vous ne savez rien de la situation ni des personnes en cause !

Hester le considéra un instant, comme interloquée, puis une franche ironie illumina son visage.

— Vous ne savez que faire, constata-t-elle. Vous êtes déconcerté en ce moment.

L'unique réponse qui vint à l'esprit de Monk s'exprimait en des termes qu'il ne pouvait employer devant Callandra.

Ce fut cette dernière qui prit la parole tout en posant une main apaisante sur le bras d'Hester.

— Vous n'avez aucun reproche à vous faire, mon cher, déclara-t-elle à l'adresse de Monk. Les chances de découvrir le coupable étaient très minces au départ... à supposer qu'il y ait eu un coupable, d'ailleurs. Je veux dire... qu'il y ait vraiment eu agression.

Hester lança un regard interrogateur à Callandra, puis à Monk, mais se garda d'intervenir.

— Si, il s'agissait bel et bien d'une agression, répondit le détective en recouvrant son calme. Et je sais qui en est l'auteur. Ce que j'ignore, c'est ce que je dois faire de ce que je sais.

Bien qu'il ne prêtât plus attention à Hester, il eut soudain conscience de la transformation qui s'était opérée en elle. Toute trace d'ironie avait disparu, relayée par un vif intérêt.

— Vous craignez l'usage que Mrs. Penrose va faire de l'information ? s'enquit Callandra.

— Non, pas tout à fait. Je crains plutôt le gâchis et les souffrances que tout cela va engendrer.

— Pour l'agresseur? s'étonna Callandra. Pour sa famille à lui?

Monk sourit.

— Non, dit-il. Et oui.

— Pouvez-vous en parler? s'enquit Hester. J'imagine que vous avez une décision à prendre et que c'est cela qui vous tourmente?

On eût dit que la dispute de tout à l'heure n'avait pas eu lieu. Toute animosité avait disparu.

— En effet, oui. Je dois avoir pris une décision demain matin.

— Pouvez-vous nous exposer le problème?

Il haussa légèrement les épaules et s'installa plus confortablement dans son fauteuil. L'irritation l'avait déserté.

— Voilà, commença-t-il. Marianne vit avec sa sœur Julia et avec Audley Penrose, l'époux de cette sœur. Elle affirme avoir été violée dans le pavillon d'été du jardin, mais dit ne pas connaître son agresseur. J'ai interrogé toutes les personnes du voisinage. Personne n'a remarqué d'étrangers.

Callandra poussa un soupir.

— Audley Penrose?

— Oui.

— Oh, non... Et est-ce qu'elle l'aime? Ou croit l'aimer?

— Non. Elle est horrifiée... et elle a l'air de souffrir, expliqua-t-il avec lassitude. Elle dit qu'elle préférerait être traitée de femme sans moralité et jetée à la rue plutôt que de dévoiler la vérité à Julia.

Hester se mordit la lèvre.

— A-t-elle la moindre idée de ce qu'un tel sort signifierait pour elle? interrogea-t-elle, sceptique.

— Certainement pas. Mais le problème n'est pas là puisque, de toute façon, Julia ne laisserait jamais une telle chose arriver, du moins à mon avis. Cependant, Marianne refuse que je révèle ce que je sais. Elle dit qu'elle niera les faits quoi qu'il arrive et je comprends tout à fait sa position. Audley niera lui aussi, bien sûr. Il n'a pas le choix. Je n'ai aucune idée de ce que Julia, elle, va croire ou ne pas croire.

— Pauvre femme ! lança Hester avec une soudaine passion. Quel odieux dilemme ! Et que lui avez-vous dit ?

— Que je ne parviendrai pas à découvrir qui a attaqué Marianne et que je souhaite être déchargé de l'affaire.

Hester le dévisagea sans rien dire et il crut lire dans ses yeux un mélange d'admiration et de respect qui, contre toute attente, lui fit chaud au cœur. Tout à coup, l'amertume qui le submergeait s'évanouit.

— Et cela vous satisfait-il ? s'enquit Callandra, le tirant de ses pensées.

— Non, mais je ne trouve pas de meilleure solution. Il n'existe aucune possibilité honorable.

— Et Audley Penrose ? insista-t-elle.

— Si je m'écoutais, je lui ferais payer son méfait de mes propres mains, répondit-il, rageur. Mais c'est là un luxe que je ne puis m'offrir.

— Ce n'est pas à vous que je songeais, William.

Elle était la seule à l'appeler par son prénom et cette familiarité ne déplaisait pas à Monk ; elle créait une intimité qui rendait tout faux-semblant impossible.

— Comment ? s'étonna-t-il.

— Ce n'est pas à votre revanche personnelle que je songeais, expliqua-t-elle, aussi séduisante que puisse vous paraître l'idée de vengeance ou l'exigence de justice. Non, c'est Marianne Gillespie qui me préoccupe. Comment va-t-elle continuer à vivre dans cette maison après ce qui lui est arrivé ? D'autant que cela pourrait bien se reproduire si son beau-frère sait qu'il échappe à toute sanction.

— C'est elle qui en a décidé ainsi, répliqua Monk tout en sachant que cette réponse n'avait rien de satisfaisant. Elle a beaucoup insisté là-dessus. Elle m'a supplié de lui promettre que je ne dirai rien à Julia et je lui ai donné ma parole, conclut-il pour se justifier.

— Dans ce cas, qu'est-ce qui vous gêne ?

Hester dévisageait l'un après l'autre les deux interlocuteurs, visiblement très concentrée. Monk hésita.

— Est-ce l'atteinte à votre amour-propre ? insista Callandra. Vous répugnez à passer pour un incapable ? C'est seulement cela, William ? Votre réputation ?

— Non, non... répondit-il. A vrai dire, je ne sais pas très bien ce qui me gêne...

— Avez-vous songé à l'existence que mènera Marianne si cet homme réitère l'agression ? demanda Callandra sans s'emporter, mais d'une voix qui en disait long sur la passion qui l'animait. Chaque fois qu'elle se retrouvera seule avec lui, elle sera terrorisée. Et elle sera terrifiée à l'idée que Julia puisse découvrir ce qui se passe. Elle aura l'impression d'avoir trahi sa sœur, même si elle n'est pour rien dans ce qui lui arrive. Et Julia ? Comment pourra-t-elle avoir la certitude que Marianne n'était pas consentante ? Ne sera-t-elle pas tenaillée par l'idée terrible qu'au fond de son cœur Marianne s'est fort bien accommodée de la situation et que, d'une manière ou d'une autre, elle a même encouragé Audley ?

— Je ne crois pas, protesta-t-il. Marianne préfère se retrouver à la rue plutôt que de risquer que Julia l'apprenne.

Callandra secoua la tête.

— Ce n'est pas du présent que je parle, William, expliqua-t-elle. J'imagine ce qui se produira si elle ne dit rien et demeure dans la maison. Elle n'y a sans doute pas encore songé, mais il est de votre devoir à vous de l'envisager. Vous êtes le seul à connaître tous les faits et à pouvoir agir.

Monk ne répondit pas. D'innombrables pensées l'assaillaient, assorties de craintes nouvelles. Ce fut Hester qui prit la parole.

— Et il y a encore pire que cela, avança-t-elle, pensive. Que va-t-il se passer si elle se retrouve enceinte ?

D'un même mouvement, Monk et Callandra se tournèrent vers elle, consternés. A l'évidence, ni l'un ni l'autre n'avaient envisagé cette éventualité.

— Même si vous avez promis, déclara Callandra après

un silence, les choses ne peuvent en rester là. Il est impensable que vous abandonniez cette pauvre enfant à son sort.

— Mais il faut respecter son choix ! protesta Hester.

Sans doute estimait-elle, en dépit de son jugement personnel, que Marianne avait son mot à dire. Les émotions qu'elle ressentait se lisaient clairement sur son visage. En cet instant, Monk éprouva à son égard un sentiment d'amitié véritable, la sensation qu'il existait entre eux ce lien qui unit les gens qui se comprennent et défendent avec la même passion une cause qui leur tient à cœur.

— Si je ne lui fournis pas de coupable, ajouta Monk, je pense que Julia engagera un autre détective qui, lui, aura peut-être moins de scrupules. Seulement, je n'ai pas dit cela à Marianne parce que je ne l'ai pas revue après ma conversation avec sa sœur.

— Et si vous expliquiez tout à Julia, que se passerait-il ? questionna Hester. Vous croirait-elle ? Elle se retrouverait dans une situation impossible entre son mari et sa sœur !

— Et il y a encore autre chose, renchérit Monk. Toutes deux sont financièrement dépendantes d'Audley.

— Mais il n'a pas le droit de jeter son épouse dehors ! riposta aussitôt la jeune femme, rougissant d'indignation. Et je suis sûre qu'elle ne se laisserait pas... Euh... oh, bien sûr, reprit-elle à mi-voix. Vous voulez dire que... qu'elle pourrait décider elle-même de le quitter et de partir ? Oh, mon Dieu !

Elle se mordit la lèvre, un instant silencieuse.

— Et à supposer que le viol soit prouvé, poursuivit-elle, ce qui est pratiquement impossible, et que le mari soit condamné, il n'y aurait plus d'argent pour personne : les deux femmes se retrouveraient démunies. Quelle situation ridicule !

Elle serrait les poings, furieuse. Puis elle se leva et gagna la fenêtre à grands pas.

— Ah, si seulement les femmes pouvaient gagner leur vie comme les hommes ! s'exclama-t-elle. Si elles pouvaient être médecins, avocates ou architectes elles aussi !

Ou même employées de bureau ou gérantes de magasin ! En tout cas, autre chose que bonnes, domestiques, couturières ou prostituées ! Mais quelle femme gagne assez bien sa vie pour habiter ailleurs que dans une chambre meublée si elle a de la chance ou dans un taudis si elle n'en a pas ? Et sans avoir faim et froid en permanence, sans se demander si la semaine qui l'attend ne sera pas encore pire que celle qu'elle vient de vivre ?

— Vous rêvez, fit remarquer Monk sans ironie. Et même si cela arrive un jour, ce qui est fort improbable car contraire à l'ordre social naturel, cela n'aidera en rien Julia Penrose et sa sœur. Tout ce que je peux lui dire, ou ne pas lui dire, causera un tort considérable de toute façon.

Ils demeurèrent tous trois silencieux, réfléchissant chacun à sa manière. Hester se tenait à la fenêtre, Callandra était enfoncée dans son fauteuil, Monk très droit sur le sien. Ce fut Callandra qui mit un terme à leur méditation.

— A mon avis, déclara-t-elle de sa voix posée, il faut tout dire à Julia. Ce n'est pas une bonne solution, mais je pense qu'il serait encore pire de se taire. En lui révélant les conclusions de votre enquête, vous lui permettez au moins de prendre elle-même sa décision, au lieu de le faire à sa place. Et comme vous l'avez dit tout à l'heure, elle peut très bien persister dans ses recherches jusqu'au jour où elle apprendra quelque chose. Plaise à Dieu que cette solution soit la bonne. Nous ne pouvons que l'espérer.

Monk se tourna vers Hester, qu'il interrogea du regard.

— Je suis d'accord, déclara cette dernière. Aucune solution n'est satisfaisante et, quoi que vous fassiez, cette femme va souffrir. Seulement, je pense qu'il est déjà trop tard. Si son mari continue et que Marianne se retrouve un jour gravement blessée ou enceinte, ce sera pire encore. Alors, Julia s'en prendra à elle-même... et à vous !

— Et la promesse que j'ai faite à Marianne ? interrogea Monk, abattu.

— Croyez-vous que cette pauvre fille se doute des

dangers qui la guettent ? Elle est jeune, célibataire. Elle ne sait peut-être pas ce qu'elle risque ! Beaucoup de jeunes femmes de son âge n'ont pas la moindre idée de la façon dont on fait les enfants. Elles ne le découvrent qu'après le mariage.

— Je ne sais pas, murmura Monk. Je lui ai donné ma parole...

— Dans ce cas, il faut aller lui dire que vous ne pourrez pas la tenir, rétorqua Callandra. Ce sera dur, mais quelle autre solution avez-vous ?

— Tenir ma promesse.

— Cela ne vous paraît-il pas plus difficile encore ? Sinon dans l'immédiat, du moins pour l'avenir ?

Elle disait vrai et il le savait. Il n'était pas homme à tourner le dos à ces femmes et à chasser l'affaire de son esprit. Chaque possibilité, avec les tragédies qu'elle entraînerait, continuerait à le tarauder et, d'une manière ou d'une autre, il se sentirait au moins en partie responsable.

— Oui, reconnut-il. Oui... il faut que je retourne voir Marianne.

— Je penserai à vous demain, promit Hester.

La jeune femme s'avança vers lui et lui effleura le bras. Il lui adressa en retour un sourire triste. Il la savait sincère et cette chaleur qu'elle lui témoignait lui apportait un précieux réconfort. Il se sentirait moins seul le lendemain.

Il était dix heures moins le quart lorsqu'il atteignit Hastings Street le lendemain matin. Une fine pluie s'était mise à tomber, mais la température restait agréable. Un voile d'humidité recouvrait les fleurs des jardins et, dans un arbre, un oiseau lançait son chant clair.

Monk eût donné cher pour pouvoir faire demi-tour et regagner Euston Street sans avoir à sonner au numéro quatorze. Il gravit pourtant les marches du perron sans hésiter et n'attendit pas avant d'appuyer sur la sonnette. Il avait tourné et retourné le problème dans son esprit pour parvenir toujours à la même conclusion. Il n'y avait plus à réfléchir, tous les arguments avaient été envisagés et débattus.

La femme de chambre l'accueillit avec un sourire qui s'estompa lorsqu'il demanda à voir non pas Mrs. Penrose, mais Miss Gillespie. Il se trouvait seul dans le petit salon, marchant de long en large pour tenter d'apaiser son anxiété, lorsque Marianne apparut. La jeune fille pâlit en l'apercevant.

— Qu'y a-t-il ? interrogea-t-elle. S'est-il passé quelque chose ?

— Hier matin, avant de partir, j'ai parlé à votre sœur. Je lui ai dit que je ne parviendrais pas à découvrir qui vous a agressée et qu'il était inutile de poursuivre l'enquête. Mais elle a refusé que j'arrête. Si je ne lui dis rien, elle emploiera un autre détective qui, pour sa part, lui révélera la vérité.

— Mais comment cet autre détective pourrait-il savoir ? interrogea Marianne d'une petite voix désespérée. Je ne dirai rien, et personne n'a rien vu, ni rien entendu.

— Ce n'est qu'une question de déduction. C'est par déduction que j'ai trouvé moi-même.

Ce tête-à-tête se révélait au moins aussi difficile que dans ses pires craintes. Marianne paraissait accablée.

— Miss Gillespie, je... je suis désolé, mais je vais devoir reprendre ma parole et expliquer la vérité à Mrs. Penrose.

— Vous n'en avez pas le droit ! s'écria-t-elle, comme frappée d'horreur. Vous m'aviez promis de vous taire !

Tandis qu'elle prononçait ces mots, toutefois, l'indignation s'amenuisait sur son visage, laissant place à la compréhension et à l'acceptation de la défaite.

Un immense sentiment de culpabilité envahit Monk. Même s'il savait qu'il n'avait pas le choix, ce qu'il s'apprêtait à faire s'apparentait à une trahison et il ne pouvait se défaire de cette idée.

— Il y a d'autres éléments à prendre en considération et...

— Évidemment ! s'exclama-t-elle d'une voix rendue

rauque par la colère et la frustration. Dans toute cette histoire, c'est d'abord à Julia qu'il faut penser ! Cette nouvelle va l'anéantir. Même si elle est convaincue que je n'ai pas été un seul instant consentante, les sentiments qu'elle éprouve pour moi ne seront plus jamais les mêmes. Je n'ai rien fait qui ait pu laisser croire à Audley que j'étais prête à accepter ses avances, je vous assure, Mr. Monk ! Je vous le jure sur tout ce que j'ai de plus cher...

— Je vous crois, coupa Monk. Ce n'est pas du tout ce que j'ai voulu insinuer.

— Quoi, alors ? interrogea-t-elle avec brusquerie. Que pourrait-il y avoir d'autre ?

— Qu'est-ce qui vous fait penser qu'il ne recommencera pas ?

Marianne pâlit, interloquée. Elle sembla sur le point de parler, mais aucun son ne franchit ses lèvres.

— Avez-vous les moyens de vous protéger si cela se reproduit ? insista Monk à mi-voix.

— Mais... Je...

Elle baissa les yeux.

— Je suis persuadée que ce n'était qu'une incartade dramatique, reprit-elle, chez un homme qui... dont la conduite est en tout point exemplaire d'ordinaire. Je suis sûre qu'il aime Julia...

— Avant votre agression, auriez-vous pensé une seule seconde que cet homme était capable d'une telle ignominie ? Vous doutiez-vous qu'il commettrait un acte comme celui-ci ?

Les yeux de la jeune fille lancèrent des éclairs.

— Non ! répondit-elle, outrée. Bien sûr que non. C'est odieux d'aller imaginer cela ! Non, non, je ne me doutais de rien. Pas une seule seconde !

— Dans ce cas, rien ne dit que cela ne se reproduira pas, expliqua-t-il. Je suis désolé.

Il fut tenté d'ajouter l'éventualité d'une grossesse, mais se souvint de ce qu'avaient dit Callandra et Hester. Marianne ne savait peut-être pas comment les enfants étaient conçus. Le détective demeura donc silencieux, accablé par sa propre impuissance.

— Cela a dû vous coûter de me dire cela, déclara la jeune fille en se tournant lentement vers lui. Beaucoup d'hommes n'en auraient pas eu le courage. Je vous remercie au moins pour cela.

— A présent, je dois aller voir Mrs. Penrose. J'aurais aimé trouver une autre solution, mais je n'en ai pas.

— Elle est au salon. Je vais monter dans ma chambre. J'imagine qu'Audley me demandera de quitter la maison et que Julia ne me retiendra pas.

Sur ces mots prononcés d'une voix tremblante, elle tourna les talons et gagna la porte si vite que Monk ne put atteindre celle-ci le premier. Elle s'empara maladroitement du bouton, puis ouvrit en grand et traversa le hall d'un pas lourd, mais la tête haute.

Monk demeura immobile, se demandant une fois de plus s'il ne pouvait pas imaginer une autre solution, puis l'intelligence reprit le dessus sur les sentiments et il se dirigea vers la porte du salon, désormais familière, et frappa deux petits coups.

La voix de Julia l'invita à entrer. La jeune femme se tenait devant la table centrale, où était posé un vase plein de fleurs. Elle tenait à la main une magnifique tige de pied-d'alouette. A l'évidence, la façon dont la fleur avait été placée ne lui plaisait pas et elle avait entrepris d'arranger elle-même le bouquet. Lorsqu'elle vit entrer le nouveau venu, toutefois, elle enfonça la tige au hasard parmi les autres.

— Bonjour, Mr. Monk ! lança-t-elle d'une voix qui tremblait un peu, tout en le dévisageant d'un œil inquiet. Qu'y a-t-il ?

Il referma la porte derrière lui. La conversation qui l'attendait s'annonçait des plus pénibles et il ne pouvait ni s'y dérober ni atténuer le choc.

— Je crains de ne pas vous avoir dit la vérité hier, Mrs. Penrose, commença-t-il.

La surprise marqua le visage de Julia sans en chasser l'appréhension. Monk se surprit à hésiter encore.

— Expliquez-vous, Mr. Monk, dit enfin Julia d'une voix altérée. Vous ne pouvez pas vous contenter de me dire cela. A quel propos m'avez-vous menti, et pourquoi ?

Il choisit de répondre d'abord à la seconde question.

— Parce que la vérité est si déplaisante que j'ai voulu vous l'épargner, madame. Et que c'était également le souhait de Miss Gillespie. Votre sœur a commencé par nier, jusqu'au moment où elle a compris que l'évidence s'imposait. Alors, elle m'a imploré de ne rien vous dire. Elle était prête à accepter les conséquences plutôt que de vous voir souffrir. C'est pourquoi il était nécessaire que j'aille lui parler ce matin. Je lui ai expliqué que je ne pouvais pas tenir la promesse que je lui avais faite.

Julia avait tant blêmi qu'il craignit un instant de la voir s'évanouir. Au ralenti, elle recula et chercha à tâtons l'accoudoir d'un canapé derrière elle. Elle s'y laissa tomber sans quitter des yeux son interlocuteur.

— Expliquez-moi de quoi il s'agit, Mr. Monk. Je dois savoir. Avez-vous découvert qui a violé ma sœur ?

— Oui, madame. Malheureusement.

Il prit une profonde inspiration et résolut d'entreprendre une dernière tentative qu'il savait cependant vaine.

— Je continue de penser qu'il serait préférable pour vous de ne pas chercher à en savoir davantage. Quoi qu'il en soit, vous n'allez pas porter plainte. Peut-être que si vous pouviez trouver un autre quartier où installer votre sœur, elle ne serait plus amenée à rencontrer son agresseur. N'auriez-vous pas de la famille, une tante peut-être, qui serait prête à la prendre sous son toit ?

— Êtes-vous en train d'insinuer que l'individu qui a commis cet acte ignoble devrait s'en sortir sans dommage, Mr. Monk ? interrogea-t-elle, les sourcils froncés. Je sais que la justice ne le punira pas et qu'un procès se révélerait aussi pénible pour Marianne que pour son agresseur, mais je n'admettrai pas que cet homme sorte indemne de cette affaire ! On dirait que vous ne considérez pas qu'il s'agit d'un crime. J'avoue que vous me décevez. J'avais une meilleure opinion de vous.

Monk sentit la colère bouillir en lui. Il eut la plus grande peine à se dominer.

— Cela épargnerait bien des souffrances.

Elle le dévisagea d'un regard dur.

— C'est malheureux, mais il faut en passer par là. Allons, qui était-ce ? Je vous en prie, cessez de tergiverser. Vous ne me ferez pas changer d'avis.

— C'est votre époux, Mrs. Penrose.

Elle ne manifesta ni indignation ni incrédulité. Elle s'immobilisa, livide, et demeura ainsi quelques instants. Puis elle s'humidifia les lèvres et tenta de parler. Malgré l'effort, aucun son ne sortit. Elle essaya de nouveau.

— Je suppose, murmura-t-elle dans un souffle, que vous ne m'auriez pas dit cela si... si vous n'en étiez pas certain ?

— Bien entendu.

Il avait envie de la réconforter, mais il n'existait sans doute aucune parole appropriée.

— Et même dans ces conditions, j'aurais préféré ne rien vous dire. Votre sœur m'a supplié de me taire, mais j'ai estimé qu'il était de mon devoir de vous informer, d'autant que vous étiez déterminée à aller jusqu'au bout, par mon intermédiaire ou en faisant appel à un autre. Et puis, il y avait le risque que la chose se reproduise, et la possibilité que votre sœur se retrouve enceinte...

— Arrêtez ! hurla-t-elle comme sous l'effet d'une douleur atroce. Arrêtez ! Vous me l'avez dit, c'est suffisant.

Puis, au prix d'un immense effort, elle se maîtrisa. Un fort tremblement agitait ses mains. Monk éprouva le besoin de poursuivre malgré tout. Il fallait crever l'abcès.

— Lorsque je lui ai appris que je savais, elle a d'abord nié. Pour vous protéger. Et puis, elle a compris que son témoignage et ceux des voisins ne pouvaient pas mener à une autre conclusion et elle a reconnu, mais m'a supplié de ne rien vous révéler. Je pense que si vous n'aviez pas remarqué son état de désespoir après l'agression, ou les hématomes sur ses bras, elle ne vous en aurait jamais rien dit, pour ne pas vous faire de mal.

— Pauvre Marianne, souffla Julia d'une voix tremblante. Elle aurait enduré cela pour moi. Quel mal je lui ai fait !

Il fit un pas dans sa direction et se demanda s'il devait prendre un siège sans y avoir été invité ou rester debout devant elle et la dominer de toute sa hauteur. Il résolut de s'asseoir.

— Mais vous n'avez pas à vous reprocher quoi que ce soit, dit-il. S'il y a une personne innocente dans cette affaire, c'est bien vous !

— Non, Mr. Monk.

Elle ne le regardait pas, mais fixait, loin derrière lui, l'ombre verte d'un arbre du jardin. Sa voix était chargée d'un terrible mépris de soi.

— Audley est un homme qui a des attentes bien naturelles et je me suis refusée à lui durant toutes les années où nous avons été mariés.

Elle parut se recroqueviller sur elle-même, comme si la pièce était soudain devenue glaciale. Monk la vit enfoncer ses ongles dans la chair de ses bras jusqu'au sang.

Il fut tenté de l'interrompre pour lui dire qu'il s'agissait là d'une affaire intime et qu'elle n'avait pas d'explication à lui fournir, mais il comprit qu'elle avait besoin de parler, de se libérer d'un fardeau qu'elle ne supportait plus.

— Je n'aurais pas dû agir ainsi, mais j'avais trop peur, reprit-elle. Vous comprenez, entre ma naissance et celle de Marianne, ma mère n'a pas cessé d'être enceinte. Elle a fait fausse couche après fausse couche et les rares bébés qu'elle menait à terme mouraient à la naissance. Et moi, je la regardais souffrir.

Très lentement, elle se mit à se balancer d'avant en arrière, comme si ce mouvement la libérait à mesure que les mots se déversaient.

— Je me souviens de sa pâleur et du sang sur les draps. Il y en avait énormément, de larges traînées noirâtres, comme si c'était la vie qui s'échappait d'elle. On essayait de les cacher pour que je ne les voie pas, on m'obligeait à rester dans ma chambre, mais je l'entendais hurler de douleur, je voyais les femmes de chambre courir dans la maison avec les bras chargés de linge souillé qu'elles tentaient de plier de manière à cacher les taches.

A présent, des larmes roulaient sur son visage sans qu'elle cherchât à les réprimer.

— Et puis, poursuivit-elle, quand on m'autorisait à aller la voir, elle avait l'air totalement exténué. Je me souviens de ses cernes sombres autour des yeux, de ses lèvres blanches. Je savais qu'elle avait pleuré pour ce bébé perdu et je ne pouvais pas le supporter !

Sans réfléchir, Monk lui prit la main. Elle s'accrocha à lui tout aussi inconsciemment.

— Je savais qu'elle redoutait cela dès l'instant où elle se retrouvait enceinte. Je sentais la terreur qui l'habitait durant ces mois de grossesse sans même savoir ce qui la suscitait. Quand Marianne est née, elle était si heureuse...

Elle sourit à ce souvenir et, l'espace d'un instant, son regard s'emplit de tendresse.

— Elle la soulevait devant elle et me la montrait comme si nous l'avions faite ensemble, toutes les deux. La sage-femme voulait me renvoyer dans ma chambre, mais Maman refusait. Je crois qu'elle savait qu'elle allait mourir. Elle m'a fait promettre de veiller sur Marianne comme si j'étais sa mère, de faire pour cette enfant ce qu'elle-même ne pourrait faire.

Les larmes coulaient sans interruption sur le visage de Julia et Monk souffrait pour elle et pour toutes ces femmes en proie à la terreur, au désespoir et à la douleur.

— Je suis restée toute la nuit à son chevet, poursuivit-elle sans cesser de se balancer. Au petit matin, les saignements ont repris et on m'a obligée à sortir, mais je me souviens du médecin qui est venu. Il a monté l'escalier avec une expression dramatique. Les bonnes ont recommencé à descendre des ballots de draps sales. Elles avaient toutes l'air terrorisé. Même le majordome était triste. Maman est morte dans la matinée. Je ne me souviens pas à quelle heure exactement, mais j'ai su que c'était terminé. J'avais l'impression soudaine de me retrouver seule, une sensation que je n'avais jamais éprouvée.

Il ne pouvait rien répondre à cela et ce constat le laissait désespéré et furieux. Avec mauvaise humeur, il s'aperçut qu'il était au bord des larmes : son interlocutrice venait de toucher une corde sensible, éveillant en lui la conscience de sa propre solitude et de la souffrance que celle-ci suscitait parfois. Il accentua la pression sur les mains de Julia et tous deux restèrent silencieux pendant un long moment.

Puis la jeune femme releva les yeux, se redressa et fouilla sa poche. Monk lui tendit son propre mouchoir, qu'elle accepta sans un mot.

— Je n'ai jamais pu me faire à l'idée d'être un jour enceinte, reprit-elle enfin. Je ne le supporterais pas. Cette perspective me terrifie. Je crois que je préférerais mourir d'une balle de pistolet que de connaître l'agonie qu'a endurée Maman. Je sais que j'ai tort, que c'est cruel de ma part. Toute femme est censée se livrer à son mari et mettre des enfants au monde. C'est un devoir pour nous. Seulement, j'ai si peur que je ne le peux pas. Et je viens de payer pour cela. Marianne a été violée par ma faute.

— Non ! C'est insensé ! protesta Monk, révolté. Ce qui se passe dans votre couple ne peut en aucun cas excuser ce que votre époux a fait à Marianne. S'il ne pouvait se dominer, il existe des femmes dont le métier consiste à assouvir ce genre d'appétit et rien ne l'empêchait de payer l'une d'entre elles. Vous ne devez pas vous sentir responsable ! C'est absurde et cela ne rendra service ni à vous ni à Marianne. Vous m'entendez ?

Il avait envie de la secouer pour l'obliger à comprendre, et sa voix était plus dure qu'il ne l'aurait voulu, mais il était convaincu d'avoir raison.

Elle leva vers lui ses yeux baignés de larmes.

— En vous adressant des reproches, vous ne faites que vous apitoyer sur votre sort et vous fragiliser, insista-t-il. Vous devez être forte. Vous vous trouvez face à une situation dramatique et vous devez l'affronter. Ce n'est pas le moment de regarder en arrière. Pensez à l'avenir, seulement à l'avenir ! Si vous ne pouvez vous résoudre à consommer votre mariage, votre mari doit aller chercher ailleurs, et non s'en prendre à Marianne ! Jamais à Marianne !

— Je sais, souffla-t-elle. Mais je me sens tout de même coupable. Il a le droit d'attendre cette chose de moi et... et je ne la lui ai pas donnée. Je l'ai dupé, je ne peux pas le nier.

— Oui, c'est vrai, reconnut Monk par souci de franchise. Mais cette duperie n'excuse en rien son crime. Vous devez réfléchir à ce que vous allez faire maintenant, et non aux torts que vous avez eus par le passé.

— Que puis-je faire ? interrogea-t-elle tandis que ses yeux fouillaient désespérément le visage de Monk.

— C'est une décision que personne ne peut prendre à votre place, répondit-il. Mais vous devez protéger Marianne de façon que cela ne se reproduise pas. Si elle avait un enfant, son existence entière se trouverait gâchée.

Il n'avait pas besoin de s'expliquer davantage. Tous deux savaient qu'aucun homme respectable n'épouserait la mère d'un enfant illégitime. Pis encore, aucun homme au monde ne la considérerait comme autre chose qu'une traînée, quelles que fussent les justifications qu'elle pourrait présenter.

— D'accord, dit Julia d'une voix qui, pour la première fois, avait cessé de trembler. Je n'ai pas le choix. Il faudra que je surmonte mes frayeurs.

L'espace d'un instant, les larmes brillèrent de nouveau dans ses yeux. Elle étouffa un sanglot puis, dans un suprême effort, se ressaisit.

— Merci, Mr. Monk, enchaîna-t-elle. Vous vous êtes acquitté honorablement de votre tâche. Je vous en suis reconnaissante. Présentez-moi votre note et je veillerai à ce qu'elle vous soit réglée. Si vous voulez bien avoir l'obligeance de ressortir seul, je ne tiens pas à apparaître devant les domestiques dans cet état.

— Bien sûr, acquiesça-t-il en se levant. Croyez bien que je suis désolé. J'aurais aimé pouvoir vous donner une autre réponse. Au revoir, Mrs. Penrose.

Un soleil voilé avait remplacé la bruine de tout à l'heure. Monk se sentait comme engourdi. L'émotion qui le submergeait lui ôtait toute conscience des passants, du bruit, de la chaleur ou des regards qui s'attardaient sur lui tandis qu'il regagnait à la hâte son logement.

CHAPITRE III

Callandra Daviot avait écouté avec émotion le récit du dénouement de l'enquête menée pour Julia Penrose, mais elle n'avait aucun moyen de venir en aide aux deux sœurs et n'était pas femme à gaspiller son temps et ses émotions. Elle avait bien trop à faire de son côté ! Au premier plan de ses préoccupations venait son travail à l'hôpital, dont elle avait parlé à Monk quelques semaines auparavant.

Elle appartenait au conseil d'administration, ce qui lui conférait un rôle passif consistant à prodiguer des conseils auxquels médecins et trésoriers prêtaient une attention polie sans toutefois en tenir compte, et à sermonner les infirmières sur la moralité et la sobriété nécessaires à leur charge, tâche qu'elle exécrait en raison de son inefficacité.

Elle estimait qu'il y avait bien mieux à faire : pour commencer, elle rêvait d'introduire les réformes suggérées par Florence Nightingale, qu'Hester lui avait exposées avec fougue. Ici, en Angleterre, on considérait inutile, voire préjudiciable, d'améliorer l'éclairage et la circulation de l'air dans les salles d'hôpitaux. Les autorités médicales demeuraient désespérément conservatrices, jalouses de leur savoir et de leurs privilèges et opposées à tout changement. Il n'y avait donc aucune place pour les femmes, sinon dans des fonctions de bonnes à tout faire ou, à l'occasion, d'administratrices, de surveillantes générales ou de bénévoles comme elle-même et d'autres dames de la haute société. Le rôle de ces dernières consistait à maintenir une moralité acceptable dans l'hôpital et à utiliser leurs relations pour récolter des fonds.

Elle sortit de chez elle et donna à son cocher l'adresse de l'hôpital d'une voix où perçait une impatience sans grand rapport avec ses projets de réforme. Elle avait caché à Monk la vérité sur un point : elle refusait déjà de s'avouer à elle-même l'intensité du plaisir que lui procurait la perspective de voir le Dr Kristian Beck. Pourtant, chaque fois qu'elle songeait à l'hôpital, c'était le visage du médecin qui lui venait à l'esprit, sa voix qu'elle entendait.

Elle s'efforça de reporter son attention sur des considérations plus pratiques. Aujourd'hui, elle irait s'entretenir avec Mrs. Flaherty, la surveillante générale, petite femme nerveuse qui se vexait pour un rien et ne pardonnait jamais. Mrs. Flaherty dirigeait ses salles avec une efficacité à toute épreuve, terrorisant les infirmières au point d'obtenir d'elles diligence et sobriété, et déployant à l'égard des malades une patience qui semblait sans limites. Cela ne l'empêchait pas de manifester une grande rigidité dans ses points de vue, dans sa dévotion aux chirurgiens et aux médecins et dans son refus catégorique de prêter l'oreille aux idées nouvelles et à ceux qui les défendaient. Le nom même de Florence Nightingale ne suscitait pas en elle l'effet quasi magique qu'il produisait d'ordinaire sur les gens.

Callandra descendit de voiture et indiqua à son cocher l'heure à laquelle il devrait revenir la chercher, puis elle gravit les marches et franchit le portail qui débouchait dans le vaste vestibule dallé de pierres. Une femme d'une cinquantaine d'années traversait celui-ci d'un pas traînant, un seau d'eau sombre dans une main et un balai dans l'autre. Elle avait le teint cireux et ses cheveux clairsemés étaient rassemblés en un nœud à l'arrière du crâne. A chaque pas, son genou droit cognait contre le seau et un peu d'eau se répandait sur le sol, mais elle n'y prenait pas garde. Elle croisa Callandra sans paraître la voir.

Un étudiant en médecine apparut à son tour. Son vieux pantalon et sa chemise sans col étaient parsemés de taches de sang, preuves muettes qu'il sortait d'une salle de chirurgie. Il adressa un signe de tête à Callandra lorsqu'il parvint à sa hauteur et passa son chemin.

Une âcre odeur emplissait l'atmosphère, mélange de poussière de charbon, d'exhalaisons de corps fiévreux, de pansements souillés, de canalisations et d'égouts. Callandra résolut d'aller d'abord trouver la surveillante générale au sujet de la discipline des infirmières. C'était une fois de plus son tour de leur faire la morale. Puis elle s'entretiendrait avec le trésorier au sujet des fonds collectés et de leur attribution et passerait en revue les cas de malades pouvant bénéficier de la gratuité. Ensuite seulement, elle serait libre d'aller voir Kristian Beck.

Elle rejoignit donc la surveillante générale dans l'une des salles peuplées des patients des chirurgiens. Certains malades avaient contracté la fièvre durant la nuit, d'autres, chez qui l'infection était déjà déclarée, avaient vu leur état empirer. L'un des hommes présents venait de tomber dans le coma et ne tarderait pas à mourir. Malgré la découverte récente des anesthésiques, qui avait rendu possibles toutes sortes d'opérations, bien des malades qui survivaient à l'acte chirurgical succombaient aux infections postopératoires. Seule une minorité s'en sortait. On ne connaissait aucune méthode pour prévenir septicémie et gangrène et rares étaient les traitements susceptibles d'atténuer les symptômes, voire de guérir les maladies.

Mrs. Flaherty déboucha d'une petite salle où l'on entreposait médicaments et bandages. Son visage maigre était pâle, ses cheveux rassemblés en un chignon si serré qu'il semblait lui tirer la peau autour des yeux. Sur ses joues, deux taches rouges témoignaient de son mécontentement.

— Bonjour, madame ! lança-t-elle avec brusquerie. Vous ne pourrez pas nous être utile ici aujourd'hui et je ne veux plus entendre parler de Miss Nightingale et de son air pur ! Nous avons de pauvres âmes en train de succomber à la fièvre et si nous vous écoutons, l'air de l'extérieur éteindra le peu de vie qu'il leur reste encore.

Elle consulta une montre accrochée à sa blouse par une épingle, à hauteur de son épaule, puis releva les yeux.

— Et je vous serais reconnaissante, madame, si, la prochaine fois que vous parlerez aux infirmières, vous mettiez l'accent sur le problème de l'honnêteté. Nos patients ont encore subi des vols. Oh, ce ne sont que de petits objets, bien sûr. Ces pauvres gens ne possèdent pas grand-chose, autrement, ils ne seraient pas là. Quoique je sache ce que vous pensez de ces sermons...

Tout en prononçant ces paroles, elle était passée dans la longue salle d'hôpital au plafond haut, qu'une allée séparait en deux rangées de couches étroites munies de couvertures grises. Des malades étaient assis sur leur lit, couchés, certains très pâles, d'autres rouges de fièvre, se tournaient et se retournaient sans cesse, ou demeuraient immobiles, respirant à peine. Il régnait une chaleur intense et une forte odeur de renfermé imprégnait l'air.

Une jeune femme vêtue d'une robe crasseuse traversa la salle dans toute sa longueur, chargée d'un seau d'eaux usées. La puanteur qui s'en dégageait agressa les narines de Callandra lorsque la fille parvint à sa hauteur.

— Je suis désolée, répondit Callandra en reportant brusquement son attention sur la surveillante, mais je considère que ces sermons ne constituent pas la solution. Il nous faut engager des femmes différentes pour ce métier, puis les traiter en conséquence.

L'irritation plissa les traits de Mrs. Flaherty. Celle-ci connaissait déjà ces arguments, qu'elle considérait comme fantasques et totalement dénués de réalisme.

— C'est très joli, tout ça, madame, rétorqua-t-elle, mais en attendant, on doit faire avec ce qu'on a, et ce qu'on a, c'est des paresseuses, des soûlardes, des voleuses et des irresponsables ! Si vous avez envie de vous rendre utile, il faut tâcher d'en tirer quelque chose, et pas parler de choses qui n'existeront jamais !

Callandra ouvrit la bouche pour répliquer, mais son attention fut attirée par les cris d'une patiente qui appelait à l'aide en désignant le lit voisin du sien, où une malade semblait près de s'étouffer.

Une infirmière obèse et pâle apparut, munie d'un seau vide, et se dirigea vers la femme d'un pas pesant. Déjà, celle-ci avait commencé à vomir.

— Ça, c'est la digitale, déclara Mrs. Flaherty. Cette pauvre femme fait de l'hydropisie. Voilà des jours qu'elle n'a pas uriné, mais si elle rend, ça va aider. Elle est déjà venue ici pour la même chose, et elle s'en est sortie la première fois.

Elle se détourna et jeta un coup d'œil à une table, sur laquelle reposaient les notes qu'elle prenait sur les médicaments à administrer et les réactions des malades. Le lourd trousseau de clés suspendu à sa taille cliqueta.

— Maintenant, reprit-elle, si vous voulez bien m'excuser, j'ai à faire, et je suis sûre que vous aussi.

Elle avait prononcé ces derniers mots avec une pointe de sarcasme dans la voix. Callandra lui répondit sur le même ton.

— Oui, dit-elle, bien sûr. D'ailleurs, j'ai bien peur que vous ne soyez contrainte de demander à une autre que moi de se charger du sermon aux infirmières. Tenez, je suis sûre que Lady Ross Gilbert fera cela très bien. Elle m'a l'air très capable.

— Elle l'est, rétorqua Mrs. Flaherty tout en prenant place à sa table de travail.

Elle avait saisi sa plume, comme pour signifier à son interlocutrice qu'elle ne l'intéressait plus.

Callandra quitta la salle et emprunta un long corridor qui baignait dans la pénombre. Elle croisa d'abord une infirmière chargée d'une bassine et d'une brosse à récurer, puis une autre qui eût tout aussi bien pu être un paquet de linge sale entassé contre le mur : l'alcool l'avait rendue insensible au monde extérieur.

A l'extrémité du couloir, Callandra passa près de trois étudiants qui discutaient avec fougue.

— C'est gros comme ça, disait un roux en brandissant son poing serré. C'est Sir Herbert qui va le retirer. Plaise à Dieu que je vive assez longtemps pour le faire moi aussi un jour. Quand je pense qu'il y a douze ans à peine, sans les anesthésiques, on n'aurait jamais pu tenter une opération pareille ! Maintenant, avec l'éther ou l'oxyde nitreux, plus rien n'est impossible !

— La plus belle découverte depuis Harvey et la circulation sanguine ! renchérit un autre avec enthousiasme. Mon grand-père était chirurgien naval dans la flotte de Nelson. Il devait tout faire avec une bouteille de rhum, un bâillon de cuir et deux gars pour tenir le malade. Dieu, comme la médecine moderne est merveilleuse ! Oh là là, mais mon pantalon est plein de sang !

Il sortit un mouchoir de sa poche et entreprit de nettoyer le tissu sans aucun effet, sinon celui de maculer son mouchoir d'une traînée noirâtre.

— Je ne vois pas pourquoi tu te donnes tout ce mal ! s'exclama le troisième jeune homme en le considérant avec un sourire moqueur. Tu dois assister Sir Herbert pour l'opération, non ? Alors, de toute façon, tu vas de nouveau t'en recevoir quelques giclées. Tu n'aurais pas dû mettre un bon costume. Moi, je n'en porte jamais pour venir ici. Ça t'apprendra à faire le vaniteux, juste parce que tu vas côtoyer Sir Herbert !

Ils firent mine de se battre pour rire et prirent le chemin de la salle de chirurgie, adressant un bref salut à Callandra lorsqu'ils la croisèrent.

Quelques instants plus tard, Sir Herbert Stanhope faisait son entrée dans le corridor par l'une des larges portes de chêne. Il hésita en apercevant Callandra, comme s'il cherchait son nom. C'était un homme imposant, non par sa stature, mais par sa corpulence et ses manières. A première vue, son visage paraissait quelconque : petits yeux, nez droit, hauts sourcils et cheveux blond-roux où pointait un début de calvitie. Il fallait lui prêter plus d'attention pour deviner la puissance de son intellect et son intense pouvoir de concentration.

— Bonjour, Lady Callandra ! lança-t-il avec une évidente satisfaction.

— Bonjour, Sir Herbert, répondit-elle en ébauchant un sourire. Je suis heureuse d'avoir pu vous rencontrer avant votre entrée en chirurgie.

— Je suis un peu pressé, dit-il, vaguement irrité. Mon équipe m'attend et je pense que mon patient va arriver d'un instant à l'autre.

— J'ai une suggestion à vous faire pour réduire les risques d'infection dans une certaine mesure, poursuivit-elle sans se préoccuper de sa hâte.

— Vraiment ? fit-il d'un ton hautement sceptique, tandis qu'une ride de contrariété se creusait entre ses sourcils. Et quelle est cette suggestion, je vous prie ?

— J'étais dans la grande salle des malades il y a quelques instants et j'ai vu une infirmière transporter un seau d'eaux usées sans couvercle sur toute la longueur de la salle. Ce n'était pas la première fois que j'observais cela.

— Dans un hôpital, les eaux usées sont inévitables, madame, s'impatienta-t-il. L'être humain sécrète en permanence des liquides, qui sont d'une nature désagréable s'il est malade. Il vomit également. C'est inéluctable, qu'il soit à l'agonie ou en voie de guérison.

Callandra conserva son sang-froid à grand-peine. Elle n'était pas femme à s'emporter facilement, mais supportait mal la condescendance.

— Je suis consciente de cela, Sir Herbert. Mais par le fait même qu'ils sont rejetés par le corps, ces liquides exhalent des vapeurs nocives qui ne sauraient être saines à inhaler. Ne serait-il pas possible d'imposer tout simplement aux infirmières de poser un couvercle sur les seaux qu'elles transportent ?

Un éclat de rire leur parvint de l'extrémité du couloir. Sir Herbert esquissa une moue de dégoût.

— Avez-vous déjà tenté de faire respecter une règle à une infirmière, madame ? s'enquit-il avec une ironie méprisante. Comme le faisait observer un rédacteur du *Times* l'an dernier... Je ne peux pas citer précisément l'article, mais il expliquait en substance que les infirmières reçoivent les sermons des comités, les leçons de morale des aumôniers, les froncements de sourcils des trésoriers et des intendants, les réprimandes des surveillantes générales, les brimades des panseurs, les plaintes des patients. Elles se voient injuriées si elles sont vieilles, traitées de façon irrévérencieuse dès qu'elles ont perdu leur première jeunesse ou séduites si elles sont jeunes et jolies. Dans ces conditions, faut-il s'étonner qu'elles soient ce qu'elles sont ? Quel genre de femme peut choisir de bon cœur un tel métier ?

— J'ai lu cet article, répondit Callandra en emboîtant le pas au médecin, qui commençait à se diriger vers la lointaine salle de chirurgie. Vous avez omis de mentionner qu'elles sont aussi vilipendées par les chirurgiens. L'article le disait également. Mais tout ceci, ajouta-t-elle, ignorant la colère qui enflammait le regard de son interlocuteur, constitue peut-être un argument de poids en faveur du recrutement d'une meilleure catégorie de femmes, que l'on traiterait en professionnelles plutôt que comme les plus rustres des servantes.

— Ma chère Lady Callandra, répliqua le chirurgien en dissimulant mal son impatience, il est bien joli de parler comme si nous avions des milliers de jeunes femmes intelligentes et de bonne famille en train de faire la queue devant l'hôpital pour devenir infirmières. Toutefois, étant donné que la gloire des années de guerre est désormais passée, c'est loin d'être le cas aujourd'hui. Je suis sûr, ajouta-t-il en secouant la tête, qu'en menant une petite enquête de votre côté, vous pourriez comprendre cela. Rêver est une chose très agréable, mais moi, c'est à la réalité que je suis confronté. Je ne peux travailler qu'avec ce dont je dispose, et la vérité, c'est que les femmes que vous voyez sont là pour entretenir le feu, vider les eaux sales, enrouler les bandages et, quand elles ne sont pas ivres, témoigner de la bonté aux malades.

Le trésorier de l'hôpital, entièrement vêtu de noir, les croisa, chargé d'une pile de livres de comptes. Il les salua d'un signe de tête, mais ne s'arrêta pas pour bavarder.

— Il va sans dire, reprit Sir Herbert avec brusquerie, que si vous souhaitez nous fournir des couvercles pour les seaux, faites en sorte qu'ils soient utilisés. A présent, je dois y aller. Mon patient va arriver d'une minute à l'autre. Bonne journée, madame !

Sans attendre de réponse, il tourna les talons et s'éloigna. Les fers de ses chaussures résonnèrent sur les dalles du corridor.

Callandra ressortait du bureau du trésorier, où elle venait de passer une heure des plus ennuyeuses, mais fort studieuse, lorsqu'elle rencontra Lady Ross Gilbert, membre comme elle du conseil d'administration. Berenice Ross Gilbert était une grande femme qui se mouvait avec une élégance et une aisance telles que, portés par elle, les vêtements les plus ordinaires eussent paru à la dernière mode. Ce jour-là, elle avait revêtu une robe dont la taille descendait en pointe à l'avant, avec une jupe de mousseline vert d'eau à trois gros volants parsemés de petites fleurs brodées. L'ensemble mettait en valeur sa chevelure rousse et son teint pâle. Son visage, malgré de lourdes paupières et une large mâchoire, était, à sa façon, d'une beauté saisissante.

— Bonjour, Callandra ! lança-t-elle avec un sourire, tout en rassemblant ses jupons pour entreprendre de descendre l'escalier. Il paraît que vous avez eu un léger différend avec Mrs. Flaherty ce matin. A votre place, j'oublierais cette Miss Nightingale, ajouta-t-elle avec une moue de résignation amusée. C'est une romantique dont les idées ne peuvent s'appliquer chez nous !

— Je n'ai fait aucune mention de Miss Nightingale, rétorqua Callandra en descendant les marches à ses côtés. J'ai simplement dit que je n'avais aucune envie de sermonner les infirmières sur l'honnêteté et la sobriété.

Berenice éclata de rire.

— Il est vrai que ce serait une totale perte de temps, ma chère ! s'exclama-t-elle. Cela aurait seulement pour effet de donner bonne conscience à Mrs. Flaherty, qui pourrait ainsi se dire qu'elle a fait une tentative !

— Elle ne vous a pas demandé de vous en charger ? s'étonna Callandra.

— Mais si, bien sûr. Et je pense que je vais accepter, puis dire ce que bon me semblera le moment venu.

— Elle ne vous le pardonnera pas. Mrs. Flaherty ne pardonne rien. Au fait, que voudriez-vous leur dire exactement ?

— Je n'en ai pas la moindre idée, répondit Berenice avec désinvolture. Ce qui est certain, c'est que je n'aurai pas votre virulence !

Les deux femmes avaient atteint le bas des marches.

— Allons, ma chère, reprit Berenice, ne me dites pas que vous espérez convaincre un jour les gens de laisser les fenêtres ouvertes avec notre climat ! On mourrait de froid ! Même aux Antilles, voyez-vous, on ferme les fenêtres la nuit. L'air n'est pas sain, il fait trop chaud.

— C'est différent, protesta Callandra. Ils ont là-bas toutes sortes de fièvres.

— Et ici, nous avons le choléra, la typhoïde et la variole, fit remarquer Berenice. Il y a cinq ans à peine, nous avons subi une grave épidémie de choléra tout près d'ici, et cela va dans mon sens : il faut tenir les fenêtres fermées, surtout dans les salles de malades.

Ensemble, les deux femmes s'engagèrent dans le corridor.

— Combien de temps avez-vous vécu aux Antilles ? s'enquit Callandra. Où était-ce ? A la Jamaïque ?

— Oh, quinze ans, répondit Berenice. Oui, c'était à la Jamaïque la plupart du temps. Ma famille possédait des plantations là-bas. Une existence très agréable, estima-t-elle avec un léger haussement d'épaules, mais ennuyeuse à la longue lorsqu'on se prend à songer à la société et à la vie trépidante de Londres. On voit les mêmes personnes semaine après semaine. Au bout d'un moment, on a l'impression d'avoir rencontré tous les gens intéressants et entendu tout ce que chacun avait à dire.

Elles étaient parvenues à un embranchement du couloir et Berenice semblait vouloir bifurquer vers la gauche. Callandra, quant à elle, souhaitait rejoindre Kristian Beck qui, à cette heure de la journée, devait se trouver dans son bureau, occupé à étudier, recevoir des patients ou mettre à jour son journal de bord. Et ce bureau était sur la droite.

— Cela a dû représenter tout de même un déchirement de partir, non ? s'enquit Callandra sans réel intérêt. La vie en Angleterre était sans doute très différente et votre famille a dû vous manquer.

Berenice sourit.

— A vrai dire, je ne quittais pas grand-chose à l'époque où je suis partie. Les plantations ne rapportent plus les mêmes profits qu'autrefois. Je me souviens que, quand j'étais petite, on m'emmenait au marché aux esclaves de Kingston, mais, bien sûr, l'esclavage est devenu illégal depuis déjà longtemps.

Elle épousseta les larges jupons de sa robe pour en chasser un morceau de fil qui s'y était accroché. Puis elle émit un petit rire sec et se remit en marche, abandonnant sa compagne, qui prit l'autre direction. Dès qu'elle se retrouva seule, Callandra sentit la nervosité la gagner. Elle s'aperçut qu'elle avait les mains moites et la bouche pâteuse et se trouva ridicule : après tout, elle n'était rien d'autre qu'une veuve d'un certain âge dénuée du moindre pouvoir de séduction qui allait discuter avec un médecin très occupé...

Elle frappa plusieurs coups secs à la porte.

— Entrez.

Il possédait une voix étonnamment profonde et un accent quasi imperceptible qu'elle ne pouvait situer. Sans doute venait-il d'Europe centrale, mais elle eût été incapable de dire de quel pays. Elle ne lui avait posé aucune question à ce propos.

Elle tourna la poignée et poussa la porte.

Debout derrière la table de travail, placée près de la fenêtre et couverte de documents, il se tourna pour voir qui entrait. Il n'était pas très grand, mais dégageait une sorte de force à la fois physique et émotionnelle. C'étaient ses yeux, d'un noir profond, qui dominaient dans son visage, puis on remarquait sa bouche, à la fois sensuelle et pleine d'humour. Son expression soucieuse fit place à un sourire heureux lorsqu'il aperçut la nouvelle venue.

— Lady Callandra ! Quel plaisir de vous revoir !

J'espère que ce n'est pas une mauvaise nouvelle qui me vaut votre visite.

— Oh non, il n'y a rien de neuf, répondit Callandra en refermant la porte derrière elle.

Elle avait préparé une explication à sa venue avant d'entrer, mais les mots lui faisaient soudain défaut.

— J'ai essayé de convaincre Sir Herbert que les infirmières devaient mettre des couvercles sur les seaux lorsqu'elles transportent les eaux sales, lança-t-elle avec précipitation, mais je n'ai pas l'impression qu'il en ait bien compris l'intérêt. Il était attendu pour une opération et il m'a semblé que son esprit était déjà accaparé.

— Alors vous êtes venue ici pour tenter de me convaincre à mon tour ? interrogea Kristian avec un large sourire. Je n'ai pas encore trouvé dans cet hôpital plus de deux ou trois infirmières capables de retenir une consigne plus d'une journée ! Quant à l'appliquer... Ces pauvres âmes sont harcelées de tous côtés, elles ont faim la moitié du temps et consacrent l'autre moitié à boire !

Son sourire s'estompa.

— Mais la plupart sont braves et font ce qu'elles peuvent... conclut-il avant de se pencher en avant, le regard soudain pétillant d'enthousiasme. Écoutez, je viens de lire un article des plus intéressants. Il s'agit d'un médecin anglais qui rentre des Indes. Sur le bateau, il a contracté une forte fièvre et s'est soigné tout seul en sortant en pleine nuit sur le pont, torse nu, et en s'aspergeant de seaux d'eau glacée. Pouvez-vous croire une chose pareille ? Il affirme qu'il s'est senti immédiatement soulagé, qu'il a dormi comme un bébé et que, le lendemain matin, il n'avait plus rien. Et puis, le soir, la fièvre l'a repris et il s'est traité de la même façon et a guéri de nouveau. Et ainsi de suite... A chaque fois, l'accès de fièvre était moins fort et lorsque le navire a accosté, le médecin était complètement rétabli.

Incrédule, Callandra se laissa néanmoins gagner par l'enthousiasme communicatif de son interlocuteur.

— Imaginez-vous la tête que ferait Mrs. Flaherty si vous vous mettiez à lancer des seaux d'eau froide à vos patients ? ironisa-t-elle en s'efforçant de rire, mais sans succès. Je ne parviens même pas à la persuader d'ouvrir les fenêtres en plein été, alors la nuit...

— Je sais, répondit-il avec vivacité. Je sais, mais nous faisons chaque année de nouvelles découvertes.

Il attrapa une chaise et la plaça entre eux pour permettre à Callandra de s'asseoir, mais cette dernière n'en fit rien.

— Tenez, j'ai appris qu'un certain Carl Vierordt a mis au point une méthode pour compter les globules sanguins, reprit-il en s'approchant d'elle. Vous vous rendez compte ? Imaginez tout ce que nous pourrions apprendre si nous disposions de données d'une telle précision !

Il lui tendit l'article qu'il tenait à la main comme s'il voulait la voir partager son enthousiasme. Elle saisit le journal, souriant malgré elle, et rencontra le regard de son interlocuteur.

— Lisez ! ordonna Kristian.

Obéissante, elle baissa les yeux sur l'article. Celui-ci était rédigé en allemand.

— Oh, je suis désolé ! s'exclama le chirurgien en remarquant sa confusion. Je suis tellement à l'aise lorsque je parle avec vous que j'avais oublié que vous ne lisiez pas l'allemand ! Voulez-vous que je vous le résume ?

Il paraissait y tenir à tel point qu'il eût été impossible de refuser, même si Callandra avait été tentée de le faire.

— Mais bien sûr, répondit-elle. C'est un traitement qui me semble des plus séduisants.

— Vous le pensez vraiment ? interrogea-t-il, surpris. Pour ma part, je détesterais être aspergé d'eau glacée !

— Peut-être pas du point de vue du patient, concéda-t-elle avec un large sourire. Mais c'est à nous que je songeais. L'eau froide représente un remède bon marché disponible à peu près partout et dont l'administration ne requiert aucune compétence particulière. On ne risque pas non plus de se tromper sur le dosage. Un seau de plus ou de moins fera bien peu de différence.

Il éclata d'un rire ravi.

— Ah oui, bien sûr ! s'exclama-t-il. Je crains que vous n'ayez bien plus de sens pratique que moi. J'ai remarqué que c'est souvent le cas des femmes. C'est pourquoi, ajouta-t-il en se rembrunissant, j'aimerais que nous parvenions à attirer des femmes plus intelligentes et plus sûres d'elles-mêmes pour prodiguer les soins aux malades. Nous avons ici une ou deux excellentes infirmières, mais elles auront peu d'avenir si les mentalités ne changent pas du tout au tout.

Il s'interrompit, pensif, puis posa de nouveau son regard sur Callandra.

— Je pense à l'une d'entre elles en particulier, une certaine Miss Barrymore, qui était en Crimée avec Miss Nightingale. C'est une femme d'une intelligence remarquable, mais, à mon grand regret, les gens ne l'admirent pas comme elle le mérite.

Il poussa un soupir et eut un sourire à la fois sincère et complice. Aussitôt, une onde de chaleur traversa Callandra de la tête aux pieds.

— On dirait, conclut-il, que votre soif de réformes est contagieuse !

Callandra allait répondre lorsque des hurlements leur parvinrent du couloir. C'était une femme qui avait crié. Par réflexe, tous deux tournèrent la tête vers la porte et tendirent l'oreille. Une autre voix furieuse retentit, puis un cri de douleur et de rage.

Kristian courut ouvrir la porte, suivi de Callandra, et regarda à l'extérieur. Le couloir ne comportait aucune fenêtre et les lampes à gaz ne brûlaient pas durant la journée. A quelques mètres, dans la pénombre, deux femmes en étaient venues aux mains. Les cheveux de l'une d'elles étaient défaits. Son adversaire les attrapa et les tira vigoureusement.

— Ça suffit ! s'écria Callandra en passant devant Kristian pour aller les séparer. Que se passe-t-il ? Qu'avez-vous, toutes les deux ?

Elles suspendirent leurs gestes, surprises. La première,

âgée d'une trentaine d'années, avait un visage ingrat, mais non dénué d'intérêt. L'autre, d'au moins dix ans son aînée, semblait déjà usée par la vie et par les nuits de veille où la boisson venait tromper l'ennui.

— Qu'y a-t-il ? insista Callandra. Pourquoi vous battez-vous ?

— A cause de la goulotte à linge, expliqua de mauvaise grâce la plus jeune. Cette idiote l'a bloquée en y mettant d'un coup tout un ballot de linge. Y a plus rien qui passe maintenant et va falloir qu'on descende nous-mêmes au sous-sol jusqu'aux lessiveuses. Comme si on n'avait pas assez à faire sans être forcées de monter et de descendre chaque fois qu'y aura un drap à changer !

Callandra baissa les yeux et remarqua un ballot de draps sales posé par terre près du mur.

— C'est pas vrai ! protestait déjà l'autre infirmière d'une voix pleine de hargne. J'ai envoyé qu'un seul drap. Comment voulez-vous que ça se bloque avec un seul drap ? Je vois vraiment pas comment on pourrait en envoyer moins d'un à la fois, franchement ! Qu'est-ce que tu proposes ? Que je les déchire en deux et que je les recouse une fois qu'ils sont lavés ?

— Allons voir, suggéra Kristian.

Il passa entre les deux infirmières et scruta la goulotte ouverte par où le linge glissait jusqu'à la blanchisserie et ses gigantesques lessiveuses de cuivre. Il examina le passage durant plusieurs secondes, tandis que les trois femmes attendaient en silence.

— On ne voit rien, déclara-t-il enfin en reculant d'un pas. Quelque chose doit bloquer la descente, sinon, on apercevrait les panières qui sont en bas, ou au moins un peu de lumière. Nous établirons les responsabilités plus tard. Pour le moment, il faut déboucher ce conduit.

Il chercha autour de lui un objet qui permît d'accomplir cette tâche, mais ne vit rien.

— Un balai ferait l'affaire, non ? suggéra Callandra. Ou peut-être une perche à fenêtres ? N'importe quel objet qui ait un long manche.

Les infirmières n'esquissèrent pas un geste.

— Mais qu'attendez-vous ? s'impatienta Callandra. Allez chercher quelque chose ! Il doit bien y avoir une perche dans cette salle, ajouta-t-elle en montrant du doigt la porte la plus proche. Ne restez pas là les bras ballants !

A contrecœur, la plus jeune esquissa un mouvement, puis hésita encore, jetant un coup d'œil à sa compagne avant de se décider.

Callandra regarda à son tour par l'ouverture de la goulotte, mais ne distingua rien. De toute évidence, quelque chose obstruait totalement celle-ci, mais elle ne pouvait évaluer à quelle distance se trouvait l'objet.

L'infirmière revint bientôt, munie d'une longue perche habituellement destinée à l'ouverture et à la fermeture des fenêtres. Elle la tendit à Kristian, qui l'introduisit dans la goulotte. Toutefois, le chirurgien eut beau se pencher le plus qu'il put, il ne rencontra aucune résistance. L'obstruction, quelle qu'elle fût, se situait hors de sa portée.

— Il va falloir descendre pour voir si nous pouvons la débloquer d'en bas, déclara-t-il après un nouvel essai infructueux.

— Euh... fit l'une des infirmières en se raclant la gorge.

Les trois autres se tournèrent vers elle.

— Docteur Beck... Monsieur...

— Oui ?

— Lally, c'est une des bonniches qui travaillent ici... Elle a que treize ans et on dirait une petite souris. Enfin, je veux dire... Elle pourrait passer sans problème dans la goulotte, et avec les panières à linge qu'il y a en bas, elle se fera pas mal à l'atterrissage...

Kristian n'hésita qu'un bref instant.

— Bonne idée. Allez la chercher, s'il vous plaît. Et nous, ajouta-t-il en se tournant vers Callandra, nous allons descendre à la blanchisserie pour nous assurer qu'il y a bien de quoi réceptionner la petite en douceur.

L'infirmière acquiesça et s'en alla à grands pas. Ils l'entendirent courir dès qu'elle eut tourné dans le couloir.

Callandra, Kristian et l'autre infirmière partirent dans la direction opposée et gagnèrent le sous-sol. Après avoir suivi plusieurs couloirs sombres éclairés au gaz, ils débouchèrent dans la buanderie, où d'énormes lessiveuses crachaient leur vapeur au milieu du fracas produit par les tuyaux d'où jaillissait l'eau bouillante. Le visage rouge et les cheveux trempés, des femmes soulevaient le linge mouillé avec de longs bâtons, au prix d'un visible effort. L'une d'entre elles tourna un bref instant la tête vers la porte, sans doute étonnée par l'irruption d'un homme dans cet univers féminin.

Kristian se dirigea tout droit vers l'arrivée de la goulotte et jeta un coup d'œil par le conduit, puis il se tourna vers Callandra et secoua la tête.

Callandra poussa l'une des larges panières d'osier sous l'arrivée de la goulotte et y plaça deux ballots de draps sales afin d'amortir la chute prochaine de la fille.

— Cela n'aurait jamais dû se bloquer, s'étonna Kristian en fronçant les sourcils. Les draps sont assez souples pour glisser quoi qu'il arrive, même si l'on en lance trop d'un coup. Quelqu'un a dû prendre le conduit pour une poubelle...

— Nous allons le savoir très vite, répondit-elle.

Ils n'eurent guère à attendre, en effet. Un flot de paroles assourdies, incompréhensibles, leur parvint d'en haut, suivi d'un silence. Il y eut ensuite un cri, un étonnant bruit de chute étouffé, puis un autre cri, plus déchirant. Une femme atterrit soudain dans la panière, la jupe de travers, les bras et les jambes formant des angles peu naturels. Juste après surgit le petit corps chétif de la bonne, qui hurla de nouveau et se redressa en toute hâte pour s'échapper de la panière, sautant au sol avec un long cri de terreur.

Kristian se pencha pour aider l'autre femme à se redresser, mais son visage s'assombrit aussitôt et il se releva, repoussant Callandra pour l'empêcher de regarder. Il était trop tard cependant. Cette dernière avait déjà vu et compris que la femme était morte. Avec la couleur blanchâtre de la peau, les lèvres bleuies et, surtout, les terribles marques sombres qui lui maculaient la gorge, on ne pouvait s'y méprendre.

— C'est Miss Barrymore, l'infirmière, constata Kristian d'une voix rauque.

Il n'ajouta rien. Il eût été superflu d'expliquer qu'elle avait rendu l'âme sans que la maladie ou un éventuel accident n'eussent causé cette mort. Sans réfléchir, il effleura le bras de la défunte comme si cette manifestation de compassion pouvait encore l'atteindre.

— Non, souffla Callandra. Non...

— Qui pouvait vouloir du mal à cette femme ? murmura Kristian sans lever les yeux du corps.

Callandra posa la main sur le bras du médecin.

— Nous ne pouvons pas encore le savoir, dit-elle. Mais il faut appeler la police. Ceci a toutes les apparences d'un meurtre.

Sans doute les cris incessants de la petite bonne avaient-ils fini par couvrir le vacarme des machines, car l'une des blanchisseuses releva la tête et, intriguée, s'approcha de la panière. Lorsqu'elle aperçut un bras de la morte qui dépassait, elle demeura un instant bouche bée, puis se mit à hurler à son tour.

— Un meurtre ! lança-t-elle d'une voix suraiguë avant de reprendre son souffle. Un meurtre ! Au secours ! Un meurtre !

Alors, toutes les autres femmes abandonnèrent leur travail pour se précipiter autour du petit groupe. Certaines se mirent à crier, d'autres à pleurer. L'une d'entre elles s'évanouit sur le carrelage. Personne ne se souciait de la bonne.

— Silence ! ordonna Kristian d'une voix de stentor. Arrêtez tout de suite et retournez travailler !

La violence que dégageait tout son être en cet instant, le ton de sa voix ou son attitude durent frapper leur crainte innée de l'autorité : les femmes se turent aussitôt, puis, une à une, battirent lentement en retraite. Aucune ne retourna toutefois vers les lessiveuses ou devant les piles de linge fumant qui refroidissait peu à peu sur les dalles et dans les baquets.

Kristian se tourna vers Callandra.

— Vous devriez aller prévenir Sir Herbert pour qu'il fasse appeler la police, lui dit-il à voix basse. Ce n'est pas un problème que nous pouvons régler seuls. Moi, je vais rester ici et veiller à ce que personne ne la touche. Et vous devriez aussi emmener cette pauvre petite et la confier à quelqu'un.

— Elle va alerter tout le monde, fit remarquer Callandra. Avec elle, la moitié de l'hôpital croira qu'il y a eu un massacre ici. Les gens vont devenir hystériques et ce sont les malades qui en pâtiront.

Il hésita, songeur.

— Dans ce cas, répondit-il, mieux vaut la confier à la surveillante générale, à qui vous expliquerez ce qui se passe. Ensuite, vous irez trouver Sir Herbert. Quant à moi, je garde toutes les blanchisseuses avec moi dans cette pièce.

Elle sourit et hocha la tête, puis se détourna et rejoignit la petite bonne, qui s'était réfugiée dans les formes généreuses d'une des femmes. Son visage osseux était blême et elle s'entourait le buste de ses bras maigres, comme pour tenter de réprimer ses tremblements, si violents qu'elle tenait à peine debout.

Callandra lui tendit la main.

— Viens, dit-elle avec douceur. Je vais t'emmener là-haut pour que tu puisses te reposer et boire une tasse de thé avant de retourner travailler.

Elle ne mentionna pas Mrs. Flaherty : elle savait quelle terreur la surveillante inspirait aux infirmières et aux filles de salle, qui la craignaient à juste titre.

L'enfant la considéra fixement, mais ne bougea pas.

— Allez, viens, répéta Callandra avec plus de fermeté.

Docile, la petite quitta le giron de la blanchisseuse et emboîta le pas à Callandra, légèrement en retrait selon son habitude.

Elles trouvèrent Mrs. Flaherty sans difficulté. A l'hôpital, chacun savait où était celle-ci. Dès que la surveillante passait quelque part, l'information circulait comme une mise en garde. A son approche, on dissimulait les bouteilles et l'on redoublait d'ardeur dans sa tâche, baissant la tête en signe de concentration.

— Oui, madame ? Qu'est-ce qui se passe encore ? s'enquit sèchement la surveillante avec un regard mécontent sur la bonne. Elle n'est pas malade, celle-là, si ?

— Non. Elle a seulement eu une frayeur, répondit Callandra. Nous avons malheureusement découvert un corps dans la goulotte à linge et c'est cette pauvre fille qui l'a trouvé. Pour ma part, je dois aller demander à Sir Herbert de faire appeler la police.

— La police ? Mais pour quoi faire ? Pour l'amour du ciel, je ne vois pas ce qu'il y a d'anormal à trouver un cadavre dans un hôpital, quoique je me demande comment il a bien pu atterrir dans la goulotte à linge ! J'espère que ce n'est pas là une farce de nos carabins, qui ont un sens de l'humour assez puéril !

— Personne ne peut trouver ça drôle, Mrs. Flaherty, rétorqua Callandra d'une voix posée qui la surprit elle-même. Le corps est celui d'une de nos infirmières, Miss Barrymore, et il ne s'agit pas d'une mort naturelle. Je vais prévenir Sir Herbert et je vous serais obligée de prendre soin de cette enfant et de veiller à ce qu'elle n'aille pas déclencher sans le vouloir des réactions hystériques en racontant ce qui s'est passé. L'affaire s'ébruitera bien assez vite, mais d'ici là, il vaudrait mieux que nous ayons pris des dispositions.

Mrs. Flaherty avait pâli.

— Ce n'est pas une mort naturelle ? Que voulez-vous dire ?

Callandra n'était pas d'humeur à s'attarder. Elle esquissa un sourire contrit et tourna les talons sans répondre. Elle sentit peser sur sa nuque le regard déconfit de son interlocutrice.

Sir Herbert Stanhope officiait en salle d'opérations et, de toute évidence, il avait prévu d'y demeurer longtemps. L'affaire qui l'amenait ne souffrant aucun délai, Callandra ouvrit la porte sans ambages et entra. La pièce n'était pas très vaste : une desserte portant tous les instruments soigneusement alignés en occupait une bonne partie et, outre le chirurgien, plusieurs personnes étaient présentes. Deux étudiants en médecine jouaient les rôles d'assistants tout en s'instruisant, un troisième surveillait les flacons d'oxyde nitreux et contrôlait la respiration de la patiente. Enfin, une infirmière avait pour fonction de passer les instruments qu'on lui demandait. Insensible et blême, la patiente était allongée sur la table de chirurgie. On lui avait dénudé le haut du corps et une longue entaille sanguinolente, déjà à demi recousue, marquait le haut de sa poitrine. Sir Herbert se tenait au-dessus d'elle, une aiguille à la main. Du sang maculait ses avant-bras et le bas de ses manches retroussées.

Tous les regards se tournèrent vers Callandra.

— Que venez-vous faire ici, madame ? interrogea Sir Herbert d'un ton dur. Vos prérogatives ne vous donnent pas le droit d'interrompre une opération ! Voulez-vous bien quitter la pièce immédiatement ?

Elle avait prévu cet accueil, qui ne la perturba pas le moins du monde.

— L'affaire qui m'amène ne peut attendre la fin de votre intervention, Sir Herbert, répliqua-t-elle.

— Adressez-vous à un autre médecin, que diable ! Quant à vous, messieurs, poursuivit-il à l'adresse des étudiants, reportez votre attention sur ce que je suis en train de faire.

A l'évidence, il ne doutait pas que Callandra se plierait à ses injonctions et repartirait sans insister.

— Un meurtre a été commis dans cet hôpital, Sir Herbert, déclara Callandra d'une voix forte et distincte. Souhaitez-vous que je me charge de prévenir la police ou préférez-vous le faire vous-même ?

Le chirurgien se figea, son aiguille suspendue en l'air,

mais ne se retourna pas. Près de lui, l'infirmière prit une brusque inspiration et l'un des étudiants agrippa le rebord de la table avec une exclamation de surprise.

— Ne soyez pas ridicule ! finit par s'exclamer Sir Herbert. Si l'un de nos malades s'est éteint brutalement, l'affaire peut bien attendre la fin de cette opération.

Avec lenteur, il se tourna vers Callandra. Il était blême et de petites rides de mécontentement creusaient son front.

— Une infirmière a été étranglée et son corps jeté dans la goulotte à linge, assena Callandra en détachant bien ses mots. Il n'y a pas à s'y méprendre : il s'agit bel et bien d'un meurtre, et si vous ne pouvez vous interrompre pour prévenir la police, je le ferai en votre nom. Le corps va demeurer là où on l'a trouvé : le Dr Beck veille à ce que personne n'y touche.

L'un des étudiants émit un léger sifflement, un autre proféra un juron étouffé.

Sir Herbert laissa retomber ses mains. Il tenait toujours l'aiguille ensanglantée munie du long fil chirurgical. Le visage crispé, il considéra Callandra. Ses yeux lançaient des éclairs.

— Une infirmière ? répéta-t-il. En êtes-vous sûre ?

— Évidemment ! Il s'agit de Miss Barrymore.

— Oh... souffla-t-il. C'est... c'est terrible. Oui, bien sûr, vous devez prévenir la police. J'ai presque terminé, je serai sorti lorsque ces messieurs arriveront. Prenez un cab. Mieux vaut que vous y alliez vous-même plutôt que d'envoyer un messager. Et pour l'amour du ciel, restez discrète ! Il ne faudrait pas que la panique gagne l'hôpital. Les malades en pâtiraient.

Il hésita un instant. Son expression s'était assombrie.

— Qui d'autre est au courant, en dehors du Dr Beck ?

— Mrs. Flaherty, les blanchisseuses et l'une des petites bonnes à tout faire, que j'ai confiée à Mrs. Flaherty pour cette raison.

— Parfait, déclara-t-il, tandis que son visage se détendait quelque peu. Dans ce cas, allez-y sans attendre. Je serai disponible à votre retour.

Il ne parut pas songer à s'excuser pour l'accueil hostile qu'il lui avait réservé ni pour son impolitesse, mais cela ne surprit pas Callandra.

Comme il le lui avait suggéré, elle prit un cab et ordonna au cocher de la conduire à l'ancien poste de police de Monk. C'était probablement le plus proche de l'hôpital, mais surtout le seul dont elle connût l'adresse. En outre, elle était sûre d'y trouver un responsable soucieux de discrétion. Elle se servit de son titre pour obtenir une entrevue immédiate.

— Lady Callandra.

Runcorn se leva dès qu'elle franchit la porte du bureau. Il vint à sa rencontre, la main tendue, puis se ravisa et se contenta de s'incliner légèrement devant la visiteuse. C'était un homme de haute taille dont le visage mince possédait une certaine beauté que venaient gâter des rides de mauvaise humeur autour de la bouche et un manque flagrant d'assurance, étonnant chez un policier de ce grade. Un seul coup d'œil suffisait pour comprendre que jamais Monk et lui ne pourraient s'entendre. Leurs traits mêmes révélaient deux tempéraments diamétralement opposés. Monk possédait une assurance qui frisait l'arrogance, des convictions profondes dictées par un intellect omniprésent et une ambition sans limites.

Les certitudes de Runcorn souffraient du manque de confiance en soi du policier. Ce dernier contrôlait mal ses émotions et semblait incapable d'humour. Certes, il était ambitieux, mais son visage trahissait trop clairement sa vulnérabilité. C'était un homme dont les idées fluctuaient au gré de l'opinion que les autres avaient de lui.

— Bonjour, Mr. Runcorn, répondit Callandra avec une esquisse de sourire, tout en acceptant le siège qu'il lui désignait. J'ai le regret de devoir vous informer d'un crime, une affaire qui pourrait bien se révéler très délicate. J'ai préféré m'adresser à vous personnellement plutôt que d'en parler à un quelconque brigadier. Je crains que ce ne soit très grave.

Elle crut voir un éclair de satisfaction briller dans le regard de Runcorn, comme s'il prenait pour une marque de reconnaissance sociale le fait qu'elle fût venue vers lui.

— Bien sûr, acquiesça-t-il. Vous me voyez navré pour vous. S'agit-il d'une affaire de vol ?

— Pas du tout, répondit-elle, méprisante. C'est un meurtre.

La suffisance s'estompa à ces mots et le policier parut redoubler d'attention.

— Et qui a été assassiné, madame ? Croyez bien que je vais mettre immédiatement mon meilleur limier sur cette affaire. Où le crime a-t-il eu lieu ?

— Au Royal Free Hospital de Gray's Inn Road, répondit-elle. Une infirmière a été étranglée et évacuée dans la goulotte à linge. J'arrive tout droit de là-bas. Le médecin-chef de l'hôpital est Sir Herbert Stanhope, qui est également un chirurgien de renom.

— Tout à fait, approuva Runcorn. J'ai bien sûr entendu parler de lui. Un homme remarquable. Vraiment remarquable. C'est lui qui vous a envoyée pour me signaler le meurtre ?

— Dans un sens, oui.

Elle ne put réprimer une bouffée d'indignation à l'idée que, dans l'esprit du policier, Sir Herbert avait nécessairement pris les choses en main, tandis qu'elle-même jouait un simple rôle de messager.

— Je fais partie des personnes qui ont découvert le corps, ajouta-t-elle.

— Cela a dû vous bouleverser, déclara Runcorn en posant sur elle un regard empli de compassion. Puis-je faire monter quelque chose pour vous réconforter ? Une tasse de thé, peut-être ?

— Non, merci, répliqua-t-elle plus sèchement qu'elle ne l'eût souhaité.

Elle se sentit soudain ébranlée. Sa bouche était sèche. Elle refusa cependant de s'apitoyer sur elle-même.

— Merci, répéta-t-elle avec plus de douceur. Mais je préfère retourner à l'hôpital afin que votre inspecteur puisse débuter son enquête. Voyez-vous, j'ai laissé le Dr Beck près du corps. Il veille à ce que personne n'y touche. Cela fait déjà un bon moment qu'il est là-bas.

— Bien sûr. C'est très louable de votre part.

Ces mots, qui se voulaient approbateurs, résonnèrent aux oreilles de Callandra comme pleins d'une intolérable condescendance. Elle fut tentée de demander au policier s'il la croyait vraiment capable de se comporter en écervelée et d'abandonner le cadavre sans surveillance, mais elle se retint à temps. A vrai dire, elle était plus bouleversée qu'elle ne voulait bien l'admettre. Elle s'aperçut soudain que ses mains tremblaient et s'empressa de les dissimuler dans les plis de sa jupe. Puis elle scruta Runcorn d'un œil inquisiteur.

Ce dernier se leva et, avec quelques mots d'excuse, se dirigea vers la porte pour appeler un brigadier.

— Envoyez-moi tout de suite l'inspecteur Jeavis. J'ai une nouvelle affaire pour lui et le sergent Evan.

La réponse se révéla inaudible, mais, quelques instants plus tard, une tête brune se glissait dans l'embrasure de la porte. Aussitôt après entrait un homme mince vêtu d'un très classique pantalon noir et d'une redingote tout aussi sombre. Avec son col cassé d'une blancheur irréprochable, il avait l'allure d'un employé d'état civil ou d'un ordonnateur des pompes funèbres. Ses manières traduisaient une assurance étrangement mêlée d'hésitation. Son regard passa de Runcorn à Callandra, puis se posa de nouveau sur son supérieur.

— Jeavis, voici Lady Callandra Daviot, commença Runcorn.

Il sembla soudain s'apercevoir qu'il avait commis un impair. Il eût évidemment fallu présenter d'abord le nouveau venu à la visiteuse de haut rang, et non l'inverse. Il rougit violemment, mais il était trop tard.

Sans y songer, Callandra vola à son secours. Il s'agissait de sa part d'une réaction quasi instinctive.

— Je vous remercie d'avoir fait appeler Mr. Jeavis

aussi rapidement, Mr. Runcorn. Je suis persuadée que ce choix se révélera excellent. Bonjour, Mr. Jeavis.

— Bonjour, madame.

L'inspecteur s'inclina légèrement devant elle et, d'emblée, elle le trouva irritant. Il avait le teint jaunâtre, d'épais cheveux d'un noir de jais et des yeux magnifiques. Jamais Callandra n'en avait croisé d'aussi sombres, mais, curieusement, ils contrastaient avec des sourcils trop peu fournis. Elle s'efforça de chasser sa première impression : il était ridicule de porter ainsi un jugement préconçu.

— Peut-être pourriez-vous avoir l'obligeance de m'expliquer de quel méfait vous avez souffert ? suggéra-t-il.

— Je n'ai souffert d'aucun méfait, rétorqua-t-elle avec mauvaise humeur. Je fais partie du conseil d'administration du Royal Free Hospital de Gray's Inn Road. Nous venons de découvrir le corps d'une de nos jeunes infirmières coincé dans la goulotte à linge. Il semble qu'elle ait été étranglée.

— Diantre, comme c'est déplaisant ! Lorsque vous dites « nous », madame, à qui faites-vous référence précisément ?

En dépit de l'obséquiosité de ses manières, il fouillait son interlocutrice d'un regard pénétrant et intelligent. Callandra eut la sensation d'être soumise à un jugement dans lequel la déférence sociale n'entrait nullement en compte.

— Au Dr Kristian Beck, qui fait partie de l'équipe médicale de l'hôpital, et à moi-même, répondit-elle. Et, dans une certaine mesure, aux femmes qui travaillent à la blanchisserie, ainsi qu'à une enfant que nous employons comme bonne à tout faire.

— Très bien. Mais comment avez-vous été amenée à examiner la goulotte à linge, madame ? interrogea-t-il, la tête penchée de côté. Cela n'entre assurément pas dans les attributions d'une administratrice de l'hôpital ?

S'efforçant de conserver son calme, Callandra lui rapporta les circonstances de la découverte. Il l'écouta, les yeux rivés sur elle. Près d'eux, Runcorn commençait à manifester de discrets signes d'impatience, hésitant sans doute à interrompre la conversation et se demandant comment asseoir son autorité dans un processus qui lui échappait déjà.

Un petit coup frappé à la porte retentit et, sur l'ordre de Runcorn, Evan fit son entrée. Son fin visage s'éclaira lorsqu'il aperçut Callandra, mais, en dépit des expériences et des combats qu'ils avaient partagés par le passé, il eut la présence d'esprit de la saluer comme une simple connaissance. Callandra feignit la même indifférence.

— Bonjour, sergent ! lança-t-elle d'un ton poli.

— Bonjour, madame, répondit-il avant d'interroger Runcorn du regard.

— Il y a eu un meurtre au Royal Free Hospital, expliqua ce dernier, trop heureux de saisir cette occasion de reprendre les commandes. Vous vous chargez de l'affaire avec l'inspecteur Jeavis. Tenez-moi informé du déroulement de l'enquête.

— Très bien, monsieur.

— Oh, Jeavis... ajouta Runcorn au moment où l'inspecteur ouvrait la porte pour céder le passage à Callandra.

— Oui, monsieur ?

— Quand vous serez à l'hôpital, n'omettez pas de signaler votre présence à Sir Herbert Stanhope. Il ne s'agirait pas de foncer tête baissée comme si vous meniez une chasse à l'homme dans Whitechapel Road ! N'oubliez pas qui est Sir Stanhope.

— Naturellement, monsieur, rétorqua Jeavis d'un ton rassurant sans pour autant réprimer un éclair de colère dans son regard.

Evan jeta un coup d'œil amusé à Callandra. Une complicité faite d'humour et de souvenirs partagés les unissait en cet instant.

L'atmosphère de l'hôpital s'était transformée lorsqu'ils parvinrent sur place. Malgré tous les efforts de Mrs. Flaherty, la nouvelle du meurtre s'était répandue comme une traînée de poudre. A leur arrivée, l'aumônier se précipita vers eux, basques au vent, hagard. Il reprit ses esprits lorsqu'il comprit à qui il avait affaire. Alors, il marmonna quelques paroles inintelligibles, lança une rapide imprécation et disparut, tenant à deux mains son missel.

Une jeune infirmière leur jeta un regard inquisiteur avant de se détourner pour regagner son poste de travail. Secouant la tête d'un air catastrophé, le trésorier les orienta pour sa part vers le bureau de Sir Herbert.

Ce dernier les accueillit à la porte, qu'il ouvrit en grand pour inviter les policiers à entrer. De l'élégant bureau, Callandra aperçut l'immense tapis bleu de Prusse, le bois verni bien astiqué et le soleil qui pénétrait à flots par la fenêtre exposée plein sud.

— Bonjour, inspecteur, dit gravement le chirurgien. Entrez, je vous prie. Je vous livrerai tout ce que je sais de cette affaire. Je vous remercie, Lady Callandra, ajouta-t-il à l'adresse de l'administratrice. Vous vous êtes acquittée de votre mission à la perfection. Sincèrement. Nous vous en sommes extrêmement reconnaissants.

Sur ces mots, il emboîta le pas aux deux hommes, barrant du même coup le passage à Callandra. Ainsi congédiée, celle-ci dut se résoudre à regagner la blanchisserie.

La buée avait de nouveau envahi les sous-sols : les tuyauteries de cuivre rendaient leurs sonores gargouillis mêlés de sons métalliques, la gigantesque lessiveuse sifflait chaque fois qu'une femme en soulevait le couvercle pour piquer de son long bâton de bois une pièce de linge, qu'elle transportait ainsi, au prix d'un effort intense, jusqu'aux larges bacs appuyés contre le mur du fond. Ces derniers étaient équipés d'immenses essoreuses à rouleaux percées de trous, dans lesquelles le linge rendait son eau. Ainsi s'était-on remis à l'ouvrage : l'horloge tournait, le travail devait être accompli quoi qu'il arrivât et le corps de l'infirmière avait perdu son intérêt immédiat. Les femmes qui travaillaient là avaient déjà vu bien des cadavres auparavant. A l'hôpital, la mort n'effrayait plus personne.

Kristian se tenait près de la panière à linge. Il se redressa dès qu'il aperçut Callandra et l'interrogea du regard.

— Les policiers sont chez Sir Herbert, expliqua la nouvelle venue. Un certain Jeavis. Je suppose qu'il est compétent.

— Vous n'en avez pas l'air convaincue, remarqua-t-il en l'examinant de plus près.

Elle poussa un soupir.

— Il est certain que j'aurais préféré voir William Monk se charger de cette enquête !

— Ce policier reconverti dans le privé ? interrogea-t-il, un furtif éclair moqueur dans les yeux.

— Oui. Lui, il aurait eu...

Elle s'interrompit, hésitante. Elle s'apprêtait à évoquer une sensibilité qui, à vrai dire, s'appliquait difficilement à Monk. Bien au contraire, Callandra devait reconnaître que le détective avait la rudesse d'un Attila.

En face d'elle, Kristian attendait, s'efforçant de déchiffrer sa pensée. Elle lui sourit.

— ... de l'imagination, de l'intelligence, acheva-t-elle, consciente que ces mots traduisaient mal son idée. Cette intuition qui permet de voir au-delà du concret. Et personne ne pourrait se débarrasser de lui avec une réponse apparemment acceptable, mais qui ne correspondrait pas à la réalité.

— Je vois que vous ne manquez pas de considération pour lui, constata Kristian. Espérons que Mr. Jeavis possède les mêmes qualités.

Il se tourna vers la panière à linge. Un drap sale plié en quatre couvrait désormais le visage du cadavre.

— Pauvre femme, poursuivit-il. C'était une bonne infirmière, vous savez. Je crois même que c'était la meilleure de l'hôpital. Quelle tragédie ridicule que d'avoir traversé les campagnes de Crimée, avec leurs dangers et leurs épidémies innombrables, pour venir trouver la mort dans un hôpital londonien, entre les mains d'un criminel !

Il secoua la tête. Son expression traduisait une infinie tristesse.

— Pour quelle raison voudrait-on tuer une telle femme ? ajouta-t-il.

— Bonne question !

Kristian sursauta. Jeavis avait fait irruption derrière eux sans se faire remarquer.

— La connaissiez-vous, docteur Beck ? ajouta le policier.

— Évidemment ! répondit l'interpellé, visiblement agacé par la question. Elle travaillait ici. Tout le monde la connaissait.

— Mais la connaissiez-vous personnellement ? insista l'inspecteur en fouillant le visage de son interlocuteur de son regard sombre.

— Si vous me demandez si je la voyais en dehors du travail à l'hôpital, c'est non. Je ne la connaissais pas personnellement.

Jeavis grommela une réponse inintelligible et se rapprocha de la panière à linge. De ses doigts délicats, il souleva le drap et le retira, puis examina la morte. Callandra l'imita.

Prudence Barrymore avait un peu plus de trente ans. Elle était très grande et très mince. Vivante, elle avait dû être élégante. A présent, la mort lui avait ôté toute grâce. Bras et jambes s'étalaient dans tous les sens, l'un des pieds pointé en l'air. Ses jupons étaient remontés d'un côté, dévoilant une longue jambe fuselée. Le visage avait la couleur de la cendre à présent, mais, même lorsque le sang courait encore dans ses veines, la jeune femme avait dû avoir le teint pâle. Elle avait les cheveux châtains, des sourcils plutôt fins formant une ligne délicate, une bouche large et sensuelle. C'était le visage d'une femme passionnée, dotée d'une incontestable personnalité, d'humour et de force.

Callandra gardait d'elle un souvenir très net, bien qu'elle ne l'eût croisée que de rares fois et en coup de vent, absorbées qu'elles étaient l'une et l'autre par leurs charges respectives. Prudence Barrymore avait un esprit réformateur assorti d'un zèle à toute épreuve, si bien qu'il était difficile de ne pas la connaître lorsqu'on travaillait à l'hôpital. Il n'existait guère d'individus aussi pétillants de vie et riches de projets, et il semblait y avoir une sorte de raillerie perverse derrière ce corps affalé là, vidé de tout ce qui en avait fait une femme passionnée et originale, et dont il ne restait désormais qu'une coquille vide, dénuée de sensations et de sensibilité, tout en paraissant néanmoins affreusement vulnérable.

— Couvrez-la ! lança Callandra malgré elle.

— Encore un instant, madame.

Jeavis avait levé le bras, comme pour l'empêcher de joindre elle-même le geste à la parole.

— Attendez un peu, voulez-vous ? reprit-il. Étranglée, dites-vous ? En effet, cela m'a tout l'air d'un décès par strangulation. Pauvre femme.

Il garda le regard rivé sur les traces sombres qui marquaient le cou. Il était atrocement simple d'imaginer à leur place des doigts serrant de plus en plus fort, jusqu'au moment où l'air, la respiration, puis la vie avaient déserté ce corps.

— Elle était infirmière, c'est ça ? s'enquit l'inspecteur en se tournant vers Kristian. Elle travaillait avec vous, hein, docteur ?

— Quelquefois, oui, acquiesça Kristian. Mais elle était plus souvent avec Sir Herbert Stanhope, surtout lors des interventions délicates. C'était une excellente infirmière et, si j'en crois mon impression, une femme admirable. Je n'ai jamais entendu personne en dire du mal.

Jeavis n'avait pas bougé. Sous ses pâles sourcils, ses yeux noirs fixaient intensément Kristian.

— Très intéressant, dit-il. Et qu'est-ce qui vous a incité à regarder dans la goulotte à linge, docteur ?

— Le conduit était bloqué. Deux infirmières essayaient en vain d'y faire passer des draps sales, mais le linge ne parvenait pas jusqu'en bas. Lady Callandra et moi-même sommes allés leur prêter main-forte.

— Je vois. Et comment vous y êtes-vous pris pour déloger le corps ?

— Nous avons envoyé l'une des petites bonnes à tout faire qui travaillent ici, une enfant de treize ans. Elle a glissé dans la goulotte et son poids a poussé le corps.

— Très efficace, répliqua sèchement Jeavis. Quoique un peu dur pour l'enfant, non? Enfin, je suppose que comme elle travaille à l'hôpital, la petite a dû voir plus d'un cadavre avant celui-ci!

Il conclut ses propos par une grimace. Kristian le considéra avec écœurement.

— Nous ne pouvions pas savoir qu'il y avait une femme morte, rétorqua-t-il. Nous pensions qu'il s'agissait d'un ballot de linge trop gros.

— Ah bon?

Jeavis se retourna, poussa la panière et examina un long moment la goulotte. Puis il recula et interrogea Callandra.

— De quel endroit démarre ce conduit? demanda-t-il.

— Du couloir du rez-de-chaussée, répondit-elle tout en songeant que cet homme lui déplaisait de plus en plus. Celui de l'aile ouest, pour être précise.

— C'est un drôle d'endroit pour mettre un cadavre, vous ne trouvez pas? Ce n'est pas facile d'accomplir un tel acte en étant sûr de ne pas être observé.

— Ce n'est pas tout à fait exact, intervint Kristian. En fait, le couloir ne comporte aucune fenêtre et le gaz n'est pas allumé dans la journée afin de limiter les dépenses.

— Tout de même, insista le policier, on remarquerait nécessairement une personne debout ou assise dans le couloir, et encore plus quelqu'un qui soulèverait un corps en vue de l'introduire dans la goulotte à linge. Vous ne croyez pas?

— Pas obligatoirement, répliqua Callandra, sur la défensive. On voit parfois des ballots de draps par terre. Et les infirmières s'assoient souvent contre les murs des couloirs lorsqu'elles sont ivres. Dans la pénombre, un corps pourrait avoir l'apparence d'un tas de linge. Et si je voyais une personne introduire quelque chose dans la goulotte, il ne me viendrait pas à l'idée qu'il puisse s'agir d'autre chose que de draps sales. Je suppose que tout le monde ici réagirait de la même façon.

— Mon Dieu ! s'exclama Jeavis en dévisageant ses interlocuteurs l'un après l'autre. Êtes-vous réellement en train de suggérer que n'importe qui aurait pu faire passer cette pauvre créature dans la goulotte au vu et au su d'un personnel médical fort respectable et sans que personne ne trouve cela étrange ?

Mal à l'aise, Callandra jeta un coup d'œil à Kristian.

— Plus ou moins, acquiesça-t-elle. Ici, les gens ne regardent pas ce que font les autres. Chacun a ses propres occupations.

En imagination, elle visualisa une silhouette aux contours flous, soulevant un paquet plus lourd que la normale enveloppé dans un linceul de draps sales et l'introduisant dans la goulotte. Lorsqu'elle poursuivit, sa voix était devenue rauque et mal assurée.

— Je suis moi-même passée ce matin devant ce que j'ai pris pour une infirmière endormie ou ivre. Mais je ne sais absolument pas de qui il s'agissait. Je n'ai pas regardé son visage. Il est tout à fait possible, ajouta-t-elle en sentant son corps se couvrir d'une sueur froide, qu'il se soit agi de Prudence Barrymore...

— Vraiment ? s'exclama Jeavis en haussant les sourcils. Ainsi il arrive souvent à vos infirmières d'aller s'affaler dans les couloirs, Lady Callandra ? Ne disposent-elles pas de lits pour se reposer ?

— Celles qui logent sur place, si, répliqua-t-elle sèchement. Mais la plupart habitent à l'extérieur et gagnent tout juste de quoi survivre. Rien n'est prévu pour elles ici et elles mangent rarement à leur faim. Et oui, j'avoue que la plupart boivent.

Jeavis paraissait déconcerté. Il se retourna vers Kristian.

— J'ai besoin de bavarder encore un peu avec vous, docteur, déclara-t-il, afin d'en savoir le plus possible sur cette infortunée. Pour commencer, fit-il en s'éclaircissant la gorge, à combien de temps remonte la mort, d'après vous ? Bien sûr, notre médecin légiste va venir examiner le corps et il nous donnera son avis sur ce point, mais cela nous fera gagner du temps si vous me livrez le vôtre dès à présent.

— A deux heures, répondit Kristian. Peut-être trois.

— Mais... vous ne l'avez même pas regardée ! s'étonna Jeavis.

— Je l'ai regardée avant votre arrivée.

— Ah bon ? Vraiment ? s'étonna Jeavis, dont le regard s'aiguisa. Je croyais que vous nous aviez dit que vous aviez laissé le corps intact ! N'est-ce pas pour cela, précisément, que vous êtes resté ici ? Pour veiller à ce que personne ne vienne fausser les pièces à conviction ?

— Je vous ai dit que je l'avais *regardée*, inspecteur. Pas *déplacée* !

— Mais vous l'avez touchée.

— Oui. Pour voir si elle était froide.

— Et alors ?

— Elle l'était.

— Mais comment pouvez-vous savoir qu'elle n'a pas été tuée durant la nuit ?

— Parce que le corps n'était pas encore rigide.

— Vous l'avez donc déplacé.

— Non !

— Mais si, obligatoirement ! insista Jeavis. Sinon, comment sauriez-vous si le corps était rigide ou non ?

— Il est tombé par la goulotte, inspecteur, expliqua patiemment Kristian. Je l'ai vu arriver et j'ai vu la façon dont il a atterri dans la panière. J'ai observé le mouvement des membres. Selon moi, le décès est survenu il y a deux à quatre heures. Mais, pour l'amour du ciel, interrogez plutôt votre médecin légiste !

Jeavis le couvrit d'un regard suspicieux.

— Vous n'êtes pas anglais, vous, monsieur ! J'ai cru déceler un certain accent dans votre façon de parler. Très léger, mais réel. D'où venez-vous ?

— De Bohême.

Une lueur d'amusement brilla dans le regard de Kristian. Jeavis prit sa respiration, comme pour parler, mais demeura silencieux. Callandra comprit qu'il avait été sur le point de demander où se situait cette région du monde, mais s'était ravisé en s'apercevant que les blanchisseuses ne perdaient pas une miette de la conversation.

— Je vois, dit-il d'un ton pensif. Bon, eh bien, à présent, peut-être pourriez-vous avoir l'amabilité de me dire, docteur, où vous vous trouviez ce matin de bonne heure ? Par exemple, à quelle heure êtes-vous arrivé ici ? S'il vous plaît, sergent, ajouta-t-il à l'adresse d'Evan, qui suivait la conversation en silence, notez les réponses.

— J'ai passé la nuit à l'hôpital, répondit Kristian.

Jeavis haussa les sourcils.

— Ah bon ! Et pourquoi cela, docteur ? s'enquit-il d'un ton lourd de sous-entendus.

— L'un de mes patients était au plus mal, expliqua Kristian en fixant Jeavis droit dans les yeux. Je suis resté à son chevet. J'espérais pouvoir le sauver, mais j'avais tort. Il s'est éteint peu après quatre heures du matin. Cela ne valait plus la peine que je rentre chez moi. Je me suis donc allongé sur un lit vacant et j'ai dormi jusqu'à six heures et demie.

Jeavis fronça les sourcils, puis jeta un coup d'œil à Evan pour s'assurer que celui-ci notait bien.

— Je vois, déclara-t-il en se retournant vers Kristian. Vous étiez donc ici quand Miss Barrymore a trouvé la mort ?

Pour la première fois, Callandra sentit monter en elle une bouffée d'anxiété. Elle considéra Kristian, mais ne décela chez lui rien d'autre qu'une légère curiosité, comme s'il n'avait pas saisi toutes les implications de la question.

— Il semblerait que oui, répondit-il.

— Et avez-vous croisé cette Miss Barrymore ?

Kristian secoua la tête.

— Je ne crois pas, non. Mais je ne peux pas en être sûr. En tout cas, je ne me souviens pas de lui avoir parlé.

— Et cependant, fit remarquer Jeavis, cette jeune femme semble très présente dans votre esprit. Vous savez précisément de qui il s'agissait et vous parlez d'elle en termes très élogieux

Kristian baissa les yeux. La tristesse s'affichait sur son visage.

— Cette pauvre créature est morte, inspecteur ! Bien sûr qu'elle est présente dans mon esprit. De plus, c'était une excellente infirmière. Les gens qui se dévouent pour autrui ne courent pas les rues, vous savez ! Il est normal que l'on n'oublie pas une femme comme celle-ci.

— Est-ce que toutes les personnes qui travaillent ici ne se dévouent pas pour les malades ? s'étonna Jeavis.

Kristian le considéra un instant, puis poussa un soupir.

— Si vous n'avez pas d'autres questions, inspecteur, j'aimerais retourner travailler. Voilà bientôt deux heures que je suis dans cette buanderie. J'ai des patients à voir.

— Je vous en prie, répondit Jeavis en faisant la moue. Mais veuillez ne pas quitter Londres, docteur, s'il vous plaît.

Kristian parut surpris, mais acquiesça néanmoins sans protester. Quelques instants plus tard, Callandra et lui laissaient derrière eux l'atmosphère embuée du sous-sol et remontaient l'escalier. Les pensées se bousculaient dans l'esprit de Callandra, qui ne pouvait toutefois se résoudre à en faire part à son ami ; elle craignait de paraître trop soucieuse, trop pleine de sollicitude, et ne voulait surtout pas lui communiquer ses craintes. Peut-être avait-elle tort, après tout ! Jeavis n'avait aucune raison de soupçonner Kristian. Et cependant, il était arrivé à la justice de se tromper. Plus d'un innocent s'était vu passer la corde au cou. Il était si facile de suspecter quelqu'un de différent, que ce fût par ses manières, son apparence, sa race ou sa religion. Oh, comme elle eût aimé voir Monk prendre cette affaire en main !

— Vous paraissez fatiguée, Lady Callandra, déclara Kristian avec douceur, la tirant de ses pensées.

Elle sursauta.

— Je vous demande pardon ? Oh... Oh, non, je suis surtout triste... Et je redoute un peu ce qui va se passer maintenant.

— Pourquoi ?

— Je sais comment se déroule une enquête. Les gens paniquent. Il faut dire que l'on apprend sur autrui des choses que l'on aurait préféré ne jamais connaître... Mais c'est idiot, conclut-elle avec un sourire forcé. Je suis convaincue que cette affaire sera très vite résolue.

Ils avaient atteint le haut des marches. Dans le hall, deux étudiants avaient une discussion animée.

— Ne prenez pas garde à ce que j'ai dit, reprit Callandra d'un ton qui se voulait rassurant. Et si vous êtes resté éveillé une bonne partie de la nuit, vous devez rêver d'un lit douillet à l'heure qu'il est. Les douze coups de midi ne vont pas tarder à sonner !

— Oh, mais bien sûr. Je ne veux pas vous retenir plus longtemps. Je suis désolé.

Croisant le regard de son interlocutrice, il esquissa un sourire et prit congé. Puis, d'un pas vif, il s'engagea dans le corridor et gagna la salle de malades la plus proche.

La nuit tombait déjà quand Callandra atteignit enfin le logement de Monk. Elle entra chez lui sans cérémonie et aborda d'emblée l'affaire qui l'amenait.

— Un meurtre a été commis à l'hôpital, déclara-t-elle de but en blanc. Une infirmière, une jeune femme exceptionnelle, honnête et efficace. Elle a été étranglée, semble-t-il, et l'on a dissimulé son corps dans la goulotte à linge.

Elle se tut et attendit une réponse. Monk demeura pensif un moment, scrutant le visage de Callandra de son regard gris métallique.

— Qu'est-ce qui vous préoccupe ? interrogea-t-il enfin. J'ai l'impression qu'il y a autre chose.

— Runcorn a mis un certain inspecteur Jeavis sur l'affaire. Le connaissez-vous ?

— Un peu. C'est un homme très perspicace. Il fera sans doute du bon travail. Pourquoi ? Qui a tué ? Le savez-vous, ou soupçonnez-vous quelqu'un ?

— Oh non ! répliqua-t-elle avec un peu trop de vivacité. Je n'en ai pas la moindre idée. Quelles raisons pourrait-on avoir de tuer une infirmière ?

— Toutes sortes de raisons. On songe en premier lieu à un prétendant rejeté, une rivale, ou encore un chantage... Mais il peut y avoir bien d'autres mobiles. Cette femme a pu être témoin d'un vol ou d'un meurtre censé passer pour une mort naturelle. Les décès ne manquent pas dans un hôpital ! Et toute existence comporte de l'amour, de la haine, de la jalousie... Cette femme était-elle jolie ?

— Oh oui ! Oui, sans aucun doute.

Callandra se tut et le dévisagea. Il avait dit en quelques mots tant de choses affreuses qui pouvaient toutes être vraies ! L'une d'entre elles, au moins, l'était sans doute. On n'étranglait pas une femme sans passion. A moins qu'il ne se fût agi de l'acte d'un dément...

— J'imagine que cet hôpital ne traite que les maladies physiques ? lança Monk comme s'il avait lu ses pensées. Il n'abrite pas d'asile psychiatrique, si ?

— Oh non. Non, pas du tout. Quelle idée ignoble !

— Quoi ? Qu'il abrite un asile psychiatrique ?

— Non... Je voulais dire... Qu'un être sain d'esprit ait pu faire une chose pareille.

— Est-ce cela qui vous trouble ?

Elle se demanda s'il fallait mentir, ou au moins masquer la vérité, mais résolut de n'en rien faire.

— Pas vraiment. En fait, je crains que l'inspecteur Jeavis ne soit tenté de soupçonner le Dr Beck. D'abord parce que c'est un étranger, et puis parce que nous avons découvert le corps tous les deux.

Monk l'étudia plus attentivement encore.

— Et vous, interrogea-t-il, soupçonnez-vous ce Dr Beck ?

— Non !

Elle se sentit rougir de sa propre véhémence, mais il était trop tard pour battre en retraite. Il lui semblait qu'aucun de ses états d'âme n'échappait à son interlocuteur.

— Non, reprit-elle plus calmement. Je crois que c'est très peu probable. Mais ce Jeavis ne m'inspire pas confiance. Pourriez-vous, s'il vous plaît, vous occuper de cette affaire ? C'est moi qui vous emploierai, à votre tarif habituel.

— Ne soyez pas ridicule ! Vous avez contribué à mon bien-être depuis que je me suis lancé dans ce métier. Vous n'allez pas me rémunérer aujourd'hui pour une enquête.

— Si ! Je le veux.

Elle posa les yeux sur lui et les paroles qu'il s'apprêtait à prononcer moururent sur ses lèvres. Elle poursuivit :

— Pourriez-vous avoir l'obligeance d'enquêter sur le meurtre de Prudence Barrymore ? Elle est décédée ce matin, sans doute entre six heures et sept heures et demie. Son corps a été retrouvé dans la goulotte à linge de l'hôpital et la cause de la mort semble être la strangulation. Je ne puis guère vous en dire davantage, sinon que c'était une excellente infirmière, l'une des volontaires de Miss Nightingale qui ont servi en Crimée. D'après moi, elle devait avoir une trentaine d'années et, bien entendu, elle n'était pas mariée.

— Ce sont là des renseignements fort pertinents, reconnut-il, mais je n'ai aucun moyen de m'investir dans cette affaire. Jeavis n'a certainement pas l'intention de m'appeler à la rescousse et, à mon avis, il n'y a guère de chance qu'il me fasse part des éléments dont il dispose. Quant au personnel de l'hôpital, je ne vois pas pourquoi il répondrait à mes questions, à supposer que j'aie la témérité d'aller lui en poser. Je suis désolé, conclut-il d'un ton de vif regret. Croyez bien que, si je le pouvais, je n'hésiterais pas.

Callandra le dévisagea un instant. Toutefois, c'étaient les traits de Kristian, et non ceux de Monk, qu'elle avait à l'esprit.

— Je sais bien que ce ne sera pas facile, déclara-t-elle. Mais il s'agit de l'hôpital où je travaille. Je serai moi-même sur place. Je pourrai observer certaines choses et vous en faire part. Et peut-être serions-nous plus efficaces si nous trouvions à Hester un poste dans le service. Elle pourra être témoin d'événements ou de conversations dont je n'aurai pas connaissance, et qui échapperont également à l'inspecteur Jeavis !

— Callandra !

Il l'avait appelé par son prénom sans mentionner son titre, familiarité qui frisait l'arrogance, mais elle ne s'en formalisa pas. Si cela l'avait froissée, elle l'aurait prestement remis à sa place. Cependant, le ton de la voix de Monk lui avait fait froid dans le dos.

— Hester possède un sens de l'observation exceptionnel, insista-t-elle en détournant le regard. Et elle est aussi douée que vous pour imbriquer les uns dans les autres les éléments d'une enquête. Elle a une excellente perception de la nature humaine et ne craint pas de se battre pour une cause.

— Dans ce cas, rétorqua-t-il avec une hargne démentie par la flamme d'humour qui brillait dans ses yeux, vous n'avez pas besoin de moi.

Callandra comprit qu'elle n'arriverait à rien en poursuivant sur cette voie. Monk possédait une susceptibilité qu'il importait de ménager.

— C'est vrai, concéda-t-elle. J'ai peut-être exagéré. Mais il est indéniable qu'elle représenterait un atout intéressant pour nous, puisqu'elle observerait des choses qui nous échapperaient à l'un et à l'autre. Elle vous ferait des comptes rendus dont vous tireriez vos propres déductions et vous lui indiqueriez dans quelle direction continuer à chercher.

— Et s'il y a bel et bien un assassin dans votre hôpital, objecta Monk, avez-vous songé au danger que vous lui faites courir en la plaçant ainsi dans la gueule du loup ? Je vous rappelle qu'une infirmière a déjà été tuée.

Il venait de marquer un point. Elle poussa un soupir.

— Non, reconnut-elle. Je n'y avais pas pensé. Alors, Hester devra se montrer très prudente et observer sans poser de questions. Mais, même ainsi, elle vous sera d'un secours inestimable.

— Vous parlez comme si j'avais donné mon accord !

— Je me trompe ?

Cette fois, c'était elle qui l'emportait, elle n'en doutait pas. Elle vit un sourire éclairer le visage du détective. Celui-ci était empreint d'une douceur inhabituelle.

— Non, répondit-il. Non, vous ne vous trompez pas. Je ferai ce qui est en mon pouvoir.

— Merci, souffla-t-elle, saisie d'un soulagement inattendu. Je ne sais pas si je l'ai mentionné, mais le sergent Evan assiste Jeavis dans cette enquête.

— Non, vous ne l'avez pas dit, mais il se trouve que je savais qu'ils travaillent ensemble.

— C'est ce que j'ai pensé. Je suis heureuse que vous n'ayez pas coupé les ponts avec lui. C'est un jeune homme de grande valeur.

Monk sourit. Callandra se leva et il l'imita aussitôt.

— Bon, reprit-elle, vous feriez bien d'aller voir Hester, à présent. Il n'y a pas de temps à perdre. Je le ferais bien moi-même, mais vous lui expliquerez mieux que moi ce que vous attendez d'elle. Dites-lui que j'userai de mon influence pour lui trouver un poste à l'hôpital. Il va falloir remplacer cette pauvre Prudence Barrymore.

— Très bien, acquiesça-t-il. Je le lui dirai.

— Merci. J'arrangerai tout cela dès demain.

Elle se dirigea vers la sortie et il lui tint la porte ouverte pour la laisser passer. Elle ne pouvait rien faire de plus à présent. Elle se sentait à la fois exténuée et extraordinairement triste. Sa voiture l'attendait au-dehors et elle rentra chez elle dans une humeur des plus sombres.

Hester reçut Monk avec une surprise qu'elle ne se soucia pas de dissimuler. Elle le conduisit dans son minuscule salon et l'invita à s'asseoir. Elle semblait bien moins fatiguée que la dernière fois : tout son être dégageait une certaine vigueur et elle avait retrouvé son teint rose. Il fut frappé par cette intense vitalité qui émanait d'elle.

— Ne me dites pas que c'est une visite de politesse, déclara-t-elle avec un sourire amusé. Il s'est passé quelque chose.

Face à une entrée en matière aussi directe, il ne s'embarrassa pas de faux-fuyants.

— Callandra est venue chez moi tout à l'heure, expliqua-t-il. Une infirmière a été assassinée ce matin à l'hôpital où elle travaille. C'était une infirmière de Crimée, pas une simple assistante sans valeur...

Il s'interrompit. La jeune femme avait pâli. Il comprit que, selon toute probabilité, elle avait connu la victime. Peut-être même était-ce une amie, une femme qu'elle avait côtoyée et appréciée. Ni lui ni Callandra n'y avaient songé.

— Je suis désolé, ajouta-t-il, sincère. Elle s'appelait Prudence Barrymore. La connaissiez-vous ?

— Oui.

Elle baissa les yeux, prit une profonde inspiration.

— Pas très bien, poursuivit-elle d'une voix tremblante, mais je l'appréciais. Elle avait beaucoup de courage. Et un grand cœur. Comment est-ce arrivé ?

— Je l'ignore. C'est précisément ce que Callandra nous demande de découvrir.

— Nous ? s'étonna-t-elle. Et la police ? Elle a dû être prévenue, non ?

— Si, bien sûr.

Il détourna les yeux. La vive rancœur que lui inspirait Runcorn venait de refaire surface sans crier gare. C'était par la faute de cet homme qu'il avait quitté la police et perdu son rang, sa puissance et cette respectabilité qu'il avait travaillé si longtemps à conquérir.

— Seulement, expliqua-t-il, Callandra craint qu'elle ne parvienne pas à résoudre cette affaire.

Hester fronça les sourcils.

— Et c'est tout ?

— C'est tout ? Vous voulez dire que cela ne vous suffit pas ? Nous ne détenons aucun pouvoir, aucune autorité. Aucune réponse ne s'impose d'elle-même pour le moment. Nous n'avons pas le droit de poser des questions, pas d'accès aux informations récoltées par la police ni aux rapports médicaux ! Que vous faut-il de plus pour vous stimuler ?

— Un collègue arrogant et désagréable ! rétorqua-t-elle, acerbe. Histoire de rendre les choses vraiment difficiles !

Elle se leva et gagna la fenêtre.

— Vraiment, enchaîna-t-elle, il y a des fois où je me demande comment vous avez pu demeurer aussi longtemps dans la force publique ! Ce qui m'étonne, c'est que Callandra semble si inquiète : qu'est-ce qui lui fait douter des compétences de la police ? N'est-il pas un peu tôt pour manifester un tel scepticisme ?

Monk sentait son corps tendu par la colère et, pourtant, il éprouvait une sorte de réconfort étrange à se trouver en présence d'un être si prompt à saisir l'essentiel, à souligner des nuances qui, tôt ou tard, pourraient bien se révéler cruciales. Il lui arrivait certes de détester cette femme, mais jamais de s'ennuyer avec elle. Pas une fois, il ne l'avait trouvée frivole ou artificielle. Il fallait même reconnaître qu'il éprouvait davantage de satisfaction à se disputer avec elle qu'à converser en toute courtoisie avec une autre.

— Non, répondit-il avec sincérité. Je pense qu'elle craint que la police ne s'en prenne à un certain Dr Beck, qui est étranger et se révélerait bien sûr plus facile à incriminer qu'un chirurgien éminent ou qu'un dignitaire de l'hôpital. Avec un peu de chance, on découvrira peut-être que le coupable est une infirmière, ajouta-t-il d'une voix que le mépris rendait tranchante, ou un être socialement insignifiant, mais cela n'est pas certain. *A priori,* l'assassin est un homme, et, dans un hôpital, les hommes sont tous éminents d'une manière ou d'une autre, qu'il s'agisse des médecins, des trésoriers, des aumôniers ou même des administrateurs...

— Et qu'attend-elle de moi ? interrogea Hester, les sourcils froncés. Je suis moins bien informée qu'elle sur le fonctionnement de l'hôpital. Londres n'a pas grand-chose à voir avec Scutari ! Et étant donné que mon séjour dans un hôpital de la ville a été fort limité, je n'ai guère eu le temps d'en apprendre beaucoup.

Elle avait un air chagrin. Sans doute le souvenir de son renvoi demeurait-il cuisant dans son esprit.

— Elle voudrait vous faire employer au Royal Free

Hospital, expliqua Monk. Elle vous y obtiendra un poste, peut-être dès demain. Ils doivent remplacer Miss Barrymore. Ainsi, vous pourrez faire de l'intérieur des observations qui se révéleront peut-être très utiles. Cependant, il faudra vous abstenir de poser des questions.

— Ah bon ? Et pourquoi ? Que pourrai-je apprendre si je ne pose pas de questions ?

— Pour la bonne raison que vous risqueriez de subir le même sort que Miss Barrymore, espèce d'inconsciente ! Un peu de jugeotte, que diable ! Une jeune femme qui avait son franc-parler et des idées progressistes vient d'être assassinée là-bas. Nous n'avons pas besoin d'une seconde victime pour prouver quoi que ce soit.

— Je vous remercie de vous soucier de moi.

Elle fit volte-face et contempla le paysage par la fenêtre, tournant résolument le dos à son interlocuteur.

— Très bien, reprit-elle. Je serai discrète. Je n'avais pas jugé bon de le préciser parce que je pensais que cela allait de soi, mais, apparemment, vous avez besoin d'être rassuré sur ce point. Je n'ai aucune intention de me faire assassiner, ni même d'être renvoyée de l'hôpital pour curiosité déplacée. Je suis parfaitement capable de poser des questions de manière à ce que personne ne comprenne que je suis animée par autre chose qu'un simple intérêt naturel.

— Vraiment ? fit-il, dubitatif. Quoi qu'il en soit, je ne vous laisserai pas vous lancer dans cette aventure avant que vous m'ayez fait le serment que vous vous contenterez d'observer. Regardez et écoutez, c'est tout ! Vous m'avez bien compris ?

— Évidemment que je vous ai bien compris ! rétorqua-t-elle, cinglante. Le vocabulaire que vous utilisez n'est pas très complexe, que je sache ! Seulement, je ne suis pas d'accord ! Et qu'est-ce qui vous fait croire que vous pouvez me donner des ordres, je me le demande ! Je ferai ce que j'estime adéquat. Si cela vous convient, tant mieux. Sinon, en ce qui me concerne, cela ne changera rien !

— Dans ce cas, ne venez pas pleurer si l'on vous

agresse ! Et si on vous retrouve étranglée dans un coin de l'hôpital, je serai très triste, mais certainement pas surpris !

— Au moins, vous aurez la satisfaction de pouvoir dire à mon enterrement que vous m'aviez prévenue, répliqua-t-elle en le fixant de son regard dur.

— Une bien piètre satisfaction si vous n'êtes pas là pour m'entendre...

Elle quitta l'appui de la fenêtre et vint se placer au centre de la pièce.

— Oh, et puis cessez d'être aussi désagréable et aussi pessimiste ! s'écria-t-elle. Après tout, c'est moi qui vais devoir retourner travailler à l'hôpital, me plier à tous ces règlements et endurer l'insupportable incompétence et les idées rétrogrades ! Tout ce que vous aurez à faire, vous, sera d'écouter ce que je vous rapporterai et d'en déduire qui a tué Prudence et, bien sûr, pourquoi !

— Et aussi de le prouver, ajouta-t-il.

— Ah oui.

Elle lui adressa soudain un sourire resplendissant.

— Cela, au moins, ce sera bon, n'est-ce pas ?

— Oh oui, vraiment très bon ! reconnut-il avec franchise.

En ce moment comme en de très rares occasions auparavant, une parfaite compréhension s'était instaurée entre eux. Il la savoura avec une satisfaction sans égale.

CHAPITRE IV

Monk ne commença pas son enquête à l'hôpital. Il savait que le personnel s'y montrerait suspicieux à son égard et resterait sur la défensive. En outre, il craignait de compromettre par sa présence l'action d'Hester. Il prit donc la ligne de chemin de fer du Great Western jusqu'à Hanwell, où vivait la famille de Prudence Barrymore. Avec le soleil qui brillait et la légère brise, il eût grandement apprécié la promenade à travers champs entre la gare et le village, puis le long de Green Lane jusqu'au point où la Brent se jetait dans le Grand Junction Canal, si son objet n'avait pas été une rencontre avec une famille dont la fille venait de mourir assassinée.

La maison des Barrymore était la dernière sur la droite. La rivière coulait à l'extrémité du jardin, qu'elle délimitait. Au premier abord, sous les rayons du soleil et avec les rosiers grimpants qui se reflétaient dans les carreaux des fenêtres, l'air empli du chant des oiseaux et du clapotis de l'eau, l'on pouvait passer sans remarquer les stores tirés et le singulier silence qui régnait. Ce fut seulement lorsqu'il atteignit la porte que Monk aperçut le crêpe noir qui recouvrait la poignée. Alors, la présence de la mort le frappa de plein fouet.

— Oui, monsieur ? demanda sombrement une servante aux yeux rougis.

Dans le train, Monk avait eu tout le loisir de songer à la façon dont il se présenterait à la famille, afin de ne pas passer pour un indésirable venu fourrer son ncz dans une tragédie qui ne le concernait en aucune manière. Il ne jouissait d'aucun statut officiel, ce qui représentait pour lui un douloureux handicap. Il eût été absurde d'en vouloir à Jeavis pour cela, mais Runcorn lui inspirait encore un dégoût qui, bien qu'enfoui dans le passé désormais, resurgissait parfois par vagues.

— Bonjour, dit-il respectueusement tout en tendant sa carte de visite à la jeune fille. Je m'appelle William Monk. Lady Callandra Daviot, qui est administratrice du Royal Free Hospital et qui connaissait bien Miss Barrymore, m'a prié de rendre visite à Mr. et Mrs. Barrymore afin de voir si je pouvais leur apporter un quelconque soutien. Pourriez-vous leur demander s'ils auraient l'obligeance de m'accorder quelques instants ? Je sais bien que le moment n'est guère opportun, mais il est des affaires qui, malheureusement, ne souffrent pas d'attendre.

— Ah... très bien, fit-elle, hésitante. Je vais demander, monsieur, mais cela m'étonnerait qu'ils vous reçoivent. Nous venons d'avoir un deuil dans la famille, comme vous le savez d'ailleurs, d'après ce que vous venez de dire.

— Vous permettez ? fit Monk avec un léger sourire.

La femme de chambre parut embarrassée, mais lui céda néanmoins le passage : elle le pria de patienter dans l'entrée, tandis qu'elle allait prévenir de l'arrivée du visiteur. Selon toute probabilité, la maison ne comportait pas de petit salon, ni de pièce inemployée propre à accueillir les hôtes imprévus.

Comme à son habitude, Monk observa le décor. Cette première prise de contact lui apprenait toujours quantité de détails sur les habitants du lieu : leurs ressources financières, bien sûr, mais surtout leurs goûts, leur éducation, les voyages qu'ils avaient effectués ou non, parfois même leurs convictions religieuses, leurs préjugés ou l'opinion qu'ils souhaitaient donner d'eux-mêmes.

Le hall d'entrée des Barrymore, toutefois, n'en disait

pas très long. La maison était assez vaste, mais dans le style cottage, avec de petites fenêtres, un plafond bas et des poutres apparentes. Elle avait à l'évidence été conçue pour le confort d'une grande famille plutôt que pour recevoir du beau monde et faire impression. Avec son parquet, le hall d'entrée était agréable ; deux ou trois sièges tapissés de chintz étaient placés contre le mur, mais il n'y avait ni bibliothèque, ni tableaux, ni objets de décoration qui eussent permis de juger des goûts des occupants. L'unique portemanteau qui trônait là n'avait pas de style particulier et ne portait pas la moindre canne. Seul un parapluie passablement usé y pendait.

La femme de chambre revint, toujours aussi empruntée.

— Si vous voulez bien me suivre, monsieur, Mr. Barrymore va vous recevoir dans le cabinet de travail.

Obéissant, Monk lui emboîta le pas le long d'un étroit couloir qui menait à l'arrière de la maison. Là, une pièce étonnamment plaisante s'ouvrait sur le jardin. Par les portes-fenêtres à petits carreaux, le détective aperçut une pelouse soigneusement entretenue qu'ombrageait une rangée de saules penchés sur la rivière. Peu de fleurs poussaient là, mais de délicats arbustes déployaient une impressionnante variété de feuillages.

Mr. Barrymore était un homme grand et mince au visage expressif. En le voyant, Monk comprit qu'en plus de son enfant, c'était une partie de lui-même que ce père venait de perdre. Il s'en voulut de s'immiscer ainsi chez lui en un tel moment. Quelle importance pouvait bien revêtir la loi, voire la justice, face à la douleur ? Aucune enquête, aucun procès ni punition ne ramènerait la jeune femme ni ne changerait quoi que ce fût au passé. A quoi servait la vengeance, quelle qu'elle fût ?

— Bonjour, monsieur.

Barrymore posait sur Monk un regard interrogateur. Les signes de la plus profonde détresse marquaient son visage. Il ne fit pas mine de s'en excuser, ne chercha pas à les dissimuler.

— Ma servante me dit que vous êtes venu nous présenter vos condoléances pour le décès de notre fille. Elle n'a pas évoqué la police, mais j'imagine que vous en faites partie ? Elle a mentionné une certaine Lady Daviot, mais elle n'a pas dû bien comprendre. Nous ne connaissons personne de ce nom.

Monk se demanda s'il existait une façon d'atténuer ce qu'il avait à dire, mais cette interrogation resta sans réponse. Il songea que la vérité toute simple demeurait encore la meilleure solution. En tournant autour du pot, il ne ferait que retarder des explications qui, de toute façon, devraient venir.

— Non, Mr. Barrymore. J'ai effectivement appartenu à la police, mais j'en ai démissionné. Je travaille actuellement à mon propre compte.

Un tel aveu lui coûtait, lui donnait l'impression d'être devenu un être méprisable, un détective à deux sous qui passait son temps à pourchasser petits chapardeurs ou épouses infidèles.

— Lady Callandra Daviot, enchaîna-t-il avec la consolation de penser que ces mots-là sonnaient beaucoup mieux, fait partie du conseil d'administration de l'hôpital. Elle portait une très grande estime à votre fille. Elle craint que la police ne néglige certains éléments ou ne renonce à mener correctement son enquête s'il s'avère que des personnes détenant une autorité ou un titre se trouvent impliquées. C'est pourquoi elle m'a demandé comme une faveur personnelle de prendre l'affaire en main.

Un pâle sourire effleura les lèvres de Barrymore pour s'évanouir aussitôt.

— Et vous, cela ne vous gêne pas d'incommoder des personnalités haut placées, Mr. Monk ? J'aurais pensé au contraire que vous étiez plus vulnérable à la disgrâce que la police. *A priori*, celle-ci bénéficie de l'autorité gouvernementale.

— Tout dépend de la position des personnalités en question.

Barrymore fronça les sourcils. Les deux hommes se tenaient toujours au centre de la ravissante pièce, face au jardin. Le maître de maison n'avait pas fait mine de proposer un siège à son hôte : visiblement, les circonstances voulaient que l'on bavardât debout.

— Je vois mal, dit-il, comment l'on pourrait soupçonner une personnalité de haut rang d'être impliquée dans... dans la mort de Prudence...

Il avait prononcé ces derniers mots avec peine, comme s'ils exprimaient une réalité encore difficile à appréhender, comme si la violence du tout premier choc demeurait intacte.

— Je ne sais pas, répondit Monk. Mais il est très classique qu'en enquêtant sur un meurtre l'on en vienne à découvrir des événements ou des accointances que certaines personnes eussent préféré tenir secrets. Certains font parfois des pieds et des mains pour que ces détails demeurent cachés, même si cela revient à dissimuler des pièces à conviction.

— Et vous vous imaginez pouvoir découvrir des choses qui échapperaient à la police ?

La question était courtoise, mais l'incrédulité y perçait indéniablement.

— Je l'ignore, mais je ferai tout mon possible pour cela. J'ai déjà par le passé réussi là où elle avait échoué.

— Vraiment ?

Cette fois, il n'y avait ni mise en doute, ni même étonnement dans cette interrogation.

— Que pourrions-nous vous dire ? poursuivit Barrymore en observant les feuillages du jardin. Je ne connais pas du tout cet hôpital. Et, en vérité... ma connaissance de la médecine est très limitée. Je suis pour ma part collectionneur de papillons rares. Je fais en quelque sorte autorité sur le sujet, ajouta-t-il avec un faible sourire à l'adresse de Monk. Le genre d'occupation qui ne présente guère d'intérêt, n'est-ce pas ?

— Non, répondit doucement Monk. Je ne suis pas d'accord avec vous. L'étude de ce qui est beau n'est jamais futile, surtout pour qui cherche à comprendre et à préserver cette beauté.

— Merci.

Un éclair de gratitude illumina le regard de Barrymore. Il s'agissait bien sûr d'une satisfaction mineure, mais dans ces moments de tragédie absolue, l'esprit retient les attentions les plus infimes et s'y accroche au plus fort de la confusion et du désespoir. Barrymore leva les yeux vers son interlocuteur et parut soudain s'apercevoir qu'ils étaient restés debout et qu'il n'avait pas témoigné le moindre geste d'hospitalité.

— Mais je vous en prie, asseyez-vous, Mr. Monk! déclara-t-il en prenant lui-même place. Et dites-moi comment je puis vous aider. Je ne vois vraiment pas...

— Vous pourriez me parler d'elle, interrompit le détective.

Barrymore plissa les yeux.

— A quoi cela peut-il servir? Elle a dû être victime d'un fou, non? Quelle personne saine d'esprit pourrait faire cela à...

Il ne put poursuivre. Monk le vit lutter pour conserver le contrôle de lui-même. Il reprit la parole pour lui éviter un trop grand embarras.

— Peut-être, concéda-t-il. Mais il est également possible que le coupable soit une personne qu'elle connaissait. Même un fou doit avoir une raison pour tuer, à moins qu'il ne s'agisse d'un véritable aliéné, mais, jusqu'à présent, rien ne laisse penser qu'un tel individu se soit promené en liberté dans l'hôpital. C'est un lieu où l'on traite les maladies du corps, non de l'esprit. Mais, bien entendu, la police va mener une enquête approfondie pour savoir si des étrangers ont été remarqués dans l'enceinte de l'hôpital. Cela, vous pouvez en être sûr.

Barrymore semblait encore déstabilisé. Il considéra Monk sans paraître comprendre.

— Que désirez-vous savoir sur Prudence? Je n'arrive pas à concevoir le moindre motif qui aurait pu pousser une personne qui la connaissait à lui vouloir du mal.

— J'ai appris qu'elle avait été infirmière en Crimée.

Les épaules de Barrymore se crispèrent légèrement.

— Oui, oui, c'est exact, répondit-il avec un accent de fierté dans la voix. Elle a été l'une des premières femmes à partir là-bas. Je me souviens du jour de son départ. Elle semblait si jeune... Il faut être très jeune pour avoir une telle confiance en soi ! Les jeunes n'ont pas la moindre idée de ce que le monde peut leur réserver. Et puis, ajouta-t-il avec un sourire d'une infinie tristesse, ils s'imaginent que l'échec ou la mort ne pourront jamais les atteindre. Ils croient cela réservé aux autres. C'est ce qu'on appelle l'immortalité, n'est-ce pas ? Cette conviction...

Il se tut un instant, mais, cette fois, Monk garda le silence.

— Elle n'a emporté qu'une malle en fer-blanc, poursuivit Barrymore. Seulement quelques robes de toile bleue, toutes simples, du linge de rechange, une deuxième paire de bottines, sa Bible et son journal intime. Et ses livres de médecine. Elle voulait devenir médecin, voyez-vous. C'était impossible, je le sais, mais cela ne l'empêchait pas de le désirer plus que tout au monde. Elle avait des connaissances très vastes.

Il se tourna vers Monk et le regarda droit dans les yeux.

— Elle était très intelligente, vous savez, et très assidue. L'étude était une chose naturelle pour elle. Ce qui n'était pas du tout le cas pour sa sœur, Faith. Faith est très différente. Elles s'aimaient beaucoup toutes les deux. Lorsque Faith s'est mariée et est partie s'installer dans le Nord, elles s'écrivaient au moins une fois par semaine.

Sa voix se chargea soudain d'émotion.

— Elle va être très...

— En quoi étaient-elles différentes ? l'interrompit Monk pour lui éviter de sombrer à nouveau dans le désespoir.

— En quoi ?

Il regardait encore le parc, où se nichaient les souvenirs du bonheur perdu.

— Oh, reprit-il, Faith était toujours en train de rire. Elle aimait danser. Elle prenait les choses à cœur, certes, mais elle adorait flirter. Elle était si jolie à l'époque... Elle avait le don de se faire aimer, ajouta-t-il en souriant. Elle avait toujours autour d'elle une demi-douzaine de garçons qui lui faisaient la cour. Elle a choisi Joseph Barker. Un jeune homme qui paraissait très quelconque, un peu effacé... Il lui arrivait même de bégayer lorsqu'il était ému.

Il secoua la tête, comme si ce choix le surprenait encore.

— Il ne savait pas danser, et Faith adorait danser. Mais elle avait plus de bon sens que sa mère ou moi. Joseph a su la rendre très heureuse

— Et Prudence ?

La vivacité déserta subitement le visage de Barrymore.

— Prudence ? Elle ne voulait pas se marier. Elle ne s'intéressait qu'à la médecine, aux manières de soulager les malades. Elle voulait sauver les gens et changer les choses. Et aussi, ajouta-t-il avec un soupir, en apprendre toujours plus ! Bien sûr, sa mère tenait à ce qu'elle se marie, mais elle repoussait tous ses prétendants, et il y en avait plusieurs. Il faut dire qu'elle était ravissante...

Une fois de plus, il s'interrompit. Monk attendit. Il fallait laisser à Barrymore le temps de maîtriser des sentiments trop apparents. Quelque part au-dehors, un chien aboya. Le rire d'un enfant leur parvint aussi, d'une autre direction.

— Je vous prie de m'excuser, fit Barrymore au bout d'un moment. Je l'aimais beaucoup. Ce n'est pas bien d'avoir une préférence parmi ses enfants, mais Prudence était si facile à comprendre pour moi... Nous partagions tant de choses, d'idées... de rêves...

Il s'arrêta encore. Des larmes brillaient dans ses yeux. Monk se leva. L'entretien devenait trop pénible et, en le prolongeant, il ne pourrait guère en apprendre davantage.

— Je vous remercie de m'avoir accordé de votre temps, monsieur, déclara-t-il. Je vais voir à présent ce que je peux découvrir à l'hôpital. Peut-être y a-t-il aussi d'autres amis avec qui Prudence aurait pu discuter récemment et qui seraient susceptibles de savoir quelque chose ?

Barrymore se ressaisit.

— Je ne vois pas bien en quoi ces personnes pourraient vous aider, mais s'il y a quelque chose...

— J'aimerais aussi parler à Mrs. Barrymore, si elle est en mesure de me recevoir.

— Mrs. Barrymore?

— Elle sait peut-être quelque chose sur sa fille. Prudence lui a peut-être fait des confidences, parlé d'un incident tout à fait trivial à première vue, mais qui pourrait nous mener sur une piste importante.

— Ah oui... C'est possible, en effet. Je vais lui demander si elle se sent en état de vous parler.

Il secoua légèrement la tête.

— Je suis sidéré par la force qu'elle témoigne. Elle a supporté tout cela mieux que moi-même, je crois.

Sur cette remarque, il s'éclipsa pour aller chercher son épouse.

Il revint quelques instants plus tard et entraîna Monk vers une autre pièce confortablement meublée. Un tissu fleuri recouvrait sofas et fauteuils, plusieurs canevas brodés au point de croix agrémentaient les murs et diverses babioles parsemaient le décor. La bibliothèque regorgeait de livres choisis à l'évidence pour leur contenu plutôt que pour leur apparence et un panier contenant des fils de soie était ouvert près d'un ouvrage de tapisserie encadré.

Mrs. Barrymore était bien plus petite que son époux. Ses cheveux blonds, qui blanchissaient sur les tempes, étaient réunis en chignon sous un filet de dentelle. Bien sûr, elle était vêtue de noir et son délicat visage aux traits fins portait les stigmates de son chagrin, mais elle accueillit Monk avec une parfaite maîtrise d'elle-même. Elle ne se leva pas, tendant simplement vers lui une main fine habillée d'une mitaine de dentelle.

— Enchantée, Mr. Monk, déclara-t-elle. Mon époux m'a dit que vous étiez un ami de Lady Callandra Daviot, qui avait pris notre pauvre Prudence sous son aile. C'est très charitable à vous de vous intéresser à notre tragédie.

En silence, il admira la diplomatie dont Barrymore

avait fait preuve. Lui-même n'avait pas songé à une façon aussi élégante de présenter sa venue.

— Sa perte a bouleversé de nombreuses personnes, madame, répondit-il en effleurant de ses lèvres la main tendue.

Puisque Barrymore avait choisi de le faire passer pour un gentleman, il n'avait plus qu'à jouer son rôle. Un rôle qui, du reste, lui procurait une intense satisfaction, même s'il visait avant tout à préserver Mrs. Barrymore.

— C'est vraiment terrible, murmura-t-elle en clignant plusieurs fois des yeux.

D'un geste, elle lui indiqua un siège qu'il accepta. Mr. Barrymore demeura debout derrière son épouse, dans une attitude à la fois curieusement distante et cependant protectrice.

— Mais peut-être, ajouta Mrs. Barrymore, n'aurions-nous pas dû être aussi surpris. Cela semble un peu naïf de notre part, non ?

Elle le considéra de son étonnant regard bleu ciel et Monk ne sut que répondre. A vrai dire, il n'avait pas bien saisi ce qu'entendait par là son interlocutrice.

— C'était une enfant qui avait tant de volonté, reprit Mrs. Barrymore en se mordant la lèvre. Gentille et ravissante à regarder, mais trop sûre d'avoir raison. Avez-vous des filles, Mr. Monk ? interrogea-t-elle en observant un point au-delà du détective, dans le jardin.

— Non, madame.

— Dans ce cas, mes conseils ne vous seront pas d'une grande utilité, sauf bien sûr si vous en avez un jour.

Elle le regarda de nouveau. Un très vague sourire errait sur ses lèvres.

— Croyez-moi, une jolie fille peut représenter pour ses parents une source d'anxiété, et une véritable beauté plus encore, même si elle a conscience de ses charmes, ce qui ne la met pas à l'abri de certains dangers... et lui en fait courir d'autres. Mais une intellectuelle pose infiniment plus de problèmes. Une enfant effacée, agréable mais non pas ravissante, dotée d'assez d'esprit pour savoir se mettre en valeur, mais qui n'aurait pas l'ambition d'étudier, voilà qui me paraît l'idéal.

Elle l'observa attentivement pour voir s'il suivait bien sa pensée.

— On peut apprendre à un enfant à être obéissant, à maîtriser les arts domestiques et à avoir de bonnes manières, enchaîna-t-elle tandis que Mr. Barrymore toussait, mal à l'aise. Oh, je sais ce que tu penses, Robert, affirma-t-elle comme si son époux avait exprimé une objection. On ne peut pas empêcher une jeune fille de réfléchir. Tout ce que je dis, moi, c'est qu'elle aurait été bien plus heureuse si elle s'était contentée d'utiliser son esprit d'une façon appropriée, à lire, à écrire de la poésie si elle le souhaitait, à bavarder avec des amies... Et si elle désirait aider autrui et possédait un don pour cela, elle n'avait que l'embarras du choix en matière d'œuvres caritatives. Le ciel m'en est témoin, j'ai moi-même passé des heures et des heures à de telles occupations. Je ne compte plus le nombre de comités de bienfaisance dans lesquels je me suis impliquée : nourrir les pauvres gens, trouver un toit à des filles qui avaient perdu leur vertu et ne pouvaient plus travailler comme domestiques, et que sais-je encore... Mais Prudence, conclut-elle d'un ton où perçait l'exaspération, ne voulait rien entendre de tout cela. Elle ne songeait qu'à la médecine ! Elle lisait toutes sortes de livres remplis d'illustrations, des images qu'une femme comme il faut ne devrait jamais regarder ! Bien entendu, j'ai tenté de la raisonner, mais sans succès : elle s'obstinait dans son choix !

Mr. Barrymore se pencha au-dessus d'elle, les sourcils froncés.

— Ma chérie, cela ne sert à rien de chercher à changer les gens. Ce n'était pas dans la nature de Prudence d'abandonner l'étude.

Il avait parlé avec douceur, mais sa voix comportait une sorte de lassitude, comme s'il avait maintes fois répété ces paroles en vain.

Elle se figea, puis releva la tête en une attitude déterminée.

— Dans la vie, il faut apprendre à accepter le monde tel qu'il est, affirma-t-elle en fixant un tableau au mur, paisible scène pastorale. Il y a des choses que l'on peut obtenir et d'autres auxquelles on doit renoncer. Mais Prudence n'a jamais compris cela. Voilà d'où vient la tragédie. Elle aurait pu vivre heureuse si elle avait abandonné ses idées puériles et s'était résolue à épouser un homme tel que ce pauvre Geoffrey Taunton ! C'était un parti sérieux et il ne demandait qu'à l'épouser. A présent, bien sûr, il est trop tard...

A ces mots, ses yeux s'emplirent de larmes.

— Pardonnez-moi, ajouta-t-elle en reniflant avec élégance. Je ne peux pas m'empêcher d'avoir de la peine...

— Le contraire serait inhumain, assura Monk. Votre fille était une jeune femme remarquable sur bien des plans. Elle a su réconforter d'innombrables malheureux qui connaissaient les affres de la souffrance. Vous devez être très fière d'elle.

Mr. Barrymore sourit, mais l'émotion l'empêchait de parler.

Mrs. Barrymore considéra Monk avec une légère surprise, comme si ces louanges la laissaient perplexe.

— Vous parlez de Mr. Taunton au passé, Mrs. Barrymore, reprit le détective. N'est-il plus en vie ?

Elle parut désarçonnée.

— Oh, mais si, dit-elle. Si, bien sûr, Mr. Monk. Ce pauvre Geoffrey est bien vivant ! C'est pour Prudence qu'il est trop tard, la pauvre enfant. A présent, c'est sûr, Geoffrey va épouser cette Nanette Cuthbertson. Elle le poursuit de ses assiduités depuis assez longtemps ! Mais tant que Prudence vivait, Geoffrey n'avait pas un regard pour cette femme. Tenez, il était encore ici le week-end dernier, à demander des nouvelles de notre fille. Il voulait savoir si elle se plaisait à Londres et si elle comptait rentrer bientôt.

— Il ne l'a jamais comprise, constata tristement Mr. Barrymore. Il pensait que ce n'était qu'une question de temps et qu'un jour ou l'autre elle renoncerait au métier d'infirmière et reviendrait auprès de nous fonder un foyer.

— Et c'est ce qu'elle aurait fait ! affirma Mrs. Barrymore, formelle. Seulement, elle n'était pas pressée. La période où une femme est attirante pour un jeune homme qui souhaite se marier et fonder une famille n'est pas éternelle. Prudence ne semblait pas s'en rendre compte. Pourtant, Dieu sait si je le lui ai dit et répété ! Je lui expliquais que le temps passait, qu'il ne l'attendrait pas indéfiniment. Qu'un jour, elle se rendrait compte que j'avais raison.

De nouveau, les larmes brillèrent dans ses yeux. Elle se détourna.

Mr. Barrymore parut embarrassé. Il avait déjà contredit son épouse devant Monk. Recommencer ne servait à rien.

— Où pourrais-je trouver ce Mr. Taunton ? interrogea le détective. S'il voyait souvent Miss Barrymore, elle lui a peut-être exprimé des inquiétudes, parlé d'une personne qui lui inspirait des craintes...

Mrs. Barrymore releva la tête, momentanément tirée de son chagrin par une question qu'à l'évidence elle trouvait saugrenue.

— Geoffrey ? fit-elle. Mais Geoffrey ne pourrait pas connaître un individu capable de... de commettre un meurtre, Mr. Monk ! C'est un jeune homme des plus respectables ! Son père était professeur de mathématiques. Mr. Barrymore l'a bien connu, d'ailleurs. Il est décédé il y a quatre ans et a laissé Geoffrey fort bien pourvu.

Elle secoua la tête.

— Ce qui me surprend, c'est que ce jeune homme ne se soit pas encore marié. En général, ce sont les obstacles financiers qui retardent les mariages. Prudence ne connaissait pas sa chance d'avoir un tel prétendant, disposé à attendre son bon vouloir...

Monk ne pouvait répondre à cela.

— Où habite-t-il, madame ?

— Geoffrey ? A Little Ealing. Si vous prenez Boston Lane et tournez à droite, puis suivez la route sur un mile un quart environ et tournez ensuite à gauche, vous trouverez l'allée cavalière. Geoffrey habite par là-bas. Mais il faudra demander votre chemin sur place. Ce sera plus simple que si je me lance dans une description de la maison, quoique celle-ci soit très jolie. Mais il faut dire qu'elles sont toutes ravissantes par là-bas. C'est un quartier très recherché.

— Merci, Mrs. Barrymore, pour ces explications. Et cette Miss Cuthbertson, qui se posait apparemment en rivale de Miss Barrymore ? Où puis-je la trouver ?

— Nanette Cuthbertson ? fit-elle avec une moue dédaigneuse. Oh, elle vit à Wyke Farm, de l'autre côté de la voie ferrée, en bordure d'Osterley Park.

Elle sourit sans conviction.

— C'est un lieu très agréable, surtout pour une jeune fille comme elle, passionnée de chevaux. Seulement, c'est assez loin. Il faut suivre Boston Lane. Si vous ne louez pas un véhicule quelconque, il va vous falloir couper à travers champs.

Elle secoua la main en un geste curieusement gracieux.

— Si vous prenez vers l'ouest en parvenant aux abords de Boston Farm, expliqua-t-elle encore, cela devrait vous mener au bon endroit. Bien sûr, j'y vais toujours en voiture attelée, mais je ne crois pas me tromper...

— Merci, Mrs. Barrymore, répéta Monk en se levant avec un signe de tête courtois. Je vous présente mes excuses pour cette intrusion et je vous suis vivement reconnaissant pour votre aide.

— Si vous apprenez quoi que ce soit, intervint Barrymore, pourrez-vous nous tenir informés ? A moins que ce ne soit pas compatible avec l'éthique de votre profession...

— Je ferai d'abord mon rapport à Lady Callandra, mais je suis convaincu qu'elle vous en livrera la teneur, répondit-il.

En réalité, il n'aurait eu aucun scrupule à communiquer à cet homme placide des éléments susceptibles de le soutenir dans son chagrin, mais il songeait que Barrymore accepterait plus facilement des révélations venues de Callandra. En outre, il se réservait ainsi la possibilité d'éviter d'avoir à lui dévoiler des découvertes qui risquaient de le faire souffrir inutilement. Il remercia de nouveau ses hôtes et exprima une fois de plus ses condoléances. Mr. Barrymore le raccompagna jusqu'à la porte d'entrée.

La journée était fort agréable et Monk apprécia la demi-heure de marche qui séparait Green Lane de Little Ealing. Cette promenade lui donnait le loisir de réfléchir à ce qu'il dirait à Geoffrey Taunton. L'épreuve s'annonçait délicate ; peut-être Mr. Taunton refuserait-il même de le recevoir. D'un individu à l'autre, le chagrin provoquait des réactions fort différentes. Chez certains, la colère précédait le chagrin. Et, bien sûr, il était parfaitement possible que ce Geoffrey Taunton fût le meurtrier qu'il recherchait. Qui sait ? Peut-être avait-il commencé à trouver le temps long et la frustration avait-elle eu raison de sa patience. A moins qu'une passion devenue brutale ne l'eût fait sortir de ses gonds ? Dans ce cas, il aurait recouvré la raison aussitôt après et compris que Nanette Cuthbertson représentait pour lui un bien meilleur parti. Monk songea qu'il lui faudrait demander à Evan les conclusions du rapport d'autopsie. Entre autres, Prudence Barrymore était-elle enceinte au moment du décès ? A entendre Mr. Barrymore, l'éventualité semblait improbable, mais les pères connaissaient rarement cet aspect-là de la vie de leurs filles...

La journée était vraiment splendide. Les champs s'étalaient à perte de vue de part et d'autre du chemin, une brise légère faisait onduler les blés déjà blonds. Dans un ou deux mois, les moissonneurs viendraient courber le dos sous la chaleur et dans la poussière. L'odeur de la paille chaude embaumerait l'atmosphère. Non loin, suivrait le chariot d'approvisionnement, où les hommes iraient se désaltérer d'un verre de cidre et se restaurer de belles tranches de pain. En imagination, Monk entendit le sifflement rythmé des faux, sentit sur sa peau nue la sueur et le souffle de la brise, puis éprouva la fraîcheur bienvenue de l'ombre du chariot et la soif, suivie de la délicieuse sensation du cidre frais coulant dans la gorge.

A quelle époque de sa vie avait-il ainsi travaillé aux champs ? Était-ce ici, dans le Sud, ou chez lui, dans le Northumberland, avant son arrivée à Londres et son apprentissage du commerce, avant son enrichissement et sa métamorphose en une sorte de gentleman ?

Il n'en avait aucune idée. L'épisode avait déserté sa mémoire comme bien d'autres souvenirs. Peut-être cela valait-il mieux, après tout. Peut-être y avait-il, derrière ces souvenirs champêtres, d'autres souffrances comparables à celles que lui avait inspirées Hermione... Il ressentait encore la blessure provoquée non par la perte de cette femme, cela n'était rien, mais par l'humiliation. Comment avait-il pu se méprendre à ce point, aimer si stupidement un être incapable de lui rendre son amour ? Dire qu'elle avait eu l'honnêteté de lui avouer qu'elle ne souhaitait même pas essayer ! L'amour était un sentiment dangereux, l'amour faisait souffrir. Hermione ne voulait pas mettre sa bonne fortune en danger ; elle le lui avait expliqué sans détour.

Non. Désormais, les seuls souvenirs qu'il traquerait seraient professionnels. Dans ce domaine, au moins, il ne risquait rien. Il se savait brillant. Même Runcorn, son ennemi le plus acharné, n'avait jamais nié son talent, son intelligence ou son intuition, ni contesté le dévouement qu'il mettait à exploiter ces qualités et qui faisait de lui le meilleur élément de la police londonienne.

Il hâta l'allure. Il ne percevait que le bruit de ses pas et le bruissement du vent dans les champs, léger et chaud. Plus tôt, il aurait pu entendre le chant des alouettes, mais le soleil était déjà haut dans le ciel à présent.

Il aperçut l'allée cavalière sur sa gauche et s'y engagea. Peu après, il croisa un vieux charretier qui menait son cheval et lui demanda où habitait Geoffrey Taunton. Le vieil homme hésita, suspicieux, mais finit par le renseigner.

Vue de l'extérieur, la bâtisse avait gracieuse allure. Le crépi, qui présentait les signes d'un récent ravalement, avait été agrémenté de riches bas-reliefs. Le colombage était quant à lui immaculé. Geoffrey avait dû réaliser tous ces embellissements lorsqu'il était entré en possession des deniers paternels.

Monk remonta l'allée de gravillons fraîchement ratissée et frappa à la porte d'entrée. On était en tout début d'après-midi et il n'espérait guère trouver le maître de maison chez lui. Si ce dernier était sorti, il faudrait obtenir un rendez-vous un peu plus tard.

Une jeune femme de chambre aux yeux clairs lui ouvrit. Elle ne masqua pas sa curiosité en le découvrant sur le seuil. Des étrangers d'une telle élégance ne se rencontraient guère dans la région.

— Oui, monsieur ? s'enquit-elle d'un ton agréable tout en le dévisageant.

— Bonjour. Je ne suis pas attendu, mais j'aimerais voir Mr. Taunton s'il est chez lui. Si j'arrive trop tôt, peut-être pourriez-vous me dire à quel moment revenir ?

— Oh, mais pas du tout, monsieur ! Le moment est parfaitement...

Elle s'interrompit, confuse. Les conventions voulaient qu'elle prétendît son maître absent tant qu'elle n'avait pas demandé si celui-ci souhaitait recevoir de la visite.

— Enfin, je veux dire...

Monk sourit malgré lui.

— Je comprends, déclara-t-il en lui tendant sa carte de visite. Allez lui demander s'il veut bien me rencontrer maintenant. Vous lui direz que je viens de la part d'un membre du conseil d'administration du Royal Free Hospital de Gray's Inn, Lady Callandra Daviot.

— Très bien, monsieur, répondit la jeune femme. Si vous voulez bien m'excuser, j'y vais, monsieur. Entrez en attendant.

Dans un bruissement de jupons, elle se retourna, mena Monk dans un petit salon ensoleillé, puis s'éclipsa.

Geoffrey Taunton en personne apparut moins de cinq

minutes plus tard. C'était un bel homme d'une trentaine d'années, grand et bien bâti. Il portait ce jour-là de sombres vêtements de deuil, mais sa mine resplendissante et ses beaux traits réguliers conféraient une certaine douceur à son visage. Un vif chagrin marquait son expression.

— Mr. Monk ? Bonjour. Que puis-je faire pour vous et pour le conseil d'administration ?

Il tendit la main et Monk la serra avec un fort sentiment de culpabilité qu'il chassa aussitôt. Il y avait des priorités plus grandes que la franchise absolue.

— Je vous remercie de m'accorder de votre temps, monsieur, et je vous prie de m'excuser de ne pas vous avoir prévenu de mon arrivée. Mais je n'ai appris votre existence que ce matin, chez Mr. Barrymore, à qui j'ai rendu visite. Comme vous l'aurez compris, ma présence ici est en rapport avec la mort de Miss Prudence Barrymore. C'est pour cela que l'on m'a sollicité.

— Sollicité ? s'étonna Taunton, les sourcils froncés. C'est une affaire qui concerne la police, non ? Si le conseil d'administration redoute le scandale, je ne peux rien pour lui. Puisqu'on emploie des jeunes femmes dans une telle profession, on doit savoir qu'il existe toutes sortes de circonstances malheureuses susceptibles de se présenter, comme j'ai si souvent tenté de le faire comprendre à Miss Barrymore. Les hôpitaux ne sont pas des lieux salubres, il faut le reconnaître, insista-t-il d'un ton dur. Ni physiquement, ni moralement. Il est assez malheureux de se trouver contraint de s'y rendre lorsqu'on doit subir une opération qui ne peut être pratiquée à domicile ! Mais une femme qui travaille en un tel endroit s'expose à de graves périls. Surtout s'il s'agit d'une personne bien née qui n'a aucun besoin de gagner sa vie.

Le chagrin assombrit encore son visage et Taunton enfonça les mains dans ses poches. Il semblait à la fois entêté dans ses convictions, perplexe et extrêmement vulnérable.

Monk songea qu'à sa place Evan eût ressenti de la pitié

pour cet homme. Runcorn, quant à lui, eût sans doute abondé dans son sens. Monk, pour sa part, ne pouvait éprouver qu'une vive colère face à un tel aveuglement. Les deux hommes se tenaient encore dans le petit salon, de part et d'autre d'un tapis vert.

— J'imagine qu'elle s'est engagée davantage par compassion pour les malades que pour les compensations financières que procure ce métier, fit sèchement remarquer le détective. D'après ce que l'on m'a dit d'elle, c'était une femme dotée de talents remarquables et d'un grand dévouement. Le fait qu'elle n'ait pas travaillé par nécessité ne peut qu'être porté à son crédit.

— Cela lui a coûté la vie, rétorqua amèrement Taunton. C'est une tragédie et un crime. Rien ne pourra nous la ramener, mais je tiens à voir le gredin qui a fait cela pendu haut et court !

— Si nous lui mettons la main au collet, je suppose que vous aurez ce privilège, monsieur. Quoique, à mon avis, assister à une pendaison soit une expérience effroyable. Je n'en ai vu moi-même que deux, mais j'en ai gardé des images que j'aimerais pouvoir rayer de ma mémoire.

Taunton demeura un instant bouche bée, puis esquissa une moue de déplaisir.

— Je ne disais pas cela au sens littéral, Mr. Monk. C'est là, je vous l'accorde, une image répugnante. Je voulais simplement dire que je souhaitais que l'exécution soit accomplie en bonne et due forme.

— Oh, je vois. Oui, c'est différent, en effet, et il s'agit là d'un sentiment très commun.

Sa voix traduisait tout le mépris qu'il ne pouvait exprimer en mots. Comme il exécrait ces gens qui laissaient à d'autres le soin d'accomplir les tâches ingrates afin de ne connaître aucune détresse et de pouvoir ensuite dormir sur leurs deux oreilles, sans les cauchemars, sans les morsures de la culpabilité, du doute et de la compassion ! Au prix d'un effort, il chassa cette pensée de son esprit pour se concentrer sur l'objet de sa visite. Soucieux de courtoisie, il s'efforça de croiser le regard de Taunton.

— Et je puis vous assurer, poursuivit-il, que je ferai tout ce qui est en mon pouvoir pour cela. Je vous en donne ma parole.

Ces mots produisirent leur effet. Apaisé, Taunton oublia sa colère pour revenir lui aussi à la mort de Prudence.

— Pourquoi êtes-vous venu me voir, Mr. Monk ? En quoi puis-je vous être utile ? Je ne sais rien qui soit en rapport avec ce qui s'est produit, en dehors de la connaissance que je possède des hôpitaux, des personnes qui y officient, des femmes qui y sont employées... Mais vous devez en savoir aussi long que moi sur tout cela.

Monk esquiva la question en douceur.

— Peut-être pouvez-vous imaginer quelle raison pourrait pousser une autre infirmière à vouloir du mal à Miss Barrymore ? interrogea-t-il.

Taunton réfléchit.

— Beaucoup d'éventualités me viennent à l'esprit. Voulez-vous que nous allions dans mon cabinet de travail ? Nous y serons plus à l'aise pour discuter.

— Avec plaisir.

Les deux hommes repassèrent par le hall d'entrée, puis gagnèrent une pièce ravissante et très vaste qui donnait sur une roseraie. Au-delà s'étendaient les champs de blé. Un bouquet d'ormes dressait ses élégants branchages à une centaine de mètres de la maison.

— Quelle vue splendide ! s'exclama Monk malgré lui.

— Merci, fit Taunton avec un sourire crispé.

Il invita Monk à prendre place dans l'un des larges sièges, s'installa en face de lui et entra aussitôt dans le vif du sujet.

— Vous m'avez posé une question sur les infirmières, déclara-t-il. Comme vous êtes sollicité par le conseil d'administration, j'imagine que vous savez quel genre de personnes choisissent ce métier ? Ce sont des femmes qui n'ont guère d'éducation, voire aucune, et dont la moralité est loin de correspondre à celle que l'on attendrait d'elles. Cela ne me surprendrait guère que certaines aient jalousé Miss Barrymore, qui jouissait de ce qui, pour elles, devait passer pour une grande opulence, et qui travaillait non par nécessité, mais par choix. Il suffisait de la regarder pour comprendre qu'elle avait de l'éducation, qu'elle était bien née et que la vie l'avait choyée ! Autant d'avantages qui doivent faire rêver ces pauvres filles...

Il jeta un coup d'œil à Monk, sans doute pour s'assurer que ce dernier avait saisi toutes les nuances de son discours.

— Vous songez à une querelle ? s'étonna le détective. Il faudrait que ce soit une femme extrêmement haineuse, dotée qui plus est d'une force physique phénoménale, pour attaquer ainsi Miss Barrymore et l'étrangler sans attirer l'attention de personne ! Il est vrai que les couloirs sont souvent déserts, mais les salles de malades sont toutes proches ! Si des gens avaient entendu des cris, ils seraient arrivés en courant !

Taunton fronça les sourcils.

— Je ne saisis pas bien votre remarque, Mr. Monk Êtes-vous en train d'insinuer que Miss Barrymore n'a pas été assassinée à l'hôpital ? Est-ce cela, ajouta-t-il tandis que ses traits se durcissaient, que le conseil d'administration de l'hôpital cherche à faire croire : que l'hôpital n'est en rien impliqué dans cette affaire, afin de se dégager de toute responsabilité ?

— Pas du tout.

Sans doute Monk aurait-il souri s'il n'avait pas ressenti une telle colère. Il exécrait les manières pompeuses de son interlocuteur. Associées à la bêtise, elles lui étaient insupportables.

— J'essaie de démontrer qu'une querelle entre deux femmes est peu susceptible de déboucher sur le meurtre de l'une par l'autre, expliqua-t-il. Une telle dispute ne serait pas passée inaperçue. Tenez, c'est justement une querelle entre deux infirmières qui a attiré l'attention du Dr Beck et de Lady Callandra et les a amenés à découvrir le corps de Miss Barrymore.

— Oh...

Taunton avait pâli. Soudain, les deux hommes reprirent conscience que c'était du meurtre de Prudence, et non d'un fait abstrait, qu'ils parlaient.

— Oui, je vois. Dans ce cas, vous pensez qu'il s'agit d'un acte prémédité, accompli de sang-froid, sans prévenir.

Il détourna les yeux, submergé par l'émotion.

— Mon Dieu, c'est horrible ! souffla-t-il. Pauvre Prudence... Est-il... Est-il possible qu'elle ne se soit pas vraiment rendu compte, Mr. Monk ?

Le détective n'en avait, à vrai dire, aucune idée.

— Oui, répondit-il. Je crois. Les choses ont dû se passer très vite, surtout si l'agresseur était fort.

— Un homme. Oui, cela paraît nettement plus probable.

Taunton sembla satisfait de cette conclusion.

— Miss Barrymore n'a-t-elle jamais mentionné devant vous le nom d'un individu qui lui aurait causé des craintes, ou avec qui elle aurait eu des relations peu satisfaisantes ?

Taunton scruta son interlocuteur, les sourcils froncés.

— Je crois que je n'ai pas bien compris ce que vous voulez insinuer par là.

— Je ne sais comment l'exprimer autrement. Je songeais à une relation personnelle ou professionnelle, un médecin, un aumônier, un trésorier, un administrateur, un parent de patient, enfin, bref, une personne avec qui elle aurait eu des contacts dans le cadre de son travail...

Le visage de Taunton s'éclaira.

— Ah, oui. Je vois.

— Eh bien ? Vous a-t-elle dit quelque chose ? De qui vous a-t-elle parlé ?

Taunton réfléchit un moment, le regard perdu dans les feuillages des ormes qui étincelaient au soleil.

— Je crains que nous n'ayons guère discuté de son travail, elle et moi, répondit-il enfin. Je n'approuvais pas ce qu'elle faisait. Mais elle m'a parlé de l'estime qu'elle portait au chirurgien en chef, Sir Herbert Stanhope, un homme qui appartenait à son monde, bien sûr. Elle lui vouait une admiration profonde pour ses capacités professionnelles. Mais je n'ai jamais eu l'impression que ses sentiments pour lui aient été personnels. J'espère, conclut-il avec un coup d'œil mauvais à l'adresse de Monk, que ce n'est pas ce que vous suggérez ?

— Je ne suggère rien du tout, rétorqua Monk, incapable de dissimuler davantage son impatience. J'essaie d'apprendre quelque chose d'elle, de découvrir qui pouvait lui vouloir du mal pour une raison ou pour une autre : jalousie, crainte, ambition, esprit de revanche, cupidité, que sais-je encore ? Avait-elle des admirateurs dont vous connaissiez l'existence ? Je crois qu'elle était très jolie.

— Oh oui, indéniablement. Malgré son entêtement. Elle était ravissante.

Il détourna la tête, luttant à l'évidence pour masquer sa détresse.

Monk fut tenté de s'excuser, mais songea qu'il ne ferait qu'aggraver l'embarras de son interlocuteur. Il n'avait jamais su trouver le mot juste. Mais sans doute n'existait-il pas de mot juste...

— Non, murmura Taunton après un long moment. Elle n'a jamais mentionné personne. Quoique, connaissant mes sentiments, elle ne m'en eût peut-être pas parlé... Mais non : Prudence était l'honnêteté même. Je pense que s'il y avait eu quelqu'un, sa franchise naturelle l'aurait poussée à m'en faire part.

Il s'interrompit, pensif, le visage crispé par l'incompréhension.

— Elle parlait toujours comme si la médecine était son unique amour, comme si elle n'avait pas de temps à consacrer à ces choses que les femmes recherchent d'ordinaire. Et même, je dirais que, dans les derniers temps, elle se montrait de plus en plus passionnée. Vous ne l'avez pas connue avant son départ pour la Crimée, Mr. Monk. Elle était différente alors, très différente. Elle n'avait pas ce... Elle était plus... plus douce. Oui, c'est cela, plus douce, plus véritablement femme...

Monk chassa les arguments qui lui venaient naturellement à l'esprit. La douceur était-elle vraiment une qualité féminine ? Les meilleures femmes qu'il connaissait, celles qui jaillissaient de sa mémoire, étaient tout sauf douces. Certes, les conventions exigeaient d'elles une certaine manière d'être, mais à l'intérieur trônait un cœur d'acier qui eût fait honte à bien des hommes, une force de volonté et une endurance qui ne connaissaient pas de maître. Hester Latterly, par exemple, avait eu le courage de poursuivre le combat pour le défendre alors que lui-même avait déjà baissé les bras. Elle l'avait brusqué, amadoué, trompé pour lui rendre des raisons d'espérer, puis de se battre, sans se soucier de son propre bien-être.

Callandra aurait agi de même dans des circonstances similaires, Monk n'en doutait pas, tout comme bien d'autres femmes encore. Et Prudence Barrymore devait être de la même trempe, courageuse, passionnée et rivée à ses certitudes. Pour un homme comme Geoffrey Taunton, c'était un tempérament difficile à accepter, et plus encore à comprendre. D'ailleurs, tout homme ne réagirait-il pas de la même façon face à une telle femme ?

Monk sentit l'irritation le quitter à cette pensée. S'il avait été amoureux de Prudence Barrymore, lui-même eût probablement dû lâcher du lest.

— Oui, oui, je vois, dit-il à haute voix en esquissant un sourire. Cela devait être fort éprouvant pour vous. Quand avez-vous vu Miss Barrymore pour la dernière fois ?

— Je l'ai vue le matin de son décès... enfin, le matin du meurtre, répondit Taunton, très pâle. Sans doute très peu de temps avant...

— Mais elle a été tuée très tôt le matin, entre six heures et sept heures et demie...

Taunton rougit brusquement.

— Oui, en effet, il était très tôt. Sept heures, grand maximum. J'avais passé la nuit en ville et je suis venu la voir à l'hôpital avant de reprendre le train.

— L'affaire devait être d'importance pour vous amener là à une heure si matinale !

— En effet.

Taunton n'en dit pas plus. Il avait une expression déterminée, le visage fermé.

— Si vous préférez ne rien me dire, je m'en remets à mon imagination, fit remarquer Monk avec un sourire dur. Je supposerai que vous vous êtes disputés au sujet de son travail.

— Imaginez ce que vous voulez, répliqua Taunton. Nous avons eu une conversation confidentielle dont je n'aurais pas parlé s'il ne s'était rien passé. Et maintenant que la pauvre Prudence n'est plus de ce monde, je le ferai encore moins. Tout ce que je puis vous révéler, c'est que ce n'était pas à son honneur. La pauvre créature était hors d'elle lorsque je l'ai quittée, un état des plus inconvenants, mais elle se trouvait en excellente santé.

Monk ne fit aucun commentaire. Apparemment, Taunton n'avait pas encore songé qu'on pût le considérer comme suspect.

— Mais à aucun moment, interrogea le détective, elle ne vous a parlé d'une personne qui l'effrayait ? Ou de quelqu'un qui se serait montré désagréable ou menaçant à son égard ?

— Bien sûr que non ! Je vous en aurais fait part. Vous n'auriez pas eu besoin de me poser la question !

— Très bien. Je vous remercie, vous vous êtes montré fort coopératif. Je suis sûr que Lady Callandra vous en saura gré.

Monk savait qu'il devait ajouter quelques paroles de condoléances, mais les mots ne purent franchir ses lèvres. Il était parvenu à contenir sa colère et c'était déjà beaucoup. Il se leva.

— A présent, déclara-t-il, je ne vais pas vous importuner davantage.

Taunton l'imita et épousseta ses vêtements en un geste inconscient tout en considérant Monk d'un œil critique.

— L'affaire n'a guère progressé ! lança-t-il. Je ne vois vraiment pas comment vous pouvez espérer retrouver celui qui a fait cela avec de telles méthodes.

— Je suppose que, pour ma part, j'éprouverais des difficultés à faire votre travail, monsieur, rétorqua le détective avec un sourire pincé. Et sans doute est-ce aussi bien comme cela ! Merci encore. Au revoir, Mr. Taunton.

Il régnait une chaleur accablante lorsqu'il reprit l'allée cavalière jusqu'à Boston Lane, puis coupa à travers champs en direction de Wyke Farm. Pourtant, Monk savoura la promenade. Il éprouvait une délectation profonde à sentir sous ses pas la terre au lieu des pavés, à humer le vent qui courait sans obstacles, chargé des lourdes senteurs de chèvrefeuille, à n'entendre que le bruissement du blé mûr et l'aboiement intermittent d'un chien, au loin. Londres et ses tourments semblaient un autre monde, et non une réalité distante de quelques dizaines de miles à peine par le chemin de fer. L'espace d'un long moment, il oublia Prudence Barrymore et s'autorisa à laisser vagabonder son esprit. Aussitôt, les souvenirs affluèrent : les larges collines du Northumberland et le vent de la mer, les goélands tournoyant dans le ciel. C'était là tout ce qui lui restait de l'enfance : des impressions, un son ou une odeur qui éveillaient des émotions enfouies, l'image furtive d'un visage disparue sans qu'il eût jamais pu la retenir.

Son plaisir fut brisé net par l'irruption d'une femme à cheval, à quelques pas de lui. Plongé dans sa rêverie, il ne l'avait pas remarquée plus tôt. La cavalière chevauchait avec une parfaite aisance. Se déplacer à cheval semblait pour elle aussi naturel qu'aller à pied. Elle respirait la grâce et la féminité et se tenait bien droite, tête haute, les mains légères sur les rênes.

— Bonjour, madame ! lança Monk. Je suis désolé, je ne vous ai pas vue arriver.

Elle sourit. Elle avait une bouche plutôt large, un visage doux aux yeux sombres, un peu trop enfoncés peut-être. Ses cheveux bruns étaient tirés en arrière sous son chapeau d'équitation, dont s'échappaient de lourdes boucles qui lui retombaient sur la nuque. La dame était jolie, presque belle.

— Êtes-vous perdu ? interrogea-t-elle avec amusement en détaillant les beaux vêtements et les bottines sombres de Monk. Ce chemin ne mène qu'à Wyke Farm.

Immobile à un mètre de lui environ, elle maîtrisait parfaitement sa monture, tenant les rênes de ses mains serrées avec une fermeté et un savoir-faire étonnants.

— Dans ce cas, je ne suis pas perdu, répondit Monk en croisant son regard. Je cherche Miss Nanette Cuthbertson.

— Vous n'avez pas besoin d'aller plus loin, c'est moi. Que puis-je pour vous, monsieur ?

Le ton de sa voix exprimait une surprise bon enfant et son sourire restait chaleureux.

— Enchanté, Miss Cuthbertson. Je m'appelle William Monk. Je travaille pour Lady Callandra Daviot, qui fait partie du conseil d'administration du Royal Free Hospital. Elle souhaite lever le voile sur la mort de Miss Barrymore. Vous connaissiez cette jeune femme, je crois ?

Le visage de Miss Cuthbertson avait cessé de sourire, mais il n'exprimait aucune curiosité. La cavalière affichait simplement la mine sombre de circonstance. Conserver l'enjouement de tout à l'heure eût été indélicat.

— Oui, bien sûr que je la connaissais. Mais je ne vois pas en quoi je puis vous aider.

Avec grâce, elle descendit de cheval sans réclamer l'aide de Monk et avant que celui-ci eût pu faire un geste. Elle garda les rênes à la main, afin de s'assurer que la monture suivait bien.

— Je ne sais rien de ce qui s'est passé. Mr. Taunton m'a simplement annoncé que la pauvre Prudence avait connu une mort brutale et effroyable.

Elle considérait son interlocuteur d'un regard doux, candide.

— Elle a été assassinée, expliqua le détective d'une voix mesurée qui contrastait avec la violence des mots.

La jeune femme pâlit, mais il n'aurait su dire si c'était à cause de la nouvelle elle-même ou de la manière dont il avait choisi de l'annoncer.

— Oh... fit-elle. C'est terrible ! Je... je suis désolée...

Elle plissa le front et ajouta, tout en observant de près son interlocuteur :

— Mr. Taunton affirmait toujours que les hôpitaux n'étaient pas des lieux convenables, mais il n'en disait pas plus. Je ne me doutais pas qu'ils étaient aussi dangereux. La maladie, bien sûr, je peux comprendre. Mais un crime !

— L'endroit où cela s'est produit ne constitue peut-être qu'une coïncidence, Miss Cuthbertson. Certaines personnes se font assassiner chez elles ; on ne dit pas pour autant que les maisons sont dangereuses.

Un papillon orange et noir virevolta un instant entre leurs deux visages, puis passa son chemin.

— Je ne comprends pas...

— Connaissiez-vous bien Miss Barrymore ?

Très lentement, Nanette Cuthbertson se mit en marche en direction de la ferme. Le sentier de terre était suffisamment large pour permettre à Monk de cheminer près d'elle. Le cheval suivait, la tête basse.

— Autrefois, oui, répondit la jeune femme, pensive. Quand nous étions bien plus jeunes. Mais depuis son départ en Crimée, je ne pense pas qu'aucun d'entre nous puisse se targuer de la connaître encore. Elle avait changé, vous comprenez.

— J'imagine qu'une telle expérience transformerait n'importe qui, acquiesça-t-il. Comment pourrait-on côtoyer la dévastation et la souffrance sans s'en trouver affecté ?

— Oui, bien sûr, approuva-t-elle en détournant la tête vers son cheval pour vérifier si la bête suivait bien. Mais elle est revenue vraiment très différente. Elle avait toujours été... si je dis « une forte tête », je vous en prie, n'allez pas penser que je cherche à médire. C'est simplement qu'elle a toujours eu des désirs et des projets très précis...

Elle se tut quelques instants, sans doute pour mettre de l'ordre dans ses pensées.

— Ses rêves à elle avaient toujours été très différents

de ceux des autres jeunes filles, reprit-elle enfin. Mais lorsqu'elle est revenue de Scutari, elle était... elle était plus dure. Plus dure à l'intérieur.

Elle jeta à Monk un coup d'œil accompagné d'un sourire resplendissant.

— Je suis désolée. Ce que je dis vous paraît-il vraiment désobligeant ? Il n'est absolument pas dans mon intention de dire du mal de Prudence.

Monk considéra le chaleureux regard brun et le dessin délicat des pommettes et songea que c'était au contraire exactement le dessein de la jeune femme, qui devait toutefois répugner à donner d'elle une telle image. Il s'aperçut qu'il était tenté d'entrer dans son jeu et se détesta aussitôt pour cela. Son interlocutrice lui rappelait Hermione et Dieu savait combien d'autres femmes oubliées, dont la féminité l'avait conquis et leurré. Comment avait-il pu faire preuve d'un tel aveuglement, d'une telle bêtise ? Il méprisait tant les imbéciles...

Il y avait en lui une large part de scepticisme, voire de cynisme. Si Mrs. Barrymore avait dit vrai, cette charmante jeune femme aux yeux si doux et au sourire radieux désirait épouser Geoffrey Taunton depuis longtemps et avait donc regardé d'un très mauvais œil la dévotion que celui-ci manifestait à Prudence. Quel âge avait cette dernière, d'ailleurs ? Selon Callandra, elle allait sur ses trente ans. Geoffrey Taunton, à l'évidence, ne devait guère en avoir plus. Nanette Cuthbertson était-elle de la même génération, ou à peine plus jeune ? Dans ce cas, il serait bientôt trop tard pour trouver un époux et mettre au monde des enfants. Dans peu de temps, on la regarderait comme une vieille fille. N'était-il pas possible, dans une telle situation, qu'elle eût ressenti bien plus que de la jalousie, une sorte de désespoir, de peur panique devant ces années qui passaient sans que la situation évoluât d'un pouce ?

— Vraiment ? fit-il évasivement. J'imagine que c'est cependant vrai, et c'est la vérité que je vous demande, qu'elle soit pénible ou non. A l'heure qu'il est, un mensonge poli ne servirait à rien. Au contraire, il ne ferait qu'obscurcir des faits qu'il nous faut connaître.

Malgré le ton froid employé, la jeune femme dut trouver une justification dans ces paroles. Elle rapprocha le cheval par une rude pression sur les rênes.

— Merci, Mr. Monk. Vous avez apaisé ma conscience. Il est déplaisant de dire du mal des gens, même dans une mesure raisonnable.

— J'ai constaté qu'un grand nombre de personnes s'y complaisent néanmoins, répondit le détective avec un lent sourire. Elles en tirent même l'un de leurs plus grands plaisirs, surtout quand cela leur permet de se sentir supérieures...

La jeune femme sembla décontenancée. Ce n'était pas le genre de discours que l'on était tenté d'approuver.

— Oh... Vous croyez ?

Monk se mordit les lèvres. S'il continuait sur cette voie, la belle perdrait de sa spontanéité.

— Oui, certains sont comme cela, déclara-t-il tout en écrasant du pied une longue tige de blé qui avait poussé au milieu du chemin. Quant à moi, je suis malheureusement contraint de vous demander de m'en dire un peu plus long sur Prudence Barrymore, même si cela vous est désagréable, car je n'ai personne d'autre à qui m'adresser qui puisse me répondre avec franchise. Les panégyriques ne me sont d'aucune utilité, voyez-vous.

Cette fois, la jeune femme garda le regard fixé devant elle. Ils étaient parvenus à la barrière de la ferme, qu'il lui ouvrit. Il la laissa passer, suivie du cheval, puis entra à son tour et referma soigneusement derrière lui. Un homme âgé, vêtu d'un tablier défraîchi et de pantalons resserrés par des ficelles aux chevilles, vint à leur rencontre avec un sourire humble et emmena l'animal. Nanette le remercia avant d'entraîner Monk jusqu'à une petite porte située sur le côté du bâtiment principal. Le détective pénétra à l'intérieur et se retrouva non pas dans la cuisine, comme il l'avait escompté, mais dans un large hall d'entrée.

— Puis-je vous offrir quelque chose à boire, Mr. Monk? proposa Nanette avec un sourire.

Elle était un peu plus grande que la moyenne, avec une taille très fine et une poitrine presque plate. Elle manœuvrait les larges pans de sa jupe de cavalière avec aisance, comme si le vêtement était une partie d'elle-même, et non l'accessoire encombrant qu'il représentait pour bien des femmes.

— Avec plaisir.

Il n'était pas sûr de pouvoir en apprendre beaucoup plus long en interrogeant cette femme, mais songeait qu'il ne rencontrerait peut-être pas d'autre occasion de lui parler. Il ne pouvait négliger celle-ci.

Elle posa son chapeau et sa cravache sur une console, puis sonna une femme de chambre, commanda du thé et conduisit Monk dans un joli salon parsemé de chintz fleuri. La conversation demeura légère jusqu'à l'arrivée du thé.

— Bon, déclara Nanette en tendant une tasse à son visiteur dès que la femme de chambre se fut retirée, vous souhaitez que je vous parle encore de Prudence.

— Si cela ne vous ennuie pas.

Elle le regarda dans les yeux.

— Je vous en prie, il faut que vous compreniez que si j'use de franchise avec vous, c'est parce que je sais que la gentillesse ne servirait à rien pour retrouver l'individu qui l'a tuée. La pauvre âme...

— C'est moi-même qui vous l'ai demandé, Miss Cuthbertson, l'encouragea-t-il.

Elle s'adossa confortablement à son fauteuil et commença à parler. Elle avait une expression déterminée.

— Je connais Prudence depuis mon plus jeune âge. Elle a toujours manifesté une curiosité supérieure à la normale et une soif d'apprendre étonnante. Sa mère, qui est une adorable créature, très sensée, a toujours cherché à la faire changer, mais sans succès. Avez-vous rencontré Faith, sa sœur?

— Non.

— C'est une personne charmante. Elle s'est mariée et vit désormais à York. Mais Prudence a toujours été la préférée de son père, et, je regrette d'avoir à le dire, mais je crois qu'il lui a passé trop de caprices quand il eût été dans l'intérêt de sa fille qu'il exerçât un peu plus fermement son autorité paternelle.

Elle eut un haussement d'épaules et sourit à Monk.

— Enfin, le résultat, c'est que lorsque ici, en Angleterre, nous avons commencé à comprendre la gravité de la guerre de Crimée, Prudence a décidé de partir là-bas en qualité d'infirmière pour nos soldats. Dès lors, rien ni personne n'a pu la faire changer d'avis.

Monk se retint avec peine de l'interrompre. Il mourait d'envie d'expliquer à cette jolie femme tout aussi déterminée, mais trop satisfaite d'elle-même — et qui lui faisait un discret numéro de charme —, ce que pouvait être l'horreur d'un champ de bataille ou d'un hôpital telle qu'Hester la lui avait décrite. Il demeura cependant silencieux et se contenta de fixer son interlocutrice.

Celle-ci n'avait nul besoin d'encouragement.

— Bien entendu, poursuivit-elle, nous pensions tous qu'une fois de retour Prudence serait calmée. Elle avait servi son pays et nous étions très fiers d'elle. Mais pas du tout. Prudence a voulu continuer à exercer son métier d'infirmière et elle a obtenu un poste dans cet hôpital de Londres.

Tandis qu'elle parlait, Nanette ne quittait pas Monk des yeux, se mordant sans cesse la lèvre inférieure comme si elle n'était pas sûre de ce qu'elle devait dire. La fermeté de sa voix, toutefois, démentait cette hésitation feinte et Monk ne s'y trompait pas.

— Elle est devenue très péremptoire, enchaîna-t-elle. Très énergique. Elle affirmait haut et fort ses opinions et se montrait extrêmement critique vis-à-vis des autorités médicales. Je crains qu'elle n'ait eu des ambitions totalement irréalisables, voire inconvenantes, et cela la rendait amère.

Elle scruta un instant le visage de Monk, dont elle eût sans doute aimé deviner les pensées.

— Je suppose que certaines expériences qu'elle avait vécues en Crimée étaient si terrifiantes qu'elles ont affecté son cerveau et porté atteinte à son jugement dans une certaine mesure. C'est une histoire vraiment très tragique.

Elle avait prononcé ces derniers mots d'un ton grave. Monk n'y tint plus.

— Très, acquiesça-t-il. Et il est tout aussi tragique que quelqu'un l'ait tuée. Vous a-t-elle dit quoi que ce soit concernant une personne qui l'aurait menacée ou lui aurait voulu du mal ?

Nanette haussa les épaules en un mouvement délicat, d'une extrême féminité.

— Voyez-vous, elle était très directe et pouvait se montrer extrêmement critique, répondit-elle à contrecœur. Je crains qu'il ne soit pas impossible qu'elle ait offensé une personne au point de pousser celle-ci à la violence, ce qui est une abominable pensée. Mais certains hommes ont parfois du mal à se maîtriser. Peut-être Prudence avait-elle formulé une insulte très grave, ou menacé de porter atteinte à la réputation professionnelle de quelqu'un, par exemple. Elle n'épargnait personne, vous savez.

— A-t-elle mentionné un nom quelconque devant vous, Miss Cuthbertson ?

— Oh, pas devant moi. Mais, même si elle l'avait fait, un nom n'aurait rien signifié pour moi.

— Je vois. Et du côté d'éventuels admirateurs ? Y avait-il des hommes qui, à votre connaissance, auraient pu se sentir rejetés par elle, ou jaloux ?

Elle ne rougit que très légèrement, puis sourit comme si la question ne la concernait en aucune façon.

— Elle ne me faisait pas ce genre de confidences, mais, d'après moi, elle n'avait pas de temps à consacrer aux sentiments de ce genre.

Elle sourit pour souligner l'absurdité d'une telle nature.

— Peut-être devriez-vous plutôt interroger des personnes qui la côtoyaient quotidiennement ?

— Je le ferai. Merci pour votre franchise, Miss Cuthbertson. Si tout le monde se montrait aussi sincère face à moi, j'aurais beaucoup de chance.

— Allez-vous découvrir qui l'a tuée, Mr. Monk? interrogea-t-elle en se penchant un peu en avant.

— Oui.

La réponse était catégorique, non que le détective eût une réelle conviction ou une piste qui s'ouvrait dans son esprit, mais il refusait d'admettre l'éventualité même d'une défaite.

— J'en suis heureuse ! Il est très réconfortant de savoir qu'en dépit de cette tragédie, il existe des gens prêts à tout pour qu'au moins justice soit faite.

Elle lui sourit de nouveau et il se demanda pourquoi diable Geoffrey Taunton n'avait pas courtisé cette femme-ci, qui paraissait correspondre parfaitement à sa personnalité et à la vie qu'il menait. Pourquoi s'était-il entêté à soupirer après Prudence Barrymore? Jamais une telle alliance n'aurait pu faire leur bonheur, ni à l'un ni à l'autre.

Et cependant, Monk ne s'était-il pas lui-même imaginé partageant la vie d'Hermione Ward, qui l'eût fait souffrir et déçu sans cesse, le laissant en proie à la plus amère solitude? Sans doute eût-il alors fini par la haïr...

Il termina sa tasse de thé et remercia de nouveau la jeune femme avant de reprendre le chemin de la gare.

Le train du retour était bondé et il y régnait une chaleur étouffante. Épuisé, Monk ferma les yeux et se laissa aller contre le dossier de son siège. Le bruit et le roulis lui procuraient une sensation étrangement apaisante.

Il s'éveilla en sursaut pour découvrir face à lui un petit garçon qui le dévisageait avec une intense curiosité. Aussitôt, une femme aux cheveux blonds saisit l'enfant par la manche et lui intima l'ordre de se montrer plus poli avec le gentleman. Puis elle sourit humblement à Monk et lui présenta mille excuses.

— Il n'y a pas de mal, répondit-il.

Un fragment de souvenir le frappa à ces mots. Cette

impression, éprouvée à maintes reprises déjà depuis l'accident et de plus en plus fréquente ces derniers mois, suscitait toujours en lui le même frisson de terreur. Car chaque fois qu'il apprenait quelque chose sur lui-même, c'étaient ses actes qu'il revoyait, jamais les motifs qui les avaient sous-tendus. L'homme qu'il découvrait alors ne lui était guère sympathique.

Ce souvenir-ci était vif et précis, mais distant. Monk n'était pas, à l'époque, le gentleman d'aujourd'hui. Dans son esprit, le tableau était baigné de soleil, mais le flou que conférait le lointain subsistait malgré tout. Il était plus jeune alors, bien plus jeune. Il venait d'entrer dans la profession et manifestait toute l'ardeur et la soif d'apprendre qui caractérisent le novice. Son supérieur immédiat s'appelait Samuel Runcorn, cela ne faisait aucun doute. Monk le savait comme on sait les choses dans les rêves : sans aucune preuve tangible, mais avec une certitude absolue. Runcorn lui apparaissait aussi nettement que la jeune femme assise face à lui, dans ce train qui roulait à grand fracas vers la ville. Runcorn, avec son visage étroit et ses yeux enfoncés dans leurs orbites... Il était beau à l'époque : nez droit, front haut, bouche large. Aujourd'hui, seule l'expression qu'il affichait en permanence, ce mélange caractéristique de colère et de regret qui brillait dans ses yeux, gâchait ce physique de don Juan.

Que s'était-il produit au cours des années écoulées ? Dans quelle mesure Monk portait-il une responsabilité ? Cette pensée ne cessait de le hanter sans avoir pourtant le moindre fondement. Pourquoi Monk aurait-il eu quelque chose à se reprocher ? Runcorn ne pouvait s'en prendre qu'à lui-même s'il était devenu l'homme qu'il était aujourd'hui.

Et puis, pourquoi ce souvenir s'était-il présenté en cet instant ? Il s'agissait d'un vague fragment de mémoire, un voyage en train avec Runcorn. Ce dernier était inspecteur à l'époque et Monk travaillait sous sa direction comme brigadier.

Dans ce train qui approchait à présent de Bayswater, Monk se souvenait d'une intense frustration, de questions et de réponses qui ne menaient nulle part, de la certitude qu'une personne mentait... Ils enquêtaient sur une affaire depuis des jours et des jours sans avoir encore rien appris qui eût de l'importance, sans le moindre début de preuve pour discerner une ébauche de sens.

Il était difficile de trouver une corrélation avec la situation actuelle : Monk venait tout juste de commencer son enquête. Prudence Barrymore n'était morte que depuis la veille. Toutes les émotions qu'il éprouvait lui venaient donc du passé, de ce voyage aux côtés de Runcorn, bien des années auparavant : dix ans, quinze peut-être ? Runcorn était différent alors : plus sûr de lui, moins arrogant. Il ne ressentait pas le besoin d'affirmer son autorité, de démontrer qu'il avait raison. Ensuite, les années avaient passé et un épisode était venu détruire en lui certaines certitudes, blessant une partie intime de sa personnalité qui s'en trouvait désormais mutilée.

Monk savait-il de quoi il s'agissait ? Ou du moins l'avait-il su avant l'accident ? La haine qu'il inspirait depuis à Runcorn était-elle née de cela : de la vulnérabilité de ce supérieur et de l'utilisation que Monk en avait faite ?

Le train traversait Paddington à présent. Monk serait bientôt chez lui. Il brûlait d'envie de se lever enfin.

Il ferma encore les yeux. La chaleur et le balancement rythmé du wagon, le cliquetis incessant des roues avaient quelque chose d'hypnotique.

Une autre silhouette se profila soudain dans son esprit : un deuxième brigadier travaillait avec eux sur l'affaire, un jeune homme maigre aux cheveux noirs coupés en brosse. C'était une image à la fois précise et pénible dont il ignorait l'origine. Il fouilla dans sa mémoire, mais rien ne vint. Ce collègue était-il mort ? Pourquoi son souvenir s'accompagnait-il d'une telle tristesse dans l'esprit de Monk ?

Runcorn, lui, n'inspirait que colère et mépris à Monk.

Non qu'il fût stupide, au contraire : il posait des questions pertinentes, s'exprimait bien, possédait une bonne capacité de jugement et ne prenait jamais pour argent comptant les réponses qu'on lui offrait. Alors pourquoi Monk esquissait-il malgré lui une moue de mépris chaque fois qu'il songeait à cet homme ?

De quoi était-il question dans cette enquête ? Même cela, il l'avait oublié ! Et pourtant, l'épisode avait compté, il en était certain. C'était une affaire grave. Jour après jour, le commissaire les convoquait pour connaître les progrès de l'enquête. La presse réclamait un coupable à exécuter. Mais pour quoi ?

Et avaient-ils réussi ?

Il se redressa. Le train venait de s'immobiliser dans un cahot brutal. Ils étaient parvenu à Euston Road. En hâte, Monk gagna la porte du compartiment, s'excusant du mauvais traitement qu'il infligeait aux pieds de certains voyageurs, et descendit sur le quai.

Il fallait cesser de se tourner vers le passé et réfléchir à la prochaine étape de l'enquête sur le meurtre de Prudence Barrymore. Il n'y avait rien dont il pût faire état à Callandra pour le moment, mais celle-ci avait peut-être, de son côté, des renseignements à lui fournir. Bah, il était encore trop tôt : ne valait-il pas mieux retarder l'entrevue d'un jour ou deux ? Ainsi, il aurait quelque chose à révéler.

Quel genre d'infirmière avait été Prudence Barrymore ? Autant commencer par le début. Il avait rencontré les parents de la victime, son prétendant — certes éconduit — et sa rivale. Plus tard, il interrogerait ses supérieurs, mais ces derniers pouvaient bien être des suspects dans l'affaire. Le meilleur juge de sa carrière serait en fait une personne qui l'aurait connue en Crimée, en dehors d'Hester.

Et s'il s'adressait à Florence Nightingale ? En toute logique, celle-ci devait connaître chacune de ses infirmières. Accepterait-elle de recevoir Monk ? Elle était désormais célébrée et admirée dans toute la ville, arrivant en seconde place dans le cœur du public, juste derrière la reine !

Cela valait la peine d'essayer.

Demain, il irait la voir. Même si elle jouissait d'un prestige et d'un poids considérables par rapport à Hester, il était impossible qu'elle fût plus virulente ou plus agressive que cette dernière.

Inconsciemment, il hâta le pas. Il venait de prendre une bonne décision. Il sourit à une vieille dame, qui le dévisagea d'un œil stupéfait.

Il avait imaginé Florence Nightingale plus grande qu'elle ne l'était en réalité. Il découvrit une femme frêle aux cheveux bruns et aux traits réguliers qui, à première vue, passait inaperçue. Il fallait croiser son regard pour découvrir la passion sous la ligne des sourcils. Il sembla alors à Monk que Florence Nightingale lisait dans ses pensées tandis qu'elle posait les yeux sur lui, non avec une curiosité malsaine, mais comme si elle exigeait de lui une franchise similaire à celle qu'elle entendait elle-même lui témoigner. Il songea que personne n'eût osé faire perdre son temps à une telle femme.

Elle l'avait accueilli dans une sorte de bureau sommairement meublé et strictement fonctionnel. Monk avait eu toutes les peines du monde à se frayer un chemin jusque-là : il avait dû expliquer en détail le but de sa visite. Il était évident que la grande dame se consacrait à un travail accaparant, qu'elle avait mis de côté le temps de l'entretien.

— Bonjour, Mr. Monk ! lança-t-elle d'une voix forte et claire. Je crois que votre visite est en rapport avec le décès de l'une de mes infirmières. Cette nouvelle m'a beaucoup attristée. Qu'attendez-vous de moi exactement ?

— Elle a été assassinée, madame, alors qu'elle travaillait au Royal Free Hospital. Elle s'appelait Prudence Barrymore.

Il vit une ombre de tristesse voiler les traits calmes de Florence Nightingale et en ressentit aussitôt une vive sympathie pour son interlocutrice.

— J'enquête sur son meurtre, poursuivit-il. Non pas

avec la police, mais sur la requête d'une amie de la victime.

— Je suis profondément navrée. Asseyez-vous, je vous prie, Mr. Monk.

Elle lui indiqua une chaise de bois et prit place en face de lui, les mains sur les genoux.

— Pouvez-vous me dire quelque chose de son caractère et de ses compétences, madame ? interrogea-t-il une fois installé. On m'a déjà expliqué qu'elle se consacrait à la médecine et que rien d'autre ne semblait compter pour elle. Elle avait refusé d'épouser un homme qui la courtisait depuis des années et elle défendait ses convictions avec beaucoup de fougue.

Florence Nightingale esquissa une moue amusée.

— Et elle ne se gênait pas pour le faire, acquiesça-t-elle. Oui, c'était une jeune femme très intelligente, qui avait la passion d'apprendre. Rien ne pouvait la détourner de la recherche de la vérité.

— Et elle en faisait part aux autres ?

— Bien sûr. Lorsqu'on connaît la vérité, il faut être plus mesuré et peut-être aussi plus sage que Prudence Barrymore pour ne pas chercher à la communiquer à autrui. Prudence n'entendait rien à l'art de la diplomatie. Je crains de lui ressembler quelque peu sur ce plan. Avec un malade, la flatterie et la coercition ne sont pas de mise.

— A votre avis, Miss Barrymore aurait-elle pu avoir des ennemis susceptibles de lui en vouloir au point d'en arriver au meurtre ? En d'autres termes, le zèle qu'elle mettait à transformer les choses et le savoir médical qu'elle avait acquis étaient-ils suffisants pour cela ?

Florence Nightingale demeura un moment silencieuse, mais Monk ne doutait pas qu'elle n'eût compris la question. Elle réfléchissait.

— A mon sens, non, répondit-elle enfin. Prudence était plus intéressée par la médecine elle-même que par des idées de réforme comme les miennes. J'ai pour ma part, plus que tout au monde, le désir de voir introduire des changements très simples qui pourraient sauver des milliers de vies sans rien coûter ou presque. Par exemple, aérer les salles dans les hôpitaux...

Elle parut soudain se raviser et s'interrompit, fixant toujours Monk dans les yeux.

— J'ai une amie, déclara ce dernier, utilisant ce terme sans réfléchir, qui était également à vos côtés en Crimée. Elle s'appelle Hester Latterly...

Le visage de Florence Nightingale s'illumina.

— Vous connaissez Hester? Comment va-t-elle? Je me souviens qu'elle avait été contrainte de repartir plus tôt que les autres par le décès subit de ses deux parents. L'avez-vous vue récemment? Comment se porte-t-elle?

— Je l'ai vue il y a deux jours. Elle est en excellente santé. Elle sera très heureuse de savoir que vous m'avez demandé de ses nouvelles. Elle travaille surtout chez des particuliers, désormais. Il semble que ses manières directes lui aient coûté son premier poste dans un hôpital londonien, ajouta-t-il avec un sourire. Elle en savait plus que le médecin sur le traitement de la fièvre et elle a pris une initiative sur un malade sans demander l'avis de personne. Le médecin ne le lui a pas pardonné.

Florence sourit à son tour, en proie à un amusement évident. Il eut l'impression qu'elle éprouvait une certaine fierté.

— Cela ne me surprend pas du tout, répondit-elle. Hester n'a jamais supporté les imbéciles, surtout lorsqu'ils portent l'uniforme, et ce genre d'individus ne manquent pas. Tout ce gâchis la mettait hors d'elle... Et croyez-moi, elle ne se privait pas de révéler à ceux qui l'entouraient à quel point elle les trouvait stupides et de leur dire ce qu'ils auraient dû faire! Je crois, ajouta-t-elle en secouant la tête, que si elle avait été un homme, Hester aurait fait un bon soldat. Elle possédait l'ardeur nécessaire au combat et une bonne notion de la stratégie, du moins au sens concret du terme.

— Au sens concret du terme?

Il ne saisissait pas. Il n'avait jamais remarqué qu'Hester fût particulièrement douée pour prévoir les événements. A vrai dire, il lui semblait même que c'était l'opposé.

— Oh, expliqua son interlocutrice, je ne parle pas d'un don qui aurait pu lui être d'une utilité quelconque dans la vie de tous les jours. Du moins en tant que femme. Hester ne connaît pas la signification du mot *patience* et est incapable de manipulation. Mais elle comprenait ce qui se passait sur un champ de bataille. Et elle ne manquait pas de courage.

Il sourit malgré lui. C'était une parfaite description de la femme qu'il connaissait.

Toutefois, Florence Nightingale ne le regardait plus. Elle semblait perdue dans ses souvenirs.

— Je suis triste pour Prudence, reprit-elle, plus pour elle-même que pour Monk. Cette femme avait une telle passion, une telle volonté de soigner ! Je me souviens qu'elle accompagnait souvent les chirurgiens sur le champ de bataille. Elle n'était pas particulièrement forte et avait une peur bleue des animaux rampants et des insectes, mais elle n'hésitait pas à passer la nuit dehors pour se trouver là au moment où les chirurgiens risquaient d'avoir besoin d'elle. L'horreur de certaines blessures pouvait la rendre malade physiquement, mais seulement après coup. Elle ne laissait jamais libre cours à ses émotions sur le moment. Rien n'était trop difficile pour elle. L'un des chirurgiens m'a même dit qu'elle en savait davantage que lui sur les amputations, et elle ne craignait pas d'en pratiquer elle-même s'il n'y avait aucun médecin présent pour le faire.

Monk se garda d'interrompre ce flot de souvenirs. Le tranquille bureau londonien baigné de soleil s'était estompé et il ne voyait plus que cette femme en robe de toile grise, n'entendait plus que cette voix pleine d'intensité.

— C'est Rebecca qui m'en a parlé, continua-t-elle. Rebecca Box. C'était une épouse de soldat. Elle devait mesurer un mètre quatre-vingts et était forte comme un bœuf. Elle partait sur le champ de bataille, parfois même au-devant des premières lignes, pour ramasser les blessés presque sous le nez de l'ennemi. Elle les hissait sur son dos et les ramenait.

Elle se retourna vers Monk, cherchant son regard cette fois.

— Vous n'aurez pas idée de ce que les femmes peuvent accomplir tant que vous n'aurez pas vu quelqu'un comme Rebecca à l'œuvre. C'est elle qui m'a raconté comment Prudence a amputé un bras pour la première fois. Le malheureux avait été entaillé jusqu'à l'os par un sabre ennemi. Il saignait terriblement, il n'y avait aucune chance de sauver le bras et l'on ne pouvait patienter jusqu'à l'arrivée d'un chirurgien. Prudence était aussi livide que le blessé, mais sa main n'a pas tremblé et ses nerfs ont tenu. Elle l'a amputé aussi bien que l'aurait fait un chirurgien. Le soldat a survécu. Prudence était comme cela. Sa disparition me cause un immense chagrin...

Elle tenait toujours les yeux fixés sur son interlocuteur, comme pour s'assurer que ce dernier partageait ses sentiments.

— Je vais écrire à sa famille, conclut-elle.

Monk tenta d'imaginer Prudence à la lueur d'une lampe à huile, agenouillée au-dessus de cet homme en sang, tenant la scie entre ses doigts fermes, concentrée au plus haut point tandis qu'elle reproduisait les gestes qu'elle avait vu accomplir si souvent. Il songea qu'il eût aimé la connaître. Comme il était douloureux de penser que là où il y avait eu cette femme courageuse et volontaire, ne subsistait désormais qu'un grand vide, une obscurité absolue ! Une voix passionnée s'était tue et cette perte se révélait d'autant plus âpre qu'elle demeurait inexpliquée.

Cependant, les choses n'en resteraient pas là. Il découvrirait qui l'avait tuée et pourquoi. Il obtiendrait une revanche pour elle, même si ce ne pouvait être là qu'une piètre consolation.

— Je vous remercie infiniment pour le temps que vous m'avez consacré, déclara-t-il d'une voix qu'il aurait voulue plus chaleureuse. Vous m'avez parlé d'elle comme nul autre ne pouvait le faire.

— C'est fort peu de chose, répondit Florence Nightingale. J'aurais aimé avoir au moins une idée de l'individu qui a pu souhaiter sa mort, mais non. Lorsqu'il y a dans le monde tant de tragédies et de douleur contre lesquelles nous ne pouvons rien, il paraît incompréhensible que nous en rajoutions encore nous-mêmes. Parfois, je désespère de l'humanité. Suis-je en train de blasphémer, Mr. Monk ?

— Non, madame. Vous êtes franche.

Elle esquissa un faible sourire.

— Allez-vous revoir Hester Latterly ?

— Oui.

— Dans ce cas, je vous en prie, transmettez-lui mes amitiés.

— Je n'y manquerai pas.

Il se leva. Le temps passait. Il savait que Miss Nightingale s'était arrangée pour lui ménager une entrevue entre deux réunions avec des administrateurs d'hôpitaux, des architectes, des professeurs de médecine ou des organisations liées, d'une manière ou d'une autre, au monde médical. Depuis son retour de Crimée, elle travaillait sans relâche pour faire évoluer la conception et le fonctionnement des hôpitaux, appliquer des réformes auxquelles elle croyait avec ferveur.

— Qui allez-vous rencontrer, à présent ? interrogea-t-elle.

— La police. J'y ai gardé des amis qui pourront peut-être me renseigner sur les conclusions du rapport d'autopsie et, qui sait ? sur les témoignages recueillis. Ensuite, je me tournerai vers les collègues de Prudence Barrymore à l'hôpital. Si je parviens à les persuader de me parler en toute franchise, je pourrai en apprendre beaucoup.

— Je vois. Dieu soit avec vous, Mr. Monk. Ce n'est pas seulement pour la justice que vous vous battez. Si des femmes comme Prudence Barrymore peuvent être assassinées pendant leur travail, c'est que notre société ne vaut pas grand-chose, et que l'avenir s'annonce bien sombre pour nous...

— Je n'ai pas l'intention de baisser les bras, madame. L'assassin va regretter son acte, je vous le promets. Au revoir, madame.

— Au revoir, Mr. Monk.

CHAPITRE V

Travailler sur l'affaire Prudence Barrymore ne réjouissait guère John Evan. Le jeune homme exécrait l'idée que l'on eût assassiné une femme dotée d'une telle passion et d'une telle vitalité, et toutes les circonstances qui entouraient cette mort l'indisposaient et le jetaient dans la plus grande perplexité. Tout d'abord, il n'aimait pas l'hôpital. Les odeurs le prenaient à la gorge, venant s'ajouter à la conscience qu'il avait des souffrances et des angoisses qu'un tel lieu abritait. Il éprouvait de la répugnance à croiser dans les couloirs des chirurgiens aux vêtements tachés de sang, détournait le regard des piles de bandages et de pansements souillés qui traînaient et tentait sans grand succès de retenir sa respiration lorsque, de temps à autre, une infirmière passait près de lui chargée d'un seau de déjections.

Au-delà de tous ces désagréments, toutefois, un autre problème le gênait plus encore, dans la mesure où il le touchait directement et où lui-même avait le pouvoir — et même le devoir — d'y remédier. C'était la façon dont l'enquête était menée. Evan se rappelait la colère et l'amertume qu'il avait ressenties le jour où Monk s'était vu acculé à la démission par l'évolution de l'affaire Moidore et la position adoptée par Runcorn. Depuis, il avait tout de même fini par s'habituer à Jeavis, son nouveau supérieur, pour lequel il était loin d'éprouver l'affection et l'admiration que lui inspirait Monk, mais qu'il considérait comme un policier honorable et compétent.

Dans cette affaire cependant, Jeavis était dépassé, du moins de l'avis d'Evan. Certes, sur le plan médical, les données se révélaient limpides : Prudence Barrymore avait été attaquée par l'avant et étranglée à mains nues jusqu'à la mort. Le meurtrier n'avait eu recours à aucun objet. Les marques sur la gorge correspondaient manifestement aux traces de doigts d'un individu assez fort, de taille moyenne. Parmi les dizaines de personnes qui allaient et venaient dans l'hôpital, les suspects ne manquaient pas. Et un intrus venu de la rue aurait pu pénétrer sans peine dans l'édifice. L'endroit comptait tant de médecins, d'infirmières et d'assistants de toutes sortes qu'une personne supplémentaire passait inaperçue. Même un assassin aux vêtements couverts de sang n'eût pas attiré l'attention.

Pour commencer, Jeavis avait concentré ses recherches sur les infirmières. Evan n'avait pu s'empêcher de songer que son supérieur débutait ainsi par crainte d'affronter les médecins et les chirurgiens, qui jouissaient d'un statut intellectuel et social supérieur. Cependant, toutes les infirmières ou presque avaient pu fournir, preuves à l'appui, leur emploi du temps entre le moment où Prudence Barrymore avait été vue vivante pour la dernière fois et celui où la petite bonne avait délogé son cadavre de la goulotte à linge. Dès lors, Jeavis se voyait contraint de ratisser plus large.

Il venait de sonder le trésorier, un pédant qui portait un col montant visiblement trop serré et ne cessait d'effectuer de petits mouvements de tête et de pointer le menton en avant, comme pour s'en libérer. L'homme était arrivé trop tard à l'hôpital pour compter parmi les suspects : il pouvait prouver qu'à l'heure présumée du crime, il se trouvait chez lui ou dans le cab qui l'amenait à Gray's Inn Road.

— Eh bien, Evan, nous voilà contraints d'aller fouiner du côté des malades hospitalisés ce jour-là, déclara Jeavis, l'air mécontent, lorsque les deux policiers se retrouvèrent seuls. Et si nous ne dégotons pas notre homme parmi eux, il faudra nous attaquer aux médecins. Et puis, bien sûr, il reste toujours la possibilité qu'un étranger ait pénétré dans l'hôpital, peut-être une personne qui connaissait la victime. Il va nous falloir étudier de plus près ses références...

— Mais ce n'était pas une femme de chambre ! s'indigna Evan.

— C'est vrai, répondit Jeavis tandis que l'ébauche d'un sourire moqueur effleurait ses lèvres. La réputation des infirmières étant ce qu'elle est, il est évident que la plupart des maîtresses de maison employant des domestiques ne feraient jamais appel à de telles femmes !

— Vous oubliez que les infirmières qui se sont engagées aux côtés de Florence Nightingale appartenaient à la bonne société ! protesta Evan.

Il fut tenté de se lancer dans un plaidoyer en faveur de celles qui s'étaient dévouées sur les champs de bataille de Crimée, mais il se ravisa. Jeavis savait déjà tout cela.

— Et le conseil d'administration de l'hôpital ? suggéra-t-il plutôt. Nous pourrions découvrir qu'un de ses membres était arrivé tôt ce matin-là et qu'il connaissait la victime, d'une manière ou d'une autre.

— Que voulez-vous dire, « d'une manière ou d'une autre » ? s'offusqua Jeavis. On n'a pas de liaison avec une vulgaire infirmière quand on fait partie d'un conseil d'administration, bon sang !

Il traduisit par une grimace le dédain que lui inspirait cette idée et le fait qu'Evan eût osé la formuler.

— A ce que l'on sait, insista ce dernier, c'était un joli brin de fille qui ne manquait ni d'intelligence ni d'esprit. On trouve dans tous les milieux des hommes séduits par ce type de femmes !

— Balivernes !

Jeavis avait une définition bien arrêtée du terme « gentleman ». Sur ce point, d'ailleurs, il s'entendait parfaitement avec Runcorn. C'étaient des accords de ce genre qui avaient permis aux deux hommes de tisser des relations d'entente cordiale dont ils bénéficiaient l'un et l'autre. Ces points de vue rigides comptaient toutefois parmi les défauts qui, chez Jeavis, irritaient Evan au plus haut point. Et le jeune homme n'avait pas l'intention de lâcher prise.

— Si Mr. Gladstone a pu porter secours à des prostituées de la rue, déclara-t-il d'une voix ferme en fixant son interlocuteur droit dans les yeux, je suis à peu près sûr qu'un administrateur d'hôpital peut s'enticher d'une femme de valeur comme Prudence Barrymore.

Jeavis se renfrogna, mais le professionnalisme était trop ancré en lui pour qu'il laissât les préjugés sociaux l'emporter.

— Soit, concéda-t-il à contrecœur. Peut-être. A présent, au travail ! Nous n'avons pas de temps à perdre en bavardages stériles. Je veux savoir, ajouta-t-il en levant l'index, si l'on n'a pas vu rôder d'étrangers dans l'hôpital ce matin-là. Interrogez tout le monde, attention, n'oubliez personne ! Ensuite, vous vous renseignerez sur les médecins et les chirurgiens : je veux savoir où chacun d'eux se trouvait exactement. Moi, je me charge des administrateurs.

— D'accord, monsieur. Et l'aumônier ?

Une série d'émotions se succédèrent sur le visage de Jeavis : l'indignation, d'abord, à l'idée qu'un homme d'Église pût être soupçonné d'un tel acte, la colère vis-à-vis d'Evan, qui avait pu le suggérer, la tristesse quand il prit conscience qu'après tout cela n'avait rien d'impossible, suivie de l'amusement, sans doute au souvenir qu'Evan était lui-même fils d'ecclésiastique...

— Vous pouvez aussi aller le voir, répondit-il. Mais ne me rapportez que des éléments sûrs. Je ne veux pas de « il a dit » ou « elle a dit »... Je veux des témoins visuels directs, vous m'avez bien compris ?

— Oui, monsieur. Je vais récolter des pièces à conviction indiscutables. De quoi convaincre un jury.

Lorsque, trois jours plus tard, Evan et Jeavis se retrouvèrent dans le bureau de Runcorn, les indices réunis se comptaient sur les doigts de la main.

— Alors, qu'est-ce qu'on a ? questionna Runcorn, se laissant aller en arrière sur sa chaise, la mine sombre et le regard critique. Allons, Jeavis ! Une infirmière se fait étrangler dans un hôpital. Ne me dites pas que l'on peut entrer là-dedans et ressortir comme dans un moulin ! Et puis, la fille devait bien avoir des amis, des ennemis, des gens avec qui elle s'était disputée... Qui sont-ils ? Où se trouvaient-ils au moment où elle se faisait trucider ? Qui l'a vue vivante pour la dernière fois ? Et ce Dr Beck ? C'est un étranger, m'avez-vous dit ? A quoi est-ce qu'il ressemble ?

— C'est un gars plutôt tranquille, répondit Jeavis, le visage soigneusement respectueux. Un peu poseur, avec un petit accent étranger, mais il parle bien l'anglais. Trop bien, même, si vous voyez ce que je veux dire... Il ne paraît pas mauvais dans son travail, mais Sir Herbert Stanhope, le chirurgien en chef, n'a pas l'air de le porter dans son cœur. Enfin... c'est l'impression que j'ai eue, mais, bien sûr, ce n'est pas lui qui me l'a dit !

— Ne me parlez pas de Sir Herbert, fit Runcorn en balayant ce nom d'un signe de main. Et la victime ? Est-ce qu'elle s'entendait bien avec ce Dr Beck ? Ne pourrait-il pas y avoir une petite liaison là-dessous ? C'était une jolie fille ? Et du point de vue de la moralité ? C'était une débauchée, hein ? On dit que les infirmières ne sont pas des enfants de chœur...

Evan ouvrit la bouche pour objecter, mais un discret coup de pied de Jeavis l'en empêcha. Il étouffa une exclamation de douleur. Runcorn se tourna vers lui, étonné.

— Oui ? Allez-y, mon gars ! Ne restez pas muet !

— Non, monsieur. Personne n'a dit de mal sur la moralité de Miss Barrymore. Au contraire, tout le monde affirme qu'elle ne semblait pas s'intéresser à ces choses.

— Ah... Alors elle n'était pas normale, hein ? Remarquez, ça ne me surprend pas beaucoup. Est-ce qu'une femme normale partirait sur des champs de bataille à l'autre bout du monde, puis continuerait à exercer un métier pareil en rentrant ?

Evan se demanda ce qu'aurait dit Runcorn s'il s'était avéré au contraire que Prudence fût attirée par les hommes ; sans doute l'aurait-il imaginée sans moralité ni principes. Il songea que si Monk s'était trouvé là, il n'aurait pas manqué d'en faire la remarque à son supérieur. Le jeune homme jeta un coup d'œil à Jeavis, debout près de lui, puis revint au visage de Runcorn, qui fronçait les sourcils d'un air songeur.

— Que faudrait-il considérer au juste comme « normal », monsieur ?

La question lui avait échappé. On eût dit que quelqu'un venait de parler à sa place.

Runcorn avait relevé la tête, visiblement interloqué.

— Quoi ?

Evan ne cilla pas.

— Je me disais, monsieur, qu'une femme qui ne manifeste pas d'intérêt pour les hommes est considérée comme anormale, tandis qu'une autre, qui en montre, passe pour une dépravée. Selon vous, qu'est-ce qui serait bien... monsieur ?

Le rouge était monté aux joues de son interlocuteur.

— Ce qui est bien, Evan, répondit Runcorn entre ses dents, c'est une jeune femme qui ait une attitude de dame de bonne famille : bienséante, modeste et douce. Qu'elle ne coure pas après un homme, mais qu'elle lui fasse comprendre de façon élégante et subtile qu'elle l'admire et qu'elle ne trouverait pas ses attentions inopportunes. Voilà ce qui est normal, Mr. Evan, et ce qui est bien. Vous êtes fils de pasteur, non ? Comment se fait-il que j'aie à vous expliquer cela ?

— Peut-être que si les attentions d'un homme lui avaient paru opportunes, elle l'aurait fait savoir à la personne en question, suggéra Evan sans tenir compte de la dernière question, tout en affichant son air le plus innocent.

A l'évidence, il venait de déstabiliser Runcorn.

— Sauriez-vous quelque chose que vous ne nous avez pas dit, sergent ? interrogea sèchement ce dernier.

— Non, monsieur.

Jeavis fit passer son poids d'une jambe sur l'autre à plusieurs reprises, visiblement mal à l'aise.

— En fait, elle a reçu un visiteur ce matin-là, monsieur, intervint-il. Un certain Mr. Taunton.

— Ah bon ?

Runcorn s'était redressé sur sa chaise.

— Eh bien, mon garçon ? reprit-il. Que savons-nous de ce Mr. Taunton ? Pourquoi n'avez-vous pas commencé par là, Jeavis ?

— Parce qu'il s'agit d'un gentleman très respectable, se justifia ce dernier, conservant son sang-froid à grand-peine. Et qu'il n'est resté que dix minutes à peu près, et qu'au moins l'une des autres infirmières croit avoir vu Barrymore vivante après le départ de Mr. Taunton.

— Ah, fit Runcorn, déçu. Bon, vérifiez-moi bien tout ça. Le type a pu revenir. Les hôpitaux sont grands. J'ai l'impression qu'on y entre et qu'on en sort plutôt facilement.

Il ne semblait pas se soucier du fait qu'il avait dit exactement le contraire au début de l'entrevue. Son visage se durcit.

— Alors vous n'avez rien trouvé, Jeavis ? Je me demande bien ce que vous avez fabriqué pendant tout ce temps ! Vous êtes deux, bon sang ! Vous avez bien dû dégoter quelque chose !

Jeavis parut chagriné.

— Oui, monsieur, nous avons appris certaines choses, se défendit-il. Nous savons que Miss Barrymore était autoritaire et ambitieuse, qu'elle passait son temps à donner des ordres à tout le monde, mais qu'elle était très compétente dans son travail. Même ceux qui ne l'aimaient pas ont reconnu cela. Il semble qu'elle ait d'abord beaucoup collaboré avec le Dr Beck (c'est celui qui est étranger) et qu'elle ait ensuite passé de plus en plus de temps avec Sir Herbert Stanhope. Il dirige le service de chirurgie de l'hôpital et passe pour un excellent professionnel. Il a une réputation irréprochable, et comme chirurgien, et comme homme.

— Évidemment ! rétorqua Runcorn. J'ai entendu parler de lui, que croyez-vous ? Mais ce Beck, là ? Vous avez dit qu'elle avait travaillé avec lui ?

— Oui, monsieur, répondit Jeavis avec un sourire satisfait. Lui, c'est autre chose. Mrs. Flaherty — c'est la surveillante générale... Elle a entendu le Dr Beck et Miss Barrymore se disputer il y a quelques jours à peine.

— Vraiment ? Pourriez-vous être un peu plus précis, Jeavis ? Que voulez-vous dire par « quelques jours » ?

— En fait, elle n'était pas très sûre. Sinon, je vous l'aurais dit. Deux ou trois, peut-être... J'ai l'impression que dans un hôpital, les jours et les nuits se mélangent un peu...

— Et sur quoi portait la dispute ?

Evan se sentait de plus en plus mal à l'aise, mais il ne voyait pas comment protester efficacement.

— Elle ne savait pas trop, répondit Jeavis. Mais elle a dit qu'il s'agissait sans aucun doute de quelque chose d'important. Beck a dit « Cela ne vous servira à rien », ou quelque chose comme cela. Et elle a répondu que s'il n'y avait aucune autre possibilité pour elle, elle irait jusqu'aux instances supérieures. Il a dit : « Je vous en prie, ne faites pas cela ! Je suis certain que vous n'y gagnerez rien. Cela risque de vous faire du tort, au contraire ! »

Cette succession de « Il a dit » et de « Elle a dit » fit sourire Evan. Jeavis dut s'en rendre compte, car son cou prit soudain une couleur cramoisie.

— Et elle a répété qu'elle était déterminée et que rien ne la ferait reculer. Il l'a suppliée de nouveau, puis il s'est fâché et l'a traitée d'insensée et de destructrice. Il a dit qu'elle risquait de ruiner une belle carrière médicale à force de n'en faire qu'à sa tête. A cela, elle s'est contentée de rétorquer quelque chose, on ne sait pas quoi, et elle est sortie en claquant la porte.

Jeavis se tut et considéra Runcorn droit dans les yeux, guettant l'effet produit par ces révélations. Il ignorait totalement Evan, qui conservait son sérieux avec peine.

La réaction de son supérieur dut le satisfaire. Runcorn se redressa, resplendissant.

— Eh bien voilà, Jeavis ! Vous avez quelque chose ! lança-t-il, ragaillardi. Foncez dans cette voie, mon gars. Allez voir ce Beck. Épinglez-le. Je compte sur vous pour procéder à une arrestation dans les jours qui viennent, avec toutes les pièces à conviction nécessaires. Et surtout, ne gâchez pas tout par une trop grande impétuosité !

Les yeux noirs de Jeavis traduisirent une totale incompréhension.

— Non, monsieur. Il n'y aura pas d'impétuosité, monsieur.

Evan ressentit soudain un élan de compassion pour cet homme qui, de toute évidence, ne connaissait pas le sens de ce terme.

— En fait, je n'ai aucune idée du thème de la discussion en question... ajouta Jeavis.

— Chantage ! trancha Runcorn. C'est évident, mon garçon. Elle savait sur lui quelque chose qui était susceptible de ruiner sa carrière, et, s'il ne crachait pas au bassinet, elle s'apprêtait à alerter les autorités. Pas joli joli, ça ! En vérité, ajouta-t-il avec un reniflement, je ne peux pas dire que ça me chagrine beaucoup quand un maître chanteur reste sur le carreau. Seulement, on ne peut pas laisser faire sans punir le coupable, du moins pas à Londres ! Alors à vous de trouver en quoi consistait le chantage.

Il frappa le bureau de son index tendu.

— Voyez le passé de notre homme, ses patients, ses qualifications, bref, tout ce que vous pourrez trouver. A-t-il des dettes, est-il coureur de jupons... enfin, vous connaissez la chanson, les gars ! Je veux savoir sur ce type plus de choses qu'il n'en connaît lui-même, vous m'avez compris ?

— Oui, monsieur, répondit Evan, contrarié.

— Oui, monsieur, fit Jeavis en écho.
— Bon, eh bien, à vous de jouer. Au boulot !

— Alors, docteur Beck, commença Jeavis en se balançant d'avant en arrière, les mains enfoncées dans les poches de son pantalon. Nous avons quelques questions à vous poser, si cela ne vous ennuie pas.

Beck le dévisagea avec curiosité. Il avait des yeux très noirs d'une beauté exceptionnelle, un visage à la fois sensuel et fin avec, dans l'ossature, quelque chose de différent qui en faisait incontestablement un étranger.

— Oui, inspecteur ? s'enquit-il poliment.

— Vous avez travaillé avec la victime, Miss Barrymore, n'est-ce pas ?

— J'imagine qu'elle a travaillé avec tous les médecins du service, répondit Beck. Quoique, ces derniers temps, il me semble qu'elle assistait surtout Sir Herbert. Elle était extrêmement compétente, en tout cas bien plus qu'une infirmière moyenne.

— Êtes-vous en train d'insinuer que cette infirmière était différente des autres, docteur ?

— Bien entendu, rétorqua Beck, surpris sans doute par la bêtise de son interlocuteur. C'était une des infirmières de Miss Nightingale, de Crimée ! Les autres ne sont, du moins pour la plupart, que des sortes de servantes qui passent leur temps à faire le ménage ici pour la bonne raison qu'elles ne peuvent être employées chez des particuliers. Pour travailler chez des particuliers, il faut présenter des références quant à la personnalité, la moralité, la sobriété et l'honnêteté, ce que beaucoup ne peuvent espérer obtenir. Miss Barrymore était issue de la bonne société et elle avait choisi ce métier dans le but de servir son pays. Elle n'avait probablement aucun besoin de gagner sa vie.

Jeavis sembla déconcerté.

— C'est possible, admit-il, dubitatif. Toujours est-il que j'ai un témoin qui vous a entendu vous quereller avec Miss Barrymore quelques jours avant le meurtre. Que dites-vous de cela, docteur ?

La surprise s'afficha sur le visage du chirurgien, qui se crispa légèrement.

— Je dis que votre témoin se trompe, inspecteur, rétorqua-t-il néanmoins avec calme. Je ne me suis jamais disputé avec Miss Barrymore. J'avais un grand respect pour elle, tant sur le plan professionnel que du point de vue personnel.

— Certes, vous n'allez pas me dire le contraire, n'est-ce pas, docteur, maintenant qu'elle a été assassinée !

— Dans ce cas, pourquoi me poser la question, inspecteur ?

Une lueur d'humour avait éclairé le visage du médecin pour disparaître aussitôt, le laissant plus grave qu'auparavant.

— Soit votre témoin a des intentions malveillantes, reprit-il, ou craint pour lui-même, soit il n'a entendu qu'un fragment de conversation et en a tiré une interprétation erronée. J'ignore laquelle, d'ailleurs.

Jeavis se pinça les lèvres.

— Ce pourrait être le cas, en effet, concéda-t-il, pensif. Toutefois, il s'agit d'une personne très respectable et je persiste à vous demander une meilleure explication que celle-là, docteur, parce que, d'après ce qui a été entendu, il semble bien que Miss Barrymore exerçait sur vous un chantage et qu'elle menaçait de s'adresser aux plus hautes instances de l'hôpital pour leur révéler quelque chose. Quant à vous, vous l'avez suppliée de ne pas le faire. Pourriez-vous m'expliquer cela, docteur ?

Beck avait pâli.

— Non, je ne le peux pas, répondit-il. C'est absolument insensé.

Jeavis grogna de mécontentement.

— Je ne suis pas de votre avis, docteur. Pas du tout. Mais laissons cela de côté pour le moment. Seulement, ajouta-t-il en scrutant son interlocuteur d'un regard mauvais, que l'envie ne vous prenne pas d'aller faire un petit tour en France, ou là d'où vous venez, je ne sais plus... Croyez bien que nous aurions tôt fait de venir vous chercher !

— Je n'ai aucune intention de me rendre en France, inspecteur, rétorqua sèchement Beck. Je resterai ici, je puis vous l'assurer. A présent, si vous n'avez plus rien à me dire, mes patients ont besoin de moi !

Sans attendre l'accord de Jeavis, le médecin gagna la porte et sortit.

— C'est louche ! s'exclama sombrement le policier. Retenez bien ceci, Evan : ce gars-là est notre homme.

— Peut-être, répondit Evan. Mais peut-être pas.

Callandra trouvait de plus en plus pesante la présence de Jeavis à l'hôpital. Elle ne supportait pas les soupçons que l'inspecteur nourrissait à l'égard de Kristian Beck. Elle ne croyait pas un instant que ce dernier pût se révéler coupable, mais avait vu trop d'erreurs judiciaires au cours de son existence pour penser que l'innocence suffisait à épargner le bagne ou les méfaits de la suspicion, la ruine d'une réputation, l'angoisse, la perte des amis et la pauvreté.

Tout en remontant le large corridor de l'hôpital, elle ressentait une étrange difficulté à respirer, accompagnée d'une sensation proche du vertige. Elle manqua de heurter de plein fouet Berenice Ross Gilbert à l'endroit où le couloir faisait un coude.

— Oh, bonjour ! s'exclama-t-elle, le souffle coupé par la surprise, tout en reprenant son équilibre dans un mouvement de tout le corps totalement dénué de grâce.

— Bonjour, Callandra, répondit l'autre en haussant ses sourcils bien dessinés. Mais qu'avez-vous, ma chère ? Vous semblez dans tous vos états ! S'est-il passé quelque chose ?

— Bien sûr qu'il s'est passé quelque chose ! rétorqua Callandra. Miss Barrymore a été assassinée. C'est tout de même un événement fâcheux, non ?

— C'est abominable, naturellement, répliqua Berenice en ajustant le drapé de son fichu. Mais, à votre expression, j'ai cru qu'il y avait eu un nouveau drame. Je suis bien aise d'apprendre qu'il n'en est rien ! Tout l'hôpital est sens dessus dessous. Mrs. Flaherty n'arrive plus à tenir les infirmières. Ces stupides filles sont persuadées qu'un fou furieux rôde dans les parages et qu'elles sont toutes en danger, ajouta-t-elle d'un ton à la fois amusé et chargé de mépris. Ce qui est ridicule ! Il s'agit à l'évidence d'un crime personnel. Un amant rejeté ou quelque chose comme cela...

— Un *soupirant* rejeté, voulez-vous dire, rectifia Callandra. Pas un *amant*. Prudence n'était pas du genre à avoir un amant.

— Allons, allons, ma chère ! s'esclaffa Berenice. Elle était peut-être godiche, mais cela ne l'empêchait tout de même pas de profiter de la vie ! Croyez-vous vraiment qu'elle ait passé tout ce temps en Crimée, entourée de soldats, par pure vocation religieuse ou dans le seul but d'apporter son aide aux malades ?

— Non, rétorqua Callandra. Je pense qu'elle est partie pour échapper à la frustration que lui procurait sa vie familiale. Elle voulait voyager, voir d'autres lieux, d'autres gens, se sentir utile, et par-dessus tout apprendre la médecine, qui était sa passion depuis son plus jeune âge.

Berenice partit d'un grand éclat de rire, la tête rejetée en arrière. Elle portait une robe d'un magnifique brun agrémentée de dentelle ancienne.

— Que vous êtes naïve, ma chère ! Mais après tout, vous pouvez penser ce que vous voulez !

Elle se rapprocha de Callandra pour lui parler sur le ton de la confidence. Elle dégageait un riche parfum de musc.

— Avez-vous vu ce redoutable petit policier ? Quelle créature désagréable ! Il me fait songer à un cafard. Avez-vous remarqué qu'il n'a presque pas de sourcils ? Et ces yeux noirs ! On dirait des cailloux... Non, ajouta-t-elle après un léger haussement d'épaules. En fait, ses yeux me rappellent les noyaux de pruneaux que l'on comptait pour lire l'avenir quand j'étais enfant. Je suis presque sûre qu'il croit le Dr Beck coupable.

— Le Dr Beck ? répéta Callandra au prix d'un pénible effort pour paraître naturelle. Mais... pourquoi ? Pourquoi diable le Dr Beck aurait-il... l'aurait-il... tuée ?

Berenice eut un haussement d'épaules désinvolte.

— Allez savoir ! Peut-être lui avait-il fait des avances qu'elle avait rejetées ? Rendu furieux, il aurait alors perdu le contrôle de lui-même et l'aurait étranglée...

— Des avances ?...

Interloquée, Callandra se sentait en proie à un tumulte d'émotions. Un sentiment d'horreur la submergeait tout entière.

— Pour l'amour du ciel, Callandra, cessez de répéter tout ce que je dis comme si vous étiez simple d'esprit ! s'exclama Berenice. Pourquoi pas ? Cet homme est dans la force de l'âge, marié à une femme qui, au mieux, lui est indifférente et, au pire, refuse de remplir ses devoirs conjugaux...

Callandra réprima un mouvement de recul. Entendre Berenice parler en ces termes de Kristian et de sa vie la plus intime la choquait indiciblement. Son interlocutrice poursuivit néanmoins, apparemment inconsciente du trouble dans lequel elle la jetait.

— Et Prudence Barrymore était plutôt jolie à sa façon, il faut le reconnaître. Ce n'était pas une beauté classique, certes, mais j'imagine que certains hommes pouvaient s'intéresser à elle, et ce pauvre Dr Beck se trouvait peut-être dans un état de désespoir avancé... Travailler côte à côte peut avoir des effets très puissants, vous savez.

Elle haussa de nouveau les épaules.

— Enfin, conclut-elle, nous n'y pouvons plus grand-chose désormais et j'ai bien trop à faire pour rester ici à en parler davantage. Je dois voir l'aumônier, puis je suis invitée pour le thé chez Lady Washbourne. La connaissez-vous ?

— Non, répondit Callandra avec brusquerie. Mais je connais une personne probablement plus intéressante que je dois voir tout de suite. Au revoir.

Sans laisser à Berenice le temps de s'éclipser la première, elle tourna les talons et s'éloigna d'un pas digne.

C'était à Monk qu'elle songeait en prenant congé, mais la première personne qu'elle croisa fut Kristian Beck. Celui-ci sortait d'une salle de malades donnant sur le couloir au moment précis où elle passait. Il semblait préoccupé, voire anxieux, mais sourit dès qu'il la reconnut. Cette spontanéité déclencha en elle une onde de chaleur qui ne fit qu'accroître ses craintes. Elle fut alors contrainte de reconnaître que cet homme lui inspirait des émotions qu'elle n'avait encore jamais ressenties pour personne. Certes, elle avait aimé son époux, mais il s'agissait plutôt d'une sorte d'amitié, d'un confort né d'une longue familiarité et d'un certain nombre d'idéaux partagés des années durant, et non de cette vulnérabilité douloureuse et étrange que provoquait Kristian Beck, non de cette vive allégresse ni de cette pénible excitation, de cette douceur intérieure bizarrement alliée à la douleur.

Il souriait encore et elle se demanda ce qu'il venait de dire. Elle se sentit soudain stupide et rougit.

— Je... Je vous demande pardon ? balbutia-t-elle.

— J'ai dit « Bonjour », c'est tout, répondit-il, étonné. Est-ce que vous vous sentez bien, Callandra ? interrogea-t-il en l'examinant de plus près. Ce misérable policier n'est pas venu vous importuner j'espère ?

— Non...

Elle sourit à son tour, soulagée tout à coup. C'était ridicule. Elle eût fait face à Jeavis sans la moindre hésitation. Dieu merci, elle se sentait de taille à tenir tête à Monk lui-même, et ce n'était pas ce petit blanc-bec dévoué à Runcorn qui allait l'effrayer !

— Non, répéta-t-elle. Pas du tout. Mais je me demande s'il est vraiment efficace. Je crains qu'il ne possède pas l'habileté que requiert cette triste affaire.

Kristian esquissa un sourire amer.

— En tout cas, il ne manque pas de zèle ! Il est déjà venu m'interroger trois fois et, à en juger par son expression, il n'a pas cru un mot de ce que je lui ai dit ! Je pense qu'il me soupçonne, conclut-il avec un petit rire triste.

Elle fit mine de ne pas avoir saisi l'angoisse qui perçait

dans sa voix, puis se ravisa et leva les yeux vers Kristian. Elle eût aimé le toucher, mais songea qu'il n'avait sans doute pas vraiment peur, qu'il ignorait peut-être toutes les implications que recelaient ces soupçons. Le moment lui parut mal choisi.

— Il doit avoir envie de faire ses preuves en résolvant l'affaire de la façon la plus rapide et la plus satisfaisante possible, répondit-elle en s'efforçant de conserver son sang-froid. Et il travaille sous les ordres d'un supérieur doté d'ambitions sociales et d'un sens aigu de ce qui est politiquement judicieux.

Elle s'interrompit en voyant le visage de son interlocuteur se tendre. Il avait compris ce qu'elle voulait dire, pris conscience du danger que courait un étranger privé de relations sociales en Angleterre.

— Mais j'ai un ami, enchaîna-t-elle aussitôt. Un détective privé. Je l'ai engagé pour enquêter sur l'affaire. Il est très brillant. Il découvrira la vérité.

— Vous paraissez très confiante, observa-t-il, à mi-chemin entre l'amusement et le besoin de la croire.

— Je le connais depuis assez longtemps et je l'ai vu résoudre des affaires dans lesquelles la police restait impuissante.

Elle scruta le regard de son ami et y lut ce que le sourire, sur ses lèvres, cherchait à démentir.

— C'est un homme rude, qui ne fait pas de concessions, poursuivit-elle. Son attitude frise parfois l'arrogance, mais il possède de l'imagination et du talent, ainsi qu'une intégrité absolue. S'il existe une seule personne capable de découvrir la vérité, c'est bien Monk.

— S'il a su gagner ainsi votre confiance, je n'ai plus qu'à m'en remettre à lui, moi aussi, répondit Kristian.

Elle eut envie d'ajouter quelque parole de réconfort, mais aucune ne lui vint à l'esprit. Elle préféra donc ne pas insister et prit congé. Mrs. Flaherty devait l'attendre.

Après plusieurs mois passés au service de particuliers, le retour à l'hôpital mettait les nerfs d'Hester à rude épreuve. La jeune femme avait pris goût au confort que lui procurait le fait d'être son propre maître. L'étroitesse des mentalités du corps médical anglais lui paraissait insupportable comparée à la liberté connue en Crimée, où l'urgence et la pénurie de chirurgiens amenaient souvent les infirmières à prendre elles-mêmes les choses en main ; rares étaient les patients qui avaient eu à s'en plaindre. De retour à Londres, il semblait à Hester que le moindre règlement prenait une importance démesurée : ici, on cherchait plus à sauvegarder les apparences qu'à soulager la douleur ou à préserver la vie humaine. Et la jeune femme éprouvait le sentiment que la protection de certaines réputations passait bien avant le progrès médical.

Elle avait connu Prudence Barrymore, dont la mort lui laissait un goût amer, mélange de colère et de tristesse, et elle comptait bien offrir à Monk toute l'aide qu'elle était en mesure de lui fournir pour retrouver le meurtrier. Pour cela, il fallait, bon gré mal gré, maîtriser ses humeurs : ne pas exprimer son opinion et, surtout, ne jamais chercher à donner un avis médical.

Elle s'en était bien tirée jusque-là, mais Mrs. Flaherty la surveillait de près. C'était une femme de principes, cramponnée à ses habitudes. Elle refusait d'entendre parler d'ouvrir les fenêtres, même par les grosses chaleurs. A deux reprises, elle avait ordonné aux infirmières de recouvrir les seaux de déjections avec un linge lorsqu'elles les transportaient à travers les salles ; mais le jour où elles avaient omis de le faire, la surveillante n'avait pas bronché. En bonne disciple de Florence Nightingale, Hester demeurait convaincue qu'il fallait de l'air pour assainir l'atmosphère et estomper effluves néfastes et odeurs nauséabondes. Mrs. Flaherty, de son côté, redoutait les rhumes et préférait s'en remettre aux fumigations. Cela coûtait terriblement à Hester de garder son opinion pour elle.

Au contraire, Kristian Beck lui avait fait d'emblée bonne impression. Elle devinait chez ce chirurgien une capacité de compassion et d'imagination. Elle appréciait son humour à froid et sa modestie et le trouvait extrêmement compétent dans son travail.

Sir Herbert Stanhope lui plaisait moins, même si elle devait lui reconnaître un incontestable talent professionnel. Il pratiquait des opérations auxquelles d'autres ne se seraient pas risqués et ne craignait pas de mettre sa réputation en jeu en se lançant dans des innovations. Hester l'admirait profondément, avec le sentiment toutefois qu'elle eût dû l'apprécier davantage encore. Il lui semblait déceler chez lui une vague aversion pour les infirmières revenues de Crimée. Sans doute l'ambition et l'esprit corrosif de Prudence Barrymore y étaient-ils pour quelque chose...

Le premier décès auquel Hester assista à l'hôpital fut celui d'une petite femme frêle qui paraissait avoir une cinquantaine d'années et souffrait d'une tumeur du sein. Malgré tout l'art de Sir Herbert, elle avait rendu l'âme sur la table d'opération.

La soirée était déjà bien avancée. Tout au long du jour, le chirurgien avait œuvré, tentant tout ce qui était en son pouvoir pour sauver sa patiente. Celle-ci s'éteignit tandis qu'il s'acharnait encore. Alors, Sir Herbert releva devant lui ses mains tachées de sang et demeura ainsi, pensif. Derrière lui, une infirmière munie d'un balai à franges repoussait d'un geste distrait les mèches désordonnées qui lui retombaient sur les yeux.

Seuls deux étudiants avaient assisté à l'opération.

Sir Herbert leva la tête. Il était pâle et avait les traits tirés.

— C'est fini ! lança-t-il. Pauvre femme. Elle était à bout de forces.

— Était-elle malade depuis longtemps ? interrogea un étudiant.

— Longtemps ? répéta le chirurgien avec un petit rire sec. Tout dépend de ce que l'on entend par « longtemps » ! Disons qu'elle avait eu quatorze enfants, plus Dieu sait combien de fausses couches... Son corps était exténué.

— Cela devait faire tout de même un bon bout de temps qu'elle avait cessé d'enfanter, fit remarquer l'autre étudiant en jetant un coup d'œil au corps décharné. Cette femme avait au moins cinquante ans...

— Elle en avait trente-sept.

On eût dit que Sir Herbert était en colère et tenait l'étudiant pour responsable de la situation.

Le jeune homme parut sur le point de répliquer, mais se ravisa après un coup d'œil au visage las de Sir Herbert.

— Très bien, Miss Latterly ! lança alors le chirurgien en se tournant vers Hester. Informez la morgue et faites emmener le corps. Je vais prévenir le mari.

— Si vous le souhaitez, je peux le faire, moi, docteur, proposa Hester sans réfléchir.

Il la dévisagea, étonné.

— C'est très aimable à vous, mais cela fait partie de mon travail. J'en ai l'habitude. Dieu sait combien de femmes j'ai vu mourir en couches ou pour avoir enduré trop de grossesses. Ces femmes qui, épuisées, succombent à la première fièvre venue...

— Mais comment se fait-il qu'elles en arrivent là ? s'étonna le plus jeune des étudiants. Elles doivent bien comprendre que ce n'est pas bon pour elles ! Huit à dix enfants devraient leur suffire, non ?

— Parce qu'il n'est pas question pour ces femmes de faire autrement, c'est tout ! s'emporta Sir Herbert. D'abord, la moitié d'entre elles n'ont pas la moindre idée de la façon dont elles se retrouvent enceintes, et encore moins des moyens de prévention !

Il saisit un torchon et entreprit de s'essuyer les mains.

— Pour la plupart, les femmes arrivent au mariage sans se douter le moins du monde de ce que cela va impliquer pour elles, et bon nombre n'établissent jamais de lien entre les relations conjugales et leurs innombrables grossesses.

Il reposa le torchon souillé. Hester s'en saisit et lui en tendit un autre, propre.

— On leur explique que c'est leur devoir, poursuivit-il.

La volonté de Dieu. Elles croient en un Dieu sans compassion ni bon sens.

Son visage s'assombrissait à mesure qu'il parlait. Ses petits yeux exprimaient toute la colère qui l'habitait.

— Est-ce que vous leur dites ? demanda l'étudiant.

— Leur dire quoi ? fit Sir Herbert entre ses dents. Leur conseiller de refuser à leurs époux l'un des rares plaisirs auxquels ont droit ces pauvres diables ? Pour qu'elles les regardent ensuite s'en aller prendre une autre femme ?

— Non, bien sûr que non... protesta le jeune homme, irrité. Mais leur enseigner une méthode pour...

Il s'interrompit, saisissant sans doute la futilité de son discours. On parlait là de femmes qui ne savaient ni lire ni compter, soumises à une Église qui n'approuvait aucune méthode de contrôle des naissances. La volonté de Dieu était de voir les femmes porter autant d'enfants que la nature leur en donnait. La douleur, la peur et la mort s'inscrivaient dans la punition infligée à Ève et devaient être supportées avec courage, et en silence.

— Allons, ne restez pas là, femme ! s'écria soudain Sir Herbert à l'adresse d'Hester. Faites emporter la dépouille de cette pauvre créature à la morgue.

Deux jours plus tard, Mrs. Flaherty chargea Hester d'apporter des documents à Sir Herbert. La jeune femme se trouvait dans le cabinet de ce dernier lorsqu'on frappa à la porte.

Sir Herbert donna la permission d'entrer. Hester se tenait au fond de la pièce, dissimulée dans une petite alcôve sombre. Sa première pensée fut que le chirurgien avait oublié sa présence. Puis, lorsque les deux visiteuses entrèrent, elle songea qu'il souhaitait peut-être la voir rester.

La première devait avoir une trentaine d'années. Elle était blonde et très pâle, avec des pommettes hautes et de jolis yeux noisette, étonnamment petits. La seconde n'avait guère plus de dix-huit ans. On discernait dans ses traits une vague ressemblance avec la première, mais elle possédait un teint plus mat, des sourcils nettement dessinés et des yeux d'un bleu profond que mettait en valeur un grain de beauté placé haut sur la joue. Sa beauté saisissante ne parvenait pas à masquer un indéniable état de fatigue.

— Bonjour, Sir Herbert.

La plus âgée des deux avait la voix rauque d'anxiété, mais elle gardait la tête haute et le regard franc.

Le chirurgien se souleva imperceptiblement de son siège.

— Bonjour, madame.

— Mrs. Penrose, reprit la jeune femme en réponse à la question non formulée. Julia Penrose. Et voici ma sœur, Miss Marianne Gillespie.

Elle désigna la jeune fille qui se tenait en retrait, à quelques pas derrière elle.

— Miss Gillespie, répéta Sir Herbert avec un signe de tête. Que puis-je faire pour vous, Mrs. Penrose ? A moins que ce ne soit votre sœur la patiente ?

Elle parut surprise de la perspicacité de son interlocuteur. Aucun des trois ne pouvait distinguer Hester, immobile dans l'alcôve, la main suspendue en l'air alors qu'elle s'apprêtait à ranger un livre sur une étagère. Les noms qu'elle venait d'entendre avaient déclenché une sorte de décharge électrique dans son esprit.

Julia reprit la parole.

— Oui, répondit-elle. Oui, c'est ma sœur qui a besoin de vous.

Sir Herbert jeta à Marianne un regard interrogateur par lequel Hester le vit évaluer la carnation de la peau, la constitution, l'anxiété qui se manifestait à travers la façon dont elle serrait ses deux mains jointes, la peur qui se lisait dans son regard clair. Puis il désigna les deux fauteuils placés face à lui, devant son bureau.

— Asseyez-vous, mesdames, je vous en prie, dit-il. J'imagine que vous souhaitez assister à la consultation, Mrs. Penrose ?

Julia releva le menton.

— Oui, répondit-elle en s'exécutant, imitée par Marianne. Je puis confirmer tout ce que vous dira ma sœur.

Sir Herbert haussa les sourcils.

— Aurais-je des raisons de douter de sa parole, madame ?

Julia se mordit la lèvre.

— Je ne sais pas, mais c'est une éventualité contre laquelle je veux la préserver. La situation est déjà bien assez pénible comme cela pour elle. Je refuse de voir de nouvelles souffrances s'y ajouter.

Elle changea de position sur son siège et fit mine d'arranger un instant ses jupons. Elle semblait à l'agonie.

— Ma sœur est enceinte, lança-t-elle avec brusquerie.

Sir Herbert fronça légèrement les sourcils. De toute évidence, le fait que la jeune fille lui eût été présentée comme célibataire ne lui avait pas échappé.

— Je suis désolé, assura-t-il.

On ne pouvait se méprendre sur sa désapprobation. Marianne rougit et les yeux de Julia lancèrent des éclairs.

— Elle a été violée, précisa cette dernière.

Sans doute avait-elle choisi délibérément ce terme pour sa brutalité. L'heure n'était plus aux euphémismes.

— Sa grossesse est la conséquence de ce viol.

Elle s'interrompit. Elle semblait respirer à grand-peine.

— Ah, fit Sir Herbert d'un ton où ne perçait ni scepticisme ni pitié.

Il était impossible de deviner s'il croyait ou non son interlocutrice. Julia prit cette absence d'indignation et de compassion pour un signe d'incrédulité.

— S'il vous faut des preuves, déclara-t-elle d'un ton glacial, je puis faire venir le détective privé qui a mené l'enquête à ma demande. Il confirmera mes dires.

— Vous n'avez pas soumis l'affaire à la police ? s'étonna le chirurgien. Le viol est un délit très grave, Mrs. Penrose. L'un des plus odieux qui soient.

— Je le sais bien, répondit Julia, livide. Mais c'en est aussi un dans lequel la victime se retrouve souvent aussi sévèrement punie que son agresseur, tant par l'opinion publique que par le fait d'avoir à revivre sa terrible expérience devant les tribunaux. Elle est montrée du doigt et jugée par tout individu qui a de quoi s'acheter le journal...

Elle reprit son souffle. Ses mains, posées devant elle, tremblaient d'indignation.

— Soumettriez-vous votre épouse ou votre fille à un tel supplice, monsieur? Et ne venez pas me dire que jamais elles ne se retrouveraient dans une telle situation. Ma sœur était dans notre propre jardin, en train de peindre dans le pavillon d'été, lorsqu'elle a été agressée par une personne en qui elle avait toutes les raisons du monde de placer sa confiance.

— Le délit est encore plus grave dans ce cas, madame, fit remarquer Sir Herbert. Trahir la confiance est plus ignoble encore que d'agresser une inconnue.

De l'alcôve où elle se tenait, Hester crut que Julia allait défaillir. Elle esquissa un mouvement pour lui venir en aide, lui apporter un verre d'eau, peut-être, ou la soutenir pour l'empêcher de tomber. Au même moment, Sir Herbert tourna les yeux vers elle et, du regard, lui enjoignit de ne pas bouger.

— Je suis consciente de l'énormité de la chose, Sir Herbert, répondit Julia d'une voix si faible que le chirurgien dut se pencher légèrement pour distinguer ses paroles. D'autant que c'est mon époux qui a commis ce délit. Vous concevez sans doute que je ne tienne pas à mêler la police à cette affaire. Et ma sœur comprend mon sentiment, ce en quoi je lui suis profondément reconnaissante. Elle a conscience que rien de bon ne pourrait en sortir. Il est évident que mon époux nierait tout en bloc. Et même si nous détenions des preuves tangibles, nous sommes toutes deux dépendantes de lui pour notre subsistance. Nous nous retrouverions tous les trois ruinés sans que rien ne soit résolu.

— Croyez bien que je compatis à votre malheur, madame, déclara le chirurgien avec plus de douceur. Il s'agit là d'une situation tragique. Cependant, je ne vois pas bien en quoi j'ai le pouvoir de vous aider. Être enceinte n'est en rien une maladie. Votre médecin traitant peut vous apporter les soins nécessaires et une sage-femme vous assistera au moment des couches.

D'une voix forte et claire, Marianne prit la parole pour la première fois.

— Je ne souhaite pas garder cet enfant, Sir Herbert, déclara-t-elle. Il est la conséquence d'un événement que je vais passer le restant de mes jours à tenter d'oublier, et sa naissance nous détruirait tous les trois.

— Je comprends fort bien votre situation, Miss Gillespie, répondit le chirurgien en la dévisageant d'un regard grave. Mais je crains fort que ce ne soit là une affaire dans laquelle vous n'ayez guère de choix. Une fois un enfant conçu, on ne peut rien faire d'autre qu'attendre sa naissance.

L'ombre d'un sourire effleura ses lèvres minces.

— Je suis profondément désolé pour vous, reprit-il, mais la seule chose que je puisse vous suggérer est de prendre contact avec votre pasteur afin qu'il vous apporte tout le réconfort possible.

Marianne battit des paupières à plusieurs reprises. Elle avait rougi et baissait les yeux.

— Bien sûr qu'il existe une solution, intervint vivement Julia. Il y a l'avortement.

— Ma chère madame, votre sœur me paraît en excellente santé. Il est évident qu'elle ne court pas de danger vital et je ne vois aucune raison de supposer qu'elle ne donnera pas naissance à un beau bébé. Il m'est impossible, ajouta-t-il en croisant les mains, de pratiquer un avortement. Ce serait un acte criminel, mais vous ne le savez peut-être pas...

— C'est le viol qui est un acte criminel ! protesta Julia d'une voix désespérée, ses mains crispées appuyées sur le rebord du bureau.

— Vous m'avez déjà expliqué très clairement les raisons qui vous ont amenées à ne pas porter plainte, expliqua Sir Herbert. Toutefois, les fonctions que j'exerce ne m'autorisent en aucun cas à pratiquer un avortement sur une femme en bonne santé. Je suis désolé, ajouta-t-il en secouant la tête, mais c'est une chose que je ne puis faire. Vous me demandez de commettre un crime. Je peux en revanche vous recommander un excellent médecin, très discret, et je serais heureux de le faire. Il exerce à Bath, ce qui vous permettra de demeurer quelque temps à l'écart de Londres et de vos connaissances. Il vous trouvera sans peine une famille où placer l'enfant si vous souhaitez le faire adopter, ce qui sera sans doute le cas. A moins que...

Il se tourna vers Julia.

— Ne pouvez-vous pas lui ménager une petite place sous votre toit, Mrs. Penrose? Ou la façon dont il a été conçu demeurera-t-elle vraiment pour vous une source permanente de tourment?

Julia ouvrit la bouche pour parler, mais Marianne ne lui en laissa pas le temps.

— Je ne souhaite pas porter cet enfant, répéta-t-elle d'une voix stridente qui en disait long sur son état de panique. Je me fiche de savoir si votre médecin est discret ou s'il pourra placer l'enfant après la naissance! Vous ne comprenez pas? Toute cette histoire a été un cauchemar! Je veux l'oublier, et non pas vivre avec cela dans la tête chaque jour de mon existence!

— J'aimerais pouvoir vous proposer un moyen d'y échapper, répondit Sir Herbert d'un ton peiné. Mais je ne peux pas. Quand cela est-il arrivé?

— Il y a trois semaines et cinq jours.

— Trois semaines? fit Sir Herbert, incrédule. Mais ma pauvre amie, comment pouvez-vous savoir que vous êtes enceinte? Il est inutile de vous affoler avant trois ou quatre mois au moins! A votre place, je rentrerais chez moi et je cesserais de me faire du souci!

— Je suis enceinte, répéta Marianne d'un ton dur. Une sage-femme me l'a dit et elle ne se trompe jamais. Elle est capable de le deviner rien qu'en regardant une femme, sans aucun autre signe.

La colère et la douleur se peignaient sur le visage de la jeune fille, qui soutenait le regard du chirurgien sans ciller. Il poussa un soupir.

— C'est possible. Mais cela ne change rien. La loi est très claire sur ce point. Naguère, on opérait une distinction entre le fœtus qui ne remue pas encore et celui qui est déjà mobile, mais ce n'est plus le cas aujourd'hui. Désormais, un avortement reste un avortement. Et autrefois, je vous le rappelle, cet acte était passible de pendaison. Aujourd'hui, on risque la ruine et l'emprisonnement. Mais quelle que soit la punition infligée, Miss Gillespie, cela reste un crime que je ne suis pas prêt à commettre, aussi tragiques que puissent être les circonstances. Je suis vraiment navré.

Julia ne se leva pas.

— Nous sommes naturellement prêtes à payer le prix qu'il faudra, insista-t-elle.

Un minuscule muscle frémit sur la joue de Sir Herbert.

— Je n'ai jamais pensé que vous me réclamiez cela comme un cadeau. Mais là n'est pas la question. Je me suis efforcé de vous expliquer pourquoi je ne puis le faire. Je vous en prie, ajouta-t-il en les considérant l'une après l'autre, croyez-moi, ma décision est irrévocable. Je ne suis pas insensible à votre malheur, vraiment, je suis désolé pour vous. Seulement, je ne puis rien faire.

Marianne se leva et posa la main sur l'épaule de sa sœur.

— Viens, dit-elle. Nous n'arriverons à rien en restant ici. Il va falloir chercher de l'aide ailleurs. Merci pour le temps que vous nous avez accordé, ajouta-t-elle à l'adresse du chirurgien. Au revoir.

Avec lenteur, comme à contrecœur, Julia se leva à son tour. Elle semblait vouloir croire qu'il subsistait encore un espoir.

— Ailleurs ? intervint Sir Herbert, les sourcils froncés. Je puis vous assurer, Miss Gillespie, qu'aucun chirurgien digne de ce nom ne pratiquera une telle opération sur vous.

Il se tut et inspira profondément. Puis, soudain, son visage prit une expression étrange, fort différente de la vague compassion qu'il affichait un instant auparavant. Il poursuivit alors avec, dans la voix, un accent de sincérité.

— Et je vous en supplie, de grâce, n'allez pas solliciter l'un de ces avorteurs clandestins, plaida-t-il d'un ton pressant. Il est évident que ce genre d'individu acceptera de faire ce que vous demandez, mais soyez également sûre que vous souffrirez ensuite pour le restant de vos jours. Il bâclera l'opération, de telle sorte que vous n'échapperez pas à l'infection. Soit vous vous viderez de votre sang jusqu'à rendre l'âme, soit vous mourrez de septicémie dans les souffrances les plus atroces...

Immobiles, les deux femmes le dévisageaient d'un regard horrifié. Il se pencha en avant, les mains posées à plat sur le bureau.

— Croyez-moi, Miss Gillespie, je ne cherche pas à vous effrayer inutilement. Mais je sais de quoi je parle. Ma propre fille a été victime d'un personnage de ce genre ! Elle aussi avait été violée, comme vous. Elle n'avait que seize ans...

Sa voix s'enrouait. Il s'interrompit, puis poursuivit, au prix d'un visible effort. Une rage froide semblait se mêler à son chagrin.

— Nous n'avons jamais retrouvé le coupable. Elle n'a rien voulu nous dire. Elle avait trop peur, trop honte. Elle est allée voir un avorteur si maladroit qu'il l'a mutilée. Désormais, elle ne pourra plus jamais avoir d'enfants.

Ses yeux n'étaient plus que deux petites fentes sur un visage presque exsangue.

— Elle ne pourra pas non plus s'unir normalement avec un homme. Elle va demeurer célibataire toute sa vie et souffrir... souffrir en permanence. Alors, pour l'amour du ciel, suivez mon conseil, ne faites pas appel à un avorteur ! Gardez cet enfant, Miss Gillespie. Quelle que soit votre détermination à l'heure qu'il est, cela vaut mille fois mieux que de prendre des risques insensés en allant solliciter auprès d'un autre l'aide que je ne puis vous fournir.

— Mais je... bredouilla Marianne. Je n'ai jamais songé à quelque chose de si... enfin... je n'avais pas...

— Nous n'avions pas envisagé d'aller trouver un avorteur, renchérit Julia d'une voix brisée. De toute façon, ni ma sœur ni moi ne saurions où nous adresser. Je songeais seulement à un chirurgien reconnu. Je... Je ne m'étais pas rendu compte qu'il s'agissait d'un acte illégal, du moins quand la femme a été victime d'un... d'un viol.

— Malheureusement, la justice n'opère aucune distinction dans ce domaine. Elle protège la vie de l'enfant avant tout.

— La vie de l'enfant m'importe peu, répliqua Julia dans un souffle. C'est à Marianne que je pense.

— Votre sœur est en pleine santé. Je suis convaincu qu'elle s'en sortira très bien et qu'à terme elle se remettra de sa frayeur et de son chagrin. Quant à moi, je ne puis rien faire. Je suis désolé.

— Vous nous l'avez déjà dit. Je vous prie de m'excuser de vous avoir fait perdre votre temps. Au revoir, Sir Herbert.

— Au revoir, Mrs. Penrose... Miss Gillespie.

Il les raccompagna jusqu'à la porte, qu'il referma soigneusement avant de retourner s'asseoir à son bureau. Là, il demeura quelques secondes immobile, puis chassa d'un geste ses pensées et tendit la main vers une pile de dossiers.

Hester sortit de l'alcôve où elle se tenait et avança vers lui d'un pas hésitant. Il releva la tête, surpris.

— Oh, Miss Latterly !... s'exclama-t-il avant de se reprendre. Oui... Le corps a été emmené. Merci. Ce sera tout pour le moment. Merci.

C'était une façon très claire de la congédier.

— Oui, Sir Herbert.

Hester avait quitté le bureau du chirurgien totalement bouleversée. Incapable de chasser de son esprit la conversation qu'elle avait surprise, elle saisit la première occasion pour rapporter celle-ci à son amie. La soirée était déjà bien avancée et les deux femmes s'étaient installées dans le jardin de Callandra. Le lourd parfum des roses embaumait l'air et les derniers rayons du soleil allongeaient l'ombre des peupliers, qu'ils couvraient d'une lumière dorée, presque abricot. Rien ne bougeait, sinon les feuilles caressées par la légère brise du soir. Le mur d'enceinte assourdissait les bruits de sabots venus de la rue et l'on distinguait à peine le cliquetis des calèches sur les pavés.

— Il me semblait vivre le pire des cauchemars, déclara Hester, le regard posé sur la cime des peupliers. Je savais ce qui allait se passer avant même qu'elles ne commencent à parler. Et, bien sûr, je savais qu'elles disaient l'entière vérité, mais je ne pouvais rien pour elles. Je suppose que Sir Herbert a raison, ajouta-t-elle en se tournant vers Callandra. L'avortement reste un crime, même si l'enfant est le résultat d'un viol. C'est drôle, je n'avais jamais eu à me poser ce genre de problème. Je n'ai soigné dans ma vie que des soldats ou des personnes souffrant de fièvres ou de blessures. Je n'ai aucune expérience des grossesses ni des accouchements. Je ne me suis jamais occupée d'enfants, ni de jeunes mères. J'ai l'impression que cela manque à mon expérience.

D'un geste violent, elle frappa soudain l'accoudoir en osier de son fauteuil.

— Et là, je viens de voir des femmes souffrir d'une façon qui m'était jusqu'alors inconnue. A vrai dire, je n'avais jamais réfléchi à tout cela. Mais savez-vous combien de femmes sont venues à l'hôpital, ne serait-ce que depuis mon arrivée dans ce service, c'est-à-dire quelques jours à peine, parce qu'elles avaient le corps malade et usé par les grossesses ?

Elle se pencha un peu vers Callandra pour donner plus de poids à ses paroles.

— Sans parler de toutes celles que nous ne voyons jamais ! enchaîna-t-elle. Combien sont-elles à vivre en silence leur désespoir, leur terreur d'une nouvelle grossesse ? Il y a tant d'ignorance, ajouta-t-elle en frappant encore l'accoudoir. Tant d'ignorance tragique !

— Je ne suis pas persuadée qu'une meilleure connaissance changerait grand-chose au problème, répliqua Callandra en observant le parterre de roses sur lequel s'attardait un dernier papillon. Certains modes de prévention sont connus depuis l'Antiquité, mais ils ne sont pas à la portée de tous. Et quand bien même ils les connaîtraient, bien des hommes ne sont pas prêts à y avoir recours... Quant aux femmes, la loi civile et religieuse leur interdit de se refuser à leur mari. D'ailleurs, même si elles en avaient le droit, le bon sens et la nécessité de survivre dans un environnement décent les pousseraient à ne pas en user...

— Le fait de savoir aurait au moins l'avantage de leur éviter le choc, rétorqua vivement Hester. L'autre jour, à l'hôpital, nous avons reçu une jeune femme qui avait tenté de se suicider. Elle avait été si mortifiée d'apprendre ce que le mariage exigeait d'elle qu'elle était devenue hystérique. Personne, poursuivit-elle d'une voix tremblante d'indignation, personne ne lui en avait donné le moindre aperçu et elle a été tout bonnement incapable de le supporter. Elle avait été élevée dans l'obsession de la pureté et cette notion l'habitait tout entière. Ses parents l'ont mariée à un homme de trente ans son aîné, sans patience ni douceur. Elle est arrivée à l'hôpital avec les deux jambes, les deux bras et plusieurs côtes cassés : elle s'était jetée par la fenêtre...

Hester prit une profonde inspiration et fit une vaine tentative pour baisser le ton.

— A présent, si le Dr Beck ne parvient pas à convaincre la police et l'Église qu'il s'agissait en fait d'un accident, elle sera accusée de tentative de suicide et risquera l'emprisonnement, voire la pendaison !

Une fois encore, elle abattit brutalement la main sur l'accoudoir.

— Quand je pense que cet abruti fini de Jeavis fait tout pour mettre le meurtre de Prudence sur le dos du Dr Beck ! s'indigna-t-elle sans remarquer que Callandra se raidissait à ces paroles. Bien sûr, ce serait la réponse la plus simple !

Cela éviterait à la police d'avoir à mettre sur la sellette les autres chirurgiens, l'aumônier et les membres du conseil d'administration.

Callandra parut sur le point de parler, mais demeura silencieuse.

— N'y a-t-il rien que nous puissions faire pour aider Marianne Gillespie ? reprit Hester, les poings serrés. N'y a-t-il personne vers qui nous tourner ? Savez-vous que Sir Herbert a dit que sa propre fille avait été violée et s'était retrouvée enceinte ? Elle est alors allée voir un avorteur qui l'a mutilée à tel point qu'elle ne pourra jamais se marier, et encore moins avoir des enfants ! Et elle souffre en permanence ! Pour l'amour du ciel, il doit bien y avoir quelque chose à faire, non ?

— Si j'en avais la moindre idée, je ne serais pas là à vous écouter, répondit Callandra avec un sourire triste. Je vous aurais déjà dit comment procéder et nous nous serions aussitôt mises à l'œuvre. A présent, ajouta-t-elle, si vous pouviez prendre garde, vous n'allez pas tarder à briser l'accoudoir de ma meilleure chaise de jardin...

— Oh, je suis désolée. C'est que toute cette histoire me met dans un état...

Callandra sourit, mais n'ajouta rien.

Une chaleur suffocante s'abattit sur la ville durant les deux journées qui suivirent et l'humeur des citadins s'en ressentit. A l'hôpital, Jeavis donnait l'impression de se trouver partout à la fois ; il gênait le personnel dans son travail, posait des questions que la plupart trouvaient irritantes et inutiles. Le trésorier, à bout de patience, finit par l'injurier. Un gentleman du conseil d'administration porta plainte auprès de son député. Mrs. Flaherty tint à l'inpecteur un long discours sur l'abstinence, la bienséance et la probité qu'il eut les plus grandes peines du monde à supporter jusqu'à la fin et à la suite duquel il n'adressa plus la parole à la surveillante.

Peu à peu, cependant, la routine se réinstalla à l'hôpital. Les lingères elles-mêmes cessèrent de parler du meurtre pour évoquer de nouveau leurs thèmes de prédilection qu'étaient les époux, l'argent, les dernières boutades de fantaisistes et le commérage ordinaire.

Monk, quant à lui, se concentrait sur le passé et la vie quotidienne de tous les médecins — en particulier des étudiants —, du trésorier, de l'aumônier et des membres du conseil d'administration de l'hôpital.

Il était tard, mais la chaleur n'avait pas encore faibli lorsque Callandra résolut de rendre visite au Dr Beck. Elle n'avait aucune raison de le rencontrer, mais souhaitait connaître son état d'esprit après les interrogatoires répétés de Jeavis. Ce dernier n'avait visiblement pas renoncé à l'idée que Beck cachait un secret honteux qui l'avait poussé à assassiner Prudence Barrymore.

Callandra s'interrogeait sur ce qu'elle dirait à Kristian tandis qu'elle remontait le couloir de l'hôpital, le cœur battant et la bouche sèche. Elle songea qu'elle pourrait lui demander s'il avait rencontré Monk et le rassurer sur les talents de ce dernier en évoquant ses succès passés. C'était un peu tiré par les cheveux, mais l'inaction la faisait décidément trop souffrir. Elle avait besoin de voir le chirurgien et de mettre tout en œuvre pour calmer ses appréhensions. A maintes reprises, elle avait imaginé l'état d'esprit dans lequel il devait affronter Jeavis chaque fois que ce dernier revenait à la charge avec ses insinuations et ses petits yeux noirs perçants. Comment se défendre et protester de son innocence face à des soupçons irrationnels nés de la conviction qu'un être différent ne pouvait être honnête ?

Elle avait atteint le cabinet de Kristian. Elle prit sa respiration et frappa un petit coup à la porte. Un son lui parvint, une voix peut-être, mais elle ne distingua pas la réponse. Hésitante, elle poussa doucement la porte et jeta un coup d'œil à l'intérieur.

La scène qu'elle découvrit la frappa de plein fouet. La large table qui servait d'ordinaire de bureau avait été tirée au centre de la pièce et une jeune femme y était allongée de tout son long. La poitrine était couverte d'un drap blanc, mais l'abdomen et le haut des cuisses apparaissaient clairement. A côté, reposaient d'innombrables linges imbibés de sang. Sur le sol, un seau était recouvert d'un morceau de tissu qui empêcha Callandra d'en distinguer le contenu. Elle avait vu assez d'opérations dans son existence pour identifier les flacons et les réservoirs d'éther, ainsi que les divers instruments utilisés pour l'anesthésie.

Kristian lui tournait le dos, mais elle l'aurait reconnu entre mille à la ligne de ses épaules et à ses boucles qui retombaient sur la nuque.

Elle reconnut aussi la femme endormie, d'après le portrait qu'Hester lui avait brossé. Elle avait les cheveux noirs, les sourcils foncés et bien dessinés, ainsi qu'un petit grain de beauté en haut de la joue. Marianne Gillespie ! La conclusion s'imposait d'elle-même : Sir Herbert avait refusé d'accéder à sa requête, mais pas Kristian ! Ce dernier était en train de pratiquer un avortement illégal.

Plusieurs secondes durant, Callandra demeura incapable du moindre mouvement. Kristian ne semblait pas l'avoir entendue. Concentré, il travaillait par gestes rapides et précis tandis que ses yeux revenaient sans cesse au visage de la patiente, vérifiant la couleur de la peau et la régularité de la respiration.

Callandra parvint enfin à se ressaisir. Elle recula d'un pas, referma sans un bruit la porte devant elle. Son cœur battait si violemment que son corps tout entier vibrait et qu'elle respirait avec peine. L'espace d'un instant, elle crut qu'elle allait étouffer.

Une infirmière passa près d'elle, chancelant sous l'effet de la fatigue, et Callandra se sentit prise de vertiges, tout aussi incapable de garder son équilibre. Les paroles d'Hester lui revenaient en mémoire comme autant de coups de marteau. La fille de Sir Herbert était allée voir un avorteur qui l'avait mutilée, opérée si maladroitement qu'elle ne serait plus jamais une femme comme les autres et ne connaîtrait pas un jour sans douleur.

Était-il arrivé à Kristian de mal exécuter une opération, lui aussi ? Et était-il possible que ce fût vers lui que s'était tournée la fille de Sir Herbert ? Tout comme Marianne aujourd'hui ? Ce Kristian si drôle, si doux et si sage, ce Kristian avec lequel elle avait partagé tant de moments complices, qui comprenait à demi-mot ses peines et ses rires, dont elle voyait le visage dès qu'elle fermait les yeux, qu'elle avait envie de toucher tout en sachant qu'elle ne devait pas succomber à cette tentation, au risque de franchir la frontière entre ce qui restait un amour acceptable et ce qui ne l'était plus...

Se pouvait-il que cet homme qu'elle croyait connaître fût celui qui pratiquait des opérations comme celle qu'elle venait de surprendre ? Et peut-être d'autres encore, bien pires ? Cette pensée lui donnait la nausée, mais elle ne parvenait pas à la chasser de son esprit.

Soudain, une idée plus hideuse encore l'effleura : et si Prudence Barrymore avait été au courant ? N'était-ce pas cela qu'il l'avait suppliée de garder pour elle ? Dans ce cas, les autorités auxquelles elle menaçait de s'adresser n'étaient pas seulement le conseil d'administration de l'hôpital, mais la police... Avait-il tué Prudence pour s'assurer son silence ?

Callandra s'appuya contre le mur, submergée par la détresse. Son cerveau refusait désormais de fonctionner. Et elle n'avait personne vers qui se tourner. Monk lui-même ne pouvait plus faire office de confident. C'était là un fardeau qu'elle devrait porter en silence, seule. Sans bien se rendre compte de l'énormité de sa décision, elle résolut d'endosser une partie de la culpabilité avec Kristian.

CHAPITRE VI

Plus les jours passaient, plus la routine hospitalière pesait à Hester. La jeune femme obéissait à Mrs. Flaherty parce qu'elle n'avait pas le choix, mais il lui fallait se faire violence pour ne pas répondre vertement. Plus d'une fois, elle modifia la fin d'une phrase en cours afin de lui ôter son venin. Seul le souvenir de Prudence Barrymore lui permettait de tenir bon.

Elle n'avait pas très bien connu l'infirmière. Le champ de bataille était trop vaste, trop confus, trop plein de souffrance et de violence pour autoriser les rencontres si l'on n'avait pas l'occasion de travailler ensemble. Une fois seulement, le hasard avait amené Hester à côtoyer Prudence, un souvenir qui restait gravé dans sa mémoire de façon indélébile. C'était en novembre 1854, juste après la bataille d'Inkerman. Un peu moins de trois semaines s'étaient écoulées depuis la bataille de Balaklava et le massacre de la brigade légère dans sa charge suicidaire, sous les tirs russes. Il régnait un froid piquant et, avec la pluie persistante, les hommes avaient de la boue jusqu'aux genoux. Leurs tentes étaient percées et ils dormaient dans l'humidité et la saleté. Tous leurs vêtements ou presque étaient déchirés, mais ils n'avaient rien pour les repriser. Et, bien sûr, ils étaient loin de manger à leur faim, car le ravitaillement arrivait au compte-goutte. L'anxiété et les exercices incessants ajoutaient encore à leur état d'épuisement.

Le siège de Sébastopol ne menait à rien. Les Russes s'établissaient de plus en plus solidement dans leurs positions et l'hiver approchait à grands pas. Hommes et chevaux mouraient de froid, de faim, de blessures, et surtout de fièvre.

C'est alors qu'avait éclaté la bataille d'Inkerman. Dès le départ, les troupes britanniques avaient eu du fil à retordre. Elles avaient fini par se résoudre à appeler l'état-major français à la rescousse et trois bataillons de zouaves et d'Algériens avaient bientôt surgi au pas de course, jouant du clairon et lançant des encouragements en arabe. Dès lors, l'assaut s'était transformé en débâcle. Sur les quarante mille Russes, plus d'un quart furent tués, blessés ou faits prisonniers. Les Britanniques, pour leur part, perdirent six cents hommes, les Français cent trente environ, avec trois fois plus de blessés. Le combat se déroula dans un brouillard mouvant et c'était souvent par hasard que les hommes se retrouvaient nez à nez avec l'ennemi, lorsqu'ils ne tombaient pas, dans la confusion, sous les balles des soldats de leur propre camp.

Toutes ces scènes demeuraient encore très présentes dans l'esprit d'Hester. Tandis qu'elle officiait dans la grande salle de malades du Royal Free Hospital, elle n'avait même pas besoin de fermer les yeux pour les revoir, pour éprouver le froid glacial du champ de bataille, entendre les bruits, les hurlements et les gémissements, les cris de douleur aussi. Trois jours après l'affrontement, les équipes affectées aux inhumations travaillaient encore. Hester revoyait dans ses rêves les silhouettes pliées en deux, luttant contre le vent qui déferlait, pioche à la main, progressant difficilement dans la boue, s'arrêtant pour soulever un cadavre figé dans une position violente, défiguré par la terreur ou affreusement mutilé par une baïonnette. Quatre mille Russes, sinon plus, se trouvèrent ainsi entassés dans des fosses communes.

Et l'on continuait de découvrir des blessés, à demi ensevelis dans la boue mêlée de végétation, criant avec ce qui leur restait de force pour ne pas être oubliés.

Les chirurgiens, quant à eux, travaillaient sous les tentes médicales et donnaient le meilleur d'eux-mêmes pour sauver les vies. Et cependant, lorsqu'on se relevait de la table d'opération, c'était souvent pour trouver la mort dans une charrette, au cours de l'interminable trajet jusqu'aux bateaux, ou encore en mer, avant l'arrivée à Scutari, où bien des survivants capitulaient sur leur lit d'hôpital, dévorés par la fièvre ou la gangrène.

Hester se souvenait des odeurs et de l'épuisement, de la lumière glauque des lanternes qui se balançaient, baignant de jaune les visages des chirurgiens qui, un couteau ou une scie à la main, s'efforçaient de ne pas perdre de temps. Car dans une opération, la rapidité était le maître mot. On disposait rarement du temps nécessaire pour s'offrir le luxe du chloroforme, à supposer que celui-ci fût disponible. D'ailleurs, beaucoup de blessés préféraient le « stimulant » d'une lame bien employée au glissement silencieux dans la mort qu'évoquaient les anesthésiques.

Hester se rappelait ces innombrables visages d'hommes, livides, hagards, tordus par la souffrance, conscients des mutilations qui les attendaient, ce rouge qui dominait, avec l'odeur chaude du sang qui recouvrait tout, et l'amoncellement des membres amputés, tout près de l'entrée de la tente, dans la boue.

Elle revoyait le visage de Prudence Barrymore, son regard intense, ses lèvres crispées par l'émotion, ses joues et son front qu'elle avait maculés de sang en repoussant des mèches qui lui retombaient sur les yeux. Toutes deux avaient travaillé dans une entente silencieuse, trop épuisées pour se parler quand un regard suffisait. Ni l'une ni l'autre n'éprouvait le besoin d'exprimer des émotions si totalement partagées.

C'était autre chose que de l'amitié, à la fois plus et moins que cela. Partager une telle expérience créait des liens qui ne ressemblaient à rien d'autre et qu'il eût été impossible de faire comprendre à une tierce personne. Car il n'existait pas de mots pour traduire la sensation physique qu'inspirait l'horreur, ni l'exaltation et le désespoir dans lesquels on se trouvait plongé tour à tour.

A l'idée que Prudence s'en était allée, Hester ressentait un extraordinaire sentiment de solitude, doublé d'une violente colère lorsqu'elle songeait à la façon dont cette vie s'était achevée.

A l'hôpital, elle commençait à connaître les infirmières, avec lesquelles elle bavardait à la moindre occasion. Souvent, il lui suffisait d'écouter. Ses collègues avaient peur. Dans les débuts, le nom de Prudence surgissait sans cesse dans les conversations. Pourquoi avait-elle été assassinée ? Y avait-il dans l'hôpital un fou en liberté et se pouvait-il que l'une d'elles en fût la prochaine victime ? Inévitablement, revenaient des récits d'ombres sinistres entrevues dans des couloirs déserts, de cris étouffés suivis de silences mortels. Tous les membres du personnel masculin ou presque faisaient l'objet de spéculations.

Hester se trouvait à la blanchisserie en compagnie de quelques autres infirmières. La journée touchait à sa fin et les immenses machines étaient redevenues silencieuses. Il ne restait plus qu'à plier les draps et à les empiler.

— Comment était-elle ? interrogea la jeune femme d'un ton naturel.

— Un vrai gendarme, lui répondit une collègue obèse et fatiguée, dont le nez orné de couperose en disait long sur son goût pour le gin. Toujours à nous dire ce qu'y fallait faire ou pas faire ! Elle se croyait tout permis parce qu'elle avait été en Crimée. Des fois, elle disait même aux docteurs ce qu'ils avaient à faire ! Ça les rendait dingues, pour sûr ! conclut-elle avec un large sourire édenté.

Les rires fusèrent autour d'elle. Visiblement, quel qu'eût été le degré d'impopularité de Prudence, les médecins étaient vus sous un angle plus négatif encore et, à chaque algarade, c'était du côté de l'infirmière que les femmes, amusées, se rangeaient d'un commun accord.

— C'est vrai ? fit Hester. Mais elle ne se faisait jamais remettre à sa place ? Elle a eu de la chance de ne pas être renvoyée !

— Oh, pas elle ! s'exclama en riant une autre infirmière, les mains dans les poches. Elle se prenait pour un chef, d'accord, mais elle avait pas son pareil pour s'occuper des salles et donner les soins aux malades. Elle en savait même plus que Mrs. Flaherty. Sauf que si vous lui répétez que je vous ai dit ça, j'vous jure que je vous arrache les yeux !

— Espèce d'abrutie, rétorqua la première infirmière, qui est-ce qui irait parler à cette pisse-vinaigre ? Mais si tu veux mon avis, moi, chuis pas sûre qu'elle était si calée que ça ! Elle s'y croyait, c'est tout !

— Ah si, pour être calée, elle était calée ! s'indigna la seconde, prête à se fâcher pour de bon. Tu sais pas combien de vies elle a sauvées là-bas, dans ce pays pourri. Paraît même que ça puait moins quand elle était passée...

— Ça puait moins ! s'esclaffa une rousse qui devait mesurer un bon mètre quatre-vingts. Non mais, vous croyez qu'elle était où, dans une baraque de gentlemen ? N'importe quoi ! N'empêche que ce qui est sûr, c'est qu'elle se prenait pour une lady, ça, c'est vrai. Elle se croyait trop bien pour bosser à côté de filles comme nous. Elle s'voyait déjà docteur, la pauvre ! Elle avait pas toute sa tête, pour sûr ! Elle aurait dû écouter Sa Grâce là-dessus !

— Qui ? Sir Herbert ?

— Évidemment, Sir Herbert ! Qui d'autre ? Sûrement pas le brave petit Teuton. Lui, y vient d'ailleurs et il a de drôles d'idées. Moi, ça m'étonnerait pas que ce soit lui qui l'a zigouillée. D'ailleurs, c'est ce qu'y disent, les cognes.

A ces mots, Hester fit mine de s'étonner.

— Ah bon ? Mais pourquoi ? Enfin, est-ce que ça ne pourrait pas être n'importe quel autre ?

Tous les regards convergèrent vers elle.

— Qu'est-ce que vous voulez dire par là ? demanda la rousse, les sourcils froncés.

— Eh bien, qui se trouvait là au moment où elle a été tuée ?

Les femmes, autour d'elle, la dévisageaient. Visiblement, l'idée dérangeait.

— Mais quoi ? Les docteurs et tout ça ?

— Bien sûr, elle veut dire les docteurs et tout ça, affirma la grosse femme, catégorique. Elle croit quand même pas que c'est l'une de nous qui a fait le coup ! Moi, si je devais supprimer quelqu'un, ce serait mon jules, et sûrement pas une infirmière, même si elle pète plus haut que son cul ! Qu'est-ce que j'en ai à faire, de cette fille ? J'ai jamais voulu sa mort, à cette pauvre vieille, même si je vais pas pleurer sur elle...

— Et ça ne pourrait pas être le trésorier ou l'aumônier ? s'enquit Hester de son ton le plus naturel. Est-ce qu'ils l'appréciaient ?

La femme haussa les épaules.

— Qu'est-ce qu'on en sait ? Pourquoi est-ce qu'y s'occuperaient d'elle, d'abord ?

— Hé ! Elle était pas vilaine ! fit remarquer la plus âgée de toutes. Et s'ils courent après Mary Higgins, j'vois pas pourquoi y z'auraient pas pu courir après celle-là !

— Qui court après Mary Higgins ? interrogea Hester en songeant que cette dernière devait être une infirmière.

— Le trésorier, répondit une jeune fille avec un haussement d'épaules. Il en pince pour elle, c'est vrai.

— L'aumônier aussi, renchérit une autre avec un petit rire. Ce vieux porc ! Il vient la peloter dès qu'elle lui passe à portée de main et il l'appelle *chérie*. Remarquez, j'vois pas pourquoi il aurait pas fait pareil avec Prudence Barrymore, quand on y pense ! Peut-être même qu'il a voulu aller trop loin et qu'elle lui a dit qu'elle allait l'dénoncer ? Il a très bien pu l'étrangler.

— Mais est-ce qu'il aurait pu être là si tôt le matin ? fit remarquer Hester, dubitative.

— Oui, répondit la grosse infirmière, sûre de son fait. Il était resté toute la nuit parce qu'y avait un type important en train de casser sa pipe. Il était là. Alors après tout, c'est peut-être lui, et pas le petit Teuton. Et puis, le patient a fini par y passer, ajouta-t-elle. Ce qui était une surprise. Tout le monde croyait qu'on allait le tirer d'affaire.

Hester assista à plusieurs conversations de ce type tandis qu'avec ses collègues elle balayait ou rangeait les salles, enroulait des bandages, vidait des seaux ou faisait les lits. Elle finit par savoir où chacun ou presque se trouvait à sept heures le matin de la mort de Prudence Barrymore, sans pour autant en déduire le moindre indice quant à l'identité de l'assassin. On dissertait beaucoup, en outre, sur les mobiles possibles de chaque « suspect », mais ces commentaires se révélaient fielleux et sans réels fondements.

Lorsqu'elle croisa John Evan, cependant, Hester lui rapporta scrupuleusement tout ce qu'elle avait entendu, profitant d'un bref moment de tête-à-tête dans l'une des petites annexes où l'on entreposait les médicaments. Mrs. Flaherty venait d'en ressortir en confiant à Hester une immense pile de bandages à enrouler et Sir Herbert, parti déjeuner, ne devait pas rentrer avant une bonne demi-heure.

Evan s'assit sur un coin de table et posa les yeux sur les doigts de son interlocutrice, qui s'activaient sur le tissu blanc.

— En avez-vous déjà parlé à Monk ? interrogea-t-il.

— Je ne l'ai pas revu depuis dimanche.

— Que fait-il en ce moment ?

Il parlait d'un ton léger, mais ses yeux noisette fixaient Hester d'un regard franc.

— Je ne sais pas, répondit-elle en reposant un rouleau sur la table. Il m'a dit qu'il souhaitait en apprendre davantage sur certains administrateurs de l'hôpital. Il se demandait si, par hasard, l'un d'eux n'avait pas entretenu de relations, quelles qu'elles soient, avec Prudence ou sa famille. Ou peut-être quelqu'un d'ici l'avait-il rencontrée en Crimée...

Evan émit une sorte de grognement et promena son regard autour de lui, détaillant les récipients remplis d'herbes séchées, les flacons colorés et les bouteilles de vin ou d'alcool employé en chirurgie. Il semblait contrarié.

— C'est une éventualité à laquelle nous n'avons pas songé de notre côté, déclara-t-il enfin. Mais, de toute façon, je sais que Jeavis n'a aucune envie de fouiller de ce côté-là. Il a tendance à privilégier la simplicité et il a souvent raison. Runcorn n'approuverait pas qu'il aille importuner les notables, sauf s'il n'a plus le choix. Monk croit-il que le mobile est personnel ?

Elle se mit à rire

— Il ne me l'a pas dit, répondit-elle. Ce pourrait être n'importe qui. Il semble que l'aumônier soit resté toute la nuit à l'hôpital... tout comme le Dr Beck...

Evan releva brusquement la tête.

— L'aumônier ? Je ne savais pas. Il ne nous l'a pas dit lorsque nous l'avons interrogé. Quoique, pour être honnête, je ne suis pas sûr que Jeavis lui ait posé la question. Il s'est davantage intéressé à l'opinion que cet homme avait de la victime et il lui a demandé quels sentiments Miss Barrymore inspirait à son entourage.

— Et qu'a-t-il répondu à cette dernière question ?

Il sourit, amusé. Il savait que son interlocutrice rapporterait à Monk le moindre de ses propos.

— Rien de passionnant, commença-t-il. Mrs. Flaherty ne la portait pas dans son cœur, mais cela ne surprend personne. Les autres infirmières semblaient tout juste la tolérer, elles avaient peu de choses en commun avec elle. Deux ou trois d'entre elles, parmi les plus jeunes, lui vouaient toutefois une réelle admiration, enfin, le genre de vénération que l'on porte aux héros... L'un des étudiants en médecine aussi, mais celui-là, elle ne l'a jamais encouragé à persévérer dans ce sens. Il y en a un autre, en revanche, un grand blond avec des cheveux qui lui retombent sur le front, qui ne l'aimait pas. Il trouvait qu'elle avait des ambitions qui ne convenaient pas à une femme. C'est un garçon arrogant, à mon goût, ajouta-t-il en regardant Hester. D'ailleurs, il ne nous apprécie pas beaucoup non plus, nous autres de la police. Il n'hésite pas à nous faire clairement comprendre que nous gênons ceux qui travaillent vraiment, dont il fait bien sûr partie...

— Vous ne l'aimez guère, fit remarquer Hester en

s'emparant d'une nouvelle pile de bandages. Mais se trouvait-il à l'hôpital ce matin-là ?

— Malheureusement, non. Et l'admirateur de Prudence non plus.

— Qui était là, alors, à votre connaissance ?

— A peu près la moitié des infirmières, le trésorier, le Dr Beck, Sir Herbert, deux étudiants nommés Howard et Cantrell, Mrs. Flaherty, Sir Donald MacLean, qui est un administrateur, et Lady Ross Gilbert, administratrice elle aussi. Et puis, il faut dire que les portes de l'hôpital étaient grandes ouvertes, si bien que n'importe qui a pu venir de l'extérieur et ressortir sans être inquiété. Cela ne nous aide guère, n'est-ce pas ?

— Non, admit-elle. Mais d'un autre côté, il ne faut jamais compter sur le hasard quand on mène une enquête.

— L'efficacité avant tout, hein ? s'exclama-t-il en riant. J'allais oublier que vous étiez le bras droit de Monk !

Furieuse, Hester allait protester qu'elle n'était le bras droit de personne, et encore moins celui de Monk, lorsque la maigre silhouette de Mrs. Flaherty se profila dans l'embrasure de la porte. La surveillante avait les joues rouges et les yeux brillants de colère.

— Mais qu'est-ce qui vous prend donc, Miss Latterly, de rester là à discuter avec ce jeune homme ? Je vous rappelle que vous êtes toute nouvelle ici, et vous avez beau avoir certains amis haut placés, je vous signale que nous avons des principes moraux très rigoureux et que si vous ne les respectez pas, vous serez renvoyée sur-le-champ !

Ces mots inspirèrent tout d'abord une immense colère à Hester, qui comprit aussitôt l'absurdité du reproche que l'on venait de lui adresser.

— Je suis de la police, Mrs. Flaherty, intervint froidement Evan en se redressant. J'étais en train d'interroger Miss Latterly et elle a l'obligation de me répondre, tout comme l'ensemble du personnel de cet hôpital s'il souhaite contribuer à la justice plutôt que se voir accusé d'y faire obstruction.

Les joues de Mrs. Flaherty virèrent à l'écarlate.

— Balivernes, jeune homme ! s'écria-t-elle. Cette infirmière n'était même pas là lorsque la malheureuse Miss Barrymore a rendu l'âme. Si vous n'avez pas encore compris cela, vous êtes désespérément incompétent et je me demande bien à quoi l'on vous paie !

— Bien sûr que je le sais ! rétorqua Evan, furieux. C'est précisément parce qu'elle ne peut être coupable que ses observations nous sont précieuses !

— Ses observations de quoi ? Comme je viens de vous le dire, jeune homme, elle n'était pas là. Que pourrait-elle avoir vu ?

Evan adopta un ton de patience infinie.

— Mrs. Flaherty, expliqua-t-il, il y a sept jours, quelqu'un a étranglé l'une de vos infirmières et jeté son corps dans la goulotte à linge. Un tel acte n'est pas le fait d'un malade mental. Celui qui l'a accompli avait un mobile puissant, quelque chose qu'il faut rechercher dans son passé. De même, le souvenir de son forfait et la peur d'être découvert ont des répercussions dans son comportement actuel. Il y a beaucoup à observer, pour peu que l'on possède les capacités pour le faire.

Mrs. Flaherty grommela une vague réponse et se tourna vers Hester, qu'elle dévisagea un instant avant de considérer de nouveau Evan. Puis, sans rien ajouter, elle pivota sur les talons et s'éloigna à grands pas. Evan sembla hésiter entre colère et hilarité.

— Toutes mes excuses, déclara-t-il. Il n'était pas dans mes intentions de compromettre votre réputation. Cette idée ne m'était même pas venue à l'esprit.

— A moi non plus, avoua Hester en rougissant légèrement. Peut-être vaudrait-il mieux nous rencontrer à l'extérieur de l'hôpital désormais, si nous devons nous parler de nouveau ?

— Et nous arranger également pour le faire à l'insu de Jeavis, renchérit-il. Il n'apprécierait pas de me voir solliciter aide et réconfort chez l'ennemi.

— L'ennemi ? Est-ce moi, l'ennemi ?

— Oui, par extension, répondit-il en enfonçant les mains dans les poches. Runcorn éprouve toujours la même aversion pour Monk et il ne cesse de répéter que Jeavis vaut mille fois mieux que lui. Seulement, les hommes continuent de parler de Monk et Jeavis n'est pas un imbécile. Il sait très bien pourquoi Runcorn le préfère et il est bien décidé à faire ses preuves pour terrasser le fantôme de Monk. Même si rien n'est moins certain, ajouta-t-il avec un sourire. Runcorn n'est pas près d'oublier toutes ces années où Monk le talonnait, toutes ces fois où Monk a eu raison quand lui-même avait tort, toutes ces petites choses, le mépris tacite, les costumes mieux coupés, la voix plus assurée... Et ne serait-ce que ses innombrables tentatives d'humilier Monk sans jamais y parvenir vraiment. J'ai parfois l'impression qu'il a envie de le voir revenir, juste pour pouvoir lui damer le pion une bonne fois pour toutes et savourer enfin une victoire.

— Eh bien ! s'exclama Hester en finissant d'enrouler le dernier bandage, dont elle fixa l'extrémité avec une épingle. Pauvre inspecteur Jeavis !

Elle plaignait réellement ce dernier et, d'une façon différente, Runcorn, mais elle ressentait aussi une vive satisfaction en songeant à Monk. Elle ne sourit pas franchement, mais ne fut pas loin de le faire. D'abord surpris de sa réaction, Evan parut soudain comprendre et il considéra la jeune femme d'un regard empreint de douceur.

— Bon, dit-il, je ferais bien d'aller voir l'aumônier maintenant. Merci, Hester, ajouta-t-il avec un petit signe de tête.

Cet après-midi-là, Hester fut désignée pour assister Sir Herbert dans une intervention chirurgicale. Ce fut une robuste infirmière à la carrure impressionnante qui la prévint, une femme aux traits grossiers et au regard surprenant. Hester l'avait croisée à plusieurs reprises déjà, éprouvant à chaque fois un vague sentiment de malaise à sa vue, mais elle ne s'était jamais attardée sur l'étrangeté de ses yeux, dont l'un était bleu et l'autre vert d'eau. Comment ce détail avait-il pu lui échapper jusque-là ?

Sans doute la force virile que dégageait ce corps puissant lui avait-elle fait une si forte impression qu'elle ne s'était pas attardée sur le reste. Hester se souvenait néanmoins du nom de cette infirmière : elle s'appelait Dora Parsons.

— Sir Herbert a demandé à vous avoir ! lança celle-ci d'un ton dur.

Hester reposa le panier de linge qu'elle portait.

— Où donc ? interrogea-t-elle.

— Dans son cabinet, pardi ! A ce que je vois, c'est vous qui prenez sa place, hein ? En tout cas, ça vous plairait bien !

— La place de qui ?

Le large visage de la femme se durcit en une grimace méprisante.

— Vous avez pas intérêt à faire la fière avec moi, vous ! C'est pas parce que vous étiez là-bas en Crimée qu'y faut croire que vous avez tout gagné ici, parce que ça va pas se passer comme ça, c'est moi qui vous l'dis ! Pas la peine de vous donner des grands airs comme si vous étiez trop bien pour nous autres ! conclut-elle en crachant par terre pour donner plus de poids à ses paroles.

— J'imagine que vous parlez de Miss Barrymore, rétorqua Hester d'un ton glacial malgré les vives craintes qu'elle éprouvait.

— Évidemment, *je parle de Miss Barrymore*, répondit-elle en singeant la voix d'Hester. Y a beaucoup d'autres infirmières qui ont fait la Crimée, ici ?

— Ça, vous devez le savoir mieux que moi, répliqua Hester. A vous entendre, j'imagine que vous ne l'aimiez pas beaucoup, hein ?

— J'étais pas la seule ! Alors faut pas aller essayer de me faire porter l'chapeau, sinon, j'vous jure que j'aurai vot' peau.

Elle couvrit Hester d'un regard mauvais.

— Je pourrais briser vot' petit cou plein d'os en moins de deux, c'est moi qui vous l'dis ! conclut-elle.

— Et vous n'auriez même pas besoin d'aller le confesser ensuite à la police, répliqua Hester en maîtrisant sa voix avec peine. Votre culpabilité crèverait les yeux.

Même le plus stupide des brigadiers ne pourrait pas s'y tromper. Cela vous arrive souvent, de briser le cou des gens qui vous ennuient ?

Dora ouvrit la bouche pour répondre, puis dut comprendre qu'elle courait tout droit dans un piège.

— Bon, vous allez chez Sir Herbert ou j'y dis que vous avez mieux à faire ?

— J'y vais.

Hester contourna soigneusement l'énorme femme et sortit en hâte de la pièce pour remonter le corridor, consciente du bruit métallique de ses talons sur le sol. Elle atteignit la porte de Sir Herbert et frappa vivement, comme si Dora Parsons se trouvait à ses trousses.

— Entrez ! fit la voix péremptoire de Sir Herbert.

Elle s'exécuta aussitôt. Le chirurgien était assis à son bureau, plusieurs documents étalés devant lui. Il leva les yeux.

— Ah... Miss... euh, Latterly. Vous êtes l'infirmière de Crimée, c'est bien cela ?

— Oui, Sir Herbert.

Elle se tenait très droite, les mains nouées derrière elle en une attitude respectueuse.

— Bien, déclara-t-il d'un ton satisfait en pliant quelques feuilles qu'il repoussa sur le côté de la table. J'ai une opération délicate à réaliser sur une personnalité assez importante. Je voudrais que vous m'assistiez et que vous vous chargiez de ce patient après l'opération. Je ne peux pas être partout à la fois. J'ai lu plusieurs théories nouvelles sur le sujet. Très intéressantes. Mais, bien sûr, ajouta-t-il avec un sourire, je ne vous demande pas de vous préoccuper du mode opératoire.

Il s'interrompit, comme s'il s'attendait à une réponse. Bien que très intéressée, la jeune femme opta pour la prudence. Ce n'était pas le moment de risquer le renvoi. Elle donna la réponse qu'en toute logique le chirurgien devait attendre d'elle.

— Je ne pense pas que cela entre dans mes compétences, docteur, répondit-elle. Même si, bien sûr, je suis sûre que cela a de l'importance et que, tôt ou tard, je serai sans doute amenée à apprendre.

Les petits yeux vifs traduisirent une évidente satisfaction.

— Bien sûr, Miss Latterly. En temps utile, je vous dirai tout ce que vous devrez savoir pour prendre soin de mon patient. Vous manifestez là une attitude très appropriée, je vous en félicite.

Elle se mordit la lèvre pour ne pas répondre, mais ne put se résoudre à le remercier pour le compliment.

A présent, le chirurgien la considérait, dans l'expectative.

— Voulez-vous que j'aille voir le patient avant qu'il n'entre en salle d'opération ? interrogea-t-elle.

— Non, ce ne sera pas nécessaire. Mrs. Flaherty est en train de le préparer. Dites-moi, logez-vous dans le dortoir des infirmières ?

— Oui.

C'était un sujet douloureux. Hester détestait la vie en communauté, les deux rangées de lits dans la longue salle, l'absence d'intimité, de silence. Les autres femmes ne se gênaient pas pour faire du bruit et les irruptions, le va-et-vient et les bavardages entrecoupés de rires constituaient un brouhaha incessant. Hester devait faire sa toilette dans l'un des deux grands lavabos, mangeait tout juste de quoi subsister, avant et après ses douze interminables heures de travail quotidiennes. A vrai dire, seul le souvenir de Prudence Barrymore l'aidait à supporter ces conditions.

— Parfait !

Sir Herbert souriait. Ainsi éclairé, son visage semblait différent. Même si elle savait qu'il s'agissait de pure courtoisie, Hester ne put s'empêcher de le trouver plus doux, plus humain que le froid professionnel qu'il était d'ordinaire.

— Nous avons quelques infirmières qui demeurent chez elles, mais cela n'est pas satisfaisant pour le service, surtout lorsqu'elles doivent s'occuper d'un patient qui nécessite une attention permanente. S'il vous plaît, veillez à vous rendre disponible à deux heures précises. A tout à l'heure, Miss Latterly.

— Merci, Sir Herbert, répondit-elle avant de ressortir.

L'opération la captiva. Plus de deux heures durant, elle oublia son aversion de l'hôpital, et même Prudence Barrymore. Le chirurgien avait entrepris d'extraire des calculs de l'abdomen d'un gentleman bien en chair qui avait largement passé la cinquantaine. Hester ne voyait pas le visage du malade, mais le ventre pâle, gonflé par un penchant évident pour la bonne chère, puis les couches successives de graisse dans lesquelles Sir Herbert plongea son couteau pour mettre les organes à nu la fascinèrent. Le fait que le patient pût être anesthésié rendait la précipitation inutile. Ce confort opératoire et la conscience qu'elle avait de la douleur presque intolérable que ces calculs avaient dû infliger au patient créèrent chez la jeune femme un état quasi euphorique.

Elle observait les mains fines de Sir Herbert avec une admiration proche du respect. Ce dernier avait des doigts habiles et puissants qui se mouvaient avec rapidité, mais sans hâte. Pas une fois, il ne parut perdre son intense concentration ni manquer de patience. Sa dextérité dégageait une sorte de beauté qui accaparait l'esprit d'Hester tout entier. Et la jeune femme sentait qu'autour d'elle les étudiants suivaient les gestes de leur maître avec la même fascination.

Lorsque Sir Herbert eut enfin terminé, il se redressa, radieux. Il semblait conscient d'avoir opéré avec brio et savait que son patient ne souffrirait plus, désormais. Avec des soins attentifs et un peu de chance, la blessure se refermerait et l'homme se rétablirait.

— Eh bien, messieurs ! lança-t-il avec un sourire. Il y a dix ans, nous n'aurions jamais pu réaliser une si longue intervention. Nous vivons une ère de miracles. La science progresse à pas de géant et la médecine a le vent en poupe. De nouveaux horizons s'ouvrent à nous grâce aux techniques récentes et aux découvertes permanentes. Parfait, Miss Latterly, ajouta-t-il d'une voix moins forte à l'intention d'Hester. Je ne peux plus rien pour lui désormais. A vous de faire le pansement, de surveiller la température et de veiller à ce qu'il ne prenne pas froid. Je viendrai le voir demain.

— Très bien, Sir Herbert.

Cette fois, cette humilité n'était pas feinte, tant l'admiration que ressentait la jeune femme était profonde.

Le patient reprit conscience très lentement et souffrit beaucoup. Non seulement la cicatrice lui faisait mal, mais il était pris de nausées et vomissait continuellement. En outre, Hester craignait à tout moment de le voir arracher les fils de son abdomen. Elle exerçait donc sur lui une surveillance permanente, s'efforçant par tous les moyens dont elle disposait d'atténuer ses tourments et vérifiant sans cesse qu'il ne saignait pas. Elle ne pouvait pas savoir s'il y avait ou non hémorragie interne, sinon en surveillant la température, la moiteur de la peau ou le battement du pouls.

A plusieurs reprises, Mrs. Flaherty passa la voir dans la petite chambre où elle se trouvait. Ce fut à la troisième de ces visites qu'Hester apprit le nom du patient.

— Comment va Mr. Prendergast ? interrogea Mrs. Flaherty avec un froncement de sourcils, tout en baissant les yeux sur le seau recouvert d'une serviette. J'imagine que c'est vide, Miss Latterly ?

— Non, répondit Hester. Le patient a vomi, malheureusement.

Les sourcils clairs de Mrs. Flaherty se levèrent d'étonnement.

— Je croyais que vous autres, infirmières de Crimée, étiez convaincues qu'il ne fallait pas laisser ce genre de choses à proximité des patients ? Faites ce que je dis, mais ne faites pas ce que je fais, c'est ça ?

Hester prit une profonde inspiration pour assener à Mrs. Flaherty une explication qu'elle croyait évidente, puis se souvint *in extremis* des raisons de sa propre présence à l'hôpital.

— J'ai pensé que c'était là un moindre mal, expliqua-t-elle sans oser lever les yeux vers son interlocutrice pour ne rien montrer de sa colère. Mon malade souffre beaucoup et j'ai craint qu'en mon absence il ne soit tenté d'arracher ses points de suture en cas de nouvelle crise. De plus, il n'y a qu'un seul seau et je ne voulais pas risquer qu'il salisse les draps.

Mrs. Flaherty eut un sourire glacial.

— Je vois qu'il vous reste un petit peu de bon sens. C'est bien plus utile que toute l'éducation du monde. Peut-être réussirons-nous à faire de vous une bonne infirmière, ce qui est loin d'être le cas pour beaucoup d'entre vous. A-t-il de la fièvre ? ajouta-t-elle sans laisser à Hester le temps de protester. Comment est son pouls ? Avez-vous vérifié la plaie ? Est-ce qu'elle saigne encore ?

Hester répondit à toutes ses questions, guettant l'occasion de demander à la surveillante de la remplacer quelques minutes pour lui permettre d'aller se restaurer. Depuis que Sir Herbert l'avait fait appeler, juste avant l'opération, elle n'avait rien avalé d'autre qu'un verre de thé. Toutefois, Mrs. Flaherty enchaîna en exprimant une satisfaction modérée, puis sortit sur-le-champ dans un cliquetis de clés. Tout en entendant le son de ses pas décroître dans le couloir, Hester songea que sa supérieure savait pertinemment depuis quand elle se trouvait là, sans s'être accordé davantage que quelques brefs moments de repos destinés à soulager des besoins naturels, et qu'elle en tirait une relative satisfaction.

L'une des petites infirmières qui admiraient Prudence vint frapper à la porte aux environs de dix heures du soir, chargée d'une tasse de thé brûlante et d'un épais sandwich au mouton. Elle referma derrière elle et tendit à Hester ce qu'elle avait apporté.

— Vous devez mourir de faim, lui dit-elle, les yeux brillants.

— Je n'en pouvais plus, acquiesça la jeune femme, reconnaissante. Merci beaucoup.

— Comment va-t-il ?

La nouvelle venue devait avoir à peine vingt ans. Elle était brune et son expression traduisait une bonté mêlée d'impatience.

— Il a très mal, répondit Hester avant de mordre dans le sandwich. Mais son pouls reste régulier, ce qui me porte à croire qu'il ne perd plus de sang.

— Le pauvre ! Mais Sir Herbert est un chirurgien formidable, pas vrai ?

— Oui. Il est vraiment brillant.

Elle but une longue gorgée de thé chaud.

— Vous étiez en Crimée, vous aussi ? reprit la jeune fille, enthousiaste. Vous connaissiez la pauvre Miss Barrymore ? Et Miss Nightingale ?

Elle avait prononcé ce dernier nom d'une voix chargée de respect.

— Oui, répondit Hester, un peu amusée. Je les ai connues toutes les deux. Et aussi Bessie Seacole.

— Bessie Seacole ? demanda l'infirmière en fronçant les sourcils. Qui c'est ?

— C'est l'une des femmes les plus extraordinaires que j'aie jamais rencontrées, affirma Hester.

Elle avait conscience que cette réponse, certes sincère, renfermait une sorte de perversité. Tout en vouant une admiration profonde à Florence Nightingale et à toutes celles qui avaient servi en Crimée, Hester regrettait d'avoir tant entendu vanter les mérites de ces dernières sans qu'on fît jamais mention de cette Jamaïcaine à la peau d'ébène qui avait manifesté autant de générosité et de zèle que les autres. Cette femme au dévouement peu commun dirigeait une pension qui servait de refuge aux malades et aux blessés et soignait la fièvre jaune avec des remèdes ancestraux appris dans ses Antilles natales.

— Ah bon ? fit la jeune fille, pleine de curiosité. J'ai jamais entendu parler d'elle. Pourquoi ? Pourquoi est-ce que les gens ne la connaissent pas ?

— Sans doute parce qu'elle est jamaïcaine, répondit Hester en sirotant son thé. Nous sommes très paroissiaux dans le choix des gens que nous honorons ! Quant à Prudence, ajouta-t-elle en revenant à la réalité présente, je la connaissais également. Elle était courageuse et totalement désintéressée... à l'époque.

— A l'époque ? s'indigna la jeune fille. Qu'est-ce que vous voulez dire ? Prudence était merveilleuse. Et elle savait un tas de choses ! Bien plus que certains docteurs, je crois... Oh !

Elle porta sa main à sa bouche.

— Oh ! reprit-elle, horrifiée. Ne dites à personne que je vous ai dit ça, hein ? Évidemment, elle n'était qu'infirmière...

— Mais elle était très savante ?

Une nouvelle idée, terrible, venait de germer dans l'esprit d'Hester, lui gâchant le plaisir de manger.

— Oh oui ! s'exclama la jeune infirmière, enthousiaste. Je suppose que ça lui venait de toute son expérience. Seulement, elle n'en parlait pas beaucoup. J'aurais bien aimé qu'elle m'apprenne des choses... J'adorais l'écouter raconter... Je suppose, ajouta-t-elle avec un sourire timide, que vous pourriez me raconter le même genre de souvenirs, puisque vous y étiez aussi ?

— Oui, acquiesça Hester. Mais il est parfois difficile de trouver des mots pour traduire quelque chose d'aussi totalement différent de ce que nous vivons ici. Comment décrire les odeurs, les sensations, l'épuisement... et ces sentiments d'horreur, de colère et de pitié qui nous submergeaient ? Il faudrait que je vous fasse voir les choses à travers mon regard, mais c'est impossible. Et quelquefois, quand on ne peut pas faire une chose correctement, il est préférable de ne pas déprécier cette chose en la faisant mal.

— Je comprends.

Les yeux de la jeune fille brillaient de nouveau et, à travers son demi-sourire, on devinait qu'elle venait de lever un voile sur un point qui l'intriguait et la tourmentait depuis longtemps.

Hester prit une profonde inspiration, termina son thé, puis posa la question qui la taraudait.

— Pensez-vous que Prudence avait suffisamment de connaissances médicales pour savoir qu'un des médecins avait commis une erreur... une erreur grave ?

— Euh...

La jeune fille réfléchit. Soudain, elle parut comprendre avec un frisson d'horreur l'hypothèse qu'Hester avait insinuée. Ses yeux s'élargirent.

— Oh non ! s'exclama-t-elle. Oh, mon Dieu ! Vous voulez dire... qu'elle aurait pu en voir un faire une faute, une faute dramatique, et que le docteur en question l'aurait tuée pour l'empêcher de parler ? Mais qui pourrait faire une chose si épouvantable ?

— Quelqu'un qui aurait craint pour sa réputation, suggéra Hester. Si la faute a été fatale...

— Oh ! fit la jeune fille en continuant de dévisager Hester d'un regard affolé.

— Avec qui avait-elle travaillé récemment ? Y aurait-il un médecin dont l'un des malades est décédé de façon inattendue ?

Les yeux de la petite infirmière semblaient rivés au visage d'Hester.

— Juste avant sa mort, elle était surtout avec Sir Herbert. Et elle a travaillé aussi avec le Dr Beck. Et le patient du Dr Beck, ajouta-t-elle d'un ton malheureux, est mort cette nuit-là... Personne s'y attendait. On pensait tous qu'il s'en sortirait. Et puis, Prudence et le Dr Beck s'étaient disputés... Tout le monde sait ça, mais je suis sûre que s'il avait fait quelque chose de travers, elle l'aurait dit. Elle était pas du genre à garder les choses pour elle, à cacher une bourde pour le protéger. Pas elle...

— Alors, si c'est bien ce qui s'est passé, l'erreur a sans doute été commise la veille de sa mort, ou même la nuit qui l'a précédée ?

— Oui.

— Mais le patient du Dr Beck est justement mort cette nuit-là, souligna Hester.

— Oui, concéda la jeune fille à contrecœur.

— Eh bien, récapitulons : avec qui Prudence a-t-elle travaillé cette nuit-là ? Qui se trouvait dans le service ?

La jeune fille hésita un long moment. Le patient, qui ne cessait de s'agiter, s'était découvert. Hester le réinstalla confortablement. Elle ne pouvait guère faire davantage pour lui.

— Eh bien, Sir Herbert était là la veille, reprit son interlocutrice au terme de sa réflexion. Oui, bien sûr, seulement, il est pas resté toute la nuit, ajouta-t-elle en contemplant le plafond. Il ne passe presque jamais la nuit ici. Il est marié, alors... Il paraît que sa femme est très gentille. Et qu'il a sept enfants. Lui, bien sûr, c'est un gentleman, d'une grande famille. Pas comme le Dr Beck... Lui, il est étranger, c'est différent, non ? J'ai pas dit qu'il était pas gentil, attention. Et il est toujours poli. Je l'ai jamais entendu dire un mot de travers. Il reste souvent ici la nuit quand il a des patients qui vont mal. J'veux dire... c'était pas la première fois.

— Et les autres médecins ?

— Le Dr Chalmers était pas là. Çui-là, y vient que l'après-midi. Il travaille ailleurs le matin. Le Dr Didcot était en déplacement à Glasgow. Et pour les étudiants, ils se pointent jamais avant neuf heures du matin. Si vous leur posez des questions, y vous diront qu'ils étaient en train d'étudier, ou quelque chose comme ça, mais moi, j'ai ma petite idée sur la question...

Elle eut un rire étouffé, mais retrouva aussitôt son sérieux et poussa un soupir.

— Et les infirmières ? J'imagine que les infirmières peuvent faire des erreurs, elles aussi, insista Hester. Mrs. Flaherty, par exemple ?

— Mrs. Flaherty ? Oh, là là ! J'avais pas pensé du tout à elle ! En fait... Prudence pouvait pas la sentir, et c'était réciproque. Toutes les deux, je suis sûre qu'elles espéraient qu'une chose : pouvoir chasser l'autre de leur territoire. Seulement, Mrs. Flaherty est vraiment toute petite ! Et Prudence, elle était grande. Elle devait avoir au moins dix centimètres de plus que vous, et peut-être une tête de plus que Mrs. Flaherty.

A ces mots, Hester ressentit une vague déception.

— Mais Mrs. Flaherty était là, n'est-ce pas ?

— Oui... Oui, elle était là. Je m'en souviens bien parce que j'étais avec elle au petit matin.

— Où donc ?

— Dans le dortoir des infirmières. Elle était venue nous sonner les cloches parce qu'on faisait trop de bruit. Elle est restée au moins une heure, à tout inspecter. Je sais qu'elle venait de se disputer avec Prudence, parce que j'avais vu Prudence s'en aller et que Mrs. Flaherty est venue passer sa colère sur les filles du dortoir. J'ai l'impression qu'elle avait pas dû avoir le dernier mot dans la bagarre.

— Alors, vous avez vu Prudence ce matin-là ! s'exclama Hester.

Elle s'efforça de masquer l'excitation qui l'habitait. Il ne fallait pas amener la jeune fille à laisser parler son imagination au lieu de solliciter sa seule mémoire.

— Ah oui, répondit la jeune fille avec assurance.

— Savez-vous quelle heure il était ?

— Six heures et demie. A peu près.

— Dans ce cas, vous devez être l'une des dernières personnes à l'avoir vue vivante, déclara Hester.

Un mélange de crainte et de tristesse marqua le visage de son interlocutrice.

— Est-ce que la police vous a interrogée là-dessus ? s'enquit Hester.

— Euh... pas vraiment. Ils m'ont juste demandé si j'avais vu le Dr Beck ou Sir Herbert.

— Et vous les avez vus ?

— J'ai croisé le Dr Beck dans le couloir des salles de malades. Les policiers m'ont demandé c'qu'y faisait et dans quel état il était. J'ai dit qu'y marchait, tout simplement, et qu'il avait l'air fatigué, comme s'il était resté toute la nuit réveillé, ce qui devait être le cas, d'ailleurs. Mais il avait pas l'air en colère, ni d'avoir peur comme un type qui viendrait de tuer quelqu'un.

— Qui d'autre avez-vous vu ?

— Oh, beaucoup de gens. Il y a plein de monde ici, même à cette heure-là. J'ai vu l'aumônier, et Mr. Plumstead... c'est le trésorier. Je sais vraiment pas ce qu'y faisait là d'aussi bonne heure, lui. Et puis, ajouta-t-elle avec un haussement d'épaules, il y avait aussi un monsieur que j'connaissais pas, bien habillé, chic, avec des cheveux châtains. Il n'avait pas l'air de connaître son chemin. Il est entré dans la salle du linge et en est ressorti aussitôt avec l'air embêté, comme si y savait qu'il avait l'air d'un imbécile. J'ai vu tout de suite que c'était pas un médecin. De toute façon, on n'a pas de médecins de l'extérieur à cette heure. Et il avait l'air un peu en colère, contrarié Pas furieux, mais presque.

Elle se tut et considéra un instant Hester, troublée.

— Vous croyez que ça pourrait être lui ? Il avait pas du tout l'air d'un fou. Il m'a même plutôt fait bonne impression. Le genre grand frère, si vous voyez c'que j'veux dire. J'ai pensé qu'il avait dû venir voir un malade, mais qu'on l'avait pas laissé entrer. Ça arrive des fois, surtout si les gens viennent pas à la bonne heure.

— Vous avez peut-être raison, acquiesça Hester. Était-ce avant que vous ayez vu Prudence ou après ?

— Avant. Mais il a pu attendre dans l'hôpital, non ?

— Oui. A condition qu'il l'ait connue.

— Ça paraît pas tellement probable, hein ? fit la jeune fille tristement. A mon avis, c'est plutôt quelqu'un d'ici qu'a fait l'coup. Elle s'était disputée avec Mrs. Flaherty. La semaine dernière encore, j'ai entendu Mrs. Flaherty jurer qu'il faudrait tôt ou tard que soit Prudence soit elle quitte l'hôpital. Je sais que c'était que de la colère, mais peut-être qu'elle le pensait vraiment.

— Mais vous avez dit que vous aviez vu Prudence après la dispute, avant que Mrs. Flaherty n'arrive au dortoir, où elle est restée une bonne heure, lui rappela Hester.

— Ah oui, c'est vrai... Alors, ça doit pas être elle, déclara-t-elle, visiblement déçue. Remarquez, j'y ai jamais vraiment cru, même si elle détestait Prudence de toutes ses forces. Et puis, elle était pas la seule.

Le patient recommençait à s'agiter. Les deux femmes se turent et le regardèrent. Il émit un petit grognement et sombra de nouveau dans le sommeil.

— Qui d'autre? se hâta de reprendre Hester.

— Qui d'autre la détestait vraiment? Eh bien, y avait Dora Parsons. Celle-là, elle passe son temps à injurier tout le monde! Alors elle, elle aurait pu lui briser les os, et encore plus facilement l'étrangler. Vous avez vu ses bras?

— Oui, fit Hester sans parvenir à réprimer un frisson.

Toutefois, si elle redoutait désormais de croiser Dora Parsons dans un couloir sombre, c'était par crainte d'être brutalisée, non assassinée. La jeune femme avait peine à imaginer qu'une simple aversion éprouvée contre une femme que l'on estimait trop ambitieuse, arrogante ou autoritaire, pût pousser un individu sain d'esprit à commettre un meurtre. Car, malgré sa rudesse, Dora Parsons était une infirmière correcte, dure, mais sans cruauté, dévouée et plutôt patiente avec les malades. Plus Hester y réfléchissait, moins elle croyait Dora capable d'avoir assassiné Prudence sans un mobile plus sérieux qu'une simple haine.

— Oui, reprit-elle, je suis sûre qu'elle a assez de force, mais elle n'avait aucune raison de le faire.

— C'est vrai.

La petite infirmière semblait contrariée d'avoir à reconnaître cela. Elle esquissa néanmoins un sourire.

— Bon, ajouta-t-elle, je ferais mieux d'y aller avant que Mrs. Flaherty revienne et qu'elle me trouve ici. Vous voulez que je vide le seau? Je vais me dépêcher.

— Oh oui, s'il vous plaît. Et merci encore pour le sandwich et le thé.

La jeune fille sourit de nouveau, rougissante, puis saisit le seau et disparut.

La nuit fut longue et Hester dormit peu. Le malade sommeilla pour sa part de façon intermittente, toujours en proie à la douleur, mais, lorsque parurent les premières lueurs du jour, peu avant quatre heures, son pouls battait assez fort et il n'avait presque pas de fièvre. Épuisée, mais satisfaite, Hester transmit avec plaisir les nouvelles de son patient à Sir Herbert, qui vint effectuer sa visite vers sept heures et demie.

— Excellent, Miss Latterly, répondit le chirurgien, à mi-voix pour ne pas être entendu du malade presque conscient. Excellent. Mais nous avons encore un long chemin à parcourir.

Il jeta un coup d'œil vers le lit avec une moue dubitative.

— La fièvre peut se déclarer à tout instant dans les sept ou huit jours à venir, expliqua-t-il. Et elle se révélerait fatale. J'aimerais que vous restiez toutes les nuits auprès de lui. Mrs. Flaherty pourra s'en occuper la journée.

Sur ces mots, il se désintéressa de l'infirmière pour examiner le malade. Hester recula d'un pas et attendit. Concentré, Sir Herbert avait les sourcils froncés et le regard intense tandis que ses doigts se déplaçaient avec dextérité et douceur sur l'abdomen du patient. Il posa une ou deux questions à ce dernier, plus pour s'assurer de sa capacité d'attention que par besoin d'obtenir des réponses, tout juste cohérentes.

— Très bien ! lança-t-il enfin en se redressant. Vous évoluez très bien, monsieur. J'espère vous voir en pleine santé dans quelques semaines.

— Vous croyez ? Vous croyez vraiment ? fit Mr. Prendergast avec un faible sourire. Je me sens au plus bas pour le moment.

— Bien sûr, c'est normal ! Mais cela va passer, je puis vous l'assurer. A présent, je dois aller voir mes autres patients. Les infirmières prendront soin de vous. Au revoir, monsieur.

Il fit volte-face et, se contentant d'un bref signe de tête à l'adresse d'Hester, quitta la pièce de sa démarche digne.

Dès qu'elle fut relevée, Hester sortit à son tour. Elle se dirigeait vers le dortoir des infirmières lorsqu'elle croisa l'imposante Berenice Ross Gilbert. En d'autres circonstances, l'infirmière n'aurait eu aucune raison de ne pas se considérer socialement l'égale de cette femme, même si cette opinion n'eût pas nécessairement été partagée. Toutefois, dans sa robe grise en grossière étoffe et avec le métier qu'elle exerçait, elle se trouvait à son désavantage et en avait douloureusement conscience.

Berenice portait comme à son habitude une tenue magnifique. Les tons de sa robe variaient du rouille au mordoré, avec une touche de rose fuchsia, et la coupe était du dernier cri. Elle adressa un bref sourire à Hester sans toutefois ralentir l'allure. Elle avait parcouru quelques pas lorsque Sir Herbert fit irruption dans le couloir. Le visage du chirurgien s'éclaira dès qu'il la vit.

— Ah ! lança-t-il aussitôt. J'espérais justement vous...

— Bonjour, Sir Herbert, l'interrompit Berenice d'une voix sèche et un tantinet trop forte. Belle journée, n'est-ce pas ? Comment va Mr. Prendergast ? J'ai appris que vous l'aviez opéré avec brio ! C'est une excellente chose pour la réputation de notre hôpital et, bien entendu, pour la médecine anglaise en général. A-t-il passé une bonne nuit ?

Sir Herbert parut des plus surpris. Il faisait face à Berenice et Hester ne distinguait que son profil. Sans doute n'avait-il pas remarqué la jeune femme, qui se tenait dans l'ombre, à une dizaine de mètres du couple. Ce n'était qu'une infirmière, en quelque sorte invisible, et elle ne comptait pas plus qu'un bon serviteur.

— Ma foi, répondit-il, visiblement au comble de l'étonnement, il va très bien pour le moment, mais il est trop tôt pour se prononcer. J'ignorais que vous connaissiez Mr. Prendergast.

— Oh non, mon intérêt n'a rien de personnel.

— Je voulais vous dire que... commença de nouveau Sir Herbert.

— Et bien sûr, le coupa-t-elle encore, je me soucie de la réputation de l'hôpital et de la façon dont vous contribuez à l'améliorer, Sir Herbert. Vous comprenez, la terrible affaire de cette pauvre infirmière... comment s'appelait-elle, déjà ?

— Barrymore ? Mais franchement, Berenice...

— Ah oui, c'est cela, Barrymore. Et il paraît que nous avons une autre infirmière de Crimée, Miss... euh...

Elle se tourna à demi vers Hester, qu'elle désigna du regard.

— Ah... oui, fit Sir Herbert en tressaillant. Oui, il semble que ce soit une bonne acquisition... du moins pour le moment. C'est une jeune femme très compétente. Merci pour vos paroles d'encouragement, Lady Ross Gilbert.

En un geste inconscient, il tira sur les pans de sa veste et se redressa légèrement.

— C'est très généreux de votre part, enchaîna-t-il. A présent, si vous voulez bien m'excuser, mes patients m'attendent. Enchanté de vous avoir rencontrée

Berenice lui adressa un sourire glacial.

— Bien entendu. Bonne journée, Sir Herbert.

Accablée de fatigue, Hester reprit sa progression vers le dortoir avec l'espoir de se reposer une heure ou deux. Elle se sentait capable de dormir malgré le constant va-et-vient et les voix stridentes, même si elle regrettait son intimité perdue. Désormais, la quiétude de sa petite chambre faisait figure de véritable paradis, un luxe dont elle ne soupçonnait pas la valeur du temps où, pleine de regrets, elle comparait le minuscule logement avec la maison familiale, spacieuse, chaleureuse et élégante.

Elle ne dormit pas longtemps et s'éveilla en sursaut en tentant vainement de rappeler à sa mémoire une fugitive impression qu'elle avait eue en rêve. C'était important, elle le savait, mais il lui fut impossible de la retrouver.

A un ou deux mètres de son lit, elle aperçut une infirmière assez âgée qui la regardait fixement. Il lui manquait une large touffe de cheveux sur un côté du crâne.

— Y a l'argousin qu'a demandé à vous voir ! lança sèchement la vieille femme. Çui qu'a des yeux d'loup. Vous avez intérêt à vous grouiller. Il est pas à prendre avec des pincettes !

Puis, ayant fait la commission dont on l'avait chargée,

elle tourna les talons et s'éloigna sans un regard en arrière.

Clignant des yeux et la tête lourde, Hester se leva, tapota un peu sa robe pour atténuer les faux plis et arrangea tant bien que mal sa coiffure. Puis elle alla trouver Jeavis. D'après la description de la femme, il ne pouvait s'agir que de lui.

Elle l'aperçut qui l'attendait devant le bureau de Sir Herbert Stanhope. Il devait savoir où se trouvait le dortoir, car il regardait dans cette direction quand elle en sortit. Elle alla aussitôt à sa rencontre.

— Bonjour, mademoiselle ! lança-t-il avant même qu'elle fût parvenue à sa hauteur, tout en la dévisageant d'un regard curieux. Vous devez être Miss Latterly ?

— Oui, inspecteur. Que puis-je faire pour vous ?

Elle avait parlé trop sèchement, mais quelque chose, dans les manières de cet individu, l'irritait au plus haut point.

— Ah, oui... Vous n'étiez pas là quand Miss Barrymore a trouvé la mort, commença-t-il, comme pour lui-même. Mais j'ai cru comprendre que vous aviez servi en Crimée. Peut-être l'avez-vous connue là-bas ?

— Un peu, en effet.

Elle allait ajouter que si elle avait pu lui apprendre quelque chose d'intéressant, elle serait venue le trouver d'elle-même depuis longtemps, mais elle se ravisa. En prolongeant la conversation, peut-être parviendrait-elle à lui soutirer quelques informations.

— Nous avons travaillé ensemble au moins une fois, expliqua-t-elle.

Elle considéra le regard sombre, presque dénué de sourcils, de son interlocuteur et l'image de l'infirmière chauve lui revint en mémoire. C'était une image cruelle, mais pas totalement inappropriée. L'homme ressemblait à un loup menaçant et doté d'une intelligence supérieure à la moyenne. Peut-être n'était-ce pas une bonne idée de chercher à tricher avec lui.

— Difficile de savoir à quoi ressemblait une femme

quand on ne l'a pas connue de son vivant, expliqua-t-il, pensif. Il paraît qu'elle était plutôt belle. C'est votre avis, Miss Latterly ?

— Oui, répondit-elle, surprise par la question. Oui, elle avait un visage très... très particulier, mais séduisant. Mais elle était assez grande.

Jeavis se redressa.

— C'est vrai. J'imagine qu'elle devait avoir des admirateurs ?

Hester évita délibérément le regard du policier.

— Oh oui ! Pensez-vous que ce soit l'un d'eux qui l'ait tuée ?

— Peu importe ce que nous pensons, répondit-il d'un ton suffisant. Contentez-vous de répondre à mes questions du mieux possible.

Hester se sentit bouillir intérieurement, mais s'efforça de n'en rien laisser paraître. Ce petit homme pompeux l'exaspérait.

— En tout cas, je ne l'ai jamais vue encourager un homme, répondit-elle, les lèvres serrées. Elle ne flirtait pas. Je me demande même si elle aurait su comment s'y prendre.

— Hum... fit Jeavis en se mordant la lèvre. Disons... Lui est-il arrivé de mentionner devant vous le nom de Mr. Geoffrey Taunton ? Réfléchissez bien. J'ai besoin d'une réponse exacte. Et franche.

Hester fit un immense effort pour se contrôler. Elle avait envie de le gifler. Cependant, la conversation pouvait valoir la peine d'être menée à terme, même si ce n'était que pour apprendre un détail infime. Elle leva vers le policier de grands yeux étonnés.

— A quoi ressemble-t-il, inspecteur ?

— Cela n'a aucune importance, mademoiselle, rétorqua-t-il, irrité. Ce que je veux savoir, c'est si elle a mentionné son nom devant vous.

— Elle possédait une photographie.

Hester mentait sans aucun scrupule. A vrai dire, il ne s'agissait que d'un demi-mensonge, car Prudence gardait bel et bien une photographie sur elle : celle de son père.

A l'évidence, la jeune femme avait piqué l'intérêt de Jeavis.

— C'est vrai ? Et comment était l'homme sur cette photographie ?

— Euh...

Hester plissa le front, comme plongée dans une réflexion intense pour trouver les mots justes. Elle voyait mal comment faire progresser les choses dans un sens intéressant.

— Allons, mademoiselle ! Vous devez bien avoir une idée ! la pressa l'inspecteur. Était-ce quelqu'un de rustre ou de raffiné ? De beau ou de laid ? Était-il bien rasé, portait-il une moustache, des favoris, une barbe ? A quoi ressemblait-il ?

— Oh, il n'était pas laid, hasarda-t-elle pour gagner du temps, espérant qu'il oublierait sa prudence. Du genre, euh... c'est difficile à dire...

— Allez !

Elle craignit de le voir perdre tout intérêt si elle tardait plus longtemps à répondre.

— Elle avait tout le temps la photographie sur elle.

Cette fois, Jeavis perdit patience.

— Était-il grand, avec des cheveux raides, des traits réguliers, une bouche assez petite, des yeux clairs, très assuré ?

— Oui ! Oui, c'est exactement cela ! s'exclama Hester, feignant le soulagement. Est-ce lui ?

— Ce n'est pas votre problème. Ainsi, elle portait cette photographie sur elle en permanence, c'est bien cela ? Il semble donc qu'elle le connaissait assez bien. Je suppose qu'elle recevait des lettres ?

— Oh oui. Il y en avait pour elle chaque fois que du courrier arrivait d'Angleterre. Mais je ne pensais pas que Mr. Taunton vivait à Londres.

— Il n'habite pas Londres, en effet, convint-il. Mais il y a des trains et il est assez simple de faire l'aller-retour. Le trajet jusqu'à Ealing ne prend qu'une petite heure. Et rien de plus facile que d'entrer et de sortir de cet hôpital.

Il va falloir que j'aie une conversation approfondie avec ce Mr. Taunton. Un gentleman aussi élégant, ajouta-t-il en secouant la tête d'un air sombre, doit avoir autour de lui toute une petite cour de jeunes filles à marier. Il est étrange qu'il l'ait choisie, elle, avec le goût qu'elle manifestait pour le travail et son obstination à rester travailler à l'hôpital !

— L'amour a ses raisons que la raison ne connaît pas, inspecteur, répliqua Hester, faussement ingénue. Et même si bien des gens se marient par intérêt, il en subsiste toujours quelques-uns qui insistent pour ne s'engager que par amour. Peut-être Mr. Taunton était-il de ceux-là ?

— Vous n'avez pas la langue dans votre poche, Miss Latterly, fit remarquer Jeavis, mécontent, en la couvrant d'un regard inquisiteur. Miss Barrymore était-elle comme vous ? Indépendante et un peu hargneuse ?

— Ce ne sont pas les qualificatifs qui me seraient venus spontanément à l'esprit, rétorqua Hester, le regard fixe, mais cela revient au même, oui. Seulement, je ne vois pas comment elle aurait pu être tuée par une femme jalouse. Le type de personnes susceptibles de tomber amoureuses de Mr. Taunton n'auraient certainement pas une force suffisante pour étrangler Prudence. Elle était grande, et loin d'être faible. Est-il possible qu'il y ait eu lutte ? Dans ce cas, l'autre personne a dû garder des traces, des égratignures ou des hématomes, au moins.

— Oh non, répondit Jeavis sans réfléchir, il n'y a pas eu de lutte. Tout a dû se passer très vite : deux mains puissantes autour de la gorge, et le tour était joué.

Joignant le geste à la parole, il mima la façon dont les choses s'étaient déroulées, sans omettre la grimace de douleur de la victime.

— Et tout était fini. Elle a peut-être égratigné une main, ou une joue, mais elle n'avait pas de sang sous les ongles ni d'hématomes sur le corps. Elle ne s'est pas débattue. Visiblement, elle ne s'attendait pas à être agressée ainsi.

— Bien sûr, vous avez raison, inspecteur, murmura

Hester en baissant les yeux pour dissimuler sa satisfaction.

Monk connaissait-il ce détail ? Elle devait le lui transmettre, car le détective ne disposait d'aucun moyen de le découvrir seul. Hester se refusa à songer à la signification humaine de ce qu'elle venait d'apprendre.

— Si c'est une femme, reprit Jeavis, les sourcils froncés comme s'il réfléchissait à voix haute, elle devait être très forte, avec des mains musclées. Une bonne cavalière, peut-être... Certainement pas le genre femme du monde, qui n'a jamais rien tenu de plus lourd qu'une fourchette à gâteau. Remarquez, l'effet de surprise joue aussi. Dites-moi, est-ce que Miss Barrymore était courageuse ?

A ces mots, la réalité heurta de nouveau Hester de plein fouet : Prudence était morte.

— Oui... oui, elle était courageuse, répondit la jeune femme d'une voix voilée.

Elle s'efforça de faire resurgir des images dans sa mémoire : Prudence sous la lumière chancelante de la lampe, une scie de chirurgien à la main, Prudence assise sur son lit, à Scutari, renonçant au sommeil pour étudier des articles médicaux à la lueur d'une bougie.

— Hum... fit Jeavis, méditatif, sans remarquer l'émotion de son interlocutrice. Je me demande pourquoi elle n'a pas crié. Elle aurait dû, non ? Vous-même, Miss Latterly, vous n'auriez pas crié ?

Hester chassa d'un battement de sourcils les larmes qui lui brouillaient la vue.

— Je ne sais pas, répondit-elle. En tout cas, je ne me sentirais sans doute pas de taille à me défendre.

Jeavis parut étonné.

— C'est idiot, ça, non, mademoiselle ? Alors, si quelqu'un vous attaque, vous ne serez pas de taille à vous défendre, c'est bien ça ? Mais Miss Barrymore, elle, était plus forte, non ? Il n'y a pas tellement de bruit ici, et il semble qu'un cri strident serait entendu sans problème.

— Dans ce cas, celui qui l'a attaquée a tout fait très vite, conclut Hester d'une voix tranchante. Ce qui suggère que c'était quelqu'un de fort, ajouta-t-elle sans réelle nécessité.

Elle était en colère contre cet homme, qui la blessait par ses propos et le ton de sa voix. Ses propres émotions lui semblaient à présent trop violentes, à fleur de peau.

— Tout à fait, acquiesça-t-il. Eh bien, merci pour votre coopération, mademoiselle. Elle avait donc un admirateur quand elle se trouvait en Crimée. C'était en fait tout ce que je souhaitais apprendre de vous. Vous pouvez retourner à vos occupations.

— Je n'étais pas en service, rétorqua-t-elle. Je dormais. J'ai dû veiller un patient toute la nuit.

— Ah, vraiment? fit Jeavis tandis qu'une lueur ironique s'allumait dans son regard. Dans ce cas, je suis ravi de ne pas vous avoir soustraite à une tâche importante.

Bien que furieuse, Hester songea qu'elle préférait encore cette franchise au ton obséquieux que l'inspecteur affectionnait d'ordinaire.

Il régnait une chaleur intense et étouffante sur Mecklenburg Square lorsqu'elle y retrouva Monk le lendemain. Tous deux marchèrent côte à côte, sans façons, lui tenant une canne à la main comme s'il s'agissait d'une promenade digestive, elle dans une robe de mousseline bleue unie, ses longs jupons traînant dans l'herbe qui bordait le chemin. Elle venait de rapporter au détective sa conversation avec Jeavis.

— Je savais que Geoffrey Taunton était là, affirma-t-il quand elle eut terminé. Il l'a reconnu lui-même d'emblée. Il devait se douter qu'il avait été vu... au moins par les infirmières.

— Ah bon...

Contre toute attente, Hester ressentait une certaine contrariété à l'idée qu'elle ne lui apprenait rien.

— Ce qui est très intéressant, en revanche, c'est que la victime n'avait pas de marques sur le corps en dehors des hématomes de la gorge, reprit-il. Ça, je ne le savais pas. Et je ne peux pas compter sur Jeavis pour me donner la moindre indication, ce que je trouve naturel, d'ailleurs. A sa place, je ne dirais rien non plus. Mais ce qui est étonnant, c'est qu'il n'en ait pas informé Evan non plus.

Inconsciemment, il accéléra le pas.

— Cela nous indique que l'assassin est quelqu'un de fort. S'il s'était agi d'un individu chétif, il y aurait eu lutte. C'était sans doute aussi une personne qu'elle connaissait et de la part de laquelle elle ne s'attendait pas à une agression. C'est très intéressant. Cela pose une question extrêmement importante.

Hester se refusa à demander laquelle. Puis, soudainement, elle comprit ce qu'il voulait dire. Elle exprima l'idée en même temps que celle-ci prenait forme dans son esprit.

— Le crime était-il prémédité ? La personne est-elle venue vers Prudence avec l'intention de la tuer ou Prudence a-t-elle dit quelque chose qui a provoqué une réaction d'une violence inattendue ?

Il la considéra d'un regard surpris, avec une expression de satisfaction non dénuée de réticence.

— Précisément.

Du bout de sa canne, il voulut frapper un caillou sur le chemin, mais le manqua. Il jura, puis recommença avec plus de succès. Le caillou vola pour aller atterrir une vingtaine de mètres plus loin.

— Geoffrey Taunton ? interrogea-t-elle.

— C'est peu probable, répondit-il en s'en prenant à un deuxième caillou. D'après ce que nous savons, elle ne représentait pas une menace pour lui. Et à supposer que nous ignorions quelque chose, je ne vois pas bien de quoi il pourrait s'agir. Non, je pense que si c'était lui le meurtrier, il l'aurait tuée par colère, au terme d'une dispute, à bout de patience. Certes, ils se sont querellés ce matin-là, mais elle était encore en vie lorsqu'il l'a quittée. Bien sûr, il a pu revenir, mais cela me paraît peu vraisemblable. Dites-moi, ajouta-t-il en tournant vers elle un visage interrogateur, que faites-vous de Kristian Beck ?

Ils croisèrent une gouvernante qui accompagnait un

petit garçon en costume de marin. Au loin, un orgue de Barbarie faisait entendre une mélodie familière.

— Je n'ai pas eu beaucoup de contacts avec lui, répondit Hester, mais ce que j'ai vu m'a plu.

— Je me moque bien de savoir s'il vous a plu ou non ! s'énerva Monk. Je vous demande si vous pensez que cet homme a pu assassiner Prudence Barrymore.

— Vous croyez qu'il aurait eu quelque chose à se reprocher vis-à-vis du patient qu'il veillait cette nuit-là ? Cette hypothèse ne me paraît guère convaincante. Les décès accidentels ne sont pas rares dans un hôpital. On pense que le malade se remet et, soudain, son état commence à empirer sans raison. Et puis, comment Prudence aurait-elle pu savoir qu'il avait commis une erreur médicale ? Si cela s'était passé devant elle, elle ne se serait certainement pas gênée pour le lui dire aussitôt et aurait remédié à la situation. En outre, le patient n'avait pas été opéré cette nuit-là.

— Cela ne s'est pas nécessairement passé cette nuit-là.

Il la saisit par le bras pour l'attirer brutalement vers lui : un jeune homme arrivait à vive allure en sens inverse sans prendre garde aux autres passants.

Elle aurait apprécié ce geste si elle y avait senti une quelconque bienveillance de la part de son compagnon. Toutefois, elle le perçut comme trop zélé et plein d'impatience, comme si Monk l'estimait incapable de prendre soin d'elle-même. Elle se dégagea avec brusquerie.

— Elle savait quelque chose qu'il lui avait demandé de taire aux autorités et elle a refusé de se soumettre, reprit le détective sans paraître se soucier le moins du monde de sa réaction.

— Cela ne ressemble pas du tout à la Prudence que j'ai connue, répliqua-t-elle aussitôt. Ou alors, ce devait être quelque chose de vraiment grave. Prudence avait horreur des autorités, elle les méprisait. Tout individu qui est passé par l'armée a la même répulsion ! Êtes-vous sûr que cette dispute a bel et bien eu lieu ?

— Elle a été rapportée, expliqua-t-il. Prudence disait

qu'elle irait trouver les autorités et Beck la suppliait de n'en rien faire. Apparemment, elle est demeurée inflexible.

— Mais vous ne savez pas du tout sur quoi portait cette dispute ! insista Hester.

— Non, bien sûr que non. Si je le savais, j'irais titiller Beck là-dessus. Et je serais peut-être en mesure de le faire ensuite arrêter par Jeavis, ce qui n'enchanterait guère Callandra. J'ai bien l'impression que notre amie n'a fait appel à moi que pour prouver l'innocence de Beck. Elle le tient en très haute estime.

Si Hester brûlait d'envie de déclencher une dispute, elle comprenait bien que le moment était mal choisi. Pour l'heure, il y avait plus important que de laisser libre cours aux émotions.

— Craignez-vous de découvrir qu'il est coupable ? interrogea-t-elle donc sans animosité.

Il ne la regardait pas.

— Je ne sais pas. Le champ d'investigation ne me paraît pas très vaste. Prudence se serait-elle querellée avec une infirmière ? J'imagine que si ses idées de réforme ressemblaient aux vôtres, elle ne devait pas être très appréciée dans le service ! Et elle a également dû pousser à bout bon nombre de médecins. N'est-ce pas ce que vous avez fait vous-même dans le court laps de temps où vous avez travaillé comme infirmière dans un hôpital ?

A ces mots, les bonnes résolutions d'Hester s'évanouirent instantanément.

— Si vous mettez un docteur en colère, il vous renvoie ! protesta-t-elle, furieuse. Cela n'a aucun sens de tuer une personne quand il existe une façon bien plus simple et dénuée de risque de se débarrasser d'elle, tout en la faisant souffrir par la même occasion !

Monk émit une sorte de grognement de mécontentement.

— Vous avez l'esprit concis et logique, répondit-il. Ce qui est utile... mais bien peu séduisant. Je me demande si la victime était comme vous. Mais parlez-moi des infirmières. Avaient-elles des raisons de lui en vouloir vraiment ?

Hester se sentit blessée, réaction qu'elle trouva aussitôt des plus ridicules. Elle savait depuis longtemps que Monk aimait les femmes féminines, vulnérables et mystérieuses. Elle l'avait vu tomber sous le charme d'Imogen, sa belle-sœur. Tout comme elle savait que cette dernière cachait, sous ses manières douces, une personnalité qui n'avait rien de frivole ni de soumis. Seulement, Imogen connaissait l'art de se mouvoir avec grâce, ce qui n'était pas le cas d'Hester. A présent, cette absence de féminité lui semblait étonnamment douloureuse.

— Alors ? la pressa-t-il. Vous les avez vues travailler, vous devez bien avoir votre petite idée !

— Certaines d'entre elles vénéraient Prudence, répondit-elle vivement en relevant le menton et en adoptant un pas plus assuré. D'autres, naturellement, la jalousaient. On ne peut pas réussir sans courir le risque d'éveiller ce type de sentiment. Vous devez bien savoir cela.

— Une jalousie qui s'apparenterait à de la haine ?

Tout à sa réflexion, Monk collait à la logique sans paraître se préoccuper le moins du monde de l'état d'esprit de sa compagne. Hester résolut de l'imiter.

— C'est possible, répondit-elle. Il y a à l'hôpital une infirmière très grande et très forte qui s'appelle Dora Parsons et qui la haïssait sans le moindre doute. Mais j'ai du mal à imaginer que cette aversion ait pu l'amener jusqu'au meurtre... Cela me paraît un peu extrême... à moins qu'il n'y ait eu un différend particulier entre elles.

— Prudence détenait-elle une autorité suffisante pour faire renvoyer cette infirmière pour incompétence, pour alcoolisme, ou pour vols répétés ? interrogea-t-il en couvrant son interlocutrice d'un regard plein d'espoir.

— J'imagine que oui.

Ils longeaient à présent un parterre d'herbes hautes. Hester souleva délicatement les jupons de sa robe.

— Prudence travaillait très souvent aux côtés de Sir

Herbert, qui disait beaucoup de bien d'elle. Je pense qu'il aurait été prêt à l'écouter si elle lui avait fait part de critiques à l'encontre d'une infirmière.

Elle laissa retomber ses jupons.

— Et Dora Parsons est le genre de femme facilement remplaçable. Londres en compte des milliers comme elle...

— Mais vraiment peu qui ressemblent à Prudence Barrymore, renchérit-il, terminant la phrase à la place de la jeune femme. Et il doit aussi y avoir d'autres Dora Parsons au sein même de l'hôpital. Décidément, cette piste ne nous mènera nulle part.

Ils cheminèrent quelques instants sans rien dire, absorbés dans leurs pensées respectives. Ils croisèrent un homme qui promenait un chien, ainsi que deux petits garçons, dont l'un faisait rouler un cerceau.

Ce fut Hester qui reprit la parole.

— Et vous, avez-vous appris quelque chose? interrogea-t-elle.

— Comment?

— Avez-vous appris quelque chose? répéta-t-elle. Ne me dites pas que vous vous êtes tourné les pouces toute la semaine dernière! A quels résultats êtes-vous parvenu?

Un large sourire illumina le visage du détective, comme si la question l'amusait au plus haut point.

— Il est vrai que vous avez le droit de savoir, après tout! s'exclama-t-il. Eh bien, figurez-vous que je me suis penché sur les personnalités de Mr. Taunton et de Miss Nanette Cuthbertson. C'est une jeune femme bien plus volontaire que je ne l'avais cru au départ. Et il me semble qu'entre tous les suspects, c'est elle qui avait la meilleure raison de vouloir éliminer Prudence. Prudence s'interposait entre elle et l'amour, la respectabilité et le statut familial dont elle rêvait. Les années passaient et il commençait à se faire tard pour elle, très tard.

Ils s'étaient arrêtés à l'ombre. Il plongea les mains dans ses poches.

— Elle a vingt-huit ans, enchaîna-t-il, même si elle est

encore ravissante. J'imagine que la panique devait commencer à l'envahir, une peur assez forte pour la pousser à un acte violent. Si seulement je parvenais à me figurer la façon dont elle a pu s'y prendre... Elle a environ cinq centimètres de moins que Prudence et elle est très svelte. Même si ses réflexions métaphysiques la faisaient planer dans les hauteurs, Prudence n'a pas pu ne pas percevoir l'état émotionnel dans lequel se trouvait Nanette.

Hester eut envie de répliquer que vingt-huit ans n'était pas un âge si avancé que cela et que si la jeune femme était jolie, elle le resterait sans doute une bonne vingtaine d'années encore, voire plus. Toutefois, sa gorge se serra et aucun son ne consentit à franchir ses lèvres. Après tout, peu importait que vingt-huit ans fussent ou non un âge avancé, puisque, de toute façon, Monk les percevait comme tels. On ne pouvait rien faire contre cette conviction.

— Hester ?

Il la considérait, les sourcils froncés. Elle regarda droit devant elle et se remit à marcher.

— Peut-être, répondit-elle sèchement. Mais peut-être appréciait-elle aussi les gens pour leurs qualités personnelles : l'humour, le courage, l'intégrité, l'intelligence, la capacité de compassion, l'amitié qu'ils savent témoigner, l'imagination, l'honneur, enfin, toutes ces choses qui ne s'éteignent pas forcément le jour de vos trente ans.

— Pour l'amour du ciel, ne soyez pas ridicule ! s'exclama-t-il, visiblement ébahi. Nous ne sommes pas en train de discuter de la valeur des gens, mais de Nanette Cuthbertson qui est amoureuse de Geoffrey Taunton et qui veut l'épouser pour fonder une famille. Cela n'a rien à voir avec l'intelligence, le courage ou l'humour ! Qu'est-ce qui vous prend ? Et cessez de marcher aussi vite, vous allez buter sur quelque chose et tomber ! Cette femme veut des enfants... pas une auréole de sainte ! C'est une perception de l'existence extrêmement banale. Pour ma part, j'aurais cru Prudence capable de plus de discernement face à un désir si évident. Mais maintenant que je discute avec vous, j'en viens à me demander...

Hester ouvrit la bouche pour répliquer, mais ne trouva aucune réponse logique à lui faire. Elle était à court de mots.

Il continua à progresser sans plus parler, donnant à l'occasion de petits coups de canne dans les pierres du chemin.

— C'est tout ce que vous avez fait ? reprit Hester au terme d'un long silence.

— Quoi ?

— Découvrir que Nanette avait un bon mobile, mais aucun moyen de tuer, d'après vos déductions ?

— Non, bien sûr que non ! protesta Monk en propulsant un nouveau caillou dans les airs. J'ai aussi enquêté sur le passé de Prudence, ses talents d'infirmière, ce qu'elle a fait pendant la guerre, bref, tout ce qui m'est venu à l'esprit. Tout cela est très intéressant, tout à fait admirable, mais rien ne suggère un mobile susceptible de pousser quelqu'un à l'assassiner... ni même à envisager de le faire. Il faut avouer que je suis un peu gêné de ne bénéficier d'aucune autorité officielle pour mon enquête.

— A qui la faute ? lança Hester.

Elle regretta aussitôt ces paroles, mais elle se sentait peu encline à présenter des excuses.

Ils marchèrent encore quelques minutes en silence, puis regagnèrent Doughty Street. Là, elle prit congé, expliquant qu'elle avait peu dormi et allait devoir veiller une nouvelle nuit au chevet de Mr. Prendergast. Ils se sépa rèrent froidement.

CHAPITRE VII

Tout ce que Monk savait de Prudence Barrymore révélait une femme passionnée, intelligente et indépendante, et dont le dévouement aux malades excluait tout autre centre d'intérêt. Certes, un tel être avait de quoi susciter l'admiration, mais cette description inspirait également au détective le sentiment que la victime n'avait pas dû être facile à vivre, ni comme amie, ni au sein du cercle familial. Par ailleurs, de toutes les personnes qu'il avait interrogées, pas une n'avait évoqué l'humour. Prudence en avait-elle ? Chez Hester, par exemple, l'humour était la seule qualité qui vînt racheter une personnalité par ailleurs sans grand intérêt...

Non, ce n'était pas tout à fait exact : Monk ne pouvait nier le courage d'Hester, cette volonté de lutter avec lui, pour lui, qu'elle manifestait même quand le combat semblait vain et lui-même peu digne du soutien d'autrui. Et cependant, cette femme-là n'en demeurait pas moins crispante lorsqu'il se trouvait en sa présence...

Monk marchait dans la rue sous un ciel couleur de plomb. L'orage menaçait d'éclater d'un instant à l'autre. Il tremperait les passants, viderait la chaussée encombrée, pousserait le crottin des chevaux dans le caniveau, où se formeraient de gigantesques ruisseaux tourbillonnants. Le vent lui-même paraîtrait lourd et mouillé.

Il venait de s'engager dans Gray's Inn Road et approchait de l'hôpital avec l'intention de rencontrer Evan.

Celui-ci connaissait peut-être sur la personnalité de Prudence d'autres détails qu'il accepterait de partager. A vrai dire, Monk ne pouvait jurer de sa coopération, qu'il répugnait d'ailleurs à solliciter ainsi. A la place de Jeavis, il n'aurait rien confié à personne et aurait sans doute étripé, au moins verbalement, un assistant qu'il eût soupçonné de dévoiler des informations.

Pourtant, il avait le net sentiment que, dans cette affaire, Jeavis ne faisait pas le poids, même si c'était là une conviction sans fondement réel. Lui-même, de son côté, avait remporté depuis l'accident plusieurs succès, mais il ne fallait pas oublier que ceux-ci devaient beaucoup à l'aide de tierces personnes, en particulier d'Hester. Quant aux affaires qui avaient précédé l'accident, il ne pouvait se fier qu'aux traces écrites pour s'en faire une idée. Tous les rapports indiquaient une extrême compétence, une haine de l'injustice et une nette impatience face aux indécis et aux timorés. Ils laissaient également entendre que Monk ne faisait confiance à personne. Mais sachant qu'ils étaient rédigés de sa propre main, quelle valeur ces écrits avaient-ils ?

Il songea soudain au souvenir qui l'avait effleuré dans le train, alors qu'il revenait de Little Ealing : Runcorn et lui avaient travaillé ensemble sur un dossier, il y avait bien longtemps de cela. A l'époque, Monk venait d'entrer dans la police. Le détective avait tenté de retrouver quelque chose, un indice sur la teneur de l'enquête en question, mais rien n'était revenu. Et il n'avait récolté de cette vaine tentative qu'une sensation de colère, une rage profonde, violente et froide, qui lui tenait lieu d'armure contre...

Contre quoi ?

La pluie se mit à tomber, de grosses gouttes tièdes de plus en plus serrées. Quelque part, au loin, audible malgré le vacarme des roues sur la chaussée, lui parvint un grondement de tonnerre. Un homme le dépassa en courant, luttant pour ouvrir son parapluie noir. En face, un petit crieur de journaux rangeait à la hâte ses quotidiens dans sa sacoche de toile sans pour autant cesser ses appels. Monk remonta son col et courba le dos.

La presse ! C'était cela ! La rage qu'il avait éprouvée à l'époque avait prémuni Monk contre toute vulnérabilité face aux vociférations déclenchées par l'arrestation qu'il avait opérée, mais aussi contre la pression de ses supérieurs. Le policier n'avait fait aucun cas de ce que certains pouvaient penser ou éprouver. Tout ce qui avait compté pour lui, c'était cette émotion puissante inspirée par le crime, la fureur que celui-ci suscitait en lui. Mais quel était ce crime ? Rien, dans son souvenir, ne lui fournissait la moindre piste à suivre pour le découvrir.

C'était là un vide extrêmement frustrant. Et la frustration restait pour lui un sentiment familier, déjà ressenti à l'époque. Sous la colère, l'impuissance demeurait présente en permanence. Les impasses succédaient aux impasses. Il connaissait par cœur ces élans d'espoir, cette excitation née de l'anticipation, puis ces déceptions, ces sensations de chute libre liées à l'échec. Il avait en partie dirigé sa fureur contre Runcorn, trop timoré à son goût, trop soucieux de ménager la sensibilité des témoins. Monk avait pour sa part souhaité harceler ces derniers, non par cruauté, mais parce qu'ils s'obstinaient à préserver leurs petits secrets à l'heure où une tragédie bien plus grave s'annonçait pour eux.

Mais laquelle ? Seule une impression d'obscurité et de poids oppressant lui revenait, avec, toujours, cette rage omniprésente...

La pluie tombait dru à présent, mouillait son pantalon et lui glaçait les chevilles, coulait dans le col de son veston. Un subit tremblement le prit et il accéléra l'allure. L'eau montait dans le caniveau et dégoulinait des gouttières.

Il devait savoir. Il devait comprendre qui il était, qui il avait été toutes ces années, déterminer si sa colère était justifiée ou s'il fallait seulement incriminer la violence de son tempérament qui cherchait une échappatoire. Cette dernière idée lui répugnait profondément.

Toutefois, il n'était pas question de continuer à s'apitoyer ainsi sur soi-même aux dépens de Callandra et de la tâche confiée par celle-ci. Monk ignorait encore qui avait tué Prudence Barrymore et pourquoi. Le champ des possibilités demeurait trop vaste. On pouvait spéculer sur tout : sur le sentiment de trop longue frustration qu'avait dû éprouver Geoffrey Taunton ou sur ce mélange de panique et de jalousie qui avait sans doute affecté Nanette Cuthbertson à mesure que les mois s'égrenaient et qu'elle voyait Geoffrey s'acharner à convoiter Prudence, et Prudence maintenir Geoffrey en attente.

Mais peut-être y avait-il eu un autre soupirant, un médecin ou un administrateur de l'hôpital. Peut-être une dispute avait-elle éclaté, née d'une jalousie trop intense. A moins qu'un chantage n'eût bel et bien été exercé sur Kristian Beck comme Jeavis, au dire d'Evan, le suspectait.

Et pourtant, si Prudence Barrymore était aussi volontaire, zélée et autoritaire que le suggéraient les divers témoignages, on pouvait tout aussi bien imaginer une infirmière poussée à bout par des remontrances incessantes. Une ultime critique avait très bien pu représenter la goutte d'eau qui avait fait déborder le vase.

Monk était presque parvenu à l'hôpital.

Il franchit en courant les derniers mètres qui le séparaient de l'entrée et gravit deux à deux les marches pour se retrouver enfin à l'abri. Il demeura quelques instants dans le hall, dégoulinant, afin de redresser son col et de lisser les revers de son veston, puis passa les doigts dans ses cheveux en un geste de vanité inconscient. Il souhaitait discuter seul à seul avec Evan, mais ne pouvait attendre que l'occasion se présentât d'elle-même. Il fallait chercher le jeune homme et espérer qu'il ne fût pas accompagné de Jeavis. Monk se mit en marche, laissant une trace humide sur le sol derrière lui.

Il n'eut pas de chance. Il venait de s'engager dans le couloir lorsqu'il aperçut Jeavis et Evan, debout près de la goulotte à linge. Il marcha jusqu'à eux.

Jeavis le considéra avec un étonnement qui se mua bien vite en suspicion.

— Tiens, tiens, Monk! s'exclama-t-il avec un petit sourire. Que faites-vous donc ici? Vous n'êtes pas malade, au moins?

Il jeta un coup d'œil au manteau trempé et aux traces de pas qu'avait laissées Monk sur les dalles, mais n'ajouta aucun commentaire.

Monk hésita. Il envisagea un instant le mensonge, mais la seule idée qu'il lui fallait rendre des comptes à Jeavis, même indirectement, lui parut intolérable.

— J'ai été appelé par Lady Callandra Daviot, comme vous le savez sans doute, répondit-il. Est-ce là la fameuse goulotte à linge qui débouche dans la buanderie?

Près de son supérieur, Evan semblait mal à l'aise. En engageant cette conversation, Monk le plaçait, en toute connaissance de cause, dans une posture inconfortable. Le visage de Jeavis s'était durci. L'inspecteur était visiblement sur la défensive. Monk avait peut-être manqué de tact, mais, d'un autre côté, cet affrontement ne faisait que précipiter l'inévitable.

— Évidemment! rétorqua l'inspecteur en haussant ses pâles sourcils. Ne me dites pas que c'est la première fois que vous la voyez! Je vous croyais plus rapide, Monk!

— Il faut dire que je conçois mal ce que j'aurais pu en apprendre. S'il était possible d'en tirer quelque chose de révélateur, vous auriez déjà procédé à une arrestation, non?

— Si j'avais découvert la moindre preuve, où que ce soit, j'aurais déjà procédé à une arrestation, rétorqua Jeavis avec humeur. Mais je ne pense pas que cela vous empêcherait pour autant de parfaire le travail derrière moi, de toute manière.

— Ou devant vous, compléta Monk.

Jeavis lui lança un coup d'œil assassin.

— Qui sait? Quoi qu'il en soit, ne vous gênez pas pour examiner cette goulotte tout votre soûl. Vous ne verrez guère plus qu'un panier en bas. Et en haut, il y a ce long couloir à peine éclairé et percé d'une demi-douzaine de portes, toutes à bonne distance de cet endroit en dehors de celles du Dr Beck et du trésorier. Voilà, vous savez tout. Faites-en ce que vous voudrez.

Monk regarda autour de lui. La conclusion à tirer de l'examen de ce long corridor se résumait à une certitude : si Prudence avait été étranglée là, près de la goulotte à linge, elle n'avait pu crier sans être entendue des personnes présentes dans les bureaux du Dr Beck ou du trésorier. Les autres pièces, en revanche, n'étaient pas à portée de voix. Et si le meurtre avait été perpétré dans l'une d'elles, transporter le corps sur une distance assez longue dans ce couloir où quelqu'un pouvait surgir à tout moment faisait courir un risque immense à l'assassin.

Monk n'avait cependant aucune envie de faire part à Jeavis de ses déductions.

— Intéressant, non? lança sèchement ce dernier. On dirait malheureusement que l'étau se resserre autour du bon Dr Beck, vous ne croyez pas?

— Ou du trésorier, acquiesça Monk. Ou d'un individu qui aurait agi dans l'impulsion du moment, à l'endroit même où nous nous tenons, très vite et en profitant de l'effet de surprise, si bien que la victime n'a même pas pu crier

Jeavis esquissa une moue désapprobatrice, puis sourit.

— Tout de même, elle ne m'avait pas l'air d'être femme à se laisser faire sans broncher. En plus, elle était grande. Pas ce qu'on appelle une faible femme, quoi! Remarquez, il y a quelques infirmières ici qui sont bâties comme des chevaux de trait!

Il considéra son interlocuteur avec un sourire vaguement provocateur.

— A ce qu'on dit, elle avait la langue acérée comme une lame de chirurgien et elle n'était pas tendre envers ses collègues quand elle trouvait qu'elles négligeaient leur travail. Ah, ce n'était pas une donzelle comme les autres, celle-là! conclut-il, avant d'ajouter dans un souffle : Dieu merci...

— Mais elle était suffisamment compétente dans son métier pour avoir le droit d'exprimer des commentaires, répondit Monk, pensif. Sinon, l'hôpital s'en serait débarrassé, vous ne croyez pas ?

Il évitait de regarder Evan. Déjà, Jeavis hochait la tête.

— Oh oui, c'est sûr. Pour être compétente, elle était compétente ! Sinon, on ne l'aurait pas gardée longtemps ici. Ceux qui ne pouvaient pas la supporter, au moins, auraient crié grâce ! Mais il faut être juste, il y en avait quand même un ou deux qui l'aimaient bien, qui la voyaient en héroïne. Et d'ailleurs, Sir Herbert lui-même disait beaucoup de bien d'elle.

Une infirmière approchait, chargée d'une pile de draps propres. Les trois hommes se plaquèrent contre le mur pour lui libérer le passage.

— Et Beck ? questionna Monk lorsqu'elle se fut éloignée.

— Oh, lui aussi. Mais de toute façon, s'il l'a tuée, il ne va pas venir nous dire qu'il ne pouvait pas la sentir, hein ?

— Et les autres, que disent-ils ?

— Eh bien, en fait, Mr. Monk, je m'en voudrais de vous dérober votre gagne-pain en vous mâchant le travail, répondit Jeavis en fixant tout à coup son interlocuteur droit dans les yeux. Si je faisais cela, comment oseriez-vous ensuite aller réclamer vos honoraires à Lady Callandra ?

Il ponctua sa remarque d'un sourire et, adressant un signe de tête significatif à Evan, s'éloigna dans le couloir.

Evan considéra un instant Monk, puis haussa les épaules avant d'emboîter le pas à son supérieur. A quelques mètres, Jeavis s'était arrêté pour l'attendre.

Monk marchait vers la sortie, de très mauvaise humeur, lorsqu'il aperçut Callandra qui traversait le grand hall d'entrée. Celle-ci semblait fatiguée et sa coiffure était encore plus fantaisiste qu'à l'ordinaire. L'expression amusée qui la caractérisait avait déserté son visage, remplacée par une anxiété évidente qui la rendait méconnaissable.

Ce ne fut qu'en arrivant à la hauteur de Monk qu'elle remarqua ce dernier. Elle sourit alors, mais au prix d'un effort qui n'échappa pas au détective.

Était-ce simplement la mort d'une infirmière, certes exceptionnelle, qui la peinait à ce point ? Ou le fait que ce drame fût venu se greffer sur la tragédie de Julia Penrose et de sa sœur, dont Callandra avait été témoin à distance ? Un soudain sentiment d'impuissance saisit Monk, terrible et familier : il avait devant lui une personne pour qui il éprouvait une immense affection, une admiration profonde et une grande reconnaissance, mais dont il ne pouvait soulager les tourments. Tout à coup, c'était comme si le passé revenait le frapper de plein fouet : il avait vécu une situation similaire aux côtés de son mentor, qui l'avait tant aidé à son arrivée à Londres, et qu'une tragédie avait ensuite anéanti. C'était précisément cette tragédie qui avait incité Monk à entrer dans la police. Aujourd'hui comme alors, le détective se sentait douloureusement désarmé.

— Bonjour, William. Est-ce moi que vous étiez venu voir ?

Il n'y avait aucun enthousiasme dans sa voix, aucun plaisir. Monk crut même discerner une certaine angoisse dans la question, comme si Callandra redoutait la réponse.

Il eut envie de la réconforter, mais sentit que la peine qui habitait son amie était personnelle, intime. Si Callandra avait souhaité lui en parler, elle l'aurait fait sans qu'il eût à la questionner. Pour le moment, la seule façon de lui être agréable consistait donc à faire mine de n'avoir rien remarqué.

— Non, répondit-il. A vrai dire, j'avais l'espoir de m'entretenir un moment avec Evan, mais je suis tombé nez à nez avec Jeavis. Je repars à présent. Je souhaitais en apprendre davantage sur la personnalité de Prudence Barrymore. J'ai récolté bon nombre d'opinions sur elle, mais j'ai l'impression qu'il me manque encore quelque chose d'essentiel. Hester se souvient d'elle, vous savez...

Le visage de Callandra se crispa, mais elle ne dit rien. Un étudiant pâle passa près d'eux.

— Et j'ai également rencontré Miss Nightingale, poursuivit Monk. Elle m'a parlé de Prudence en termes très élogieux. Et d'Hester aussi, d'ailleurs.

Callandra eut un faible sourire.

— Avez-vous appris quelque chose de nouveau? s'enquit-elle.

— Rien qui puisse jeter la moindre lumière sur les mobiles du meurtre. C'était, semble-t-il, une infirmière excellente, voire exceptionnelle. Son père n'exagérait pas lorsqu'il m'a parlé de ses compétences et de son dévouement à la médecine. Toutefois, je me demande...

Il s'interrompit. Ce qu'il s'apprêtait à dire était peut-être injuste et risquait de blesser Callandra sans nécessité.

— Vous vous demandez quoi? interrogea cette dernière d'une voix où pointait l'impatience.

Son visage s'était assombri, les rides de fatigue et d'inquiétude se creusaient. Une fois de plus, Monk s'interrogea sur ce qu'elle pouvait bien redouter.

— Je me demande si ses connaissances étaient aussi étendues qu'elle le pensait. Ne serait-il pas possible qu'elle ait mal compris quelque chose, mal jugé?...

Il lui sembla que Callandra se détendait.

— C'est une possibilité, répondit-elle sans conviction. Toutefois, je vois mal comment une erreur de jugement de sa part aurait pu conduire quelqu'un à l'assassiner. Mais poursuivez dans cette direction, William. Il semble que nous n'ayons pas d'autre piste pour le moment. Et je vous en conjure, tenez-moi informée dès que vous apprendrez quoi que ce soit.

— Bien entendu, acquiesça Monk.

L'aumônier passa près d'eux à cet instant, murmurant pour lui-même des paroles inintelligibles. Tous deux lui adressèrent un signe de tête.

Le détective prit congé de Callandra et traversa le hall pour retrouver la rue détrempée. La pluie avait cessé et la chaussée scintillait sous un soleil redevenu éclatant. L'air était empli d'odeurs tièdes, lourdes et peu agréables pour la plupart : crottin, égouts débordants, totalement inefficaces lors de déluges d'une telle violencc. On voyait des détritus flotter sur les eaux tourbillonnantes des caniveaux. Des chevaux passaient avec grand fracas, les flancs moites, et, derrière eux, les roues des voitures aspergeaient les trottoirs.

Où pouvait-on se faire une idée des compétences effectives de Prudence Barrymore ? A l'hôpital, les gens n'exprimaient à ce sujet qu'une opinion biaisée par la nature de leurs rapports personnels avec l'infirmière. Il en était de même pour sa famille et, bien sûr, pour Geoffrey Taunton. Quant à Florence Nightingale, elle avait déjà livré à Monk tout ce qu'elle savait de Prudence. Enfin, il n'existait aucun organisme officiel chargé de tester les connaissances des infirmières, aucune école, aucune formation.

Peut-être pourrait-on trouver un chirurgien de l'armée qui l'eût connue ? Mais quelle validité aurait un tel jugement ? Les équipes médicales de l'époque travaillaient dans l'urgence et dans un état constant d'épuisement, débordées par le nombre des malades et des blessés. Un chirurgien avait-il pu garder le souvenir précis d'une infirmière — parmi des dizaines — et de ses connaissances médicales ? Et avait-on le temps, là-bas, de prodiguer autre chose que des soins hâtifs, destinés à parer au plus pressé : amputer, cautériser les moignons, recoudre les plaies, éclisser et réciter des prières ?

Monk avançait sur le trottoir déjà presque sec sans prendre garde aux passants qu'il croisait. Il marchait pour mieux réfléchir, se dirigeant vers le sud, mais sans destination précise.

Prudence avait-elle espéré approfondir ses connaissances à son retour de Crimée ? Et, si c'était le cas, comment avait-elle pensé s'y prendre ? Aucune école de médecine n'acceptait les femmes. L'idée même d'effectuer ne serait-ce qu'une demande de candidature était inconcevable. Des cours particuliers étaient-ils envisageables ? Et que pouvait-on apprendre sans professeur ?

Monk ralentit l'allure : un brumeux souvenir de sa

propre jeunesse lui revenait soudain. Lorsqu'il avait quitté le Northumberland pour « monter » à Londres, désireux de se cultiver, d'emmagasiner toutes les connaissances possibles et imaginables, et soucieux de s'armer contre un monde implacable, il s'était rendu dans la salle de lecture du British Museum.

Il tourna les talons et parcourut en sens inverse la vingtaine de mètres qui le séparait de Guildford Street. Puis, accélérant l'allure, il longea le Foundling Hospital en direction de Russell Square et s'engagea dans Montague Street. Une fois au British Museum, il gagna directement la bibliothèque. Ici, c'était sûr, Prudence avait pu trouver toutes sortes de livres et de publications propres à assouvir cette soif de connaissances décrite par son père.

Monk aborda l'employé, un petit homme très brun, avec une excitation disproportionnée par rapport à l'importance de sa quête.

— Excusez-moi, monsieur, puis-je vous interrompre un instant ?

— Bonjour, monsieur. Bien sûr, je suis à votre disposition, répondit l'homme avec un sourire courtois. Que puis-je faire pour vous aider ? Si vous souhaitez étudier un sujet en particulier...

En prononçant ces derniers mots, il parcourait des yeux, avec un respect frisant la vénération, les milliers de volumes qui tapissaient les hauts murs de la bibliothèque. Tout le savoir du monde était réuni là et ce miracle semblait lui inspirer un émoi toujours renouvelé et dont il ne faisait aucun secret.

— Je mène une enquête pour le compte des amis et de la famille d'une jeune dame qui, je crois, venait souvent étudier ici, commença Monk.

— Oh, mon Dieu ! s'exclama le petit homme à mi-voix. Vous parlez d'elle comme si elle était décédée...

— C'est malheureusement le cas. Et comme cela se produit souvent, ceux qui la pleurent aujourd'hui souhaiteraient en apprendre le plus possible sur ce qu'elle a été. C'est tout ce qu'il leur reste...

— Bien sûr, acquiesça l'autre en hochant pensivement la tête. Oh oui, bien sûr, je comprends. Mais vous savez, les gens qui fréquentent ce lieu ne laissent pas toujours leur nom, surtout s'ils ne consultent que des journaux ou des périodiques... ou même le genre de littérature qu'affectionnent les jeunes femmes, d'ordinaire...

— Écoutez, cette demoiselle était grande, elle possédait beaucoup d'assurance et une intelligence hors du commun. Elle était sans doute vêtue avec simplicité, peut-être en bleu ou en gris, avec très peu de fioritures à sa jupe, voire même pas une seule.

A cette description, le visage de l'homme s'était éclairé.

— Ah ! s'exclama-t-il. Je crois savoir de qui vous parlez. Cette jeune dame aurait-elle par hasard manifesté un vif intérêt pour la médecine ? Oh, c'était une personne remarquable, très sérieuse. Toujours aimable, sauf quand on s'avisait de la déranger sans raison. Je me souviens, ajouta-t-il en hochant la tête, qu'elle s'est montrée assez brutale avec un jeune monsieur qui faisait preuve d'un peu trop d'empressement à son égard...

— Ce doit être elle, répondit Monk, qui jubilait intérieurement. Elle étudiait des textes médicaux, avez-vous dit ?

— Oh oui ! Elle était extrêmement studieuse. Très appliquée. Ce qui, ajouta-t-il en relevant la tête vers le détective, est fort impressionnant venant d'une jeune dame, si vous voyez ce que je veux dire. J'ai pensé, peut-être à tort, qu'une personne de sa famille était souffrante et que cette lectrice voulait en apprendre le plus possible sur la maladie en question. Mais il semble que j'aie eu tort et qu'en réalité, c'était elle-même qui était atteinte. Cela m'attriste profondément, voyez-vous. Il faut dire que je l'avais un peu prise en affection.

Il avait prononcé ces dernières paroles sur un ton d'excuse et dut éprouver le besoin de s'expliquer davantage.

— Il y avait chez elle quelque chose de... enfin ! Je

suis tout à fait désolé, croyez-moi. Comment pourrais-je vous aider, monsieur? Je n'ai gardé aucune trace des ouvrages qu'elle a consultés, malheureusement. Mais peut-être que si je fais des recherches... Je sais que...

— Oh non, ce ne sera pas nécessaire, l'interrompit Monk, je vous remercie. Vous vous êtes déjà montré très généreux. Merci, monsieur, pour votre temps et votre amabilité. Au revoir.

— Au revoir, Mr... euh... Au revoir, monsieur.

Hester eut elle aussi l'occasion d'observer Callandra, mais elle le fit avec un regard de femme et une sensibilité bien plus subtile que celle du détective. Pour provoquer un tel trouble, songea-t-elle, la détresse de son amie devait avoir un motif profondément personnel. A l'évidence, ce n'était pas pour elle-même que Callandra tremblait. Jeavis ne pouvait soupçonner l'administratrice du meurtre de Prudence puisqu'elle n'avait aucun mobile plausible. Et puis, n'était-ce pas Callandra elle-même qui avait confié l'enquête à Monk?

Et si elle connaissait le meurtrier, ou croyait le connaître, et craignait pour sa propre vie? Cela aussi paraissait improbable. Si elle avait su quelque chose, elle serait aussitôt allée en informer Monk et aurait pris des mesures pour se mettre à l'abri.

Hester méditait ainsi sur les diverses possibilités lorsqu'on vint la prévenir que le Dr Beck souhaitait l'avoir comme assistante pour une opération. Mr. Prendergast, qui se remettait fort bien, n'avait désormais plus besoin d'elle la nuit, mais Hester souffrait encore du manque de sommeil.

Kristian Beck ne lui dit rien, mais elle vit à son expression qu'il avait perçu l'état de fatigue dans lequel elle se trouvait. Durant l'opération, il se contenta de sourire des gestes parfois hésitants de la jeune femme et il ne la critiqua pas lorsqu'elle fit tomber un instrument et dut le nettoyer avant de le lui tendre.

Une fois l'opération terminée, Hester, confuse de son

inaptitude, fut tentée de s'éclipser, mais elle n'en fit rien : il ne fallait pas négliger l'opportunité qui lui était offerte d'observer le chirurgien d'un peu plus près. Kristian semblait fatigué, lui aussi, et elle songea que les soupçons de Jeavis y étaient peut-être pour quelque chose. Le chirurgien possédait trop de discernement pour n'avoir pas pris conscience de la menace qui planait sur lui. C'était dans des moments comme celui-ci que les coupables se trahissaient : lorsque les sentiments devenaient trop vifs pour être masqués davantage et que les forces commençaient à manquer pour résister aux pensées qui vous assaillaient...

— Je n'ai pas beaucoup d'espoir pour lui, déclara Kristian à mi-voix en considérant le malade. Mais au moins, nous aurons fait le maximum.

— Souhaitez-vous que je reste à son chevet? s'enquit Hester tout en redoutant la réponse.

Il eut un sourire bref, doux et lumineux.

— Non, non, Mrs. Flaherty désignera quelqu'un. Vous, vous avez besoin de sommeil.

— Mais...

— Il faut que vous appreniez à lâcher prise, Miss Latterly, insista-t-il en secouant la tête. Sinon, vous allez vous épuiser... et alors, qui pourrez-vous aider? Je suis sûr que la Crimée vous a enseigné la règle d'or pour qui prodigue des soins à autrui : ménager ses propres forces avant tout. Car si l'on atteint les limites de ses ressources, c'est le jugement qui s'en trouve affecté.

Son regard ne quittait pas le visage d'Hester.

— Et les malades, conclut-il, méritent que vous leur donniez le meilleur de vous-même. Ni les compétences ni la compassion ne suffisent : il faut aussi du discernement.

— Oui, bien sûr, vous avez raison, acquiesça Hester. Peut-être ai-je déjà commencé à perdre le sens des proportions.

— Ça, répondit-il avec un sourire, c'est fort possible. Allez, venez!

Il sortit de la salle d'opérations et lui tint la porte. Ils marchaient côte à côte dans le couloir, silencieux tous les deux, lorsqu'ils croisèrent Callandra qui quittait une salle de malades.

La nouvelle venue s'arrêta net et, aussitôt, le rouge lui monta aux joues. Hester ne comprit pas la raison de ce trouble. Elle s'apprêtait à parler lorsqu'elle s'aperçut que Callandra n'avait d'yeux que pour Kristian et ne semblait même pas avoir remarqué que celui-ci n'était pas seul. La jeune femme s'immobilisa donc et demeura silencieuse, légèrement en retrait.

— Oh... Bonjour... euh, docteur... bafouilla Callandra avec un visible effort pour reprendre ses esprits.

— Bonjour, Lady Callandra, répondit Kristian d'une voix douce.

Il avait pris soin de détacher chaque syllabe, comme s'il aimait la sonorité du nom qu'il prononçait. Puis il fronça les sourcils et ajouta :

— Tout va bien ?

— Oh oui, assura Callandra en esquissant un sourire crispé. Tout va aussi bien qu'on pourrait l'espérer, avec la police qui passe son temps dans l'hôpital... Je n'ai pas l'impression qu'ils aient progressé d'un pouce.

— Vous savez, je ne pense pas qu'ils nous tiendraient informés s'ils découvraient quelque chose, fit remarquer Kristian d'un air de regret avant de sourire. En fait, je suis sûr que c'est moi qu'ils suspectent ! L'inspecteur Jeavis ne cesse de me questionner sur cette dispute que je suis censé avoir eue avec cette pauvre Miss Barrymore. D'ailleurs, j'ai fini par me souvenir : cela concernait une erreur commise par l'un des jeunes internes et que j'ai couverte. Je me demande bien ce qui a été entendu de notre discussion, et qui est allé la rapporter. Je ne me suis jamais beaucoup soucié de ce que les gens pensaient de moi, ajouta-t-il en secouant la tête, mais j'avoue que, désormais, j'y songe presque en permanence.

Callandra paraissait éviter son regard. Ses joues avaient pris une couleur cramoisie.

— Vous ne pouvez pas vivre en fonction de l'opinion d'autrui. Si... si vos actes sont dictés par ce que vous estimez être juste... les autres peuvent bien penser ce qu'ils veulent.

Elle prit une profonde inspiration. Hester attendit la suite, mais Callandra demeura silencieuse. L'infirmière s'étonna : ce discours lui paraissait incomplet. Il ne ressemblait pas du tout à la Callandra qu'elle connaissait.

— Est-ce que... reprit enfin cette dernière, cette fois en fixant Kristian dans les yeux, est-ce que Jeavis vous ennuie beaucoup ?

— Il est très désagréable de se sentir soupçonné. Même si je sais que cet homme ne fait que son devoir. J'aimerais qu'il comprenne enfin ce qui est réellement arrivé à cette pauvre infirmière, mais j'ai beau y réfléchir moi-même, je ne vois pas...

— Il existe d'innombrables motifs qui auraient pu pousser quelqu'un à la tuer ! s'exclama Callandra avec une soudaine férocité. Un soupirant rejeté, une femme jalouse, un patient fou ou mécontent, enfin, toutes sortes de gens...

— Je pense que Jeavis a dû songer lui aussi à toutes ces possibilités, répondit Kristian, visiblement peu convaincu, sans quitter des yeux son interlocutrice. Et j'espère qu'il suit ces autres pistes avec la même diligence qu'il emploie à me solliciter. Mais au fait, souhaitiez-vous m'entretenir d'un sujet précis ? Ou devons-nous notre rencontre au pur hasard ?

— Oh... c'est juste... le hasard. J'allais... j'allais voir l'aumônier.

Kristian s'inclina légèrement et prit congé, laissant Hester et Callandra face à face dans le couloir. Sans en avoir conscience sans doute, cette dernière suivit un moment le chirurgien des yeux. Ce fut seulement lorsqu'il eut bifurqué au fond du couloir qu'elle se retourna vers Hester.

— Comment allez-vous, mon amie ? interrogea-t-elle alors avec une soudaine sollicitude. Vous semblez extrêmement fatiguée.

Elle-même était pâle et avait la chevelure en désordre,

comme si, distraitement, elle y avait passé la main des dizaines de fois.

Hester résolut de mettre ses propres sensations de côté. A n'en pas douter, Callandra souffrait et la jeune femme se sentait le devoir de trouver un moyen de lui venir en aide. Elle hésita à montrer à son interlocutrice qu'elle avait conscience de son état émotionnel, et plus encore à l'interroger à ce sujet. Quelque chose dans le comportement de Callandra lui disait qu'il s'agissait d'un trouble très personnel. Hester s'efforça donc d'afficher le plus grand naturel.

— Je suis fatiguée en ce moment, reconnut-elle. Mais mon travail me procure beaucoup de satisfactions. Sir Herbert est un chirurgien exceptionnel. Et il ne se contente pas d'avoir du talent : il est aussi plein de courage !

— Oui, c'est vrai, répondit Callandra avec un soudain enthousiasme. J'ai appris qu'il avait été pressenti comme conseiller médical d'un membre de la famille royale. Je ne me souviens plus lequel...

— Alors, cela ne m'étonne pas qu'il ait l'air si satisfait de lui-même ! s'exclama Hester. Mais, quoi qu'il en soit, je suis convaincue qu'il mérite cette promotion. C'est un immense honneur pour lui !

— Oui.

Le visage de Callandra s'était assombri de nouveau.

— Dites-moi, Hester, reprit-elle d'un ton inquiet, avez-vous rencontré William récemment ? Savez-vous où il en est, s'il a appris quelque chose de... de pertinent ?

— Non, je ne lui ai pas parlé depuis un ou deux jours.

Voir son amie dans un tel état désolait profondément Hester. Qu'est-ce qui pouvait bien troubler Callandra à ce point ? Cette dernière avait toujours été une femme d'une grande délicatesse, capable d'empathie et dotée d'une volonté à toute épreuve, assortie d'une sorte de sérénité intérieure que rien ne semblait pouvoir altérer. Et voilà que, soudain, cette paix si précieuse l'avait désertée ! L'angoisse qui l'étreignait s'attaquait aux racines mêmes de son être.

Et cette angoisse concernait Kristian Beck, Hester en eût mis sa main au feu. Callandra avait-elle eu vent des rumeurs qui circulaient sur sa dispute avec Prudence et craignait-elle qu'il ne fût coupable ? Même dans ce cas, pourquoi souffrait-elle davantage de cette éventualité que le reste de l'entourage du médecin ? Pourquoi cette idée la perturbait-elle d'une façon aussi fondamentale ?

La réponse tenait de l'évidence même. Pour Hester, il n'existait qu'une seule possibilité, une unique explication à cette exacerbation des émotions. La jeune femme se souvint tout à coup d'une nuit amère qui avait marqué pour elle le siège de Sébastopol. La neige était tombée, habillant de blanc toutes les collines. Elle étouffait les sons et recouvrait le paysage d'un froid mordant. Puis le vent s'était levé et s'était mis à tourmenter les hommes à travers les minces couvertures dans lesquelles, tout grelottants, ils se recroquevillaient. La faim tenaillait les estomacs. Aujourd'hui encore, plusieurs années plus tard, Hester ne pouvait penser aux chevaux sans frémir.

A l'époque, elle s'était crue amoureuse d'un chirurgien. Existait-il une différence entre aimer et penser que l'on aime ? Qu'elle fût durable ou non, l'émotion était sans doute de même nature. C'était un peu comme la douleur estimer que l'on souffre, c'est déjà souffrir.

Ce jour-là, Hester s'était aperçue que l'homme qu'elle aimait avait éprouvé une telle terreur en parcourant le champ de bataille qu'il y avait laissé mourir des blessés sans leur venir en aide. Elle éprouvait encore aujourd'hui, tant d'années après qu'elle eut cessé de ressentir pour ce chirurgien autre chose que de la compassion, la morsure qu'avait suscitée en elle cette découverte.

Callandra était éprise de Kristian Beck, cela tombait sous le sens. Maintenant qu'elle l'avait compris, Hester se demandait comment cette évidence avait pu lui échapper si longtemps. Et Callandra était terrifiée à l'idée que cet homme pût être coupable. Ses craintes tenaient-elles uniquement aux soupçons de Jeavis ? Ou avait-elle, de son côté, appris autre chose ?

Hester observa le visage tendu et pâle de son amie et sut que celle-ci ne lui révélerait rien, même si Hester s'avisait de l'interroger. A sa place, la jeune femme n'eût rien dit non plus.

— Mais, poursuivit-elle tout haut, captant de nouveau l'attention de Callandra, je ferais peut-être bien d'aller l'informer de mes progrès. Aussi infimes soient-ils.

— Oui... Oui, bien sûr, approuva Callandra. Dans ce cas, je ne vous retiens pas plus longtemps. Mais je vous en prie, essayez de dormir, ma chérie. Il faut savoir prendre du repos, voyez-vous. Sinon, vous n'aurez plus les forces nécessaires pour vous rendre utile auprès des autres.

Hester sourit, comme pour acquiescer, et prit congé.

Avant de revoir Monk, elle eut envie d'aller évaluer l'animation qui pouvait régner dans le corridor, près de la goulotte à linge, à l'heure approximative de la mort de Prudence. Elle fit en sorte de se réveiller à six heures trente et, à sept heures, elle se postait devant la goulotte. Dehors, il faisait déjà grand jour depuis près de trois heures, mais cette partie du couloir n'avait aucune fenêtre et l'on n'allumait pas le gaz à cette période de l'année.

Hester s'adossa au mur et attendit. Au bout de trente-cinq minutes, elle vit arriver un panseur, les bras chargés de bandages. L'homme marchait sans regarder ni à droite ni à gauche. Il semblait fatigué et Hester comprit que, selon toute probabilité, il n'avait pas remarqué sa présence. D'ailleurs, même s'il l'avait vue, elle doutait fort qu'il eût pu dire, après coup, qui elle était.

Une infirmière passa peu après dans l'autre sens. Elle paraissait en colère. Parvenue à la hauteur d'Hester, elle lança une flopée d'injures très générales sans même regarder la jeune femme. Sans doute était-elle épuisée, affamée et désespérée de ne voir se profiler devant elle qu'une longue série de jours et de nuits identiques ! Hester n'eut pas le cœur de lui renvoyer ses insultes.

La jeune femme patienta encore un quart d'heure, mais ne vit plus personne. Elle résolut alors de repartir. Elle avait obtenu ce qu'elle était venue chercher. Peut-être Monk le savait-il déjà, mais, si c'était le cas, il l'avait appris par un autre biais. Hester, quant à elle, était désormais sûre de son fait. L'assassin avait eu tout le temps de tuer Prudence et d'introduire le corps dans la goulotte sans crainte d'être observé, ou tout au moins reconnu par un témoin susceptible de venir ensuite déposer contre lui.

La jeune femme se dirigeait vers l'escalier pour redescendre lorsqu'elle aperçut devant elle l'imposante silhouette de Dora Parsons. Celle-ci se tenait immobile en haut des marches, les bras croisés sur la poitrine. Hester s'arrêta net, laissant échapper une exclamation de surprise. Un frisson de frayeur lui parcourut l'échine.

D'une main de fer, Dora lui empoigna le bras. Lutter eût été inutile.

— Et qu'est-ce que vous faisiez là dans le noir, à attendre près de la goulotte ?

L'infirmière parlait avec calme, d'une voix qui n'était guère plus qu'un chuchotement rauque.

Hester sentit son cerveau s'engourdir. L'instinct la poussait à nier la vérité, mais les étranges yeux de Dora la fixaient intensément, brillant dans la pénombre. Il n'y avait rien de crédule chez cette femme. Au contraire, Dora semblait terriblement consciente de la vérité.

— Je... commença Hester.

Aussitôt, sa frayeur se mua en une véritable panique. Ici, personne ne l'entendrait crier. L'escalier abrupt qui menait aux sous-sols n'était qu'à deux pas. Il suffisait que ces énormes bras la soulèvent pour l'y précipiter. On la retrouverait quelques heures plus tard, gisant cinq ou dix mètres plus bas dans une mare de sang, sur les dalles froides de la buanderie. Était-ce ainsi que les choses s'étaient déroulées pour Prudence ? Quelques instants de terreur indicible, puis la mort ? Était-il possible que la clé du mystère fût aussi simple que cela, qu'elle résidât dans cette infirmière monstrueuse et impitoyable, mue par une haine viscérale de ces femmes qui menaçaient son gagne-pain avec leurs idées de réformes ?

— Alors ? la pressa Dora. Quoi ? Vous avez perdu vot'langue ? Ah, on fait plus la maligne, hein ?

Tout en parlant, elle secouait rudement Hester.

— Je vous ai demandé ce que vous fabriquiez là. Qu'est-ce que vous attendiez, hein ?

Il n'existait aucun mensonge crédible. Si tel était son destin, Hester pouvait bien mourir en disant la vérité, après tout. Elle eut envie de crier, mais Dora risquait de prendre peur et de la tuer dans un mouvement de panique.

— J'étais...

Elle avait la bouche si sèche qu'elle dut avaler sa salive à deux reprises avant de réussir à former les mots.

— J'étais... en train de voir si le... si le couloir était désert à cette heure de la journée. Je voulais voir... qui passait.

Elle déglutit de nouveau. Les énormes mains de Dora la serraient à tel point qu'il lui resterait sans doute des hématomes sur les bras le lendemain... à condition qu'il y eût un lendemain...

Le visage de Dora était maintenant si proche qu'Hester pouvait distinguer les pores dilatés de sa peau et ses cils noirs et courts.

— Et vous croyez que j'avais pas compris ? siffla Dora. Vous croyez que parce que chuis pas allée à l'école, j'ai pas une cervelle, moi ? Et qui vous avez vu alors ? Et d'abord, qu'est-ce que ça peut vous faire ? Vous étiez même pas là quand cette garce a clamecé ! Pourquoi ça vous intéresse ? C'est ça que j'veux savoir.

Elle s'interrompit et prit le temps de dévisager Hester de son regard mauvais.

— Vous êtes juste une petite fouinarde, ou bien vous avez des raisons ?

Hester éprouva le net sentiment qu'être une simple « fouinarde » ne l'excuserait pas aux yeux de Dora. Invoquer un motif se révélerait plus crédible.

— J'ai... une raison, articula-t-elle.

— Ah ouais ? Et laquelle, alors ?

Elles n'étaient plus qu'à un pas de la balustrade et de la chute dans l'escalier. Il suffisait que Dora opère un rapide quart de tour des épaules et Hester ne serait plus de ce monde.

Quelle explication pouvait passer pour cohérente ? Et quelle raison invoquer pour ne pas se faire aussitôt détester ?

— Je... Je veux être sûre qu'on n'aille pas accuser le Dr Beck juste parce que c'est un étranger, bredouilla-t-elle.

— Pourquoi ? questionna aussitôt Dora en plissant les yeux. Qu'est-ce que ça peut vous faire qu'on l'accuse ? Vous venez juste d'arriver, vous. Qu'est-ce que vous en avez à foutre qu'on le pendouille ?

— Je le connaissais avant.

Hester mentait avec plus de facilité à présent. Cela sonnait bien.

— C'est pas vrai ! Et puis, c'était quand, avant ? Me dites pas qu'il a travaillé dans votre hôpital à la guerre, il y était pas. Il était ici.

— Je sais. Mais la guerre n'a duré que deux ans.

— Vous en pincez pour lui, alors ? fit Dora en relâchant un peu sa poigne. Ça vous mènera à rien, vous savez, il est marié. Avec une pauvre niaise qu'a une gueule de merlan frit et un corps qui va avec. Enfin, c'est votre problème, pas le mien.

Elle couvrit Hester d'un regard insistant, mais pas entièrement malveillant.

— A votre place, j'ferais attention à pas m'attirer des ennuis avec cette histoire. Alors, qu'est-ce que vous en avez tiré, de votre petite enquête à la noix ? ajouta-t-elle en relâchant encore la pression de ses doigts sur le bras de la jeune femme.

Hester prit une profonde inspiration.

— Qu'il n'y a pratiquement personne à cette heure, et que ceux qui passent par là regardent droit devant eux et ne reconnaîtraient probablement pas les gens qu'ils croisent dans l'ombre, à supposer qu'ils les voient. On a tout le temps de tuer quelqu'un et de mettre le corps dans la goulotte.

Étonnamment, Dora eut un brusque sourire qui découvrit plusieurs dents noires.

— C'est vrai. Alors vous, faites gaffe ! Sinon, vous pourriez bien finir comme elle.

A ces mots, elle lâcha Hester et la repoussa sans brutalité. Puis elle tourna les talons et s'éloigna.

Hester sentit alors ses genoux se dérober sous elle. Elle s'effondra sur le sol dur et froid, le dos contre le mur, tout en songeant qu'elle devait être ridicule.

Un long moment, elle demeura ainsi prostrée, immobile. Puis elle se redressa en s'aidant de la balustrade et repartit dans le corridor en sens inverse.

Monk explosa lorsque, un peu plus tard, elle vint le trouver chez lui pour lui relater sa mésaventure.

— Mais vous êtes stupide ou quoi ? s'exclama-t-il d'une voix dure, quoique maîtrisée. Vous vous rendez compte du risque que vous avez pris par pure sottise ? Callandra m'a dit que vous étiez fatiguée, mais je ne me doutais pas que cela vous avait fait perdre le peu de bon sens que vous possédiez !

Il s'interrompit et la considéra droit dans les yeux.

— Il est inutile de vous demander si vous songiez à ce que vous faisiez, reprit-il. De toute évidence, vous n'avez pas réfléchi une minute ! Faut-il à présent que je vienne veiller sur vous comme sur un enfant... un petit enfant, qui n'aurait même pas atteint l'âge de raison ?

Hester avait vécu des moments de frayeur intense, mais, à présent, elle se sentait en sécurité et pouvait laisser libre cours à sa colère.

— Il ne m'est rien arrivé de grave, rétorqua-t-elle d'un ton glacial. C'est vous qui m'avez demandé d'aller là-bas...

— Non, coupa-t-il durement. C'est Callandra.

— Si vous voulez, concéda-t-elle avec un petit sourire

crispé. Callandra me l'a demandé afin que je vous aide à récolter des éléments que vous ne pouviez pas trouver tout seul.

— Qu'elle estimait que je ne pouvais pas trouver tout seul, rectifia-t-il encore.

Elle haussa les sourcils.

— Oh... Alors, elle se trompait? Je ne vois pas bien dans quelle mesure! Je ne vous ai jamais rencontré dans les couloirs, ni dans les salles de soins ou d'opérations. A moins que... Oh, mais j'y pense : ce panseur qui a trébuché hier sur un seau d'eaux sales, c'était donc vous, déguisé à la perfection?

Un éclair d'amusement traversa le regard de Monk, qui ne sourit pas pour autant.

— Moi, je ne risque pas ma vie dans des stratagèmes imbéciles pour essayer d'obtenir des indices, déclara-t-il.

— C'est évident! s'exclama Hester.

Elle mourait d'envie de l'atteindre enfin, de ressentir l'effet bienfaisant de l'action et de la réaction, d'entrer en contact avec lui autrement que par les mots, même les plus blessants. L'instinct de conservation la retint cependant.

— Vous, vous vous arrangez toujours pour ne pas prendre le moindre risque, poursuivit-elle. Se préserver avant tout, voilà votre devise! Et qu'importent les résultats! Si l'on pend un innocent, c'est bien malheureux, certes, mais l'essentiel est que nous soyons tous en sécurité! Oui, oui, j'avais déjà remarqué que c'était là votre philosophie!

Sans doute, s'il n'avait pas eu les nerfs à fleur de peau, Monk n'aurait-il pas répondu à cela. Mais, en cet instant, la colère le faisait bouillir intérieurement.

— Je sais prendre des risques quand cela se révèle nécessaire. Pas quand c'est complètement stupide. Et je réfléchis avant d'agir, moi!

Cette fois, Hester s'esclaffa. C'était un rire bruyant, joyeux, un rire qui n'avait rien de digne et qui ne convenait pas le moins du monde à une dame bien élevée, mais qui faisait un bien merveilleux. Elle avait l'impression que toutes ses tensions, ses terreurs, la fureur et la solitude s'envolaient avec lui. Même si elle avait essayé, elle eût été incapable de s'interrompre, et elle ne le souhaitait pas.

— Quelle stupidité ! murmura Monk entre ses dents tandis que son visage se colorait légèrement. Le ciel me préserve de la démence !

Il se détourna. Hester comprit qu'il se retenait pour ne pas partager son hilarité.

Lorsque, enfin, elle retrouva son calme, des larmes coulaient sur ses joues. Elle fouilla dans son sac à la recherche d'un mouchoir et se moucha bruyamment.

— Ça va mieux ? lança Monk sans se départir de son expression de marbre. Peut-être allez-vous pouvoir me dire à présent si vous avez appris des choses intéressantes ?

— Oui, bien sûr, répondit-elle avec entrain. Je suis venue pour cela.

Elle avait déjà décidé, sans même avoir à y réfléchir, qu'elle n'évoquerait pas les sentiments qui liaient Callandra à Kristian Beck. C'était là une affaire privée. En faire part à Monk lui eût donné l'impression de trahir son amie.

— A cette heure de la journée, le corridor est pratiquement désert. Les rares personnes qui passent sont soit pressées, soit trop exténuées pour remarquer quoi que ce soit, ou les deux. Aucune d'elles n'a semblé me voir et je ne pense pas qu'elles auraient repéré quelqu'un d'autre non plus.

— Même un homme ? insista-t-il, concentré de nouveau sur l'affaire. Même un homme en costume de ville, et non en tenue de panseur ?

— Il fait vraiment très sombre, répondit Hester après réflexion. Je pense que non. Il suffit de se retourner et de faire mine d'introduire quelque chose dans la goulotte à linge. A cette heure, les gens qui passent ont travaillé toute la nuit et ils sont trop épuisés pour s'intéresser à quoi que ce soit. Ils ont bien assez à faire comme cela. Ils ne songent qu'à une chose : s'allonger quelque part et dormir. C'est à peu près tout ce qui compte lorsqu'on est dans un tel état.

Il l'étudia d'un peu plus près.

— Vous avez l'air fatiguée, déclara-t-il enfin. Je dirais même plus : vous avez une mine épouvantable.

— Pas vous, riposta-t-elle du tac au tac. Vous, vous avez l'air frais comme un gardon. Mais c'est sans doute que j'ai travaillé un peu plus dur que vous ces derniers temps...

A la grande surprise d'Hester, il acquiesça aussitôt.

— Je sais, fit-il avec un sourire. Espérons que les malades vous en sont reconnaissants. Je suis sûr que Callandra le sera de son côté, et que vous pourrez bientôt vous offrir une nouvelle robe. Vous en avez besoin. Avez-vous découvert autre chose ?

Cette remarque vestimentaire blessa la jeune femme. Elle avait toujours eu conscience de l'élégance de Monk et, sans le lui avoir jamais avoué, elle admirait un peu le détective pour cela. De son côté, elle-même ne parvenait pas à s'intéresser à la mode et, elle ne l'ignorait pas, elle était rarement vêtue à son avantage. C'était là un art qui lui échappait totalement, si bien qu'elle avait renoncé à y prétendre. Elle eût adoré posséder la beauté d'une Imogen, par exemple, avoir la même grâce et le même air romantique.

Monk la considérait d'un regard étonné. Il attendait sa réponse.

— Sir Herbert est tout près de se voir nommer conseiller médical d'un membre de la famille royale, déclara-t-elle en toute hâte. J'ignore lequel.

— *A priori*, cela ne nous concerne pas, répondit-il en haussant les épaules. Mais enfin, on ne sait jamais. Quoi d'autre ?

— Sir John Robertson, l'un des administrateurs, a des soucis financiers, poursuivit-elle avec gravité. L'aumônier boit. Pas jusqu'à l'ivresse, mais assez pour ne plus avoir toute sa tête par moments et ne plus marcher tout à fait droit. Quant au trésorier, il apprécie les jolies femmes et laisse souvent traîner ses mains lorsqu'une belle infirmière passe près de lui. Mais ce sont plutôt les blondes à poitrine généreuse qu'il affectionne.

Monk lui jeta un rapide coup d'œil.

— Dans ce cas, lança-t-il, il n'a guère dû importuner Prudence !

Hester eut l'impression que la remarque la visait personnellement.

— S'il avait eu un geste déplacé envers elle, protesta-t-elle, je suis convaincue qu'elle aurait su le remettre à sa place. Moi, en tout cas, je ne me serais pas gênée pour le faire.

Il eut un large sourire, mais ne dit rien.

— Et de votre côté, reprit-elle avec brusquerie, avez-vous découvert quelque chose ? Ou vous êtes-vous contenté d'attendre que je vienne au rapport ?

— Bien sûr que j'ai découvert des choses. Seriez-vous en train de me demander vous-même un rapport ?

— Absolument.

— Très bien, fit-il en se redressant au garde-à-vous sans cesser de sourire. Geoffrey Taunton et Nanette Cuthbertson ont eu tous deux d'excellentes occasions d'assassiner Prudence. Lui est venu à l'hôpital ce matin-là pour la voir et il a avoué lui-même s'être disputé avec elle.

— On l'a vue vivante après la dispute, rappela-t-elle sèchement.

— Je le sais ! Seulement rien ne nous dit qu'il a quitté l'hôpital tout de suite. Il n'a pas pris le premier train du matin. Il n'est arrivé chez lui qu'à midi et ne peut fournir d'alibi pour la matinée. Croyez-vous que je prendrais la peine de mentionner cela si je connaissais son emploi du temps précis ?

Elle haussa les épaules.

— Continuez.

— Quant à Miss Nanette Cuthbertson, elle se trouvait elle aussi en ville ce jour-là. Elle était arrivée la veille au soir pour assister à un bal chez Mrs. Waldemar, qui habite

Regent Square, c'est-à-dire tout près de l'hôpital. Et curieusement, après avoir dansé toute la nuit, elle s'est levée très tôt ce matin-là et ne s'est pas présentée pour le petit déjeuner. Elle prétend avoir eu envie de prendre l'air et affirme qu'elle ne s'est pas rendue à l'hôpital, mais ne peut fournir aucune preuve quant à son itinéraire de la matinée. Personne ne l'a vue.

— Et elle avait cet excellent mobile qu'est la jalousie, acquiesça Hester. Mais possède-t-elle une force physique suffisante pour faire partie des suspects ?

— Oui, répondit Monk sans hésiter. C'est une excellente cavalière. Je l'ai vue maîtriser l'autre jour un cheval que plus d'un homme aurait eu du mal à tenir. Elle possède la force nécessaire, surtout si elle a profité de l'effet de surprise.

— Et j'imagine qu'elle aurait très bien pu se faire passer pour une infirmière en s'habillant avec simplicité, ajouta pensivement la jeune femme. Seulement, rien ne prouve qu'elle l'ait fait.

— Je le sais bien ! s'impatienta Monk. Si je détenais une preuve, je serais déjà allé la porter à Jeavis, figurez-vous !

— Rien d'autre ?

— Rien d'intéressant.

— Alors, il va falloir nous remettre au travail et chercher encore, conclut-elle en se levant. Je crois que je vais aller fouiller un peu du côté des administrateurs. Et aussi de Sir Herbert et du Dr Beck.

Il fit quelques pas et vint s'interposer entre elle et la porte. Soudain très grave, il fixait la jeune femme droit dans les yeux.

— Faites attention à vous, Hester ! Quelqu'un a assassiné Prudence Barrymore... non au terme d'une lutte ou par accident, mais de façon délibérée. Cette personne vous tuera tout aussi facilement si vous lui donnez à penser qu'elle a des raisons de vous craindre.

— Bien sûr que je vais faire attention, répondit-elle, vaguement émue par cette sollicitude. Je ne poserai pas de questions. J'observerai, c'est tout.

— J'y compte.

— Et vous, qu'allez-vous faire ?

— Poursuivre mon enquête parmi les étudiants en médecine.

— N'hésitez pas à venir me trouver si je peux faire quoi que ce soit pour vous aider. Je peux aussi apprendre des choses sur eux, vous savez. Jusqu'à présent, je les ai trouvés très quelconques, débordés de travail, soucieux d'apprendre, arrogants avec les femmes, toujours à faire de stupides plaisanteries pour contrebalancer la détresse que suscitent en eux toutes ces morts contre lesquelles ils ne peuvent rien. Ils sont tous pauvres, souvent affamés et fatigués. Ils font de mauvaises blagues sur Sir Herbert, mais lui vouent une immense admiration.

— Et vous ?

— Oui, répondit-elle, surprise. Oui, je crois que je l'admire moi aussi.

— Soyez prudente, Hester ! répéta-t-il.

— Vous m'avez déjà demandé cela et je vous l'ai promis. Allez, au revoir.

— Au revoir...

Elle bénéficiait de plusieurs heures de liberté le lendemain et en profita pour rendre visite à deux personnes avec qui elle s'était liée d'une profonde amitié. L'une d'elles était le major Hercule Tiplady — le « Hercule » étant un secret qu'ils partageaient et qu'elle s'était engagée à ne jamais dévoiler. Cet homme s'était cassé une jambe et elle avait fait office d'infirmière particulière auprès de lui durant toute sa convalescence, au moment même où elle s'investissait dans l'affaire Carlyon. Ainsi s'était-elle peu à peu prise d'affection pour lui. Il était rare qu'elle ressentît pour ses patients davantage qu'une considération relative, assortie d'un sentiment de responsabilité, mais, avec le major, une amitié authentique s'était instaurée.

Elle connaissait Edith Sobell depuis plus longtemps. C'était cette dernière qui l'avait amenée à s'intéresser à l'affaire Carlyon et, tout au long de cette période troublée, les deux femmes avaient tissé des liens très forts. Lorsque Edith avait quitté le foyer familial, Hester l'avait présentée au major. Celui-ci avait alors proposé à cette veuve sans compétences professionnelles un emploi de secrétaire et d'assistante chargée de l'aider à rédiger ses Mémoires, qui retraçaient surtout sa longue expérience en Inde.

Hester arriva en début d'après-midi sans prévenir, faute de temps. Le major et Edith abandonnèrent aussitôt leur travail pour l'accueillir à bras ouverts.

— Hester ! Comme je suis heureuse de te voir ! Comment vas-tu ? Tu sembles épuisée, ma pauvre amie ! Mais entre, je t'en prie, nous allons prendre le thé. Tu restes un peu, n'est-ce pas ?

Le curieux visage d'Edith, à la fois simple et beau, rayonnait d'enthousiasme. Le major ne laissa pas à Hester le temps de répondre.

— Bien sûr qu'elle va rester ! s'exclama-t-il.

Il s'était pleinement remis à présent et il ne subsistait de sa fracture qu'une infime boiterie. Hester, qui ne l'avait jamais connu actif, éprouva un certain étonnement à le voir debout et aux petits soins avec elle, alors qu'à l'époque de sa convalescence elle devait l'assister en permanence. Toute marque de souffrance ou de frustration avait déserté le visage du major. Il avait le teint rose et frais. Ses cheveux blancs formaient comme une crête au-dessus de son front.

La jeune femme acquiesça avec plaisir. Retrouver ces amis très chers lui procurait un sentiment extrêmement doux.

— Auprès de qui officies-tu en ce moment ? s'enquit Edith. Où travailles-tu ?

Elle avait pris place dans un grand fauteuil, où elle se pelotonnait avec un surprenant mélange de grâce et d'inélégance. Hester éprouva un immense plaisir à la voir ainsi . cela signifiait qu'elle se sentait vraiment chez elle. Car sous ce toit, personne ne se souciait des convenances : elle n'avait pas à se tenir droite ou à arranger ses jupons, ni à croiser les mains comme cela était de mise pour une dame. Elle se détendit, souriant sans raison particulière.

— Au Royal Free Hospital de Gray's Inn Road, répondit-elle.

— Dans un hôpital ? s'étonna le major. Vous n'êtes plus à votre compte ? Mais pourquoi ? Je croyais que vous trouviez les hôpitaux trop...

Il s'interrompit, cherchant sans doute une façon diplomate d'exprimer le fond de sa pensée.

— Trop astreignants pour ton tempérament, acheva Edith à sa place.

— En effet, approuva Hester sans cesser de sourire. Mais je n'y suis que pour quelque temps. J'apprécie beaucoup votre délicatesse : vous auriez fort bien pu me rappeler que j'ai de la chance d'avoir trouvé un hôpital qui accepte de m'embaucher après ma première expérience à Londres. Voyez-vous, Lady Callandra Daviot fait partie du conseil d'administration. C'est elle qui a obtenu ce poste pour moi : je remplace leur meilleure infirmière, qui était elle aussi passée par la Crimée et qui a été assassinée.

— Oh, c'est affreux ! s'exclama Edith. Comment est-ce arrivé ?

— On ne sait pas, répondit Hester, dont le visage avait retrouvé sa gravité. Lady Callandra a placé Monk sur l'affaire, en plus de la police, bien sûr. Et c'est pour cela que j'ai pris cet emploi.

A ces mots, le regard du major s'éclaira d'une lueur enthousiaste.

— Ah ! s'exclama le vieil homme. Ainsi, vous voilà de nouveau dans le rôle de fin limier !

Il reprit aussitôt son sérieux pour ajouter d'un ton pressant :

— Je vous en prie, soyez prudente, Hester. Une telle entreprise peut se révéler dangereuse si l'assassin devine vos intentions.

— Vous n'avez aucune inquiétude à avoir. Là-bas, je

ne suis qu'une infirmière comme les autres. Les seules antipathies que je me suis attirées, ajouta-t-elle avec un sourire, viennent du fait que j'ai travaillé en Crimée et que je suis autoritaire et sûre de moi.

— Et comment était l'autre infirmière? interrogea Edith.

— Autoritaire et sûre d'elle, rétorqua Hester, ironique. Mais si ces traits de caractère constituaient un mobile de meurtre, il ne resterait plus beaucoup d'infirmières de Crimée !

— Avez-vous une idée des raisons pour lesquelles on l'a tuée ? demanda le major en se penchant légèrement au-dessus du dossier du fauteuil d'Edith.

— Non. Non, nous ne savons pas. Il existe plusieurs éventualités. Monk en examine certaines. Quant à moi, j'aimerais en savoir un peu plus sur un médecin allemand de l'hôpital. J'avoue qu'il m'est sympathique et que j'ai plus envie de prouver son innocence que sa culpabilité. Je me demandais si...

Elle s'interrompit. Ce qu'elle s'apprêtait à demander pouvait paraître impertinent.

— Si nous pourrions vous aider? acheva le major. Mais nous en serions enchantés ! Dites-nous son nom et tout ce que vous savez de lui et nous effectuerons des recherches. Vous pouvez compter sur nous. N'est-ce pas, Edith ?

— Certainement, affirma cette dernière avec fougue. Je commence à devenir très calée pour découvrir des informations... d'une façon essentiellement livresque, bien entendu, ajouta-t-elle avec un sourire piteux. Mais j'imagine que les divers hôpitaux dans lesquels il a travaillé pourront nous renseigner sur son compte. Je vais m'en occuper sans attendre. Certaines autorités médicales possèdent toutes sortes de listes, vois-tu.

Elle modifia sa position dans le fauteuil afin d'être plus à son aise.

— Mais raconte-nous ce que tu as fait d'autre, enchaîna-t-elle aussitôt. Et comment vas-tu? Tu sembles plutôt fatiguée.

— Je vais commander du thé, intervint le major. Vous devez être assoiffée, Hester. Il fait terriblement chaud aujourd'hui et sans doute avez-vous parcouru à pied une bonne partie du trajet. Aimeriez-vous quelques sandwiches au concombre ? Et peut-être des tomates ? Je me souviens que vous adorez les tomates.

— Cela me ferait vraiment plaisir, acquiesça Hester. Je suis très touchée que vous vous souveniez de cela.

Rougissant légèrement, le major se leva pour aller quérir la femme de chambre.

Tandis qu'Hester savourait thé et sandwiches en compagnie de ses amis, Callandra croquait dans un fin toast beurré en observant les invités de la garden-party de Lady Stanhope. Non qu'elle appréciât particulièrement les réceptions mondaines ni les gens qui les fréquentaient, mais elle était venue avec l'espoir de rencontrer la fille de Sir Herbert, dont Hester lui avait parlé et qui avait été meurtrie à vie par un avortement bâclé. Callandra frissonnait rien que d'y penser et une sensation proche de la nausée la saisissait par moments.

Tout autour d'elle, ce n'était que tintements de cristal et de porcelaine, conversations murmurées, éclats de rire et froissements de tissus. Des valets de pied en livrée évoluaient parmi les invités, proposant des coupes de champagne ou de la citronnade bien fraîche, tandis que des servantes en petits tabliers de dentelle et coiffes amidonnées faisaient circuler des plateaux de sandwiches et de petits fours. Une dame très distinguée fit une plaisanterie, déclenchant l'hilarité autour d'elle. Plusieurs têtes se tournèrent dans sa direction.

Obtenir une invitation n'avait pas été facile. Callandra ne connaissait pas Lady Stanhope, de tempérament plutôt casanier, qui préférait rester chez elle entourée de ses sept enfants plutôt que de s'engager dans la vie sociale. Certes, la femme du chirurgien acceptait de sortir lorsque les obligations de son époux l'imposaient, mais elle passait généralement inaperçue dans les soirées mondaines.

Cette garden-party représentait pour elle une façon de se dégager en une journée d'une grande partie de ses dettes sociales, et les noms qui figuraient sur sa liste d'invités ne lui étaient pas tous familiers. Ainsi la présence de Callandra ne parut-elle pas la surprendre outre mesure. Elle dut supposer qu'il s'agissait là d'une relation de son époux, dont elle avait un jour accepté l'hospitalité sans en garder le souvenir et qu'elle avait donc invitée en retour.

En réalité, Callandra était venue en compagnie d'une amie commune à qui elle avait pu demander cette faveur sans avoir à fournir d'explications.

Elle avait dû s'habiller avec une recherche qu'elle n'affectionnait guère. Sa femme de chambre, créature chaleureuse et joviale qui travaillait à son service depuis de nombreuses années, ne s'était jamais sentie à l'aise avec la coiffure. C'était là un art pour lequel elle ne possédait aucun talent. Hormis cet inconvénient, la servante était une personne extrêmement facile à vivre, dotée d'une santé de fer, d'un bon sens de l'humour et d'une loyauté à toute épreuve. Pour Callandra, qui se souciait fort peu des apparences, ces vertus compensaient largement ses lacunes.

Aujourd'hui pourtant, il eût été appréciable que la femme de chambre s'y entendît un peu mieux à manier peigne et épingles. On eût dit que Callandra était arrivée là sur un cheval lancé au grand galop. Et chaque geste qu'elle tentait pour remettre en place une mèche rebelle ne faisait qu'aggraver la situation (à supposer que cela fût encore possible) et attirer davantage les regards.

Callandra ne savait pas vraiment ce qu'elle était venue chercher ici. Même si elle parvenait à lier conversation avec Victoria Stanhope et que la jeune fille se prît de sympathie pour elle, elle se voyait mal lui demander le nom de celui qui l'avait opérée ou la somme qu'il lui avait réclamée pour cet acte... que l'on pouvait difficilement qualifier de « service ».

Elle se tenait à l'extrémité de la pelouse, près de la bordure de plantes herbacées où abondaient, à cette époque de l'année, d'immenses pieds-d'alouette, des pivoines flamboyantes, des coquelicots trop ouverts et quelques véroniques bleues associées à une herbe à chat qui exhalaient des parfums délicieux. Elle se sentait pitoyable, déplacée et extrêmement bête. A quoi bon être venue? Elle cherchait déjà quelque excuse socialement acceptable pour expliquer son départ lorsqu'un homme d'un certain âge s'approcha et engagea la conversation avec elle, apparemment déterminé à lui exposer dans le détail ses théories sur la propagation des œillets et à s'assurer qu'elle avait bien compris comment instruire son jardinier sur tout ce qui concernait la taille des fleurs.

A trois reprises, elle essaya de persuader son interlocuteur qu'elle avait un excellent jardinier, mais l'autre manifestait un tel enthousiasme que ces tentatives restèrent vaines. Ce ne fut qu'un quart d'heure plus tard qu'elle parvint enfin à s'éclipser, pour se retrouver soudain nez à nez avec Arthur Stanhope, le fils aîné de Sir Herbert. C'était un jeune homme maigre au teint pâle et aux cheveux bruns et lisses. Âgé de dix-neuf ans, il prenait à cœur ses devoirs de fils de la maîtresse de maison et il eût été ingrat de le rejeter. La seule réaction décente consistait donc pour Callandra à répondre à ses questions polies et à s'efforcer de se concentrer sur cette conversation dénuée d'intérêt.

Elle lançait des oui et des non aux moments qu'elle espérait opportuns lorsqu'elle aperçut bientôt, à quelques mètres, une adolescente qui les regardait, apparemment désœuvrée. Celle-ci devait avoir dix-sept ans. Elle était très maigre et, à sa façon étrange de se tenir, on eût dit qu'elle manquait totalement d'énergie. Elle portait une robe d'un joli rose très bien coupée, mais tout l'art de la couturière n'eût pu masquer la crispation du jeune visage et les cernes de fatigue au-dessous des yeux. Callandra avait croisé trop d'invalides au cours de son existence pour ne pas reconnaître les signes de la souffrance lorsqu'ils s'affichaient de façon aussi manifeste.

— Pardonnez-moi! lança-t-elle, interrompant Arthur.

— Hein ? fit celui-ci, surpris. Oui ?

— Je crois que cette jeune personne vous attend, déclara-t-elle en désignant l'adolescente.

Il se retourna pour suivre le regard de son interlocutrice et un mélange d'émotions s'afficha aussitôt sur son visage : il paraissait à la fois mal à l'aise et sur la défensive, en proie à une irritation mêlée de tendresse.

— Oh... mais oui ! fit-il. Victoria, viens, s'il te plaît, que je te présente à Lady Callandra Daviot.

Victoria eut un mouvement d'hésitation. Voir l'attention ainsi fixée sur elle semblait l'incommoder.

Callandra n'ignorait rien de l'existence qui attendait une fille qui ne pouvait espérer se marier. Celle-ci était condamnée à demeurer dépendante de son père pour sa subsistance, de sa mère pour briser la solitude et partager un peu d'affection. Jamais elle n'aurait une maison à elle, à moins d'être la fille unique de parents aisés, ce qui n'était pas le cas de Victoria. Arthur hériterait naturellement de la fortune familiale, dont on prélèverait seulement un certain montant pour doter les autres sœurs. Quant aux frères, ils devraient faire leur trou tout seuls, non sans avoir reçu au préalable une éducation appropriée et bénéficié d'un départ plus que favorable dans l'existence.

Le cœur serré, Callandra sourit à la jeune fille.

— Ravie de faire votre connaissance, Miss Stanhope ! lança-t-elle avec tout le charme dont elle était capable, soit bien plus qu'elle ne s'en supposait.

— Je suis enchantée, moi aussi, Lady Callandra, répondit la jeune fille avec un sourire hésitant.

— Quel merveilleux jardin vous avez là !

Callandra était de loin son aînée et il lui incombait à ce titre de mener la conversation. En outre, il était flagrant que Victoria éprouvait les plus grandes difficultés à accomplir ses devoirs de fille de la maison. Bien sûr, cette gaucherie en société n'était rien comparée à la blessure fatale qu'elle avait subie naguère, mais, en cet instant, Callandra tenait à lui épargner ne fût-ce que la pensée même d'une quelconque souffrance.

— Je vois que vous avez là plusieurs variétés d'œillets. J'adore leur parfum, pas vous? J'ai rencontré tout à l'heure un monsieur à monocle, ajouta-t-elle après avoir vu Victoria répondre par un sourire, qui m'a expliqué dans les détails comment on s'y prend pour croiser les variétés entre elles.

— Ah oui, le colonel Strother! approuva la jeune fille en se rapprochant d'un pas. Il a malheureusement la fâcheuse habitude de s'épancher sur la question.

— Un peu, c'est vrai, admit Callandra. Mais c'est un sujet de conversation plutôt agréable et je pense qu'il éprouve un certain bonheur à partager sa passion.

— Il est vrai que je préfère écouter le colonel Strother parler des œillets que Mrs. Warburton discourir sur l'immoralité dans les villes de garnison! lança Victoria avec un petit sourire. Ou Mrs. Peabody sur son état de santé, ou Mrs. Kilbride sur le développement de l'industrie cotonnière aux Amériques, ou le major Drissell sur la mutinerie des Indiens. Nous avons droit au récit du massacre d'Amritsar à chacune de ses visites. La dernière fois, il nous l'a même servi avec le poisson au dîner, puis de nouveau au moment du sorbet.

Elle s'était animée en parlant. Elle semblait se sentir à l'aise en compagnie de Callandra.

— Certaines personnes n'ont pas le sens des proportions, convint celle-ci. Dès qu'on aborde leur sujet favori, elles ont tendance à s'emballer comme un cheval qui prendrait le mors aux dents.

Victoria se mit à rire. Visiblement, l'analogie lui plaisait.

— Excusez-moi...

Un élégant jeune homme d'une vingtaine d'années s'était approché. Il tenait à la main un petit mouchoir et n'avait d'yeux que pour Victoria. Il tendit à cette dernière le carré de batiste et de dentelle.

— Il me semble que vous avez perdu ceci, mademoiselle, reprit-il. Excusez cette familiarité que je m'autorise en venant vous le rapporter. Mais, ajouta-t-il avec un large sourire, cela me donne l'occasion de me présenter. Je m'appelle Robert Oliver.

Victoria pâlit, puis ses joues virèrent au cramoisi. Une série d'émotions violentes se succédèrent sur son visage : le plaisir, l'espoir fou, l'amertume.

— Merci, répondit-elle d'une petite voix tendue, mais je regrette, ce n'est pas le mien. Il doit appartenir à une autre... à une autre dame.

Il la dévisagea sans rien dire, cherchant ses yeux pour s'assurer qu'il avait bien perçu la signification de la réplique.

Callandra fut tentée d'intervenir, mais comprit qu'elle ne ferait que prolonger le supplice. Robert Oliver avait été attiré par quelque chose dans le visage de Victoria, une intelligence, un pouvoir d'imagination, une vulnérabilité peut-être. Il ne pouvait se douter de la blessure dont souffrait ce jeune corps, qui empêcherait à jamais la jeune fille de lui offrir ce qu'il recherchait si naturellement.

Callandra prit la parole presque malgré elle.

— C'est très attentionné de votre part, Mr. Oliver, dit-elle. Je suis sûre que Miss Stanhope vous est très obligée, mais la véritable propriétaire de ce mouchoir le sera également, à n'en pas douter.

Elle ne s'y trompait pas : Robert Oliver n'avait aucune intention de chercher plus loin à qui appartenait le mouchoir. Il avait trouvé celui-ci par hasard et s'en était servi comme d'un prétexte élégant et simple pour aborder la jeune fille.

Pour la première fois, il considéra Callandra, s'efforçant sans doute de découvrir qui elle était et à quel point son avis comptait pour Victoria, et il dut percevoir la peine authentique qu'elle ressentait, sans bien sûr en deviner la cause. Son jeune visage semblait plein de confusion.

Callandra sentit alors une colère brûlante l'envahir. En cet instant, elle haïssait l'avorteur qui était à l'origine de ce gâchis. Comme il était vil de tirer profit des angoisses et de la détresse d'autrui ! Voir une intervention chirurgicale honnête virer à la tragédie était chose courante, certes, mais cette opération-là était loin d'être honnête.

Une fois de plus, elle pria le ciel pour que Kristian n'eût joué aucun rôle dans cette affaire. L'hypothèse qu'il fût responsable était si douloureuse que Callandra avait la sensation de recevoir un coup de poing dans l'estomac chaque fois qu'elle lui traversait l'esprit.

Et si c'était le cas, avait-elle réellement envie de savoir ? Ne valait-il pas mieux s'accrocher aux certitudes qu'elle possédait jusqu'à présent : la douceur que dégageait cet homme, son humour, et même la souffrance qu'éveillait en elle l'idée qu'elle ne pouvait le toucher, qu'il ne se passerait jamais rien entre eux ?

Robert Oliver se tenait toujours devant elle, dans l'expectative.

Elle s'obligea à lui sourire.

— Miss Stanhope et moi-même étions sur le point d'aller prendre un rafraîchissement et elle voulait me montrer certaines variétés de fleurs que son jardinier a réussi à créer. Si vous voulez bien nous excuser...

Avec douceur, elle saisit Victoria par le bras pour l'entraîner. Après une brève hésitation, la jeune fille se laissa faire. Elle était pâle et ses lèvres tremblaient. Les deux femmes marchèrent en silence, côte à côte. Victoria ne posa aucune question.

Une messe du souvenir fut célébrée pour Prudence Barrymore à l'église du village de Hanwell et Monk y assista. Il était venu en partie par obligation vis-à-vis de Callandra, mais aussi parce qu'il éprouvait pour la défunte un respect grandissant, ainsi qu'un sentiment profond de tristesse à l'idée qu'une femme si active et si remarquable eût quitté le monde. Assister à une cérémonie formelle représentait pour lui une façon, sinon de réparer quelque chose, au moins de combler une partie du vide laissé par cette disparition.

Malgré la foule qui se pressait, un profond silence régnait à l'intérieur de l'église. Beaucoup de participants semblaient avoir fait le voyage depuis Londres pour venir témoigner leur respect et présenter leurs condoléances à la famille. Monk identifia bon nombre d'anciens soldats, dont certains amputés; quelques-uns s'appuyaient sur des béquilles, d'autres avaient des manches vides qui pendaient le long du corps. Malgré une évidente jeunesse, leurs visages portaient les signes d'un vieillissement prématuré lié aux épreuves traversées et aux souvenirs indélébiles qu'ils en avaient rapportés.

Mrs. Barrymore était vêtue de noir, mais son joli visage rayonnait d'une énergie peu commune tandis qu'elle supervisait le déroulement de la cérémonie. Elle accueillait les gens et recevait les condoléances d'inconnus avec une sorte de trouble aimable. Elle paraissait médusée de constater que tant de personnes avaient lié des liens profonds et personnels avec celle de ses filles qui lui avait toujours causé tant de souci.

Son époux semblait quant à lui bien plus proche de l'émotion brute et mal contrôlée. Pourtant, une grande dignité se dégageait de sa personne. Il ne disait presque rien, se contentant de hocher la tête devant les personnes qui venaient l'une après l'autre évoquer leur chagrin, leur admiration ou la dette qu'ils avaient envers sa fille, si dévouée et courageuse. Il était si fier de Prudence qu'il se tenait très droit, la tête haute, comme si, l'espace de cette journée au moins, lui aussi était devenu un militaire. Toutefois, son chagrin demeurait trop vif pour lui permettre de parler d'une voix qui ne tremblât pas et il ne cherchait pas à en dire plus que les quelques syllabes qu'exigeait de lui la courtoisie.

Les fleurs abondaient dans l'église, couronnes et bouquets d'été. Monk en avait apporté lui aussi, de belles roses épanouies qu'il avait déposées parmi les autres. Il aperçut un discret bouquet de fleurs sauvages qui le fit songer à la végétation qui devait pousser sur les champs de bataille de Crimée. La curiosité le poussa à lire la carte, qui ne portait que quelques mots : « A ma camarade, avec toute mon affection, Hester. »

L'espace d'un instant, il ressentit une ridicule bouffée d'émotion qui l'obligea à lever la tête et à renifler sans discrétion tout en plissant les yeux. Il s'éloigna de quelques pas, non sans avoir remarqué une couronne de marguerites blanches, très simple, accompagnée elle aussi d'une carte de visite. « Puissiez-vous reposer dans la paix du Seigneur. Florence Nightingale », lut-il.

Monk demeura à l'écart de la foule. Il ne souhaitait pas se voir adresser la parole. Il s'en voulait de ne pas accomplir son devoir comme il l'aurait dû. Il était là pour observer, non pour pleurer, et, cependant, l'émotion le submergeait sans qu'il pût la refouler. Il ne s'agissait ni de curiosité, ni de colère, mais d'un authentique chagrin. La musique lente et morne de l'orgue, les vieilles pierres de l'église et les silhouettes des endeuillés, tous en noir et tête nue, évoquaient une perte irréparable.

Il aperçut Callandra, silencieuse et discrète, venue à titre personnel et non pour représenter le conseil d'administration. Sans doute l'un des dignitaires très solennels qui se tenaient à l'extrémité de l'aile assumait-il cette fonction officielle. Il y avait eu une couronne de Sir Herbert, une autre de l'hôpital dans son ensemble, de grands lis blancs accompagnés de la formule adéquate.

Après la messe, le hasard mena Monk près de Mr. Barrymore, qu'il ne put alors éviter sans paraître discourtois. Le détective n'avait pas le cœur à articuler des banalités et il se contenta d'un sourire léger, tandis qu'il croisait le regard de Mr. Barrymore.

— Merci d'être venu, Mr. Monk, murmura celui-ci. C'est très généreux de votre part, d'autant que vous n'avez pas connu Prudence.

— J'en sais beaucoup sur elle à présent, répondit-il. Et tout ce que j'ai appris me fait ressentir profondément sa perte. Je suis venu parce que je le souhaitais.

Le sourire de Mr. Barrymore s'accentua et ses yeux s'emplirent de larmes. Il demeura quelques instants silencieux, le temps de se maîtriser de nouveau.

Monk lui tendit la main. L'autre la saisit et la serra entre les siennes, puis la relâcha.

Ce fut seulement alors que le détective remarqua la jeune femme qui se tenait à sa gauche, un peu en retrait. De taille moyenne, elle avait un visage fin et intelligent qui, en d'autres circonstances, eût sans doute été plein d'humour et de vivacité. La ressemblance avec Mrs. Barrymore était frappante. Il s'agissait à l'évidence de Faith Barker, la sœur de Prudence. Monk se souvint que celle-ci vivait dans le Yorkshire. Elle avait dû venir tout spécialement pour la cérémonie et il n'aurait pas d'autre occasion de lui parler. Il s'approcha d'elle.

— Mrs. Barker ? s'enquit-il.

La jeune femme afficha un intérêt immédiat. Elle le dévisagea d'un regard étonnamment direct.

— Seriez-vous Mr. Monk ? interrogea-t-elle avec une courtoisie qui venait compenser la brusquerie que revêtait cette entrée en matière peu orthodoxe.

Maintenant qu'elle avait mis de côté la solennité du deuil, elle avait une physionomie extrêmement agréable dans laquelle Monk reconnaissait sans peine la jeune fille gaie qu'avait décrite sa mère, celle qui aimait jadis la danse et les garçons.

— Oui, acquiesça-t-il en se demandant ce qu'on avait pu lui dire à son sujet.

Le regard de Faith était confiant lorsqu'elle posa sa main gantée de noir sur le bras du détective.

— Pouvons-nous parler en tête à tête quelques instants ? Je me rends bien compte que votre temps est précieux, mais je l'apprécierais bien plus que vous ne pouvez l'imaginer.

— Bien entendu, répondit aussitôt Monk. Si vous voulez, nous pouvons commencer à nous diriger vers la maison ?

— Je vous remercie infiniment.

Elle lui prit le bras et ils fendirent ensemble la foule endeuillée pour se retrouver bientôt à l'air libre. Le soleil brillait et ils marchèrent en silence entre les pierres tombales. Lorsqu'ils eurent atteint un coin verdoyant, près du mur d'enceinte, la jeune femme s'arrêta.

— Papa m'a dit que vous enquêtiez sur la mort de Prudence, commença-t-elle en lui faisant face. Parallèlement à la police. Est-ce exact ?

— Oui.

— Mais vous transmettrez à la police tout ce qui est susceptible, selon vous, d'avoir de l'importance et de l'obliger à prendre les mesures qui s'imposent en conséquence ?

— Savez-vous quelque chose, Mrs. Barker ?

— Oui. Prudence m'écrivait tous les deux ou trois jours, même lorsqu'elle était débordée de travail. Il ne s'agissait pas de simples lettres, mais plutôt d'une sorte de journal de bord où elle notait les cas de malades sur lesquels elle travaillait et qu'elle estimait intéressants ou instructifs du point de vue médical.

Elle s'interrompit un court instant. Son regard ne quittait pas celui du détective.

— Je les ai toutes, reprit-elle. Du moins toutes celles des trois derniers mois. Je pense que ce sera suffisant.

— Suffisant pour quoi, madame ?

Il sentait l'excitation faire bouillonner le sang dans ses veines, mais il fallait se garder de se réjouir trop vite. Peut-être s'agissait-il seulement de soupçons mal fondés, de déductions plutôt que de faits, nées du désir de vengeance d'une sœur.

— Pour le faire pendre, déclara-t-elle d'un ton sans appel.

Soudain, le charme avait déserté le visage de Faith, sur lequel ne subsistaient plus que colère, chagrin et désolation.

Il tendit la main vers la jeune femme.

— Je ne peux rien vous dire avant de les avoir lues. Mais si cela suffit effectivement, je vous donne ma parole, madame, que je n'aurai pas de repos avant que justice soit rendue.

— Je n'en attendais pas moins de vous.

Un sourire effleura ses lèvres et s'évanouit.

— Vous me semblez être un homme impitoyable,

Mr. Monk, ajouta-t-elle. Je n'aimerais pas avoir quelque chose à me reprocher face à vous.

Elle ouvrit un sac à main noir de dimensions supérieures à la normale et en tira un paquet d'enveloppes.

— Voilà, dit-elle en lui tendant celui-ci. J'espérais que vous viendriez aujourd'hui. Je vous en prie, prenez-les et accomplissez votre devoir. Peut-être pourrai-je les récupérer un jour... une fois qu'elles auront rempli leur fonction ?

— Si cela est en mon pouvoir, oui, promit-il.

— Bien. A présent, il me faut retourner auprès de mon père pour tenter de lui offrir le peu de réconfort que je suis en mesure de lui apporter. Au revoir, Mr. Monk.

Le détective attendit de se retrouver seul chez lui pour ouvrir les lettres. C'était le seul endroit où il pouvait les lire en toute quiétude.

La première avait été rédigée trois mois auparavant, comme le lui avait expliqué Faith Barker. L'écriture était petite et irrégulière, visiblement tracée à la hâte, mais n'évoquait pas la mesquinerie ou l'étroitesse d'esprit pour autant. Elle était aisément déchiffrable.

Chère Faith,

Autre opération longue et intéressante aujourd'hui. Une femme est venue avec une tumeur au sein. La pauvre créature souffrait depuis longtemps, mais elle était trop effrayée pour consulter qui que ce fût. Sir Herbert l'a examinée et lui a dit que la tumeur devait être retirée aussitôt que possible et qu'il s'en chargerait personnellement. Il lui a parlé jusqu'à ce qu'elle soit totalement rassurée et elle a été aussitôt admise à l'hôpital.

Suivait alors une description détaillée et extrêmement technique de l'intervention et de la façon brillante dont Sir Herbert s'en était acquitté.

Ensuite, j'ai déjeuné rapidement avec Sir Herbert (nous avions travaillé bien longtemps sans avaler ne fût-ce qu'un verre d'eau). Il m'a exposé quantité d'idées sur la façon d'épargner le choc aux patientes lors de telles opérations. Je crois qu'elles sont excellentes et je serais vraiment heureuse qu'il obtienne un poste qui lui permît de les mettre en application. C'est l'un des rares grands hommes que possède la médecine, tant pour ce qui est de la recherche que de la pratique. Il m'arrive parfois de penser que ses mains sont la plus belle partie d'un être humain qu'il m'ait été donné de voir dans ma vie. Certains parlent des mains dans la prière comme de quelque chose d'extraordinaire. Moi, je crois que des mains qui soignent ne seront jamais surpassées.

J'étais si fatiguée en allant me coucher! Mais si heureuse aussi!

Ta sœur qui t'aime.

Monk reposa la lettre. Elle était personnelle, peut-être légèrement suggestive, mais certainement pas accusatrice et encore moins accablante.

Il lut la suivante, puis la troisième. Elles se ressemblaient toutes avec, à chaque fois, d'innombrables commentaires techniques et, de nouveau, la référence à Sir Herbert et à son génie.

Monk trouva sa déception ridicule. Qu'avait-il espéré ?

Il en lut trois autres, son attention faiblissant peu à peu. Puis, tout à coup, il sentit ses doigts se crisper sur le papier, les battements de son cœur s'accélérer.

Hier soir, j'ai discuté plus d'une heure avec Sir Herbert. Il était près de minuit quand nous avons terminé et nous étions tous deux trop tendus pour repartir aussitôt chacun de notre côté. Je n'ai jamais admiré à ce point l'habileté d'un homme et je le lui ai dit. Il s'est montré très gentil, très chaleureux avec moi. Faith, je crois réellement que le vrai bonheur est possible pour moi, d'une manière que je n'avais osé envisager que dans mon enfance. Je suis sur le point de réaliser ce que je désire depuis toujours. Et Herbert est l'homme qui va me conduire vers ce bonheur.

Tu ne peux imaginer à quel point j'étais heureuse en me couchant... et excitée aussi! J'espère, je rêve, il m'arrive même de prier! Et tout repose entre les mains de Sir Herbert. Dieu soit avec lui.

Prudence.

Avec frénésie, Monk parcourut les lettres suivantes et il trouva d'autres passages de la même veine, pleins d'espoir et d'excitation, pleins de références à un bonheur à venir, à des rêves sur le point de se réaliser, parmi une foule de descriptions médicales.

Il détient le pouvoir de faire de moi la plus heureuse des femmes. Je sais que cela paraît absurde, impossible, et je comprends bien ce que tu m'écris, toutes tes mises en garde et tes conseils... Je sais que tu ne souhaites que mon bonheur, mais imagine seulement que tout cela devienne réalité! Il a le pouvoir de réaliser ce miracle, Faith, il peut le faire! Il n'est rien d'impossible, après tout! J'ai bien cherché, j'ai réfléchi, je ne connais aucune loi qui ne puisse être combattue ou tournée. Prie pour moi, ma chère sœur, prie pour moi!

Puis, peu après, le ton changeait soudain. C'était une semaine à peine avant le meurtre.

Sir Herbert m'a trahie du début à la fin! J'ai d'abord eu du mal à le croire. Je suis allée le voir, pleine d'espoir et, idiote que j'étais, de confiance. Il m'a ri au nez et m'a dit que c'était totalement impossible et que cela le demeurerait toujours.

Il m'a semblé recevoir une gifle lorsque j'ai compris qu'en fait il m'avait manipulée, s'était servi de moi. Il n'a jamais eu l'intention de tenir sa parole.

Mais j'ai un moyen de lui rappeler ses engagements. Je ne lui laisserai pas le choix. Je n'aime pas avoir recours à la force, cela me fait même horreur, mais que me reste-t-il d'autre ? Je n'abandonnerai pas mon rêve. Je possède des armes, je vais m'en servir!

Était-ce donc ainsi que les choses s'étaient déroulées ? Elle était allée le trouver pour le menacer et il s'était défendu avec son arme à lui : le meurtre ?

Faith Barker avait raison : ces lettres étaient suffisantes pour traîner Sir Herbert devant les tribunaux... et, selon toute probabilité, le faire condamner à mort.

Dès le lendemain matin, il irait les porter à Runcorn.

Il n'était pas encore huit heures lorsque Monk glissa les lettres dans sa poche et se rendit en cab au poste de police. Il descendit, paya le cocher et gravit les marches, savourant chaque instant. La journée s'annonçait superbe, il faisait déjà chaud. Les cris, les claquements bruyants des sabots sur les pavés, le fracas de ferraille que produisaient les roues des voitures, et même les odeurs mêlées de légumes, de poisson, d'ordures et de vieux crottin, tout lui paraissait inoffensif en cette belle matinée.

— Bonjour ! lança-t-il gaiement au sergent de service à l'entrée.

Il vit l'homme sursauter de surprise, puis prendre peur.

— Bonjour, m'sieur. Qu'est-ce qu'on peut faire pour vous, Mr. Monk ?

Monk lui fit un large sourire.

— J'aimerais rencontrer Mr. Runcorn, s'il vous plaît, dit-il. Je lui apporte des pièces à conviction importantes dans le cadre de l'enquête sur le meurtre de Prudence Barrymore.

— Bien, monsieur. Et quel genre de pièces à conviction ?

— Un genre très confidentiel, sergent, et qui concerne une personne extrêmement importante. Pourriez-vous aller prévenir Mr. Runcorn, je vous prie ?

Perplexe, le policier le considéra quelques instants avant de se résoudre à répondre.

— Oui, Mr. Monk. J'y vais tout de suite. Mais je peux pas vous garantir qu'il va vous recevoir.

— Dites-lui qu'il y a de quoi procéder à une arrestation, précisa Monk avec une vive satisfaction. Mais, s'il préfère, je peux aller trouver quelqu'un d'autre.

— Oh non... non, monsieur ! Je vais lui demander.

Le sergent revint quelques longues minutes plus tard avec un visage dénué d'expression.

— C'est d'accord, m'sieur, allez-y. Mr. Runcorn veut bien vous recevoir.

— Je vous remercie, fit Monk avec une courtoisie appuyée.

Il grimpa l'escalier et frappa à la porte de son ancien supérieur. Alors, une horde de souvenirs afflua : combien de fois s'était-il tenu ainsi devant cette porte, détenteur de toutes sortes de nouvelles à annoncer, parfois d'aucune ?...

Il se demanda à quoi pensait Runcorn en cet instant, s'il se sentait nerveux, s'il passait en revue leurs conflits, leurs victoires et leurs défaites. Se pouvait-il qu'il eût acquis une réelle confiance en lui, maintenant que Monk avait quitté le service ?

— Entrez.

La voix était à la fois ferme et pleine d'impatience.

Monk ouvrit la porte et entra, souriant.

Runcorn se recula légèrement dans son siège et le considéra avec une morne assurance.

— Bonjour ! lança Monk.

Il enfonça les mains dans ses poches et referma les doigts sur le paquet de lettres.

Plusieurs secondes durant, les deux hommes s'observèrent sans parler. Puis, lentement, le sourire de Runcorn s'estompa et ses yeux se plissèrent un peu.

— Eh bien ? lança le policier d'un ton irrité. Ne restez pas là à sourire niaisement. Vous avez quelque chose à fournir à la police, oui ou non ?

Monk sentit sa confiance d'antan affluer de nouveau, avec la conscience acérée de sa supériorité sur cet homme. Il se souvint qu'il avait l'esprit plus vif, la parole plus aisée et, surtout, une volonté qui décuplait ses forces. Il ne se rappelait pas une victoire en particulier, mais le goût que laissait le succès dans sa bouche.

— Oui, répondit-il. J'ai quelque chose.

Il sortit les lettres de sa poche et les présenta bien en évidence pour Runcorn.

Ce dernier attendit, se refusant à poser des questions. Il étudiait le visage de Monk, mais la belle assurance qu'il affichait tout à l'heure commençait à s'estomper. Les souvenirs opéraient leur influence.

— Des lettres de Prudence Barrymore à sa sœur, expliqua Monk. Quand vous les aurez lues, vous aurez de quoi arrêter Sir Herbert Stanhope.

Il avait fourni ce détail à dessein. Il connaissait bien son ancien supérieur et savait comment le déstabiliser. Runcorn serait terrorisé à l'idée de devoir s'en prendre à un homme socialement important, et plus encore de risquer une erreur pour laquelle il ne pourrait ensuite blâmer nul autre que lui-même. Déjà, les joues du policier s'étaient teintées d'un rouge sombre qui ne présageait rien de bon. Ses lèvres s'étaient crispées.

— Des lettres de Miss Barrymore à sa sœur, répéta Runcorn, comme pour gagner le temps nécessaire à organiser sa pensée. Cela ne prouve pas grand-chose, Monk. La parole d'une morte... ça ne tient pas. Cela m'étonnerait qu'on fasse arrêter quiconque sur cette base. On n'obtiendra jamais de condamnation.

Il sourit, mais sans grande conviction.

A nouveau, le souvenir d'une époque lointaine surgit dans l'esprit de Monk. Tous deux étaient bien plus jeunes alors, mais Runcorn avait le même caractère timoré, la même peur panique face à la nécessité d'inculper un personnage puissant, bien qu'il fût évident que ce dernier dissimulait des éléments. Aujourd'hui comme hier, il inspirait à Monk un mépris viscéral qui, le détective le savait, se lisait clairement sur son visage. La haine brilla dans les yeux de Runcorn.

— Donnez-moi ces lettres. Je prendrai une décision sur ce qu'il y a à faire.

Il avait parlé d'une voix rude, mais semblait néanmoins respirer avec difficulté. La main qu'il tendit pour s'emparer du paquet de lettres était rigide.

— Vous avez fait votre devoir en les apportant à la police, ajouta-t-il avec condescendance, tandis que son regard rencontrait enfin celui de son interlocuteur.

Toutefois, les époques s'étaient télescopées, du moins pour Monk, et peut-être pour Runcorn aussi. Le passé avait resurgi entre eux, encore et toujours, avec ses blessures et ses colères, son ressentiment, ses erreurs et ses coups bas.

— Je l'espère, répondit Monk. Je commence à me demander si je n'aurais pas mieux fait de les confier à une personne dotée du courage nécessaire pour les exploiter bel et bien et laisser aux tribunaux le soin de juger ce qu'elles prouvent ou ne prouvent pas.

Runcorn cligna des yeux, rempli de confusion. Il avait le visage d'un homme sur la défensive, tout comme ce fameux jour où ils s'étaient querellés au sujet de l'affaire en question. Seulement, Runcorn était jeune à l'époque, aucune ride ne sillonnait son visage. Aujourd'hui, l'innocence s'était envolée, il connaissait Monk et le goût de la défaite. Son ultime victoire n'avait rien effacé...

De quoi était-il question dans cette affaire ? Avaient-ils fini par la résoudre ?

— Ce n'est pas votre rôle, assena Runcorn. Vous vous rendriez coupable de rétention d'informations et c'est puni par la loi. Et n'allez surtout pas croire que je ne vous traînerais pas en justice, ce serait vous mettre le doigt dans l'œil jusqu'au coude. Mais de toute façon, ajouta-t-il tandis qu'un vif plaisir marquait son visage, je vous connais, Monk. Vous allez me donner ces lettres parce que vous n'êtes pas du genre à laisser passer une occasion de pouvoir mettre une huile sur la sellette. Vous ne supportez pas la réussite chez les autres, vous n'aimez pas les gens qui ont le pouvoir, parce que vous-même êtes un raté ! Un envieux, voilà ce que vous êtes ! Oh, vous allez me les donner, ces lettres ! Vous le savez aussi bien que moi.

— Bien sûr que je vais vous les donner, riposta Monk. Et c'est précisément ce qui vous terrifie. Vous allez être contraint d'en faire usage. C'est vous qui devrez soumettre Sir Herbert à interrogatoire, et, lorsqu'il ne pourra pas répondre, c'est à vous qu'il incombera de faire pression sur lui, de l'acculer le dos au mur pour donner finalement l'ordre de l'emmener. Et cette perspective vous accable. Elle va ruiner vos aspirations sociales. On se souviendra de vous comme de l'homme qui a causé la perte du meilleur chirurgien de Londres !

Runcorn était livide. A son front perlaient quelques gouttes de sueur. Mais il n'était pas encore prêt à capituler.

— On se... commença-t-il avant de s'éclaircir la voix. On se souviendra de moi comme de celui qui a élucidé l'affaire Barrymore. Vous, on vous oubliera !

L'insulte porta, sans doute parce qu'elle recelait une indéniable part de vérité.

— Mais vous, Runcorn, vous ne m'oublierez pas, rétorqua haineusement le détective. Parce que toute votre vie, vous saurez que c'est moi qui vous ai fourni ces lettres. Vous ne les avez pas trouvées tout seul. Et vous vous en souviendrez chaque fois que quelqu'un viendra vous féliciter pour vos compétences, pour votre perspicacité... A chaque fois, vous songerez qu'en réalité c'est à moi que s'adressent ces louanges. Seulement, vous n'aurez pas le courage ou la dignité de le dire. Vous vous contenterez de sourire niaisement et de remercier. Mais vous saurez.

— Peut-être ! s'exclama Runcorn en se levant, rouge de colère. Mais vous, vous ne saurez rien du tout, parce que cela se passera dans les clubs privés, dans les réceptions et les grands dîners où vous ne serez jamais invité !

— Parce que vous croyez que vous le serez, pauvre imbécile ? Vous n'êtes pas un gentleman et n'en serez jamais un. Vous n'en avez pas l'allure, vous n'en avez pas les vêtements, vous n'en avez pas le discours. Et surtout, vous n'en avez pas le cran, parce que vous savez que vous n'appartenez pas à ce monde. Vous êtes un petit policier doté d'ambitions démesurées. Trop démesurées pour un homme qui s'apprête à arrêter Sir Herbert Stanhope... Et c'est pour cette arrestation-là que les gens retiendront votre nom !

Monk crut que son interlocuteur allait le frapper. Plusieurs secondes durant, les deux hommes demeurèrent face à face, prêts l'un comme l'autre à en venir aux mains.

Puis, peu à peu, Runcorn se détendit. Il se rassit et leva les yeux vers Monk. Un très léger sourire flottait sur ses lèvres.

— Ne vous en faites pas, Monk, on se souviendra de vous aussi ! Pas parmi les grands et les prestigieux, pas parmi les gens du monde, c'est sûr... mais ici, au poste. Votre nom demeurera à jamais synonyme de terreur... pour tous les agents que vous avez tyrannisés, pour ces hommes dont vous avez détruit la réputation parce qu'ils n'étaient pas aussi impitoyables que vous ou qu'ils avaient l'esprit trop lent à votre goût. Avez-vous déjà ouvert une Bible, Monk ? « Comment ces vaillants hommes sont-ils tombés morts ? », ça vous dit quelque chose ? Oh, ajouta-t-il, tandis que son sourire s'élargissait, ils parleront de vous, eux ! Dans les tavernes, au coin des rues... Ils diront comme la vie est douce, maintenant que vous êtes parti ! Ils expliqueront aux nouvelles recrues qui se plaignent qu'elles ne connaissent pas leur bonheur, qu'elles ne savent pas ce qu'est la véritable cruauté, la vraie tyrannie ! Allez, donnez-moi ces lettres, Monk, et retournez à vos filatures et à ces petites activités qui vous occupent désormais...

— Les activités qui m'occupent désormais sont les mêmes qu'autrefois, siffla Monk entre ses dents. Elles consistent à faire le ménage dans toutes ces affaires que vous n'êtes pas fichu de résoudre seul !

D'un geste brutal, il lança le paquet d'enveloppes sur le bureau.

— Je vous préviens, précisa-t-il, je ne suis pas le seul à en connaître l'existence ! Alors ne vous avisez pas de les mettre de côté pour aller faire endosser les torts à un pauvre diable comme ce bon Dieu de valet que vous avez expédié à la potence il n'y a pas si longtemps !

Sur ces mots, il tourna les talons et sortit, laissant derrière lui un Runcorn livide et tremblant.

CHAPITRE VIII

Sir Herbert Stanhope fut arrêté et inculpé et désigna Oliver Rathbone pour assurer sa défense. L'avocat comptait parmi les ténors les plus brillants du barreau de Londres et, depuis la première affaire qu'avait résolue Monk après son accident, il connaissait bien Hester Latterly et le détective. Qualifier toutefois leurs relations d'amicales eût été à la fois les sous-estimer et les surévaluer. Avec Monk, les rapports étaient difficiles. Les deux hommes se portaient l'un à l'autre un profond respect mutuel qui allait parfois jusqu'à l'admiration. Ils se vouaient en outre une totale confiance sur le plan professionnel, aucun des deux ne doutant un instant de l'intégrité de l'autre.

Il en allait tout autrement dans le domaine des relations personnelles. Monk trouvait Rathbone arrogant et suffisant. Le maniérisme qu'affectait l'avocat l'exaspérait. De son côté, Rathbone déplorait le cynisme de Monk, son esprit contestataire, son entêtement et son intraitable rigueur, qu'il trouvait parfois exagérée.

Avec Hester, c'était une autre histoire. La jeune femme inspirait à Rathbone une considération qui, avec le temps, avait pris une dimension profonde et plus intime. Pourtant, l'avocat n'allait pas jusqu'à l'imaginer en compagne de vie. Il la trouvait trop virulente dans ses idées et intéressée par des sujets qui seyaient fort peu aux dames. Et cependant, il devait bien reconnaître qu'il se plaisait davantage en sa compagnie qu'avec les autres femmes et, curieusement, il se prenait parfois à se demander, avec un tantinet d'appréhension, quel jugement elle portait sur lui et quels sentiments il lui inspirait. Souvent, il se surprenait à songer à elle. Et s'il ne parvenait pas à s'expliquer cette étonnante attirance qu'il éprouvait pour elle, il ne la trouvait pas désagréable.

Hester, quant à elle, ne tenait absolument pas à lui faire part de ses propres pensées et sentiments à son égard. Par moments, Rathbone la troublait, comme le jour où, sans crier gare, il l'avait embrassée avec une grande douceur, un peu plus d'un an auparavant. Par la suite, lorsqu'il l'avait emmenée à Primrose Hill chez Henry Rathbone, son père, ils avaient partagé des moments de réelle harmonie. Toute sa vie, elle se souviendrait de cette intimité ressentie tandis qu'ils se promenaient ensemble dans le jardin à la tombée du soir. Elle avait perçu avec plus d'acuité que d'ordinaire les parfums de l'été portés par le vent, ceux de l'herbe coupée et du chèvrefeuille. Et elle gardait un souvenir étonnamment net des feuilles sombres du verger, au-delà de la haie, qui découpaient leurs formes mouvantes sur fond de ciel étoilé.

Et cependant, en arrière-plan, Monk demeurait toujours présent dans son esprit. Le visage du détective venait s'imposer à l'improviste dans ses pensées, sa voix et ses paroles meublaient souvent le silence de la solitude.

Rathbone ne fut nullement surpris de recevoir la visite des avoués de Sir Herbert Stanhope. Quoi de plus naturel, pour un homme d'une telle envergure, que de requérir la meilleure défense possible, et ils étaient plus d'un, à Londres, à considérer que celle-ci se trouvait en la personne d'Oliver Rathbone.

L'avocat lut tous les articles de presse consacrés à l'affaire et étudia les faits avec soin. Les pièces du dossier constituaient une menace sérieuse sans paraître pour autant accablantes. Certes, le chirurgien se trouvait sur les lieux à l'heure du crime, mais d'autres personnes y étaient aussi. Il possédait les moyens physiques de tuer, mais il en était de même pour l'ensemble des suspects, et, sachant que le métier d'infirmière requérait une certaine force musculaire, cette catégorie incluait à peu près tout le personnel de l'hôpital. Enfin, pour ce qui était du mobile, les pièces à conviction se résumaient à cette correspondance de Prudence Barrymore à sa sœur. Là, il fallait bien reconnaître que ce courrier représentait une mise en accusation éloquente, incontestable.

En plaidant le bénéfice du doute, il n'aurait aucune peine à épargner la potence à son client. Toutefois, pour laver la réputation et l'honneur de Sir Herbert, il fallait précisément ne laisser subsister aucun doute. Donc, fournir un autre coupable au public. Car ce serait le public qui, en fin de compte, constituerait le véritable jury.

La première étape consistait donc à obtenir l'acquittement du tribunal. Rathbone relut les lettres. Celles-ci nécessitaient une explication, une interprétation différente qui fût à la fois simple et crédible. Pour cela, l'avocat devait rencontrer Sir Herbert.

La canicule sévissait toujours, mais le ciel s'était couvert. Rathbone détestait se rendre dans les prisons d'une manière générale, mais cette chaleur moite et oppressante rendait la chose encore plus désagréable qu'à l'ordinaire. Elle accentuait les odeurs de canalisations défectueuses, celles des cellules exiguës qui renfermaient des corps à bout de forces et celle de la peur qui, immanquablement, se muait en désespoir. Tout en suivant le gardien qui le menait auprès de Sir Herbert Stanhope, l'avocat avait une conscience aiguë de chaque porte qui, dans un bruit mat, se refermait lourdement derrière lui.

La cellule où l'attendait le chirurgien avait des murs de pierre grise. Une simple table de bois, deux chaises placées de part et d'autre en constituaient tout le mobilier. Un peu de lumière du jour filtrait à travers une haute fenêtre munie de barreaux de fer. Le gardien jeta un coup d'œil à Rathbone.

— Appelez quand vous voudrez sortir, maître.

Puis il tourna les talons et laissa Rathbone face à son client.

Bien qu'ils fussent l'un comme l'autre des personnages très en vue dans la haute société londonienne, les deux hommes ne s'étaient jamais rencontrés. Rathbone se sentit dévisagé avec intérêt, tandis que lui-même examinait Sir Herbert. Il allait falloir défendre cet homme, personnalité de premier plan, du moins dans le monde médical, projetée au centre d'une affaire dont allaient dépendre bon nombre de réputations, y compris la sienne s'il ne donnait pas le meilleur de lui-même. C'était une terrible responsabilité que de tenir entre ses mains la vie d'un homme, non pas de la même façon que Sir Herbert lorsqu'il pratiquait ses opérations, mais en guidant le jugement d'autres êtres humains, en exploitant ses connaissances de la loi, sa rapidité d'esprit et son éloquence.

Cet homme était-il innocent ? Ou coupable ?

— Bonjour, maître Rathbone ! lança Sir Herbert en inclinant la tête, mais sans tendre la main.

Il portait ses vêtements de ville. Tant qu'il n'était pas passé devant le juge, il restait légalement innocent. Ses gardiens eux-mêmes lui devaient le respect.

— Enchanté, Sir Herbert, répondit Rathbone en se dirigeant vers la chaise la plus éloignée. Asseyez-vous, je vous en prie. Notre temps est précieux, je ne le gaspillerai donc pas en civilités que nous pouvons l'un comme l'autre considérer comme acquises.

Sir Herbert esquissa un petit sourire et s'exécuta.

— Il est évident que nous ne sommes pas là pour échanger des politesses, répondit-il. J'imagine que vous avez pris connaissance du dossier de l'accusation ?

— Bien entendu.

Rathbone s'assit sur la chaise de bois et posa les avant-bras sur la table.

— Ils possèdent des éléments solides, mais non imparables. Il ne sera guère difficile de démontrer que le doute subsiste. Toutefois, je souhaite aller plus loin que cela, afin que votre réputation n'ait pas à souffrir de cette affaire.

— Évidemment.

Une sorte d'amusement froid marqua un instant le large visage de Sir Herbert. Rathbone ne put s'empêcher d'admirer cette volonté de lutter, là où bien d'autres se seraient laissés aller à l'apitoiement sur eux-mêmes. On ne pouvait qualifier cet homme de beau, ni dire que le charme lui venait aisément, mais il suffisait de le regarder pour déceler chez lui cette indéniable intelligence, cette résolution et ce sang-froid qui avaient fait de lui une sommité dans une profession exigeante. A l'évidence, c'était un homme habitué à tenir la vie humaine entre ses mains, à prendre des décisions rapides et à assumer ses responsabilités. Rathbone se sentit porté au respect, un élan que ne lui inspiraient pas tous ses clients.

— Votre avoué m'a déjà informé que vous avez nié absolument avoir tué Miss Prudence Barrymore, poursuivit-il. Dois-je supposer que vous me donnerez la même assurance ? N'oubliez pas que mon rôle consiste à vous fournir la meilleure défense possible, indépendamment des circonstances, et qu'en me mentant vous me compliquez la tâche. J'ai besoin d'être en possession de tous les éléments ; sinon, je ne pourrai pas vous défendre contre les diverses interprétations que pourrait en faire l'accusation.

Tout en fournissant ces explications, il n'avait pas quitté des yeux Sir Herbert. Ce dernier le regardait parler. A aucun moment l'avocat ne le vit ciller ni esquisser le moindre geste de nervosité. Et quand il prit la parole, sa voix ne tremblait pas.

— Je n'ai pas tué Miss Barrymore, affirma-t-il. J'ignore totalement qui a commis ce meurtre, même si je puis imaginer certains mobiles, mais sans aucune certitude. Posez-moi toutes les questions que vous voudrez.

— J'examinerai ces points moi-même.

Rathbone changea de position sur sa chaise ; le dossier de bois n'offrait aucun confort.

— Les moyens dont vous disposiez et les occasions que vous avez eues ne pèsent rien dans la balance, puisqu'il en était de même pour beaucoup d'autres personnes. J'imagine que vous avez bien réfléchi et que vous n'avez trouvé personne pour établir que vous étiez occupé à telle ou telle tâche ce matin-là ? Sinon, vous l'auriez dit à la police et vous ne seriez pas ici en ce moment.

L'ombre d'un sourire effleura les yeux de Sir Herbert, qui ne fit aucun commentaire.

— Restent les mobiles, poursuivit l'avocat. Ces lettres, que Miss Barrymore a envoyées à sa sœur et qui se trouvent désormais aux mains de l'accusation, suggèrent que vous avez eu une liaison amoureuse avec elle et qu'au moment où elle s'est rendu compte que cela ne la mènerait à rien, elle est devenue gênante pour vous. Afin d'éviter le scandale, vous l'avez alors assassinée. Je veux bien partir du principe que vous ne l'avez pas tuée. Mais avez-vous eu une liaison avec elle ?

Les lèvres fines de Sir Herbert se crispèrent en une vague grimace.

— Certainement pas ! L'idée me ferait beaucoup rire, étant donné qu'elle est très loin de la réalité, si elle n'équivalait pas pour moi à un danger mortel ! Non, maître Rathbone, je n'ai jamais envisagé Miss Barrymore sous un tel jour. Ni, d'ailleurs, aucune autre femme que la mienne. Même si cela vous semble étonnant, connaissant la moralité des hommes par les temps qui courent... Figurez-vous que j'ai placé toute mon énergie, toute ma passion, dans ma profession.

Ses yeux fixaient Rathbone avec une grande intensité. Il avait un don de concentration indéniable, comme si la personne à qui il s'adressait revêtait pour lui une importance capitale et qu'il lui consacrât donc son entière attention. Rathbone eut soudain une conscience aiguë de la force de cette personnalité. Et pourtant, il ne doutait pas de sa sincérité : chez un tel homme, la passion ne pouvait être qu'intellectuelle, non physique. Il n'y avait pas la moindre faiblesse dans ce visage, aucun appétit non maîtrisé.

— J'ai une femme dévouée, maître, reprit Sir Herbert.

Et sept enfants. Ma vie de famille me satisfait amplement. Le corps est quelque chose qui me fascine, certes, mais seulement sur les plans anatomique et physiologique. Je ne cours pas après les infirmières.

Un bref instant, l'amusement surgit de nouveau.

— Et puis, franchement, conclut-il, si vous aviez connu Miss Barrymore, vous ne songeriez pas un seul instant que j'aie pu m'intéresser à elle. Elle était plutôt jolie, c'est vrai, mais également rigide, ambitieuse et très peu féminine.

— Dans quel sens, très peu féminine, Sir Herbert ? On m'a laissé entendre qu'elle avait des admirateurs : l'un d'eux lui était même si dévoué qu'il l'a poursuivie de ses assiduités des années durant, bien qu'elle n'ait pas cessé de le rejeter.

Sir Herbert haussa ses fins sourcils.

— Vraiment ? Vous m'étonnez. Mais, pour répondre à votre question, Miss Barrymore était têtue, bien trop franche et trop exaltée sur certains sujets. Par ailleurs, elle ne manifestait pas le moindre intérêt pour la vie de famille ou les enfants. Et elle ne prenait jamais la peine de se mettre en valeur. Je vous en prie, enchaîna-t-il en se penchant en avant, comprenez-moi. Il ne s'agit pas là de critiques. Je n'ai aucun désir de voir les infirmières de l'hôpital flirter avec moi, ni avec quiconque, d'ailleurs. Ces femmes sont là pour s'occuper des malades, obéir aux ordres qu'on leur donne et s'astreindre à un minimum de moralité et de sobriété. Prudence Barrymore présentait quant à elle bien plus que ces simples qualités. Elle avait un appétit frugal, ne buvait pas, arrivait toujours à l'heure, était diligente dans son travail et parfois même douée. Je crois que je puis dire que c'est la meilleure infirmière qu'il m'ait été donné de côtoyer, et j'en ai connu des centaines.

— Une jeune femme parfaitement convenable sous tous les rapports, mais un peu rébarbative, résuma Rathbone.

— Tout à fait, acquiesça Sir Herbert en se redressant.

Pas le genre de personne avec qui l'on songerait à flirter, pour peu qu'on soit enclin à le faire, ce qui n'est absolument pas mon cas. Mais croyez-moi, maître, ajouta-t-il avec un petit sourire, même si j'étais porté sur la chose, je ne choisirais pas un lieu public pour laisser s'exprimer mes penchants, et encore moins mon lieu de travail, qui est ce qui compte le plus dans ma vie. Jamais je ne mettrais mon activité professionnelle en danger pour une satisfaction aussi triviale.

Rathbone n'en doutait pas. Depuis qu'il avait débuté dans le métier, il passait son temps à juger si ses interlocuteurs disaient ou non la vérité et il s'était forgé dans ce domaine une brillante réputation. Il existait une infinité de signes à observer chez un menteur ; il n'en avait surpris aucun chez Sir Herbert.

— Dans ce cas, interrogea-t-il néanmoins, comment expliquez-vous ces lettres qu'elle a écrites ?

Sir Herbert eut une mine chagrinée.

— C'est un peu embarrassant, maître, répondit-il. Je n'aime pas avoir à dire ceci... C'est très déplacé pour un gentleman de parler de la sorte...

Il prit une profonde inspiration, puis poussa un soupir.

— Je... Il m'est arrivé par le passé d'entendre parler de jeunes femmes qui... qui se sont entichées, si je puis dire, de certains... de certains personnages éminents...

Il jeta à Rathbone un coup d'œil interrogateur.

— Peut-être en avez-vous fait l'expérience vous-même ? Une jeune femme que vous avez aidée, ou dont vous avez aidé la famille... et dont l'admiration et la gratitude se muent en... en un sentiment romantique ? On ne s'en rend pas compte tout de suite, jusqu'au moment où une parole, un regard vous fait prendre conscience que cette femme est en train de nourrir des rêves dont vous êtes le héros.

Rathbone ne connaissait que trop bien ce genre de situation. Il se remémorait encore ce sentiment fort agréable d'être admiré, qui, soudain, avait abouti à une confrontation des plus embarrassantes avec une jeune femme romantique qui avait pris sa vanité pour un mélange de timidité et d'ardeur cachée. Aujourd'hui encore, ce souvenir le faisait rougir.

Sir Herbert sourit.

— Je vois que oui. C'est très gênant. J'ai bien peur, poursuivit-il, que ce ne soit ce qui s'est produit avec cette infirmière. Je vous jure que je n'avais aucune idée de ce qui se tramait. Elle n'était pas le genre de femmes que l'on associe à de telles émotions. Dieu seul sait ce que j'ai pu dire ou faire, ajouta-t-il avec un soupir, pour qu'elle le détourne de cette façon ! Les femmes ont le don d'interpréter les paroles — et les silences — pour leur faire prendre toutes sortes de significations qui ne nous seraient jamais venues à l'esprit.

— Si vous pouviez me fournir un exemple précis, cela m'aiderait.

Sir Herbert fronça les sourcils, comme pour mieux réfléchir.

— Vraiment, c'est très difficile, dit-il avec réticence. On prend rarement garde à ce que l'on dit lorsqu'on est concentré sur une opération. Bien évidemment, j'ai bavardé avec elle des centaines de fois. C'était une excellente infirmière et je communiquais bien plus avec elle que je ne l'aurais fait avec une assistante moins brillante. Nous avions, poursuivit-il en secouant la tête, des relations professionnelles très poussées, maître Rathbone. Je ne lui parlais pas de la même manière que s'il s'était agi d'une relation sociale. Jamais il ne me serait venu à l'idée de la regarder pour m'assurer qu'elle avait bien compris le sens de mes remarques. Souvent, je lui tournais le dos, ou bien je lui parlais en marchant ou en m'activant. Pour moi, nos relations n'avaient rien de personnel.

Rathbone ne l'interrompit pas. Il attendit la suite, les yeux rivés sur le visage du chirurgien. Ce dernier haussa les épaules.

— Les jeunes femmes, enchaîna-t-il, ont beaucoup d'imagination, surtout lorsqu'elles atteignent un certain âge sans avoir trouvé chaussure à leur pied.

Un léger sourire flotta sur ses lèvres, mélange de regret et de sympathie, puis s'estompa.

— Il n'est pas naturel pour une femme de se vouer à une carrière d'une façon aussi poussée, reprit-il. Cela exacerbe les émotions naturelles, surtout quand il s'agit d'un métier aussi particulier et exigeant que celui d'infirmière. Son expérience de la guerre a dû la rendre très vulnérable aux blessures psychologiques et la rêverie n'est pas une réaction anormale face à des circonstances qui, sans elle, seraient ressenties comme insupportables.

C'était l'exacte vérité, Rathbone le savait, et, pourtant, l'avocat ne pouvait s'empêcher de voir dans ces explications une condescendance qui lui déplaisait. Il avait du mal à imaginer une personne moins portée à la rêverie et au romantisme écervelé qu'Hester Latterly, dont la situation, d'après les descriptions de Sir Herbert, s'apparentait à celle de Prudence Barrymore. Peut-être lui-même aurait-il eu moins de peine à cerner la jeune femme si celle-ci avait été romantique. Mais sans doute aussi l'aurait-il moins admirée et moins appréciée. Au prix d'un effort sur lui-même, Rathbone réfréna néanmoins les objections qui lui venaient aux lèvres et se concentra sur sa requête initiale.

— Mais vous n'avez pas souvenir d'une occasion particulière où elle aurait mal interprété une remarque spécifique ? Cela nous serait utile de pouvoir nous appuyer sur des exemples concrets.

— Je le conçois bien, mais je crains fort de n'avoir aucun souvenir précis de ce que j'ai fait ou dit qui ait pu pousser cette femme à croire que mon intérêt pour elle était autre que professionnel.

Sir Herbert avait prononcé ces mots avec une anxiété assortie d'une totale confusion.

Rathbone se leva.

— Nous en resterons là pour cette fois, Sir Herbert. Surtout, gardez courage. Nous avons encore du temps devant nous pour en apprendre davantage sur Miss Barrymore et pour lui découvrir d'éventuels ennemis. Cependant, je vous en prie, continuez à réfléchir à vos rapports avec elle durant les derniers temps et tâchez de vous souvenir de détails qui pourraient nous être utiles. Lorsque nous nous trouverons devant le juge, nous ne pourrons pas nous contenter de vagues dénégations. Mais, ajouta-t-il avec un sourire, ne vous inquiétez pas trop. J'ai avec moi d'excellents collaborateurs et il ne fait aucun doute que nous découvrirons beaucoup de choses d'ici là.

Sir Herbert s'était levé à son tour. Il était pâle, et maintenant qu'il avait cessé de se concentrer sur l'interrogatoire, l'anxiété se lisait clairement sur son visage. La gravité de la situation semblait le submerger et, malgré les assurances que lui donnait Rathbone, sans doute ne pouvait-il s'empêcher de songer au gibet et cette réalité l'emportait-elle sur tout le reste.

Il parut sur le point de répondre, mais aucun son ne franchit ses lèvres.

— Je vais placer mes meilleurs assistants sur l'affaire, ajouta Rathbone en lui serrant la main. De votre côté, essayez de vous souvenir d'une ou deux conversations que vous avez eues avec Miss Barrymore. Cela nous permettrait de réfuter l'interprétation que l'accusation fait de votre relation avec elle.

— Oui, acquiesça Sir Herbert. Bien sûr. Au revoir, maître. J'attendrai votre prochaine visite avec impatience...

— Je reviendrai dans deux ou trois jours, précisa l'avocat en réponse à la question non formulée.

Puis il se tourna vers la porte et appela le gardien.

Rathbone était fermement décidé à tout tenter pour découvrir un autre suspect. Si Sir Herbert était innocent, quelqu'un devait être coupable. Et, pour faire toute la lumière sur cette affaire, il n'existait à Londres aucun individu plus compétent que Monk. L'avocat fit donc porter un message au domicile de ce dernier, à Fitzroy Street, afin de l'informer de son intention de lui rendre visite le soir même pour lui parler d'un dossier important. Pas un instant il ne lui vint à l'esprit que le détective pouvait avoir pris d'autres engagements.

Monk l'accueillit de bonne grâce. Malgré la légère antipathie que lui inspirait l'avocat, il avait besoin de travailler et s'appliquait à conserver la bienveillance de Rathbone. Car de toutes les affaires qu'il traitait, les plus intéressantes, sur les plans tant professionnel que financier, lui venaient de cet homme.

Il fit entrer l'avocat et l'invita à s'installer dans le fauteuil le plus confortable, tandis que lui-même s'asseyait en face en lui.

— J'ai une défense extrêmement délicate à conduire, commença lentement le visiteur. Tout d'abord, je pars du principe que mon client est innocent. Les circonstances du délit ne sont pas élucidées, mais il existe des pièces à conviction assez éloquentes concernant le mobile, et aucun autre suspect ne vient naturellement à l'esprit.

— Y en a-t-il néanmoins d'autres possibles? l'interrompit Monk.

— Oui. Plusieurs.

— Qui ont un mobile?

Rathbone se cala un peu plus confortablement dans son siège.

— Sans doute, quoique aucun indice ne suggère quelque chose d'assez puissant pour avoir entraîné l'acte. Ce sont des déductions que l'on peut faire, mais sans aucune preuve à l'appui.

— Jolie distinction! lança Monk avec un sourire. Je présume que votre client, lui, possède un mobile un peu plus évident?

— Je le crains, oui. Mais il n'est en aucun cas l'unique suspect. Seulement le plus probable, d'une certaine manière.

Monk demeura un instant pensif.

— Il nie l'acte. Nie-t-il aussi le mobile?

— Oui. Il affirme que la perception que l'on en a eue repose sur un malentendu, non pas intentionnel, mais disons... déformé par les émotions.

Rathbone vit les yeux gris se plisser et sourit.

— Je sais ce que vous pensez, dit-il. Vous avez raison. Il s'agit bien de Sir Herbert Stanhope. Et je n'ignore pas que c'est vous qui avez découvert les lettres envoyées par Prudence Barrymore à sa sœur.

Monk haussa les sourcils.

— Et vous me sollicitez malgré tout pour vous aider a réfuter leur contenu ?

— Pas tout à fait. Simplement pour montrer que la toquade de Prudence Barrymore pour Sir Herbert n'a pas nécessairement poussé celui-ci au meurtre. Il existe d'autres possibilités parfaitement crédibles, et l'une d'elles pourrait bien se révéler correspondre à la réalité.

— Et serez-vous satisfait si je me contente de fournir une autre explication plausible ? interrogea Monk. Ou souhaitez-vous aussi me voir apporter des pièces à conviction à l'appui de celle-ci ?

— Commencez par me trouver quelque chose, répondit sèchement Rathbone. Ensuite, bien sûr, il serait excellent de fournir des preuves tangibles. Je ne veux pas me contenter d'établir qu'il y a doute. D'abord parce qu'il n'est pas certain qu'un jury voterait l'acquittement sur cette base, et ensuite parce que la réputation de mon client en souffrirait. Sans la condamnation d'un autre coupable, il verra bel et bien sa carrière ruinée.

— Le croyez-vous innocent ? s'enquit Monk. Ou est-ce là une question à laquelle vous ne pouvez pas répondre ?

— Non, non, je pense qu'il est innocent. Cette conviction n'a aucun fondement, mais je pense qu'il n'a pas tué. Et vous, êtes-vous convaincu de sa culpabilité ?

— Non... fit Monk après un léger temps d'hésitation. Je serais même tenté de le croire innocent, malgré les lettres. Il semble que la victime se soit entichée de lui et il a pu être flatté, ou bien assez idiot pour l'encourager dans ce sens. Mais plus j'y réfléchis — et je n'ai pas cessé d'y songer ces derniers temps — plus le meurtre me paraît une réaction extrême aux émotions d'une jeune femme qui étaient certes embarrassantes, mais non pas dangereuses pour Sir Herbert. Même si elle était folle amoureuse de lui, poursuivit-il, prononçant ces mots avec réticence, je ne vois pas ce qu'elle pouvait faire de plus que lui causer, peut-être, une certaine gêne. Je serais pour ma part enclin à penser qu'un personnage aussi éminent, qui travaille au contact de nombreuses femmes, a dû connaître des situations similaires par le passé. Je ne suis pas aussi convaincu de son innocence que vous, mais je reste persuadé qu'il existe des éléments que nous ignorons encore. J'accepte votre proposition. Je suis curieux de voir ce que je vais bien pouvoir découvrir.

— Pourquoi vous étiez-vous investi dans cette affaire au départ ?

— Lady Callandra me l'avait demandé. Elle fait partie du conseil d'administration de l'hôpital et elle avait une grande estime pour Prudence Barrymore.

— Et ce dénouement la satisfait ? s'étonna l'avocat. J'aurais pensé qu'en tant qu'administratrice de l'hôpital, elle a tout intérêt à défendre Sir Herbert ! Cet homme est incontestablement *la* sommité de l'établissement ! L'hôpital pourrait se passer de n'importe quel autre membre du personnel, mais difficilement de lui !

L'ombre du doute traversa le regard de Monk.

— Oui, répondit-il, songeur. Elle me semble satisfaite. Elle m'a remercié, payé et dégagé de l'affaire.

Rathbone ne dit rien, mais demeura plongé dans sa réflexion.

— Hester, pour sa part, ne pense pas que nous ayons découvert la vraie réponse, ajouta Monk après un silence.

En entendant ce prénom, Rathbone reporta toute son attention sur son interlocuteur.

— Hester ? Mais qu'a-t-elle à voir avec cette affaire ?

Monk sourit, considérant Rathbone avec un amusement non dissimulé. L'avocat eut alors la désagréable sensation que les sentiments tumultueux et très personnels que lui inspirait la jeune femme se lisaient à livre ouvert sur son visage. Était-il possible qu'Hester se fût confiée à Monk ? Il réfuta aussitôt cette idée. Elle était désagréable et douloureuse. Non, bien sûr, ce n'était pas imaginable.

— Elle a connu Prudence en Crimée, expliqua le détective.

Monk avait appelé l'infirmière par son seul prénom et cette marque de familiarité fit tressaillir l'avocat. Jusque-là, lui-même n'avait jamais envisagé la jeune femme que comme une victime et il ne s'était soucié que de Sir Herbert. Et voilà que soudain, il s'apercevait qu'elle avait *existé*. Hester l'avait connue, aimée peut-être. Avec un frisson, il songea de nouveau à la ressemblance entre les deux femmes et sentit son sang se glacer.

Il eut l'impression que son trouble n'avait pas échappé à Monk qui, curieusement, ne manisfesta aucune ironie. Rathbone lut au contraire une authentique souffrance sur le visage du détective.

— Et vous, la connaissiez-vous ? questionna-t-il sans réfléchir.

— Non, répondit Monk à mi-voix. Mais j'ai appris à la connaître depuis sa mort.

Le regard gris se durcit et son expression devint froide et implacable.

— Et j'ai la ferme intention de voir le bourreau passer la corde au cou du vrai coupable, ajouta-t-il. Ce n'est pas seulement parce que les erreurs judiciaires me révoltent. Mais il n'est pas question que Stanhope soit acquitté sans qu'un autre vienne le remplacer sur le banc des accusés. Je ne laisserai pas la justice classer cette affaire sans l'avoir résolue.

— Qu'avez-vous appris sur cette femme pour être si profondément ébranlé ?

— Elle avait du courage. Et aussi une grande intelligence, une volonté d'apprendre et de se battre pour ses convictions et ses ambitions. Elle se souciait d'autrui et il n'y avait chez elle ni faux-semblants ni hypocrisie.

Rathbone eut tout à coup la vision d'une femme assez semblable à Monk lui-même, quelquefois étrange et complexe, mais aussi d'une pureté absolue. Il comprit mieux, alors, pourquoi son interlocuteur prenait tant cette affaire à cœur.

— La femme que vous me décrivez là paraissait capable d'aimer passionnément, fit-il remarquer. Et elle ne se serait pas laissé rejeter sans se battre.

Monk esquissa une moue dubitative. A l'évidence, cette idée ne lui plaisait pas. Elle semblait même lui inspirer un sentiment proche de la colère.

— Une telle femme ne se serait pas non plus laissée aller à supplier, ni à recourir au chantage, affirma-t-il d'une voix où la peine l'emportait toutefois sur la conviction.

Rathbone se leva.

— S'il existe des éléments que nous ne soupçonnons pas encore, trouvez-les ! lança-t-il. Faites en sorte de découvrir d'autres mobiles possibles. Il y a nécessairement un assassin dans cette histoire.

— Je mettrai tout en œuvre pour cela, promit Monk, peut-être plus pour lui-même que pour Rathbone. Je suppose, ajouta-t-il avec un léger sourire, que Sir Herbert est prêt à payer ?

— Assurément, acquiesça l'avocat. A propos, reprit-il après un court silence, où travaille Hester en ce moment ?

Monk eut un sourire amusé.

— Au Royal Free Hospital.

— Comment ? s'exclama Rathbone, incrédule. Dans un hôpital ? Mais je croyais que...

Il s'interrompit. Il était inutile de rappeler à Monk qu'Hester avait été renvoyée d'un service hospitalier par le passé, même si son interlocuteur n'ignorait sans doute pas ce détail. Il lut dans le regard du détective une certaine ironie, assortie cependant d'une colère et d'une sorte d'instinct de protection.

Rathbone soupira : il lui était déjà arrivé de se sentir, comme à présent, très proche du détective et de l'apprécier sans cesser de le détester cordialement malgré tout.

— Je vois, reprit-il. Bon, je suppose que cela pourra nous être utile. Tenez-moi informé, je vous prie.

— Bien entendu. Au revoir.

Pas une seconde Rathbone n'avait douté qu'il irait

trouver Hester. Certes, il avait pesé le pour et le contre, réfléchi aux motifs qui pouvaient justifier ou interdire une telle démarche, mais il l'avait fait avec sa raison, alors que déjà, ses jambes prenaient le chemin de l'hôpital. Il ne serait pas facile de la trouver, il le savait. Sans doute serait-elle occupée. Et, selon toute vraisemblance, elle ne lui apprendrait rien d'intéressant sur le meurtre. Toutefois, elle avait connu Prudence Barrymore, et peut-être même Sir Herbert. Aussi ne pouvait-il se permettre de négliger son avis. A vrai dire, il ne pouvait rien négliger du tout !

L'hôpital lui fit horreur. Les odeurs l'agressèrent d'emblée et la conscience qu'il eut soudain des souffrances physiques et morales qui habitaient ce lieu colora chacune de ses pensées. L'endroit semblait tourner au ralenti et Rathbone y décela une certaine confusion qu'il attribua à l'absence de Sir Herbert.

Il demanda à rencontrer Hester, non sans avoir décliné son identité et expliqué l'objet de sa visite, et on l'introduisit dans une pièce étroite où on l'enjoignit de patienter. Il y demeura une bonne vingtaine de minutes, bouillant d'impatience et de colère d'être ainsi traité, avant de voir enfin la porte s'ouvrir sur l'infirmière.

Il était resté trois mois sans la rencontrer et, bien qu'il eût conservé intact le souvenir de son visage, il éprouva une certaine surprise en la découvrant. Elle semblait fatiguée, plus pâle qu'à l'ordinaire. De grosses taches sombres maculaient sa robe d'un gris terne. Il ressentit néanmoins une sensation de familiarité qu'il trouva à la fois agréable et déroutante.

— Bonjour, Oliver ! lança-t-elle d'un ton vaguement cérémonieux. Je viens d'apprendre que vous assuriez la défense de Sir Herbert et que vous souhaitiez m'entretenir à ce propos. Je ne pense pas pouvoir vous aider. Je n'étais pas là au moment du meurtre, mais, bien entendu, je ferai mon possible.

Tout en disant ces mots, la jeune femme le fixait droit dans les yeux, sans se préoccuper des civilités de rigueur lorsqu'une dame s'adressait à un homme.

En cet instant, il sut avec certitude qu'Hester avait porté une réelle affection à Prudence Barrymore. Il sentit également que l'émotion qu'elle éprouvait teinterait sa façon d'aborder l'affaire et cela lui plut et lui déplut en même temps. Professionnellement, cela le gênerait. Il avait besoin d'observations objectives. Sur le plan personnel, néanmoins, il avait toujours estimé que l'indifférence face à la mort représentait une tragédie plus grande encore que la mort elle-même et, parfois, un péché plus grave que tous les mensonges, faux-fuyants et trahisons dont s'accompagnaient la plupart des procès.

— Monk m'a dit que vous avez connu Prudence Barrymore, déclara-t-il sans préambule.

Le visage d'Hester se tendit.

— Oui.

— Avez-vous eu connaissance du contenu des lettres qu'elle a écrites à sa sœur ?

— Oui. Monk m'en a parlé.

Elle avait une expression circonspecte et malheureuse. Il se demanda s'il fallait incriminer l'intrusion dans la vie privée de son amie ou les conclusions que l'on pouvait tirer des lettres.

— Vous ont-elles surprise ?

Elle se tenait devant lui, immobile. La pièce ne comportait aucune chaise. C'était de toute évidence un lieu destiné au stockage du matériel, que l'on avait sans doute choisi parce qu'il offrait l'intimité requise pour l'entretien.

— Oui, répondit-elle. Je veux bien croire que ce soit elle qui les ait écrites, parce qu'il le faut. Mais cela ne ressemble pas du tout à la femme que j'ai connue.

Il n'avait pas la moindre envie de l'offenser, mais l'exigence de vérité passait avant tout le reste.

— L'avez-vous connue ailleurs qu'en Crimée ?

— Non, je ne l'ai pas revue après mon retour en Angleterre, concéda Hester. J'ai quitté la Crimée avant elle, à cause du décès de mes parents, et je l'ai alors perdue de vue. Toujours est-il que la femme avec laquelle j'ai travaillé là-bas n'aurait pas écrit cela.

Elle fronça les sourcils. Sans doute cherchait-elle à ordonner ses pensées et à trouver les mots les plus aptes à les exprimer.

— Elle était... Disons qu'elle se suffisait à elle-même...

Elle avait lancé cela sur un ton interrogateur, pour voir s'il saisissait.

— Elle n'aurait pas toléré que son bonheur dépende d'une tierce personne, essaya-t-elle encore. C'était elle qui conduisait sa vie, elle ne se laissait pas mener par quiconque. Est-ce que je me fais bien comprendre ?

— Non, répondit-il avec un petit sourire. Cherchez-vous à me dire qu'elle était incapable de tomber amoureuse ?

Elle hésita si longtemps qu'il crut qu'elle ne répondrait pas. Il regretta d'avoir abordé ce sujet, mais il était trop tard pour battre en retraite.

— Hester ?

— Je ne sais pas, avoua-t-elle enfin. Aimer, elle en était capable, sans aucun doute. Mais tomber amoureuse... je n'en suis pas sûre. L'expression même implique une perte d'équilibre. Je ne crois vraiment pas que Prudence ait été capable de « tomber ». Et puis, Sir Herbert ne me semble pas...

— Ne vous semble pas... ?

— Ce n'est pas un homme susceptible d'inspirer une passion dévastatrice.

Elle le considéra d'un regard interrogateur, comme si, là encore, il s'agissait d'une question déguisée.

— Dans ce cas, qu'a-t-elle voulu dire dans ses lettres ?

Elle secoua la tête.

— Je ne trouve pas d'explication, mais je ne puis me résoudre à croire à une telle passion. Peut-être Prudence a-t-elle changé davantage que je ne l'aurais cru possible. Il devait y avoir entre eux quelque chose que nous ignorons encore, ajouta-t-elle d'un ton plus dur, peut-être une tendresse, une chose qu'ils partageaient et qui lui paraissait extrêmement précieuse, à tel point qu'elle n'a pu se résoudre à y renoncer et en a été réduite à employer la menace.

Elle secoua de nouveau la tête en un petit mouvement d'impatience, comme pour chasser un insecte incommodant.

— Elle était si directe, si franche ! Comment diable aurait-elle pu imaginer obtenir l'affection d'un homme par la force ? Cela n'a pas de sens !

— Il est rare que l'amour soit sensé, Hester, fit remarquer l'avocat. Lorsqu'on s'éprend d'une personne au point de se consumer en permanence, on peut imaginer qu'avec le temps l'autre finira nécessairement par ressentir la même chose. Et lorsqu'on a l'opportunité de côtoyer chaque jour l'objet de son amour, on garde l'espoir de faire évoluer les choses.

Il s'arrêta brutalement. Tout cela était vrai et en rapport avec l'affaire, mais dépassait de loin ce qu'il avait eu l'intention de dire. Il s'entendit néanmoins poursuivre :

— Vous est-il déjà arrivé d'aimer une personne de cette façon ?

Ce n'était pas seulement dans le cadre de l'affaire Barrymore qu'il avait posé cette question. A la vérité, il brûlait de savoir si Hester avait déjà ressenti ce tumultueux flux d'émotions qui éclipse tout le reste. Il regretta néanmoins ces paroles dès qu'elles eurent franchi ses lèvres. Si la jeune femme répondait par la négative, il ne manquerait pas de la trouver froide et dénuée de cœur. Si elle disait oui, en revanche, il ressentirait à n'en pas douter une ridicule jalousie vis-à-vis de l'homme qui avait su lui inspirer une telle passion. Il scruta l'expression d'Hester en se demandant s'il n'était pas en train de devenir idiot.

Si elle avait conscience du tourment qui habitait son interlocuteur, Hester n'en laissa rien paraître.

— Si c'était le cas, répondit-elle, je n'aurais aucune envie d'en parler.

Elle s'interrompit et eut un brusque sourire.

— Je ne vous suis pas d'une grande utilité, n'est-ce pas ? Je suis désolée. Vous devez assurer la défense de Sir Herbert et ce que je vous dis ne vous aide pas du tout. Je pense que vous devriez plutôt vous demander quel genre de pression elle comptait exercer sur lui. Et si vous ne trouvez rien, vous pourrez considérer que votre client dit la vérité.

Elle esquissa une petite grimace.

— Tout cela n'est pas très bon, n'est-ce pas?

— Pas bon du tout, en effet, acquiesça-t-il en s'obligeant à sourire.

— Que puis-je faire pour vous être utile?

— Trouver des pièces à conviction susceptibles de nous mettre sur la piste d'un autre coupable.

Il vit le doute marquer le visage d'Hester, ou peut-être était-ce l'anxiété, ou la tristesse.

— Qu'y a-t-il? la pressa-t-il. Savez-vous quelque chose?

— Non, répondit-elle un peu trop vivement, avant de rencontrer son regard. Non, je ne vois rien qui pourrait compromettre une autre personne. Je crois que la police a bien cherché parmi tous les autres suspects. Je sais aussi que Monk a sérieusement songé à Geoffrey Taunton et à Nanette Cuthbertson. Peut-être pourriez-vous les interroger vous aussi?

— Je le ferai, bien sûr. Et les autres infirmières qui travaillent ici? Vous êtes-vous fait une idée de leurs sentiments à l'égard de Miss Barrymore?

— Je ne suis pas sûre que mes impressions aient une quelconque valeur, mais il me semble que Prudence inspirait soit une immense admiration, soit une aversion profonde. Je garde cependant la conviction qu'aucune infirmière ne serait allée jusqu'à lui faire du mal.

Elle le considéra avec une curieuse expression, mi-ironique, mi-peinée.

— En revanche, poursuivit-elle, elles en veulent beaucoup à Sir Herbert. Elles sont persuadées que c'est lui qui l'a tuée et elles n'ont pas la moindre pitié pour lui. Vous seriez très mal avisé d'en appeler une à la barre des témoins si vous tenez à aider votre client.

— Pourquoi? Pensent-elles que Miss Barrymore était amoureuse de lui et qu'il l'a laissée se bercer d'illusions?

— Je ne sais pas ce qu'elles pensent, mais elles partent du principe qu'il est coupable. Il ne s'agit pas d'un raisonnement très élaboré, cela tient simplement à la différence qui existe entre le statut de médecin et celui d'infirmière. Sir Herbert détient le pouvoir, elles non. Toutes les vieilles rivalités resurgissent, celles des faibles envers les forts, des pauvres envers les riches, des ignorants envers les gens instruits et intelligents. Il vous faudra user de doigté pour tirer quelque chose de positif de leurs témoignages si vous les sollicitez.

— Je m'en souviendrai, assura-t-il.

Il était mécontent. Les choses ne se présentaient pas sous un jour favorable. Hester ne lui avait rien révélé. Néanmoins, elle lui avait donné un espoir.

— Et vous, reprit-il, que pensez-vous de Sir Herbert ? Vous avez travaillé avec lui, n'est-ce pas ?

— Oui. C'est bizarre, ajouta-t-elle en fronçant les sourcils, mais j'ai du mal à croire que les choses se soient passées comme le suggèrent les lettres. Pour ma part, je n'ai jamais surpris chez cet homme le moindre signe d'intérêt personnel envers moi. Et pourtant, j'ai travaillé tout près de lui, parfois jusque tard dans la nuit et sur des cas difficiles qui laissaient beaucoup de place à l'émotion. Je l'ai trouvé très dévoué à son art et parfaitement correct dans son comportement.

— Seriez-vous prête à répéter cela sous serment ?

— Bien sûr. Mais je ne vois pas bien en quoi cela vous aiderait. Je pense que n'importe quelle autre infirmière vous dirait la même chose.

— Oui, mais je ne peux pas en appeler d'autres si je n'ai pas l'absolue certitude qu'elles abonderaient dans votre sens, expliqua-t-il. Je me demande... Est-ce que vous pourriez...

— Je l'ai déjà fait, l'interrompit-elle. J'ai discuté avec bon nombre de celles qui l'ont assisté dans ses opérations, en particulier les plus jeunes et les plus jolies. Toutes m'ont affirmé qu'il s'était montré très correct.

— Voilà qui est intéressant pour nous, approuva-t-il,

vaguement rasséréné. Et, à votre connaissance, Miss Barrymore ne s'est-elle jamais confiée ? Elle avait sûrement une amie...

— D'après ce que je sais, non, répondit-elle en secouant la tête. Mais je vais continuer à chercher. En Crimée, en tout cas, elle n'avait pas d'amis. Elle se consacrait entièrement à son travail. Toutefois, j'imagine que j'étais loin de tout savoir d'elle à l'époque. Et il ne me serait pas venu à l'idée de me renseigner...

— J'ai besoin de savoir, insista-t-il. Cela changerait tout si nous avions unc idée de ce qui se passait dans son esprit.

— Bien sûr.

Elle le considéra gravement, puis se redressa un peu.

— Je vous informerai de tout ce qui me paraît susceptible de vous intéresser, ajouta-t-elle. Aurez-vous besoin d'un compte rendu écrit, ou un rapport verbal vous suffira-t-il ?

Avec difficulté, il réprima un sourire.

— Oh, un rapport verbal sera bien plus satisfaisant, répondit-il. Merci infiniment pour votre aide. Je suis sûr que la justice sera mieux servie grâce à vous.

— Je croyais que c'était Sir Herbert que vous entendiez servir, lança-t-elle d'un ton sec, mais non dénué d'amusement.

Puis, après avoir pris poliment congé, elle repartit travailler.

Il demeura quelques instants encore dans la pièce après son départ, peu à peu gagné par une sorte d'allégresse. Il avait oublié à quel point cette femme était stimulante, spontanée et intelligente. En sa compagnie, il éprouvait un sentiment d'intimité étrangement agréable, mais aussi très troublant. Hester n'était pas un sujet qu'il parvenait aisément à chasser de ses pensées, tout comme il ne choisissait pas les moments où il songeait à elle.

L'idée de travailler pour Oliver Rathbone à la défense de Sir Herbert Stanhope inspirait à Monk des sentiments mitigés. La lecture des lettres de Prudence l'avait persuadé qu'il s'était instauré entre l'infirmière et le chirurgien des rapports qui n'avaient que très peu de chose à voir avec ceux décrits par Sir Herbert, une relation qui recelait un caractère honteux et qui, dans la mesure où Prudence menaçait de tout dévoiler, pouvait conduire jusqu'au meurtre... Ce mobile des plus simples convaincrait sans difficulté n'importe quel jury.

D'un autre côté, toutefois, la façon dont Rathbone avait présenté les choses, mettant tout sur le compte de l'imagination débordante que la passion conférait à Prudence, offrait une version qui eût été crédible avec toute autre femme que celle-ci. Monk avait-il tort de créditer Prudence d'une force morale et d'un total dévouement à son métier, au point de négliger les nécessaires faiblesses propres à l'être humain ? Avait-il, une fois de plus, façonné en imagination un personnage en tout point différent de la femme qu'avait été la victime dans la réalité ?

Cette hypothèse lui était douloureuse, mais il ne pouvait la repousser d'un revers de main. Chez Hermione déjà, il avait cru découvrir des qualités que la jeune femme était loin de posséder. Peut-être en avait-il été de même avec Imogen Latterly. Combien de femmes avait-il ainsi idéalisées et désespérément mal comprises ?

A l'évidence, le sexe faible demeurait pour lui un mystère. Et il ne parvenait même pas à tirer un enseignement de ses erreurs passées !

Il chassa ces pensées trop négatives. Pour l'heure, il devait se consacrer à la mission confiée par Rathbone et lutter pour prouver l'innocence de Sir Herbert avec le même acharnement qu'il avait employé à démontrer sa culpabilité. Peut-être même devrait-il en faire cent fois plus...

Si l'on parvenait à montrer que, matériellement, il ne pouvait avoir commis le meurtre, le chirurgien serait tiré d'affaire. Malheureusement, ce dernier avait eu les moyens et l'opportunité de tuer Prudence, ce qui, ajouté au mobile fort cohérent qu'il avait, faisait de lui l'assassin tout trouvé. Il fallait donc chercher plus loin. Découvrir un autre coupable représentait la seule façon de faire acquitter le chirurgien en chef sans laisser planer d'incertitudes.

Sir Herbert était-il innocent? Et si oui, qui avait tué Prudence Barrymore?

Monk se demanda par où commencer. Il avait déjà tout tenté pour démasquer un autre coupable et aucune piste ne s'était ouverte. Tant qu'il n'aurait pas de nouvelles idées, il devrait donc s'attacher à faire planer un tel doute sur la culpabilité de Sir Herbert qu'aucun jury n'oserait prendre le risque de le condamner à tort. Le détective résolut donc d'aller trouver les membres du personnel hospitalier afin de les interroger sur la personnalité de leur supérieur. Ces témoignages suffiraient sans doute à établir le caractère irréprochable de sa réputation. C'était un minimum.

Les quelques jours qui suivirent furent teintés d'ennui. Le détective mena des interrogatoires excessivement courtois au cours desquels il se démena comme un beau diable afin de provoquer des commentaires plus profonds que les ardentes louanges sur l'extraordinaire compétence professionnelle du chirurgien, la prudente incrédulité devant l'idée que ce dernier eût pu faire une chose pareille et l'accord, donné d'une voix tremblante, pour venir témoigner en sa faveur au procès... si cela se révélait vraiment indispensable. Dans leur ensemble, les administrateurs de l'hôpital ne cachèrent pas leur inquiétude de se trouver impliqués dans une affaire qui risquait de remuer beaucoup de boue. Il suffisait d'observer leurs physionomies défaites pour comprendre qu'ils ignoraient totalement si leur chirurgien vedette était coupable ou non et qu'ils se demandaient quelle attitude adopter pour éviter d'y laisser eux-mêmes des plumes.

De Mrs. Flaherty, Monk n'obtint qu'un silence obstiné et un refus catégorique de livrer un quelconque point de vue ou de venir témoigner au tribunal si on le lui demandait. A l'évidence, la surveillante était terrorisée. Monk constata avec une certaine surprise qu'il la comprenait et il lui témoigna une patience dont il ne se serait pas cru capable. Debout face à elle dans l'austère couloir de l'hôpital, il observait son visage pincé au teint pâle et percevait toute sa vulnérabilité et sa confusion.

La rencontre avec Berenice Ross Gilbert fut totalement différente. L'administratrice le reçut dans la très belle salle où le conseil se réunissait d'ordinaire. Une longue table d'acajou, entourée de chaises, trônait au centre de la pièce, des illustrations sur le thème de la chasse ornaient les murs et les fenêtres étaient parées de rideaux de brocart. Berenice portait quant à elle une robe d'un joli vert bordée de turquoise. C'était à l'évidence une étoffe de prix qui flattait admirablement son teint et mettait en valeur sa chevelure auburn. Ses immenses jupons ne semblaient pas l'embarrasser le moins du monde et elle se mouvait avec une grâce naturelle.

Elle détailla Monk d'un œil amusé où brillait une lueur d'intérêt tandis qu'elle lui souriait. C'était là une expression qui était familière au détective et qui lui inspira une certaine satisfaction.

— Pauvre Sir Herbert ! commença-t-elle. C'est effroyable ! J'aimerais trouver les mots pour le soutenir, mais comment puis-je l'aider ? Je n'ai pas la moindre idée, poursuivit-elle avec un gracieux haussement d'épaules, des faiblesses personnelles que peut avoir eues cet homme. Pour ma part, je l'ai toujours trouvé courtois, irréprochable sur le plan professionnel, très correct. Mais il est vrai, ajouta-t-elle avec un sourire en rencontrant le regard de Monk, que, s'il cherchait une liaison illicite, je serais la dernière personne qu'il serait allé choisir !

Son sourire s'accentua. Ce qu'elle affirmait là était à la fois la vérité et un mensonge, Monk le comprenait, tout comme il n'ignorait pas qu'elle comptait sur lui pour déchiffrer le double sens de ses paroles : d'une part, elle ne se considérait pas comme un passe-temps trivial que l'on pouvait prendre, puis délaisser. D'autre part, elle était séduisante, presque belle à sa manière, en tout cas pleine de personnalité. Et elle estimait sans l'ombre d'un doute que la naïve et très convenable Prudence ne lui arrivait pas à la cheville en matière de charme et d'allure.

Sans avoir aucun souvenir précis, Monk se rendit compte qu'il s'était trouvé plusieurs fois dans des situations similaires, face à des femmes riches et bien éduquées qui le trouvaient à leur goût et s'attachaient à éluder les véritables motifs de leur tête-à-tête.

Il esquissa un léger sourire, soucieux d'afficher de la courtoisie sans pour autant traduire un quelconque intérêt personnel pour son interlocutrice.

— Je suis sûr que cela fait partie de votre rôle d'administratrice de cet hôpital, Lady Ross Gilbert, que de connaître la moralité et les failles des membres du personnel, affirma-t-il. Et je pense que vous devez être un très bon juge de la nature humaine, surtout dans ce domaine.

Il vit l'amusement sur le visage de Berenice et poursuivit :

— Quelle est la réputation de Sir Herbert? Je vous demanderai d'être honnête. Les euphémismes ne serviront ni ses intérêts à lui ni ceux de l'hôpital.

— J'ai rarement recours aux euphémismes, Mr. Monk, rétorqua-t-elle sans cesser de sourire. J'aimerais pouvoir vous révéler quelque chose de plus intéressant, mais je n'ai jamais entendu quiconque se plaindre de la moralité de Sir Herbert. Je dirais même qu'au contraire, c'est un chirurgien très brillant qui, sur le plan personnel, est d'une correction qui confine à l'ennui. Pour ma part, je le considère comme un homme pompeux, imbu de sa personne et très orthodoxe, que ce soit dans le choix de ses relations sociales, dans ses opinions politiques ou dans sa pratique religieuse.

Elle avait prononcé ces paroles sur le ton de la déception, mais l'ironie pointait dans son discours. Ses yeux n'avaient pas quitté le visage de Monk.

— Je me demande, ajouta-t-elle avec une lueur malicieuse dans le regard, s'il lui est déjà arrivé d'exprimer une idée originale dans un domaine autre que la médecine, où il se montre, en revanche, novateur et courageux.

— Le connaissez-vous personnellement, Lady Ross Gilbert ?

Une fois de plus, elle haussa les épaules, dont l'une monta un peu plus haut que l'autre.

— Pas plus que le minimum imposé par nos relations de travail, c'est-à-dire très peu. Il m'est arrrivé de croiser Lady Stanhope dans des réceptions, mais rarement. C'est une personne fort réservée, précisa-t-elle en guise d'explication avec une pointe de mépris dans la voix. Elle n'apprécie pas les sorties, préfère la compagnie de ses enfants... sept, je crois. Mais elle m'a toujours paru d'une extrême amabilité... C'est une femme rangée, vous comprenez, mais très agréable, féminine, sans prétention. Je suis sûre qu'elle fait une épouse idéale. Je n'ai, du moins, aucune raison d'en douter.

— Et que pensiez-vous de Miss Barrymore, l'infirmière ?

Il guetta la réaction de son interlocutrice, mais ne décela rien qui pût trahir une émotion ou un savoir qui troublât l'administratrice.

— Je ne connaissais d'elle que le peu que je pouvais en observer ou que l'on me rapportait. Je dois confesser que je n'ai jamais rien entendu de négatif à son sujet... En toute franchise, je pense qu'elle était tout aussi ennuyeuse que lui. Ils formaient le couple parfait, en quelque sorte !

— Voilà une image intéressante, madame !

Elle éclata de rire.

— Oh, elle n'a rien d'intentionnel, Mr. Monk. J'ai dit cela sans aucune arrière-pensée, croyez-le !

— Pensez-vous qu'elle ait pu imaginer pouvoir vivre une idylle avec lui ?

Elle leva les yeux vers le plafond, songeuse.

— Dieu seul le sait... Pour ma part, je l'aurais davantage vue s'enticher d'un personnage plus intéressant... Du Dr Beck, par exemple. C'est un homme sensible et spirituel, un peu vaniteux peut-être et, à mon avis, doté d'appétits plus naturels. Mais, ajouta-t-elle avec un petit rire, peut-être n'était-ce pas là ce qu'elle recherchait...

Ses yeux revinrent se poser sur le visage du détective.

— Non. Pour être franche, Mr. Monk, je pense qu'elle admirait infiniment Sir Herbert, comme nous tous ici, mais sur un plan autre que personnel. J'ai été vraiment surprise d'apprendre qu'elle avait de lui une vision si romantique. Mais enfin, la vie nous étonne chaque jour, n'est-ce pas votre avis ?

A nouveau, la lueur d'intérêt éclaira son regard, presque une invite, mais peut-être l'administratrice ne réclamait-elle que de l'admiration...

Lady Ross Gilbert n'apprit rien de plus à Monk. Son témoignage n'aiderait guère Oliver Rathbone, à qui le détective en fit tout de même le compte rendu.

L'entretien avec Kristian Beck ne se révéla guère plus profitable. Conformément au choix du médecin, Monk le rencontra chez lui. Mrs. Beck n'était pas présente, mais sa nature froide et précise transparaissait dans le mobilier dénué d'originalité, dans l'ordre rigoureux qui régnait, dans les étagères sans un grain de poussière où rien n'était de trop. Même les fleurs, dans les vases, étaient arrangées avec un soin méticuleux, selon des proportions étudiées. L'ensemble dégageait une impression de propreté, d'ordre et de rigidité. Sans l'avoir rencontrée, Monk n'eut aucune peine à imaginer la maîtresse de maison : cheveux tirés en arrière, peignés de part et d'autre d'une raie parfaite, sourcils bien dessinés, pommettes plates et lèvres fines.

Comment Beck avait-il pu épouser une telle femme, lui qui semblait tout le contraire ? Le chirurgien avait un visage plein de sensibilité, la bouche la plus sensuelle que Monk eût jamais vue, des traits fins et une absence totale d'autosatisfaction dans le regard. Sans doute le détective ne connaîtrait-il jamais l'explication de cette union presque contre nature. Avec une ironie amère, il songea que Beck était peut-être aussi mauvais juge des femmes que lui-même. Sans doute avait-il pris un visage sans passion pour un signe de pureté et de raffinement, une absence d'animation pour de l'intelligence, voire de la piété...

Kristian le conduisit dans son bureau, une pièce très différente du reste de l'appartement où la personnalité du chirurgien s'exprimait pleinement. Des dizaines de livres s'empilaient sur les étagères, mêlant littérature et histoire, philosophie et médecine. Les couleurs étaient riches, les rideaux en velours. Un assemblage hétéroclite d'objets décoratifs ornait le manteau de la cheminée. A l'évidence, la glaciale Mrs. Beck n'avait pas ses entrées ici. Bizarrement, la pièce évoqua à Monk la personnalité de Callandra. Le détective imaginait bien son amie dans cet univers, avec son visage expressif, son nez trop long, ses cheveux mal peignés et ses convictions sur ce qui importait vraiment dans la vie.

— Que puis-je faire pour vous être utile, Mr. Monk? interrogea Kristian en le dévisageant avec curiosité. Je n'ai à vrai dire aucune idée de ce qui a pu se passer, et le peu que j'ai appris sur les raisons qui font suspecter Sir Herbert me paraît abracadabrant. Du moins si les journaux racontent bien la vérité?

— Dans l'ensemble, ils disent vrai, répondit Monk, reportant son attention sur l'affaire. Il existe toute une correspondance de Prudence Barrymore à sa sœur qui porte à croire que l'infirmière était très éprise de Sir Herbert. Selon les lettres, elle était convaincue que ses sentiments étaient réciproques et il n'a rien fait pour l'en dissuader. Plus encore, elle pensait qu'il prendrait bientôt des mesures pour qu'ils puissent se marier.

— Tout cela est ridicule, répliqua Kristian, apparemment atterré, tout en désignant un siège à Monk. Je n'imagine vraiment pas comment Sir Herbert aurait pu s'y prendre! Il a une épouse exemplaire et sept enfants. Bien sûr, en théorie, rien ne l'empêchait de quitter sa famille, mais, en pratique, une telle initiative l'aurait ruiné. Il me paraît tout bonnement impossible qu'il ait pu ignorer cette réalité.

Monk prit place dans le fauteuil que son hôte lui avait indiqué. Il le trouva extrêmement confortable.

— Et même s'il l'avait fait, renchérit-il, cela ne le

laissait pas libre d'épouser Miss Barrymore. Non, docteur Beck, je le sais bien. Mais ce qui m'intéresse, c'est votre opinion sur Sir Herbert et Miss Barrymore. Vous affirmez que cette histoire vous paraît abracadabrante. Mais la croyez-vous tout de même *possible* ?

Assis face à lui, Kristian réfléchit. Ses yeux noirs demeuraient rivés sur Monk.

— Non. Non, c'est impossible. Sir Herbert est avant tout un homme prudent, extrêmement ambitieux, soucieux de sa réputation et de son statut au sein de la communauté médicale, tant en Angleterre qu'à l'étranger.

Il joignit les deux mains par l'extrémité des doigts. Elles étaient belles, larges et puissantes, mais plus petites que celles de Sir Herbert.

— S'engager à ce point dans une relation avec une infirmière, aussi intéressante et séduisante soit-elle, serait totalement insensé, reprit-il. Sir Herbert n'a rien d'un impulsif, ce n'est pas non plus un homme doté d'appétits physiques ou sentimentaux particuliers.

Cette affirmation ne semblait comporter aucun jugement de valeur. En l'observant, Monk songea que le Dr Beck et Sir Herbert étaient aussi différents l'un de l'autre que pouvaient l'être deux hommes intelligents et dévoués à leur métier.

— Vous avez utilisé les termes *intelligente* et *séduisante* pour définir Miss Barrymore, s'étonna-t-il. Est-ce ainsi que vous la décririez ? J'ai cru comprendre, en écoutant Lady Ross Gilbert, que c'était une jeune femme un peu suffisante, naïve en matière d'amour et dans l'ensemble très éloignée de ce qu'un homme pourrait qualifier d'attirante.

Kristian se mit à rire.

— Oui... Je veux bien croire que Berenice la voyait sous ce jour. Il serait difficile de trouver deux femmes plus différentes que ces deux-là. Je ne pense pas qu'elles aient jamais pu se comprendre, d'ailleurs.

— Ce n'est pas une réponse, docteur Beck.

— Non, c'est vrai.

Le chirurgien ne semblait pas offensé le moins du monde.

— Oui, enchaîna-t-il, je trouvais pour ma part Miss Barrymore très séduisante, à la fois comme personne et comme femme. Mais je dois avouer que mes goûts en la matière ne sont pas ceux de tout le monde. J'aime le courage et la personnalité et je trouve l'intelligence stimulante.

Il croisa les jambes et s'enfonça dans son fauteuil sans cesser de considérer Monk avec un sourire.

— Il est, à mon avis, fort peu enrichissant de passer du temps avec une femme qui n'aborde que des sujets futiles. Je n'apprécie guère les minauderies et les entreprises de séduction et je déteste voir mon interlocutrice acquiescer à tout ce que je dis. Si elle prétend être d'accord avec vous alors qu'il n'en est rien, pouvez-vous la considérer comme une véritable amie ? Autant vous asseoir face à un joli portrait, car vous ne recevrez d'elle que le reflet de vos propres idées.

Monk ne put s'empêcher de songer à Hermione — la charmante, la docile, la douce Hermione — et à Hester, contestataire, passionnée, pleine de courage, dont la compagnie n'était pas toujours agréable (par moments, la jeune femme lui déplaisait même au plus haut point), mais la présence bien concrète.

— Oui, répondit-il à contrecœur. Je vois ce que vous voulez dire. Estimez-vous probable que Sir Herbert l'ait lui aussi trouvée à son goût ?

— Prudence Barrymore ? fit Kristian, songeur. A vrai dire, je ne pense pas. Je sais qu'il la respectait pour ses compétences professionnelles. Comme nous tous, d'ailleurs. Mais elle se permettait parfois de remettre en question les points de vue qu'il exprimait et cela le rendait furieux. Il ne l'acceptait pas de ses confrères, alors d'une infirmière... et d'une femme !

Monk fronça les sourcils.

— Ne se pourrait-il pas qu'une remarque de Miss Barrymore l'ait mis dans une telle colère qu'il en soit venu aux mains ?

Kristian se mit à rire.

— Cela m'étonnerait. Il était tout de même chirurgien en chef de l'hôpital, alors qu'elle n'était qu'infirmière. Il n'y avait rien de plus facile pour lui que de la réduire au silence, sans avoir recours à un acte aussi démesuré, et aussi dangereux pour lui-même !

— Même s'il s'était trouvé dans son tort et qu'elle ait eu raison ? insista Monk. Le reste de l'hôpital l'aurait appris tôt ou tard.

Kristian se rembrunit.

— Certes, cela éclairerait l'affaire sous un jour différent. Sir Herbert verrait un tel affront d'un très mauvais œil. N'importe quel médecin, je crois, réagirait ainsi.

— Est-il possible que cette infirmière ait possédé des connaissances médicales assez approfondies pour que cela puisse se produire ?

Kristian secoua légèrement la tête.

— Je ne sais pas, mais c'est concevable. Elle avait des connaissances très étendues, bien plus vastes que chez toutes les autres infirmières que j'ai connues, quoique celle qui la remplace désormais me paraisse extrêmement compétente elle aussi.

Monk réagit à ces mots comme si le compliment lui était personnellement adressé... et s'en voulut aussitôt pour cette satisfaction déplacée.

— Ses connaissances auraient-elles pu être équivalentes à celles d'un chirurgien ?

— Peut-être... Mais détenez-vous des indices qui vous portent à croire que c'est bel et bien ce qui s'est produit ? Je pensais que Sir Herbert avait été inculpé à cause des lettres ? Et puis, ajouta-t-il en secouant la tête, une femme amoureuse ne va pas aller révéler à la face du monde des erreurs commises par l'homme qu'elle aime ! Bien au contraire, toutes les femmes que je connais défendraient toutes griffes dehors l'élu de leur cœur, quels que puissent être ses torts ! Non, Mr. Monk, cette théorie ne tient pas.

Et d'ailleurs, j'avais cru comprendre, lorsque vous vous êtes présenté, que vous travailliez pour l'avocat de Sir Herbert. Ai-je mal interprété vos paroles ?

C'était là une façon courtoise de demander à Monk s'il ne lui avait pas menti.

— Non, docteur Beck, vous avez tout à fait raison. Seulement, je m'efforce de mettre à l'épreuve les possibles arguments de l'accusation, afin que l'avocat de Sir Herbert puisse mener la défense la plus efficace.

— Et de quelle manière puis-je vous être d'une quelconque utilité pour cela ? interrogea Kristian. J'ai longuement réfléchi à cette affaire, comme nous tous, j'imagine, mais je n'ai rien découvert qui puisse ni l'aider ni lui nuire. Bien sûr, je suis prêt à témoigner de son excellente réputation et de ses très hautes compétences professionnelles si vous le souhaitez.

— Je pense que nous vous solliciterons, en effet, approuva Monk. Dites-moi, docteur Beck, si je vous le demande ici, en privé, me direz-vous en toute franchise si vous le croyez coupable ?

Kristian parut surpris.

— Je vous répondrai, en toute franchise, monsieur, que cette culpabilité me semble extrêmement peu probable. Rien de ce que j'ai pu entendre et voir de ce confrère ne laisse supposer qu'il soit susceptible de se comporter d'une manière aussi violente, avec un tel manque de maîtrise de lui-même et de ses sentiments.

— Depuis combien de temps le connaissez-vous ?

— Je travaille avec lui depuis un peu plus de onze ans.

— Et vous seriez prêt à répéter sous serment ce que vous venez de me dire ?

— Bien sûr.

Monk resta encore près d'une demi-heure en compagnie de Kristian Beck, à tenter de réfléchir aux questions que pourrait poser l'accusation à ce témoin, mais il n'obtint que des réponses mesurées et dénuées de tout esprit critique. Puis il prit congé, remercia son interlocuteur pour son temps et sa franchise et s'en alla.

L'entretien qu'il venait d'avoir lui semblait étonnamment peu satisfaisant. Pourtant, Monk eût dû s'estimer heureux : Kristian Beck venait de confirmer tous les aspects positifs de la personnalité de Sir Herbert et il ne demandait pas mieux que de témoigner au procès. Que souhaiter de plus ?

Si Sir Herbert n'avait pas tué, les deux personnes qui venaient après lui sur la liste des suspects étaient Geoffrey Taunton et Beck lui-même. Ce dernier était-il vraiment l'homme charmant et intelligent qu'il paraissait, avec son accent étranger à peine perceptible ? Ou gardait-il au fond de lui quelque hideux secret, une facette infiniment plus sombre que cet aspect extérieur que Monk avait trouvé si avenant ?

Le détective n'en avait aucune idée. Son habituel discernement semblait l'avoir abandonné.

Monk interrogea toutes les connaissances et collègues de Prudence qu'il put rencontrer. Il trouva toutefois ces dernières réticentes et pleines de ressentiment. Les plus jeunes, sur la défensive, le considéraient d'un œil mauvais et répondaient par monosyllabes lorsqu'il leur demandait si Prudence était romantique.

— Non.

— Lui était-il arrivé de parler de mariage avec vous ?

— Jamais.

— Ou de dire qu'elle allait cesser de travailler pour fonder un foyer ?

— Oh non... jamais. Elle adorait son travail.

— L'avez-vous un jour vue agitée, excitée, particulièrement heureuse ou triste pour une raison que vous ne connaissiez pas ?

— Non. Elle était toujours calme. Pas du tout comme vous dites.

Toutes ces réponses étaient données d'une voix morne, avec un regard plein de défi et de colère.

— Lui arrivait-il d'exagérer certains faits ? insistait-il en désespoir de cause. D'amplifier ses succès ou de se glorifier d'être allée travailler en Crimée ?

Là, enfin, l'émotion se manifestait, mais pas sous le jour qu'il escomptait.

— Non, pas du tout ! s'écriait la jeune fille, rougissant de colère. Vous avez pas le droit de dire des choses pareilles ! Elle disait toujours la vérité, Prudence. Et elle parlait jamais de la Crimée, sauf pour expliquer les idées de Miss Nightingale. Elle était pas du genre à se faire mousser. Et vous avez pas intérêt à dire le contraire ! Surtout pour aller défendre le gars qui l'a tuée !

De tels témoignages ne lui étaient d'aucun secours et pourtant, d'une façon un peu perverse, ils lui faisaient plaisir. Toute une semaine s'écoula ainsi, sans nouvel élément exploitable. Monk ne découvrit pas le moindre individu prêt à détruire l'image irréprochable de Prudence afin de la faire correspondre avec celle de la jeune femme amoureuse et prête à recourir au chantage pour parvenir à ses fins.

Où était la vérité ?

La dernière personne qu'il interrogea fut Lady Stanhope. Comme on pouvait s'y attendre, la rencontre fut des plus pénibles. L'arrestation de Sir Herbert avait anéanti la pauvre femme, qui s'efforçait néanmoins sans grand succès de faire bonne figure devant ses enfants. Le choc, le manque de sommeil et les traces des pleurs dévastaient son visage. Lorsque Monk fut introduit dans le salon, Arthur, l'aîné des Stanhope, se tenait debout derrière sa mère. Il était blême et levait le menton en une attitude de défi.

— Bonjour, Mr. Monk, murmura Lady Stanhope.

Elle était assise sur une chaise de bois sculpté à haut dossier et ne se leva pas à l'arrivée de Monk. Elle n'avait visiblement pas bien saisi qui était ce dernier, ni ce qu'il venait faire chez elle. D'un battement de paupières, elle l'invita à prendre la parole.

— Bonjour, Lady Stanhope, répondit-il. Bonjour, Mr. Stanhope.

Il songea qu'il devait faire des efforts, se montrer bienveillant vis-à-vis de cette femme. L'impatience ne le mènerait à rien. C'était là un défaut qu'il fallait s'efforcer de combattre en une telle circonstance.

Arthur hocha la tête.

— Je vous en prie, asseyez-vous, Mr. Monk, déclara-t-il, réparant ainsi l'omission de sa mère. En quoi pouvons-nous vous être utiles, monsieur ? Comme vous vous en doutez sans doute, ma mère ne reçoit qu'en cas d'absolue nécessité. Nous traversons une période très difficile.

— Bien sûr, acquiesça Monk en prenant place sur la chaise désignée. Je travaille avec maître Rathbone à la préparation de la défense de votre père, comme je vous l'ai, je crois, expliqué dans ma lettre.

— Sa défense, c'est qu'il est innocent, rétorqua aussitôt Arthur. Cette pauvre infirmière était victime de son imagination. Cela arrive lorsqu'une femme atteint un certain âge sans avoir trouvé d'époux, je crois. Elle s'invente des histoires dont le héros est souvent un homme éminent, qui occupe une position prestigieuse. D'ordinaire, cela se révèle simplement triste et un peu embarrassant. Là, c'est devenu tragique.

Monk eut du mal à réprimer la question qui lui venait aux lèvres : en prononçant ces derniers mots, était-ce à la mort de Prudence Barrymore que songeait son interlocuteur ? Ou ce jeune homme suffisant au visage lisse ne se préoccupait-il que de l'accusation portée contre son père ?

— C'est indéniable, répondit le détective, quand on songe qu'une infirmière est morte et que votre père attend en prison d'être jugé pour meurtre.

Lady Stanhope tressaillit et les derniers vestiges de couleur désertèrent ses joues Elle serra la main d'Arthur posée sur son épaule.

— Vraiment, monsieur, s'indigna le jeune homme, cela n'était pas nécessaire ! Je vous aurais cru plus respectueux des sentiments de ma mère ! Si vous avez quelque chose à nous demander, je vous en prie, faites-le brièvement et de la façon la plus circonspecte possible ! Et ensuite, laissez-nous, pour l'amour du ciel !

Monk déploya tous ses efforts pour se maîtriser. Il venait de se souvenir d'une situation similaire qu'il avait vécue : il se trouvait face à des personnes désorientées et effrayées qui ne savaient que dire et demeuraient immobiles, hagardes, submergées par le chagrin. L'image d'une femme lui apparut soudain. Silencieuse, elle avait le visage dévasté par le chagrin. Elle venait de subir une perte dramatique et la souffrance l'avait empêchée de parler à Monk. Alors, la rage avait saisi ce dernier, une rage si violente qu'il lui en restait encore le goût amer dans la bouche, une rage alimentée par la profonde pitié que lui inspirait cette femme. Mais pourquoi ? Pourquoi ce souvenir resurgissait-il en cet instant, après toutes ces années ?

— Que pouvons-nous faire ? intervint Lady Stanhope. Que pouvons-nous dire pour aider Herbert ?

Pas à pas, avec une patience qui ne lui était pas coutumière, le détective leur fit dresser un portrait de Sir Herbert : un homme calme, très convenable, à la vie quotidienne sans surprise, dévoué à sa famille, prévisible dans ses goûts. Sa seule gourmandise avouée était un verre d'excellent whisky qu'il sirotait chaque soir. Il aimait aussi le rosbif bien tendre. C'était un mari plein d'égards et un père attentionné.

La conversation roulait avec une pénible lenteur, dans une atmosphère des plus tendues. Monk explora toutes les pistes qu'il put imaginer pour tenter de tirer de la mère et du fils autre chose que cette loyauté très prévisible qui, il n'en doutait pas, correspondait à l'exacte vérité, mais n'était guère de nature à influencer un jury. Une épouse pouvait-elle parler autrement ? Dans le rôle de témoin, elle ne se montrerait guère convaincante et elle était, en outre, bien trop anxieuse pour offrir un témoignage cohérent. Monk ne put s'empêcher de la prendre en pitié.

Il s'apprêtait à se retirer lorsqu'un petit coup frappé à la porte retentit. Celle-ci s'ouvrit aussitôt et une jeune femme entra dans la pièce. Elle était mince, maigre même, avec un visage marqué par la maladie et les déceptions. Monk eût été incapable de lui donner un âge précis, mais pensa qu'elle devait avoir une vingtaine d'années.

— Excusez-moi de vous interrompre... commença-t-elle.

Avant qu'elle ait eu le temps d'aller plus loin, Monk fut submergé par une vague de souvenirs si vifs et si douloureux que la réalité présente disparut, Lady Stanhope et son fils ne formant plus que deux ombres floues dans son champ de vision. Il se souvenait à présent de la teneur de cette fameuse affaire qui le tourmentait et cette prise de conscience le heurta avec une incroyable violence. Une jeune fille avait été violée et assassinée. Il revoyait le petit corps brisé, sentait la rage bouillir en lui, revivait la confusion et la souffrance, et surtout sa douloureuse impuissance. C'était ce drame qui l'avait amené à tant maltraiter ses collaborateurs, à tourmenter et à épuiser les témoins, à accabler Runcorn de son mépris sans patience ni pitié.

L'horreur était là, intacte, avec la même acuité que l'année de ses vingt ans. Elle n'excusait pas la façon abjecte dont il avait traité les gens, elle ne changeait rien au passé, mais elle expliquait beaucoup de choses. Au moins, il y avait eu une raison, une passion qui n'était pas centrée sur lui-même. Monk n'était pas totalement cruel, arrogant ou ambitieux. Il avait pris une mission à cœur, avec fureur, sans relâche, obstinément.

Il s'aperçut soudain qu'il souriait de soulagement malgré le malaise qu'il ressentait au creux du ventre.

— Mr. Monk ? lança nerveusement Lady Stanhope.

— Oui... oui, madame ?

— Allez-vous pouvoir aider mon époux, Mr. Monk ?

— Je le crois, oui, répondit le détective avec fermeté. Et je ferai pour cela tout ce qui est en mon pouvoir, je vous en donne ma parole.

— Merci. Je... nous vous en sommes très reconnaissants.

Il la vit serrer un peu plus fort la main d'Arthur.

— Nous tous, ajouta-t-elle.

CHAPITRE IX

Le procès de Sir Herbert Stanhope s'ouvrit à l'Old Bailey le premier lundi du mois d'août. Des nuages gris assombrissaient le ciel et le vent chaud venu du sud charriait des odeurs de pluie. Sur les marches du palais de justice, de nombreux curieux se pressaient, soucieux d'obtenir une place dans la salle d'audience. Il y avait dans l'air une sorte d'excitation faite de chuchotements et de cohue, une atmosphère d'urgence. Des crieurs de journaux lançaient des promesses de révélations exclusives, des prophéties sur les séances à venir. Les premières gouttes de pluie, épaisses et lourdes, s'abattirent soudain sur la foule.

Dans la salle d'audience, le jury, réparti sur deux rangées, tournait le dos aux hautes fenêtres et faisait face aux tables de la défense et de l'accusation et au public installé derrière elles. A leur droite, à environ trois mètres au-dessus du sol, se dressait le box des accusés, sorte de balcon auquel menait un escalier qui, en contrebas, rejoignait les cellules. En face, le box des témoins avait des allures de chaire. On y accédait par quelques marches en colimaçon et, une fois en haut, l'on se retrouvait isolé face aux avocats et au public. Derrière et un peu plus en hauteur, entouré de magnifiques panneaux de bois sculpté, trônait le juge. Celui-ci portait une longue robe de velours rouge et une perruque bouclée de crin blanc.

La cour avait déjà fait son entrée, le jury était constitué et l'on avait lu l'acte d'accusation. Avec une immense dignité, le front haut et la voix ferme, Sir Herbert avait réfuté toute culpabilité. Dans la salle, un murmure de sympathie avait accueilli ses paroles.

Mr. Hardie, le juge, avait alors jeté un regard courroucé à l'assistance, mais sans faire mine de protester. C'était un homme dans la force de l'âge, aux yeux gris clair, aux traits réguliers et au visage fin qui dégageait une certaine sévérité. Plutôt jeune pour une telle fonction, il ne devait néanmoins de faveurs à personne et n'avait d'autre ambition que de servir la loi. Sa trop grande rigueur était sauvée par un sens de l'humour aiguisé et rachetée par un fort penchant pour la littérature classique et son imagination débridée, qu'il ne comprenait pas toujours, mais admirait aveuglément.

Le ministère public était représenté par Wilberforce Lovat-Smith, l'un des procureurs les plus doués de sa génération. Rathbone le connaissait bien pour l'avoir souvent affronté. Il le tenait en haute estime et l'appréciait sur le plan personnel. Lovat-Smith n'était pas très grand, avait le teint mat et des yeux d'un bleu très clair qui attiraient le regard. Son allure générale, cependant, n'avait rien d'impressionnant. A vrai dire, le procureur ressemblait plus à un musicien itinérant ou à un comédien qu'à un pilier de l'*establishment*. Sa robe était légèrement trop longue pour lui et sa perruque placée un peu de travers sur son crâne. Pourtant, Rathbone savait qu'il ne fallait pas commettre l'erreur de le mésestimer.

Le premier témoin convoqué à la barre fut Callandra Daviot. Le dos droit et la tête haute, elle traversa l'espace qui séparait le public du box des témoins, puis gravit les marches en s'aidant de la rampe. Lorsqu'elle tourna le visage vers Lovat-Smith, prête à répondre aux questions, elle était pâle et visiblement fatiguée.

Hester n'était pas venue au procès, car elle était de service à l'hôpital. Outre le fait qu'elle avait bel et bien besoin de travailler pour subsister, elle avait pensé, avec Monk, qu'elle pourrait peut-être glaner quelque chose en demeurant là-bas. Certes, tous deux n'y croyaient guère, mais il ne fallait pas risquer de manquer une occasion d'en apprendre davantage.

Monk était assis au centre de la première rangée du public, attentif à la moindre inflexion de voix, au plus subtil changement d'expression, et prêt à se lancer pour Rathbone sur toute nouvelle piste susceptible d'apparaître au cours du procès. En observant Callandra, il eut le sentiment que quelque chose clochait. De longues minutes durant, il scruta le visage de son amie tandis que celle-ci répondait au procureur. Puis, soudain, il comprit : pour la première fois depuis qu'il la connaissait, Callandra était impeccablement coiffée. Le détective en ressentit une sorte de consternation.

— Elles se disputaient parce que la goulotte à linge était bloquée ? interrogeait Lovat-Smith avec une surprise feinte.

Un silence total planait dans la salle d'audience bien qu'aucune des personnes présentes n'ignorât le déroulement des faits. Les quotidiens en avaient fait leurs gros titres à l'époque et ce n'étaient pas des détails que l'on oubliait facilement. Pourtant, les jurés écoutaient, attentifs, plongés dans la plus extrême concentration.

Le juge Hardie, quant à lui, suivait l'interrogatoire avec un sourire presque imperceptible.

— Oui.

Callandra n'était pas prête à en offrir plus qu'on ne lui en demandait.

— Je vous en prie, continuez, Lady Callandra, la pressa le procureur.

Sans lui être hostile, elle ne mettait guère de bonne volonté à l'aider et un autre que lui eût sans doute perdu patience. Cependant, Lovat-Smith était bien trop sensé pour cela. A n'en pas douter, il savait que la cour et les jurés compatissaient avec le témoin, estimant de toute évidence qu'une telle expérience eût choqué n'importe quelle femme sensible. Aussi le procureur s'attachait-il à user de douceur et de courtoisie.

— Je regrette de devoir vous poser cette question,

reprit-il, mais pouvez-vous raconter pour nous, dans vos propres termes, ce qui s'est produit ensuite ? Prenez tout votre temps, surtout...

L'ombre d'un sourire effleura les lèvres de Callandra.

— Vous êtes très aimable, maître. Bien sûr, je vais vous raconter. Le Dr Beck a examiné la goulotte à linge afin de comprendre ce qui pouvait bien la bloquer, mais il ne distinguait rien. Nous avons alors envoyé une infirmière chercher une perche pour tenter de pousser ce qui bloquait. A ce moment-là...

Elle s'interrompit, en proie à une visible émotion, puis poursuivit d'une voix un peu rauque :

— A ce moment-là, nous pensions qu'il s'agissait d'un ballot de linge trop épais pour glisser jusqu'en bas. Bien sûr, la perche n'a servi à rien.

— Bien sûr, l'encouragea Lovat-Smith. Qu'avez-vous fait alors, madame ?

— Une infirmière, j'ai oublié laquelle, a suggéré d'aller chercher l'une des jeunes bonnes à tout faire, qui est toute petite, pour la faire passer dans la goulotte.

— Elle conseillait d'envoyer l'enfant par la goulotte ? s'enquit Lovat-Smith d'une voix très claire. Là encore, vous restiez convaincus que c'était du linge qui bloquait la descente ?

Un frisson d'appréhension traversa la salle. Rathbone esquissa une imperceptible grimace en prenant soin de n'être pas vu du jury. Dans le box des accusés, Sir Herbert demeurait pour sa part imperturbable. Le juge Hardie pianota d'impatience sur son pupitre. Lovat-Smith l'aperçut et invita Callandra à répondre.

— Bien sûr, souffla celle-ci.

— Et que s'est-il passé alors ?

— Le Dr Beck et moi-même sommes descendus à la blanchisserie pour voir arriver ce qui bloquait.

— Pourquoi donc ?

— Je vous demande pardon ?

— Pourquoi êtes-vous descendus à la blanchisserie, madame ?

— Je... Je ne m'en souviens pas... Cela semblait sans doute l'attitude la plus naturelle à ce moment-là. Je suppose que nous étions curieux de connaître l'explication et que nous voulions mettre un terme à la querelle qui opposait les deux infirmières. C'était pour cela que nous étions intervenus en premier lieu. Pour résoudre cette querelle.

— Je vois. Oui, c'était tout à fait naturel. Pourriez-vous, je vous prie, expliquer à la cour ce qui s'est produit ensuite ?

Très pâle, Callandra semblait déployer d'immenses efforts pour ne pas s'effondrer. Lovat-Smith l'encouragea d'un sourire.

— Au bout d'un moment, nous avons entendu du bruit...

Elle s'interrompit, reprit sa respiration. Elle ne regardait pas le procureur.

— Et puis, un corps est sorti de la goulotte et a atterri dans le panier à linge qui se trouvait au-dessous.

Les bruissements du public, traversé de murmures horrifiés, l'obligèrent à s'interrompre. Certains jurés avaient tressailli. L'un d'eux sortit un mouchoir de sa poche.

Dans le box des accusés, Sir Herbert eut un léger mouvement de recul, mais il continua d'observer Callandra.

— Au départ, nous pensions qu'il s'agissait de la petite bonne, reprit cette dernière. Mais juste après, un autre corps est arrivé et s'est aussitôt débattu pour sortir du panier. C'est alors que nous avons regardé le premier et compris qu'il s'agissait d'une morte.

De nouveau, la salle exprima son écœurement à travers une succession de soupirs et de chuchotements.

Rathbone leva les yeux vers l'accusé. Même les expressions du visage avaient leur importance. Combien de fois avait-il vu des prisonniers s'attirer l'antipathie du jury par leur insolence ! Cependant, il était inutile de s'inquiéter : Sir Herbert demeurait calme et grave et ses traits n'exprimaient que de la tristesse.

— Je vois, fit Lovat-Smith en levant légèrement la main. Mais comment avez-vous su que le premier corps était un cadavre, Lady Callandra ? Je sais que vous possédez quelques notions médicales, puisque votre défunt époux était chirurgien dans l'armée. Mais pourriez-vous nous décrire le corps ? Je suis désolé de devoir vous faire revivre une expérience qui a dû être très éprouvante, mais je vous assure que cela est nécessaire pour que le jury se fasse une idée précise, vous comprenez ?

— C'était le corps d'une jeune femme vêtue d'une robe grise d'infirmière, expliqua Callandra d'un ton calme, mais d'une voix chargée d'émotion. Elle reposait sur le dos dans le panier, comme pliée en deux, avec une jambe vers le haut. Aucun être vivant n'aurait pu conserver une telle position. Lorsque nous l'avons examinée de plus près, nous avons vu qu'elle avait les yeux fermés, le visage blême, et nous avons aperçu des marques violettes sur sa gorge. Et elle était froide au toucher.

A ces mots, le public fut traversé de longs soupirs. Quelqu'un se moucha. Deux jurés se regardèrent, un troisième secoua gravement la tête.

Rathbone demeura immobile derrière sa table.

— Encore une question, Lady Callandra, reprit Lovat-Smith comme s'il s'excusait. Connaissiez-vous cette jeune femme ?

— Oui, répondit Callandra. C'était Prudence Barrymore.

— Une infirmière de l'hôpital ? interrogea Lovat-Smith en reculant de quelques pas. En fait, l'une de vos meilleures infirmières, je crois ? N'avait-elle pas travaillé en Crimée avec Florence Nightingale ?

Rathbone fut tenté d'objecter que ce détail n'avait aucun intérêt : Lovat-Smith cherchait simplement à insuffler une dimension dramatique à son argumentation. L'avocat songea toutefois qu'il desservirait sa cause en privant Prudence Barrymore de ce moment de reconnaissance posthume.

— Une femme très noble sur bien des plans, acquiesça Callandra. J'avais pour elle beaucoup de respect et une grande affection.

Lovat-Smith inclina la tête.

— Merci, madame. La cour appréciera l'effort que vous avez fait en nous livrant ce témoignage, qui a dû vous être fort pénible. Merci, je n'ai plus de questions.

Callandra esquissa un mouvement pour partir, mais déjà, le juge Hardie se penchait en avant.

— Si vous voulez bien rester encore un peu, Lady Callandra, maître Rathbone souhaite peut-être vous interroger.

Callandra rougit, honteuse sans doute de sa précipitation.

Lovat-Smith retourna à sa table, tandis que Rathbone s'approchait du box des témoins, les yeux levés vers Callandra. La voir si soucieuse le troublait.

— Bonjour, Lady Callandra. Mon confrère a terminé par l'identification du corps de la malheureuse victime. Mais peut-être pourriez-vous dire à la cour ce que vous avez fait après avoir compris que vous ne pouviez plus rien pour elle ?

— Je... nous... le Dr Beck est resté avec elle pour s'assurer que personne ne la touchait. Quant à moi, je suis allée informer Sir Herbert, afin qu'il prévienne la police.

— Où l'avez-vous trouvé ?

— Dans la salle de chirurgie. Il opérait un patient.

— Vous souvenez-vous de sa réaction quand vous l'avez informé de votre découverte ?

De nombreux visages se tournèrent vers le box des accusés.

— Oui... Il a été choqué, bien sûr. Il m'a demandé de me rendre moi-même au poste pour prévenir la police... lorsqu'il a compris que cette affaire concernait la police.

— Ah ? Il ne s'en est pas rendu compte tout de suite ?

— Sans doute était-ce ma faute... Je lui ai peut-être présenté les choses de telle sorte qu'il a cru qu'il s'agissait d'une mort naturelle. Les décès sont fréquents dans un hôpital...

— Bien sûr. Et vous est-il apparu anxieux, nerveux ?

Callandra afficha un amusement teinté d'amertume.

— Non, répondit-elle. Il est resté parfaitement calme. Je crois qu'il n'a même pas interrompu son opération.

— Et celle-ci a réussi ?

Il avait posé la question parce qu'il connaissait la réponse. Il se souvenait d'avoir interrogé Sir Herbert à ce sujet, provoquant chez celui-ci une légère surprise, comme si l'issue positive était pour lui une évidence.

— Oui.

— Un homme à l'esprit calme et aux gestes sûrs, conclut l'avocat.

Il avait conscience que les jurés étaient restés tournés vers l'accusé. Lovat-Smith se leva aussitôt.

— Oui, oui, lança le juge sans lui laisser le temps d'intervenir. Maître Rathbone, je vous prie de garder vos observations pour votre plaidoirie. Lady Callandra n'était pas présente à la fin de l'opération et elle ne peut donc porter aucun jugement sur son issue. Vous avez déjà établi que le patient a survécu, ce que vous saviez, j'imagine ? Oui, bien sûr. Poursuivez, je vous prie.

— Merci, monsieur le juge, fit Rathbone en s'inclinant à peine. Lady Callandra, nous pouvons établir que vous avez bel et bien informé la police. Un certain inspecteur Jeavis, je crois, a été chargé de l'enquête. Votre engagement dans cette affaire s'est-il arrêté là ?

Callandra cligna des yeux. Elle avait pâli et un sentiment qui ressemblait à de la peur transparaissait dans son regard et dans le pli de ses lèvres.

— Je vous demande pardon ?

— Votre investissement dans cette affaire s'est-il arrêté là ? répéta-t-il. Ou avez-vous fait autre chose ?

— Eh bien, j'ai... j'ai...

Elle s'interrompit.

— Oui ? Qu'avez-vous fait exactement ?

Tous les regards étaient de nouveau rivés sur elle. Attentif lui aussi, le juge Hardie ne la quittait pas des yeux.

— Je... J'ai engagé un détective privé que je connaissais, répondit-elle, presque à voix basse.

— Pourriez-vous parler un peu plus fort, de façon à être entendue du jury ? demanda le juge.

Elle répéta plus distinctement ses paroles sans cesser de regarder Rathbone.

— Et pourquoi avez-vous fait cela, Lady Callandra? s'enquit ce dernier. N'aviez-vous pas confiance dans les compétences de la police pour résoudre cette affaire?

Du coin de l'œil, il vit Lovat-Smith se raidir et sut qu'il était parvenu à le surprendre.

Callandra se mordit la lèvre.

— Je n'étais pas sûre que la police trouverait le coupable, en effet. Elle n'y parvient pas toujours.

— C'est vrai, acquiesça Rathbone. Merci, Lady Callandra. Je n'ai plus de questions.

Lovat-Smith se leva avant que le juge ait eu le temps de prendre la parole.

— Lady Callandra, lança-t-il, pensez-vous finalement que la police a trouvé la réponse correcte dans cette affaire?

— Objection! intervint aussitôt Rathbone. L'opinion de Lady Callandra, aussi excellente soit-elle, ne peut avoir aucune valeur dans ce lieu.

— Maître Lovat-Smith, renchérit le juge Hardie en secouant la tête, si vous n'avez rien à ajouter, Lady Callandra peut se retirer, avec les remerciements de la cour.

Lovat-Smith se rassit, les lèvres serrées, évitant le regard de Rathbone.

Ce dernier sourit, mais sans réelle satisfaction.

Lovat-Smith appela alors Jeavis à la barre. Celui-ci avait déjà dû témoigner à plusieurs reprises au cours de sa carrière dans la police et, pourtant, il semblait étrangement déplacé. Son haut col blanc paraissait trop étroit, ses manches un tantinet trop courtes.

Il confirma les faits bruts tels qu'il les connaissait, n'apportant ni émotion ni interprétation personnelle. Malgré tout, le jury demeura suspendu à ses lèvres. A une ou deux reprises seulement, les regards le quittèrent pour s'élever vers Sir Herbert.

En préparant le procès, Rathbone s'était longtemps demandé s'il devrait ou non interroger le policier. Il avait conclu qu'il n'y avait rien à remettre en cause dans la déposition de Jeavis, tout comme il n'y avait rien non plus à ajouter. Mieux valait ne pas prendre de risques.

— Pas de questions, monsieur le juge, déclara-t-il donc.

Lovat-Smith parut amusé.

Le témoin suivant fut le médecin légiste, venu donner son estimation de l'heure et de la cause du décès. Il s'agissait plus d'une formalité que d'un véritable témoignage et, là non plus, Rathbone n'éprouva pas le besoin d'ajouter ses questions à celles du procureur.

Puis ce fut au tour de Mrs. Flaherty de gravir les marches du box des témoins, ce qu'elle fit avec prudence et concentration. Ses vêtements sombres faisaient ressortir la blancheur de son teint et lui donnaient des allures d'intendante revêche. Rathbone n'eût pas été surpris de la voir porter un livre de comptes sous le bras et, cliquetant à sa ceinture, un lourd trousseau de clés.

La surveillante parcourut l'assistance d'un regard désapprobateur. A l'évidence, elle n'était pas venue de son plein gré et devoir paraître en un tel lieu tenait pour elle de l'outrage. Les affaires criminelles n'étaient-elles pas indignes des gens respectables ? Jamais sans doute, de toute son existence, elle n'avait imaginé se trouver un jour dans une telle position.

Cette ostensible réprobation semblait beaucoup amuser Lovat-Smith. Certes, le procureur ne laissait transparaître que le plus profond respect et ses manières demeuraient irréprochables, mais Rathbone le connaissait assez pour détecter de la malice dans l'angle de ses épaules, dans ses gestes ou même dans sa démarche lorsqu'il se dirigea vers le témoin.

— Mrs. Flaherty, commença Lovat-Smith, vous êtes surveillante générale au Royal Free Hospital, n'est-ce pas ?

— Oui, fit-elle sombrement.

Elle parut sur le point d'ajouter quelque chose, mais serra aussitôt les lèvres en une ligne mince.

— C'est bien cela, acquiesça le procureur.

N'ayant pas été élevé par une gouvernante ni fréquenté les hôpitaux, celui-ci n'éprouvait pas face à elle l'appréhension que ce genre de femmes inspirait à beaucoup de ses confrères. Il avait confié à Rathbone, dans l'un des rares moments de détente qu'ils avaient partagés, un soir, autour d'une bonne bouteille de vin, qu'il avait commencé sa scolarité dans une école gratuite pour enfants défavorisés jusqu'au jour où l'un des administrateurs avait remarqué son intelligence et pris son éducation à sa charge.

Lovat-Smith fixait Mrs. Flaherty d'un regard neutre.

— Pourriez-vous avoir l'obligeance, madame, de dire à la cour où vous vous trouviez le jour du décès de Prudence Barrymore, entre six heures du matin et le moment où vous avez appris que l'on avait découvert son corps ? Je vous en remercie.

A contrecœur, mais sans omettre un détail, Mrs. Flaherty accéda à sa demande. Elle exposa également, en réponse à d'autres questions, les allées et venues de la quasi-totalité des infirmières de service ce matin-là, ainsi que celles de l'aumônier et des panseurs.

Rathbone se garda d'interrompre l'interrogatoire. Il eût été ridicule d'attirer l'attention sur la faiblesse de sa propre position en engageant un combat sur un terrain où il ne pouvait l'emporter. Mieux valait laisser croire au jury qu'il attendait, pour sortir ses armes, le moment propice où il assènerait le coup fatal. Il demeura donc assis avec une expression de tranquille intérêt, un léger sourire aux lèvres.

Les coups d'œil furtifs que lui lancèrent certains jurés ne lui échappèrent pas cependant. Ceux-ci devaient se demander quand débuteraient enfin les hostilités. Par moments, ils levaient aussi les yeux vers Sir Herbert. Celui-ci était pâle, mais s'il éprouvait de la terreur ou subissait la sombre torture de la culpabilité, il n'en laissait rien paraître.

Rathbone l'étudia à la dérobée tandis que Lovat-Smith soutirait d'autres détails à Mrs. Flaherty. Sir Herbert suivait l'interrogatoire avec une attention qui semblait toutefois dénuée de réel intérêt. Il avait l'air plutôt détendu et se tenait bien droit, les mains croisées devant lui sur la rampe. Tout ce qui se disait lui était déjà connu et il savait ce témoignage négligeable. Il ne contestait pas sa propre présence à l'hôpital au moment des faits et Mrs. Flaherty ne faisait qu'exclure de la liste des suspects des individus que l'on n'avait jamais sérieusement soupçonnés.

Le juge Hardie ajourna la séance après le départ de la surveillante. Au moment où Rathbone franchissait la porte pour sortir, Lovat-Smith rejoignit l'avocat. Scs yeux bleu ciel brillaient d'une lueur un peu moqueuse.

— Qu'est-ce qui vous a pris de vous charger de cela? interrogea-t-il.

— De me charger de quoi? s'enquit Rathbone sans lui accorder un regard.

— Eh bien, de cette affaire! C'est perdu d'avance! Ces lettres sont accablantes!

Rathbone se tourna alors vers lui et sourit sans rien répondre, découvrant ses magnifiques dents blanches.

Lovat-Smith tressaillit imperceptiblement, mais se reprit aussitôt.

— Je ne doute pas de l'intérêt de ce dossier pour votre compte en banque, mais votre réputation, elle, risque d'en prendre un sacré coup! enchaîna-t-il avec assurance. Cela ne mène à rien de jouer les preux chevaliers dans ce genre d'aventures, vous savez!

Rathbone accentua encore son sourire, soucieux de dissimuler le fond de sa pensée : à vrai dire, l'avenir risquait fort de donner raison à Lovat-Smith!

La séance de l'après-midi n'apporta aucune surprise, mais laissa à Rathbone un douloureux sentiment d'insatisfaction. Après l'audience, l'avocat se rendit chez son père pour le dîner.

Henry Rathbone était un intellectuel de haute taille, un peu voûté, dont le doux regard bleu cachait un esprit brillant et un humour caustique parfois déconcertant. Oliver éprouvait pour lui une affection bien plus forte que celle qu'il voulait bien s'avouer. Leurs occasionnelles soirées en tête à tête lui offraient des oasis de bonheur profond dans une existence où l'ambition ne laissait guère de répit.

Cette fois-ci pourtant, Oliver était troublé et son père s'en aperçut tout de suite, tandis qu'ils entamaient une conversation légère sur le temps, les roses du jardin et les résultats de leur équipe de cricket favorite.

Assis à l'intérieur, dans la lumière déclinante du soir qui entrait par les portes-fenêtres, les deux hommes venaient de terminer un délicieux dîner composé de pain croustillant, de pâté et de fromage français. Ils avaient vidé une bouteille de vin rouge assez quelconque, mais elle leur laissait dans la bouche un goût agréable qui devait être celui du plaisir.

— Aurais-tu commis une erreur tactique? finit par interroger Henry Rathbone.

— Qu'est-ce qui vous fait croire cela?

— Ton air soucieux. Si les choses s'étaient déroulées comme tu le prévoyais, tu ne serais pas en train de tourner et de retourner les problèmes dans ta tête.

— Je ne sais pas, soupira Oliver. A vrai dire, je ne sais même pas comment aborder toute cette affaire!

Henry attendit.

Oliver lui exposa alors ce qu'il connaissait des faits. Son père l'écouta en silence, confortablement installé dans son fauteuil, les jambes croisées.

— Quels témoins a-t-on entendus jusqu'à présent? demanda-t-il lorsque Oliver eut terminé.

— C'était très factuel ce matin. Callandra Daviot a expliqué comment elle avait découvert le corps. La police et le médecin légiste ont exposé les faits concernant le décès, l'heure et la manière dont il était survenu. Rien de nouveau ni d'étonnant. Lovat-Smith a tout mis en œuvre pour poser le décor et tirer des larmes au public, mais cela, on pouvait s'y attendre...

Henry hocha la tête.

— Ensuite, nous avons eu droit à la surveillante générale de l'hôpital, poursuivit Oliver. Une petite femme sèche et autoritaire qui répugnait visiblement à se trouver là. Elle n'a fait aucun mystère de la désapprobation que lui inspirent les jeunes dames de bonne famille qui épousent la vocation d'infirmière et même celles qui se sont dévouées en Crimée ne trouvent pas grâce à ses yeux. J'ai l'impression qu'elles remettent son autorité en question.

— Et le jury ?

Oliver sourit.

— Il ne l'a guère appréciée. Elle a contesté les compétences de Prudence. Lovat-Smith a fait des pieds et des mains pour l'empêcher de s'étendre sur le sujet, mais elle a tout de même donné une piètre image de la victime

— Mais...

Oliver eut un petit rire sec.

— Elle a juré que Prudence harcelait Sir Herbert, qu'elle voulait sans cesse travailler à ses côtés et passait avec lui bien plus de temps que toute autre infirmière. Elle a néanmoins reconnu, avec beaucoup de réticence, que c'était la meilleure infirmière et que Sir Herbert la réclamait souvent.

— Mais je suis sûr que tu avais prévu tout cela, objecta Henry en observant son fils d'un peu plus près. Ce que tu me rapportes là n'explique pas ton état d'esprit de ce soir.

Oliver demeura pensif. La brise du dehors véhiculait des parfums de chèvrefeuille. Une volée d'étourneaux traversa en piaillant le jardin et alla peupler les arbres du verger.

— Tu as peur de perdre ? interrogea Henry, rompant le silence. Pourtant, ce ne serait ni la première fois ni la dernière. Sauf si tu as décidé de n'accepter désormais que les dossiers gagnés d'avance, ceux qui ne nécessitent qu'un bon spécialiste du droit pénal...

— Non, bien sûr que non ! s'indigna Oliver.

Il n'était pas réellement en colère. La suggestion était trop absurde pour susciter un sentiment violent.

— Alors tu crains que ton client ne soit coupable ?

Cette fois, la réponse fut plus longue à venir.

— Non. Non, je ne pense pas. C'est une affaire difficile, il n'y a pas de véritables preuves, mais je crois ce qu'il me dit. Je sais ce que c'est que de voir une jeune femme confondre l'admiration ou la gratitude avec une dévotion romantique. Au début, on n'en a absolument pas conscience... ou peut-être en tire-t-on une certaine vanité, je veux bien l'avouer. Et tout à coup, la voilà devant vous, frémissante et les yeux humides, et vous vous retrouvez horrifié, la bouche sèche, le cerveau en ébullition, à vous demander si vous êtes une victime ou un mufle, et comment diable vous allez pouvoir vous tirer de cette situation sans perdre votre honneur et en conservant un minimum de dignité.

Henry souriait, proche de la franche hilarité.

— Cela n'a rien de drôle ! protesta Oliver.

— Oh que si ! C'est... c'est exquis ! Mon garçon, avec ton élégance vestimentaire, ta belle diction et ta vanité naturelle, tu risques de t'attirer de terribles problèmes un de ces jours ! Et ce Sir Herbert, à quoi ressemble-t-il ?

— Je ne suis pas un vaniteux !

— Si ! Mais rassure-toi, c'est un défaut relativement minime ! Et puis, tu as des qualités qui te rachètent. Allez, parle-moi de Sir Herbert.

— Il n'a aucune élégance vestimentaire, rétorqua Oliver d'un ton vaguement hargneux. Il porte des vêtements coûteux, mais possède des goûts très quelconques et sa silhouette et son allure manquent de grâce, peut-être à cause de sa corpulence. Si je devais le définir d'un adjectif, je dirais que c'est un homme *imposant*.

— Ce qui en dit plus sur les sentiments qu'il t'inspire que sur l'homme lui-même, fit remarquer Henry. Est-il suffisant ?

— Intellectuellement, oui. A mon avis, il n'avait vu chez l'infirmière qui travaillait avec lui qu'un appui extrêmement efficace pour lui. Cela me surprendrait beaucoup d'apprendre qu'il s'est intéressé un seul instant aux émotions qu'elle a pu éprouver. De son entourage, il n'attend que de l'admiration, et tout porte à croire qu'il l'obtient immanquablement.

— Mais il n'est pas coupable ? s'étonna Henry. N'avait-il pas beaucoup à perdre si elle l'accusait d'avoir vis-à-vis d'elle une conduite inconvenante ?

— Oh non, pas grand-chose par rapport à elle. Qui l'aurait crue ? D'autant qu'elle ne détenait aucune preuve. Et Sir Herbert, lui, jouit d'une réputation immaculée !

— Dans ce cas, qu'est-ce qui te trouble ? Ton client est innocent et, en te battant, tu as au moins une chance de le laver de tout soupçon.

Oliver ne répondit rien. Le ciel avait perdu de sa clarté et les ombres s'estompaient sur l'herbe du jardin.

— Tu as fait ou dit quelque chose que tu regrettes ?

— Oui. Je ne vois pas ce que j'aurais pu faire d'autre, mais oui... J'ai l'impression que je me suis mal conduit.

— Qu'as-tu fait ?

— J'ai anéanti Barrymore... le père, répondit Oliver dans un souffle. C'est un homme honnête et bon, dévasté par le chagrin. Il adorait sa fille, et moi, j'ai tout fait pour l'amener à croire que c'était une rêveuse qui surestimait ses propres capacités et mentait à son entourage à ce sujet Je me suis efforcé de démontrer qu'elle n'était pas l'héroïne qu'elle voulait paraître, mais une femme malheureuse dont les rêves ne s'étaient pas réalisés et qui s'était créé un monde imaginaire dans lequel elle aurait été plus intelligente, plus courageuse et plus douée. Et j'ai vu sur le visage de ce père que je commençais à le faire douter. Mon Dieu, comme je me suis détesté à ce moment-là ! Je ne crois pas m'être jamais senti si vil...

— Ce que tu disais était-il vrai ? interrogea Henry avec douceur.

— Je ne sais pas. Peut-être, répondit Oliver, en colère. Mais là n'est pas le problème ! J'ai posé des doigts sales, irrévérencieux, sur les rêves de cet homme ! Je lui ai arraché la chose la plus précieuse qu'il possédât, je l'ai exposée aux yeux du public et je l'ai maculée tout entière avec les doutes et la laideur. J'ai senti que les gens me détestaient pour cela, y compris le jury, mais pas autant que je me méprisais moi-même.

Il eut un petit rire sec.

— Il n'y a que le mépris de Monk, je crois, qui ait égalé le mien. Quand je l'ai rencontré à la sortie de l'audience, j'ai cru qu'il allait me frapper. Il était blême de rage. En croisant son regard, j'ai eu peur de lui. Je suis sûr que s'il avait pu avoir l'assurance d'en sortir indemne, il m'aurait assassiné sur place pour ce que je venais de faire à Barrymore... et à la mémoire de Prudence.

Il s'interrompit. A présent, il avait envie d'entendre son père le contredire, le réconforter.

Henry le considéra tristement. Son visage exprimait tout son amour, ainsi qu'un vif désir de protéger son fils, mais non de l'excuser.

— Était-il légitime de soulever cette question ?

— Oui, bien entendu ! *A priori*, cette jeune femme était quelqu'un de très intelligent, et pourtant, même le dernier des imbéciles ne serait jamais allé s'imaginer que Sir Herbert quitterait son épouse et ses sept enfants et accepterait la ruine professionnelle, sociale et financière pour se mettre en ménage avec elle ! C'était grotesque !

— Et qu'est-ce qui te fait croire qu'elle a pensé cela ?

— Mais les lettres, bon sang ! Et elles ont bien été écrites de sa main, il n'y a aucun doute là-dessus. La sœur les a identifiées.

— Dans ce cas, tu as affaire à une femme tourmentée, dotée d'une double personnalité, suggéra Henry. L'une rationnelle, courageuse et efficace, l'autre totalement dépourvue de jugement, voire d'instinct de conservation.

— C'est aussi mon avis.

— Mais alors, pourquoi te blâmes-tu ainsi ? Qu'as-tu fait de si terrible ?

— J'ai brisé des rêves... dérobé à Barrymore sa conviction la plus profonde... et peut-être blessé beaucoup d'autres personnes aussi. Dont Monk, indubitablement.

— Tu as remis ces convictions en cause, rectifia Henry. Tu ne les as pas brisées... du moins pas encore.

— Si. J'ai fait douter tous ces gens. J'ai terni le souvenir de cette jeune femme. Ce ne sera plus jamais la même chose désormais.

— Mais toi-même, que crois-tu ?

Oliver réfléchit un long moment. Les étourneaux s'étaient tus au-dehors. Avec la brume du soir, les senteurs de chèvrefeuille s'intensifiaient.

— Ce que je crois, c'est qu'il reste quelque chose de sacrément important que je ne sais pas encore, répondit-il enfin. Non seulement je ne le sais pas, mais j'ignore même de quel côté il faut chercher.

— Dans ce cas, fie-toi à tes intuitions, déclara Henry de sa voix chaude et familière. S'il te manque des éléments, c'est tout ce que tu peux faire.

La deuxième journée vit défiler une procession d'employés de l'hôpital sollicités par Lovat-Smith. Tous certifièrent l'extrême compétence professionnelle de Prudence, que le procureur prit soin de ne jamais remettre en doute. A deux ou trois reprises, il lança un regard à Rathbone et lui sourit. Il connaissait la valeur des émotions impliquées. Il était inutile d'espérer une erreur de sa part. Il incita les témoins à exposer l'un après l'autre des signes démontrant l'admiration que Prudence portait à Sir Herbert, à évoquer la fréquence inhabituelle avec laquelle le chirurgien choisissait la jeune femme pour l'assister, la grande habitude qu'ils avaient l'un de l'autre lors des opérations et, enfin, la dévotion manifeste que l'infirmière portait à l'accusé.

Rathbone, de son côté, mit tout en œuvre pour atténuer la portée de ces témoignages, soulignant que les sentiments de Prudence n'étaient pas nécessairement réciproques et que, pour sa part, Sir Herbert ne s'était pas aperçu que l'infirmière lui vouait autre chose que de l'admiration professionnelle ; autant dire qu'il ne l'avait pas encouragée le moins du monde ! Toutefois, l'avocat ne se faisait guère d'illusions : désormais, le public le regardait d'un mauvais œil et la personnalité de Sir Herbert ne lui facilitait pas la tâche. Ce dernier n'attirait pas naturellement la sympathie. Il semblait trop calme, trop sûr de lui et de sa destinée.

Rathbone se demandait si, derrière son masque rigide, le chirurgien avait peur. Avait-il conscience de la proximité de la potence ? Avait-il l'esprit fébrile, était-il le jouet d'une imagination galopante qui lui donnait des sueurs froides ? Ou demeurait-il persuadé que rien ne pouvait lui arriver ? Était-ce l'innocence qui le prémunissait contre la réalité du danger ?

Que s'était-il vraiment passé entre lui et Prudence ?

L'avocat regretta sa dispute avec Monk. Il avait cédé à la faiblesse. Plus que jamais, il avait besoin du détective. La seule façon d'épargner le gibet à Sir Herbert — on n'en était plus à songer à préserver sa réputation désormais — consistait à découvrir l'assassin de Prudence Barrymore. Rathbone n'était plus très sûr de pouvoir plaider le doute à présent. Tandis qu'il interrogeait un témoin, il lui sembla même déceler un accent de panique dans sa propre voix et il sentit une goutte de sueur couler le long de son dos. Cela n'avait pas pu échapper à Lovat-Smith. Sans doute celui-ci saurait-il, dès lors, que la victoire lui appartenait.

La troisième journée d'audience se révéla plus satisfaisante. Lovat-Smith commit en effet sa première erreur tactique en appelant Mrs. Barrymore à la barre. Il voulait faire témoigner cette mère endeuillée sur la moralité irréprochable de Prudence. Sans doute entendait-il ainsi jouer encore la carte de l'émotion et accroître la commisération du public vis-à-vis de la victime.

Il aborda le témoin avec une déférence mêlée de compassion, mais sans se départir tout à fait de cette assurance un peu pédante que Rathbone lui avait déjà vue la veille. Il allait l'emporter et il le savait. Pour lui, cette perspective devait être d'autant plus appréciable que l'adversaire s'appelait Oliver Rathbone.

— Mrs. Barrymore, commença-t-il en penchant légèrement la tête de côté, je regrette de devoir vous demander ceci — ce doit être très éprouvant pour vous — mais je suis sûr que vous êtes aussi soucieuse que nous de voir la justice rendue.

La fatigue marquait le visage de Mrs. Barrymore, qui avait les paupières gonflées d'avoir pleuré, mais demeurait stoïque. Le noir de ses vêtements mettait en valeur la magnifique couleur de ses cheveux et ses traits délicats.

— Bien sûr, acquiesça-t-elle. Je ferai de mon mieux pour vous répondre sans détour.

— J'en suis persuadé, répondit Lovat-Smith. Bien entendu, vous avez connu Prudence toute sa vie, et personne, sans doute, ne la connaissait aussi bien que vous. Était-ce une jeune fille romantique, rêveuse, souvent amoureuse ?

— Pas du tout, répliqua Mrs. Barrymore d'un ton un peu surpris. En fait, c'était tout le contraire. Faith, sa sœur, lisait des romans et se prenait pour une héroïne de contes de fées. Adolescente, elle pensait beaucoup aux garçons, comme la plupart des jeunes filles de son âge. Mais Prudence, elle, était différente. Elle ne s'intéressait qu'à l'étude et cherchait sans cesse à apprendre. Ce qui n'est pas très sain pour une jeune fille...

Elle semblait perplexe, comme si cette anomalie l'étonnait encore.

— Mais elle a tout de même eu des petits amoureux ? insista Lovat-Smith. Elle devait bien songer aux garçons de temps en temps, non ?

Il avait posé la question alors qu'il connaissait déjà la réponse. Cela se lisait sur son visage, cela se sentait à l'assurance de sa voix.

— Non, persista Mrs. Barrymore. Jamais. Même quand le nouveau vicaire est arrivé, un jeune homme charmant qui faisait tourner la tête à toutes les jeunes filles de la communauté, il n'a pas éveillé le moindre intérêt chez Prudence.

Elle secoua la tête et les rubans noirs de son chapeau se balancèrent.

Rathbone jeta un bref coup d'œil au box des accusés. Bizarrement, Sir Herbert ne semblait pas intéressé, comme si le récit de la jeunesse de Prudence ne le concernait pas le moins du monde. Se pouvait-il qu'il n'eût pas saisi l'importance de sa valeur émotionnelle pour les jurés ? Ne comprenait-il pas toutes les implications qui découlaient de la personnalité de la victime ?

— Diriez-vous qu'elle n'éprouvait pas d'émotions ? interrogea Lovat-Smith, feignant la surprise.

— Oh non ! Elle ressentait intensément les choses, au contraire, assura Mrs. Barrymore. Très intensément... à tel point que je craignais souvent qu'elle ne se rende malade.

Elle cligna plusieurs fois des yeux et parut avoir les plus grandes peines à conserver son sang-froid.

— Cela semble idiot à présent, n'est-ce pas ? reprit-elle. Puisque c'est précisément cela qui l'a conduite à la mort... Je suis désolée, j'ai du mal à contrôler mes émotions.

A ces mots, elle adressa un regard haineux à Sir Herbert. Alors, pour la première fois, celui-ci parut touché. Il se leva à demi et voulut se pencher en avant, mais l'un des gardes le saisit par les bras et le contraignit à se rasseoir.

Il y eut un mouvement de surprise, un frémissement dans la salle. L'un des jurés dit quelque chose que personne ne distingua. Le juge ouvrit la bouche, puis se ravisa et demeura silencieux. Rathbone fut tenté d'objecter, mais s'en garda bien. Une intervention de sa part aurait pour seul effet de s'aliéner davantage encore le jury.

— La connaissant comme vous la connaissiez, Mrs. Barrymore, reprit Lovat-Smith avec une grande douceur, avez-vous peine à croire qu'en Sir Herbert Stanhope Prudence avait enfin trouvé l'homme qu'elle pourrait à la fois aimer et admirer avec toute sa nature ardente et idéaliste, l'homme à qui elle pouvait offrir sa totale dévotion ?

— Pas du tout, répondit Mrs. Barrymore sans hésiter.

Au contraire, c'était exactement le genre d'homme susceptible de répondre à ses rêves. Elle a pu voir en lui une noblesse, un dévouement et des compétences qui constituaient une personnalité qu'elle pouvait aimer de tout son cœur.

A ces mots, les larmes qu'elle refoulait depuis quelques minutes se mirent à couler sur ses joues. Elle se couvrit le visage de ses deux mains et laissa libre cours à son chagrin.

Lovat-Smith s'approcha et lui tendit un mouchoir, qu'elle saisit à l'aveuglette.

Pour une fois, le procureur devait se trouver à court de mots. Il était difficile de reprendre la parole sans paraître déplacé. Avec un petit hochement de tête embarrassé, il regagna sa place et indiqua d'un signe de main que Rathbone pouvait prendre le relais.

L'avocat se leva et alla se placer au centre de l'espace vide, conscient de tous les regards braqués sur lui. Tout indiquait que les minutes à venir se révéleraient décisives.

Dans la salle, on n'entendait que les pleurs discrets de Mrs. Barrymore.

Rathbone attendit. Il ne voulait pas prendre le risque de l'interrompre. Il éprouva l'envie d'observer le jury et Sir Herbert, mais cela eût trahi ses incertitudes ; Lovat-Smith, surtout, n'eût pas manqué d'interpréter ce regard comme celui d'une bête traquée. Rivaux de longue date, les deux hommes se connaissaient trop bien pour que le moindre tressaillement passât inaperçu.

Enfin, Mrs. Barrymore se moucha avec délicatesse. Lorsqu'elle releva la tête, elle avait les yeux rouges, mais le reste de son visage témoignait qu'elle avait recouvré son calme.

— Je suis vraiment désolée, déclara-t-elle à mi-voix. Je crains de n'être pas aussi solide que je ne me l'étais imaginé.

Son regard s'éleva de nouveau vers le banc des accusés et chacun put lire la haine qui l'habitait, aussi implacable que celle d'un individu qui serait doté de cette force dont elle prétendait manquer.

— Il est inutile de vous excuser, madame, assura Rathbone d'une voix douce, mais distincte. Je suis sûr que chacun, ici, comprend votre peine et y compatit.

Il ne pouvait rien contre les sentiments qu'elle portait à Sir Herbert. Mieux valait les ignorer et espérer que le jury n'avait rien remarqué.

— Merci.

— Mrs. Barrymore, commença-t-il en esquissant un sourire bienveillant, j'ai seulement quelques questions à vous poser et je vais faire en sorte qu'elles soient les plus brèves possible. Comme maître Lovat-Smith l'a déjà souligné, vous connaissiez naturellement votre fille comme seule une mère pouvait la connaître. Vous connaissiez son amour de la médecine et sa volonté de porter assistance aux malades et aux blessés.

Il s'interrompit, mit les mains dans ses poches et leva les yeux vers le témoin.

— Parveniez-vous aisément à croire qu'il lui était arrivé de pratiquer elle-même des interventions chirurgicales ?

Anne Barrymore fronça les sourcils, concentrée sur des souvenirs qui, de toute évidence, lui posaient problème.

— Non. Je suis désolée, mais je ne parvenais pas à y croire. C'est une chose qui m'a toujours déconcertée.

— Pensez-vous qu'elle ait pu amplifier son propre rôle de façon à... disons à se rapprocher un peu de son idéal ? Afin de travailler plus souvent aux côtés de Sir Herbert Stanhope ?

Le visage de Mrs. Barrymore s'éclaircit.

— Oui... Oui, ce pourrait être une explication. La chirurgie n'est pas une activité naturelle pour une femme, n'est-ce pas ? Mais l'amour, en revanche, est une chose que nous pouvons tous comprendre...

— Oui, bien sûr, acquiesça Rathbone.

Il n'en était cependant pas aussi convaincu qu'il voulait le laisser paraître. Il avait même de plus en plus de difficulté à accepter que l'amour pût être l'unique moteur dans l'existence d'une personne, fût-ce une jeune femme. Le moment était néanmoins mal choisi pour formuler de tels doutes : seul Sir Herbert comptait et il fallait démontrer au jury que l'accusé était autant une victime que Prudence Barrymore et que toute cette affaire pouvait bien se révéler aussi fatale et injuste pour lui que pour elle.

— Et vous n'éprouvez pas non plus de difficulté à croire qu'elle ait pu placer tous ses espoirs et tous ses rêves en Sir Herbert ?

Elle eut un sourire triste.

— Je dois avouer qu'elle n'était pas raisonnable... Pauvre enfant... Elle n'a jamais été raisonnable.

Elle jeta un regard chargé de colère et de frustration à Mr. Barrymore, assis dans la galerie du public, puis considéra de nouveau Rathbone.

— Elle avait reçu une excellente demande en mariage, reprit-elle, émanant d'un jeune homme tout à fait respectable qui vit près de chez nous, vous savez. Nous n'avons pas compris pourquoi elle n'a pas voulu de lui.

Elle fronça les sourcils. Elle ressemblait à une petite fille malheureuse.

— Elle avait la tête remplie de rêves absurdes, enchaîna-t-elle. Des rêves impossibles, et qui n'avaient rien d'engageant... Ils ne l'auraient jamais rendue heureuse. Et maintenant, poursuivit-elle tandis que ses yeux s'embuaient à nouveau, il est trop tard. Oh, les jeunes ne se rendent pas compte ; ils laissent passer tant d'occasions d'être heureux !

La salle s'emplit de murmures de sympathie. Rathbone savait qu'il jouait là sur le fil du rasoir. Mrs. Barrymore avait déjà reconnu que Prudence se faisait des illusions sur elle-même, qu'elle ne regardait pas toujours la réalité en face, mais son chagrin était trop visible, trop touchant. Chaque individu présent dans l'assistance avait une famille, une mère qu'il pouvait se représenter à la place de celle-ci, un enfant qu'il pouvait s'imaginer perdre... En se montrant trop hésitant, l'avocat laisserait passer une occasion de l'emporter et Sir Herbert le paierait peut-être de sa vie. S'il faisait preuve d'une trop grande rudesse, au contraire, il s'aliénerait le jury et, là encore, Sir Herbert en pâtirait.

La salle commençait à s'impatienter. Il devait parler.

— Soyez assurée, madame, de toute notre compassion, mais aussi de notre compréhension, déclara-t-il. Qui, parmi nous, n'a pas dans sa jeunesse laissé passer des occasions qui auraient pu se révéler précieuses ? Seulement, nous n'avons pas payé aussi cher que votre fille nos rêves et nos erreurs.

Il fit quelques pas et se retourna pour s'adresser de nouveau à Mrs. Barrymore.

— Puis-je vous poser encore une question ? interrogea-t-il. Pouvez-vous croire que Prudence, avec l'ardeur de sa nature et l'admiration qu'elle vouait aux nobles missions et à l'art de la médecine, aurait pu tomber amoureuse de Sir Herbert Stanhope et que, étant une femme très spontanée, elle ait pu attendre de lui bien plus qu'il n'était en mesure de lui offrir ?

Heureusement, il tournait le dos à Sir Herbert. Il n'aimait pas voir ses clients lorsqu'il spéculait ainsi sur les sentiments.

— Et que, comme cela nous est arrivé à tous, enchaîna-t-il, elle ait pu prendre pour une réalité le désir qu'elle avait de le voir répondre à ses sentiments, alors qu'en fait elle ne lui inspirait rien d'autre que ce respect et cette considération que l'on porte à une collaboratrice dévouée et courageuse, dotée, qui plus est, de compétences bien supérieures à la moyenne ?

— Oui, répondit-elle à mi-voix, clignant des yeux à plusieurs reprises. Vous l'avez très bien exprimé. Pauvre petite ! Si seulement elle avait accepté ce qu'on lui offrait et fondé un foyer comme n'importe quelle autre jeune femme, elle aurait pu être si heureuse ! Je le lui disais toujours... seulement elle ne m'écoutait pas. Mon époux... mon époux, lui, l'encourageait. Je sais qu'il ne lui voulait pas de mal, mais il ne comprenait pas !

Cette fois, elle n'avait pas levé les yeux vers la galerie du public.

— Je vous remercie, Mrs. Barrymore ! dit aussitôt Rathbone, soucieux de ne pas voir gâcher l'effet produit par la dernière réponse. Je n'ai pas d'autres questions.

Lovat-Smith se leva à demi, puis se rassit. L'émotion était trop forte et le témoin s'en tiendrait aux opinions qu'il venait d'énoncer. Le procureur ne voulait pas, sans doute, risquer d'aggraver son erreur.

Après la dispute qui l'avait opposé à Rathbone sur les marches du palais de justice deux jours plus tôt, Monk était rentré chez lui dans un état de fureur noire. Pourtant, il savait parfaitement que Rathbone était lié par ses obligations envers Sir Herbert, quelle que fût son opinion sur Prudence Barrymore. L'avocat devait conserver à son client une loyauté sans faille, et ni les preuves concrètes ni l'émotion ne pouvaient l'autoriser à changer de camp.

Malgré tout, Monk l'avait haï pour le portrait de Prudence qu'il avait suggéré. Une haine d'autant plus intense qu'il avait vu les jurés opiner du bonnet, froncer les sourcils et commencer à envisager la victime sous un jour nouveau. Prudence n'apparaissait plus comme la disciple dévouée de Florence Nightingale, celle qui veillait nuit et jour au chevet des malades dans une contrée hostile, mais comme une jeune femme faillible dont les rêveries avaient détruit le bon sens.

Plus grave encore, c'étaient les doutes que l'avocat avait insufflés dans l'esprit de Monk lui-même qui avaient fait sortir ce dernier de ses gonds. L'image qu'il s'était forgée de l'infirmière s'était trouvée ternie et, malgré ses efforts, il ne parvenait pas à lui faire recouvrer son éclat et sa simplicité. Peu importait que la jeune femme eût ou non aimé Sir Herbert Stanhope : mais était-il possible qu'elle se fût trompée à ce point sur le compte du chirurgien ? Et, pis encore, avait-elle oui ou non accompli les hauts faits médicaux dont elle s'était targuée ? Ou était-elle l'une de ces pauvres créatures, au comportement si compréhensible, qui passent leur temps à peindre la grisaille du monde aux couleurs de leurs rêves et s'échappent dans des univers parallèles qu'elles s'inventent ?

C'était là un processus qu'il comprenait sans peine. Quelle part de sa propre personnalité percevait-il lui-même uniquement à travers la lunette déformante de son manque de souvenirs ? L'ignorance de son passé n'était-elle pas sa façon à lui d'échapper à une réalité qu'il ne voulait pas connaître ? Dans quelle mesure désirait-il réellement se souvenir ?

Au départ, il s'était lancé avec passion dans les recherches. Puis, à mesure que le voile se soulevait, découvrant une personnalité ingrate, impitoyable et égocentrique, il avait déployé moins d'opiniâtreté. L'épisode d'Hermione s'était révélé douloureux et humiliant et il soupçonnait également l'antipathie que lui vouait Runcorn d'être plus ou moins justifiée. Le policier était faible, certes, c'était son plus grave défaut, mais Monk avait sans doute trop exploité cette faille année après année. Un être plus charitable que lui ne serait pas allé aussi loin. Il ne fallait pas s'étonner, après cela, que Runcorn eût à ce point savouré sa victoire finale.

Et même lorsqu'il raisonnait ainsi, Monk se connaissait suffisamment pour savoir qu'il ne laisserait pas les choses en l'état. Au fond de lui, il espérait prouver l'innocence de Sir Herbert, afin, une fois de plus, de couper l'herbe sous le pied de Runcorn.

Le lendemain matin, il retourna à l'hôpital et interrogea de nouveau infirmières et panseurs au sujet du jeune homme aperçu dans les couloirs de l'hôpital peu avant la mort de Prudence. Il ne faisait aucun doute qu'il s'agissait de Geoffrey Taunton. Ce dernier n'avait jamais fait mystère de sa visite. Toutefois, on l'avait peut-être aperçu après l'heure à laquelle il prétendait être reparti. Peut-être quelqu'un avait-il surpris entre lui et Prudence une conversation animée, assez houleuse pour se terminer dans la violence ? Et qui sait, peut-être aussi avait-on croisé Nanette Cuthbertson ? Celle-ci avait un excellent mobile pour tuer.

Ces entretiens occupèrent une bonne partie de sa journée. Il était de mauvaise humeur et percevait parfois dans ses propres questions des intonations brutales, des menaces et un sarcasme qui lui faisaient horreur, mais qu'il ne maîtrisait pas. Toutefois, la rage que lui inspirait Rathbone et sa propre impatience à trouver une nouvelle piste se révélaient plus fortes que la raison et les bonnes intentions.

A quatre heures, il n'avait rien appris, sinon que Geoffrey Taunton était venu, ce qu'il savait déjà, et qu'on l'avait vu repartir rouge de colère alors que Prudence était encore bien en vie. S'il était revenu ensuite sur ses pas et avait revu Prudence, il l'avait fait dans la plus grande discrétion. Ce n'était pas impossible, mais rien ne le prouvait non plus. Et d'ailleurs, rien ne suggérait que cet homme fût de tempérament violent. Le traitement que lui infligeait Prudence eût mis à rude épreuve les nerfs de n'importe quel individu !

Sur Nanette Cuthbertson, il n'obtint pas la moindre indication. Vêtue d'une robe simple comme en portaient les infirmières, elle n'eût pas eu la moindre difficulté à entrer, puis sortir de l'hôpital sans être remarquée de quiconque.

En fin d'après-midi, Monk avait épuisé toutes les pistes et se sentait dégoûté de l'affaire et de lui-même. Il avait terrorisé ou offensé en pure perte une bonne dizaine de personnes.

Il quitta l'hôpital. La température avait fraîchi et le ciel s'était couvert de nuages. L'orage menaçait.

Monk s'arrêta pour acheter le journal du soir. La une était consacrée au procès, mais il n'apprit rien de nouveau, sinon que d'autres doutes avaient surgi quant à la personnalité de Prudence, ce qui fit redoubler sa fureur.

Il songea alors qu'il restait un lieu à explorer : Nanette Cuthbertson avait passé la nuit chez des amis qui habitaient à quelques centaines de mètres de là. Peut-être ceux-ci auraient-ils certains détails, même anodins, à lui apprendre.

Il fut accueilli très froidement par le majordome. Si ce dernier avait pu lui refuser l'accès à la maison sans paraître faire obstruction à la justice, il ne se fût sans doute pas gêné. Le maître de maison, un certain Roger Waldemar, se montra, pour sa part, à peine courtois. Son épouse, en revanche, fit preuve d'une grande civilité. Monk crut surprendre une lueur d'admiration dans ses yeux.

— Ma fille et Miss Cuthbertson sont amies depuis des années, expliqua-t-elle, le visage grave, mais le regard souriant.

Ils se trouvaient seuls dans son petit salon rose et gris qui s'ouvrait sur un minuscule jardin privé, pièce idéale pour la contemplation ou le badinage amoureux. Monk réprima les idées qui affluaient dans son imagination sur les scènes qui avaient dû se dérouler en ces lieux et reporta toute son attention sur sa mission.

— Oh, on pourrait même dire que ce sont des amies d'enfance, poursuivait Mrs. Waldemar. Miss Cuthbertson a passé toute la soirée avec nous au bal. Elle était si jolie, si piquante aussi. Il y avait une vraie flamme dans son regard, si vous voyez ce que je veux dire... Certaines femmes possèdent cette sorte de... de vivacité que les autres n'ont pas, quelles que soient les circonstances.

Monk la considéra avec un petit sourire.

— Bien sûr que je vois, Mrs. Waldemar, répondit-il. C'est le genre de détails qui n'échappent pas à un homme !

Il laissa son regard peser sur elle un peu plus que nécessaire. Il se sentait sur cette femme un ascendant qui lui plaisait. Un jour, songea-t-il, il faudrait pousser ce jeu de la séduction pour éprouver ses limites, voir jusqu'où il pouvait aller.

Son interlocutrice baissa les yeux et pianota distraitement sur l'accoudoir du sofa.

— Et je crois qu'elle est sortie se promener très tôt le matin, reprit-elle d'une voix claire. Elle ne s'est pas présentée au petit déjeuner. Cependant, je ne voudrais pas que vous fassiez une interprétation malheureuse de cette absence. Je suis persuadée que Nanette souhaitait simplement prendre un peu d'exercice, peut-être pour faire le vide dans son esprit. Je pense qu'elle avait besoin de réfléchir.

Elle s'interrompit pour lui jeter un bref coup d'œil.

— J'aurais éprouvé le même besoin à sa place. Et pour cela, il faut être seul et sûr de n'être pas interrompu, voyez-vous.

— A sa place ? fit Monk en la fixant sans ciller.

Elle était devenue grave. Elle avait de très beaux yeux, mais ne correspondait pas au type de femmes que Monk appréciait. Elle paraissait trop autoritaire, trop manifestement insatisfaite.

— Je... je ne suis pas sûre de devoir vous révéler cela... Je ne crois pas que cela puisse avoir une quelconque importance dans votre affaire...

— Si ça n'en a pas, madame, soyez sûre que je l'oublierai sur-le-champ, promit-il en se penchant légèrement vers elle. Je sais garder un secret !

— Je n'en doute pas, répondit-elle, pensive. Eh bien... depuis assez longtemps, la pauvre Nanette est très éprise de Geoffrey Taunton, que vous devez connaître. Seulement lui, il n'avait d'yeux que pour cette malheureuse Prudence Barrymore. Eh bien, figurez-vous que, récemment, le jeune Martin Hereford, un garçon très agréable et convenable en tout point, s'est intéressé de près à Nanette. Le soir du bal, il n'a plus fait mystère de son attirance pour elle. Un si charmant jeune homme... Et bien plus valable que ce Geoffrey Taunton.

— Vraiment ? fit Monk avec un mélange très étudié de scepticisme et d'encouragement.

— Enfin... commença-t-elle en haussant un peu l'épaule droite, Geoffrey peut se montrer charmant et il jouit, bien sûr, d'excellents revenus et d'une bonne réputation, mais il convient d'y regarder d'un peu plus près...

Sans la quitter des yeux, Monk demeura silencieux. La dame devait s'expliquer davantage.

— En fait, il possède un tempérament effrayant, déclara-t-elle, visiblement mise en confiance. La plupart du temps, il est tout à fait agréable, bien sûr, mais, lorsqu'il est vraiment contrarié, il perd tout contrôle de lui-même. J'ai assisté un soir à une scène terrible... à la suite d'un incident tout à fait anodin. Nous étions à la campagne...

Elle était consciente d'avoir éveillé l'intérêt du détective. Elle s'arrêta, savourant l'instant. Monk se sentit bouillir. Ses muscles tendus à l'extrême le faisaient souffrir tandis qu'il s'obligeait à demeurer assis, à sourire à cette femme dont la stupidité et les idiotes tentatives de séduction l'eussent, en temps normal, fait exploser de colère.

— Nous avions décidé d'y passer quelques jours, poursuivit-elle. Si je me souviens bien, ce devait être du jeudi au mardi, ou quelque chose comme cela. Les hommes étaient allés chasser, je crois, et nous, les dames, nous avions fait de la couture et bavardé toute la journée en attendant leur retour. C'était le soir.

Elle inspira profondément et jeta un regard circulaire dans la pièce dans un visible effort de mémoire.

— Je pense que cela s'est passé le dimanche soir. Nous nous étions rendus à la messe très tôt le matin, avant le petit déjeuner, afin que les hommes puissent passer une longue journée à l'extérieur. Le temps était magnifique. Est-ce que vous chassez vous-même, Mr. Monk ?

— Non.

— Vous devriez. C'est un passe-temps très sain, vous savez.

Il reprima la réponse cinglante qui lui venait aux lèvres.

— Je vais y songer, Mrs. Waldemar.

— Ils jouaient au billard, reprit-elle en recommençant à pianoter sur l'accoudoir. Geoffrey avait perdu toute la soirée face à Archibald Purbright. Un vrai mufle, celui-là, il faut le reconnaître... Mais peut-être ne devrais-je pas dire cela ? ajouta-t-elle en jetant à Monk un regard interrogateur assorti d'un sourire charmeur.

— Bien sûr que vous ne devez pas, répondit-il avec un sourire qui lui coûta. Mais je ne le répéterai à personne.

— Le connaissez-vous ?

— Non, et je ne tiens pas vraiment à faire sa connaissance, s'il est bel et bien le mufle que vous dites.

Elle éclata de rire.

— Oh, mon Dieu ! Mais vous me garantissez que vous ne répéterez pas ce que je vous dis là ?

— Bien sûr. Ce sera un secret entre nous. Que s'est-il passé au juste ?

— Eh bien, Archie trichait, comme à son habitude, et Geoffrey a fini par perdre son sang-froid et il a dit des choses affreuses...

A ces mots, Monk sentit la douloureuse morsure de la déception. Les insultes, si virulentes fussent-elles, restaient sans commune mesure avec un meurtre. Quelle femme stupide ! Avec quel plaisir il eût giflé ce visage trop affable !

— Je vois, dit-il avec une froideur non dissimulée.

Il éprouvait un immense soulagement à ne plus avoir à feindre une imbécile complicité.

— Oh non, vous ne voyez rien du tout ! protesta aussitôt la dame. Figurez-vous que Geoffrey s'est mis à frapper ce pauvre Archie sur la tête et les épaules avec la queue de billard. Il l'a battu jusqu'à ce que l'autre tombe, et il l'aurait sans doute assommé si Bertie et George ne l'avaient pas retenu. C'était vraiment horrible !

Ses joues avaient rosi sous l'effet de l'excitation.

— Après cet incident, Archie a dû garder le lit pendant quatre jours. Bien sûr, on a fait appeler un médecin. On lui a raconté qu'Archie était tombé de cheval, mais je ne pense pas qu'il y ait cru un seul instant. Il était trop discret pour nous contredire, mais j'ai bien vu qu'il n'était pas dupe. Archie a dit qu'il allait intenter un procès à Geoffrey, seulement il avait triché au billard et il savait que nous le savions, alors, bien entendu, il n'en a rien fait Mais ni l'un ni l'autre ne fut plus invité par la suite.

Elle leva les yeux vers Monk et lui sourit, puis haussa les épaules.

— Vous voyez, il semble que Nanette ait eu nombre de

sujets de méditation. Après tout, un tel emportement donne à réfléchir, non? Quel que soit le charme de l'homme par ailleurs! Vous n'êtes pas d'accord?

— Oh si, Mrs. Waldemar, répondit Monk avec sincérité.

Tout à coup, son interlocutrice lui apparaissait sous un jour différent. Elle n'était pas stupide. Non, au contraire, elle se révélait des plus perspicaces. Elle ne parlait pas pour le plaisir, mais rapportait des informations valables et peut-être extrêmement importantes.

— Merci, ajouta-t-il. Votre excellente mémoire est des plus admirables et elle me permet d'expliquer des éléments que je ne comprenais pas jusqu'à présent. Il ne fait plus aucun doute désormais que, comme vous le dites, Miss Cuthbertson était sortie pour réfléchir ce matin-là. Je vous remercie infiniment pour votre amabilité et pour le temps que vous m'avez accordé.

Il se leva et recula vers la porte.

Elle l'imita. Autour d'elle, ses jupons ondulèrent dans un doux froissement de taffetas.

— Mais je vous en prie. Et si je puis vous être encore d'une quelconque utilité, n'hésitez pas à me recontacter.

— Je n'y manquerai pas.

Il prit congé aussi rapidement que la courtoisie l'y autorisait. Lorsqu'il se retrouva dans la rue, le jour commençait à décliner et il croisa l'allumeur de réverbères.

Ainsi, Geoffrey avait un tempérament colérique et sa violence pouvait devenir meurtrière! Certes, ce n'était pas une avancée déterminante, mais cela représentait indéniablement une éclaircie dans les sombres nuages qui s'amoncelaient au-dessus de Sir Herbert Stanhope.

Cela n'expliquait pas le moins du monde les rêves de Prudence, ni dans quelle mesure ceux-ci étaient fondés, mais c'était un début.

Et puis, Monk éprouvait une intense satisfaction à la perspective d'aller apporter ce nouvel élément à Rathbone. Il imaginait déjà le regard surpris de l'avocat... et sa reconnaissance.

CHAPITRE X

Rathbone fut trop soulagé d'apprendre du nouveau pour laisser libre cours à son irritation face au détective. Certes, il ne réprima pas un premier mouvement de mauvaise humeur lorsqu'il croisa le regard plein de condescendance de Monk et décela dans sa voix une satisfaction mêlée d'arrogance, mais il ne s'y attarda pas et se concentra vite sur l'information et ce qu'il pouvait en tirer.

Lorsqu'il rendit visite à Sir Herbert, peu avant le début de l'audience, il le trouva songeur. La tension transparaissait dans le mouvement nerveux de ses mains et la façon dont il rajustait parfois son col ou tirait sur les pans de sa veste. Toutefois, le chirurgien conservait suffisamment de contrôle sur lui-même pour ne pas demander à l'avocat ce qu'il pensait de l'évolution du procès.

— J'ai du nouveau ! lança Rathbone dès que le gardien les eut laissés seuls.

Sir Herbert tressaillit et retint un instant sa respiration.

— Oui ? fit-il d'une voix un peu rauque.

Rathbone se sentit coupable : en fait, il n'y avait pas grand-chose à espérer de ce léger rebondissement et, pour parvenir à faire peser cet élément dans la balance, il allait devoir mobiliser tout son art de la rhétorique.

— Mon détective a eu connaissance d'un incident très regrettable dans le passé récent de Geoffrey Taunton, expliqua-t-il d'un ton posé. Une histoire de tricherie au billard, qui a amené ce gentleman à devenir violent. Il semble qu'il ait attaqué le tricheur et qu'on ait dû le retenir pour qu'il ne le blesse pas, peut-être mortellement.

Il en rajoutait un peu, certes, mais Sir Herbert avait besoin de tout le soutien qu'il pouvait lui offrir.

— Ce Mr. Taunton se trouvait à l'hôpital le matin du meurtre, renchérit Sir Herbert, le regard brillant. Et Dieu sait qu'il avait un mobile valable ! Elle a dû le mettre en colère... Ah, la stupide femme !

Il s'interrompit et fixa intensément l'avocat.

— Ceci est excellent ! Pourquoi n'êtes-vous pas plus satisfait ? Ce monsieur fait un suspect au moins aussi probable que moi !

— Mais je suis satisfait ! protesta Rathbone. Seulement Geoffrey Taunton n'est pas sur le banc des accusés... du moins pas encore. J'ai du pain sur la planche si je veux parvenir à l'y faire asseoir. Je voulais juste que vous le sachiez : nous avons bon espoir, ce n'est pas le moment de perdre courage.

Sir Herbert sourit.

— Merci... J'apprécie que vous soyez venu m'en informer et je conçois que vous ne puissiez pas m'en dire plus. Je me suis moi-même trouvé dans des situations similaires face à des patients. Je comprends très bien.

Le hasard voulut que, dès ce matin-là, Lovat-Smith fît sans le savoir le jeu de la défense. Le premier témoin qu'il appela à la barre fut en effet Nanette Cuthbertson. Celle-ci traversa la salle et monta les marches qui menaient au box d'une démarche gracieuse, manœuvrant ses jupons d'un simple mouvement de hanches dans l'étroit escalier. Arrivée en haut, elle se retourna et fit face au procureur avec un sourire confiant. Elle portait une robe d'un brun sombre à la fois sobre et très flatteuse pour son teint mat. Un murmure d'admiration parcourut l'assistance et, dans le public, plusieurs spectateurs se redressèrent. L'un des jurés hocha la tête, un autre arrangea son col.

Ils étaient venus avec moins d'entrain que les jours précédents. Les révélations qu'ils attendaient tardaient trop à venir. Ils avaient espéré voir leurs émotions malmenées à mesure que les pièces à conviction viendraient se loger dans le puzzle. Ils avaient pensé que Sir Herbert paraîtrait coupable un instant, innocent juste après. Ils avaient voulu assister à un choc de titans, à un combat sans merci mené par deux protagonistes d'envergure dans l'arène du tribunal.

Au lieu de tout cela, ils avaient eu droit à une ennuyeuse procession d'individus ordinaires venus décrire Prudence Barrymore en excellente infirmière ou en héroïne médiocre et expliquer que la pauvre jeune femme avait connu le tourment banal de celle qui se figure avoir gagné l'amour d'un homme qui ne lui montre en fait que de la pure courtoisie. C'était triste, pathétique même, mais cela ne donnait pas matière à un drame digne de ce nom. Personne n'avait encore suggéré d'autres suspects et, pourtant, l'infirmière avait bel et bien été assassinée.

Et voilà qu'enfin un témoin intéressant leur était présenté, une femme très digne et pleine d'allure. Ils tendaient le cou, curieux de savoir ce qui l'amenait là.

— Miss Cuthbertson, commença Lovat-Smith dès que les formalités d'usage eurent été remplies, vous connaissiez Prudence Barrymore depuis votre plus tendre enfance, n'est-ce pas ?

— Tout à fait, répondit-elle, le menton haut, mais les yeux baissés.

— La connaissiez-vous bien ?

— Très bien.

En cet instant, nul ne se souciait de Sir Herbert. Nanette mobilisait tous les regards, toutes les attentions.

Seul, Rathbone lança un coup d'œil discret vers l'accusé. Penché en avant, celui-ci observait le témoin. Son expression reflétait un sentiment proche de l'impatience. Rathbone s'intéressa de nouveau à Nanette.

— Était-elle romantique ? interrogea Lovat-Smith.

— Oh non, pas le moins du monde ! répondit Nanette avec un pauvre sourire. Elle possédait une tournure d'esprit extrêmement pratique. Elle ne se souciait pas de paraître charmante ni d'attirer les regards des gentlemen.

Elle se passa la main devant les yeux, puis fixa de nouveau le procureur.

— Je n'aime pas dire du mal d'une personne qui n'est pas là pour répondre, mais, pour empêcher que ne soit commise une injustice, je ne dois pas masquer la réalité.

— Bien sûr, rétorqua Lovat-Smith, sentencieux. Nous le comprenons tous. Vous avait-elle dit ce qu'elle pensait de l'amour, Miss Cuthbertson? Les jeunes filles se confient parfois les unes aux autres.

— Oui. Je crains qu'elle n'ait jamais regardé aucun autre homme que Sir Herbert Stanhope. Il y avait d'autres gentlemen éminemment convenables et très bien de leur personne qui s'intéressaient à elle, mais elle ne voulait pas en entendre parler. Elle n'avait que le nom de Sir Herbert à la bouche, son dévouement, son talent, la façon dont il l'avait aidée et lui avait témoigné prévenance et attention.

Elle fronça un instant les sourcils, comme si elle s'apprêtait à dire une chose qui l'étonnait et la révoltait à la fois, mais elle ne leva pas les yeux vers l'accusé.

— Elle répétait sans cesse qu'elle était sûre qu'il réaliserait bientôt ses rêves les plus chers. On avait l'impression que tout en elle s'éclairait lorsqu'elle prononçait son nom.

Lovat-Smith se tenait au centre de la salle, vêtu de sa robe d'une netteté douteuse. Il ne possédait pas la prestance d'un Rathbone, mais vibrait d'une telle énergie qu'il monopolisait l'attention de tous et suscitait la déférence.

— Et en avez-vous déduit, Miss Cuthbertson, qu'elle était amoureuse de lui et qu'elle pensait son amour réciproque, au point qu'il ne tarderait pas à faire d'elle son épouse?

— Bien entendu! acquiesça Nanette. Quelle autre explication pouvait-il y avoir?

— A vrai dire, aucune dont j'aie connaissance, approuva Lovat-Smith. Avez-vous remarqué un changement dans son état d'esprit, un moment où elle aurait pris conscience que Sir Herbert n'éprouvait pas pour elle cet amour qu'elle s'était figuré?

— Non. Non, je n'ai rien remarqué de tel.

— Très bien.

Lovat-Smith s'éloigna de son témoin comme s'il en avait terminé, puis il se retourna et lui fit de nouveau face.

— Miss Cuthbertson, Prudence Barrymore était-elle une femme volontaire et décidée ? Avait-elle une grande force de caractère ?

— Mais bien entendu ! répondit Nanette avec véhémence. Sans cela, comment serait-elle allée en Crimée ? Cela a dû être une expérience abominable ! Oh, il est évident que lorsqu'elle prenait une chose à cœur, elle allait jusqu'au bout !

— Aurait-elle abandonné facilement son espoir d'épouser Sir Herbert Stanhope, à votre avis ?

— Jamais !

Nanette avait répondu avant même que le juge Hardie ait eu le temps d'intervenir et Rathbone, de protester.

— Maître Lovat-Smith, déclara gravement le juge, vous influencez le témoin et vous le savez fort bien !

— Je vous présente mes excuses, monsieur le juge, répondit Lovat-Smith sans l'ombre d'un remords, avant d'ajouter, avec un sourire, à l'adresse de Rathbone : Je vous cède la place, maître !

— Merci.

L'avocat se leva en un mouvement souple et gracieux pour se diriger vers le box des témoins et s'adressa directement à Nanette.

— Je regrette, madame, mais je vais devoir vous poser de nombreuses questions.

Il usait de sa voix profonde comme d'un merveilleux instrument qu'il maniait à la perfection. Il y avait, dans le ton qu'il employait, une courtoisie, voire une déférence, assortie d'une menace insidieuse.

Nanette le considérait de son piédestal sans paraître se douter de ce qui l'attendait.

— Je sais que c'est votre rôle, maître, et je suis parfaitement prête.

L'un des jurés sourit, un autre eut un hochement de tête approbateur. Un murmure parcourut les bancs du public.

— Vous connaissiez Prudence Barrymore depuis l'enfance, et vous la connaissiez bien, commença Rathbone. Vous nous avez dit qu'elle vous confiait souvent ses sentiments, ce qui est tout à fait naturel, bien sûr.

Il lui adressa un sourire, mais les lèvres de la jeune femme n'esquissèrent qu'un très léger frémissement, tout juste suffisant pour ne pas paraître discourtoise. A l'évidence, elle n'aimait pas Rathbone en raison de ce qu'il représentait.

— Vous avez également évoqué des admirateurs dont elle avait repoussé les avances, poursuivit-il. Était-ce à Mr. Geoffrey Taunton que vous faisiez allusion ?

Les joues de Nanette se colorèrent, mais la jeune femme conserva son sang-froid. Sans doute s'attendait-elle à cette question.

— Oui.

— Considérez-vous qu'elle manquait de bon sens en n'acceptant pas de l'épouser ?

Lovat-Smith se leva d'un bond.

— Nous avons déjà abordé ce sujet, monsieur le juge. Le témoin en a parlé. Je crains qu'en désespoir de cause mon confrère ne cherche à faire perdre son temps à la cour.

Le juge tourna vers Rathbone un visage interrogateur.

— Maître Rathbone, avez-vous en tête un autre objectif que de gagner du temps ?

— Je vous assure que oui, monsieur le juge, répondit Rathbone.

— Dans ce cas, continuez, ordonna Hardie.

Rathbone s'inclina, puis reprit à l'intention de Nanette :

— Vous connaissez suffisamment Mr. Taunton pour juger que c'est un jeune homme admirable, n'est-ce pas ?

A nouveau, le rouge monta aux joues de la jeune femme, mais il s'agissait là d'une réaction bienséante et sans doute ne l'ignorait-elle pas.

— Oui.

— Vraiment ? Vous ne connaissez aucune raison qui ait pu inciter Prudence Barrymore à le repousser ?

— Non, pas la moindre.

Cette fois, la défiance couvait dans la voix féminine. Nanette releva le menton. Elle commençait à croire qu'elle avait pris la mesure de Rathbone. Dans la salle, l'attention se relâchait nettement. Ces débats devenaient ennuyeux, voire pitoyables. Sur le banc des accusés, Sir Herbert semblait moins concentré et une certaine anxiété était apparue sur ses traits. Rathbone n'avançait pas. Seul Lovat-Smith demeurait immobile, visiblement sur ses gardes.

— Et s'il vous le demandait à vous, accepteriez-vous de l'épouser ? interrogea l'avocat d'un ton amène. Il s'agit d'une question tout à fait hypothétique, bien entendu, ajouta-t-il pour prévenir une intervention du juge.

Les joues de Nanette virèrent au cramoisi. Une exclamation étouffée monta de l'assistance et l'un des jurés s'éclaircit bruyamment la gorge.

— Je... Je... Vous...

Répondre par la négative revenait à laisser échapper une chance de devenir un jour l'épouse de celui qu'elle aimait, et c'était la dernière chose qu'elle souhaitait. Nanette se reprit avec peine.

— Vous me placez dans une situation impossible, maître ! s'exclama-t-elle.

— Je suis désolé, répondit Rathbone sans grande sincérité. Mais comprenez que Sir Herbert se trouve lui aussi dans une position impossible, madame, une situation bien plus périlleuse que la vôtre.

Il s'interrompit et inclina la tête, révérencieux.

— Je vous demande de répondre, car si vous nous dites que vous-même n'accepteriez pas Geoffrey Taunton, vous nous suggérez que vous connaissez une raison susceptible d'expliquer le refus de Prudence Barrymore. En d'autres termes, que son comportement n'était pas si déraisonnable que cela, que son refus n'était pas nécessairement lié à Sir Herbert ou aux espoirs qu'elle aurait pu placer en celui-ci. Vous comprenez ?

— Oui, admit-elle à contrecœur. Oui, je comprends.

Il attendit. Il était enfin parvenu à mobiliser l'attention du public. Nanette prit une profonde inspiration.

— Oui, déclara-t-elle d'une voix étranglée. J'accepterais.

— En effet, acquiesça l'avocat. C'est bien ce que j'avais cru comprendre.

Il avança de quelques pas, puis fit de nouveau face au témoin.

— A vrai dire, vous êtes vous-même très éprise de Mr. Taunton, n'est-ce pas ? A tel point que l'affection que vous portiez à Miss Barrymore s'est trouvée altérée lorsque ce monsieur s'est mis à courtiser votre amie avec acharnement malgré ses refus répétés ?

Un murmure de mécontentement monta de l'assistance. Plusieurs jurés changèrent de position dans leur fauteuil.

Nanette, quant à elle, affichait la plus grande consternation. Le rouge avait gagné l'ensemble de son visage, remontant jusqu'à la ligne sombre de ses cheveux, et la jeune femme se cramponnait à la rampe comme pour ne pas s'affaisser.

— Si vous cherchez à suggérer que je mens, maître, vous vous trompez, déclara-t-elle enfin.

— Mais pas le moins du monde, Miss Cuthbertson ! s'exclama Rathbone, véritable modèle de civilité. Je suggère simplement que votre perception de la réalité peut se trouver teintée par vos propres impératifs, comme cela nous arrive à tous quand nous sommes soumis à des émotions extrêmes. On ne peut pas appeler cela mentir, mais seulement être induit en erreur.

Elle le dévisagea, désorientée et malheureuse. Rathbone songea qu'il était temps de passer à l'étape suivante.

— Vous étiez donc suffisamment éprise de Mr. Taunton pour ne pas vous laisser dissuader par son caractère violent, Miss Cuthbertson ? reprit-il.

Cette fois, la jeune femme blêmit.

— Son caractère violent ? répéta-t-elle. Mais cela n'a aucun sens, maître. Mr. Taunton est le plus doux des hommes !

Malgré ces paroles, l'assistance, qui l'observait avec attention, n'avait pu manquer de remarquer son saisissement. A en croire la raideur de son corps moulé dans sa jolie robe bustier, on ne pouvait douter que la jeune femme ne sût parfaitement à quoi l'avocat faisait allusion. Son état de totale confusion tenait plus d'une tentative de dissimulation que de l'incompréhension.

— Si j'allais poser la question à Mr. Archibald Purbright, pensez-vous qu'il serait d'accord avec vous ? interrogea l'avocat sans sourciller. En tout cas, je doute que Mrs. Waldemar le serait, elle !

— Monsieur le juge, intervint Lovat-Smith, qui est cet Archibald Purbright ? Mon confrère n'a fait jusque-là aucune mention de cette personne. S'il détient de nouveaux éléments, il est tenu de les présenter au tribunal afin que le ministère public puisse l'interroger à leur sujet et évaluer leur validité. Nous ne pouvons en aucun cas accepter...

— Oui, maître Lovat-Smith, coupa Hardie. Je sais parfaitement que Mr. Purbright n'a pas été cité.

Puis il se tourna vers Rathbone, les sourcils en accents circonflexes.

— Peut-être, suggéra-t-il, auriez-vous intérêt à vous expliquer davantage ?

— Je n'ai pas l'intention de citer Mr. Purbright comme témoin, monsieur le juge, répondit l'avocat, à moins que Miss Cuthbertson ne m'y contraigne.

Il bluffait. En réalité, il ne savait absolument pas où trouver Archibald Purbright.

Hardie tourna vers Nanette un visage interrogateur. Celle-ci se tenait toujours aussi raide, livide.

— C'était un incident isolé, qui s'est déroulé il y a longtemps, expliqua-t-elle d'une voix hésitante. Cet homme avait triché. Je regrette d'avoir à le dire ici, mais c'est vrai. Et là, ajouta-t-elle avec un regard de haine à l'adresse de Rathbone, Mrs. Waldemar ne dirait pas le contraire !

La tension s'évanouit. Lovat-Smith sourit.

— Et Mr. Taunton, d'une façon qui était sans doute tout à fait compréhensible, s'est trouvé extrêmement frustré et s'est senti victime d'une injustice criante, compléta Rathbone. Nous l'aurions tous été à sa place. Donner le meilleur de soi-même et mériter la victoire parce qu'on joue mieux que son adversaire, pour se voir spolié de cette victoire par un tricheur, voilà de quoi faire sortir de leurs gonds la plupart d'entre nous !

Il hésita, avança avec désinvolture de quelques pas et se retourna.

— Et, en cette occasion, Mr. Taunton a frappé son adversaire avec une telle violence que si personne ne l'en avait empêché, il aurait sans doute infligé à Mr. Purbright des blessures graves, voire mortelles.

Tout à coup, la tension était de retour. Le public remuait, mêlant exclamations de surprise et frottements de chaussures sur le parquet. Sur son balcon, Sir Herbert esquissa un infime sourire. Le juge, quant à lui, s'était figé.

De son côté, Lovat-Smith dissimula mal sa surprise. Celle-ci ne transparut certes qu'un très court instant sur son visage, mais n'échappa pas à Rathbone. Les regards des deux adversaires se croisèrent, puis l'avocat s'adressa de nouveau à Nanette.

— Ne croyez-vous pas qu'il soit possible, Miss Cuthbertson, ou plutôt ne craignez-vous pas, tout au fond de vous, que Mr. Taunton ait pu ressentir un sentiment de frustration et d'injustice en tout point identique face à Miss Barrymore, qui persistait à le repousser alors qu'elle n'avait pas d'autre admirateur et aucune raison, à ses yeux, d'agir ainsi ? N'est-il pas possible qu'il se soit emporté au point d'en venir aux mains, à supposer qu'elle ait eu une parole moqueuse ou humiliante à son encontre ? Il n'y avait pas d'amis pour le retenir, dans le sombre corridor de l'hôpital et à une heure si matinale ! Miss Barrymore avait veillé toute la nuit au chevet de malades, elle était épuisée et, surtout, elle ne s'attendait pas à une telle violence...

— Non ! cria Nanette, rouge de colère, en se penchant par-dessus la rambarde. Non, jamais ! C'est monstrueux de dire des choses pareilles ! C'est Sir Herbert Stanhope qui l'a tuée !

Elle lança à l'accusé un regard plein de haine que les jurés n'eurent aucune peine à suivre.

— Il l'a tuée parce qu'elle l'avait menacé de dévoiler leur amour ! poursuivit-elle avec hargne. Nous le savons tous ! Ce n'était pas Geoffrey ! Si vous dites cela, c'est seulement parce que vous ne savez plus comment faire pour défendre votre client !

De nouveau, elle foudroya Sir Herbert du regard et, cette fois, le chirurgien parut mal à l'aise.

— Et vous n'avez rien d'autre ! acheva-t-elle, accusatrice. Ce que vous faites là est méprisable, maître ! Calomnier ainsi un brave homme pour une misérable erreur !

— Il ne faut pas plus qu'une misérable erreur, madame, pour commettre un crime, répliqua Rathbone avec flegme. Il n'existe que très peu d'instants, dans une vie, où un homme est capable d'étrangler une femme.

En disant cela, il avait levé ses belles mains fines à hauteur du visage. Alors, d'un geste puissant, il esquissa un violent mouvement de torsion. On entendit un cri strident, suivi d'un froissement de taffetas : une spectatrice s'était trouvée mal.

Nanette semblait elle aussi près de défaillir. Le juge Hardie abattit alors son marteau sur la table, le visage dur. Quant à Lovat-Smith, il s'était levé, puis rassis. Rathbone sourit.

— Merci, Miss Cuthbertson, déclara-t-il. Je n'ai plus de questions à vous poser.

A la façon dont le procureur s'avança pour interroger Geoffrey Taunton, Rathbone comprit que son confrère se demandait s'il n'allait pas bientôt se mordre les doigts d'avoir fait comparaître cet homme malgré le rebondissement qui venait de se produire. Fallait-il laisser les choses en l'état, quitte à risquer de les aggraver, ou tenter de rétablir la situation en lançant un assaut vigoureux ? Lovat-

Smith était courageux. Il choisit la seconde solution et cela ne surprit pas Rathbone.

Bien entendu, Geoffrey Taunton n'avait pas assisté aux débats précédents : comme les autres témoins, il avait été maintenu à l'écart, afin d'éviter toute influence. Aussi n'avait-il aucune idée de ce qui venait de se dire à son sujet. Il ne parut pas remarquer Nanette Cuthbertson qui, assise à présent parmi le public, rigide, le visage tendu, suivait l'interrogatoire avec la plus grande attention tout en redoutant le pire, impuissante à prévenir son ami du danger.

— Mr. Taunton, commença Lovat-Smith d'un ton de confiance qui contrastait avec ce qu'il devait ressentir, vous connaissiez bien Miss Barrymore, et ce depuis de nombreuses années. Aviez-vous des raisons d'être instruit des sentiments qu'elle portait à Sir Herbert Stanhope ? Je ne vous demande pas de nous livrer vos déductions personnelles, mais de nous rapporter seulement ce que vous avez pu observer concrètement ou ce qu'elle vous a dit.

— Bien sûr, acquiesça Geoffrey avec un léger sourire.

Dans sa sérénité, il ne semblait aucunement conscient de l'hostilité des regards qui pesaient sur lui, ni du fait que les jurés, en particulier, évitaient de croiser ses yeux.

— Oui, poursuivit-il, voilà plusieurs années que je connais son intérêt pour la médecine et cela ne m'a pas surpris qu'elle décide de partir en Crimée pour venir en aide à nos blessés à l'hôpital de Scutari.

Il avait les mains posées sur la rambarde devant lui. Il semblait à l'aise, voire en grande forme.

— En revanche, j'avoue être tombé de haut quand elle a insisté pour s'engager comme infirmière au Royal Free Hospital de Londres. Les circonstances étaient différentes, on n'avait aucun besoin d'elle. Il existe des centaines d'autres femmes tout à fait capables et disposées à effectuer ce genre de travail, qui ne convenait absolument pas à une dame de sa naissance et de son milieu.

— Lui aviez-vous expliqué cela, avez-vous tenté de la dissuader ?

— J'ai fait plus que cela, je lui ai proposé le mariage, rétorqua-t-il en ne rougissant que légèrement. Mais il n'y avait rien à faire, elle était résolue. Elle avait des idées très irréalistes sur la pratique de la médecine et... Je regrette d'avoir à dire cela, mais elle avait tendance à exagérer ses propres compétences d'une façon tout à fait démesurée par rapport aux services qu'elle pouvait rendre effectivement. Je pense que son expérience en temps de guerre lui a donné des idées qui se révélaient peu applicables chez nous, et en temps de paix. Je suis persuadé qu'elle aurait fini par comprendre cela en étant bien conseillée.

— Conseillée par vous, Mr. Taunton ? interrogea courtoisement Lovat-Smith.

— Et par sa mère, oui, acquiesça Geoffrey.

— Mais vos efforts n'avaient pas encore abouti, n'est-ce pas ?

— Non. Malheureusement.

— Savez-vous pourquoi ?

— Oui, bien sûr. Il y avait Sir Herbert Stanhope, qui l'encourageait.

A ces mots, le jeune homme gratifia l'accusé d'un regard méprisant. Sir Herbert ne cilla pas : on ne lisait ni culpabilité ni tentative de dérobade dans son expression.

L'un des jurés eut un sourire en coin. Rathbone le surprit et ressentit alors l'allégresse d'une petite victoire.

— En êtes-vous vraiment sûr ? insista Lovat-Smith. Cela paraît extraordinaire de sa part, non ? Plus que tout autre, ce chirurgien devait savoir qu'elle ne possédait pas de réelles compétences médicales et qu'elle n'avait aucune chance de devenir davantage qu'une infirmière ordinaire : une femme dont le rôle consiste à aller chercher ce qu'on lui demande, à vider des seaux, préparer les cataplasmes et changer des draps et des pansements... Et peut-être aussi à surveiller les patients, prévenir un médecin en cas de problème et administrer les remèdes prescrits. Que pouvait-elle espérer faire de plus ici, en Angleterre ? Nous n'avons plus de soldats à opérer en urgence, plus de charrettes remplies de blessés...

— Je ne sais pas, répondit Geoffrey avec une grimace de dégoût. Mais elle m'a affirmé de façon tout à fait claire qu'il lui avait dit qu'il y avait un avenir pour elle, avec de l'avancement.

La colère et l'écœurement l'habitaient quand il leva de nouveau les yeux vers le chirurgien. Ce dernier, cette fois, avait tressailli. Puis il secoua la tête, comme si, bien que réduit au silence, il ne pouvait laisser passer cela sans réagir.

— A-t-elle évoqué ses sentiments personnels envers Sir Herbert ? enchaîna Lovat-Smith.

— Oui. Elle l'admirait intensément et était convaincue que son propre bonheur dépendait de lui seul. Elle me l'a dit comme cela... en ces termes précis.

Le procureur affecta la surprise.

— Avez-vous tenté de la ramener à la raison, Mr. Taunton ? Vous saviez certainement que Sir Herbert Stanhope était un homme marié, qu'il ne pouvait lui offrir qu'une considération purement professionnelle, une considération liée à son activité d'infirmière, qui lui conférait une position infiniment inférieure à celle que lui-même occupait. Que pouvait-elle espérer de plus ?

— Je n'en ai pas la moindre idée, répondit le témoin en secouant la tête avec une moue faite de colère et de douleur. Rien de concret en tout cas. Cet homme lui a menti... mais c'est là le moindre de ses péchés.

— Tout à fait, approuva Lovat-Smith, très solennel. Toutefois, ce sera au jury d'en décider, Mr. Taunton. Pour votre part, vous ne devez pas en dire plus. Je vous remercie, monsieur. Si vous voulez bien rester à votre place, je suis persuadé que mon confrère aura des questions à vous poser.

Il s'interrompit et fit mine de tourner les talons, puis de se raviser.

— Ah ! Pendant que vous êtes là, Mr. Taunton : vous trouviez-vous à l'hôpital le matin de la mort de Miss Barrymore ?

Il avait posé la question d'un ton anodin, comme si l'idée venait de surgir dans son esprit.

— Oui, répondit Geoffrey, soudain sur ses gardes.

Lovat-Smith inclina la tête.

— Nous avons appris que vous avez un tempérament un peu violent lorsque vous êtes provoqué de façon intolérable, reprit-il avec un sourire bienveillant, comme s'il s'agissait plus d'une petite faiblesse que d'un grave défaut. Vous êtes-vous disputé avec Prudence au point de perdre le contrôle de vous-même ce matin-là ?

— Non ! s'exclama Geoffrey, les mains crispées sur la rambarde.

— Vous ne l'avez pas assassinée ? ajouta le procureur, haussant les sourcils.

— Non, bien sûr que non !

Geoffrey tremblait à présent et, sur son visage, l'émotion se lisait clairement.

Le juge saisit son marteau, mais le reposa sans s'en être servi.

Rathbone se leva et vint remplacer Lovat-Smith au bas du box des témoins. Les deux hommes échangèrent un bref regard au passage. L'avocat de la défense avait perdu l'avantage et ils le savaient l'un comme l'autre.

Rathbone leva les yeux vers Geoffrey Taunton.

— Vous avez donc tenté de convaincre Prudence qu'elle se trompait en pensant que Sir Herbert Stanhope lui apporterait le bonheur ? commença-t-il d'un ton aimable.

— Bien entendu, répliqua Geoffrey. C'était absurde.

— Parce que Sir Herbert Stanhope est déjà marié ?

Mains dans les poches, l'avocat se donnait des allures bonhommes.

— Naturellement. Il ne pouvait en aucun cas lui offrir quoi que ce fût d'honorable, hormis sa considération professionnelle. Et si elle persistait à se comporter comme si elle en espérait davantage, elle perdrait même cela.

Le visage tendu, il ne faisait rien pour dissimuler son impatience face à ces questions, qui appelaient des réponses si évidentes et si douloureuses.

Rathbone fronça les sourcils.

— C'était bien sûr un comportement extraordinairement déraisonnable et autodestructeur qu'elle avait adopté là ! Il ne pouvait apporter qu'embarras, souffrance et déceptions.

— Précisément.

Geoffrey allait ajouter quelque chose, mais l'avocat l'en empêcha en reprenant la parole.

— Vous éprouviez une grande affection pour Miss Barrymore, que vous connaissiez depuis longtemps. Vous connaissiez même sa famille. Cela a dû vous peiner affreusement de la voir persister dans un tel entêtement ?

— Évidemment ! s'exclama le témoin, indigné, tout en considérant Rathbone avec une irritation grandissante.

— Vous saviez qu'elle prenait des risques, que la tragédie la guettait ?

— Je le savais. Et la suite des événements m'a donné raison.

Un murmure parcourut le public. Celui-ci s'impatientait.

Le juge Hardie se pencha en avant pour parler, mais Rathbone ne lui en laissa pas le temps. Il ne voulait pas voir l'attention se relâcher.

— Vous étiez malheureux, reprit-il d'une voix un peu plus forte. Vous aviez déjà demandé à plusieurs reprises à Miss Barrymore de vous épouser et elle avait refusé, apparemment parce qu'elle était convaincue que Sir Herbert Stanhope avait quelque chose à lui offrir. Ce qui, comme vous l'avez dit, était absurde. Vous avez dû vous sentir frustré par son obstination. C'était ridicule, autodestructeur et tout à fait injuste.

Geoffrey agrippa de nouveau la rambarde et se pencha en avant, mais ne dit rien.

— Tout homme aurait éprouvé de la colère dans votre situation, enchaîna Rathbone d'un ton doucereux. Même avec un tempérament moins violent que le vôtre. Et cependant, vous affirmez que vous ne vous êtes pas disputé avec Prudence à ce sujet ? On dirait bien qu'en fin de compte vous n'êtes pas si colérique que cela ! Il semble même, en fait, que vous ne soyez pas violent du tout ! Je connais peu d'hommes, voire aucun... qui n'auraient pas senti la colère bouillir en eux face à un tel traitement !

Les implications ne faisaient aucun doute : c'était l'honneur et la virilité de Geoffrey qui se trouvaient mis en cause.

Dans la salle d'audience, le grincement de la chaise de Lovat-Smith sur le sol troubla le silence de plomb qui régnait. Le procureur s'était levé, mais avait aussitôt changé d'avis.

— Bien sûr que j'étais en colère, articula Geoffrey avec peine. Mais je n'ai pas eu d'altercation violente avec elle. Je ne suis pas un homme violent.

A ces mots, Rathbone ouvrit de grands yeux étonnés. Pas un son ne montait de la salle.

— Oh, bien sûr, la violence est une notion très relative ! lança-t-il avec naturel. Toutefois, j'aurais tendance à qualifier d'un peu violente la façon dont vous avez agressé Mr. Archibald Purbright, qui avait triché au billard — ce qui est frustrant, certes, mais tout de même pas dramatique ! Vous n'êtes pas de mon avis ? Si vos amis ne vous avaient pas retenu, vous auriez infligé à cet homme des blessures quasi fatales !

Geoffrey ne bougea pas. Le choc l'avait cloué sur place. De toute façon, Rathbone ne lui laissa pas le loisir de répondre.

— N'avez-vous pas perdu votre sang-froid de la même façon avec Miss Barrymore lorsqu'elle s'est montrée déraisonnable et a persisté à repousser vos avances ? Était-ce là une contrariété moins grande que de perdre au billard contre un homme dont tout le monde savait qu'il trichait ?

Geoffrey ouvrit la bouche, mais aucun son cohérent n'en sortit.

— Non, dit l'avocat avec un sourire. Vous n'êtes pas obligé de répondre à cela. Je suis bien conscient que c'est injuste de vous le demander. Le jury tirera seul ses conclusions. Je vous remercie, Mr. Taunton. Je n'ai plus de questions.

Lovat-Smith se leva, le regard brillant.

— A moi non plus, Mr. Taunton, vous n'êtes pas obligé de répondre à nouveau ! lança-t-il d'une voix nette et tranchante. Mais vous pouvez choisir de le faire. Avez-vous assassiné Miss Barrymore ?

— Non ! Non, ce n'est pas moi qui l'ai tuée ! s'exclama Geoffrey, retrouvant enfin l'usage de la parole. J'étais en colère, certes, mais je ne lui ai fait aucun mal ! Pour l'amour du ciel... C'est Stanhope qui l'a assassinée, ajouta-t-il, levant les yeux vers l'accusé. N'est-ce pas l'évidence même ?

Comme un seul homme, toutes les personnes présentes, y compris le juge Hardie, se tournèrent vers Sir Herbert. Pour la première fois, celui-ci parut mal à l'aise, mais il ne cilla pas. Il rendit son regard à Geoffrey Taunton avec une expression qui évoquait plus une frustration mêlée d'embarras qu'un sentiment de culpabilité.

En cet instant, Rathbone ressentit un élan d'admiration pour le chirurgien et son désir de voir son client acquitté redoubla d'intensité.

— Pour certains d'entre nous, si, répondit Lovat-Smith avec un sourire bienveillant, mais pas pour tous. Pas encore. Je vous remercie, Mr. Taunton. Ce sera tout. Vous pouvez disposer.

Geoffrey Taunton descendit les marches avec lenteur, comme s'il se demandait s'il ne devait pas ajouter autre chose. Puis, s'apercevant sans doute qu'il était trop tard pour le faire, il se hâta et couvrit la distance qui le séparait des bancs du public en quelques enjambées.

Le premier témoin de l'après-midi fut Berenice Ross Gilbert, dont l'entrée fit grande impression. La dame arborait un air calme, suprêmement assuré, et une tenue magnifique. Elle n'avait pas opté pour le noir, qui eût été de mauvais goût dans la mesure où elle n'était pas en deuil, mais portait une veste prune semée de motifs gris anthracite, ainsi qu'une imposante jupe de la même teinte, mais légèrement plus sombre. L'ensemble, très flatteur pour son teint et son âge, lui donnait une allure à la fois distinguée et dramatique.

— Lady Ross Gilbert, commença Lovat-Smith.

Sa nature et son caractère l'empêchaient de témoigner une réelle déférence à la femme qui se tenait devant lui — cette idée même l'amusait —, mais sa voix n'en véhiculait pas moins le plus profond respect.

— Vous faites partie du conseil d'administration de l'hôpital. Passez-vous beaucoup de temps sur place ?

— Oui, répondit-elle d'une voix vibrante et très claire. Je ne viens pas tous les jours, mais bien trois ou quatre fois par semaine. Il y a beaucoup à faire.

— Je n'en doute pas. C'est admirable. Sans le dévouement généreux de personnes comme vous, de tels établissements se trouveraient dans un état de total délabrement. Vous arrivait-il souvent de croiser Miss Barrymore ?

— Bien sûr. La moralité des infirmières, leur bonne tenue et les tâches qu'elles ont à assumer font partie des choses que je suis amenée à contrôler. Je rencontrais la pauvre Prudence à chacune de mes visites à l'hôpital, ou presque.

Elle considéra le procureur, attendant avec un sourire la question qui ne manquerait pas de suivre.

— Aviez-vous conscience qu'elle travaillait très souvent avec Sir Herbert Stanhope ?

— Bien entendu. Au départ, je pensais qu'il s'agissait de coïncidences, d'autant que c'était une excellente infirmière.

On décelait une sorte de regret dans sa voix.

— Et par la suite ?

Elle souleva une épaule en une posture éloquente.

— Par la suite, j'ai été contrainte de constater qu'elle lui était particulièrement dévouée.

— Insinuez-vous que ce dévouement outrepassait les devoirs qui lui incombaient de par ses compétences ? interrogea Lovat-Smith, choisissant ses mots avec soin pour éviter toute objection de Rathbone.

— Tout à fait, répondit Berenice avec une légère réticence. Il est devenu évident qu'elle vouait à ce chirurgien-là une admiration très intense. C'est un homme de grand talent, nous le savons tous, mais la dévotion que lui portait Prudence, les tâches supplémentaires dont elle se chargeait de son plein gré, sans contrepartie, indiquaient clairement que ses sentiments ne se limitaient pas au domaine professionnel, aussi consciencieuse et dévouée fût-elle.

— Avez-vous observé des signes indiquant qu'elle était amoureuse de Sir Herbert Stanhope ?

— Ses yeux s'illuminaient à la moindre mention du nom de Sir Herbert, elle resplendissait, elle semblait pleine d'énergie... déclara Berenice avec un sourire entendu. Je ne vois pas d'autre explication à ce comportement...

— Moi non plus, renchérit Lovat-Smith. Sachant que la moralité des infirmières fait partie de vos préoccupations, avez-vous abordé ce sujet avec elle ?

— Non, répondit-elle, soudain pensive. Pour être honnête, je n'ai jamais craint pour sa moralité. Après tout, tomber amoureux fait partie de la condition humaine !

Elle jeta un regard interrogateur en direction des bancs du public, au-delà de Lovat-Smith.

— Qu'il s'agisse d'un amour impossible et sans espoir, reprit-elle, se révèle souvent plus satisfaisant pour la moralité que des sentiments partagés.

Elle hésita, affectant un certain malaise.

— Bien sûr, à cette époque, je ne me doutais absolument pas que nous assisterions à un dénouement aussi tragique.

Depuis son entrée, elle n'avait pas adressé un seul coup d'œil à Sir Herbert. Ce dernier, en revanche, ne l'avait pas quittée des yeux.

— Vous avez dit que l'amour de Prudence était impossible, poursuivit Lovat-Smith. Suggérez-vous que Sir Herbert Stanhope n'éprouvait aucun sentiment pour elle ?

Berenice hésita : elle semblait chercher les mots justes.

— Je suis moins habile pour lire les sentiments des hommes que ceux des femmes, voyez-vous...

Un murmure parcourut le public. L'un des jurés hocha la tête.

Rathbone eut alors la nette impression que le témoin savourait l'instant, conscient de son pouvoir sur les états d'âme de l'assistance.

Lovat-Smith ne l'interrompit pas.

— Il la faisait demander chaque fois qu'il avait besoin d'une assistante compétente, poursuivit-elle d'une voix lente. Il travaillait à ses côtés de longues heures durant, parfois à des moments où il ne restait plus qu'eux dans la salle...

— Peut-être n'avait-il pas conscience des sentiments personnels qu'elle éprouvait pour lui ? suggéra Lovat-Smith sans la moindre conviction. A-t-il vraiment les pieds sur terre, d'après ce que vous savez de lui ?

— Bien sûr que oui ! Mais...

— Bien sûr que oui, répéta Lovat-Smith, peu désireux de la laisser poursuivre. Vous n'avez donc pas estimé nécessaire de le mettre en garde ?

— Cela ne m'est même pas venu à l'idée, admit-elle avec irritation. Ce n'est pas mon rôle de suggérer quoi que ce soit aux chirurgiens au sujet de leur vie privée et je n'ai pas songé un seul instant que je pourrais apprendre quelque chose à Sir Herbert ou le conseiller sur le comportement qu'il convenait d'adopter. Je ne doutais pas qu'il n'eût la réaction adéquate. A présent, avec le recul, je me rends compte que...

— Merci, coupa le procureur. Merci, Lady Ross Gilbert. Je n'ai pas d'autres questions à vous poser. Mais mon confrère, lui, en aura peut-être...

Il laissa la phrase en suspens, délicate façon de suggérer que la cause de Rathbone était bel et bien perdue et que l'avocat s'était peut-être déjà résolu à déposer les armes.

Et, en effet, Rathbone était pessimiste. Au mieux, il avait tout juste réussi à établir le doute avec Nanette et

Geoffrey Taunton, et voilà que Lady Ross Gilbert venait détruire une bonne partie, sinon l'ensemble, de ce laborieux échafaudage. L'infime progrès réalisé volait en éclats et l'affaire risquait fort de se révéler nuisible à la carrière de l'avocat : tout portait à croire que celui-ci ne parviendrait même pas à sauver la tête, et encore moins la réputation, du chirurgien.

Il réussit néanmoins à aborder Berenice Ross Gilbert avec une expression de confiance désinvolte. Il fallait suggérer aux jurés qu'il gardait sous le coude une révélation sensationnelle, qu'il préparait un coup de théâtre qui laisserait Lovat-Smith sur le carreau.

— Lady Ross Gilbert, lança-t-il avec un sourire charmeur, Prudence Barrymore était une excellente infirmière, n'est-ce pas ? Ses compétences dépassaient largement la moyenne ?

— Très certainement, acquiesça le témoin. Je crois qu'elle possédait une impressionnante somme de connaissances médicales.

— Et elle se montrait diligente dans son travail ?

— Vous devez déjà le savoir, non ?

— Tout à fait, répondit Rathbone avec un hochement de tête. Plusieurs personnes l'ont déjà attesté. En quoi cela vous surprend-il, dans ces conditions, que Sir Herbert Stanhope ait sollicité son assistance pour un grand nombre d'interventions chirurgicales ? Une telle collaboration ne visait-elle pas l'intérêt des patients ?

— Si... si, bien sûr !

— Vous avez affirmé avoir détecté chez Prudence tous les signes caractéristiques de la femme amoureuse. Avez-vous observé certains de ces signes chez Sir Herbert Stanhope lorsqu'il se trouvait en présence de Prudence ou qu'il l'attendait ?

— Non, pas le moins du monde, répliqua-t-elle sans hésitation.

— Auriez-vous remarqué le moindre changement dans sa façon d'être avec elle, la moindre déviation par rapport à la conduite que l'on attendrait d'un chirurgien consciencieux vis-à-vis de son infirmière la plus compétente et la plus responsable ?

Elle ne réfléchit qu'un court instant et, pour la première fois, jeta un rapide coup d'œil à Sir Herbert.

— Non, son comportement à l'égard de Prudence n'a jamais varié, répondit-elle. Correct, concentré sur son travail et prêtant peu d'attention aux personnes autres que ses patients et, bien sûr, ses élèves.

Rathbone sourit à son interlocutrice. Il n'ignorait pas qu'il avait un très beau sourire.

— J'imagine qu'il vous est déjà arrivé de voir des hommes tomber amoureux de vous. Sans doute même de nombreuses fois ?

Elle eut un délicat haussement d'épaules pour marquer son amusement.

— Si Sir Herbert vous avait traitée comme il traitait Prudence Barrymore, poursuivit l'avocat, auriez-vous pensé qu'il était amoureux de vous ? Ou qu'il envisageait d'abandonner sa femme, ses enfants, sa maison et sa réputation pour vous demander en mariage ?

A présent, l'amusement se lisait franchement sur le visage du témoin.

— Grands dieux, non ! Ce serait totalement absurde ! Bien sûr que non !

— Dans ce cas, Prudence manquait foncièrement de bon sens en allant s'imaginer qu'il était amoureux d'elle, non ? C'était la conviction d'une femme qui ne parvenait pas à faire la différence entre rêve et réalité ?

— Oui... Oui, en effet.

— Vous nous avez dit que Prudence Barrymore possédait des compétences médicales, madame. Auriez-vous la moindre raison de croire qu'il s'agissait de compétences chirurgicales, à tel point qu'elle était capable de réaliser des amputations sans aucune aide et avec succès ? Était-elle en réalité bien plus qu'une simple infirmière : un véritable chirurgien ?

Un murmure de mécontentement parcourut la salle. Les émotions semblaient confuses. Berenice haussa les sourcils.

— Grands dieux, bien sûr que non ! Si je puis me permettre, maître, il faut que vous ayez bien peu de notion du monde médical pour émettre une telle suggestion ! Imaginer une femme chirurgien... c'est absurde !

— Ainsi, dans ce domaine aussi, elle avait perdu toute capacité de distinguer le rêve de la réalité.

— Si c'est réellement ce qu'elle prétendait, alors, oui ! C'était une infirmière, une excellente infirmière, mais en aucun cas un médecin ! Pauvre petite, la guerre a dû la perturber. Peut-être sommes-nous coupables de ne pas nous en être aperçus !

— Peut-être les expériences qu'elle a endurées et les souffrances dont elle a été témoin l'ont-elles déséquilibrée, en effet, renchérit Rathbone. Et son désir de venir en aide aux malades a dû l'amener à s'imaginer qu'elle en était capable. On ne peut pas savoir.

Il secoua la tête, puis reprit :

— C'est une vraie tragédie que l'histoire de cette femme, si intelligente et si charitable, dotée d'un tel désir de soigner, qui fut poussée à bout au point de s'en trouver détruite... et de voir finalement son existence s'achever de cette manière !

Il n'avait prononcé cette tirade qu'à l'intention des jurés. Cela n'entrait pas dans une démonstration propre à innocenter son client, mais visait à ne pas perdre la sympathie du jury. L'avocat avait détruit la réputation d'héroïne de Prudence : il ne devait pas lui ôter en outre son rôle de victime honorable.

Le dernier témoin de Lovat-Smith fut Monk.

Le détective arborait un visage de marbre lorsqu'il grimpa les marches du box, puis se tourna vers l'assistance. Comme à son habitude en de telles occasions, il avait réussi à se faire une idée du témoignage de Berenice Ross Gilbert en interrogeant les journalistes, greffiers et curieux qui multipliaient les allées et venues entre le tribunal et l'extérieur. Il se sentait furieux avant même d'entendre la première question.

— Mr. Monk, commença prudemment Lovat-Smith,

conscient de l'hostilité de son témoin, vous ne faites plus partie de la police, mais vous vous êtes installé à votre compte, comme détective privé. C'est bien cela ?

— Oui.

— Avez-vous été engagé pour enquêter sur le meurtre de Prudence Barrymore ?

— Oui.

— Par qui ? La famille de la victime ?

— Par Lady Callandra Daviot.

Dans son box, Sir Herbert se redressa. Une petite ride verticale s'était creusée entre ses sourcils.

— Était-ce à ce titre que vous avez assisté au service funèbre célébré pour Miss Barrymore ?

— Non.

S'il avait espéré décontenancer Lovat-Smith, Monk n'y parvint qu'à peine. Un instinct, ou peut-être une froideur dans le regard du détective, retint le procureur d'élucider davantage les raisons de cette présence à la cérémonie.

— Mais vous y étiez cependant ? interrogea-t-il seulement.

— Oui.

— Et la famille de Miss Barrymore connaissait votre lien avec l'affaire ?

— Oui.

La salle du tribunal était silencieuse à présent. La rage de Monk, ou peut-être la force que dégageait son expression, mobilisait toute l'attention.

— La sœur de Miss Barrymore, Mrs. Faith Barker, vous a-t-elle confié des lettres ?

— Oui.

Près de perdre patience, le procureur semblait éprouver toutes les peines du monde à conserver son sang-froid.

— Et vous les avez acceptées. De quoi s'agissait-il, Mr. Monk ?

— C'étaient des lettres de Prudence Barrymore à sa sœur, répondit Monk. Sous une forme qui évoque un peu le journal de bord. Il y en avait pratiquement une par jour et l'ensemble couvrait les trois mois et demi qui ont précédé son décès.

— Les avez-vous lues ?
— Naturellement.
Lovat-Smith sortit de sa poche une liasse de feuilles, qu'il tendit à Monk.
— S'agit-il des lettres que Mrs. Barker vous a confiées ?
Monk les examina, bien qu'il sût ce soin inutile. Il les avait reconnues au premier regard.
— Tout à fait.
— Pourriez-vous lire à la cour la première que j'ai marquée d'un ruban rouge, je vous prie ?
Monk s'exécuta d'une voix dure.

Ma très chère Faith,
Quelle journée merveilleuse je viens de passer ! Sir Herbert a opéré de façon magistrale ! Je ne pouvais pas quitter ses mains des yeux. Un tel talent relève de la beauté pure ! Et ses explications sont si limpides que je n'éprouvais pas la moindre difficulté à le suivre et à en apprécier chaque détail.
Il m'a dit de telles choses que mon cœur s'emballe à l'idée du bonheur qui m'attend. Tous mes rêves se trouvent dans la balance, il tient tout en son pouvoir. Jamais je n'aurais imaginé rencontrer un jour un homme doté d'un tel courage. Faith, c'est vraiment quelqu'un de formidable, un visionnaire, un héros au plus beau sens du terme, pas comme ces individus qui perdent leur temps à partir à la conquête de peuples qui ne demandent que la paix, ou qui bataillent pour découvrir la source d'un fleuve ou que sais-je encore, mais quelqu'un qui lance sa croisade ici, chez lui, pour de grands principes qui rendront service à des dizaines de milliers de gens. Tu ne peux pas savoir à quel point je suis heureuse et comme je me sens privilégiée que cet homme d'exception m'ait choisie !
A la prochaine fois, ta sœur qui t'aime,

Prudence.

— Et à présent, la deuxième que j'ai marquée, s'il vous plaît ? reprit Lovat-Smith.

Monk lut encore. Lorsqu'il releva la tête, son expression ne trahissait aucune émotion, mais Rathbone le connaissait assez pour comprendre toute la répugnance qu'inspirait au détective cette intrusion dans les pensées intimes d'une femme qu'il admirait.

La salle était silencieuse. Les membres du jury jetaient à Sir Herbert des regards chargés de dégoût.

— Les autres lettres sont-elles de la même veine, Mr. Monk ? demanda Lovat-Smith.

— Certaines, oui, répliqua Monk. Pas toutes.

— Pour terminer, Mr. Monk, pourriez-vous nous lire celle que j'ai marquée du ruban jaune ?

De sa voix grave et dure, Monk lui obéit :

Chère Faith,

Un mot seulement. Je me sens trop désespérée pour écrire, et si anéantie que je vais m'endormir tout à l'heure sans le moindre désir de me réveiller. Aujourd'hui encore, bien qu'il me l'ait dit sans détour, j'ai peine à y croire. Sir Herbert m'a trahie sur toute la ligne. Il n'a fait que me mentir, il ne cherchait qu'à profiter de moi. Ses promesses ne signifiaient rien. Mais je ne laisserai pas les choses en rester là. Je détiens un pouvoir, je compte bien m'en servir.

Prudence.

Dans une sorte de bruissement parsemé d'exclamations, toutes les têtes se tournèrent vers l'accusé. Sir Herbert s'était figé : il montrait les signes d'une extrême confusion. Il semblait moins effrayé qu'en proie à un cauchemar dénué de sens. Il fit peser sur Rathbone un regard quasi désespéré.

Lovat-Smith ne le regardait pas. Il hésitait en considérant le témoin.

— Merci ! lança-t-il enfin, avant de se retourner vers l'avocat.

Depuis quelque temps, ce dernier cherchait le moyen

d'atténuer l'impact de ce que l'auditoire venait d'entendre. Il n'avait nul besoin de regarder l'accusé pour savoir que la peur venait enfin de remplacer sur son visage la vague perplexité qu'il affichait jusque-là. Qu'il eût compris ou non le véritable sens des lettres, le chirurgien n'était pas assez naïf pour ignorer l'effet qu'auraient celles-ci sur le jury.

En revanche, Rathbone dut faire un effort pour renoncer à se tourner vers les jurés. Il savait, à la nature du silence qui planait, à la lumière que réfléchissaient leurs pâles physionomies tandis qu'ils considéraient Sir Herbert, que la condamnation était déjà décidée dans leur esprit.

Quelles questions poser à Monk? Que faire dire à ce dernier pour atténuer le choc? Il n'en savait rien. D'ailleurs, il n'accordait aucune confiance à Monk : la colère que la trahison de Sir Herbert, qu'elle fût intentionnelle ou non, inspirait au détective l'empêchait à l'évidence d'envisager une interprétation différente et favorable au chirurgien. En outre, même s'il se montrait coopératif, quelle valeur pouvait bien avoir son opinion pour les jurés?

— Maître Rathbone? s'enquit le juge Hardie.

— Je n'ai pas de questions pour ce témoin, monsieur le juge. Merci.

— Le ministère public n'a plus de témoins à présenter, ajouta Lovat-Smith.

— Dans ce cas, comme il se fait tard, nous allons ajourner la séance, déclara le juge. Nous entendrons les témoins de la défense à partir de demain matin. La séance est levée.

Après son témoignage, Callandra avait quitté le tribunal pour l'hôpital. De tout son être, elle espérait que Sir Herbert était bel et bien le meurtrier de Prudence et que sa culpabilité serait démontrée sans la moindre équivoque. L'idée que Kristian pût être un assassin lui inspirait une terreur qui confinait à la douleur physique. Tout au long de la journée, elle se chargea d'une infinité de tâches pour détourner son esprit de cette angoisse qui la rongeait, de ces interrogations permanentes et stériles.

Le soir venu, elle s'effondra sur son lit, se croyant exténuée, mais ne dormit qu'une heure ou deux avant de se réveiller en sursaut, en proie à la panique. Les lentes heures du petit matin la trouvèrent dans un état d'agitation intense, désireuse de se rendormir, mais effrayée à l'idée de rêver et, plus encore peut-être, de se réveiller.

Elle brûlait d'envie de parler à Kristian, mais se demandait ce qu'elle pourrait bien lui dire. Elle l'avait côtoyé si souvent à l'hôpital, s'était occupée avec lui de tant de situations de crise qu'elle éprouvait la plus grande surprise à s'apercevoir soudain qu'elle ne savait presque rien de lui. Bien sûr, elle n'ignorait pas qu'il était marié à une femme froide et distante avec laquelle il ne partageait ni tendresse, ni rires, ni même cette passion que lui inspirait son métier. Mais combien d'autres détails demeuraient inconnus à Callandra?

Durant les heures passées avec lui, lorsque, après leur journée de travail, ils bavardaient sans se soucier de l'heure tardive, il lui avait relaté sa jeunesse, les combats qu'il avait menés dans sa Bohême natale, la joie éprouvée en découvrant, au cours de ses études, les miracles de la physiologie humaine. Il lui avait parlé des personnes qui avaient compté pour lui. A son tour, Callandra avait évoqué son époux, cet homme plein de vitalité et de volonté, personnalité impétueuse faite d'opinions bien arrêtées et de visions soudaines, dotée d'un humour désopilant et d'une véritable rage de vivre. Ils avaient ri ensemble, partagé une mélancolie très douce au souvenir de ces êtres chers que l'un et l'autre avaient perdus. Dans ces moments-là, la certitude d'être compris rendait le chagrin plus supportable...

Qu'en était-il toutefois du présent? Tous les souvenirs que Kristian lui avait confiés s'arrêtaient quinze ou vingt ans plus tôt, comme si, depuis, il s'agissait d'années perdues ou recelant des épisodes peu avouables. A quel moment le bel idéalisme de la jeunesse s'était-il gâté chez Kristian ? Quand ce dernier avait-il, pour la première fois, trahi le meilleur de lui-même, puis terni tout le reste en se livrant à des avortements ? Avait-il à ce point besoin d'argent ?

Non, c'était injuste. Voilà qu'elle recommençait à se torturer, qu'elle repartait dans ces conjectures douloureuses qui, de fil en aiguille, la conduisaient immanquablement à Prudence Barrymore et au meurtre. Non, l'homme qu'elle connaissait n'avait pas pu tuer ! Toutes ces choses qu'elle savait de lui ne pouvaient constituer une simple illusion ! Peut-être avait-elle mal interprété ce qu'elle avait vu ce fameux jour ? Peut-être Marianne Gillespie avait-elle souffert de complications ? Après tout, la jeune fille n'avait-elle pas subi un viol ? Peut-être une blessure interne avait-elle amené Kristian à l'opérer... et non à détruire l'enfant ?

Bien sûr. C'était là une éventualité plausible. Callandra devait lever le voile sur cette affaire, mettre une bonne fois pour toutes un terme à ses appréhensions.

Mais comment ? Pour lui poser directement la question, elle devrait avouer qu'elle l'avait surpris en pleine opération ; il saurait alors qu'elle avait formé des soupçons et craint le pire.

Et puis, pourquoi lui dirait-il la vérité ? Elle se voyait mal exiger des preuves. Et le seul fait de poser la question reviendrait à gâcher à jamais cette intimité qu'ils partageaient. Une intimité fragile et sans espoir, certes, mais extrêmement précieuse à Callandra.

Cependant, la terreur qui l'habitait, le doute terrible qui la hantait n'avaient-ils pas détruit cette complicité ? Callandra ne pouvait plus croiser le regard du chirurgien ni lui parler avec naturel, comme elle le faisait naguère. Le bien-être, la confiance et les rires s'étaient évanouis.

Il fallait qu'elle le vît. Pour le meilleur ou pour le pire, elle devait en avoir le cœur net.

L'occasion se présenta le jour où, au tribunal, Lovat-Smith achevait de présenter ses témoins. A l'hôpital, Callandra venait de plaider devant les membres du conseil d'administration la cause d'un pauvre homme admis le matin même, un individu méritant et dans le besoin, et Kristian Beck avait été désigné pour l'opérer. Le cas, trop complexe, ne pouvait être confié à un étudiant, et l'emploi du temps des autres chirurgiens était déjà surchargé. Quant à Sir Herbert, il était bien sûr absent pour une durée indéterminée.

Lorsque Callandra frappa à la porte de Kristian, son cœur battait si violemment qu'il lui semblait que son corps entier en tremblait. Elle avait la bouche sèche et savait qu'elle bafouillerait au moment de parler.

Elle fut saisie d'une soudaine envie de s'enfuir en courant lorsque la voix du chirurgien l'invita à entrer. Ses jambes, cependant, refusèrent de lui obéir.

A l'intérieur, Kristian réitéra son appel.

Cette fois, Callandra poussa la porte et entra. Le visage du chirurgien s'éclaira aussitôt. Kristian se leva et vint à sa rencontre.

— Callandra ! Entrez, entrez ! Je ne vous vois presque plus ces temps-ci !

Il s'interrompit et l'examina d'un air étonné. Son regard n'avait rien de critique ; il était plein au contraire d'une douceur telle que le cœur de Callandra fit une embardée.

— Vous avez l'air fatiguée, ma chère. Quelque chose ne va pas ?

Elle fut sur le point de lui avouer toute la vérité avec la franchise dont elle usait toujours, en particulier à son égard, mais il lui offrait un prétexte idéal pour se dérober.

— Je ne vais pas aussi bien que je le voudrais, répondit-elle, mais cela n'a guère d'importance. Une chose est sûre, c'est que je n'ai pas besoin d'un médecin. Cela va passer.

— Vous croyez ? fit-il d'un ton inquiet. Si vous préférez que ce soit un autre que moi qui vous soigne, vous pouvez vous adresser à Allington. C'est un excellent praticien et il consulte aujourd'hui

— J'irai le voir si le mal persiste, promit-elle sans la moindre sincérité. Mais, pour le moment, je suis venue vous parler d'un homme qui a été admis ce matin et qui a besoin de vous.

Elle décrivit alors en détail l'état du malade. Elle entendait résonner sa propre voix comme s'il s'agissait de celle d'une autre.

Au bout d'un long moment, Kristian leva la main.

— Parfait, dit-il, j'ai bien compris. Je vais aller voir cet homme. Il est inutile de chercher à me convaincre davantage.

De nouveau, il examina son interlocutrice d'un œil interrogateur.

— Y a-t-il quelque chose qui vous trouble, ma chère ? Vous n'êtes pas dans votre assiette. Ne sommes-nous pas suffisamment proches pour que vous me fassiez confiance et me permettiez de vous apporter mon soutien ?

C'était une invite claire. Callandra savait qu'en refusant elle se fermerait la porte de son ami et rendrait le prochain pas vers lui plus difficile. Sans parler de la peine qu'elle lui causerait... Elle lisait dans les yeux du chirurgien une émotion qui, en temps normal, eût fait chavirer son cœur. A présent, toutes les larmes qu'elle n'avait jamais versées s'étranglaient dans sa gorge.

— C'est seulement cette affreuse affaire de meurtre qui me préoccupe, répondit-elle en fixant le sol. Et ce procès. Je ne sais pas quoi en penser, il me trouble plus que de raison. Je suis désolée. Je vous prie de me pardonner, j'accable tout le monde avec cette histoire, alors que nous avons tous bien assez de soucis personnels comme cela.

Kristian fronça les sourcils.

— Il n'y a rien d'autre ? insista-t-il.

— Je l'aimais beaucoup, renchérit-elle en levant les yeux vers lui. Et elle me rappelait une jeune femme que j'affectionne plus encore. Je dois être un peu fatiguée. Cela ira mieux demain.

Elle ébaucha un sourire qu'elle savait peu convaincant.

Il sourit à son tour avec une expression douce et triste et elle se demanda s'il avait cru un traître mot de ce qu'elle avait prétendu. Une chose était sûre, elle ne se sentait pas la force de l'interroger au sujet de Marianne Gillespie. Elle ne pourrait supporter d'écouter la réponse.

Elle se retourna et gagna la porte.

— Je vous remercie infiniment d'avoir accepté Mr. Burke. J'étais sûre que vous seriez d'accord.

Elle tendit la main vers la poignée, lança à Kristian un autre sourire forcé, puis prit la fuite.

Sir Herbert se retourna à l'instant précis où l'avocat franchissait le seuil de la cellule. Alors qu'au tribunal il lui avait paru totalement maître de lui-même, en dehors de deux ou trois moments forts, Rathbone le trouva très abattu lorsqu'il le découvrit dans la lumière blême qui filtrait par la lucarne. Le chirurgien avait le visage boursouflé et des cernes sombres et profonds autour des yeux. Certes, cet homme était familier des décisions vitales, il connaissait intimement la fragilité de la vie humaine et les derniers degrés de la souffrance et de la mort. D'ordinaire, toutefois, c'était lui qui tenait les commandes, lui qui agissait — ou s'abstenait d'agir —, lui qui exprimait les jugements dont dépendait le sort d'autrui. Et voilà qu'il se retrouvait impuissant. C'était de Rathbone que tout dépendait à présent et cela devait l'effrayer. La peur se lisait dans ses yeux, on la devinait à sa façon de remuer la tête et à quelque chose, même, dans l'odeur de la cellule.

Rathbone connaissait l'art de rassurer sans rien promettre pour autant. Cela faisait partie de son métier. Avec Sir Herbert, cependant, ce devoir se révéla plus difficile que de coutume. Le chirurgien n'ignorait rien de ces expressions et de ces manières que l'on emploie dans les circonstances graves. Et les raisons de craindre le pire étaient réelles.

— Les choses ne vont pas dans le bon sens, n'est-ce pas ? interrogea-t-il sans détour en fixant son interlocuteur droit dans les yeux.

Son expression traduisait un mélange de crainte et d'espoir.

— Il est encore tôt, répondit l'avocat. Mais il est vrai que, jusqu'à présent, nous ne sommes pas parvenus à entamer sérieusement le dossier de l'accusation.

— Ils ne peuvent pas prouver que je l'ai tuée ! s'exclama Sir Herbert d'un ton où perçait une très légère note de panique qui le fit aussitôt rougir. Ce n'est pas moi ! Cette histoire de liaison amoureuse est grotesque. Si vous aviez connu cette femme, vous n'y croiriez pas une seconde ! Elle n'était pas comme cela, mais alors pas du tout ! Je ne vois pas comment vous l'expliquer plus clairement.

— N'avez-vous aucune idée d'une autre façon d'expliquer ses lettres ? interrogea Rathbone sans y croire.

— Non ! Aucune. Et c'est précisément ce qui est effrayant ! J'ai l'impression de vivre un cauchemar insensé !

La peur rendait sa voix plus aiguë, plus perçante. En observant son visage, ses yeux, Rathbone eut la conviction que cet homme était sincère. Sir Herbert Stanhope disait la vérité. Il ignorait le sens des lettres de Prudence Barrymore et c'était cette incompréhension qui l'alarmait, cette perte de contact avec la réalité, cette succession d'événements sur lesquels il n'exerçait aucun contrôle et qui menaçaient de le mener à la mort.

— Serait-il possible que ce ne soit qu'une mauvaise plaisanterie ? suggéra l'avocat en désespoir de cause. Les gens écrivent parfois des choses absurdes dans leur journal. Ou alors, n'aurait-elle pas, par exemple, utilisé votre nom pour protéger une tierce personne ?

Sir Herbert sembla surpris. Puis une lueur d'espoir brilla dans son regard.

— J'imagine que c'est concevable, oui... mais je ne vois pas qui cela pourrait être. Dieu, que j'aimerais savoir ! Mais d'abord, pourquoi aurait-elle fait cela ? Elle n'écrivait qu'à sa sœur. Elle ne pouvait pas se douter que ces lettres seraient rendues publiques.

— L'époux de sa sœur, peut-être ? suggéra Rathbone, conscient de l'absurdité de l'hypothèse à l'instant où les mots franchissaient ses lèvres.

— Une liaison avec l'époux de sa sœur ?

— Non, expliqua patiemment l'avocat. Je veux dire qu'il est possible que l'époux de sa sœur ait pris l'habitude de lire le courrier que recevait sa femme. Cela arrive souvent dans les couples.

Le visage de Sir Herbert s'éclaira.

— Ah ! Mais oui, bien sûr ! Ce serait parfaitement naturel. Il m'arrive à moi-même de le faire. Oui... ce serait une explication. Maintenant, il faut découvrir quel homme elle dissimulait ainsi derrière mon nom. Et ce Monk ? Il ne pourrait pas s'en charger ? Oh, mais il reste si peu de temps... Pouvez-vous demander un ajournement, un délai, enfin, je ne connais pas le terme que vous employez ?...

Rathbone ne répondit pas à la question.

— Cela me donnera au moins matière à questionner Mrs. Barker, déclara-t-il.

Il s'interrompit aussitôt : il venait de se souvenir avec un frisson que Faith Barker avait confié la correspondance à Monk avec la conviction que Sir Herbert serait pendu grâce à elle. Si Prudence avait mis un double sens dans ses lettres, sa sœur n'en avait apparemment pas connaissance. L'avocat s'efforça de masquer son découragement, mais en vain.

— Il doit bien exister une explication ! s'écria Sir Herbert, désespéré, les poings serrés. Bon sang de bonsoir, je n'ai jamais éprouvé le moindre intérêt pour cette femme ! Et je ne lui ai jamais rien dit non plus qui...

Il se figea. Une pensée soudaine l'avait saisi.

— Oh, mon Dieu ! fit-il simplement en fixant l'avocat d'un air horrifié.

Rathbone attendit, prêt à reprendre espoir.

Sir Herbert déglutit avec peine. Il tenta de parler, mais sa gorge était sèche. Il essaya de nouveau. Une fine sueur mouillait son front.

— Je la félicitais souvent pour son travail, murmura-t-il. Je lui faisais beaucoup de compliments ! Croyez-vous qu'elle ait pu prendre ces louanges pour un intérêt que j'aurais porté à sa personne ? J'étais si content de son travail ! C'était la meilleure infirmière que j'aie jamais eue à mes côtés. Elle était intelligente, elle apprenait vite, obéissait avec précision tout en sachant prendre des initiatives. Elle était extrêmement propre. Jamais elle ne se plaignait de travailler trop dur et elle se battait comme une lionne pour sauver des vies. Mais je jure devant Dieu que mes compliments n'ont jamais rien eu de personnel. Il n'y avait aucun double sens dans mes paroles. Aucun, jamais !

Il se prit la tête entre les mains.

— Dieu me préserve de devoir de nouveau travailler avec des jeunes femmes... des jeunes femmes de bonne famille qui rêvent d'être courtisées...

Rathbone tressaillit, se demandant si le vœu du chirurgien n'allait pas être exaucé, indépendamment de toute volonté divine : son client ne risquait-il pas d'être bientôt préservé de travailler avec quiconque ?

— Je vais tout mettre en œuvre pour vous sortir de là, déclara-t-il d'un ton confiant. Gardez courage ! Il est évident que le doute subsiste et votre attitude au procès reste l'un de nos meilleurs atouts. Geoffrey Taunton est loin d'être blanc comme neige, de même que Miss Cuthbertson. Et puis, il nous reste d'autres possibilités... Kristian Beck, par exemple.

— Oui.

Sir Herbert se leva lentement. Il avait retrouvé son visage de marbre. Des années d'autodiscipline implacable avaient eu raison de son état de panique intérieure.

— Mais le doute... Grands dieux ! Cela va ruiner ma carrière !

— Cela ne durera peut-être pas indéfiniment, le rassura Rathbone, avec la plus grande franchise, cette fois. Si vous êtes acquitté, le dossier va rester ouvert. Peut-être ne s'écoulera-t-il qu'un très court laps de temps, quelques semaines à peine, avant que la police mette la main sur le véritable coupable.

Ils savaient cependant l'un comme l'autre que le bénéfice du doute était loin d'être acquis et qu'il faudrait se battre pour épargner le gibet à Sir Herbert... Et il ne leur restait que quelques jours.

Rathbone tendit la main en un geste de confiance. Sir Herbert la saisit et la garda serrée un peu plus longtemps que nécessaire, esquissant un sourire dans lequel on lisait plus de courage que d'espoir.

Rathbone quitta la prison avec une volonté de lutter qu'il n'avait pas éprouvée depuis longtemps.

Monk quitta le tribunal aussitôt après sa déposition. Il avait le ventre noué et sentait son corps tout entier crispé par une colère dont il ne connaissait ni le destinataire ni la véritable explication. Prudence avait-elle réellement fait preuve d'un tel aveuglement ? Il se refusait à croire que l'infirmière eût été faillible à un degré aussi monstrueux. Une telle faiblesse semblait trop éloignée de la femme pour laquelle il avait éprouvé tant de chagrin à la cérémonie funèbre, dans l'église bondée d'Hanwell. Indéniablement, Prudence avait été une femme courageuse et noble, à tel point que Monk s'était senti grandi par le seul fait de l'avoir connue, même de façon posthume. L'enquête qu'il avait menée l'avait conduit à comprendre les rêves de la jeune femme et son fier combat pour les défendre, ainsi que le prix qu'ils lui avaient coûté. Et une partie de lui-même se reconnaissait dans cette personnalité hors du commun.

Toutefois, il ne devait pas oublier qu'il manquait de discernement dans ses jugements : jamais il n'eût aimé Hermione sans cela. D'ailleurs, le mot *aimer* était-il adapté à ce qu'il avait ressenti pour cette femme ? Ces émotions, ce bouleversement de l'être, ce besoin de la voir, cette solitude, il n'avait pu les éprouver pour une personne en chair et en os, mais pour l'image de cette personne qu'il s'était inventée, pour cette silhouette rêvée propre à meubler le vide qu'il ressentait en lui : un être tout de tendresse et de pureté, un être qui l'aimait et avait besoin de lui... Pas une seconde il n'avait regardé la réalité en face, pas une fois il n'avait distingué en Hermione la créature effrayée par les sommets et les gouffres que traversaient ses sentiments, cette petite femme très lâche qui se cramponnait à son besoin de sécurité et se contentait de rester au bord du champ de bataille, loin du feu du combat.

Dans ces conditions, Monk pouvait-il vraiment reprocher à Prudence Barrymore de s'être méprise sur le compte du chirurgien ?

Et pourtant, cette idée continuait à le faire souffrir...

Il traversa Newgate Street sans se soucier des chevaux lancés à vive allure sur la chaussée ni des cris des cochers qui l'invectivaient et manqua de se faire renverser par un carrosse, dont le valet de pied, debout sur le marchepied, déversa sur lui une longue flopée d'injures.

Tandis qu'il cheminait, plongé dans ses réflexions, il s'aperçut qu'il avait pris la direction de l'hôpital. Il marcha encore une vingtaine de minutes, puis héla un cab à bord duquel il termina le trajet. Il ignorait si Hester était de service ou s'il la trouverait au dortoir des infirmières, mais cela lui était égal. C'était la seule personne à qui il avait envie de confier la confusion et la violence de ses états d'âme.

Il apprit que la jeune femme venait de se coucher au terme d'une longue journée de travail qui avait débuté à l'aube, mais il savait où se trouvait le dortoir et s'y rendit d'un pas si décidé que personne ne songea à l'arrêter. A l'entrée du dortoir toutefois, une grande rousse dotée d'une musculature de terrassier lui fit barrage, le considérant d'un œil mécontent.

— J'ai besoin de voir Miss Latterly de façon urgente, déclara-t-il en soutenant le regard du cerbère. C'est une question de vie ou de mort.

— Ah ouais ? Pour qui ? Pour vous ?

En la regardant, Monk se demanda quelle opinion cette infirmière avait pu avoir de Sir Herbert.

— Ça ne vous regarde pas ! répondit-t-il sèchement. Je viens de l'Old Bailey et j'y ai des affaires. Maintenant, fichez le camp d'ici et allez me chercher Miss Latterly !

— Vous pouvez bien arriver de l'enfer sur un balai, j'm'en fous pas mal ! En tout cas, vous rentrerez pas ici.

Elle croisa les bras d'un air menaçant, bien campée sur ses jambes.

— J'veux bien aller lui dire qu'vous êtes là si vous m'dites qui vous êtes. Elle viendra si ça lui chante.

— Je m'appelle Monk.

Elle émit une sorte de grognement, puis tourna les talons, non sans l'avoir détaillé au préalable de la tête aux pieds. Trois minutes plus tard, Hester émergeait du dortoir. Elle présentait tous les signes d'une fatigue extrême et semblait s'être habillée à la hâte. Ses cheveux étaient réunis sur l'épaule droite en une longue tresse brune. Monk tressaillit : c'était la première fois qu'il la voyait ainsi. Il la trouva différente, plus jeune, plus vulnérable. Il se sentit soudain coupable de la priver de sommeil pour satisfaire une impulsion égoïste. Selon toute probabilité, leur rencontre ne ferait pas progresser d'un pouce la défense de Sir Herbert.

— Que s'est-il passé ? interrogea-t-elle aussitôt, trop ensommeillée encore pour avoir envisagé toutes les éventualités que la crainte eût pu lui suggérer.

— Rien de particulier, répondit-il en l'attrapant par le bras pour l'entraîner un peu plus loin. En fait, je ne sais même pas si l'affaire progresse dans le bon sens ou dans le mauvais. Je n'aurais pas dû venir, mais je ne voyais personne d'autre à qui parler. Lovat-Smith en a terminé avec ses témoins et je n'aimerais pas être à la place de Sir Herbert. Quoique Geoffrey Taunton ne doive pas non plus être à la fête en ce moment. Il est colérique et s'est rendu coupable de violence physique par le passé. Et il se trouvait à l'hôpital le matin du crime. Seulement, c'est Sir Herbert que l'on juge pour le moment et personne n'a encore rien découvert d'assez convaincant pour que Taunton vienne le relayer sur le banc des accusés !

Ils s'étaient arrêtés devant l'une des rares fenêtres du couloir. Le soleil de cette fin d'après-midi jetait sur eux une clarté poussiéreuse et formait à leurs pieds une mare de lumière.

— Savez-vous si Oliver a d'autres pièces à conviction à produire ?

La fatigue l'empêchait sans doute de manifester la moindre déférence en évoquant l'avocat.

— Non, je n'en sais rien. Je crains de m'être montré un peu sec avec lui. Pour le moment, sa défense a consisté à faire passer Prudence pour une imbécile.

Le chagrin et la colère, il le savait, perçaient dans sa voix.

— Si elle a vraiment cru que Sir Herbert Stanhope allait l'épouser, c'était une imbécile ! fit remarquer Hester avec tristesse.

— Il a également suggéré qu'elle en rajoutait sur ses propres compétences médicales, poursuivit-il. Et que les prétendues opérations qu'elle aurait pratiquées en urgence sur les champs de bataille étaient du vent.

A ces mots, elle se tourna brusquement vers lui, le regard chargé de colère.

— Alors là, c'est faux ! s'écria-t-elle. Elle connaissait et appliquait les méthodes d'amputation aussi bien que n'importe quel chirurgien ! Elle possédait le courage et la rapidité. Je suis prête à en témoigner. Je le redirai sous serment et personne ne me convaincra du contraire, parce que je l'ai vue faire de mes propres yeux !

— Vous ne pourrez pas, répondit Monk.

— Bien sûr que si ! protesta-t-elle, plus furieuse encore. Et puis d'abord, voulez-vous bien me lâcher le bras ! Je tiens parfaitement debout toute seule ! Je suis fatiguée, certes, mais pas malade !

Par pur esprit de contradiction, il n'en fit rien.

— Vous ne pourrez pas témoigner pour la bonne raison que Lovat-Smith ne peut plus présenter de témoins à charge, expliqua-t-il, les dents serrées, et que Rathbone ne vous citera certainement pas ! Il n'a aucune envie de vous entendre affirmer que la victime était quelqu'un de rationnel et de réaliste. Il ne tient pas à envoyer lui-même Sir Herbert à la potence.

— Peut-être qu'il faudrait bel et bien le pendre, celui-là ! s'exclama Hester, qui regretta aussitôt ses paroles. Enfin, non... ce n'est pas ce que je voulais dire... Mais c'est peut-être lui qui l'a tuée, en fin de compte. Au départ, je croyais à son innocence, ensuite, j'ai changé d'avis, et à présent, je ne sais plus que penser.

— Quoi qu'il en soit, Rathbone reste convaincu de sa bonne foi, et je dois reconnaître que moi-même, quand je le regarde dans la salle d'audience, j'ai du mal à me figurer que cet homme ait pu tuer. Et puis, je ne vois pas quelles raisons il avait de le faire... du moins lorsque j'y réfléchit posément. En tout cas, je suis sûr qu'il fera un excellent témoin. Chaque fois qu'une personne évoque l'amour que Prudence éprouvait pour lui, il affiche une telle incrédulité que toute cette histoire paraît aberrante.

La jeune femme scruta le visage de Monk comme si elle y cherchait la vérité.

— Alors vous le croyez, n'est-ce pas ? conclut-elle.

— Oui... cela m'exaspère de devoir le reconnaître, mais je le crois.

— Il va donc nous falloir nous démener un peu pour dénicher un autre assassin ! Comme les choses sont parties, il n'échappera pas à la potence...

Sa voix recelait à présent un mélange de pitié et de détermination. Monk soupira. Il savait cela depuis longtemps, y avait maintes fois songé. Pourtant, un frisson le parcourut.

— Je sais, fit-il. Et il faut faire vite. Seulement, j'ai épuisé toutes les pistes possibles et imaginables avec Geoffrey Taunton. Je ferais bien de fouiller à présent du côté du Dr Beck. Avez-vous appris du nouveau à son sujet ?

— Non.

Elle s'était un peu détournée, mais il la sentit soudain triste et vulnérable. La lumière du soir accentuait la fatigue qui marquait ses traits. Il se demanda ce qui la peinait et pourquoi elle ne lui en avait pas fait part. Bizarrement, l'idée qu'elle l'avait exclu le heurtait douloureusement. Et il fut pris de colère contre lui-même lorsqu'il s'aperçut qu'il s'en voulait de lui imposer le pénible travail d'infirmière afin qu'elle pût mener l'enquête. Une telle sollicitude était absurde... et une faiblesse de sa part.

— Et vous, qu'est-ce que vous fabriquez ici ? s'emporta-t-il. Depuis le temps, vous avez bien dû faire autre chose que de porter des seaux et d'enrouler des bandages, non ? Pour l'amour du ciel, vous avez tout le loisir de réfléchir !

— La prochaine fois que vous aurez un moment, engagez-vous dans cet hôpital ! riposta-t-elle. On verra si vous parvenez à tout faire et à mener une enquête en même temps ! Il n'y a pas une personne au monde à qui vous soyez utile, vous, en dehors de votre métier de détective ! Et qu'avez-vous découvert, je vous le demande ?

— J'ai découvert que Geoffrey Taunton est un homme colérique et violent, que Nanette Cuthbertson se trouvait à Londres et avait toutes les raisons de haïr Prudence et qu'elle est assez forte de ses mains pour maîtriser un cheval dont bien des hommes ne viendraient pas à bout !

— Mais nous savons tout cela depuis des lustres ! objecta-t-elle en se détournant. C'est important, mais cela ne suffit pas.

— C'est bien pour cela que je suis venu ici ! Si cela suffisait, je ne serais pas devant vous en ce moment !

— Je croyais que vous étiez venu pour vous plaindre...

— Je me plains ! Vous ne m'écoutez donc pas du tout ?

Il se savait injuste avec elle, mais ne put s'empêcher de poursuivre.

— Et les autres infirmières ? Il devait bien y en avoir qui la haïssaient, non ? Elle était arrogante, autoritaire et sûre d'avoir raison. Certaines de ces filles ont l'air assez costaud pour soulever un fardier. Alors pour étrangler une femme...

— Elle n'était pas aussi arrogante que vous le pensez... protesta Hester.

Il l'interrompit d'un petit rire sec.

— De votre point de vue, peut-être, répondit-il. Du leur, c'est une autre histoire !

— Vous n'avez pas la moindre idée de ce que peut être leur point de vue, riposta-t-elle d'un ton méprisant. Et puis, on n'assassine pas quelqu'un parce qu'il vous irrite de temps en temps.

— Détrompez-vous : de nombreuses personnes ont perdu la vie pour avoir constamment houspillé, brimé, insulté ou critiqué autrui. Il suffit d'un instant pour que la violence se déchaîne soudain, parce qu'il vient un moment où l'on ne peut en supporter davantage.

A ces mots, il se sentit envahi d'une terrible anxiété, de la prémonition d'une perte.

— Et c'est pour cela que vous devez faire attention, Hester, conclut-il.

La jeune femme releva la tête et le dévisagea avec stupéfaction. Puis elle éclata de rire.

L'espace d'un instant, la colère le submergea, puis il songea qu'il n'avait aucune envie de se disputer avec Hester. Il se refusa cependant à partager son hilarité et se contenta d'attendre, affichant une patience résignée.

La jeune femme finit par s'essuyer les yeux d'un revers de main et cessa de rire. Elle renifla.

— Je serai prudente, promit-elle. Merci de votre sollicitude.

Il prit son souffle pour lui assener une nouvelle réplique cinglante, mais changea d'avis à temps.

— Nous n'avons pas encore examiné la personnalité de Kristian Beck, déclara-t-il. Et je ne sais toujours pas de quoi Prudence menaçait de prévenir les autorités lorsqu'il l'a suppliée de ne pas le faire. D'ailleurs, ajouta-t-il, saisi d'une nouvelle idée, je me demande bien de quelles autorités elle voulait parler... S'agissait-il des administrateurs de l'hôpital ? Ou de Sir Herbert ? Rathbone pourrait poser la question à son client.

Hester ne répondit pas. L'épuisement semblait avoir repris le dessus.

— Retournez vous coucher, lui dit Monk avec douceur en lui posant la main sur l'épaule. Je vais aller voir Rathbone. Je pense que nous avons encore quelques jours devant nous. Nous découvririons peut-être du nouveau...

Elle eut un sourire dubitatif, mais chaleureux, et lui effleura la joue du bout des doigts. Puis elle se retourna et regagna le dortoir.

A vrai dire, Monk n'espérait guère en apprendre sur Kristian Beck par l'intermédiaire de Sir Herbert. S'il avait su quelque chose, ce dernier en eût sans doute déjà parlé à son avocat. L'affaire se présentait mal. Pour le moment, tout reposait sur le talent oratoire de Rathbone et sur les bonnes dispositions du jury au moment des délibérations. Quant à Hester, elle ne l'avait guère aidé. En songeant à la jeune femme, Monk éprouva un étrange bonheur intérieur, comme si, de toute son existence, il ne s'était jamais senti moins seul qu'en cet instant.

A la première occasion le lendemain, Hester échangea ses horaires de travail avec une autre infirmière et se rendit chez le major Tiplady. Edith Sobell et ce dernier l'accueillirent à bras ouverts. Ils semblaient très agités.

— Nous nous apprêtions à vous envoyer un message, déclara le major en approchant pour elle un fauteuil recouvert de chintz. Nous avons des informations à vous communiquer.

Edith avait pris place en face d'elle.

— J'ai bien peur qu'elles ne te fassent guère plaisir, ajouta-t-elle. Je suis désolée.

— Tes recherches n'ont pas abouti ? interrogea Hester, sur le qui-vive.

— Si, si, nous avons découvert quelque chose...

Le major semblait embarrassé. Il lança un coup d'œil interrogateur à sa compagne. Celle-ci prit le relais.

— Cela ne va guère te faire plaisir, répéta-t-elle d'un ton de regret, parce que je sais que tu apprécies le Dr Beck. Sans doute n'avais-tu pas envie d'apprendre qu'à deux reprises ce médecin a causé la mort de jeunes femmes pour avoir établi un mauvais diagnostic. Les deux fois, les parents étaient sûrs que leur fille ne souffrait de rien et que le Dr Beck l'avait opérée sans nécessité, et avec si peu d'habileté qu'elles sont décédées juste après en se vidant de leur sang. Les deux pères ont porté plainte, mais ni l'un ni l'autre n'a gagné son procès. Il manquait des preuves.

Hester sentit la nausée l'envahir.

— Où ? interrogea-t-elle. Où cela est-il arrivé ? Certainement pas depuis qu'il travaille au Royal Free Hospital !

— Non, répondit Edith. La première fois, c'était dans le nord de l'Angleterre, à Alnwick, tout près de l'Écosse, la seconde dans le Somerset. Crois-moi, j'aurais préféré te fournir des renseignements plus plaisants...

— Es-tu sûre qu'il s'agissait bien de lui ?

C'était une question idiote, mais Hester refusait de croire ce qu'elle venait d'entendre. Le visage de Callandra s'était imposé dans son esprit.

— Se peut-il qu'il existe en Angleterre deux chirurgiens originaires de Bohême et portant le même nom ? objecta Edith avec douceur.

— Mais comment as-tu découvert cela ? interrogea Hester.

— Je me suis liée d'amitié avec une bibliothécaire qui travaille à la salle de documentation d'un grand quotidien. Elle conserve tous les numéros du journal. Elle m'a beaucoup aidée pour vérifier les événements qu'évoque le major dans ses Mémoires et je lui ai donc demandé cela aussi.

— Je vois.

Cette fois, il ne restait plus rien à tenter. Il s'agissait bel et bien du chaînon manquant, de cette information que Prudence s'apprêtait à livrer aux autorités. Toutefois, Beck avait supprimé la jeune femme avant qu'elle ait eu le temps de mettre sa menace à exécution.

Une autre pensée frappa alors Hester, plus terrible encore : se pouvait-il que Callandra eût connu ce détail ?

Était-ce à cela qu'il fallait attribuer la mine défaite qu'elle arborait ces derniers temps ? Était-elle dévastée par la peur, mais aussi par la culpabilité qu'elle éprouvait à garder ce secret pour elle ?

La jeune femme s'aperçut soudain qu'Edith et le major la dévisageaient d'un air inquiet. Ses pensées devaient être transparentes. Toutefois, elle ne pouvait rien révéler sans trahir Callandra.

— Alors, lança-t-elle en s'efforçant de sourire, où en est la rédaction des Mémoires ?

Le visage d'Edith s'illumina aussitôt.

— Oh, nous avons presque terminé ! Nous avons raconté toutes les expériences que le major a vécues en Inde, ainsi que des événements qui se sont déroulés en Afrique, et dont tu ne peux même pas avoir idée ! Il faut absolument que tu lises tout cela quand nous aurons terminé...

A ces derniers mots, l'animation la déserta et son regard se teinta de tristesse. Hester partageait sa peine : elle savait que la publication des Mémoires mettrait un terme à sa collaboration avec le major. Edith devrait alors réintégrer l'étouffant foyer familial, vivre de nouveau sous le toit de ses parents, qui estimaient que son veuvage précoce l'obligeait à rester célibataire pour le restant de ses jours, dépendante de la générosité financière de son père et contrainte de passer par les quatre volontés de sa mère. Elle avait bénéficié d'une chance de se marier et, comme pour toute femme de la bonne société, il n'y en aurait pas une deuxième. Sa famille avait accompli son devoir en lui procurant un époux : Edith avait eu la malchance de le perdre jeune et sa voie, désormais, était toute tracée. A elle de faire contre mauvaise fortune bon cœur. En outre, la tragédie du décès de son frère lui avait révélé un terrible passé et causé une blessure qui était loin d'être cicatrisée. Sans doute celle-ci resterait-elle même à jamais ouverte... Autant dire que la perspective de retourner vivre à Carlyon House avait de quoi assombrir cette radieuse journée d'été...

— J'attends cela avec impatience, répondit Hester avant de se tourner vers son hôte. Alors, interrogea-t-elle, quand comptez-vous publier votre ouvrage ?

Le major semblait plongé dans de si profondes réflexions que la jeune femme fut surprise de l'entendre répondre.

— Oh, je pense que...

Il s'interrompit et ferma les yeux, puis prit une inspiration. Il avait rougi.

— J'allais dire qu'il reste encore beaucoup à faire, mais ce n'est pas vrai. Edith s'est montrée si efficace que nous avons presque terminé. Pourtant je ne suis pas sûr de pouvoir trouver un éditeur qui accepte le manuscrit. Peut-être me faudra-t-il publier à compte d'auteur...

Il se tut, prit une nouvelle inspiration et rougit encore avant de se tourner vers Edith. Il semblait tendu à l'extrême.

— Edith, l'idée de terminer ce travail et de vous voir me quitter m'est intolérable. Je croyais que c'était le fait de coucher par écrit mes souvenirs d'Inde et d'Afrique qui me procurait tout ce bonheur et cette paix intérieure, mais je me trompais. Ce qui me plaît tant, c'est de partager cela avec vous, jour après jour. Jamais je n'aurais imaginé pouvoir trouver la compagnie d'une femme aussi... aussi réconfortante. Jusque-là, les femmes étaient pour moi des êtres étranges, différents. Mais vous, vous êtes la personne la plus... la plus agréable qu'il m'ait été donné de rencontrer.

Son visage avait viré à l'écarlate à présent. Ses yeux bleus brillaient.

— Je serais le plus malheureux des hommes si vous me quittiez, Edith. En revanche, si vous restiez avec moi... et deveniez mon épouse, je... je serais comblé. Si j'en demande trop, je vous prie d'accepter mes excuses, mais il fallait que je vous le dise... Je... je vous aime tendrement.

Il s'arrêta, submergé par sa propre audace. Son regard, cependant, n'avait pas quitté le visage d'Edith.

Celle-ci gardait la tête baissée. Elle était aussi cramoisie que son compagnon. Elle souriait, non d'embarras, mais de bonheur.

— Mon cher Hercule, répondit-elle doucement, je ne pourrais pas imaginer quelque chose au monde qui me fasse plus plaisir que cela.

Hester se leva, alla déposer un baiser sur la joue d'Edith, un autre sur celle du major, puis regagna la rue ensoleillée en vue de trouver un moyen de transport pour la conduire à l'Old Bailey.

CHAPITRE XI

De bon matin, Rathbone rendit une nouvelle visite à Sir Herbert afin de préparer sa comparution à la barre des témoins.

L'avocat appréhendait cette rencontre. L'homme auquel il avait affaire était trop intelligent pour ne pas s'apercevoir que ses chances d'échapper à la peine capitale s'étaient amenuisées. Rathbone le trouva pourtant d'humeur optimiste. Propre et rasé de près, le chirurgien avait changé de vêtements et, hormis de profonds cernes autour des yeux et une inhabituelle agitation des mains, un observateur extérieur eût pu croire, à son expression assurée, qu'il s'apprêtait à aller effectuer sa tournée des malades à l'hôpital.

— Bonjour, maître, dit-il dès que la porte de la cellule se fut refermée. C'est à nous de jouer ce matin. Par quoi comptez-vous commencer? Il me semble que Lovat-Smith est loin d'avoir un dossier parfait. Il n'a aucunement prouvé ma culpabilité. D'ailleurs, il ne le pourrait pas. Certes, rien ne prouve non plus que ce soit Taunton ou Beck, ou encore cette Miss Cuthbertson... Alors, quel est votre plan d'action?

Il aurait sans doute employé le même ton pour parler d'une intervention chirurgicale à pratiquer sur un malade anonyme. Seules une certaine crispation des mâchoires et une rigidité des épaules trahissaient son état de tension.

Rathbone ne chercha pas à ébranler sa confiance. Outre

la compassion que son client lui inspirait, il ne tenait pas à le faire douter. Pour des raisons pratiques, il importait que Sir Herbert affichât une attitude calme et assurée Le moindre signe d'appréhension serait perçu par le jury, qui risquait fort de confondre peur et culpabilité : pourquoi un innocent aurait-il à craindre un jugement impartial ?

— Je vais vous appeler à la barre le premier, déclara-t-il, s'obligeant à sourire comme s'il éprouvait la plus grande confiance. Je vous donnerai l'occasion de nier avoir eu la moindre relation d'ordre personnel avec Miss Barrymore et, bien entendu, l'avoir tuée. J'aimerais également pouvoir évoquer avec vous un ou deux incidents spécifiques qu'elle a pu interpréter de façon erronée. Si vous déclarez simplement qu'elle était rêveuse et déformait la réalité, mais sans donner d'exemple, cela ne suffira pas.

— Mais j'ai essayé de me rappeler ! protesta Sir Herbert. Pour l'amour du ciel, je vous jure que je n'ai pas le moindre souvenir des commentaires que j'ai pu lui faire pendant le travail ! Je ne me souviens pas d'avoir été plus que courtois à son égard. Bien sûr, j'ai dû lui glisser quelques louanges de temps à autre... Elle les méritait largement ! Elle faisait diablement bien son travail !

Rathbone esquissa une légère grimace, mais demeura silencieux.

— Mais bon Dieu ! explosa le chirurgien en tournant les talons comme s'il s'apprêtait à marcher de long en large, ce que l'exiguïté de la cellule ne lui permit pas. Est-ce que vous vous souvenez de toutes les remarques que vous faites à vos secrétaires et à vos assistants ? Mon malheur, c'est d'avoir un métier qui m'oblige à travailler avec des femmes ! Peut-être ne devrait-on pas autoriser de telles collaborations ? Mais le travail d'infirmière, enchaîna-t-il d'un ton rageur, ne peut être accompli que par des femmes. Je vois mal des hommes de confiance accepter d'effectuer de telles tâches... et s'en montrer capables !

Le ton était monté progressivement. Rathbone possédait une assez longue expérience pour savoir que la panique avait gagné son client. Ce n'était pas la première fois qu'il assistait à un tel phénomène. Comme toujours, il ressentit un pincement au cœur, ainsi que la conscience acérée de sa propre responsabilité.

Il mit les mains dans ses poches et affecta la décontraction.

— Je vous conseille instamment de ne pas déclarer ce genre de chose à la barre, répondit-il. N'oubliez pas que les jurés sont des gens ordinaires qui éprouvent un profond respect pour la médecine, mais qui n'y comprennent pas grand-chose. Et depuis que Miss Nightingale est devenue héroïne nationale, les infirmières ont elles aussi grimpé dans leur estime. Il ne faut pas que l'on vous entende critiquer Miss Barrymore, même de façon détournée. C'est là le conseil le plus important que je puisse vous donner. En dénigrant la victime, vous courez tout droit à la condamnation.

Sir Herbert le fixa quelques instants de son regard brillant d'intelligence.

— Entendu, déclara-t-il enfin. Oui, je comprends très bien.

— Et ne répondez qu'aux questions posées. N'ajoutez rien. Est-ce clair ?

— Oui. Oui, bien sûr, si vous le dites.

— Et ne vous avisez surtout pas de sous-estimer maître Lovat-Smith. Il a peut-être l'air d'un comédien ambulant, mais c'est l'un des meilleurs magistrats d'Angleterre. Ne le laissez pas vous entraîner à en dire plus que nécessaire dans vos réponses à ses questions. Il va chercher à vous flatter, à vous mettre en colère, à défier votre intelligence s'il estime que cela peut vous faire sortir de vos gonds. L'impression que vous produirez sur le jury est notre meilleure arme. Et il sait cela aussi bien que moi.

Sir Herbert avait pâli. Une ride verticale s'était creusée entre ses sourcils. Il évalua Rathbone du regard.

— Je serai prudent, promit-il. Merci pour vos conseils.

L'avocat se redressa et tendit la main.

— N'ayez pas d'inquiétudes. Nous avons passé le plus difficile. Si nous ne commettons pas d'erreur, nous gagnerons la partie.

Sir Herbert lui serra la main avec force.

— Merci, maître. J'ai toute confiance en vous. Croyez-moi, je suivrai vos instructions à la lettre.

Il le lâcha et recula d'un pas. Un très léger sourire flottait sur ses lèvres.

Comme les jours précédents, la salle du tribunal était bondée, mais, ce matin-là, spectateurs et journalistes semblaient plus que jamais dans l'expectative. La défense allait passer à l'action, peut-être y aurait-il enfin des révélations, des drames, voire des pièces à conviction incriminant de nouveaux suspects. Tous les regards étaient attentifs. On ne parlait pas, mais les myriades de petits bruits, craquements, froissements et raclements de pieds sur le sol créaient une atmosphère agitée.

Rathbone ne s'estimait pas aussi bien préparé qu'il l'eût souhaité. Il avait manqué de temps. Il sentait en permanence les regards des jurés rivés sur lui : on épiait chacun de ses gestes, on jugeait les moindres inflexions de sa voix.

— Monsieur le juge, messieurs les jurés, commença-t-il avec un très léger sourire, je suis sûr que vous comprendrez qu'il est bien plus facile pour l'accusation de démontrer qu'un homme est coupable que pour la défense de prouver qu'il ne l'est pas. A moins, bien sûr, qu'elle soit en mesure de désigner le véritable assassin. Malheureusement, ce n'est pas le cas, du moins pas encore. Mais il peut toujours arriver qu'un rebondissement survienne durant la comparution de mes témoins.

Un murmure d'excitation accueillit ces paroles. On percevait le grattement fébrile des crayons des journalistes sur le papier.

— Malgré tout, poursuivit-il, l'accusation n'est pas parvenue à démontrer que Sir Herbert Stanhope avait tué Prudence Barrymore, mais seulement qu'il avait eu la possibilité de le faire. Tout comme beaucoup d'autres personnes : Geoffrey Taunton, Nanette Cuthbertson ou le Dr Beck, par exemple. Le principal fondement de son argumentation, ajouta-t-il en désignant Lovat-Smith d'un geste négligent, est que Sir Herbert avait un mobile puissant mis en évidence par les lettres de Prudence à sa sœur, Faith Barker.

Son sourire s'élargit tandis qu'il s'adressait directement au jury.

— Toutefois, je me propose pour ma part de vous démontrer que ces lettres peuvent donner lieu à une interprétation tout à fait différente; vous comprendrez alors que Sir Herbert Stanhope n'est pas plus blâmable que le serait tout autre homme de son rang et de sa compétence.

Du coin de l'œil, Rathbone vit le public manifester des signes d'impatience. Une grosse dame se pencha en avant pour mieux dévisager l'accusé.

Peu désireux de voir le juge s'agiter à son tour, l'avocat résolut d'entrer dans le vif du sujet.

— Je vais maintenant appeler mon premier témoin, Sir Herbert Stanhope lui-même.

Un certain temps s'écoula entre le moment où le chirurgien disparut du banc des accusés et celui où il réapparut au niveau de la cour. Abandonnant ses gardiens derrière lui, il se dirigea d'un pas très digne vers l'escalier qui montait au box des témoins.

Lorsqu'il atteignit le haut des marches, une centaine de regards le guettaient. Il se tenait très droit, la tête haute, mais Rathbone remarqua avec satisfaction qu'il s'agissait là d'assurance et non d'arrogance. L'avocat jeta un coup d'œil aux jurés, chez qui il décela un réel intérêt, ainsi qu'un respect mêlé de réticence.

Le greffier fit prêter serment au témoin, puis l'avocat prit la parole.

— Sir Herbert, commença-t-il, vous êtes chirurgien en chef au Royal Free Hospital depuis sept ans, mais vous exerciez déjà en tant que chirurgien depuis plus de quinze ans auparavant. Durant tout ce temps, vous avez dû être assisté, dans vos opérations, par un grand nombre d'infirmières, peut-être des centaines, n'est-ce pas ?

Sir Herbert eut un haussement de sourcils étonné.

— Je n'ai jamais songé à les compter, répondit-il. Mais oui, j'imagine que vous avez raison.

— Leurs degrés de compétence et de dévouement étaient-ils très variés ?

— J'en ai bien peur, oui, fit le chirurgien avec une moue d'amusement quasi imperceptible.

— Quand avez-vous rencontré Prudence Barrymore pour la première fois ?

Sir Herbert réfléchit quelques instants. L'auditoire était suspendu à ses lèvres. On ne lisait aucune hostilité dans le regard attentif des jurés.

— Ce devait être en juillet 1856. Je ne puis malheureusement être plus exact.

Il prit une inspiration, comme pour ajouter quelque chose, mais s'arrêta.

— Vous souvenez-vous des dates d'arrivée dans votre service des autres infirmières, Sir Herbert ?

— Non, bien sûr que non. Elles ont été nombreuses. Et...

Là encore, il s'interrompit. Un amusement mêlé d'amertume saisit Rathbone. Sir Herbert lui obéissait avec une docilité qui en disait long sur l'intensité de la frayeur qui l'habitait. L'avocat songea que son client n'avait pas l'habitude de se plier à des ordres.

— Comment se fait-il, alors, que vous ayez remarqué Miss Barrymore ? interrogea-t-il.

— Parce qu'elle venait de Crimée, expliqua le témoin. Parce que c'était une jeune femme de la bonne société qui avait payé de sa personne pour venir en aide aux malades, et même risqué sa vie pour cela. Elle ne se présentait pas chez nous par besoin de gagner sa vie, mais parce qu'elle répondait à une vocation.

Rathbone perçut le murmure approbateur qui montait de la foule, ainsi que l'expression avenante des jurés.

— Et s'est-elle montrée aussi compétente et dévouée que vous l'espériez ?

— Oh, bien plus encore !

Sir Herbert se tenait un peu en avant, fixant l'avocat de son regard clair, les mains sur la rambarde et les bras tendus. Tout son être traduisait son état d'extrême concentration, mais aussi une certaine humilité. Même s'il s'était hasardé à le conseiller avant l'audience, Rathbone n'aurait pu lui suggérer meilleure attitude.

— Elle ne s'épargnait pas lorsqu'il s'agissait de travailler, ajouta le chirurgien. Elle n'était jamais en retard, jamais absente sans raison. Elle avait une mémoire phénoménale et apprenait avec une rapidité étonnante. Et personne n'a jamais songé à remettre en question sa moralité dans quelque domaine que ce soit. C'était une femme remarquable en tout point.

— Et jolie ? interrogea Rathbone avec un sourire.

Les yeux de Sir Herbert s'élargirent sous l'effet de la surprise. Il n'attendait visiblement pas cette question.

— Oui... Oui, je crois qu'elle l'était. Je crains de ne pas remarquer ce genre de détails aussi bien que les autres hommes. Dans de telles circonstances, ce sont surtout les compétences de la personne qui m'assiste qui m'intéressent.

Il jeta au jury un regard d'excuse.

— Lorsqu'on a affaire à un malade qui souffre, conclut-il, un joli visage n'est pas d'une grande utilité Mais je me souviens qu'elle avait des mains très fines.

— Était-elle particulièrement compétente ? répéta Rathbone.

— Je l'ai déjà dit, oui.

— Assez compétente pour réaliser elle-même une opération chirurgicale ?

Sir Herbert tressaillit, ouvrit la bouche pour parler, puis s'arrêta.

— Sir Herbert ? fit Rathbone.

— C'était une excellente infirmière, déclara le chirurgien avec sincérité, mais pas un médecin ! Il faut que vous compreniez qu'il existe une différence énorme ! Un fossé infranchissable...

Il secoua la tête.

— Elle n'avait aucune formation officielle. Elle ne connaissait que ce qu'elle avait appris grâce à l'expérience et à l'observation, sur les champs de bataille et à l'hôpital de Scutari.

Il se pencha un peu plus en avant. Des rides de concentration s'étaient creusées sur son visage.

— Il faut que vous saisissiez la différence... Miss Barrymore possédait des connaissances très aléatoires, acquises au petit bonheur, désorganisées. Elle n'avait aucune idée des relations de cause à effet, des alternatives, des complications à attendre, ne possédait pas de notions d'anatomie ni de pharmacologie, ne bénéficiait pas de l'expérience d'autres médecins que nous offre la littérature médicale. Et elle n'avait pas non plus reçu ces années de formation universitaire ni tous les apports latéraux et complémentaires que celle-ci nous fournit.

Il secoua de nouveau la tête, avec plus de véhémence cette fois.

— Non, maître Rathbone, c'était une excellente infirmière, je n'en ai jamais connu de meilleure, mais certainement pas un médecin. Et pour vous dire la vérité, je crois que ces fables sur des opérations qu'elle aurait elle-même pratiquées sur les champs de bataille ne viennent pas d'elle. Miss Barrymore n'était ni présomptueuse, ni faraude. Je suis persuadé que ses propos ont dû être mal compris, voire volontairement déformés.

Un murmure approbateur monta des rangs du public et certains spectateurs hochèrent la tête. Deux des jurés esquissèrent un sourire.

Sur le plan psychologique, la manœuvre avait été brillante. Tactiquement, toutefois, elle rendait la question suivante plus délicate à formuler. Rathbone songea un instant à remettre celle-ci à plus tard, puis résolut d'affronter la difficulté.

— Sir Herbert...

Il fit quelques pas vers le box des témoins et leva les yeux.

— Les pièces à conviction que l'accusation a présentées contre vous sont constituées d'un certain nombre de lettres envoyées par Prudence Barrymore à sa sœur et dans lesquelles l'infirmière exprime des sentiments profonds qu'elle aurait éprouvés à votre égard, ainsi que la conviction que vous partagiez ces sentiments et que vous feriez bientôt d'elle la plus heureuse des femmes. Est-ce là une description réaliste, pratique et honnête de la situation ? Cette fois, nous sommes sûrs que ce sont ses propres termes, et non des propos déformés.

Sir Herbert secoua la tête, affichant la plus profonde perplexité.

— Je ne parviens pas à m'expliquer cela, déclara-t-il d'un ton chagriné. Je jure devant Dieu que je ne lui ai jamais donné la plus vague raison de penser que j'éprouvais pour elle quoi que ce fût de cet ordre. J'ai passé des heures, des jours entiers à essayer de me rappeler ce que j'aurais pu dire ou faire pour lui donner cette impression, mais, honnêtement, je n'ai rien trouvé.

Il secoua encore la tête, se mordant la lèvre.

— Peut-être ai-je parfois des manières trop désinvoltes... Peut-être me suis-je permis de parler sans cérémonie aux personnes avec lesquelles je travaille, mais je ne vois vraiment pas comment quiconque aurait pu interpréter mes remarques comme des signes d'affection personnelle. Je ne faisais que parler à une collaboratrice précieuse, en qui j'avais la plus parfaite confiance.

Il hésita. Plusieurs jurés hochèrent la tête. A les regarder, on se doutait qu'ils avaient eux-mêmes connu des expériences similaires. Un air de profond regret transformait le visage du chirurgien.

— Peut-être me suis-je montré inconscient ? reprit gravement ce dernier. Il faut dire que je n'ai rien d'un romantique. Je suis depuis plus de vingt ans l'époux comblé de la seule femme que j'aie jamais considérée sous ce jour...

Il eut un sourire.

— Elle vous dirait que je manque un peu d'imagination dans ce domaine de ma vie, poursuivit-il. Comme vous pouvez le voir, je ne suis pas un Apollon. Je n'ai jamais fait l'objet d'attentions romantiques de la part de jeunes femmes. Il existe des...

Il s'interrompit, sans doute pour chercher le mot juste.

— Il existe des hommes bien plus séduisants et bien plus aptes que moi à inspirer la passion. Nous avons par exemple bon nombre d'étudiants en médecine qui sont jeunes, intelligents, qui présentent bien et ont devant eux un avenir brillant. Et puis, bien sûr, il y a à l'hôpital quelques médecins confirmés plus doués que moi en matière de charme et de séduction. Tout à fait franchement, il ne m'était jamais venu à l'idée qu'une femme puisse me considérer avec ce regard-là...

Rathbone afficha une expression compatissante, mais Sir Herbert s'en sortait si bien que cette mise en scène se révélait sans doute inutile.

— Miss Barrymore n'a-t-elle jamais prononcé devant vous des paroles qui vous auraient surpris, n'a-t-elle jamais fait une remarque plus admirative que d'ordinaire, plus personnelle que professionnelle ? questionna l'avocat. J'imagine que vous avez l'habitude que le personnel vous témoigne du respect, vos patients de la gratitude, mais, je vous en prie, réfléchissez soigneusement, avec toute la sagesse que vous confère le recul...

Sir Herbert eut un petit haussement d'épaules impuissant.

— Croyez-moi, maître Rathbone, j'ai bien cherché, répondit-il avec un sourire d'excuse, mais chaque fois que je me suis trouvé en présence de Miss Barrymore, j'avais l'esprit totalement absorbé par le malade que nous étions en train d'opérer. Je ne l'ai jamais regardée d'un autre point de vue.

Il fronça les sourcils, comme pour approfondir sa réflexion.

— Je la considérais avec respect, avec confiance, en sachant que je pouvais compter sur son dévouement et son aptitude, mais jamais je n'ai envisagé notre relation sur un plan personnel. Il semble que j'aie commis là une grave erreur, une erreur que je regrette profondément. J'ai moi-même des filles, comme vous le savez sans doute, mais ma profession m'accapare tant que c'est mon épouse qui s'est presque intégralement chargée de les élever. Je ne connais pas bien les manières des jeunes femmes, et c'est un tort, sans doute. C'est là le prix de mon engagement professionnel, que je paie un peu à contrecœur, je l'avoue.

Il se mordit la lèvre.

— Et c'est peut-être ce désengagement vis-à-vis de ma famille, reprit-il, que, tragiquement, Miss Barrymore a mal interprété. Je... Je n'ai aucun souvenir d'une remarque particulière que je lui aurais faite. Je vous assure que je ne pensais à rien d'autre qu'à mes patients.

Sa voix devint rude et intense.

— A aucun moment je n'ai imaginé la moindre relation affective avec Miss Barrymore, jamais je ne lui ai dit ou fait quoi que ce soit de déplacé ou qui puisse être interprété par une tierce personne comme une avance ou l'expression d'un sentiment amoureux. De cela, je suis certain, tout comme je suis certain de me tenir devant vous en ce moment, dans cette salle d'audience.

C'était superbe. Rathbone songea qu'il eût été lui-même incapable d'écrire une meilleure plaidoirie.

— Merci, Sir Herbert, dit-il. Il me semble que vous nous avez exposé cette tragique situation de façon très claire.

Il se tourna vers le jury avec un geste désolé.

— J'ai moi-même fait l'expérience de rencontres un peu embarrassantes, et je suis sûr que messieurs les jurés ont également connu des situations de ce type. Les jeunes femmes ont parfois des rêves et des priorités différents des nôtres, et peut-être nous montrons-nous dangereusement, voire dramatiquement, insensibles vis-à-vis d'elles.

Il s'adressa de nouveau à son témoin.

— Je vous prierai à présent de demeurer à la barre. Je ne doute pas que mon confrère ait des questions à vous poser.

Il sourit à Lovat-Smith et retourna s'asseoir à sa table.

Le procureur se leva et tira sur les pans de sa robe avant de s'avancer jusqu'au centre de la salle. Il ne regarda ni à droite ni à gauche, mais fixa Sir Herbert dans les yeux.

— D'après vos propres paroles, Sir Herbert, vous n'êtes pas un homme à femmes, c'est bien cela?

Il parlait d'un ton courtois, presque doux, qui ne trahissait ni panique ni sentiment de défaite. Il affichait seulement cette parfaite déférence qu'il convient de témoigner à un homme jouissant de l'estime générale.

Toutefois, il jouait la comédie, Rathbone n'en doutait pas. Lovat-Smith savait aussi bien que lui que la déposition de Sir Herbert s'était révélée excellente, et cette confiance décontractée qu'il affichait inspirait une vague sensation de malaise à l'avocat.

— Non, répondit prudemment Sir Herbert. Je ne le suis pas.

Rathbone ferma les yeux. Puisse son client ne pas oublier les conseils qu'il lui avait donnés ! *Surtout, ne rien ajouter*, pria-t-il intérieurement. *Ne rien offrir. Ne pas se laisser entraîner... Cet homme est votre ennemi.*

— Cependant, vous devez être extrêmement familier des manières des femmes... fit Lovat-Smith en haussant les sourcils et en ouvrant grands ses yeux bleu ciel.

Sir Herbert ne dit rien.

Rathbone réprima un soupir de soulagement.

— Vous êtes marié, et ce depuis des années, expliqua Lovat-Smith. Vous avez une famille très nombreuse, dont trois filles. Vous êtes injuste envers vous-même, monsieur. J'ai appris de source sûre que votre vie familiale est des plus satisfaisantes et des mieux ordonnées, et que vous faites un excellent époux et un père admirable.

— Merci, répondit Sir Herbert.

Le visage du procureur se durcit.

— Je ne disais pas cela comme un compliment, monsieur. Je voulais mettre en évidence le fait que vous n'êtes pas aussi ignorant du comportement féminin que vous voudriez nous le faire croire. Vos relations avec votre épouse sont excellentes, vous nous l'avez dit vous-même et nous n'avons aucune raison d'en douter. En tout cas, elles sont indéniablement durables et intimes.

Un rire étouffé monta de l'assistance, aussitôt réfréné. A l'évidence, la sympathie du public allait à Sir Herbert et Lovat-Smith s'en rendait compte.

— Vous n'espérez tout de même pas me faire croire que vous êtes un parfait ignorant de la nature des femmes, de leurs coups de cœur et de la façon dont elles agréent les flatteries et les attentions ?

A présent, Sir Herbert n'avait plus personne pour le guider. Il se trouvait seul face à l'ennemi. Rathbone, quant à lui, ne pouvait que ronger son frein.

L'accusé demeura silencieux quelques instants. Hardie posait sur lui un regard interrogateur, Lovat-Smith souriait.

— Je ne pense pas, répondit-il enfin en relevant la tête pour fixer le procureur, que vous puissiez rapprocher mes relations avec mon épouse de celles que j'entretiens avec mes infirmières, même les meilleures d'entre elles, dont faisait indubitablement partie Miss Barrymore. Mon épouse me connaît et elle n'interprète jamais mes propos de travers. Avec elle, je n'ai pas à me demander si elle a bien compris ce que je voulais lui dire. Quant à mes relations avec mes filles, elles n'ont absolument aucun rapport avec celles dont il est question ici. Elles n'entrent pas dans le même cadre.

Il s'interrompit brutalement et garda le regard rivé sur Lovat-Smith. Certains jurés hochèrent la tête.

— Miss Barrymore était-elle la seule jeune femme de bonne famille avec laquelle vous ayez été amené à travailler, Sir Herbert ?

Le chirurgien sourit.

— Ce n'est que très récemment que de telles jeunes femmes se sont intéressées au métier d'infirmière, maître, expliqua-t-il. En fait, depuis que Miss Nightingale s'est fait connaître en travaillant en Crimée et qu'elle a acquis un prestige qui a incité de nombreuses jeunes personnes à l'imiter. Et, bien entendu, il y a celles qui ont travaillé à ses côtés, comme Miss Barrymore ou Miss Latterly, notre nouvelle recrue. Auparavant, les seules femmes bien nées qui avaient affaire avec l'hôpital — on ne pourrait pas appeler cela travailler — étaient celles qui appartenaient au conseil d'administration, comme Lady Ross Gilbert ou Lady Callandra Daviot. Et ce ne sont en aucun cas des jeunes femmes romantiques et impressionnables.

Rathbone poussa un discret soupir de soulagement. Son client s'en était bien tiré. Il avait même évité d'offenser Berenice et Callandra en évoquant leur âge.

Lovat-Smith encaissa gracieusement la rebuffade et repassa à l'attaque.

— Est-ce que je me trompe, Sir Herbert, si je dis que vous avez l'habitude de susciter l'admiration ?

Le chirurgien hésita.

— Je préfère le terme de *respect*, rétorqua-t-il.

— C'est bien possible, fit le procureur avec un sourire qui découvrit ses dents régulières. Mais moi, c'est d'*admiration* que je veux parler. Vos étudiants n'éprouvent-ils pas une intense admiration à votre égard ?

— Mieux vaudrait leur poser la question directement, maître.

— Oh, allons ! pressa Lovat-Smith, dont le sourire s'élargit. Pas de fausse modestie, je vous en prie ! Nous ne sommes pas dans un boudoir, soucieux des bonnes manières !

Sa voix se durcit brutalement.

— Vous êtes habitué à susciter une admiration immodérée, à voir les gens qui vous entourent suspendus à vos lèvres. La cour aura peine à croire que vous ne savez pas faire la différence entre un enthousiasme débordant, de la flagornerie et une considération chargée d'émotion, qui constitue un sentiment personnel et se révèle donc particulièrement dangereuse.

— Mes étudiants en médecine sont tous des hommes, répondit Sir Herbert avec un froncement de sourcils perplexe. La question de l'émotion n'intervient donc pas.

Deux ou trois jurés sourirent.

— Et les infirmières ? insista Lovat-Smith avec plus de douceur.

— Pardonnez-moi si je suis un peu direct, répliqua Sir Herbert d'un ton patient, mais je pensais que nous avions déjà abordé cette question. Jusqu'à une période très récente, les infirmières n'appartenaient pas à une classe sociale avec laquelle une relation d'ordre personnel eût été envisageable.

Lovat-Smith ne parut pas déstabilisé pour autant. Il sourit, découvrant légèrement ses dents.

— Et vos malades, Sir Herbert ? Votre clientèle était-elle exclusivement constituée d'hommes, ou de femmes d'un certain âge ou issues d'une classe sociale trop médiocre pour être considérée ?

Le rouge monta lentement aux joues de Sir Herbert.

— Non, bien sûr... Mais la gratitude et l'état de dépendance d'un patient représentent une chose très différente. Chacun sait qu'ils sont en rapport avec les compétences du chirurgien, avec la peur ou la souffrance du patient, et qu'il ne s'agit en aucun cas de sentiments personnels. Et ils sont éphémères, même si la gratitude, elle, subsiste. La plupart des médecins les connaissent et les prennent pour ce qu'ils sont. Les assimiler à de l'amour me paraît absolument insensé !

Parfait, songea Rathbone. *A présent, taisez-vous, pour l'amour du ciel. Ne gâchez pas tout en allant plus loin !*

Sir Herbert ouvrit la bouche pour poursuivre, puis, comme s'il avait entendu les conseils de son avocat, garda le silence.

Lovat-Smith demeura immobile au milieu de la salle, les yeux levés vers le box des témoins, la tête légèrement penchée.

— Ainsi, malgré votre expérience avec votre épouse, vos filles, vos patientes reconnaissantes, vous avez éprouvé la surprise la plus absolue lorsque Prudence a manifesté l'amour et la dévotion qu'elle vous portait ? Cette expérience a dû être alarmante, et aussi bien embarrassante pour l'homme heureux en ménage que vous êtes !

Le piège était trop grossier pour que Sir Herbert s'y laissât prendre.

— Cette infirmière ne m'a rien manifesté du tout, maître, répondit-il avec calme. Elle n'a jamais rien dit ni fait qui ait pu m'amener à imaginer de sa part un intérêt autre que professionnel. C'est seulement à la lecture de ses lettres que j'ai découvert ses sentiments.

— Vraiment? s'étonna Lovat-Smith en secouant la tête. Espérez-vous sérieusement que le jury va croire cela?

Il désigna les jurés d'un geste de la main.

— Ce sont des hommes intelligents, pleins d'expérience. Je suis convaincu qu'ils auraient du mal à s'imaginer eux-mêmes aussi... aussi naïfs à votre place.

Sur ces mots, le procureur regagna sa chaise. Sir Herbert le suivit des yeux, légèrement penché en avant, les mains serrées sur la rambarde.

— Et moi, déclara-t-il, j'espère qu'ils comprendront. Parce que c'est la vérité. Peut-être me suis-je montré négligent en la regardant non pas comme une jeune femme romantique, mais seulement comme une professionnelle sur laquelle je pouvais compter. Peut-être est-ce là une erreur pour laquelle je me repentirai éternellement. Mais cela ne constitue pas une raison suffisante pour commettre un meurtre!

Rathbone perçut un bref murmure d'admiration dans l'assistance. L'un des jurés sourit et hocha la tête.

— Souhaitez-vous réinterroger votre témoin, maître Rathbone? s'enquit Hardie.

— Non merci, monsieur le juge, répondit civilement l'avocat.

Hardie donna congé à Sir Herbert, qui quitta le box avec majesté pour reprendre sa place sur le banc des accusés.

Une série de médecins de l'hôpital se succédèrent alors à la barre, sollicités par Rathbone. L'avocat abrégea toutefois leur interrogatoire : Sir Herbert avait produit une impression favorable qu'il importait de ne pas gâcher avec des assertions qui, à présent, paraissaient couler de source. Il leur demanda d'exposer simplement ce qu'ils pensaient de l'accusé en tant que collègue et chacun d'eux loua sans hésiter ses remarquables compétences et son dévouement. Il les interrogea également sur la respectabilité morale du chirurgien et ils affirmèrent aussi fermement que celle-ci était au-dessus de tout soupçon.

Lovat-Smith ne prit pas la peine de les contredire. Il feignit ostensiblement l'ennui, considérant le plafond tandis que Rathbone parlait, et attendant plusieurs secondes, lorsque venait son tour, avant de se lever. Il n'affirma pas explicitement que la loyauté de tous ces médecins, fort prévisible, ne signifiait rien, mais le laissa entendre. Rathbone ne s'y trompait pas : en réalité, il cherchait à ennuyer le jury, un stratagème propre à estomper l'impression produite par Sir Herbert.

Le Dr Beck vint clore les témoignages des médecins. Ne pas le citer eût été une surprenante omission, mais un motif supplémentaire avait poussé l'avocat à le convoquer à la barre : Rathbone souhaitait insuffler dans les esprits l'idée que cet étranger pouvait bien être le véritable assassin.

Lorsqu'il se présenta devant la cour, toutefois, ce dernier ne pouvait se douter de rien.

— Docteur Beck, commença Rathbone, vous êtes médecin et chirurgien, n'est-ce pas ?

— Tout à fait.

— Et vous avez exercé en divers lieux, y compris dans votre Bohême natale ?

Il fallait avant tout ancrer dans les esprits le fait que Beck était étranger, afin de souligner le contraste entre cet homme et le véritable aristocrate britannique assis sur le banc des accusés. Ce préalable ne plaisait guère à l'avocat, mais l'ombre de la corde commençait à dessiner dans sa pensée des motifs étranges et menaçants.

— Oui, acquiesça Kristian.

— Mais vous travaillez avec Sir Herbert Stanhope depuis dix ou onze ans, c'est bien cela ?

— Oui, à peu près, répondit Kristian. Bien sûr, nous n'avons travaillé vraiment *ensemble* qu'en de très rares occasions, puisque nous exerçons la même spécialité, mais je connais sa réputation, sur les plans à la fois personnel et professionnel, et je le côtoie au quotidien.

Son accent, à peine discernable, se résumait à une plaisante prononciation de certaines voyelles. Le chirurgien parlait en outre avec une spontanéité qui en disait long sur son désir de secourir l'accusé.

— Je comprends, fit Rathbone. Je ne voulais pas insinuer que vous opériez côte à côte. Quelle est la réputation de Sir Herbert sur le plan personnel, docteur Beck ?

Kristian eut une expression amusée, mais dénuée de malveillance.

— Il passe pour quelqu'un d'un peu pompeux, plutôt autoritaire, fier, à juste titre, de ses compétences et de sa réussite. On le dit excellent professeur et homme d'une intégrité morale absolue. Naturellement, ajouta-t-il avec un sourire à l'intention de Rathbone, ses étudiants aiment bien se moquer de lui, le mettre en boîte de temps en temps — je crois que c'est le terme que l'on emploie — comme ils le font avec nous tous. Mais je n'ai jamais entendu la moindre allusion, même ironique, à un comportement déplacé vis-à-vis des femmes.

— Il a été suggéré ici que c'est un homme un peu naïf dans ses relations avec les femmes. Particulièrement avec les demoiselles. Avez-vous fait la même observation, docteur Beck ?

— J'aurais plutôt choisi le terme *inintéressé*, répondit Kristian. Mais j'imagine que *naïf* convient aussi. A vrai dire, je n'avais jamais réfléchi à la question. Mais si vous voulez me faire dire que j'ai peine à croire qu'il ait pu éprouver une attirance pour Miss Barrymore, ou ne rien remarquer si elle-même éprouvait à son égard un sentiment romanesque, je puis vous satisfaire sans problème. Et j'avoue qu'il m'est encore plus difficile d'imaginer que Miss Barrymore ait pu nourrir une passion secrète pour lui.

— A votre avis, ce n'est pas plausible, docteur Beck?

— Non.

— Vous considérez-vous vous-même comme un homme naïf, manquant de réalisme?

Kristian esquissa une moue ironique.

— Non. Non, je ne dirais pas cela.

— Dans ce cas, si vous trouvez cette idée surprenante et difficilement crédible, vous est-il difficile de concevoir que Sir Herbert ait pu être lui-même tout aussi ignorant de cet amour?

Malgré ses efforts, Rathbone n'avait pu réprimer l'accent triomphal dans sa voix. Kristian parut chagriné et, en dépit des paroles de l'avocat, surpris.

— Non... non, cela me semble logique.

Rathbone songea alors aux détails que Monk lui avait rapportés et qui pouvaient suggérer la culpabilité de Kristian Beck : la querelle qui avait opposé celui-ci à Prudence, la possibilité d'un chantage, le fait que Kristian eût passé à l'hôpital la nuit précédant le meurtre et le décès d'un patient qui, de l'avis général, aurait dû se rétablir... Il ne s'agissait là que de soupçons, de sombres pensées qu'aucune preuve concrète, aucune pièce à conviction ne venait étayer. Si l'avocat choisissait cette occasion pour les évoquer, il amènerait certes l'assistance à envisager la culpabilité du témoin, mais ne manquerait pas de s'aliéner le jury, tout en trahissant sa propre impuissance à innocenter son client. A l'évidence, il n'en sortirait pas grandi. Or, pour le moment, il bénéficiait d'un capital de sympathie qui suffirait sans doute à lui faire emporter le verdict.

Fallait-il ou non poursuivre l'interrogatoire de Beck? La vie de Sir Herbert pouvait bien reposer sur cette décision.

L'avocat observa l'intéressant visage du témoin, sa bouche sensuelle et ses yeux magnifiques. Il y avait trop d'intelligence dans cette physionomie, trop d'humour aussi. Incriminer un tel personnage revenait à prendre un risque considérable, d'autant qu'au point où en étaient les choses, Rathbone allait gagner la partie. Ce dernier le savait, et Lovat-Smith ne l'ignorait pas non plus.

— Je vous remercie, docteur Beck, déclara l'avocat à haute voix. Ce sera tout.

Lovat-Smith se leva aussitôt et s'avança au centre de l'espace vide.

— Docteur Beck, votre travail de médecin et de chirurgien fait de vous un homme très occupé, n'est-ce pas ?

— Oui, répondit Kristian en fronçant les sourcils.

— Passez-vous beaucoup de temps à réfléchir aux éventuelles liaisons amoureuses qui pourraient unir les employés de l'hôpital, ou à vous demander si telle ou telle personne a conscience d'être l'objet de ce genre de sentiments ?

— Non...

— Consacrez-vous du temps à ce type de questions d'une manière générale ?

— Il n'est pas besoin d'y réfléchir, maître Lovat-Smith, répondit Kristian. C'est quelque chose dont on s'aperçoit, parfois malgré soi. Je suis sûr que vous-même, vous portez un minimum d'intérêt à vos confrères, même si vous avez l'esprit occupé par vos affaires professionnelles.

Lovat-Smith ne pouvait le contredire sur ce point. Il hésita un instant, comme s'il avait un argument sur le bout de la langue, puis abandonna la partie.

— Aucun d'eux n'est accusé de meurtre, docteur Beck, se contenta-t-il de déclarer avec un geste de résignation assorti d'un vague amusement. C'est tout ce que je voulais vous demander. Merci.

Le juge jeta un coup d'œil interrogateur à Rathbone, qui secoua la tête en guise de réponse.

Kristian Beck quitta la barre des témoins et disparut parmi le public. Alors, Rathbone se demanda s'il venait d'échapper au risque de se ridiculiser en public ou s'il avait laissé passer une occasion qui ne se représenterait pas.

Le lendemain, Rathbone convoqua Lady Stanhope à la barre des témoins. Certes, il ne comptait pas sur cette femme pour apporter de nouveaux éléments. Elle ne savait rien de l'affaire. Toutefois, sa présence visait à faire contrepoids au témoignage chargé d'émotion de Mrs. Barrymore. Lady Stanhope courait en effet le double risque de perdre son époux dans une mort atroce et de voir sa famille livrée au scandale et à la honte, à la pauvreté et à la mise à l'écart.

Elle monta dans le box des témoins assistée du greffier et tourna un visage inquiet vers Rathbone. Elle était très pâle et semblait éprouver des difficultés à tenir debout. Elle demeura un instant immobile et très droite, puis leva la tête vers le box des accusés, rencontra le regard de son époux et sourit.

Sir Herbert cligna des yeux, répondit à son sourire, puis se détourna. Il était impossible de déchiffrer ses sentiments.

Rathbone attendit, laissant au jury le temps d'observer et d'enregistrer, puis il s'avança d'un pas et s'adressa au témoin d'un ton courtois et bienveillant.

— Lady Stanhope, je vous prie de m'excuser de vous avoir appelée à témoigner dans une période qui doit être extrêmement douloureuse pour vous, mais je suis sûr que vous désirez faire tout ce qui est en votre pouvoir pour aider votre époux à établir son innocence.

Elle déglutit avec peine, le regard rivé sur l'avocat.

— Bien sûr. Tout...

Elle s'interrompit. Sans doute venait-elle de se souvenir de la consigne donnée par Rathbone avant l'audience : ne pas en dire plus que nécessaire.

Il lui sourit.

— Merci. Je n'ai pas beaucoup de questions à vous poser, seulement quelques précisions concernant Sir Herbert et ce que vous savez de ses habitudes et de sa personnalité.

Elle le considéra d'un regard vide, se demandant manifestement que dire.

La partie s'annonçait difficile. Rathbone devait trouver un juste milieu entre ménager cette femme à tel point qu'il n'en apprendrait rien, et manifester une dureté qui finirait par la terrifier et la pousser à l'incohérence. La première fois qu'il avait eu affaire à elle, il avait pensé qu'elle ferait un excellent témoin. A présent, il se demandait s'il n'avait pas commis une erreur tactique en la citant. Il n'avait guère eu le choix, toutefois : l'absence de l'épouse de l'accusé eût été remarquée et commentée.

— Lady Stanhope, depuis combien de temps êtes-vous mariée à Sir Herbert ?

— Depuis vingt-trois ans.

— Avez-vous des enfants ?

— Oui, nous en avons sept, trois filles et quatre garçons.

Elle semblait reprendre un peu confiance. Elle se trouvait sur un terrain familier.

— N'oubliez pas que vous témoignez sous serment, Lady Stanhope, la prévint aimablement Rathbone afin d'attirer l'attention du jury. Vous devez répondre en toute honnêteté, même si cela vous coûte. Avez-vous déjà été amenée à douter de la totale loyauté de votre époux depuis votre mariage ?

Bien que l'avocat se fût au préalable assuré que la réponse serait négative, la dame parut décontenancée.

— Non, certainement pas ! s'exclama-t-elle, avant de rougir et de baisser les yeux sur ses mains. Je suis désolée, j'ai les nerfs à fleur de peau... J'ai tout à fait conscience que beaucoup de femmes n'ont pas ma chance. Mais mon époux ne m'a jamais donné de raisons de me faire du souci dans ce domaine.

Elle prit une inspiration et esquissa un pâle sourire à l'adresse de l'avocat.

— Vous devez comprendre, maître, reprit-elle, que sa profession le passionne. Le domaine des sentiments personnels, en revanche, ne l'intéresse guère. Toutefois, il aime sa famille, il apprécie de se sentir à l'aise avec nous, de savoir, si vous voyez ce que je veux dire, qu'il peut compter sur nous.

Elle eut un autre sourire pour masquer sa gêne. Elle ne quittait pas Rathbone du regard.

— Peut-être prendrez-vous cela pour une forme de paresse, poursuivit-elle, mais il faut savoir qu'il consacre toute son énergie à son travail. Il a sauvé tant de vies... Et cela me paraît bien plus important que de faire la conversation, entretenir des relations mondaines ou jouer au petit jeu de l'étiquette et des bonnes manières, n'est-ce pas ?

Elle avait besoin d'un assentiment de Rathbone. Côté public, l'approbation ne faisait aucun doute.

— Oui, Lady Stanhope, vous avez raison. Et je suis sûr qu'il existe des milliers de gens qui vous approuveront. Je ne pense pas avoir d'autres questions à vous poser, mais mon confrère a sans doute envie de vous interroger. Je vous prierai donc de rester là, au cas où...

Il regagna sa table d'un pas lent, croisant le regard pensif de Lovat-Smith. Sans doute le procureur s'interrogeait-il sur l'intérêt de questionner Lady Stanhope. Il était clair que celle-ci avait gagné la sympathie du jury. Si Lovat-Smith venait à l'embarrasser ou à la troubler, il compromettrait les acquis de l'accusation, même s'il parvenait à discréditer le témoignage qui venait d'être livré. Quelle part avaient les faits bruts dans le verdict d'un jury, quelle part l'appréhension, l'émotion, les préjugés, les personnalités des témoins et des protagonistes ?

Le procureur se leva et se dirigea vers le témoin avec un sourire. Il n'avait aucun don pour l'humilité, mais savait parfaitement se montrer charmant.

— Lady Stanhope, j'aurai moi aussi très peu de précisions à vous demander et je ne vous retiendrai pas longtemps. Vous êtes-vous déjà rendue au Royal Free Hospital ?

Elle haussa les sourcils.

— Non... Non, je n'en ai jamais eu besoin, Dieu merci. Tous mes accouchements se sont déroulés à la maison et mon état de santé n'a jamais nécessité d'opération.

— A vrai dire, je songeais plutôt à des visites sociales, madame, et non à des hospitalisations. Des visites peut-être suscitées par l'intérêt que vous portez à la profession de votre époux ?

— Oh non, non... Je ne pense pas que cela serait nécessaire, voire convenable, voyez-vous ! Ma place est à la maison, avec ma famille. Le lieu de travail de mon époux n'est pas... n'est pas approprié à...

Elle s'interrompit, confuse. Dans la galerie du public, deux dames d'un certain âge échangèrent un regard et hochèrent la tête.

— Je vois, répondit Lovat-Smith en se tournant un instant vers le jury avant de refaire face au témoin. Et avez-vous eu l'occasion de rencontrer Miss Barrymore ?

— Non, répondit-elle, de nouveau surprise. Non, bien sûr que non.

— Avez-vous une idée de la façon dont une infirmière expérimentée assiste un chirurgien au cours d'une opération ?

Lady Stanhope secoua la tête, les sourcils froncés sous l'effet de la perplexité.

— Non, pas la moindre. C'est... c'est une chose à laquelle je n'ai jamais songé. Je m'occupe de mon foyer et de mes enfants.

— Bien sûr, et c'est tout à fait louable, approuva Lovat-Smith avec un petit hochement de tête. C'est là votre vocation, c'est là que s'exerce votre talent.

— Oui.

— Dans ces conditions, vous n'êtes pas en mesure de déterminer si les relations qu'entretenait votre époux avec Miss Barrymore étaient normales, ou intimes, ou que sais-je encore ? N'est-ce pas ?

— Eh bien... Je... Je ne sais pas...

— Vous n'auriez aucune raison de le savoir, madame, assura Lovat-Smith. Pas plus qu'aucune autre épouse dans votre situation. Merci. C'est tout ce que je souhaitais vous demander.

Un vif soulagement apparut à ces mots sur le visage de Lady Stanhope. Elle se tourna vers son époux, qui la gratifia d'un bref sourire.

Rathbone se leva.

— Lady Stanhope, déclara-t-il, comme l'a souligné

mon confrère, vous ne savez rien de l'hôpital, de ses habitudes et de ses pratiques. Mais vous connaissez votre époux et sa personnalité, et ce depuis près d'un quart de siècle ?

— Oui, oui, tout à fait.

— Et c'est un époux et un père bon, loyal et affectueux, mais absorbé par sa carrière, peu attiré par les mondanités ou par les femmes, un homme peu sensible ou peu attentif aux émotions et aux rêveries des jeunes femmes ?

Elle esquissa un sourire piteux et leva les yeux vers le box des accusés comme pour s'excuser.

— Oui, maître, oui, je le crains.

L'ombre d'un soulagement proche de la satisfaction traversa le visage de Sir Herbert. C'était une expression complexe que le jury surprit aussi et parut apprécier.

— Je vous remercie, Lady Stanhope, déclara Rathbone, confiant. Je vous remercie infiniment. Ce sera tout.

Le dernier témoin de Rathbone était Faith Barker, la sœur de Prudence. Déjà citée par l'accusation, la jeune femme avait comparu le premier jour du procès, convaincue de la culpabilité de Sir Herbert. Depuis, Rathbone avait eu avec elle un long entretien au terme duquel elle avait fini par admettre que le doute subsistait. Cette concession ne l'empêchait pas de conserver une tenace rancœur à l'égard de l'accusé. L'avocat avait cependant estimé que, malgré les risques qu'il présentait, ce dernier témoignage pouvait servir efficacement la défense.

Faith se présenta à la barre la tête haute. Elle était pâle et marquée par le chagrin, mais il eût été impossible de se méprendre sur la colère qui l'habitait, tant le regard qu'elle lança à Sir Herbert exprimait la haine. En observant la jeune femme, les jurés manifestèrent un certain malaise. L'un d'eux toussa et se couvrit la bouche d'un geste embarrassé. Rathbone sentit alors son cœur bondir dans sa poitrine : cette fois, il était clair que le jury s'était rangé aux côtés de Sir Herbert. Le chagrin de Faith gênait. Lovat-Smith dut s'en rendre compte lui aussi, car l'avocat le vit pincer les lèvres.

— Mrs. Barker, commença Rathbone d'un ton courtois, je sais que vous êtes ici contre votre volonté, du moins en partie. Toutefois, je me dois de vous engager à la plus grande honnêteté. Je vous demande d'user de cette intégrité d'esprit que, j'en suis sûr, vous aviez en commun avec votre sœur. Répondez aux questions que je vais vous poser sans ajouter de commentaires superflus. Ne nous livrez ni votre opinion personnelle, ni vos émotions. En ce moment difficile, celles-ci sont à l'évidence teintées par la douleur. Nous compatissons à votre tragédie, mais nous nous associons tout autant à celle que traversent Lady Stanhope et sa famille, ainsi que toutes les autres personnes touchées par ce drame.

— J'ai très bien compris, maître Rathbone, répondit froidement Faith. Je répondrai sans malveillance, je vous en donne ma parole.

— Merci. Je vous crois. A présent, je vous prie, j'aimerais que nous évoquions cette admiration que votre sœur vouait à Sir Herbert, ainsi que la personnalité de Prudence. Les témoins, venus des horizons les plus divers, nous ont dépeint votre sœur comme une femme dotée de compassion et d'intégrité. Parlant d'elle, personne n'a évoqué le moindre acte de cruauté ou d'égoïsme. Êtes-vous d'accord avec cette description ?

— Certainement, répondit Faith sans hésiter.

— C'était une excellente femme ? ajouta Rathbone.

— Oui.

— Sans faille ?

— Non, bien sûr que non, répliqua Faith avec un haussement d'épaules. Aucun d'entre nous n'est sans faille.

— Sans vous sentir déloyale, je suis sûr que vous pouvez nous dire dans quels domaines se situaient ses défauts ?

Lovat-Smith se leva à ces mots.

— Sincèrement, monsieur le juge, cela ne va guère nous éclairer davantage ! Je vois mal l'intérêt de cette question. Qu'on laisse cette pauvre femme reposer en paix, après la mort cruelle qu'elle a subie !

Hardie se tourna vers l'avocat. Son expression révélait une franche désapprobation.

— Votre démarche est-elle aussi dénuée d'intérêt et de délicatesse qu'elle en a l'air, maître Rathbone ? l'interpella-t-il, cinglant.

— Non, monsieur le juge. Je vise un objectif très précis. Le dossier de l'accusation se fonde sur certaines hypothèses concernant la personnalité de Miss Barrymore. J'ai besoin de la latitude nécessaire pour explorer ces hypothèses si je veux défendre mon client de façon loyale.

— Dans ce cas, venez-en au fait, ordonna le juge.

Rathbone se tourna vers le témoin.

— Mrs. Barker ?

La jeune femme prit une brève inspiration.

— Ma sœur se montrait parfois un peu brusque. Elle supportait mal les imbéciles et, comme elle possédait une intelligence hors du commun, les gens étaient nombreux à tomber dans cette catégorie à ses yeux. Cela vous suffit-il ?

— Y a-t-il autre chose ?

— Prudence était très courageuse, à la fois physiquement et moralement. Elle n'avait pas de temps à consacrer aux lâches. Si bien qu'elle portait parfois des jugements un peu hâtifs.

— Était-elle ambitieuse ?

— Je ne considère pas cela comme un défaut.

Elle fixait l'avocat avec une aversion non dissimulée.

— Moi non plus, madame. Ce n'était qu'une question. Se montrait-elle impitoyable lorsqu'il s'agissait de réaliser ses ambitions ? Se souciait-elle des répercussions que sa détermination aurait sur les autres ?

— Si vous voulez insinuer qu'elle était cruelle et malhonnête, alors non, pas du tout ! Prudence n'aurait jamais convoité un objectif qu'elle aurait atteint aux dépens d'une tierce personne.

— Lui est-il arrivé, à votre connaissance, de contraindre quelqu'un à accomplir un geste ou un acte contre sa volonté ?

— Non, jamais !

— Ou d'utiliser des informations qu'elle détenait pour exercer des pressions sur quelqu'un ?

La colère crispa le visage de Faith.

— Ce serait du chantage, maître, répondit la jeune femme d'un ton dur, un acte des plus méprisables. Vous me blessez profondément en associant une démarche aussi vile à Prudence ! Si vous aviez connu ma sœur, vous sauriez à quel point une telle suggestion est odieuse et ridicule !

De nouveau, elle couvrit Sir Herbert de son regard plein de haine, puis se tourna vers le jury.

— Non, poursuivit-elle. Prudence méprisait la lâcheté morale, la tromperie et tous les défauts de cette nature. La seule idée de devoir recourir à de telles méthodes eût fait perdre tout attrait à l'objectif qu'elle visait. Et se figurer qu'elle ait pu faire chanter Sir Herbert Stanhope pour l'obliger à l'épouser est l'hypothèse la plus ridicule que j'aie jamais entendue ! Quelle femme dotée du moindre sens de l'honneur, de la moindre parcelle d'intégrité, pourrait souhaiter s'attacher un époux dans de telles conditions ? Vivre aux côtés de cet homme se révélerait insupportable. Ce serait un enfer !

— Oui, Mrs. Barker, acquiesça Rathbone avec un léger sourire. Vous devez avoir raison. Et je suis persuadé que Prudence était non seulement trop honnête pour recourir à de telles méthodes, mais aussi trop intelligente pour s'imaginer obtenir autre chose qu'une existence gâchée. Je vous remercie de votre franchise. Je n'ai pas d'autres questions à vous poser. Mais peut-être mon confrère en aura-t-il ? conclut-il en tournant un visage affable vers Lovat-Smith.

Ce dernier lui répondit par un sourire radieux dont Rathbone fut sans doute le seul à savoir qu'il manquait totalement de sincérité.

— Oh oui, bien sûr ! s'exclama-t-il en se levant pour se diriger vers le box des témoins. Mrs. Barker, votre sœur vous écrivait-elle lorsqu'elle se trouvait en Crimée ?

— Oui, bien sûr. Mais je n'ai pas reçu toutes ses lettres. Je le sais parce qu'il lui arrivait de faire référence à des épisodes qu'elle disait m'avoir racontés, mais dont je n'avais pas connaissance.

Elle adressa un sourire interrogateur au procureur. A l'évidence, elle ne comprenait pas l'intérêt de la question. Le juge Hardie lui-même paraissait perplexe.

— Mais vous avez tout de même reçu un nombre considérable de lettres, n'est-ce pas ?

— Oui.

— Et cette correspondance vous a permis de vous faire une idée de ce qu'elle vivait, du travail qu'elle accomplissait là-bas et de la façon dont ses expériences l'affectaient ?

— Je crois, oui.

— Dans ce cas, vous devez avoir une vision très précise de sa personnalité, n'est-ce pas ?

— Je crois que je l'ai déjà dit à maître Rathbone, répondit-elle, les sourcils froncés.

— En effet.

Lovat-Smith fit quelques pas dans la salle, puis s'arrêta et se tourna de nouveau vers Faith.

— Votre sœur était à l'évidence une femme tout à fait remarquable, reprit-il. Cela n'a pas dû être facile de gagner la Crimée en temps de guerre, et encore moins de mener à bien cette vocation qui lui tenait à cœur. N'a-t-elle pas rencontré de difficultés sur son parcours ?

— Bien sûr que si ! s'exclama la jeune femme avec un petit rire.

— Vous êtes amusée, Mrs. Barker. Ma question vous paraît-elle absurde ?

— Pour être franche, oui ! Je ne voudrais pas vous blesser, mais le fait de poser une telle question en dit long sur votre ignorance des obstacles que devait surmonter une jeune fille de bonne famille qui partait seule pour la Crimée à bord d'un navire militaire, dans le but d'aller soigner des soldats. D'ailleurs, tout le monde s'opposait à cette idée, sauf Papa, et même lui n'était pas sûr d'avoir raison. S'il s'était agi d'une autre que Prudence, je suis persuadée qu'il l'aurait interdit sans hésiter !

Rathbone tressaillit. Un signal d'alarme venait de retentir dans son esprit. Il se leva aussitôt.

— Monsieur le juge, j'ai déjà établi que Prudence Barrymore était une femme remarquable. Ces questions me paraissent sans intérêt et font perdre son temps à la cour. Si mon confrère souhaitait interroger Mrs. Barker à ce sujet, il avait toute latitude pour le faire lorsqu'elle comparaissait en tant que témoin de l'accusation.

Hardie se tourna vers le procureur.

— Je dois reconnaître que votre confrère a raison, maître, déclara-t-il. Nous perdons notre temps. Si vous avez des questions en rapport avec ce qui vient de se dire, posez-les. Sinon, laissez la défense faire son travail.

Lovat-Smith sourit, cette fois avec un plaisir évident.

— Oh, mais soyez sûr que mes questions sont tout à fait fondées, monsieur le juge. Elles ont un rapport direct avec la dernière question posée à Mrs. Barker par mon confrère, au sujet de la personnalité de la victime et de l'improbabilité d'un chantage qui aurait été exercé par celle-ci.

— Dans ce cas, allez-y, ordonna Hardie, mais faites vite !

— Oui, monsieur le juge.

Rathbone sentait la catastrophe imminente. Il savait parfaitement où Lovat-Smith voulait en venir.

— Mrs. Barker, reprit le procureur, votre sœur était donc capable de surmonter des obstacles immenses, de faire fi des objections que lui opposait son entourage lorsqu'un sujet la passionnait. Quand elle avait vraiment envie d'une chose, il semble que rien ne pouvait la dissuader d'aller jusqu'au bout !

Faith avait pâli. Sans doute venait-elle de comprendre le but de toutes ces questions.

— Oui, mais...

— Un *oui* suffit, l'interrompit Lovat-Smith. Et votre mère : approuvait-elle cette aventure dans laquelle Prudence avait résolu de se lancer ? N'était-elle pas inquiète pour la sécurité de son enfant ? Les périls physiques que courait votre sœur étaient immenses : elle aurait pu faire naufrage, périr dans un accident lors de ses déplacements sur la terre ferme, sans parler du danger que représentait la fréquentation de soldats parfois frustes, séparés de leurs épouses, qui partaient à la guerre sans savoir s'ils en reviendraient... Et tout cela avant même d'atteindre la Crimée !

— Ce n'est pas nécessairement...

— Je ne parle pas de la réalité, Mrs. Barker, coupa Lovat-Smith, mais de la façon dont votre mère envisageait les choses ! N'était-elle pas folle d'inquiétude pour Prudence ? Voire terrifiée par les dangers qui guettaient sa fille ?

— Elle avait peur, certes...

— Et ne craignait-elle pas également ce qui pouvait se passer à proximité du champ de bataille, et même dans l'hôpital ? Et si les Russes avaient gagné la guerre ? Que serait-il arrivé à Prudence ?

L'ombre d'un sourire traversa le visage de Faith.

— Je ne pense pas que Maman ait imaginé une seconde que les Russes pouvaient l'emporter, déclara la jeune femme. Maman est convaincue que nous sommes invincibles.

Quelques rires accueillirent ces paroles. Le juge Hardie lui-même esquissa un sourire.

Lovat-Smith se mordit la lèvre.

— Peut-être, dit-il en secouant la tête. Peut-être. C'est une pensée sympathique, mais qui manque sans doute de réalisme.

— Vous m'avez interrogée sur les sentiments de ma mère, maître. Non sur la réalité.

De nouveaux rires étouffés fusèrent dans la salle, puis le silence revint.

— Malgré tout, reprit Lovat-Smith, poursuivant son idée, votre mère n'était-elle pas gravement inquiète, voire effrayée pour sa fille ?

— Si.

— Et vous-même ? N'aviez-vous pas peur pour votre sœur ? N'avez-vous pas songé à tout ce qui pourrait lui arriver si elle partait, tenté d'envisager tous les dangers que vous ne pouviez même pas vous représenter ?

— Si.

— Pourtant, votre inquiétude ne l'a pas dissuadée.

— Non, admit-elle avec, pour la première fois, une réticence dans la voix.

Lovat-Smith feignit la surprise.

— Ainsi, déclara-t-il, les obstacles physiques, le danger personnel extrême qui la guettait, les objections et les difficultés, les craintes et l'anxiété de sa famille, le chagrin qu'elle allait causer, rien ne l'a fait reculer ? J'ai bien l'impression que cette femme possédait un tempérament particulièrement volontaire et impitoyable, non ?

Faith Barker hésita. La foule du public était parcourue d'une soudaine agitation.

— Mrs. Barker ? insista le procureur.

— Le mot *impitoyable* ne me plaît pas.

— C'est une qualité qui n'est pas toujours très plaisante, je vous le concède, Mrs. Barker. Et cette même force de caractère qui l'a conduite jusqu'en Crimée, envers et contre tout, et l'a préservée au cœur d'un abominable carnage, alors qu'elle voyait chaque jour des hommes mourir autour d'elle, a pu, en temps de paix, se muer en un trait moins facile à accepter et à admirer.

— Mais je...

Là encore, il ne la laissa pas poursuivre.

— Bien sûr, Prudence était votre sœur, enchaîna-t-il. Il est normal que vous n'ayez guère envie de la considérer sous ce jour. Toujours est-il que, pour moi, les faits sont incontestables. Je vous remercie. Je n'ai plus de questions.

Rathbone se leva. Un silence de mort régnait dans la salle d'audience. Le public ne bougeait pas.

— Mrs. Barker, déclara l'avocat, Prudence s'est rendue en Crimée malgré l'anxiété de votre mère et la vôtre. Vous ne nous avez pas expliqué si elle a exercé sur vous une forme de coercition pour vous contraindre à accepter ou si elle vous a simplement indiqué, de façon chaleureuse et agréable, qu'elle souhaitait partir et que rien ne l'en dissuaderait.

— Oh, elle l'a fait de manière plaisante, maître, bien sûr ! s'exclama Faith. De toute façon, nous ne pouvions l'empêcher d'agir à sa guise.

— A-t-elle néanmoins cherché à vous convaincre qu'elle avait raison d'agir comme elle le faisait ?

— Oui, évidemment... Elle voyait ce voyage comme un devoir pour elle. Elle souhaitait dédier sa vie à secourir les malades et les blessés. Le prix qu'il lui faudrait payer pour cela n'avait aucune importance.

Le chagrin assombrit de nouveau son expression.

— Elle disait souvent qu'elle préférait mourir en accomplissant quelque chose de noble que vivre jusqu'à quatre-vingts ans avec pour seule préoccupation son confort personnel.

— Ce n'est pas là une nature que je qualifierais d'*impitoyable*, déclara Rathbone avec une grande douceur. Dites-moi, Mrs. Barker, pensez-vous qu'il était dans le tempérament de cette femme — et mon confrère lui-même reconnaît que vous la connaissiez bien — d'exercer un chantage sur un homme en vue d'obtenir le mariage ?

— C'est tout à fait impossible ! s'exclama Faith avec véhémence. Non seulement un tel procédé trahit une mesquinerie et une étroitesse d'esprit qui ne correspondaient pas du tout au caractère de ma sœur, mais il est aussi complètement stupide ! Et quelle que soit l'opinion que l'on a d'elle, personne n'a jamais suggéré que ma sœur était stupide !

— Personne, en effet, acquiesça Rathbone. Merci, Mrs. Barker. Ce sera tout.

Le juge Hardie se pencha en avant pour prendre la parole.

— Il se fait tard, maître Rathbone. Nous entendrons votre plaidoirie lundi. La séance est levée.

A ces mots, une sorte de grand soupir de soulagement monta du public. La tension se relâchait d'un seul coup, les bruissements d'étoffe se multipliaient. Aussitôt, on vit les journalistes se précipiter vers la sortie, soucieux de regagner leur rédaction au plus vite.

Oliver Rathbone ignorait qu'Hester Latterly se trouvait dans la salle depuis plus de trois heures. La jeune femme avait entendu Faith évoquer les lettres qu'elle avait reçues et la personnalité de sa sœur. Lorsque le juge Hardie ajourna la séance, elle espérait pouvoir s'entretenir avec l'avocat, mais ce dernier disparut dans l'une des nombreuses salles du palais de justice et elle jugea absurde de l'attendre.

Elle sortit donc du tribunal, remplie d'allégresse. Bien sûr, on n'était sûr de rien tant que le verdict n'était pas prononcé, mais elle sentait que Rathbone l'emporterait. Seule ombre au tableau : on était encore loin de connaître l'identité du véritable assassin de Prudence. Hester ressentit un pincement au cœur en songeant à la possible culpabilité de Kristian Beck. Elle avait négligé de se renseigner sur la nuit qui avait précédé la mort de l'infirmière. Le patient de Kristian était décédé de façon imprévue, mais elle n'en savait pas plus, sinon que le chirurgien avait paru tourmenté : s'était-il rendu coupable de négligence... voire d'une faute plus grave ? Dans ce cas, Prudence savait peut-être de quoi il retournait. Et Callandra ? Connaissait-elle, oui ou non, le fin mot de l'histoire ?

Elle descendait les larges marches de pierre qui menaient à la rue lorsqu'elle aperçut Faith Barker au bas de l'escalier. Visiblement soucieuse, celle-ci semblait plongée dans de sombres pensées. Hester la rejoignit.

— Mrs. Barker ?

Faith s'immobilisa.

— Je n'ai rien à déclarer, dit-elle. Je vous prie de me laisser tranquille.

Il fallut quelques instants à Hester pour comprendre à qui son interlocutrice pensait avoir affaire.

— J'étais infirmière en Crimée, reprit-elle aussitôt en

guise d'explication. J'ai connu Prudence. Enfin, pas très bien, mais j'ai travaillé un peu avec elle sur le champ de bataille.

Ce fut d'abord la surprise qui marqua les traits de Faith Barker. Puis celle-ci parut submergée d'une soudaine émotion faite d'espoir et de douleur.

— Mais je la connaissais assez pour avoir la certitude qu'elle n'aurait jamais fait chanter Sir Herbert, ni aucun autre homme, pour obtenir le mariage, poursuivit Hester à la hâte. A vrai dire, j'ai peine à croire que Prudence ait jamais éprouvé l'envie de fonder un foyer. Pour moi, elle était entièrement dévouée à la médecine. Le mariage et la famille me paraissent être les dernières choses qu'elle ait pu désirer. Elle a refusé la demande de Geoffrey Taunton, qu'elle aimait bien, pourtant.

Faith la dévisageait toujours.

— Vous y étiez ? questionna-t-elle enfin. C'est vrai ?

— En Crimée ? Oui.

Faith demeura immobile. Autour des deux femmes, dans le soleil déclinant de la fin d'après-midi, les gens parlaient du procès, commentant avec passion les débats du jour. Dans la rue, des crieurs de journaux brandissaient la dernière édition · il y était question du Parlement, de l'Inde, de la Chine, des affaires judiciaires, de faits divers, de cricket et de relations internationales. Deux hommes se querellaient pour prendre un cab, un vendeur de tourtes vantait sa marchandise et une femme réprimandait son petit garçon d'une voix stridente.

Faith, quant à elle, considérait Hester comme si elle cherchait à mémoriser le moindre détail de sa physionomie.

— Pourquoi êtes-vous partie là-bas ? interrogea-t-elle enfin. Je suis consciente de l'impertinence de ma question et je vous en demande pardon. Je ne pense pas être capable de vous l'expliquer, mais j'ai vraiment besoin de le savoir... parce que j'ai besoin de comprendre Prudence et que je n'y parviens pas. Je lui ai toujours porté une immense affection. Elle était extraordinaire, débordante d'idées et de dynamisme.

Malgré son sourire, la jeune femme était toute proche des larmes.

— Elle avait trois ans de plus que moi, poursuivit-elle. Enfant, je lui vouais une véritable adoration. Pour moi, elle était une sorte de fée, ou une princesse au cœur noble et passionné. J'ai toujours cru qu'elle épouserait un prince plein de panache, un héros. Seul un héros pouvait mériter Prudence... Et puis un jour, je me suis rendu compte qu'en fait ma sœur ne désirait épouser personne.

Elle eut un sourire triste.

— Pour moi aussi, j'avais toutes sortes de rêves, reprit-elle, mais je savais bien qu'ils ne resteraient jamais que des rêves. Pas une seconde je n'ai cru que je remonterais vraiment le Nil pour en découvrir la source, ni que j'irais évangéliser les sauvages d'Afrique... Je savais que si j'avais de la chance, je trouverais un homme de valeur que je pourrais aimer et en qui j'aurais confiance, avec lequel je me marierais et aurais des enfants.

A ce moment, un garçon de courses tenant un message à la main s'adressa à elles pour leur demander son chemin. Il écouta attentivement la réponse, puis repartit d'un pas incertain.

— J'avais seize ans quand j'ai compris ce que les mots *réaliser ses rêves* signifiaient pour Prudence, reprit alors Faith comme s'il n'y avait pas eu d'interruption.

— Soigner les gens qui souffrent, intervint Hester. Ou se rendre dans des lieux comme la Crimée... sur des champs de bataille ?

— Eh bien, à vrai dire, elle voulait être médecin, expliqua Faith. Bien entendu, c'était impossible. Elle regrettait tant d'être née femme ! ajouta-t-elle avec un sourire. Elle aurait voulu être un homme pour pouvoir accomplir toutes ces choses. Mais bien sûr, cela ne servait à rien de ressasser des regrets, et Prudence n'était pas femme à perdre son temps. Elle a accepté son sort.

Elle renifla, cherchant tant bien que mal à ne pas perdre contenance.

— Je ne... Je ne parviens vraiment pas à m'imaginer

Prudence renonçant à tous ses idéaux pour tenter de contraindre un homme comme Sir Herbert à l'épouser. Je veux dire... Que pouvait-elle y gagner? Même s'il avait accepté... C'est tellement absurde! Que lui est-il arrivé, mademoiselle...

Elle s'interrompit, le visage plein de douleur et de confusion.

— Latterly, compléta Hester. Je ne sais pas ce qui lui est arrivé... Mais croyez bien que je ne serai pas en repos tant que je ne l'aurai pas découvert. Quelqu'un l'a assassinée et si ce n'est pas Sir Herbert, c'est un autre.

— Je veux savoir qui l'a tuée, répondit Faith d'un ton passionné, mais plus encore, je veux comprendre pourquoi. Tout cela n'a aucun sens...

— Vous voulez dire que la Prudence que vous connaissiez ne se serait jamais comportée de la sorte? interrogea Hester.

— Exactement. C'est exactement cela. Et vous, comprenez-vous?

— Non... Si seulement nous avions accès à ces lettres... Nous pourrions les lire et les relire afin de chercher un début d'explication, un indice qui nous permettrait de comprendre comment votre sœur a pu se transformer à ce point!

— Oh, ils ne les ont pas toutes, répondit Faith. Je ne leur ai donné que les dernières, celles qui faisaient référence à Sir Herbert et aux sentiments qu'elle éprouvait pour lui. Il m'en reste beaucoup d'autres.

Sans se soucier du fait qu'elle ne connaissait son interlocutrice que depuis dix minutes, Hester lui agrippa le bras.

— Vous les avez ici? A Londres?

— Bien sûr. Je ne les ai pas sur moi, évidemment. Elles sont dans ma chambre. Cela vous ennuierait de venir avec moi les chercher?

— Mais non, non, pas du tout... si vous me le permettez... Pouvons-nous y aller tout de suite?

Hester avait accepté sans se préoccuper un seul instant de bienséance : l'heure n'était plus aux convenances.

— Bien sûr, approuva Faith. Il nous faut prendre un cab. C'est assez loin d'ici.

Le logement qu'avait loué Faith était minuscule et plutôt défraîchi, mais d'une propreté scrupuleuse. Aimable, la propriétaire accepta de servir le dîner pour deux.

Dès que les jeunes femmes se retrouvèrent seules, Faith sortit les lettres et les tendit à Hester. Celle-ci s'installa sur le sofa bien rembourré qui trônait dans le petit salon et commença la lecture.

La plupart des descriptions passionnèrent l'infirmière qu'elle était. Il s'agissait essentiellement de notes cliniques. Hester fut surprise par la qualité des connaissances médicales de Prudence, bien plus approfondies que les siennes, qu'elle estimait pourtant étendues.

Les termes lui étaient familiers et la formulation employée lui rappelait tant Prudence qu'Hester avait parfois l'impression d'entendre sa voix.

Elle revit alors les infirmières qui, allongées sur leurs étroits lits de camp aux draps gris, partageaient le soir, à la lueur des bougies, des émotions trop violentes pour être gardées pour soi. C'était là, sous ces tentes de toile brute, qu'Hester avait perdu l'innocence de sa jeunesse, c'était cette expérience qui avait forgé la femme qu'elle était devenue. Et Prudence faisait partie de ce passé de façon indélébile.

Il n'était pourtant question ni de métamorphose, ni de changement d'idéal dans les lettres qu'Hester avait sous les yeux. Quant aux références à Sir Herbert, elles étaient d'une nature très objective, exclusivement liées aux compétences chirurgicales de cet homme. Prudence admirait le courage du chirurgien lorsqu'il essayait de nouvelles techniques opératoires, elle louait sa capacité à établir un diagnostic, à transmettre ses connaissances aux étudiants. Elle appréciait également la générosité dont il témoignait lorsqu'il partageait ses réflexions et son savoir avec la simple infirmière qu'elle était. Certes, cela pouvait passer pour un éloge de l'individu, pour un sentiment plus profond que la simple gratitude, mais, aux yeux d'Hester, qui comprenait les explications médicales et se passionnait pour elles, l'enthousiasme de Prudence se rapportait exclusivement à la somme de connaissances auxquelles le chirurgien lui donnait accès. Hester eût éprouvé le même enthousiasme vis-à-vis d'un médecin qui l'eût traitée de la sorte. L'homme en lui-même avait peu d'importance.

A chaque paragraphe transparaissaient l'amour de Prudence pour la médecine, son exaltation lorsqu'ils remportaient des succès inespérés, l'espoir illimité qu'elle plaçait dans le progrès. Les malades étaient là pour être assistés; l'infirmière se penchait certes sur leurs souffrances et calmait leurs appréhensions, mais c'était toujours la médecine qui enflammait son cœur.

— Elle aurait vraiment dû être médecin, déclara Hester en souriant au souvenir de Prudence. Elle était faite pour cela!

— C'est bien pourquoi je ne parviens pas à l'imaginer rêvant de mariage! répondit Faith. Qu'elle ait cherché, par exemple, à recevoir une formation médicale, là, d'accord! Je crois que Prudence aurait fait n'importe quoi pour cela. Mais c'était impossible, évidemment, je le sais. Aucune école n'accepte les femmes.

— Je me demande si ce serait si impossible que cela... dit pensivement Hester. Imaginons que ce soit un chirurgien assez important, disons de la stature de Sir Herbert, qui sollicite cette faveur...

— Non, c'est irrationnel! s'exclama Faith.

De toute évidence, l'idée lui paraissait si abracadabrante qu'elle n'avait même pas pris le temps d'y réfléchir.

— En êtes-vous sûre? insista Hester d'un ton soudain pressant. Êtes-vous sûre que Prudence n'aurait pas pu croire à cette possibilité?

— Vous voulez dire que... qu'elle cherchait à contraindre Sir Herbert à user de son influence pour la faire inscrire dans une faculté ? interrogea Faith en écarquillant les yeux. Cela n'aurait donc rien à voir avec le mariage... Prudence voulait qu'il l'aide à recevoir une formation médicale... non comme infirmière, mais comme médecin ? Oui... Oui, c'est possible. Là, je reconnais ma sœur ! Mais comment ? Sir Herbert se serait moqué d'elle, l'aurait traitée d'insensée...

— Je ne sais pas, admit Hester. Mais c'est un espoir qu'elle aurait pu caresser, n'est-ce pas ?

— Oui. Oui, tout à fait.

Hester se replongea dans les lettres, qu'elle lut désormais sous ce nouvel éclairage. Elle comprenait à présent pourquoi chaque opération était aussi détaillée, chaque méthode et chaque réaction postopératoire décrites avec tant de soin.

Elle lut ainsi plusieurs lettres, qui présentaient de nombreuses interventions avec force précisions techniques. Faith attendait près d'elle, pensive.

Tout à coup, Hester se figea. Elle venait de découvrir une description de trois opérations pour lesquelles la procédure suivie était exactement la même. Prudence n'y mentionnait ni diagnostic, ni douleurs, ni symptômes d'aucune sorte. La jeune femme revint en arrière et relut les pages avec soin. Dans les trois cas, il s'agissait de femmes.

Alors, elle comprit ce qui avait retenu son attention : c'était d'avortements qu'il était question. Le chirurgien n'opérait pas pour sauver la vie de ces mères, mais parce que ces femmes, pour une raison ou pour une autre, ne souhaitaient pas mettre l'enfant au monde. Pour chaque cas, Prudence avait utilisé les mêmes formules, tel un rituel.

Hester se hâta alors de parcourir le reste des lettres. Elle découvrit encore sept opérations exposées sur le même mode, mot pour mot identiques. A chaque fois, Prudence mentionnait les initiales de la patiente, sans description physique. C'était là une différence supplémentaire par rapport à toutes les autres interventions, pour lesquelles Prudence décrivait assez précisément le malade, y ajoutant un commentaire personnel du type : « très jolie femme » ou « homme affreusement arrogant ».

Dès lors, une conclusion s'imposait : Prudence savait que ces opérations avaient eu lieu, mais n'y avait pas assisté. On lui en avait seulement parlé suffisamment pour lui permettre de prodiguer des soins aussitôt après l'intervention. Et elle avait couché ces descriptions par écrit pour une raison bien précise.

Le chantage ! C'était là une conclusion terrible, troublante, mais inévitable. L'emprise que Prudence possédait sur Sir Herbert, c'était cela ! Et le chirurgien l'avait assassinée pour cela. L'infirmière menaçait d'exploiter ce pouvoir qu'elle détenait sur lui... Alors, il avait posé ses belles mains puissantes sur le cou de Prudence et serré jusqu'au moment où le souffle avait déserté la jeune femme...

Hester releva les yeux et demeura immobile dans la petite pièce. Il faisait déjà presque nuit au-dehors et, malgré la chaleur qui régnait encore, elle se sentait glacée. Elle comprenait à présent que Sir Herbert ait manifesté une réelle stupéfaction en se voyant accusé de badinage amoureux. Une telle hypothèse était ridiculement, absurdement éloignée de la réalité !

Prudence lui demandait de l'aider à étudier la médecine ; elle avait exploité ce qu'elle savait des opérations illégales qu'il pratiquait pour tenter de le contraindre... et l'avait payé de sa vie.

Hester leva les yeux vers Faith. Celle-ci la dévisageait avec intensité.

— Vous savez, déclara-t-elle simplement. Alors, que s'est-il passé ?

En détail, avec la plus grande délicatesse, Hester expliqua à la jeune femme les conclusions auxquelles elle venait d'aboutir.

Faith avait pris une couleur de cendre. L'horreur assombrissait ses yeux.

— Qu'allez-vous faire ? interrogea-t-elle quand Hester se tut.

— Je vais aller trouver maître Rathbone pour lui expliquer tout cela.

— Mais c'est l'avocat de Sir Herbert ! s'exclama Faith, surprise. Il est de son côté. Pourquoi ne pas plutôt vous adresser à Lovat-Smith ?

— Pour lui apporter quoi ? fit Hester. Ces lettres ne constituent pas des preuves. Nous avons nous-mêmes compris tout cela uniquement parce que nous connaissions Prudence. Nous n'avons rien d'autre qu'une intime conviction. Et puis, le dossier de l'accusation est clos. Nous ne proposons ni nouveau témoin, ni nouveaux éléments... Seulement une interprétation différente de ce que la cour a déjà entendu. Non, il faut aller parler à Oliver. Peut-être saura-t-il quoi faire...

— Mais il ne va même pas vous écouter ! protesta Faith, désespérée. Vraiment... Êtes-vous sûre que ce soit la meilleure chose à faire ?

— Oui. Je dois me rendre chez lui dès ce soir. Peut-être nous trompons-nous... mais non, je suis sûre que non. Nous avons raison.

Déjà, elle s'était levée et s'était emparée de son châle. Choisi à l'heure la plus chaude de la journée, celui-ci se révélerait sans doute trop fin dans la fraîcheur du soir.

— Vous ne pouvez pas y aller seule, protesta Faith. Où habite-t-il ?

— Si, si, je peux. Je ne vais tout de même pas me soucier de bienséance en un moment comme celui-ci ! Je vais trouver un cab. Il n'y a pas de temps à perdre. Je vous remercie infiniment de m'avoir donné accès à cette correspondance. Je l'emporte, mais je vous la rendrai, je vous le promets.

Sur ces mots, elle fourra les lettres dans son large sac, embrassa Faith et sortit.

— Peut-être, déclara Rathbone d'un ton dubitatif. Mais des études de médecine ? Pour une femme ? Aurait-elle vraiment pu s'imaginer une telle aberration ?

— Et pourquoi pas ? rétorqua Hester, furieuse. Elle avait les compétences et l'intelligence requises, et bien plus d'expérience que les jeunes gens qui débutent dans leurs études ! Et peut-être même plus encore que la plupart de ceux qui les terminent !

— Mais...

Il croisa le regard d'Hester et s'arrêta net.

— Oui ? le pressa-t-elle. Mais quoi ?

— Mais avait-elle le courage intellectuel et physique pour mener une telle entreprise jusqu'au bout ? compléta-t-il avec réticence.

Il la considéra d'un œil inquiet. Sans doute redoutait-il, à juste titre, sa réaction.

— Oh, j'en doute ! s'exclama Hester, sarcastique. Ce n'était qu'une femme, après tout ! Elle a réussi à étudier toute seule à la bibliothèque du British Museum, à partir en Crimée et à survivre là-bas, sur les champs de bataille et dans l'hôpital. Elle est restée et a travaillé au milieu du carnage et des mutilations, malgré les épidémies, la crasse, la vermine, l'épuisement, la faim, le froid et les autorités militaires qui s'appliquaient à mettre les bâtons dans les roues à tout le monde... Je doute qu'elle aurait été capable de suivre des cours de médecine à la faculté !

— Très bien, concéda-t-il. J'ai dit une bêtise, je vous en demande pardon. Mais vous considérez les choses de son point de vue à elle. J'essaie pour ma part de les voir avec les yeux des responsables qui étaient censés l'autoriser — ou ne pas l'autoriser — à suivre ces études. Et honnêtement, aussi injuste que cela paraisse, je suis convaincu qu'on ne l'aurait en aucun cas acceptée.

— Ce n'est pas si sûr, objecta Hester. Avec le soutien de Sir Herbert, Prudence aurait obtenu gain de cause !

— Nous ne le saurons jamais, conclut Rathbone avant de pincer les lèvres. Mais ce qui est sûr, c'est que vous apportez là un éclairage nouveau à notre affaire. Un éclairage qui nous permet de comprendre pourquoi Sir Herbert est tombé des nues en apprenant cette prétendue passion amoureuse dont il aurait été l'objet. Cela signifie par ailleurs, ajouta-t-il avec un froncement de sourcils, qu'il ne s'est pas montré très franc à mon égard. Il savait pertinemment à quoi Prudence faisait allusion dans ses lettres !

Hester le considéra un instant, incrédule face à tant d'aveuglement.

— Comment cela, il ne s'est pas montré très franc ? explosa-t-elle soudain.

— Eh bien, il aurait dû m'expliquer qu'il lui avait donné, à tort ou à raison, l'espoir de devenir médecin ! expliqua-t-il. Mais peut-être a-t-il pensé que le jury serait trop peu enclin à croire une chose pareille. Enfin, c'est tout de même étrange... conclut-il, perplexe. Je ne comprends pas bien...

— Moi, je comprends très bien !

La jeune femme était hors d'elle. Elle avait envie de saisir son interlocuteur par le col et de le secouer pour l'obliger à regarder la réalité en face.

— J'ai lu avec soin toutes les lettres qu'il restait à Faith, expliqua-t-elle toutefois en s'efforçant de maîtriser le flot de paroles qui se bousculaient en elle. J'en ai saisi toute la signification. J'ai compris quel moyen de pression Prudence détenait sur Sir Herbert ! Celui-ci pratiquait des avortements dont elle avait pris des notes détaillées : elle avait consigné les initiales des patientes, les dates, les traitements postopératoires... tout ! Il l'a assassinée, Oliver ! Sir Herbert est coupable !

Il leva la main pour la faire taire. Il était blême. Hester sortit le paquet de lettres de son sac et le lui tendit.

— Cette correspondance ne peut pas faire office de preuve, ajouta-t-elle avec regret. Sinon, c'est à maître Lovat-Smith que je l'aurais apportée. Mais une fois que l'on en a saisi la signification, tout coule de source... C'est nécessairement ainsi que les choses se sont déroulées. Faith Barker elle-même est convaincue que la vérité réside dans cette interprétation-là. La perspective d'étudier et d'obtenir une qualification officielle est la seule chose qui ait pu pousser Prudence à faire pression sur Sir Herbert de la sorte.

Sans répondre, Rathbone se lança dans la lecture des lettres. Il releva les yeux dix minutes plus tard.

— Vous avez raison, dit-il. Ce ne sont pas des preuves.

— Mais il est coupable ! C'est lui qui l'a assassinée !

— Oui. Je suis d'accord.

— Alors qu'allez-vous faire ?

— Je n'en sais rien.

— Mais vous savez qu'il est coupable !

— Oui... Oui, je le sais. Seulement je suis son avocat.

— Mais...

Elle s'interrompit. Il y avait de la détermination sur le visage de son interlocuteur. Elle en ignorait la teneur, mais résolut de lui faire confiance. Elle hocha la tête.

— Très bien, dit-elle. Très bien.

Il esquissa un sourire.

— Merci. A présent, j'ai besoin de réfléchir.

Il envoya quérir un cab, puis aida la jeune femme à monter en voiture. Hester lui fit ses adieux et repartit dans un état de grand tumulte intérieur.

Sir Herbert se leva dès que Rathbone pénétra dans la cellule. A son air calme et reposé, on devinait qu'il avait bien dormi. Il était visiblement convaincu qu'il venait de passer sa dernière nuit en prison et respirerait bientôt l'air de la liberté.

— J'ai relu les lettres de Prudence, déclara Rathbone d'une voix tranchante sans la moindre entrée en matière.

Sir Herbert plissa les yeux et l'examina avec plus d'attention.

— Vraiment ? Apportent-elles quelque chose ?

— Elles ont également été lues par une personne qui a connu Prudence Barrymore et qui possède elle-même une expérience d'infirmière.

L'expression de Sir Herbert ne changea pas. Le chirurgien ne dit rien.

— Elle décrit dans les moindres détails une série d'opérations que vous avez pratiquées sur des femmes, jeunes pour la plupart. D'après ces descriptions, il s'agirait d'avortements.

Sir Herbert haussa les sourcils.

— C'est possible, reconnut-il. Seulement Prudence n'y a jamais assisté. Elle n'intervenait qu'avant ou après. Je réalisais l'acte chirurgical avec des assistantes toujours différentes, qui n'avaient pas les connaissances nécessaires pour se faire une idée de ce qui se passait. Je leur disais qu'il s'agissait de tumeurs et elles n'y voyaient que du feu. Que Prudence ait consigné des commentaires ne prouve rien du tout.

— Mais elle savait, rétorqua sèchement Rathbone. Et c'était grâce à cette connaissance qu'elle pouvait faire pression sur vous. Seulement ce n'était pas pour vous épouser : non, elle ne l'aurait pas fait, même si vous l'en aviez suppliée à genoux. En réalité, elle souhaitait vous voir soutenir sa demande d'inscription en faculté de médecine.

— C'était absurde ! ricana Sir Herbert. Aucune femme n'a jamais étudié la médecine. C'était une bonne infirmière, soit, mais de là à devenir médecin ! Les femmes ne sont pas faites pour ce métier ! Il requiert une intelligence et une force d'âme toutes masculines, une certaine vigueur aussi... sans parler de l'équilibre émotionnel...

— Vous omettez de mentionner l'intégrité morale, ajouta Rathbone. Est-ce à ce moment-là que vous l'avez assassinée, Sir Herbert ? Quand elle a menacé de vous dénoncer pour ces opérations illégales que vous aviez pratiquées si vous n'appuyiez pas sa candidature, au moins par une lettre de recommandation ?

— Oui, répondit Sir Herbert en soutenant le regard de l'avocat. Elle l'aurait fait. Elle aurait ruiné ma carrière. Je ne pouvais pas prendre ce risque.

Rathbone le considéra, stupéfait. Le chirurgien souriait.

— Vous ne pouvez rien faire, reprit ce dernier. Vous ne pouvez rien dire et vous ne pouvez pas vous décharger de mon dossier, car cela porterait préjudice à ma défense et entraînerait votre radiation de l'ordre des avocats. En outre, le juge rendrait certainement un non-lieu pour vice de procédure. Vous avez tout à perdre.

Il avait raison. Et, à en croire son attitude détendue, il n'éprouvait pas la moindre inquiétude

— Vous êtes un avocat talentueux, reprit-il, toujours souriant, en glissant les mains dans ses poches. Vous avez assuré ma défense avec brio et, à l'heure qu'il est, je suis à peu près certain d'obtenir l'acquittement. Vous n'avez plus qu'à prononcer votre plaidoirie, ce que vous allez accomplir à la perfection, parce que vous n'avez pas le choix. Comme vous pouvez le constater, je connais la loi.

— Peut-être, répondit Rathbone entre ses dents. Mais moi, vous ne me connaissez pas, Sir Herbert.

La haine qu'il éprouvait était si intense qu'il avait l'estomac noué et respirait difficilement. Sa mâchoire était crispée par la tension.

— Vous savez, ajouta-t-il, le procès n'est pas encore terminé...

Puis, sans attendre la réaction de Sir Herbert, il se retourna, appela le garde et sortit.

CHAPITRE XII

Les premiers rayons du soleil illuminaient le bureau de Rathbone, chez qui Hester et Monk étaient venus élaborer leur plan d'action. Le détective ne cachait pas sa fureur, tandis que la jeune femme oscillait pour sa part entre perplexité et désespoir. Rathbone était blême.

— Nom d'un chien, ne restez pas là sans rien dire ! explosa Monk. Qu'est-ce que vous comptez faire ? Cet homme est coupable, bon sang !

— Je sais bien qu'il est coupable, rétorqua l'avocat entre ses dents. Seulement il a raison : j'ai les mains liées, je ne peux rien faire. Les lettres ne constituent pas des preuves et, de toute façon, elles ont déjà fait office de pièces à conviction. Il est impossible de revenir en arrière en expliquant à la cour qu'elles avaient en fait une tout autre signification. Il ne s'agit après tout que d'une interprétation. Même si je sais qu'Hester a raison, la déontologie m'interdit de répéter les confidences d'un client... Et puis, quand bien même je ne craindrais pas d'être rayé de l'ordre, ce qui n'est pas le cas, il y aurait un non-lieu de toute façon !

— Mais il doit bien y avoir quelque chose à faire ! s'exclama Hester, les poings serrés. Ne serait-ce que par respect pour la justice de notre pays !

— Si vous avez une idée, répondit Rathbone avec un sourire amer, avec l'aide de Dieu, je suis prêt à tout pour faire condamner cet individu. Non seulement parce que son acquittement serait une injustice monumentale, mais aussi parce qu'il me semble bien que je n'ai jamais haï un homme à ce point ! Quand je pense qu'il était là, devant moi, à me narguer avec son maudit sourire... Il savait que j'étais obligé de le défendre et il se fichait de moi !

Hester le considéra, désespérée de se sentir aussi impuissante. Quant à Monk, il s'était plongé dans une réflexion profonde et ne semblait plus ni entendre ni voir ce qui se passait autour de lui.

Au-dessus de la cheminée, l'horloge égrenait les secondes. Le soleil pénétrait dans la pièce, formant à la lisière du tapis, sur le sol bien ciré, une large tache de lumière. Dans la rue, quelqu'un hélait un cab. A cette heure matinale, les collaborateurs de Rathbone n'étaient pas encore arrivés.

Monk modifia sa position. Hester et l'avocat se tournèrent vers lui.

— Quoi ? interrogèrent-ils d'une même voix.

— Stanhope pratiquait des avortements, déclara le détective d'un ton pensif.

— Il n'existe pas de preuves, objecta Rathbone. Il choisissait une infirmière différente à chaque fois, des femmes trop ignares pour être capables d'autre chose que de passer les instruments qu'il leur désignait et de les nettoyer après utilisation. Des femmes qui n'allaient pas chercher plus loin s'il leur disait qu'il ôtait une tumeur...

— Comment le savez-vous ?

— Mais il me l'a dit lui-même ! Il s'en est ouvert à moi sans le moindre scrupule, puisqu'il savait que je ne pourrais rien faire de ses confidences !

— De ses confidences à lui, rectifia sèchement Monk. Mais là n'est pas la question.

— Si, justement ! Quoi qu'il en soit, nous ignorons quelles infirmières l'ont assisté pour ces avortements, et Dieu sait qu'il avait l'embarras du choix pour en trouver de bien ignorantes ! Et puis, ces femmes-là ne viendront pas témoigner. Et d'ailleurs, même si elles acceptaient, quel poids aurait leur parole contre celle de Sir Herbert ?

Vous imaginez voir arriver devant la cour l'une de ces pauvres créatures analphabètes, tremblante, à moitié assommée par l'épuisement, sale et pas nécessairement sobre... Mais je n'en ferais qu'une bouchée !

Il eut un sourire amer et se lança, furieux, dans une parodie d'interrogatoire :

— A présent, Mrs. Moggs, comment savez-vous que cette opération était un avortement, et non l'ablation d'une tumeur, comme notre éminent chirurgien, Sir Herbert Stanhope, l'a déclaré sous serment devant ce tribunal ? Qu'avez-vous vu précisément ?

Il haussa les sourcils.

— D'ailleurs, quelle qualification médicale avez-vous, enchaîna-t-il, pour avancer une telle affirmation ? Je vous demande pardon, où dites-vous avoir reçu votre formation ? Et depuis combien de temps faites-vous ce métier ? En quoi consiste-t-il exactement ? Ah oui... Vider les pots de chambre, lessiver les sols, entretenir les feux... S'agit-il là des tâches que vous accomplissez habituellement, Mrs. Moggs ? Oui, je vois. Combien de pintes de bière pour parvenir à supporter tout cela ? Ah, au fait, quelle est la différence entre une grosse tumeur et un fœtus de six semaines ? Moi, je ne la connais pas. Vous non plus ? Ah bon. Eh bien, merci, Mrs. Moggs, ce sera tout.

Monk parut sur le point de prendre la parole, mais l'avocat ne lui en laissa pas le temps.

— Quant aux patientes elles-mêmes, ne comptez pas les convaincre de témoigner. Même si vous parveniez à les retrouver, ce qui n'est pas gagné, et à les faire venir, soyez sûr qu'elles soutiendraient Sir Herbert en affirmant qu'il les a bel et bien opérées d'une tumeur.

Il secoua la tête, maîtrisant tant bien que mal la fureur qui l'habitait.

— Oh, et de toute façon, ce ne sont que des paroles en l'air... La défense ne peut les faire comparaître et même si Lovat-Smith était au courant de tout cela, il n'a plus droit à la parole. Il ne peut plus reprendre l'initiative sans un motif exceptionnel.

— Je sais tout cela, répondit Monk d'une voix morne. Ce n'est pas à ces femmes que je songeais. Bien sûr qu'elles ne voudront pas témoigner. Je me demandais seulement comment elles ont su que Sir Herbert pratiquait des avortements.

— Comment ?

— Je me demandais comment...

— Oui ! Oui, j'ai entendu, nom d'un chien ! s'énerva Rathbone. Oui, c'est sans doute une excellente question ! Seulement je ne crois pas que la réponse nous serait d'un quelconque secours, même si nous la connaissions. Ce n'est pas un savoir dont on se vante, voyez-vous. Cela fonctionne sans doute par le bouche à oreille.

Il s'interrompit, pensif, et s'adressa à Hester.

— Vers qui se tourne-t-on lorsqu'on souhaite se faire avorter ? l'interrogea-t-il.

— Mais je n'en sais rien ! répondit-elle, indignée. Toutefois, ajouta-t-elle en se reprenant, les sourcils froncés, peut-être pourrions-nous nous renseigner ?

— Ne vous donnez pas cette peine, rétorqua Rathbone, sombrant de nouveau dans le découragement. Même si nous le découvrons, preuves à l'appui, nous ne pourrons ni faire comparaître un témoin, ni en informer Lovat-Smith. Nous sommes pieds et poings liés.

Monk était allé se placer près de la fenêtre. La clarté du matin accentuait les lignes dures de son visage, soulignant les contours de ses joues lisses, d'un nez et d'une bouche pleins de personnalité.

— Peut-être, concéda le détective. Mais cela ne m'empêchera pas de chercher. Ce gredin l'a assassinée et je ferai tout ce qui est en mon pouvoir pour qu'il le paie de sa vie.

Puis, sans attendre de commentaires, il tourna les talons et s'en alla, laissant la porte grande ouverte derrière lui.

Rathbone regarda Hester.

— Moi, déclara la jeune femme, je ne sais pas ce que je vais faire, mais je vais agir. Quant à vous, ajouta-t-elle avec un léger sourire destiné à compenser l'arrogance des paroles qu'elle s'apprêtait à prononcer, il faut que vous vous arrangiez pour faire durer le procès le plus longtemps possible.

— Mais comment? s'étonna Rathbone. Tout est terminé!

— Je ne sais pas, moi! Appelez d'autres témoins de moralité pour leur faire confirmer la bonne réputation de l'accusé!

— Mais je n'ai aucun besoin d'eux...

— Je le sais bien! Mais convoquez-les tout de même! Faites quelque chose, n'importe quoi, mais ne laissez pas le jury prononcer son verdict pour le moment!

— Cela ne sert à rien...

— Je vous en prie! s'exclama-t-elle d'un ton impérieux, en proie à une colère mêlée d'exaspération. Il ne faut pas baisser les bras, c'est tout!

Il esquissa un sourire. Une lueur admirative brillait dans ses yeux.

— Si vous voulez, acquiesça-t-il. Mais cela ne sert à rien...

Callandra n'ignorait rien de l'évolution du procès. Elle avait assisté aux débats du dernier après-midi et vu l'attitude de Sir Herbert sur le banc des accusés, avec son regard calme et son port de tête altier. Elle avait aussi surpris les coups d'œil dénués d'embarras que les jurés lançaient à présent au chirurgien : ils ne cherchaient plus à éviter son regard, ne rougissaient pas lorsqu'il baissait les yeux sur eux. De toute évidence, tous étaient convaincus de son innocence.

Il devait donc exister un autre coupable. Un autre que Sir Herbert avait assassiné Prudence Barrymore.

Kristian Beck? Parce qu'il pratiquait des avortements et que l'infirmière le savait et avait menacé d'en informer les autorités?

C'était une idée ignoble et insupportable. Une idée qui empoisonnait tout. Incapable de dormir, Callandra se tournait et se retournait dans son lit. A une heure avancée de la nuit, elle finit par s'asseoir, entourant de ses bras ses genoux repliés, et chercha le courage de tirer enfin cette affaire au clair. Elle s'imaginait face à Kristian, lui expliquant ce qu'elle avait vu. Elle formulait et reformulait ce qu'elle devrait dire et désespérait de trouver les mots adaptés. Indubitablement, il n'en existait pas.

Elle s'efforça alors d'imaginer toutes les réponses qu'il était susceptible de lui donner. Pour commencer, il pourrait simplement mentir. Ses yeux s'emplirent de larmes brûlantes à cette perspective. Kristian avait également la possibilité de confesser ses mauvaises actions en inventant de toutes pièces une excuse pathétique et intéressée. Cela, sans doute, se révélerait plus pénible encore. Elle en rejeta l'idée sans aller plus loin.

Elle s'aperçut soudain qu'elle grelottait. Les couvertures reposaient près d'elle, emmêlées, inutiles.

Ou peut-être le médecin entrerait-il dans une colère noire : il la sommerait de se mêler de ses affaires et lui ordonnerait de sortir du cabinet sur-le-champ. Callandra songea avec terreur qu'elle ne se remettrait jamais d'une telle dispute. Pourtant, aussi douloureuse que lui parût cette perspective, elle lui semblait préférable aux deux précédentes. Ce serait violent, abominable, mais, au moins, il y aurait là une certaine forme d'honnêteté.

Restait une dernière éventualité : Kristian lui fournirait une explication sincère de la scène qu'elle avait surprise. Il lui dirait par exemple qu'il ne s'agissait pas du tout d'un avortement, mais d'une intervention destinée à sauver la vie de Marianne, la jeune femme ayant été victime d'une agression sanglante. C'était là le meilleur dénouement imaginable.

Mais était-ce plausible ? Callandra n'était-elle pas en train de se bercer d'illusions ? Et s'il lui faisait bel et bien une telle réponse, le croirait-elle ? Ou se retrouverait-elle ramenée au point de départ, de nouveau tourmentée par les doutes et l'angoisse et en proie à des soupçons plus terribles encore qui feraient du médecin le meurtrier de Prudence ?

Elle posa la tête sur ses genoux et demeura un long moment immobile, inconsciente du temps qui passait.

Au matin, elle était parvenue à la conclusion qu'elle ne pouvait reculer plus longtemps. Il fallait affronter Kristian. Il n'existait aucune autre issue qui fût tolérable.

— Entrez !

Elle poussa la porte et pénétra dans le cabinet du Dr Beck. Elle tremblait de tous ses membres et ses jambes la portaient à peine, mais elle se sentait résolue. Elle n'allait pas reculer maintenant.

Kristian était assis à son bureau. Il se leva dès qu'il la vit, un sourire heureux aux lèvres. Callandra s'aperçut qu'il avait les traits tirés. Une fatigue évidente marquait son visage. Était-ce l'effet de longues nuits d'insomnie où la culpabilité le tenait éveillé ? Callandra sentit sa respiration se bloquer dans sa poitrine.

— Callandra ? Est-ce que vous allez bien ?

Elle avait eu l'intention de l'affronter debout, mais elle prit place sans broncher sur la chaise qu'il avançait pour elle.

— Non, répondit-elle, tandis qu'il faisait le tour du bureau pour aller s'asseoir lui aussi. Je dois avouer que je suis extrêmement soucieuse. C'est pourquoi j'ai fini par me résoudre à venir vous consulter. Je ne puis fermer les yeux plus longtemps.

La couleur avait abandonné le visage de son interlocuteur, accentuant les cernes autour des yeux. Lorsqu'il prit la parole, ce fut presque à mi-voix, sans chercher à masquer son inquiétude.

— Expliquez-moi.

L'entreprise s'annonçait encore plus pénible qu'elle ne l'avait imaginé. Kristian paraissait accablé, tel un accusé attendant la sentence.

— Vous semblez très fatigué... commença-t-elle.

Elle s'interrompit, furieuse contre elle-même. C'était une observation stupide et inutile.

L'ombre triste d'un sourire effleura les lèvres du chirurgien.

— Sir Herbert est absent depuis assez longtemps, répondit-il. Je fais mon possible pour m'occuper de ses patients, mais, comme j'ai aussi les miens, je reconnais que c'est un peu difficile.

Il s'interrompit et secoua la tête.

— Mais c'est sans importance. Dites-moi ce que je puis faire pour votre santé. Avez-vous des douleurs ? Quels signes vous inquiètent ?

A ces mots, Callandra s'en voulut de sa propre stupidité. Bien sûr qu'il était fatigué ! Il devait même être éreinté, à vouloir accomplir le travail laissé par Sir Herbert en plus du sien ! Dire qu'elle n'y avait pas songé ! Pas plus que les autres administrateurs, d'ailleurs ! Ah, quel groupe d'incompétents ils faisaient ! Lorsqu'ils s'étaient réunis après l'arrestation de Sir Herbert, ils ne s'étaient souciés que de la réputation de l'hôpital !

Et Kristian avait supposé Callandra souffrante. Naturellement ! Quelle autre raison pouvait amener une personne à le consulter avec ce corps tremblant et cette voix voilée par l'angoisse ?

— Je ne suis pas malade, déclara-t-elle, croisant son regard. Je suis troublée par la peur et par un problème de conscience.

Au moins, elle l'avait dit, sans mensonge ni faux-fuyant. Elle aimait Kristian. Cela faisait du bien de le reconnaître, de mettre des mots sur cet état émotionnel. Elle observa son visage plein d'intelligence, de passion, d'humour et de sensualité.

— Pourquoi ? interrogea-t-il sans la quitter des yeux. Savez-vous quelque chose sur la mort de Prudence Barrymore ?

— Je ne crois pas... enfin, j'espère que non...

— De quoi s'agit-il, alors ?

Elle ne répondit pas tout de suite. Un silence douloureux plana entre eux. Elle hésitait.

— Il y a quelque temps, commença-t-elle enfin, je suis entrée par hasard dans votre cabinet alors que vous étiez en pleine opération. Vous ne m'avez ni vue ni entendue, et je suis repartie sans rien dire.

Il la considérait, immobile. Une petite ride d'inquiétude s'était creusée entre ses sourcils.

— J'ai reconnu la patiente, poursuivit Callandra. C'était Marianne Gillespie, et j'ai bien peur qu'elle ne soit venue vous voir pour se faire avorter.

Il était inutile d'aller plus loin. Il lui suffisait de constater l'absence totale de surprise ou d'horreur chez son interlocuteur pour savoir qu'elle ne s'était pas trompée Elle tenta de s'insensibiliser, de ne pas laisser libre cours à la douleur qui la dévastait intérieurement. Il fallait prendre de la distance, comprendre qu'on ne pouvait aimer un homme coupable d'un tel acte. Non, cette abominable souffrance ne pouvait durer!

— Oui, en effet, répondit-il sans une once de culpabilité ou d'appréhension dans la voix. Cette jeune femme s'est retrouvée enceinte à la suite d'un viol commis par son beau-frère. Elle était en tout début de grossesse, moins de six semaines.

Il semblait triste et las. Son regard traduisait la crainte de faire souffrir, mais aucune honte.

— Il m'arrive de pratiquer des avortements dans certains cas bien précis, expliqua-t-il d'un ton calme. Lorsqu'on me consulte assez tôt, au cours des huit ou dix premières semaines de grossesse, et que l'enfant a été conçu à la suite de violences, ou que la femme est vraiment très jeune — certaines ont moins de douze ans parfois —, ou encore si le mauvais état de santé de la mère fait qu'une grossesse menée à son terme mettrait sa vie en danger. Mais je ne l'ai fait dans aucune autre circonstance et jamais pour de l'argent.

Elle voulut l'interrompre, mais les sons ne franchirent pas sa gorge.

— Je suis désolé si cela vous révolte, reprit-il. Sincèrement désolé. Il faut que vous sachiez à quel point vous m'êtes chère, Callandra, même si je me suis toujours interdit de vous le dire puisque je ne suis pas en mesure de vous offrir quelque chose d'honorable... Mais quels que soient les sentiments que vous inspire l'idée d'avortement, sachez que, pour ma part, j'y ai longuement et mûrement réfléchi. Je suis même allé jusqu'à prier.

Un sourire désabusé effleura ses lèvres et disparut. Il poursuivit :

— Je crois sincèrement que ce que je fais est juste, acceptable devant Dieu. J'estime qu'en de telles circonstances une femme a le droit de choisir. Je ne peux pas revenir sur cette certitude, même pour vous.

Callandra fut soudain saisie de terreur. Il allait être pris, il devrait renoncer à sa carrière de chirurgien et se retrouverait derrière les barreaux... La peur nichée au creux de son ventre se déchaîna, provoquant en elle un malaise physique proche de la nausée.

— Victoria Stanhope... articula-t-elle d'une voix rauque, tandis que le visage tendu de la jeune fille en robe rose se dessinait dans son esprit. Est-ce vous qui l'avez opérée ?

Elle devait poser cette question, la dernière, pour en avoir le cœur net. Kristian secoua tristement la tête.

— Non. Je l'aurais fait, puisque la grossesse était le résultat d'un inceste et d'une séduction — par son frère Arthur, que Dieu lui vienne en aide ! Mais Victoria n'était plus qu'à quatre mois du terme. Il était trop tard, je ne pouvais rien pour elle. J'aurais aimé la secourir, pourtant.

Soudain, tout le tableau apparut à Callandra sous un éclairage totalement différent. Ce n'était pas pour l'argent que son ami pratiquait ces avortements, mais par désir de venir en aide à des femmes désespérées, désarmées devant une situation qu'elles ne pouvaient affronter seules. Avait-il tort de le faire ? S'agissait-il d'un péché ?

Non, sans doute. Non, puisque c'était la compassion qui le motivait. La compassion et, qui sait ? une certaine forme de sagesse ?

Elle le dévisagea, encore incapable de se laisser aller à la joie qui l'inondait, à cet incommensurable soulagement qui l'envahissait. Les larmes lui piquaient les yeux et sa voix demeurait bloquée quelque part dans sa gorge.

— Callandra ? fit doucement Kristian.

Elle sourit, ridicule et radieuse, captant son regard avec une telle intensité que cela lui fit l'effet d'un contact physique.

Alors, très lentement, il se mit à sourire lui aussi. Il tendit la main au-dessus du bureau et saisit la sienne. Si l'idée qu'elle l'avait également soupçonné du meurtre de Prudence lui vint à l'esprit, il n'en dit rien. Il ne lui demanda pas non plus pourquoi elle n'en avait pas parlé à la police. Elle lui aurait alors expliqué qu'elle l'aimait avec violence, d'un amour qui la faisait souffrir et contre lequel elle ne pouvait rien, mais mieux valait taire tout cela. Ils le savaient l'un comme l'autre et se comprenaient, tout comme ils étaient conscients des obstacles qui les séparaient.

De longues minutes durant, ils restèrent ainsi, main dans la main, à se regarder et à se sourire en silence.

Assis à sa table, Lovat-Smith ruminait de sombres pensées lorsque Rathbone pénétra dans la salle d'audience. Il leva un regard morne vers l'avocat et tressaillit, puis se tourna vers le box des accusés pour voir Sir Herbert arborer un léger sourire, assorti d'un air de confiance tranquille.

— Maître Rathbone ? lança le juge Hardie. Êtes-vous prêt à présenter votre plaidoirie ?

Rathbone adopta un ton parfaitement assuré.

— Non, monsieur le juge. J'aimerais s'il vous plaît présenter encore un ou deux témoins.

Hardie ne cacha pas sa surprise et Lovat-Smith parut éberlué. Un léger murmure parcourut les bancs du public. Plusieurs jurés fronçaient les sourcils.

— Si vous estimez cela nécessaire, maître... répondit le juge d'un ton hautement dubitatif.

— Oui, monsieur le juge, affirma l'avocat en levant les yeux vers l'accusé. Je dois à mon client une totale justice.

Le sourire du chirurgien ne s'assombrit qu'une fraction de seconde. Sir Herbert soutint cependant le regard de son avocat en affichant une confiance et un éclat dont ils étaient seuls à savoir qu'ils traduisaient le mépris.

Lovat-Smith s'était redressé sur sa chaise. Décontenancé, il considérait tour à tour son adversaire et l'accusé.

— Je voudrais appeler à la barre le Dr James Cantrell, déclara Rathbone d'une voix claire.

Hester rejoignit Monk chez lui. Elle s'était arrangée pour se faire remplacer quelques heures par une autre infirmière, promettant en retour d'en prendre deux fois plus à sa charge. Le soleil était déjà haut dans le ciel et ni le détective ni Hester ne savait combien de temps Rathbone leur accorderait encore.

— Par où commencer? questionna d'emblée Hester. J'ai beaucoup réfléchi depuis que nous nous sommes quittés et j'avoue que je ne suis plus aussi optimiste que tout à l'heure!

— Pour ma part, je n'ai jamais été optimiste, rétorqua brutalement Monk. Tout ce que je sais, c'est que je ne laisserai pas ce saligaud s'en tirer à si bon compte!

Il lui décocha un pâle sourire dans lequel elle ne discerna aucune chaleur — il était bien trop en colère pour cela — mais quelque chose de plus profond, qui ressemblait à de la confiance.

— Pour trouver ses clientes, poursuivit-il, il ne plaçait certainement pas des petites annonces dans les journaux. Je ne le vois pas non plus faire du porte-à-porte... Il devait y avoir, quelque part, un homme ou une femme qui lui procurait la clientèle. Et comme il n'est pas homme à travailler pour rien, c'est du côté de la bonne société qu'il faut chercher... Aristocratie ou nouveaux riches...

— Plutôt l'aristocratie, coupa Hester. La bourgeoisie est constituée d'individus pleins d'ambition, à l'image de votre cher Runcorn, et ces gens-là sont généralement très à cheval sur la morale. Les fortunes plus anciennes, qui sont sûres de leur bon droit, se moquent des conventions. C'est cette catégorie-là qui me paraît plus susceptible de recourir à l'avortement... ne serait-ce que parce que, au-delà d'un certain nombre d'enfants, ces femmes-là se sentent incapables de s'en sortir...

— Les femmes pauvres doivent rencontrer encore plus de difficultés dans ce domaine, non ? fit remarquer Monk avec un froncement de sourcils.

— Bien sûr, acquiesça-t-elle, mais peuvent-elles s'offrir les services de Sir Herbert ? Dans les bas milieux, on s'adresse aux faiseuses d'anges... Et encore, dans le meilleur des cas ! Beaucoup de femmes doivent essayer de se débrouiller toutes seules.

Une lueur d'irritation traversa le visage de Monk ; sans doute était-il contrarié de sa propre stupidité. Le détective était appuyé contre le chambranle de la cheminée, un pied posé sur le pare-feu.

— Comment une femme du monde s'y prend-elle pour trouver un avorteur ? interrogea-t-il.

— Le bouche à oreille, je suppose, répondit Hester, pensive. Mais à qui oserait-elle s'adresser en premier lieu ?

Il demeura silencieux, les yeux rivés sur sa compagne.

— Quelqu'un que son époux — ou son père, si elle n'est pas mariée — ne connaîtrait pas, poursuivit-elle, réfléchissant à haute voix. Elle ne demanderait pas non plus conseil à sa mère, je suppose... Où une jeune femme se rend-elle seule sans susciter la curiosité ?

Elle se dirigea vers une chaise et s'assit, posant le menton sur ses mains.

— Sa couturière, sa modiste... se répondit-elle à elle-même. Elle pourrait aussi faire confiance à une amie, mais cela semble peu probable. C'est justement aux amies que l'on souhaite cacher ces choses-là... C'est leur opinion que l'on redoute.

— Dans ce cas, il vous faut démarcher cette catégorie-là, déclara le détective, catégorique. Quant à moi, que pourrais-je bien faire ? Je ne vais tout de même pas vous attendre ici, à me tourner les pouces !

— C'est vous qui irez chez les couturières et les modistes, affirma Hester d'un ton sans appel. Moi, je retourne à l'hôpital. Il doit bien y avoir, là-bas, quelqu'un qui sait ! Sir Herbert se faisait assister pour ses avortements, même s'il changeait à chaque fois ! Je vais relire les lettres de Prudence en notant les dates et les initiales, ajouta-t-elle en arrangeant ses jupons. Avec ces précisions, je parviendrai sûrement à retrouver la trace de ces femmes. Et peut-être l'une d'elles sera-t-elle prête à me livrer le nom de l'intermédiaire.

— Non, vous ne pouvez pas faire cela ! C'est trop dangereux ! Et puis, elles ne vous diront rien du tout.

Elle le considéra d'un œil méprisant.

— Mais, pour l'amour du ciel, vous ne croyez tout de même pas que je vais leur poser la question de but en blanc ! s'exclama-t-elle. Et nous n'avons pas de temps à perdre en pudibonderies. Oliver parviendra à prolonger le procès d'une journée, deux peut-être, mais pas plus !

Monk parut sur le point de protester, mais se ravisa.

— A quelle heure ouvrent les modistes ? demanda-t-il simplement. Et quel motif pourrais-je bien avoir pour entrer dans une telle boutique ?

— Acheter un chapeau, pardi ! répliqua-t-elle tout en saisissant son réticule, prête à sortir.

Il la fixa d'un œil mauvais.

— Pour votre mère, votre sœur, votre tante ! précisa Hester. N'importe qui, voyons !

— Et que voulez-vous que je fasse ensuite avec deux douzaines de chapeaux ? Je vous préviens, si vous me faites encore une réponse impertinente...

— Mais vous n'êtes pas obligé d'acheter, pauvre sot ! Il vous suffit de dire que vous allez réfléchir, et ensuite...

Elle s'interrompit, laissant la phrase en suspens.

— Ensuite, je demande à la vendeuse si elle ne pourrait pas m'indiquer le nom d'un bon avorteur, compléta Monk.

Hester releva le menton d'un air de défi.

— Quelque chose comme cela, oui, dit-elle.

Il lui jeta un coup d'œil menaçant, puis ouvrit la porte et s'effaça pour la laisser sortir. Elle descendit quelques marches et se retourna vers lui. Alors ils échangèrent un regard appuyé et Hester sourit imperceptiblement, comme pour donner du courage à son compagnon.

Il la regarda s'éloigner sans ressentir ce désespoir qui eût dû l'assaillir face à l'absurdité de l'entreprise qui l'attendait.

Sa première tentative se révéla cauchemardesque. Monk se présenta à la porte de l'établissement à l'heure d'ouverture et fut accueilli par une femme d'une quarantaine d'années, au visage dur et au regard perçant, qui lui demanda ce qu'elle pouvait faire pour lui.

Il répondit qu'il cherchait un chapeau à offrir à sa sœur, ne parvint pas à se résoudre à examiner les dizaines de modèles en paille, feutre ou soie, ornés de plumes, de fleurs, de rubans et de dentelles qui s'empilaient dans tous les coins du magasin, ainsi que sur d'interminables étagères qui couraient le long des murs.

D'un ton hautain, la modiste lui demanda de décrire sa sœur et d'expliquer à quel type d'occasion servirait le chapeau.

Il s'efforça d'esquisser un portrait approximatif de Beth, insistant surtout sur l'allure de celle-ci.

— Mais son teint, monsieur ? s'enquit la femme avec une exaspération mal réprimée. Est-elle brune comme vous ou blonde ? A-t-elle de grands yeux ? Est-elle grande ou petite ?

Monk se prit à maudire Hester. Dans quelle aventure idiote celle-ci l'avait-elle expédié ?

— Cheveux châtain clair, grands yeux bleus, rétorqua t-il à la hâte. Elle a approximativement votre taille.

– Et l'occasion, monsieur ?

— Cérémonie religieuse.

— Très bien. L'église se trouve-t-elle à Londres, monsieur, ou en province ?

— A la campagne.

Se pouvait-il que son héritage du Northumberland fût si transparent, même après toutes ces années consacrées à parfaire sa diction ? Pourquoi n'avait-il pas dit Londres ? Cela eût été bien plus simple et d'ailleurs, quelle importance ? Il n'allait pas acheter ce chapeau !

— Je vois. Pourriez-vous avoir l'obligeance de venir jeter un coup d'œil par ici...

Elle le conduisit vers une table sur laquelle étaient exposés plusieurs modèles en paille et en tissu.

— Bien entendu, nous pouvons les agrémenter à votre goût, reprit-elle en remarquant l'expression indifférente de son client.

Monk sentit le rouge lui monter aux joues en songeant au ridicule de la situation. De nouveau, il pesta contre Hester. Si Sir Herbert ne lui avait pas inspiré une telle rage, il serait ressorti sur-le-champ.

— Si vous aviez quelque chose en bleu... suggéra-t-il.

— Si vous voulez, répondit-elle avec une nette désapprobation. Mais c'est un peu classique, vous ne croyez pas ? Que diriez-vous de ce modèle vert et blanc ?

Elle avait saisi une tige de marguerites artificielles, qu'elle approchait d'un chapeau de paille vert pâle orné d'un ruban vert. L'effet était si frais et délicat que Monk se sentit soudain transporté au temps de son enfance, lorsqu'il courait dans les champs avec Beth.

— C'est ravissant, laissa-t-il échapper malgré lui.

— Je vais vous le faire livrer, lança aussitôt la modiste. Il sera prêt dès demain matin. Miss Liversedge veillera aux détails. Vous pouvez voir avec elle pour le règlement.

Cinq minutes plus tard, Monk se retrouvait dans la rue, propriétaire d'un chapeau pour Beth et se demandant comment diable il allait pouvoir l'expédier dans le Northumberland. Il s'autorisa quelques jurons bien sentis. Le chapeau aurait parfaitement convenu à Hester, mais celle-ci était bien la dernière personne à qui il avait envie de l'offrir !

La boutique suivante était moins chic, mais mieux fournie. Furibond, Monk n'éprouva guère de difficulté à ne manifester d'enthousiasme pour aucun article. Il ne pouvait passer sa journée à admirer des chapeaux. Il fallait aborder l'objet de sa visite, aussi délicat fût-il.

— En fait, la dame en question est enceinte, hasarda-t-il.

— Dans ce cas, elle sera bientôt contrainte de rester à la maison, du moins pendant un certain temps, répondit la vendeuse. Elle ne portera ce chapeau que quelques mois, quelques semaines peut-être ?

Il esquissa une moue ennuyée.

— Sauf si elle peut...

Il s'interrompit et s'autorisa un petit haussement d'épaules.

— Oh ! fit la modiste, perspicace. Cette dame a déjà une nombreuse famille ?

— Tout à fait.

— C'est bien malheureux. J'imagine, monsieur, qu'elle n'est pas... qu'elle n'est pas satisfaite de son état ?

— Oh non, pas satisfaite du tout. A vrai dire, cette grossesse représente même un risque pour sa santé. Il existe des limites.

Il détourna les yeux et poursuivit à mi-voix :

— Je pense que si elle savait comment... prendre des mesures...

— A-t-elle les moyens de s'offrir... une assistance ? interrogea la modiste sur le même ton.

Il se retourna vers elle.

— Oui, bien sûr... à condition que cela reste dans les limites du raisonnable...

— Attendez.

La vendeuse disparut et revint quelques instants plus tard avec une feuille de papier pliée en quatre.

— Donnez-lui ceci, dit-elle.

— Merci. Je n'y manquerai pas.

Il hésita. Elle sourit.

— Dites-lui d'expliquer qui vous a donné l'adresse. Cela suffira

— Je vois. Merci.

L'adresse notée sur la feuille se situait dans une ruelle à proximité de Whitechapel Road. Avant de prendre un cab, Monk marcha dans cette direction en réfléchissant à la façon dont il présenterait sa requête. Il fut un instant tenté d'emmener Hester avec lui et de la faire passer pour celle qui sollicitait l'aide en question. Cette idée le fit sourire. Il eût été ravi de la mettre à exécution, mais, en ce moment, la jeune femme devait accomplir œuvre utile de son côté.

Il n'était plus possible de prétendre qu'il venait pour sa sœur. L'avorteur aurait sans doute besoin de voir la femme concernée : ce type de démarche ne s'effectuait pas à distance. Dans un ou deux cas peut-être, on pourrait comprendre qu'un homme se chargeât ainsi des recherches : si la femme était trop jeune pour être amenée avant l'heure de l'opération... ou trop importante pour risquer d'être vue sans nécessité. Oui, c'était là une excellente idée ! Il dirait qu'il représentait une dame de la haute société qui ne viendrait qu'une fois certaine de frapper à la bonne porte.

Il héla un cab, ordonna au cocher de le conduire à Whitechapel Road et s'assit confortablement pour mettre au point ce qu'il allait dire.

Le trajet fut long. Les chevaux étaient fatigués et le cocher de méchante humeur. Monk avait l'impression qu'ils s'arrêtaient sans cesse. Partout retentissaient les cris d'autres cochers énervés. Des vendeurs ambulants et des marchands des quatre-saisons vantaient leur marchandise à chaque coin de rue. Le conducteur d'un haquet manqua un virage et fonça dans un étal, ce qui déclencha une bagarre brève, mais violente, qui se solda par quelques saignements de nez et force blasphèmes en tout genre. Un cocher soûl traversa un croisement à une allure proche du grand galop et les chevaux de plusieurs autres attelages, effrayés, prirent le mors aux dents. Ceux du cab de Monk parcoururent pour leur part une centaine de mètres à vive allure sans que le cocher parvînt à en reprendre le contrôle.

Monk descendit à Whitechapel Road, paya le cocher, qui se trouvait dans un état de fureur indescriptible, puis se rendit à l'adresse indiquée par la modiste.

Il se retrouva devant l'échoppe d'un boucher et crut d'abord qu'il s'agissait d'une erreur. Il y avait des tourtes et des chapelets de saucisses en vitrine. Si l'endroit était bel et bien celui que cherchait le détective, son propriétaire possédait un sens de l'humour plutôt macabre... ou bien aucun !

Sur le trottoir, trois enfants maigres et sales observaient Monk. Ils étaient pâles et l'un d'eux, âgé de dix ou onze ans, avait plusieurs dents cassées sur le devant. Un chien au poil dévoré par la gale déboucha du coin de la rue et pénétra dans la boucherie.

Après un instant d'hésitation, Monk le suivit.

Il faisait chaud et sombre à l'intérieur. La lumière du jour qui pénétrait par les carreaux crasseux éclairait à peine et Monk ne put que distinguer la silhouette d'une jeune femme qui, nonchalamment accoudée, attendait le client. L'air lourd sentait le renfermé. Une grosse mouche paresseuse vint se poser sur le comptoir. Aussitôt, la vendeuse se redressa pour se saisir d'un vieux journal e assena un grand coup, tuant l'insecte instantanément.

— J'l'ai eue ! s'exclama-t-elle avec une intense satisfaction. Qu'est-ce que j'peux faire pour vous, m'sieur ? ajouta-t-elle joyeusement à l'intention de Monk. On a du mouton tout frais, de la tourte au lapin, des pieds de porc, du pied d'agneau en gelée, le meilleur fromage de tête de tout l'East End, et puis aussi des tripes, de la cervelle, du foie de porc... Et des saucisses, évidemment ! Alors, vous voulez quoi ?

— Les saucisses ont l'air bonnes, hasarda le détective sans conviction. Mais à vrai dire, je suis ici pour voir Mrs. Anderson. Est-ce la bonne adresse ?

— Ça dépend, répondit-elle, soudain méfiante. Des Mrs. Anderson, y en a plein ! Qu'est-ce que vous lui voulez ?

— Elle m'a été recommandée par une dame qui vend des chapeaux...

— Ah bon ?

Elle examina le visiteur de la tête aux pieds d'un œil dubitatif.

— Mais j'vois pas bien pour quoi... conclut-elle.

— C'est pour une amie qui préfère ne pas être vue dans le voisinage tant que cela n'est pas absolument nécessaire...

Son interlocutrice eut un sourire où se mêlaient satisfaction, amusement et mépris

— Alors elle vous a envoyé, hein? Bon, peut-être que Mrs. Anderson va pouvoir vous voir, mais peut-être pas. Je vais aller lui demander.

Elle gagna d'un pas lourd la porte du fond, dont la peinture s'écaillait, et disparut.

Monk attendit. Une autre mouche était entrée. Bourdonnante, elle s'installa sur le comptoir maculé de sang séché.

La femme revint bientôt et, sans un mot, maintint la porte ouverte en indiquant la direction à Monk d'un signe de tête. Le détective ne se fit pas prier et déboucha dans une vaste cuisine qui s'ouvrait sur une cour sale. Là, traînaient des seaux à charbon, des poubelles débordantes, plusieurs boîtes défoncées et un vieil évier rempli d'eau de pluie. Un gros chat de gouttière passa avec une démarche de léopard, un rat mort dans la gueule.

Il régnait dans la cuisine un désordre indescriptible et une lourde odeur de sang imprégnait l'air. Des linges tachés de sang emplissaient l'un des deux éviers de pierre appuyés contre le mur de droite. Sur une commode de bois, à gauche, s'entassaient au hasard assiettes, bols, couteaux, ciseaux et pics à brochettes, ainsi que plusieurs bouteilles de gin dont certaines étaient ouvertes, d'autres encore intactes.

Au centre de la pièce trônait une table de bois assombrie par de multiples traînées de sang, qui formaient des lignes lugubres dans les rainures. Sur un fauteuil à bascule, une fille pâle se balançait en sanglotant doucement.

Deux chiens se prélassaient devant une cheminée débordant de cendres froides. L'un d'eux se gratta vigoureusement en grognant.

Mrs. Anderson était une grosse femme dont les manches relevées révélaient d'impressionnants avant-bras. Sous ses ongles courts, la crasse paraissait inamovible. Elle ne pouvait avoir plus de trente-cinq ans.

— Bonjour! lança-t-elle d'un ton enjoué en repoussant les mèches blondes qui lui tombaient sur les yeux. C'est-y vrai qu'vous avez besoin de moi, mon mignon? Désolée, mais franchement, j'vais avoir du mal à vous aider, vous croyez pas? Va falloir qu'elle vienne ici tôt ou tard, vot'belle! Elle est à combien?

Une bouffée de colère saisit alors Monk, si violente qu'il se sentit pris de nausée. Il dut se contraindre à respirer profondément durant plusieurs secondes pour reprendre le contrôle de lui-même. Une vague de souvenirs venait de le submerger : il connaissait ces odeurs, l'humidité épaisse du sang qui l'entourait, les pleurs déchirants de cette fille en proie aux douleurs et à la peur, le trottinement des rats sur le sol ensanglanté .. Ce n'était pas la première fois qu'il pénétrait chez l'une de ces faiseuses d'anges londoniennes. Il y était venu déjà, mais était-ce pour soutenir une femme en particulier, une pauvre créature appelée à se vider de son sang ou à mourir empoisonnée par une septicémie? Ou dans un cadre plus général, parce qu'il avait eu connaissance d'un crime de ce type et de la somme d'argent extorquée?

Il connaissait aussi ces femmes pâles comme la mort, épuisées par d'incessantes grossesses, incapables de nourrir leurs enfants, vendant leurs bébés à la naissance pour quelques shillings afin de pouvoir alimenter les aînés...

Il eut soudain envie de se défouler, de réduire en pièces tout ce qui l'entourait et de jouir du fracas engendré par cette destruction. Il se contint toutefois : après la première satisfaction qu'il en tirerait, tout serait comme avant. S'il avait pu pleurer peut-être, il serait parvenu à se libérer de cet étau qui se resserrait à l'intérieur de lui.

— Alors? s'impatienta la femme. Vous accouchez ou pas? Qu'est-ce que vous voulez que j'fasse pour vous si vous restez muet comme une carpe? Elle est à combien? Vous l'savez ou pas?

— Quatre mois, répondit Monk d'une voix rauque.

L'autre secoua la tête.

— Vous avez laissé traîner, hein? Enfin... j'crois qu'j'vais quand même pouvoir faire quelque chose. Ce sera pas sans danger, j'vous préviens, mais j'suppose que ce serait encore pire de l'avoir, hein?

Dans sa chaise à bascule, la jeune fille pleurait toujours. Son sang maculait toute la couverture autour d'elle et commençait à goutter sur le sol. Monk se ressaisit. Il était là dans un but précis. Laisser parler ses émotions ne résoudrait rien et n'aiderait certainement pas à faire condamner Sir Herbert.

— Ici? interrogea-t-il, bien qu'il connût la réponse

— Non, dans la rue! fit la femme, sarcastique. Évidemment, ici! Qu'est-ce que vous croyez? Je me déplace pas à domicile, moi! Si c'est un service de luxe que vous voulez, va falloir aller soudoyer un docteur... mais j'ai aucune idée de comment qu'ça se trouve! On risque pas moins qu'la corde dans ces affaires-là, enfin, y a pas si longtemps, c'était comme ça... Maintenant, c'est juste la prison... et la ruine, ça va de soi!

— Cela n'a pas l'air de vous effrayer!

— Oh moi, j'crains pas grand-chose! C'est des filles au bout du rouleau qui frappent à ma porte. Sinon, elles viendraient pas ici. Faut dire que je prends pas cher. Et puis, dès qu'elles ont passé la porte, elles sont aussi coupables que moi, alors... De toute façon, faut bien voir que moi, j'rends un service public : qui c'est qui va aller m'dénoncer? Même les cognes, y m'foutent la paix si j'fais pas d'bruit. Et j'me tiens à carreau, croyez-moi! Alors vous, vous avez intérêt à faire gaffe! Ça m'embêterait qu'vous ayez un accident...

Elle souriait toujours, mais son regard s'était durci et une évidente menace y perçait.

— Et comment puis-je trouver un chirurgien qui pratique des avortements? interrogea Monk en scrutant son interlocutrice. La dame qui m'envoie a de quoi payer.

— C'est pas évident que j'vous l'dirais si je l'savais... mais de toute façon, j'en sais rien. Les p'tites dames qui peuvent s'offrir ça, elles ont leurs combines à elles.

— Très bien.

Il ne mettait pas sa parole en doute, même si c'était son seul instinct qui lui dictait de croire cette femme. Pour une fois, il faisait confiance à son propre jugement. Cette rage qui lui soulevait le cœur, assortie d'impuissance, lui était familière. Il revoyait en pensée ces veufs désemparés et amers, effrayés de se trouver soudain en charge d'une dizaine d'enfants, ne comprenant rien à ce qui s'était passé. Leur épouse avait porté le poids des maternités successives sans jamais rien dire. Et puis un jour, elles s'étaient rendues seules, en secret, chez l'avorteuse. Elles s'étaient éteintes, vidées de leur sang, sans rien expliquer à personne. C'était une affaire de femmes, un épisode intime, honteux. L'époux, quant à lui, n'avait jamais porté son imagination au-delà de son plaisir physique. Les enfants constituaient quelque chose de naturel, c'étaient les femmes qui s'occupaient de les fabriquer. Et voilà qu'à présent le père se retrouvait seul, apeuré, mécontent et désemparé...

Monk revoyait tout aussi clairement ces jeunes filles de seize ans, parfois moins, au visage dévasté, éperdues d'angoisse devant l'avorteuse et ses instruments, sa bouteille de gin et la honte qui accompagnait tout cela, comme la petite qui se balançait en ce moment dans le fauteuil. Et pourtant, ce cauchemar leur semblait préférable à la déchéance inhérente à une maternité illégale. Quel sort guettait l'enfant bâtard d'une fille mère ? Mieux valait la mort... La mort avant la naissance, dans une cuisine crasseuse, entre les mains d'une femme qui vous souriait, qui avait des gestes plus ou moins doux selon son habileté, qui vous délestait de tout l'argent que vous parveniez à réunir et ne disait rien à personne. Monk eût aimé pouvoir faire quelque chose pour cette jeune fille en larmes, mais existait-il un moyen de la secourir ?

— Je vais essayer de trouver un chirurgien, déclara-t-il.

— Vous gênez pas pour moi, rétorqua la femme sans la moindre rancune. Seulement, votre amie vous dira pas merci si vous allez crier sur les toits que vous cherchez quelqu'un. Ce qu'y faut, c'est de la discrétion, hein ?

— Je serai discret, affirma-t-il. Merci.

Il était pressé de se retrouver à l'air libre. Même la pauvreté et la saleté de Whitechapel Road lui semblaient enviables par rapport à ce lieu. Il tourna les talons et ouvrit grand la porte, traversa la boucherie d'un pas vif et se retrouva sur le trottoir. Là, il inspira à plusieurs reprises, profondément. Malgré les odeurs d'égouts et de fumées des usines toutes proches, l'air de la rue lui parut mille fois plus agréable que l'atmosphère de cette abominable cuisine.

Il fallait poursuivre les recherches et, pour commencer, quitter ce quartier. Rendre visite à d'autres faiseuses d'anges ne présentait aucun intérêt, et c'était tant mieux. Jamais Stanhope n'eût confié à ce genre de personnages le soin de lui procurer une clientèle. Ces femmes-là se seraient empressées de le trahir : après tout, ne les privait-il pas des clientes qui payaient le mieux ?

Il fallait donc chercher dans des milieux bien plus aisés, mais comment s'y prendre ? Le temps manquait pour user de subtilité. Il ne restait qu'une journée, deux avec de la chance...

Callandra ! Elle pouvait savoir quelque chose. C'était, en tout cas, la meilleure personne à qui s'adresser. Bien sûr, il faudrait lui révéler la culpabilité de Sir Herbert et tout lui expliquer par le menu. Monk n'ignorait pas qu'il avait besoin de l'autorisation de Rathbone pour cela : ce dernier ne s'était confié au détective et à Hester que parce que ceux-ci travaillaient pour lui sur cette affaire et qu'ils étaient liés par des règles de confidentialité. Callandra, elle, était libre comme l'air, mais tant pis. Le temps pressait trop pour prendre des gants. Sir Herbert pourrait bien se plaindre une fois entre les mains du bourreau !

Il était plus de six heures lorsque Monk exposa toute l'affaire à son amie.

Lorsqu'elle comprit les implications de ces révélations, Callandra fut horrifiée. Monk était reparti avec les bribes de conseils qu'elle avait trouvé à lui donner, pâle et les traits tendus. A présent, elle restait seule dans le confortable salon éclairé par le soleil déclinant, étourdie par tout ce qu'elle venait d'entendre. Une semaine plus tôt, elle eût été transportée de bonheur à l'idée que Kristian était innocent du meurtre de Prudence. Désormais, elle redoutait de voir Sir Herbert libéré sous peu. Plus oppressante encore, la perspective de la nouvelle épreuve qui attendait Lady Stanhope la tourmentait. Sans doute cette vertueuse épouse ne verrait-elle jamais le chirurgien en chef sous les traits d'un meurtrier, et, après tout, cela ne changeait rien. En revanche, il importait de lui révéler que son fils aîné était le père de l'enfant avorté de Victoria. Car un acte incestueux demeurait rarement isolé : les autres filles de la maison risquaient de subir le même sort que leur sœur si la vérité demeurait dans l'ombre.

Callandra se leva et gagna le hall d'entrée afin d'appeler son majordome et son valet de pied. Elle se rendrait en voiture chez Lady Stanhope sans délai. Certes, l'heure semblait mal choisie et il était peu probable que Lady Stanhope acceptât les visites dans les circonstances actuelles, mais Callandra était prête à forcer l'entrée si nécessaire. Elle portait une robe d'après-midi assez simple, démodée depuis deux ans, mais elle ne songea pas un seul instant à se changer.

Elle demeura plongée dans ses pensées durant tout le trajet et sursauta lorsqu'on lui annonça qu'elle était arrivée. Après avoir ordonné au cocher de l'attendre, elle descendit de voiture sans assistance et marcha d'un pas vif vers la porte d'entrée. La maison était belle, cossue, discrète. L'amertume gagna Callandra à l'idée que Sir Herbert conserverait tout cela et que sa réputation sortirait intacte de l'affaire.

Au bout de quelques instants, un valet de pied répondit à son coup de sonnette. Sans doute, en cette période d'angoisse, les femmes demeuraient-elles cantonnées à l'arrière de la maison, laissant à un homme le soin de traiter avec les curieux et les indélicats susceptibles de se présenter.

— Oui, madame ? fit-il, sur la défensive.

— Lady Callandra Daviot, répondit-elle vivement en lui tendant sa carte de visite. Je viens entretenir Lady Stanhope d'une affaire d'une extrême urgence et, malheureusement, cela ne peut attendre une occasion plus appropriée. Pourriez-vous l'informer de ma présence ici ?

C'était davantage un ordre qu'une question. Le valet saisit la carte sans la lire.

— Certainement, madame, répondit-il froidement. Mais Lady Stanhope ne reçoit pas en ce moment.

— Il ne s'agit pas d'une visite de courtoisie, précisa Callandra. C'est une urgence d'ordre médical.

Le valet pâlit.

— Est-ce que... Sir Herbert serait-il malade ? interrogea-t-il.

— Pas à ma connaissance, non.

Il hésita. Malgré son évidente expérience, il ne semblait pas sûr de l'attitude à adopter. Il leva les yeux vers la visiteuse et, croisant son regard, s'effaça aussitôt.

— Très bien, madame, dit-il. Si vous voulez bien vous donner la peine d'entrer et de patienter dans le petit salon...

Il ouvrit la porte en grand pour lui céder le passage et la conduisit dans une pièce austère, dépourvue de fleurs. A l'évidence, personne n'était entré ici depuis longtemps. On eût dit que la maison était en deuil.

Philomena Stanhope se présenta après quelques instants, les traits tirés, affichant une visible anxiété. Elle considéra la visiteuse sans paraître la reconnaître. Callandra se sentit envahie de pitié à l'idée de la terrible désillusion qu'elle s'apprêtait à lui infliger. Dans quelques instants, la confortable famille et le doux foyer de cette femme allaient s'effondrer.

— Lady Callandra ? s'enquit Philomena. Mon valet m'annonce que vous avez des nouvelles pour moi.

— J'en ai peur, oui. Je le regrette profondément, mais il se pourrait bien qu'une nouvelle tragédie vous frappe si je vous laisse dans l'ignorance.

Philomena ne bougea pas, mais pâlit.

— De quoi s'agit-il ? Que s'est-il passé ?

Elle était si ébranlée que les règles les plus élémentaires de l'étiquette n'existaient plus pour elle. C'était, dans un certain sens, plus effrayant encore que la mort. La mort était une chose que l'on attendait et il existait des règles de conduite à suivre : quelle que fût la profondeur du chagrin éprouvé, on savait ce qu'il fallait faire. En outre, la mort frappait tous les foyers : aucune honte ne l'accompagnait.

— Ce n'est pas simple à expliquer, répondit Callandra. Je préférerais être assise pour vous en parler.

Elle allait ajouter que ce serait plus facile ainsi, mais c'était absurde. Rien ne pouvait faciliter cette révélation.

Philomena demeura immobile.

— Je vous prie de me dire ce qui s'est passé, Lady Callandra.

— Il ne s'agit pas d'un événement nouveau, mais d'un péché déjà ancien qui doit être connu de vous, de sorte qu'il ne se reproduise pas.

— Qui concerne-t-il ?

Callandra prit sa respiration. C'était aussi pénible qu'elle l'avait prévu... Plus encore, peut-être.

— Vos enfants, Lady Stanhope.

— Mes enfants ?

L'incrédulité plutôt que l'inquiétude teintait sa voix.

— Je ne vois pas en quoi mes enfants sont concernés par ce... ce... cette épreuve. Quant à vous, que pouvez-vous savoir de tout cela ?

— Je fais partie du conseil d'administration du Royal Free Hospital, expliqua Callandra tout en s'asseyant sans attendre davantage d'y être invitée. Votre fille Victoria y a consulté un chirurgien il y a quelque temps, lorsqu'elle a su qu'elle était enceinte.

Philomena blêmit, mais demeura maîtresse d'elle-même.

— Vraiment ? Je l'ignorais, mais il me semble que cela n'a plus guère d'importance aujourd'hui. A moins... à moins que vous n'insinuiez que c'est ce chirurgien qui l'a mutilée ?

— Non, non, ce n'est pas lui. La grossesse était trop avancée lorsque Victoria est venue le trouver. Il a refusé de l'opérer.

Comme il était bon de pouvoir affirmer cela !

— Dans ce cas, je ne vois pas en quoi évoquer ces souvenirs peut avoir la moindre utilité aujourd'hui, sinon celle de rouvrir de vieilles blessures.

— Lady Stanhope...

Callandra détestait ce rôle qu'elle s'était donné. Elle sentait son estomac si noué qu'il en devenait douloureux.

— Lady Stanhope... Savez-vous qui était le père de l'enfant de Victoria ?

— Cela ne vous regarde en rien, Lady Callandra, répondit Philomena d'une voix étranglée.

— Vous le savez !

— Non, pas du tout. J'ai eu beau insister auprès de la pauvre petite, je n'ai pas réussi à la convaincre de me le révéler. Le seul fait de m'entendre la presser de la sorte la jetait dans un tel état de terreur et de désespoir que j'ai craint qu'elle n'attentât à ses jours si je m'obstinais à l'interroger.

— S'il vous plaît, asseyez-vous.

Philomena obéit, non parce que Callandra le lui demandait, mais parce que ses jambes menaçaient sans doute de se dérober sous elle. Elle dévisagea la visiteuse comme elle eût considéré un serpent prêt à mordre.

– Elle l'a confié au chirurgien, reprit Callandra au prix d'un effort sur elle-même. Parce que c'était l'une des circonstances dans lesquelles celui-ci aurait pu accepter de pratiquer l'intervention.

— Je ne comprends pas... Victoria jouissait d'une santé excellente... Alors...

— L'enfant était le fruit d'un inceste. Le père était Arthur, votre fils.

Philomena chercha en vain à répondre. Elle ouvrit la bouche sans qu'aucun son ne sortît. Elle était si pâle que Callandra craignit de la voir perdre connaissance.

— J'aurais aimé pouvoir vous épargner cela, poursuivit cette dernière à mi-voix, mais vous avez d'autres filles. C'est pour elles que je me devais de vous informer. J'aurais préféré qu'il en fût autrement...

Philomena demeura immobile, comme paralysée. Callandra se pencha vers elle et lui saisit la main. Celle-ci était froide, rigide. Alors Callandra se leva et sonna, puis alla se poster près de la porte.

Dès que la bonne apparut, elle l'envoya chercher de la liqueur, ainsi qu'une tisane chaude et sucrée.

La bonne hésita, incertaine.

— Ne restez pas là, ma fille ! s'impatienta Callandra. Allez demander au majordome d'apporter la liqueur et vous, occupez-vous de la tisane. Allons, dépêchez-vous !

— Arthur ! dit soudain Philomena d'une voix dure et chargée d'angoisse. Doux Jésus ! Si seulement j'avais su ! Si seulement elle me l'avait dit !

Avec lenteur, elle se pencha en avant et son corps fut alors agité de terribles sanglots sans larmes, entrecoupés de longs cris au terme desquels elle semblait lutter pour retrouver son souffle.

Sans plus se soucier de la servante, Callandra vint s'agenouiller auprès d'elle et la prit dans ses bras. Lady Stanhope se laissa aller à un torrent de larmes.

Le majordome entra bientôt avec la liqueur. Mal à l'aise, il demeura un instant immobile près des deux femmes, inquiet et ne sachant que faire, puis il posa le plateau sur une console et ressortit.

Au bout d'un long moment, vidée de toute énergie, Philomena s'abandonna contre Callandra. Elle semblait à bout de forces.

Doucement, cette dernière se dégagea et lui cala le dos contre le dossier du fauteuil, puis elle alla prendre le verre de liqueur et le posa contre les lèvres de Philomena. Celle-ci en but lentement une gorgée, puis vida le verre tout entier. Elle avait les yeux rouges, le visage marqué par de longues traînées de larmes.

Vous ne comprenez pas murmura-t-elle enfin.

J'aurais pu la sauver. Je savais où trouver une femme qui lui aurait indiqué le nom d'un vrai chirurgien qui l'aurait opérée... moyennant une somme importante, bien sûr. Si elle avait estimé pouvoir me faire confiance, je l'aurais conduite chez ce docteur dans les temps. Lorsqu'elle s'est résolue à se rendre elle-même à l'hôpital, il était trop tard...

— Vous... Vous connaissiez cette femme?

Callandra n'en croyait pas ses oreilles. Son interlocutrice se méprit toutefois sur son émotion. Elle rougit légèrement.

— Vous savez, j'ai... j'ai sept enfants. Je...

Callandra lui saisit la main, qu'elle conserva dans la sienne.

— Je comprends, dit-elle aussitôt.

— Moi, je n'y suis pas allée, expliqua Philomena, comme pour se justifier. Elle n'a pas voulu me l'indiquer. Elle... Elle m'a elle-même... enfin...

Elle se tut, incapable de traduire en mots un tel souvenir.

— Mais elle savait où le trouver? insista Callandra.

— Oui, répondit Philomena avant de se remettre à sangloter. Dieu me pardonne... J'aurais pu aider Victoria! Pourquoi ne m'a-t-elle pas fait confiance? Pourquoi? Je l'aime tant! Je ne l'ai jamais blâmée... Qu'ai-je bien pu faire qui l'a empêchée de...

Les larmes roulaient sur ses joues. Elle se tut et jeta à Callandra un regard désespéré, comme si cette dernière pouvait trouver des réponses qui, d'une manière ou d'une autre, lui permettraient d'échapper à cette douleur atroce qui l'étreignait.

— Peut-être avait-elle honte parce qu'il s'agissait d'Arthur? hasarda Callandra. Vous ne savez rien de ce qu'il lui a dit. Peut-être a-t-elle cru devoir le défendre, taire ce qu'il avait fait afin de le protéger, même de vous... surtout de vous, à cause du chagrin que cela ne manquerait pas de vous causer. Il y a une chose dont je suis certaine, c'est qu'elle n'aimerait pas vous voir porter désormais le poids de la culpabilité pour cela. Vous a-t-elle déjà adressé le moindre reproche ?

— Non.

— Alors soyez sûre qu'elle ne vous tient pas pour responsable.

Le visage de Philomena s'emplit de dégoût d'elle-même.

— Qu'elle m'en veuille ou non, je suis à blâmer, insista-t-elle. Je suis sa mère. J'aurais dû faire en sorte qu'un tel drame ne se produise pas. Et lorsqu'il s'est produit, j'aurais dû venir en aide à ma fille.

— A qui vous seriez-vous adressée ? interrogea Callandra à mi-voix.

Elle avait adopté un ton naturel, presque désintéressé, mais elle avait le souffle court tandis qu'elle attendait la réponse.

— A Berenice Ross Gilbert, répondit Philomena. Elle connaît quelqu'un qui pratique des avortements en toute sécurité. Un chirurgien.

— Berenice Ross Gilbert... répéta Callandra, s'efforçant de ne rien laisser filtrer de sa stupéfaction. Je vois.

— Mais cela ne change rien à présent. La vie de Victoria est gâchée... plus encore que si elle avait mis l'enfant au monde !

— Peut-être, reconnut Callandra. Vous devez envoyer Arthur à l'université, ou dans une école militaire, enfin, le tenir éloigné de la maison. Il importe de protéger vos filles. Et puis, il faudra vous assurer qu'aucune d'elles n'est déjà... enfin, si c'est le cas, je peux vous indiquer un chirurgien qui pratiquera l'intervention sans frais. Et sans délai.

Philomena la dévisagea d'un air misérable. Il n'y avait rien à ajouter. Elle était inerte, anéantie par la douleur et le désarroi.

On frappa à la porte et celle-ci s'ouvrit dans un craquement. La bonne passa la tête dans l'embrasure, le regard plein d'inquiétude.

— Apportez la tisane, ordonna Callandra. Posez-la ici

et laissez Lady Stanhope se reposer un moment. N'autorisez personne à entrer.

— Oui, madame. Non, madame

La servante obéit et se retira aussitôt. Callandra demeura une demi-heure encore près de la maîtresse de maison, puis, lorsqu'elle estima celle-ci capable de reprendre le contrôle d'elle-même et d'envisager les pénibles tâches qui l'attendaient, elle prit congé et s'en alla.

Il faisait chaud dehors malgré le soir qui tombait déjà Sa voiture l'attendait devant la porte. Callandra donna au cocher l'adresse de Monk.

De son côté, Hester s'était mise à l'œuvre. Tout comme Monk, elle devait découvrir le lien qui rapprochait Sir Herbert de ses patientes. Pour elle, la tâche s'annonçait plus aisée que pour le détective et la jeune femme réussit vite à déduire, d'après les notes de Prudence, quelles infirmières avaient assisté le chirurgien.

La première qu'elle rencontra était occupée à enrouler des bandages, la deuxième à balayer le sol, la troisième à préparer des cataplasmes. La quatrième, quant à elle, transportait deux lourds seaux d'eaux usées.

— Je vais vous aider, proposa Hester.

L'infirmière considéra Hester d'un regard soupçonneux. Ce n'était pas le genre de tâches dont on se chargeait volontiers.

— Pourquoi ça ?

— Parce que je préfère porter un seau pour vous que de passer la serpillière derrière vous, prétendit Hester, bien que rien ne l'eût obligée à nettoyer elle-même.

L'infirmière capitula : après tout, il fallait être fou pour laisser passer une telle aubaine ! Elle confia à Hester le plus lourd des deux seaux.

Cette dernière avait déjà réfléchi à son plan d'action. Certes, sa démarche ne la rendrait guère populaire parmi ses collègues et il lui deviendrait sans doute impossible de continuer à travailler à l'hôpital une fois que les infirmières auraient bavardé entre elles et compris son petit manège, mais elle se soucierait de cela plus tard. Pour le moment, l'objectif prioritaire consistait à faire condamner Sir Herbert et la colère que celui-ci inspirait à la jeune femme l'emportait sur toute considération pratique.

— Vous croyez que c'est lui qui l'a fait ? questionna-t-elle d'un ton léger.

— Quoi ?

— Vous croyez que c'est lui qui l'a fait ? répéta-t-elle.

— Que c'est qui qui a fait quoi ? interrogea l'autre, irritée. Vous voulez parler du trésorier avec Mary Higgins ? J'en sais rien, moi ! Et qu'est-ce que ça peut faire, d'abord ? Elle l'a bien cherché, après tout... cette dinde !

— Non, c'est de Sir Herbert que je parlais, expliqua Hester. Croyez-vous que c'est lui qui a tué Barrymore ? Les journaux disent que le procès sera bientôt terminé. Ensuite, j'imagine qu'il va revenir ici. Je me demande s'il aura changé !

— Sûrement pas ! Ce bouffi ! Y va r'commencer avec ses « Allez me chercher ça ! Donnez-moi ça ! Restez là ! Mettez-vous là-bas ! Videz-moi ça ! Enroulez ces bandages et passez-moi le couteau ! ».

— Vous avez déjà travaillé avec lui, hein ?

— Moi ? Merci bien ! J'me contente de vider les seaux et de nettoyer par terre !

— Si, vous avez travaillé avec lui ! Vous l'avez assisté pour une opération ! Il paraît même que vous vous en êtes bien tirée ! C'était l'année dernière, en juillet... Une femme qui avait une tumeur dans le ventre.

— Ah oui... Et en octobre aussi. Mais j'ai plus jamais recommencé après ça. Pas assez calée, moi !

Elle se racla la gorge et cracha haineusement.

— Mais qui est-ce qui est assez calée ? interrogea Hester, chargeant sa voix de mépris. Je ne vois pas ce qu'il y a de bien sorcier à savoir pour faire ça !

— Y a Dora Parsons, rétorqua la femme de mauvaise grâce. Il la prenait souvent, elle. Et vous avez raison, faut pas être sorti d'la cuisse à Jupiter... Y a juste à passer les couteaux et les serviettes. N'importe quelle gourde peut faire ça! Chais pas pourquoi y voulait qu'ce soit elle et pas une autre! Qu'est-ce qu'elle connaît, celle-là? Rien d'plus que moi en tout cas!

— Et on ne peut pas dire qu'elle soit plus jolie non plus! lança Hester avec un sourire malicieux.

La femme la dévisagea un instant, avant de partir d'un grand éclat de rire strident.

— Eh, mais vous êtes un numéro, vous! Vous avez pas l'air, comme ça, mais vous sortez de ces trucs! En tout cas, vous avez pas intérêt à aller répéter ça à cette grosse vache! Et lui, si y courait après Dora Parsons, alors y devait aussi tourner autour des truies quand y partait à la campagne!

Elle se remit à rire si fort que les larmes roulèrent bientôt sur ses joues rêches. Hester vida le seau, puis s'éloigna, la laissant à son hilarité.

Dora Parsons! Voilà ce qu'Hester avait espéré, quoiqu'elle eût préféré, de loin, qu'il se fût agi d'une autre. Ainsi, Sir Herbert avait encore menti à Rathbone : il avait utilisé une infirmière plus souvent que les autres. Pourquoi? Et pourquoi Dora? Pour les avortements plus compliqués, les grossesses plus avancées, lorsque l'assistante ne pouvait manquer de remarquer qu'il ne s'agissait pas d'une « tumeur » comme les autres? Ceux pratiqués sur des femmes importantes, des dames de bonne famille craignant pour leur réputation? Une chose était sûre, il avait investi Dora de sa confiance...

Et cela amenait de nouvelles questions.

Pour y répondre, il n'existait qu'une solution : trouver Dora.

Ce fut seulement à la nuit tombée, alors qu'elle ne songeait plus qu'à s'asseoir pour soulager les douleurs qui lui vrillaient le dos et les jambes, qu'elle rencontra la grande infirmière. Hester emportait des bandages imbibés de sang au four du sous-sol, afin de les brûler (la plus consciencieuse des blanchisseuses n'eût rien pu faire pour les sauver) et Dora montait l'escalier, chargée d'une pile de draps qu'elle portait avec autant d'aisance que s'il s'était agi de mouchoirs de poche.

Hester ne pouvait s'offrir le luxe d'attendre un moment plus opportun. Elle s'immobilisa au milieu de l'escalier, sous une lampe, et bloqua le passage à Dora en faisant mine de ne pas s'en apercevoir.

— J'ai un ami qui assiste au procès, déclara-t-elle d'un ton moins naturel qu'elle ne l'eût souhaité.

— Quoi ?

— Sir Herbert, répondit-elle. C'est presque terminé. Ils vont sûrement rendre le verdict demain ou après-demain.

Dora demeurait sur ses gardes.

— Ah ouais ?

— Tout porte à croire qu'il va être acquitté, ajouta Hester, non sans observer minutieusement son interlocutrice.

Elle fut récompensée de son courage. Une expression de soulagement éclaira le regard de Dora et quelque chose, chez elle, se détendit.

— Ah ouais ? répéta-t-elle.

— Le problème, reprit Hester, bloquant toujours l'escalier, c'est que personne ne sait qui a vraiment tué Prudence. Alors le dossier va rester ouvert.

— Et alors, qu'est-ce que ça peut faire ? Puisque c'était ni vous ni moi ! Et puisque apparemment c'était pas l'patron...

— Vous croyez qu'en réalité c'est lui qui l'a tuée ?

— Qui, moi ? Oh non, j'crois pas qu'c'était lui...

Elle avait une sorte de virulence dans la voix, comme si elle avait soudain abandonné toute prudence.

Hester fronça les sourcils.

— Même si elle savait, pour les avortements ? Parce qu'elle savait ! Elle aurait pu lui faire la vie dure si elle l'avait voulu ! A ce qu'il paraît, elle avait menacé de le dénoncer.

Dora s'était de nouveau crispée. Elle semblait s'appliquer à maintenir son corps monumental en équilibre, comme pour se tenir prête à agir dès l'instant où elle saurait que faire. Pour le moment, elle se contentait de considérer Hester, qui respirait avec peine sous son regard appuyé. Les deux femmes étaient seules dans l'escalier à peine éclairé par les petites oasis de lumière diffuse que formaient les lampes à gaz en haut et en bas des marches, ainsi que celle sous laquelle elles se tenaient.

Hester prit son courage à deux mains.

— Je ne sais pas quelles preuves elle pouvait avoir. Je ne sais même pas si elle y assistait...

— Elle y assistait pas, coupa Dora.

— Ah bon ?

— Non, parce que moi, je sais qui y avait. D'toute façon, il aurait pas été assez bête pour la faire venir ! Elle était presque aussi calée qu'un docteur, elle, pour sûr ! Elle en savait plus long qu'les étudiants... Elle aurait jamais gobé qu'y retirait des tumeurs ou des trucs comme ça !

— Mais vous, vous saviez ? Et les autres infirmières ? Elles savaient aussi ?

— Non, pas les autres ! Y en a pas beaucoup ici qui sauraient reconnaître une branche d'arbre d'une jambe cassée.

Il y avait, dans le ton de sa voix, un mélange de mépris et de tolérance bienveillante.

Hester s'appliqua à sourire, mais ne réussit à esquisser qu'une piètre grimace.

— Sir Herbert devait vous faire rudement confiance alors, déclara-t-elle d'un ton qu'elle voulait chargé d'un profond respect.

La fierté fit briller les yeux de Dora.

— Ouais, répondit-elle. Pour sûr Et y pouvait. J'l'aurais jamais trahi, moi !

Hester l'observa. Il y avait, dans le regard de Dora, une sorte d'idéalisme brûlant, une dévotion, un respect passionné. Tout cela transformait presque ses traits, les délestant de leur habituelle ingratitude pour leur insuffler une certaine forme de beauté.

— Il devait savoir à quel point vous le respectiez pour cela, articula Hester. Et vous aviez raison : certaines femmes ont besoin d'une assistance plus poussée que celle que la loi nous autorise à leur offrir. On ne peut qu'admirer un homme qui risque son honneur et sa liberté pour les aider.

Dora se détendit visiblement. Elle esquissa un sourire. Hester serra son poing libre dans les plis de ses jupons.

— Si seulement il l'avait fait aussi pour les pauvres, poursuivit-elle, au lieu de n'accepter que les femmes riches, celles qui avaient juste perdu leur vertu et ne voulaient pas affronter la honte et la ruine avec un enfant illégitime...

Soudain, les yeux de Dora ne furent plus que deux trous sombres dans son visage. De nouveau, la terreur s'empara d'Hester. N'était-elle pas allée trop loin ?

— Y f'sait pas ça, protesta Dora d'un ton posé. Y s'occupait aussi des pauvres... des femmes qu'étaient malades... celles qu'en pouvaient plus...

— Il ne s'occupait que des riches, persista Hester dans un souffle tout en se cramponnant à la rampe comme si celle-ci pouvait assurer son salut. Et il prenait beaucoup d'argent.

Elle ignorait si cette dernière hypothèse était vraie ou non, mais elle avait connu Prudence : la jeune femme n'aurait jamais menacé de le trahir s'il s'était bel et bien comporté comme le prétendait Dora. Et puis, Sir Herbert l'avait assassinée...

— C'est pas vrai ! Y prenait pas d'argent du tout !

La voix de Dora s'était faite plaintive, son visage s'était crispé comme celui d'un enfant sur le point d'éclater en sanglots.

— Si, insista Hester. C'est pour cela que Prudence l'a menacé.

— Vous mentez, répondit simplement Dora, cette fois avec une profonde conviction. Je la connaissais, moi, et elle aurait jamais été le forcer à se marier avec elle ! Toute cette histoire, c'est n'importe quoi ! Elle a jamais été amoureuse de lui ! Elle s'fichait pas mal des hommes, elle avait pas le temps d'y penser. Elle voulait être docteur, la pauv'fille ! Elle avait aucune chance... Une femme s'ra jamais docteur, même si c'est la meilleure ! Si vous l'aviez vraiment connue, vous, vous auriez jamais été dire des trucs aussi dingues !

— Je sais très bien qu'elle ne voulait pas l'épouser, acquiesça Hester. Elle voulait qu'il l'aide à s'inscrire dans une faculté de médecine.

Dora demeura un long moment silencieuse. Peu à peu, elle semblait comprendre. La lueur qui la faisait resplendir tout à l'heure s'était éteinte, remplacée par l'agonie de la désillusion, puis par la haine. Une haine brûlante, implacable, féroce.

— Il s'est servi de moi, alors... constata-t-elle à haute voix.

Hester hocha la tête.

— Et de Prudence, compléta-t-elle. Il l'a utilisée elle aussi.

Dora plissa le front.

— Et vous avez dit qu'y va s'en sortir ? demanda-t-elle d'une voix rauque.

— Pour le moment, il semble que oui.

— Si y revient, j'le tuerai de mes mains !

Il suffisait de la regarder pour la croire. La douleur qui l'avait saisie n'était pas de celles qui s'estompent de sitôt. C'était son idéalisme qu'on avait trahi, la seule chose qui la rendait précieuse à ses propres yeux, qui lui conférait sa dignité et ses convictions. Sir Herbert s'était moqué de ce qu'elle possédait de meilleur. C'était une femme hideuse, fruste et mal aimée et elle le savait, mais en voyant le chirurgien en chef porter son choix sur elle, elle avait réussi à se convaincre qu'elle avait une valeur. Et voilà que ses illusions partaient en fumée...

Avoir dérobé cela ne représentait-il pas, de la part de Sir Herbert, un péché presque aussi grave que le meurtre qu'il avait commis ?

— Vous pouvez faire mieux que cela, assura Hester.

Sans réfléchir, elle posa la main sur le bras épais de Dora et tressaillit : les muscles, sous ses doigts, étaient fermes comme du roc. Elle lutta pour surmonter son appréhension.

— Vous pouvez faire en sorte qu'il soit pendu, reprit-elle d'un ton pressant. Ce serait une mort bien plus exquise, non? D'autant qu'il saurait que c'est vous qui l'avez envoyé au gibet! Si vous le tuez, il deviendra un martyr. Les gens croiront qu'il était innocent, et vous coupable. Alors, ce serait à vous qu'on passerait la corde au cou! Tandis que si vous m'écoutez, vous deviendrez une héroïne... et lui, il sera perdu!

— Comment ça?

— Dites-moi tout ce que vous savez!

— On m'croira jamais. C'est lui qu'on croira. Vous rêvez, vous! Non, c'est ma méthode à moi, la meilleure! C'est sûr. La vôtre, elle vaut pas un clou.

La rage déformait son visage.

— Si, peut-être! insista Hester. Je suis sûre que vous savez quelque chose d'important!

— Comme quoi? Y vont jamais m'croire. Chuis personne, moi...

Ces derniers mots renfermaient un monde d'amertume, comme si la réalité de son inutilité avait happé cette femme, qui voyait la lumière quitter son champ de vision avec la certitude que celui-ci demeurerait désormais à jamais obscur.

— Mais les patientes qu'il opérait? la pressa Hester. Comment savaient-elles qu'elles pouvaient s'adresser à lui? Ce n'est pas le genre d'activité dont on se vante en société!

— Évidemment! Mais moi, chais pas qui les envoyait...

— Vous en êtes sûre? Réfléchissez bien! Vous avez peut-être vu ou entendu quelque chose! Depuis combien de temps pratiquait-il ces avortements?

— Oh, des années! Depuis qu'il l'a fait à Lady Ross Gilbert. C'était elle la première.

Un soudain amusement adoucit les traits de l'infirmière, qui ne parut pas remarquer la stupéfaction de son interlocutrice.

— C'était quelque chose, j'vous jure, celle-là! Elle

était bien avancée, cinq mois, p'têt même plus... et dans un état ! Paniquée ! Elle descendait à peine du bateau, elle revenait des îles... C'est pour ça, sûrement, qu'elle était si avancée...

Elle poussa un gloussement sourd qui devait être un rire. Son visage exprimait le plus profond dédain.

— Noir, qu'il était ! Pauvre petit bonhomme ! J'l'ai vu, c'était comme un vrai bébé. Les bras, les jambes, la tête, tout ! Il avait tout ! Ça m'a fait mal au cœur, ajouta-t-elle plus doucement, les yeux brillants de larmes, de voir qu'on l'retirait comme ça, vous pouvez pas savoir ! Mais faut dire qu'il aurait été noir ! Pas étonnant qu'elle en ait pas voulu ! Son mari l'aurait jetée à la rue, pour sûr, et puis, tout Londres aurait jasé, et les gens se s'raient pas privés pour aller rigoler par-derrière !

Hester était trop abasourdie pour répondre. Sans savoir pourquoi, elle avait la certitude que le mépris de Dora ne visait pas la couleur de la peau de l'enfant, mais le fait que Berenice s'en fût débarrassée pour cette raison. Sans doute Dora n'avait-elle que la colère pour exprimer l'horreur et la pitié que lui inspirait le sort de ce petit être. Elle-même n'était pas encore mère et ne le serait sans doute jamais. Quelles émotions avait dû susciter en elle ce bébé presque complet, jeté telle une tumeur dans le bac à ordures ! En cet instant, Hester et Dora partageaient les mêmes sentiments, comme si les chemins qui avaient mené les deux femmes jusque-là avaient été en tout point identiques.

— Mais chais pas du tout qui lui expédiait ses clientes, reprit Dora d'un ton plein de colère. Peut-être que si vous en retrouvez, elles vous diront qui c'était, mais faut pas trop y compter ! A mon avis, elles diront rien de rien... Et si on les met de force d'vant l'juge, elles iront raconter n'importe quelles sornettes pour pas avouer qu'elles ont zigouillé leur petit ! Les riches, en tout cas, c'est sûr. Les pauvres, j'en sais rien. Les pauvres, c'est qu'elles ont peur de pas pouvoir nourrir tous leurs loupiots. Les riches, c'est juste la honte qui les fait trembler

Hester ne prit pas la peine de lui rétorquer que les riches pouvaient ressentir le même épuisement que les autres après trop de grossesses successives. Toutes les femmes ne donnaient-elles pas la vie de la même façon ? Tout l'or du monde ne pouvait rien changer au travail que devait fournir le corps, aux douleurs ni aux dangers, aux déchirements des tissus, aux saignements, aux risques de fièvre et d'empoisonnement du sang. C'était, entre tous, un domaine où les femmes se trouvaient à égalité. Toutefois, le moment était mal choisi pour se lancer dans des explications.

— Je vous en prie, essayez de vous souvenir, implora Hester. De mon côté, je vais relire les lettres de Prudence au cas où j'y découvrirais autre chose.

— Vous arriverez à rien, affirma Dora, défaitiste. Y va s'en sortir de toute façon. Et j'vais l'tuer, comme il l'a tuée, elle. Peut-être bien qu'on m'pendra pour ça, mais j'm'en irai le cœur content si j'sais qu'y brûle en enfer lui aussi !

Sur ces mots, elle repoussa violemment Hester et monta l'escalier, les larmes mouillant soudain ses yeux et courant en liberté sur son visage hideux.

Monk accueillit avec allégresse la nouvelle que lui apportait Hester. C'était la solution, et, à présent, il savait exactement ce qu'il lui restait à faire. Sans délai, il se rendit chez Berenice Ross Gilbert et donna à un valet de pied plus que réticent l'ordre de le laisser entrer. Il était près de minuit, mais c'était une urgence qui l'amenait. Peu lui importait que Lady Ross Gilbert se fût déjà retirée pour la nuit. Il fallait la réveiller. Il était si déterminé et sûr de lui que le domestique n'hésita qu'un instant avant de s'exécuter.

Monk patienta dans le petit salon, pièce d'une élégance raffinée, meublée à la française et agrémentée de dorures et de rideaux de brocart. Dans quelles proportions cette magnificence avait-elle été financée par des femmes acculées au désespoir ?

Lady Ross Gilbert poussa la double porte et apparut, souriante, vêtue d'une magnifique robe d'intérieur bleu-vert dont les jupons tombaient en volutes autour d'elle. Monk eut l'impression de se trouver face à une reine médiévale. Il ne manquait à la dame qu'un bandeau qui ceignît sa longue chevelure flamboyante.

— Comme c'est extraordinaire, Mr. Monk ! s'exclama-t-elle avec le plus grand naturel. Que diable a-t-il pu se passer pour que vous veniez ici à une heure si tardive ?

Son expression ne traduisait rien d'autre qu'une vive curiosité. Son regard brillant d'intérêt glissa sur Monk, le détaillant de la tête aux pieds avant de revenir sur le visage, où il s'arrêta.

— Le procès sera terminé demain, répondit le détective d'une voix dure et claire, exagérant la perfection de sa diction. Sir Herbert sera acquitté.

La dame haussa les sourcils.

— Ne me dites pas que vous êtes venu me trouver au beau milieu de la nuit pour m'annoncer cette nouvelle ! s'exclama-t-elle. Je comptais bien le voir acquitter... mais enfin, j'aurais très bien pu patienter jusqu'à demain pour en avoir confirmation.

L'amusement demeurait présent sur son visage, assorti d'un questionnement. Berenice ne pouvait croire à une telle absurdité de la part de Monk.

— Il est coupable, assena le détective d'un ton sec.

— Vraiment ?

Lady Ross Gilbert referma les portes derrière elle et avança de quelques pas. C'était une femme extraordinairement belle à sa façon. Sa présence emplissait la pièce et le détective avait la certitude qu'elle en était consciente.

— Ce n'est là que votre opinion, Mr. Monk. Si vous aviez des preuves à produire, vous seriez chez maître Lovat-Smith à l'heure qu'il est, et non chez moi, en train de...

Elle s'interrompit, hésitante.

— Qu'êtes-vous en train de faire chez moi, au juste ? Vous ne vous êtes pas encore expliqué...

— Je ne possède aucune preuve, en effet, reconnut Monk. Mais vous, vous en détenez.

— Moi ? s'exclama-t-elle, stupéfaite. Mon cher monsieur, ce que vous me contez là est la plus grande ineptie que j'aie jamais entendue ! Sachez que je n'ai rien de tel à vous offrir.

— Si, au contraire.

Monk se tut et resta immobile face à elle, soutenant son regard. Peu à peu, la force et la détermination qu'il dégageait eurent raison de la bonne humeur de son inter locutrice. L'amusement abandonna le visage de Berenice

— Vous vous trompez, souffla-t-elle. Je ne sais rien.

Elle se détourna et se mit à manipuler distraitement une figurine posée sur le plateau de marbre de la table.

— Toute cette histoire de mariage est totalement absurde, reprit-elle. Maître Rathbone l'a bien démontré, d'ailleurs.

— Je suis d'accord avec vous, acquiesça Monk en observant les doigts fins qui caressaient la porcelaine. Prudence Barrymore voulait utiliser ce qu'elle savait pour inciter Sir Herbert à la faire admettre en faculté de médecine.

— C'est grotesque ! s'exclama Lady Ross Gilbert sans lever les yeux. Aucune faculté n'aurait accepté une femme. Il avait dû le lui dire.

— J'imagine qu'il le lui a dit, en effet. Mais seulement après avoir exploité à fond tout ce qu'elle avait à lui offrir, après l'avoir fait travailler de longues heures sans compensation. Après lui avoir donné l'espoir. Puis, lorsqu'elle a commencé à s'impatienter et a voulu le voir s'engager réellement pour appuyer sa candidature, il l'a assassinée.

Elle reposa la figurine et se tourna vers Monk. L'humour brillait de nouveau dans ses yeux.

— Il suffisait alors à Sir Herbert de lui expliquer que c'était sans espoir, dit-elle. Pourquoi diable l'aurait-il tuée ? Vous êtes ridicule, Mr. Monk.

— Parce qu'elle l'a menacé d'informer les autorités

qu'il pratiquait des avortements, expliqua-t-il, contenant mal la rage qui perçait dans sa voix. Pour de l'argent. Des avortements de convenance pour épargner à de riches aristocrates l'embarras de mettre au monde des enfants qu'elles n'avaient pas désirés.

Il vit la couleur déserter le visage de Berenice, sans que son expression s'en trouvât toutefois altérée.

— Si vous possédez de quoi prouver cela, Mr. Monk, pourquoi être venu me l'expliquer chez moi ? C'est une accusation très grave, voyez-vous. Sir Herbert risque la prison. Sans preuves toutefois, ce que vous avancez là n'est que calomnie.

— Vous savez parfaitement que je dis la vérité, répliqua Monk. Pour la bonne raison que c'était vous qui lui procuriez ses patientes.

— Vraiment ? Cela aussi s'appelle calomnie, monsieur.

Ses yeux s'étaient agrandis et le sourire subsistait sur ses lèvres, mais il s'était figé. Quelque chose ternissait désormais le beau visage.

— Vous saviez qu'il pratiquait des avortements et vous pourriez en témoigner, insista le détective avec le plus grand calme. Votre parole à vous n'aurait rien de diffamatoire, car vous détenez tous les noms, les dates, les détails.

Elle le fixait sans ciller. Ses yeux semblaient vouloir percer les pensées du détective.

— Même si vous disiez vrai, objecta-t-elle, vous ne pensez tout de même pas que je suis prête à courir à ma perte en faisant de telles révélations ! Pourquoi diable me compromettrais-je de la sorte ?

Il sourit.

— Parce que, si vous refusez, je m'arrangerai pour faire savoir à certaines personnes triées sur le volet que vous étiez sa première cliente. Vous savez, un mot chuchoté, un rire étouffé, un soupir que l'on pousse à votre approche...

Elle ne bougea pas. Les menaces de Monk ne semblaient pas l'effrayer le moins du monde.

— C'était à votre retour des Antilles, poursuivit le détective, imperturbable. Et je préciserai également que votre enfant était noir...

A ces mots, Berenice blêmit. Le détective l'entendit chercher désespérément sa respiration.

— Qualifieriez-vous encore cela de calomnie, Lady Ross Gilbert ? s'enquit-il. Traduisez-moi en justice si vous le souhaitez. Seulement, sachez que je connais l'infirmière qui a jeté l'enfant à la poubelle et a ensuite porté le tout aux ordures...

Berenice poussa un petit cri qui s'étrangla dans sa gorge.

— En revanche, enchaîna le détective, si vous témoignez contre Sir Herbert en expliquant que vous lui adressiez des femmes désemparées, dont vous pourriez fournir les noms si la discrétion ne vous l'interdisait pas, et sur lesquelles il pratiquait des avortements, alors j'oublierai tout de ce regrettable épisode et vous n'entendrez plus jamais parler de moi, ni de l'infirmière en question.

— Vraiment ? fit-elle d'un ton où se mêlaient haine et désespoir. Et qu'est-ce qui vous empêchera de revenir me trouver par la suite, pour m'extorquer de l'argent ou que sais-je encore ?

— Madame, jeta Monk, glacial, en dehors du témoignage que je vous réclame, rien chez vous ne m'intéresse.

Lady Ross Gilbert ne répondit rien, mais vint se camper devant lui et, avec le plus grand sang-froid, le gifla de toutes ses forces.

Il manqua de perdre l'équilibre sous la violence du coup. Une sensation de vive brûlure lui vrillait la joue. Il redressa la tête et se mit à sourire.

— Je suis navré que cela vous contrarie, déclara-t-il à mi-voix. Soyez au tribunal demain matin. Maître Rathbone vous citera comme témoin... de la défense, bien sûr. A vous de décider comment vous ferez part à la cour de ce que vous savez.

Puis, après s'être incliné très légèrement, il passa devant elle et quitta la pièce.

Le procès tirait à sa fin. Les jurés s'ennuyaient ferme. Chacun d'eux savait déjà quel verdict il voterait et ils ne comprenaient pas pourquoi Rathbone persistait à citer des témoins qui ne faisaient que confirmer ce dont plus personne ne doutait : Sir Herbert était un parangon de vertu professionnelle, un homme dont la correction, dans sa vie personnelle et familiale, confinait à l'ennui. Lovat-Smith ne dissimulait pas son agacement et le public s'agitait sur les bancs. Pour la première fois depuis le début du procès, il restait des places vacantes dans la galerie.

Lorsque le juge Hardie ouvrit la séance, l'impatience marquait nettement ses traits.

— Maître Rathbone, lança-t-il, la cour est déjà encline à accorder à votre client toute l'indulgence dont peut bénéficier un accusé, mais il semble que vous perdiez votre temps. Vos témoins répètent tous la même chose et l'accusation ne conteste pas leurs dires. Est-il vraiment nécessaire de continuer ?

— Non, monsieur le juge, concéda Rathbone avec un sourire.

A la façon dont il avait prononcé ces mots, le public se figea. Il y avait dans la voix de l'avocat une sorte d'excitation contenue qui ne pouvait échapper à personne. La tension saisit de nouveau l'auditoire.

— Je n'ai plus qu'un témoin à vous présenter pour parfaire ma démonstration.

— Dans ce cas, appelez-le, maître, et finissez-en.

— Je vous demande l'autorisation de citer de nouveau Lady Berenice Ross Gilbert, annonça Rathbone d'une voix forte.

Lovat-Smith fronça les sourcils et se pencha en avant. Dans le box des accusés, Sir Herbert souriait toujours, mais une ombre avait traversé son regard.

— Lady Berenice Ross Gilbert ! appela le greffier, dont le cri fut repris en écho dans le vestibule.

La dame se présenta, très pâle, la tête haute, et gagna le box des témoins sans regarder ni à droite ni à gauche. Elle gravit les quelques marches et se tourna vers Rathbone, non sans avoir lancé un bref coup d'œil à l'accusé. Son expression demeurait impénétrable. Si elle avait remarqué Philomena Stanhope dans la galerie du public, elle n'en laissa rien paraître.

Le greffier lui rappela qu'elle avait prêté serment lors de sa première comparution.

— Je le sais, répondit-elle. Je n'ai aucune intention de dire autre chose que la vérité.

— Vous êtes, commença Rathbone, le dernier témoin que je cite pour attester la personnalité et les qualités de l'homme que le ministère public a mis en accusation.

Il se dirigea d'une démarche souple et élégante vers le centre de la salle et leva la tête vers Sir Herbert, à qui il adressa un petit sourire. Son client se raidit, puis, retrouvant sans doute ses certitudes, sourit à son tour. Rathbone se tourna alors vers le témoin.

— Lady Ross Gilbert, vous êtes, depuis quelque temps déjà, un membre méritant du conseil d'administration de l'hôpital. Avez-vous connu Sir Herbert au cours de ces années ?

— Bien entendu.

— Le connaissiez-vous uniquement sur le plan professionnel, ou entreteniez-vous des relations personnelles avec lui ?

— Je le connais un peu en dehors du travail. Mais Sir Herbert ne se mêle guère à la société londonienne. J'imagine qu'il est trop accaparé par la pratique de son art.

— C'est ce que les témoins nous ont expliqué, en effet, acquiesça l'avocat. Il me semble que l'une de vos missions d'administratrice de l'hôpital consiste à vous assurer que la moralité des infirmières employées est au-dessus de tout soupçon. C'est bien cela ?

Hardie poussa un soupir exaspéré. L'un des jurés avait les yeux fermés.

— Cela se révélerait impossible, expliqua Berenice

avec une moue méprisante. Tout ce que je puis faire, c'est veiller à ce que leur conduite reste acceptable lorsqu'elles se trouvent dans l'enceinte de l'hôpital.

Quelques rires fusèrent dans l'assistance. Le juré rouvrit les yeux.

Le juge Hardie se pencha en avant.

— Maître Rathbone, vous traitez là un domaine qui a déjà été abordé à l'excès. Si vous avez un objectif particulier en tête, allez au but !

— Oui, monsieur le juge. Je vous prie de m'excuser. Lady Ross Gilbert, reprit-il à l'intention du témoin, vous est-il arrivé, lors de vos contacts avec les infirmières, d'entendre l'une d'elles se plaindre de Sir Herbert d'une façon ou d'une autre ?

— Non. Je crois que je l'ai déjà dit la première fois.

Elle fronçait les sourcils. Elle avait peine à masquer son anxiété.

— A votre connaissance, les relations de Sir Herbert avec les femmes se sont-elles toujours limitées au domaine strictement professionnel ?

— Oui !

— Ont-elles toujours été d'une moralité irréprochable ?

Elle tressaillit, surprise, puis parut aussitôt comprendre que l'avocat était en train de lui tendre une perche.

— Eh bien...

Elle s'interrompit, mal à l'aise. Le juge fronça les sourcils et, dans le box des accusés, la belle assurance qu'affichait Sir Herbert chancela.

— L'étaient-elles, ou ne l'étaient-elles pas, Lady Ross Gilbert ? insista Rathbone d'un ton pressant.

— Tout dépend de la conception que l'on a de la moralité, hasarda enfin Berenice.

Pas une fois elle n'avait regardé Monk, installé parmi le public, ni Hester, assise à ses côtés.

A présent, l'assistance était suspendue à ses lèvres. Le juge Hardie intervint, se tournant à demi pour faire face au témoin.

— Pour quel domaine de la moralité éprouvez-vous

des difficultés à répondre à cette question ? interrogea-t-il. N'oubliez pas que vous parlez sous serment, madame !

Rathbone fit une dernière tentative, soucieux de sauvegarder sa réputation.

— Êtes-vous en train d'insinuer qu'il avait une liaison, Lady Ross Gilbert ? lança-t-il d'une voix chargée d'incrédulité.

Quelqu'un toussa dans la galerie et fut aussitôt houspillé par ses voisins, qui ne voulaient pas manquer une miette des débats.

— Non, répondit Berenice.

— Dans ce cas, que voulez-vous dire ? interrogea le juge, les sourcils froncés. Je vous en prie, madame, expliquez-vous !

Un silence de plomb régnait à présent. Toutes les personnes présentes observaient le témoin. Rathbone préféra ne pas intervenir, de peur de gâter cette occasion qu'il avait offerte à Berenice. Peut-être ne parviendrait-il pas à lui en fournir une seconde...

Lady Ross Gilbert hésitait encore.

Sir Herbert se pencha au-dessus de la rambarde, le visage tendu. Pour la première fois, une peur véritable marquait ses traits.

Le silence s'appesantissait dans la salle. L'avocat dut se résoudre à parler.

— Avez-vous la moindre raison de soupçonner Sir Herbert d'immoralité ? lança-t-il d'une voix où perçait une indignation feinte. Dans ce cas, expliquez-vous, madame. Sinon, je vous demanderai de cesser vos insinuations !

— Je suis sous serment, déclara-t-elle, presque à mi-voix, sans regarder personne. Je sais qu'il a pratiqué des avortements sur des femmes, moyennant finances. Je le sais avec certitude, car c'était moi qui lui envoyais ses clientes.

Pas un mouvement ne troubla l'assistance. Il semblait que l'auditoire tout entier retenait sa respiration.

Rathbone n'osa pas lever les yeux vers le box des accusés.

— Comment ? s'indigna-t-il, affichant la plus parfaite incrédulité.

— C'était moi qui lui envoyais ses clientes, répéta-t-elle d'une voix forte et distincte cette fois. Je suppose qu'il convient de dire que cela est immoral. S'il avait travaillé pour rien, par pure charité, ses torts seraient encore discutables, mais sachant qu'il réclamait de l'argent...

Elle laissa ses paroles suspendues en l'air. Le juge Hardie la considérait d'un regard fixe. Il ne semblait pas vouloir se résoudre à lui accorder crédit.

— Ce que vous affirmez là est de la plus grande gravité, Lady Ross Gilbert, déclara-t-il. Avez-vous idée de la portée de l'affirmation que vous venez d'avancer ?

— Je crois que oui.

— Et cependant, la première fois que vous êtes venue témoigner devant nous, vous n'en avez rien dit !

— Je n'en ai pas eu besoin. On ne m'a pas posé la question.

— Voulez-vous insinuer, madame, que vous êtes assez naïve pour ne pas vous figurer l'importance d'une telle révélation ?

— Cela ne m'a pas paru en rapport avec l'affaire dont il était question ici, répondit-elle d'une voix légèrement tremblante. L'accusation prétendait que Miss Barrymore avait tenté de contraindre Sir Herbert à l'épouser. Je savais une telle hypothèse incohérente. Miss Barrymore n'aurait jamais rien fait de tel. J'en étais convaincue à l'époque, et j'en reste encore persuadée aujourd'hui.

Dans le box des accusés, Sir Herbert était livide. Il s'était à demi tourné vers Rathbone, à qui il adressait des regards implorants.

Hardie pinça les lèvres.

Lovat-Smith, quant à lui, ne paraissait pas certain d'avoir bien compris. Son regard passa de Hardie à Berenice, puis s'arrêta sur Rathbone.

Ce dernier serra les poings si fort que ses ongles lui entaillèrent la chair. L'avantage lui échappait de nouveau

Faire condamner Sir Herbert pour avortement ne suffisait pas. Cet homme avait commis un meurtre et la loi interdisait de juger un individu deux fois pour le même délit

L'avocat avança de quelques pas et s'immobilisa.

— Ah ! fit-il d'un ton satisfait. Ainsi, vous ne suggérez pas un seul instant que Prudence Barrymore ait pu être informée de ces avortements et exploiter ce qu'elle savait pour soumettre Sir Herbert à un chantage ? Ce n'est pas cela que vous affirmez, n'est-ce pas ?

Lovat-Smith se leva à demi.

— Monsieur le juge, déclara-t-il, pourriez-vous demander à mon confrère de laisser son témoin répondre par lui-même et de ne pas interpréter à sa place ce qu'il a dit ou n'a pas dit ?

Rathbone se trouvait dans un état de tension extrême. Il se garda d'intervenir de nouveau. Il ne fallait pas que l'on pût lui reprocher de travailler à faire condamner son propre client. Il se tourna vers Berenice. Allait-elle enfin saisir cette occasion de tout expliquer ?

— Lady Ross Gilbert ? fit le juge.

— Je... j'ai oublié la question...

Rathbone prit la parole avant que Hardie ait eu le temps de reformuler la question sous une forme inoffensive.

— Vous n'êtes pas en train d'affirmer que Prudence Barrymore faisait chanter Sir Herbert, n'est-ce pas ? questionna-t-il d'une voix plus dure et plus forte qu'il ne l'eût souhaité.

— Si, répondit-elle à mi-voix. Si, elle le faisait chanter.

— Mais, protesta Rathbone, feignant un sentiment d'horreur, mais vous nous avez dit... Mais pour l'amour du ciel, pourquoi ? Vous avez expliqué vous-même qu'elle n'avait jamais éprouvé le moindre désir de l'épouser !

Berenice le considéra d'un regard chargé de haine.

— Elle souhaitait obtenir son appui pour bénéficier d'une formation médicale. J'ai compris cela par déduction... et non par l'observation. Vous ne pouvez pas m'accuser de l'avoir caché.

— Vous... vous accuser? balbutia Rathbone, toujours conscient du rôle qu'il avait à tenir.

— Pour l'amour du ciel! s'exclama-t-elle en agrippant la barre des témoins, en proie, cette fois, à une fureur intense. Vous savez très bien qu'il l'a tuée! Cependant, vous êtes obligé de passer par cette mise en scène ridicule, pour la bonne raison que vous êtes censé le défendre! Cela suffit maintenant! Cessez cette mascarade!

Rathbone la considéra un instant, puis leva les yeux vers Sir Herbert. Celui-ci était d'une pâleur mortelle. Il avait la bouche entrouverte par l'incrédulité, le regard brûlant sous l'effet de la panique. Il se tourna vers les jurés, animé d'un dernier espoir, et observa ceux-ci l'un après l'autre, avant de baisser la tête, vaincu. Il avait perdu et le savait : sa défaite était absolue, définitive.

Le silence régnait dans la salle. Les journalistes avaient posé leurs crayons.

Philomena Stanhope observait son époux. Elle semblait calme, très maîtresse d'elle-même. On lisait sur son visage un sentiment proche de la pitié.

Lovat-Smith se leva et vint tendre la main à Rathbone avec un sourire admiratif.

Hester se tourna vers Monk, redoutant de découvrir sur son visage une expression triomphale qu'elle estimait déplacée. Cependant, le détective n'affichait rien de tel. Ce n'était pas une victoire qu'ils venaient de remporter : ils avaient seulement abouti au dénouement d'une tragédie, obtenu une part de justice pour Prudence Barrymore et tous ceux qui l'avaient aimée.

Cet ouvrage a été imprimé en France par

CPI
Bussière

à Saint-Amand-Montrond (Cher)
pour le compte des Éditions 10/18
en novembre 2009

Dépôt légal : février 2000.
N° d'édition : 3100. — N° d'impression : 093124/1.
Nouveau tirage : novembre 2009.